HIS FILMS,

THE MOVIES,

AND

MOVIEMAKING.

UPDATED AND

EXPANDED

CONVERSATIONS
WITH

Woody Allen

艾瑞克 雷克斯
Eric Lax——作者

CONVERSATIONS
WITH

Woody
Allen

對話
伍迪艾倫

艾瑞克 雷克斯
Eric Lax___作者

For Punch Sulzberger
with admiration and love

目錄
Contents

前言
Introduction

　　一本對話錄的集結通常是彙整了數週或數月的訪談內容，其所涵蓋的時間往往並不是重點，而成果主要呈現受訪主角在某特定時期內個人態度與感受的概要。然而，這本書卻橫跨伍迪艾倫半生的紀錄——起始於一九七一年，就像縮時攝影一般，清楚地呈現他從電影新手轉變成享譽國際電影製片人的過程，以及他一路走來的心路歷程。

　　三十八年以來，我很榮幸自己得以近距離觀察一位藝術家的轉變，雖然在我們第一次見面後，我壓根不覺得自己會有這種機會。一九七一年春天，《紐約時報雜誌》（New York Times Magazine）的某位編輯丟了三個主題讓我研究，希望從中撰寫一篇專題報導，其中就包含伍迪艾倫這位三十五歲的喜劇編劇，他在當時已經寫出兩齣百老匯作品《別喝生水》（Don't Drink the Water）與《再彈一遍，山姆》（Play It Again, Sam），《紐約客》（The New Yorker）雜誌也時常刊登他的散文，而他也正開始著手執導自己的電影劇本《傻瓜入獄記》（Take the Money and Run，一九六九年電影），內容講述一個無能又笨到不行強盜，字都寫不清楚也趕跑去搶銀行；還有甫發行的《香蕉共和國》（Bananas），這是一部關於拉丁美洲革命與美國外交政策的戲謔喜劇。隨著適當的場景安排與串連，這些電影就像是俱樂部中上演的獨角戲，在角色發展或電影類型上著墨不多，經常是一段接一段的荒謬怪誕，而且讓人捧腹大笑。

　　這些電影都呈現出他與眾不同又深具原創的天份，因此讓《紐約時報》的編輯們更加想要了解他，而我也是。我認為他足以與我心目中那些優秀的喜劇演員並駕齊驅；諸如 SJ 佩雷爾曼（S. J. Perelman）、鮑伯霍普（Bob Hope）

與馬克思兄弟（Marx Brothers），他甚至可以用更多元的方式製造笑料。我播了通電話給他的經紀人，傑克羅林（Jack Rollins）與查爾斯喬菲（Charles Joffe）並提出專訪要求，接著我們就在電話中約定了時間。當我抵達他們位於曼哈頓西區第五十七街的那棟雙層辦公室時，手裡拿著幾頁專訪提問與一台全新的錄音機跟著上樓，伍迪正在小房間裡等著，這房裡有張書桌與檯燈，還有幾張塞得很飽的沙發椅。他看起來不太自在又有些害羞，而我則是新聞界的菜鳥，每每見到自己崇拜的人都會緊張不已。我們握手寒暄，各自坐下，我開始像宣讀清單一樣地唸著手上那些問題，而他也簡單俐落地回答著。他最短的答案是「不，」其實這樣並不算太糟，偏偏他最長的答案也沒有比「是的。」好到哪裡去。

結果我只好從另外兩個題目中選了一篇來寫專題報導，心中覺得自己跟伍迪艾倫就此告一段落。

六個月後，當我在加州索薩利托（Sausalito）騎單車時，我差點被一輛福特休旅車撞倒，這輛車的擋風玻璃上貼著「羅林與喬菲製片公司。」而在那天的《舊金山紀事報》（San Francisco Chronicle）上我有讀到一小篇文章寫著伍迪正在本地拍攝《再彈一遍，山姆》，憑藉著自己當時年輕又唯我的心態，我覺得排除一切巧合，那是一個暗示——代表他已經可以敞開心胸對話了。我播了通電話給喬菲，看看有沒有機會再安排一次訪談，結果他們找我去索薩利托港的一艘船屋上與伍迪見面，他們正在為電影勘景。我們聊著那幾場棒球季後賽的話題，接著他就與場管先告辭去看一些問題。過了幾分鐘，查理走過來跟我說，「要不要跟著一起來現場看看？不過請你保持安靜，不要擋到路，不然就只好請你離開了。」

我一切遵旨照辦，過了幾天後，伍迪在更換場景的空檔過來跟我聊了一下。他之後又再來找我，我們又聊了更久，很快地就開始變成正式的訪談。《紐約時報》委託我寫一篇人物側寫，因此拍攝期間我幾乎都在現場。伍迪沒有親自執導《再彈一遍，山姆》，而我的編輯建議我一樣可以在他演出期間繼續進行訪談，後來他又緊接著執導《性愛寶典》（Everything You Always Wanted to Know About Sex）。後來我去洛杉磯的高爾德溫片廠（Glodwyn Studios）找他，我們又在拍攝現場斷斷續續談了好幾個小時。最終，在過了原定截稿日的幾個月後，我在《紐約時報》刊登以他為封面故事的那天交出稿子。

新聞業就跟喜劇一樣，時機決定一切。《紐約時報》終究沒有採用我那篇稿子，而我認為伍迪至少應該要看一下他與我相處數週後的成果，所以我將

稿子寄給他，附上一張字條，感謝他撥冗受訪。我並沒有期望他會回覆，但幾天後他親自打電話給我，說他覺得那篇稿子沒有被刊登真的很可惜。

「你很精確地引述我說過的話，而且你懂得欣賞我的笑話，」他說，指的是我在引述時都有將對話中的伏筆與笑梗寫出來，「你只要有空就來我的剪接室坐坐吧。」

我去了，好幾次。後來我們有天在第五大道上迎面相遇，他說他正要去拉斯維加斯的凱薩宮酒店表演，要是我剛好會去那的話就可以進去看看，不過情況看起來似乎不太可能。幾天後當雅典出版社（Atheneum）的前主編——理查克魯格（Richard Kluger）建議我將那篇在《紐約時報》陷入窘境的報導，發展成為一本以伍迪為主角的喜劇專書，因此我終究還是去了一趟拉斯維加斯。我與伍迪在咖啡廳談了十分鐘，他答應與我合作。我因為他那句承諾就留了下來，接著便跟著他最後一次以單口喜劇（Stand-up Comedy）演員身分巡迴演出，同時也開始著手撰寫我爾後於一九七五年出版的《論滑稽》（On Being Funny）。後來部分是為了研究的緣故，我也在《傻瓜大鬧科學城》（Sleeper）與《愛與死》（Love and Death）的拍攝現場繼續待了幾個星期。有件事情在我們最初的談話之中就可以清楚地感受到，就是即使在那些極為喜劇型態的電影製作過程中，他的抱負及喜好都有更嚴肅的一面。尤其當你知道影響他最深的人是喜劇泰斗鮑伯霍普與大導演英格瑪柏格曼（Ingmar Bergman）時，你就不會覺得驚訝了。然而這卻相當困難，因為伍迪艾倫是世上最滑稽的人之一。為什麼，很多觀眾去看了一九七八年的《我心深處》（Interior）與一九八〇年的《星塵往事》（Memories）時都會這麼想，難道繼續拍喜劇片不能讓他滿足嗎？簡單地說，身為一個年輕作家，他知道喜劇是踏進戲劇界的敲門磚，而他卻想要堅持自己的抱負撰寫一些更嚴肅的命題。許多影評都抨擊一個低俗的喜劇演員竟想要扮演哈姆雷特，但他們卻放錯重點了。伍迪的喜劇並不庸俗，這是他一生成就的基礎，他只是單純偏好戲劇。此外，他完全清楚自己受限於什麼樣的角色，因此他根本不想要扮演哈姆雷特，他只是想要寫出哈姆雷特。

本名艾倫史都華康尼斯堡（Allan Stewart Konigsberg），出生於一九三五年十二月一號並於紐約布魯克林區成長。他在一九五二年成為伍迪艾倫，因為幾家紐約報紙的八卦專欄開始採用他投稿的笑話。那個害羞的十六歲男孩不想要同學在看報紙時讀到他的名字——老少咸宜的八卦專欄是數百萬讀者每天茶餘飯後的必需品——除此之外，他也以為影劇圈每個人都會使用藝名，所以他

也想要取一個輕鬆又適合搞笑的筆名。他的作品很快就被廣為引用，後來他受僱於一家公關公司並負責撰寫幽默逗趣的俏皮話以供客戶使用。艾倫每天下課後都會搭四十分鐘地鐵去曼哈頓中城，然後在公關公司的辦公室裡坐上三個小時，絞盡腦汁地寫笑話。他當時以為自己身處「演藝圈的核心」。他每天都會交出三到四頁繕打好的笑話（約五十則笑話，他估計自己在那兩年多來寫了將近兩萬則笑話）並換取二十美金的報酬，後來很快就調成四十美金，在當時是非常不錯的酬勞。

　　成功一步接一步而來，他在十九歲那年受僱於美國國家廣播公司（NBC）成為儲備編劇並被送去好萊塢與音樂喜劇節目「高露潔歡樂時光」（Colgate Comedy Hour）一起工作；二十二歲那年他開始幫喜劇演員席德凱薩（Sid Caesar）寫劇本；一九六〇年時，他二十四歲，賺取的酬勞是他第一份工作酬勞的八倍。他後來看到莫特薩爾（Mort Sahl）穿著毛衣並夾著報紙走上台談論政治與美國人的生活時，他發現單口喜劇也許是自己可以發展的方向，而他也做到了。根據他的演出，他後來受邀撰寫電影劇本《風流紳士》（What's New Pussycat？）並在其中軋了一角。該電影成為當代最賣座的喜劇電影，但是劇情卻幾乎沒有按照原著劇本進行，然而伍迪說當時他們要是真的按照劇本拍攝的話，「我可以讓這部電影加倍有趣，卻沒有辦法如此成功。」這個經驗教會他一件事──就是一旦他要創作電影劇本，他就需要完全掌控他的作品。

　　而在他撰寫的所有電影劇本與執導過程中，他至今依然堅持這個原則，絕不放棄任何創作戲劇影片的希望，也同時滿足自己的意圖與觀眾的脾胃，而他後來憑藉二〇〇五年電影《愛情決勝點》（Match Point）辦到了。其他影片像是一九八三年的《變色龍》（Zelig），甚至是走進了文化的範疇。此外，他還有些浪漫喜劇，有些談論無神世界的思維，有些類紀錄片、一部音樂劇與一些談論忠誠的影片；還有關於奇幻生活與現實生活的抉擇，墮落的情愛關係與愛情中的出乎意料；更有關於家庭的故事，關於記憶、幻想與身為藝術工作者的故事；詼諧笑鬧與鬼魂，再加上奇幻元素。其中大部分的背景都是在紐約，特別是曼哈頓在他的電影中一直是那麼迷人的地方，然而他自己指出那些場景都不是基於真實的故事背景──不論是那些雙層公寓、俱樂部或是他在無數電影中看過的那些世故角色，因為他是在布魯克林區那完全不同的世界長大的，即使這兩區在地理位置上不過是一條東河之差。

　　我們時常不經意地聊起他的電影，不論是拍攝中的影片或是過去那些影片。三十八年過去了，這或許是全紐約最歷久彌新的訪談記錄。不論在片場、

他的製片剪接室、造型拖車或汽車、麥迪遜花園廣場及曼哈頓的人行道、巴黎、紐奧良、倫敦或是他後來搬來搬去的新家中，我們持續進行著這段訪談。他給我的答案總是縝密的段落——心思細膩、坦率、自省，時而慧黠，時而爆笑，縱使我從不曾聽過他想要試著搞笑。

伍迪艾倫與自己在大螢幕上時常忙亂並陷入危機的形象截然不同，他是個掌控工作與時間的人。他對自己的評價相當中肯，「我是個嚴肅的人，工作有原則，喜歡寫作，喜歡文學，喜歡戲劇與電影。若以喜劇的角度來剖析自己，我其實資質駑鈍。我很清楚自己的人生中並不曾面對一連串滑稽的災難問題，只有這樣才荒誕。相較之下我的人生無趣得多。」

數十年來的功成名就讓他不再害羞封閉，而我們每次見面都是輕鬆自在的，他同時也會積極的參與。當我正在為那本一九九一年出版的傳記《戲假情真——伍迪艾倫的電影人生》蒐集資料時，我告訴自己當他開始老調重彈時，就是我停止訪問的時候了。這個狀況則是在三年之後才開始——那時距離我原先設定的截稿日期已經晚了一年。然而，當那本書已經進入最後編輯階段時，某天他撥了通電話給我。

「我剛在思考我們最近談論過的一些事情，我現在有更多想法，不知道你有沒有興趣？」他說。

「抱歉，」我告訴他，「你錯過時機了。」

或者還沒。

他對這本書的貢獻一如往常。打從二〇〇五年四月到二〇〇七年初，他不時會坐下來跟我聊上好幾個小時，接著是二〇〇八年底到二〇〇九年初，我們又開始頻繁的對話。他閱讀完手稿後會開始釐清一些事情，口氣聽起來就像是凱西史坦格（Casey Stengel），這位一九五〇年代紐約洋基隊的球隊經理，帶著洛可可式的華麗語調，卻逗趣地搭配著晦澀的內容。他同時也會加進自己臨時出現的想法。

我試著透過他的協助來呈現他一生至今廣幅的自我評量。書中所記載的並不只是他如何成為作家與導演的過程，更傳達了他對自身電影與一般戲劇的看法。我將這些對話內容分成電影製作下的七大類型，從獲得靈感到製作電影配樂，最後在末章記敘他於二〇〇九年初對於自己演藝生涯的回顧。關於電影製作各個部分的記載都起始於一九七〇年代並一直延續到二〇〇六年或二〇〇

七年，因此依據談話內容，譬如說，想要先閱讀關於選角或剪接的部分，那就可以依照自己的喜好進行，沒有任何順序上的限制。然而也請諸位仔細聆聽，因為那字裡行間都是伍迪艾倫的聲音。

艾瑞克雷克斯（Eric Lax），二〇〇九年五月

構思

The Idea

1

構思
The Idea

一九七三年二月

　　伍迪跟我正搭車前往紐約柏油村（Tarrytown），曼哈頓以北一小時車程，他將要在《紐約雜誌》（*New York Magazine*）主辦的週末電影節接受影評朱迪斯克萊斯特（Judith Crist）訪談。他身穿一件絨褲與喀什米爾羊毛衫，外面搭著一件綠色的軍裝外套。伍迪說他的心情很沮喪。「我昨天看了（英格瑪柏格曼的）《第七封印》（*The Seventh Seal*），今天又看了《哭泣與耳語》（*Cries and Whispers*）。看了他的電影後，我真的不懂自己到底在做什麼。」他當時再過不久就要飛去洛杉磯開拍《傻瓜大鬧科學城》，而他根本不喜歡出遠門。

　　「預算兩百萬的電影真的很難拍，我還得要離開紐約。洛杉磯不管到哪都要用車，而且什麼都要求速效──十二週。基頓（Keaton）與卓別林（Chaplin）每部片都要花上一整年拍攝。」（三十多年後，他拍每部片大概都耗時八到十週才能將預算控制在一千五百萬美金以內⋯）

　　舉辦該活動的會議中心位於比德爾家族（Biddle）的一棟度假別墅內，該家族是美國十九世紀以來的知名金融家族。這地方幾乎就跟個小鎮一樣大，好幾畝的草地與樹林環繞著中間的建築，然而伍迪一到會場後就直驅進入別墅裡，「一看到蟋蟀我就神經緊張──鄉下對我來說就是這個感覺，」他說，當時我們正轉進那條漫長車道上，那句話出自泰莉瑪洛伊（Terry Malloy）與馬龍白蘭度（Marlon Brando）所主演的經典電影《岸上風雲》（*On the Waterfront*）。「我怕自己會突然犯廣場恐懼症，不然就是得了什麼只有曼哈

頓某些專科醫生才知道的怪病。」這人非常關心自己的健康，夾克口袋裡總裝著各式各樣的急救預防用品，不論生理或心理需求，想得到的應有盡有——好幾罐丙氯拉嗪口服液、達而豐鎮痛劑、止瀉寧與煩寧、一支牙刷、喉糖，還有一本關於四位存在主義作家的書。

伍迪在那場活動中表現得相當盡興又有趣，至於觀眾們，每個人都穿得很體面，少數是二、三十歲的年輕人，但是多數人年紀都再大一些，所有人都很捧場並踴躍提問。就在那天接近尾聲時，一位很漂亮的耶魯大學生詢問伍迪是否有意到紐哈芬市（New Haven）的一場模擬法庭裡當空手道專家，他帶著笑容禮貌地拒絕，接著就被帶回他的房間。就在這個時候，住他隔壁房的那兩對夫妻正隔著牆壁辯論著他的電影。工作人員打算讓他換房間，但是他拒絕了，他很好奇這些人的談話內容。不久之後，其中一位太太就開始朗讀她的短劇《死神來敲門》（Death Knocks），語調中帶著典型的紐約猶太喜劇風格。

當《星塵往事》在一九八〇年上映時，這真是個難以忘懷的週末。看著一個瀕臨精神崩潰的導演如何透過稀鬆平常的生活經驗來進行創作，真的相當啟發人心。他透過白日夢幻想自己複雜情感世界的不同面貌，當外星人告訴他，「我們都很喜歡你的電影，尤其是早期那些喜劇片，」接著被發瘋的影迷槍殺身亡（朱迪斯克萊斯特在片中扮演一個小角色）。

一九七四年六月

《傻瓜大鬧科學城》拍攝完成，伍迪鬆了一口氣，終於可以回紐約了。（本片中他飾演麥爾斯孟洛〔Miles Monroe〕，一名黑管演奏家，同時也是曼哈頓快樂紅蘿蔔健康食品商店的老闆。他在一九七二年住院接受一項簡單的膽囊手術，卻因為手術過程的失誤而被低溫冷凍兩百年，直到他被當時集權主義政府的對手解凍）

艾瑞克雷克斯（Eric Lax 後文以「EL」表示）：我最近不斷地讀到許多文章，其中那些作家或媒體針對那這個故事訪問過你後，都稱呼你為「喜劇天才」。你自己怎麼看呢？這些創作點子真的會在你腦海裡靈光乍現嗎？

伍迪艾倫（Woody Allen 後文以「WA」表示）：我不太認為自己這樣算是天才，但是有時候靈感真的是突發的。不知道為什麼，逗趣的點子就是會突然出現。類似在《傻瓜入獄記》的探監場景中，關於那兩個腹語布偶去探監的笑話就是突如其來的。我當時正在想下一步該怎麼演，然後那個點子就這樣從

腦海裡蹦出來了。

《傻瓜入獄記》中兩個人偶去聖昆丁州立監獄（San Quention）探監，其中還有維吉爾（伍迪艾倫飾）與路易絲（珍妮特馬戈林飾）。

EL_ 可以舉例談談看，是不是曾經有什麼看似很棒的點子，最後卻是失敗的呢？

WA_ 當我從萊辛頓大道與七十七街的一家眼鏡行走出來時，腦中靈機一動就出現了《性愛寶典》那蜘蛛的連續場景。（該場景花了很多成本與時間拍攝，最後卻決定剪掉。那段場景的命題是「為什麼男人會變同性戀？」其中露易絲拉瑟（Louise Lasser），伍迪艾倫的第二任妻子，在這個場景裡扮演一隻黑寡婦掛在一張巨型蜘蛛網的中央，而伍迪身穿著與自己髮色搭配的紅棕色戲服，扮演著她的追求者）拍攝當下我心中還沒有想到結局，那時候單純覺得這個點子太棒了——我是一隻蜘蛛，還有一隻黑寡婦，接著我們會性交，之後她就會狼吞虎嚥地把我吃掉，我以為這樣可以象徵性地解釋為什麼男人會變成同性戀。

（「我們做過了嗎？」她邊問邊將他綁起來。「做了你就知道了。」他回答。接下來，當她繼續將他越纏越緊並準備要吃掉他時，他嚇傻了，「你正在經歷我個人見過最糟糕的圓房後憂鬱症。」）

我以為那個連續場景很棒，而且很戲劇化——我很確定自己可以在拍攝

的過程中想出結尾的安排，但是結局卻始終沒有出現。所以我心裡就想，那就讓路易絲演黑寡婦好了，畢竟她真的很會即興發揮，我想我們一定可以發展出某種適當的結局，然而終究事與願違。就在那一開始的前五秒內，我心裡就覺得有什麼事情不太對勁，而這個狀況就這樣一發不可收拾地將錯就錯。

《性愛寶典》中露易絲拉瑟扮演黑寡婦蜘蛛，伍迪扮演她即將成為歷史的前夫。儘管他們花了很多時間拍攝這個連續場景，伍迪卻始終認為少了充分的結局。

　　好了，還沒說到拍攝過程也是一種痛苦的生理負擔，那是我跟她這輩子最煎熬的拍戲經驗之一了。那件戲服不管怎麼穿都讓我全身發癢，極度痛苦，而她也一樣受不了她那件戲服，為此我們爭吵不休，要坐在那張不銹鋼絲網上又更加痛苦。不過呢，我原本以為我們應該可以從那段連續場景中剪幾分鐘出來，我們總共花費超過兩星期的工作時數，用掉十萬呎的膠片，兩到三台攝影機，就為了最後這六分半鐘的劇情。我下意識想要採用《胡桃鉗組曲》的配樂來拿這個場景開玩笑──但卻徒勞無功。假如我當時有想出什麼好的結局，我就會這樣配樂了。我後來選擇盧雅各比（Lou Jacobi）扮演變性人的那段連續鏡頭，我覺得自己出現的頻率太高了（七段中出現了四段），如果自己對於那一段都沒有把握了，那又何必要放進去？

　　儘管如此，對於到底要不要剪掉那段或是放進變性人那段都讓我考慮了很久。皇冠（位在曼哈頓的劇院）當時已經決定要在下午一點首映這部電影，我的後製工作卻拖到最後一分鐘才完成，連膠片上的墨都還沒乾，因此我們不得不用投影機轉了兩次將膠片轉乾。

　　《傻瓜大鬧科學城》（一九七三年上映）讓我知道觀眾喜歡看到我的演出，這對我而言幾乎是難以想像。那些觀眾是為了看我才進戲院的，我還是感

到難以置信。我大可出現在《性愛寶典》的各段場景裡，像是吉恩懷爾德（Gene Wilder）飾演愛上綿羊的醫生那段，雖然我肯定沒有他演的好，但是就算由我來演，應該沒有人會有意見。

只是因為我想要謹慎行事，就像是我一開始與自己的樂團練習時一樣。我不可能成為團長，而他們卻一直看著我並希望我接下團長的職位，就因為我是這個樂團的發起人，還有我是名人。

EL_ 這部電影的靈感是怎麼出現的？

WA_ 有天晚上我看完尼克隊的比賽後（*紐約尼克隊是他最喜歡的籃球隊，他有全賽季的場邊座位票*），晚上在「今夜秀」（The Tonight Show）又重播了一次。當時我正在洗澡，然後就聽到自己脫口說出性如果只是性，那就下流了。我心中在想，那是不是可以依據當前最暢銷的《性愛寶典》命題針對性愛做一些滑稽的描述呢？我以為自己應該可以想出一卡車關於性愛的笑料——然而結果卻不如意料般的文思泉湧，我大概只想出六個。

EL_ 有哪些笑料是最後沒有拍成電影的嗎？

WA_ 我本來打算拍一段與聖經故事《俄南》（Onan）有關的劇情，不過我從聖經中找不到一個好的角度來詮釋這個主題。

EL_ 你總會運用笑話讓自己在社交上游刃有餘嗎？

WA_ 我總是覺得幽默逗趣可以讓自己在任何處境中找到出口。以政治與社會的角度而言，當笑話出現時，通常都是出其不意的。

EL_《傻瓜入獄記》是在什麼樣的背景下想出來的呢？

WA_ 一開始是設定有兩個幫派同時去搶一間銀行，當我準備要寫《再彈一遍，山姆》的劇本，起初心中是沒有想到亨弗萊鮑嘉（Humphrey Bogarts）的，不過我一下筆就寫了「鮑嘉出現了，」後來又發生了一次。當我寫完時，總共出現六次，他就是要角了。我記得當時住在芝加哥的阿斯特塔飯店，就是那時候決定要用他當男主角的，其實《傻瓜入獄記》真的是一場意外。

（在《再彈一遍，山姆》中，伍迪艾倫飾演艾倫菲力克斯，一位跟電影有關的作家，他相當崇拜鮑嘉可以成功周遊在不同女人之間，因為他自己始終交不到女友。他的女性朋友都覺得他很有魅力又風趣——特別是琳達〔黛安基頓飾〕，他好朋友狄克〔唐尼羅伯特茲飾〕的妻子——然而他在約會的過程中總想擺酷，反而因此失去了自己的個性。後來藉由琳達與鮑嘉〔傑瑞萊斯飾〕的幫助，他們總在緊要關頭現身並告訴他接下來應該說什麼，更讓他從中發現自己的魅力所在。）

EL_ 我想是因為鮑嘉拍了《北非諜影》的關係，他似乎比那些擁有男子漢形象的男演員又更浪漫了些，像是羅賓森（Robinson）或卡格尼（Cagney）。

WA_ 其實我一樣也很喜歡愛德華羅賓森及詹姆士卡格尼。不過我想是因為鮑嘉在電影中對待女性的那種真切，加上當時到處都可以看到他的海報。我其實心中早就已經幻想過幾個場景了，鮑嘉真的是意外的驚喜。

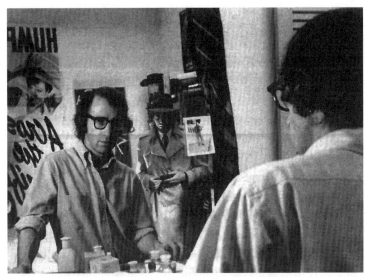

鮑嘉在《再彈一遍，山姆》鼓勵艾倫菲力克斯。

鮑嘉指導艾倫要怎麼與琳達對話。

EL_ 你的創作之中常常有這樣的神來一筆嗎？

WA_ 是的。對我而言，我要傳達的訊息往往都是無心插柳的。我今天會想到《傻瓜大鬧科學城》這部片是因為在想自己在現實生活中有多討厭機械，我完全沒有耐心，就算很簡單到不行的也一樣。這些東西太讓人困惑了，任何跟我熟識的人都可以證明我有多會破壞家電用品。當我寫完《傻瓜大鬧科學

城》的劇本後，我注意到其中一個不斷發生的場景就是高科技一點用處也沒有——某個傢伙拿著一把未來的手槍，開了一槍卻走火爆炸；我走進未來的廚房裡，所有東西卻都故障了。透過創作，不用事先安排，我就會想到一些自己經歷過的科技笑料。你可能會以為我故意創造出一個無法與機械共存的角色，不過我自己當時都沒有注意到，直到有人指出這點我才知道。

EL_ 所以《傻瓜大鬧科學城》有點像是意外出現的自我陳述，或至少有點像是人物傳記，那山姆（Sam）這個角色是在說你自己嗎？

WA_ 我的所有創作都是自傳式的陳述，甚至有些誇大扭曲，自己讀起來都覺得像是杜撰的。就拿山姆這個角色來看好了，我很不善交際，我幾乎不太受這個世界的影響。我也希望自己可以多花點時間出去與人交際，因為這樣我可以寫出更好的東西，但是我沒有辦法。

創作山姆那個角色時，我與路易絲已經分開了，當我們去排練這齣戲時，她才剛剛搬出家裡。那個故事在現實生活中從來也沒有發生過，真正發生過的是已婚的朋友會說，「喔，我們認識一個不錯的女孩可以介紹給你。」不然就是他們會邀請我去參加派對並介紹女生給我，接著場面就會變得很尷尬，因為那種場面總是尷尬的，加上我常常讓自己鬧笑話。然後我就會發現朋友的太太們，那些我壓根都不會與浪漫有任何聯想的對象，反而跟我相處起來相當自在，她們也會覺得我很好相處，而那些要跟我湊對的女人反而不這麼想。我就是因為這樣得到這個靈感，與其要與一個陌生人湊對，你反而覺得跟朋友相處起來才自在，因為不需要顧忌，而且只有朋友才會看到你真實的一面，其他人看到的就是一個緊張的傻蛋，極其古怪。

EL_ 當你腦中出現拍攝電影的靈感時，你會先擬出大綱或筆記嗎？

WA_ 我會先列出大綱，不過只有一頁。這真的很難，你不會相信我在創作時會遇上什麼樣的困難，因為我的處境非常特殊。正因為我不是演員，我不會創造出一個角色讓自己去扮演，舉例來說，美國南方的警長。我只能飾演特定範圍內的角色，我只有扮演某些角色時有說服力，類似都市生活的、我這年紀的書呆子。有些角色我演起來就完全沒有說服力，像是，健身教練或是海軍英雄人物。觀眾總是期待我會說出些幽默風趣的談話內容，那是他們花錢進戲院的目的。

這種困境就會這樣限制我的靈感，要是我想出像是《絳帳海棠春》（Born Yesterday）這樣的喜劇（喬治庫克爾一九五〇年執導的電影，改編自賈森卡林的同名百老匯歌舞劇。布羅德里克克勞福德飾演一個因收廢鐵而致富的粗鄙大

亨，他帶著曾是脫衣舞孃的情婦〔茱蒂霍利德飾〕來華盛頓特區，意圖賄賂國會議員來完成自己貪婪的野心。他雇用了報社記者〔威廉荷頓〕來改造情婦，好讓她更上得了檯面，然而他的教導也同時讓她看清克勞福德這個騙子，最後愛上荷頓），我要是期望自己可以扮演其中任何一個角色，那我就根本沒有辦法演。我的靈感一定要有說服力，又要好笑，而且要符合自己狹隘的角色詮釋範圍。此外，重大危機事件為主題的電影也不適合我。我不想涉足任何謀殺懸疑題材，雖然我內心有這種渴望，而且總有一天會放任自己去試試（他後來拍了一九九三年的《曼哈頓神秘謀殺》〔*Manhattan Murder Mystery*〕，這是齣詼諧又老派的神秘喜劇，相對於其他由角色主導的謀殺劇情片，像是一九八九年的《罪與愆》〔*Crimes and Misdemeanors*〕及二〇〇五年的《愛情決勝點》，都是後來的相關作品），我不想要涉及偵探那類的角色，因為我覺得很蠢，我根本不相信那些東西。這樣一來，題材的範圍就縮小到人性關係這個範圍，因為也只剩下人性關係這個題材了──而我們正處在一個屬於心理分析的年代──許多衝突都轉為內心層面的議題，不像以前那麼地充滿視覺張力與戲劇化。衝突的層次變得更微妙了，那是種非常現代的衝突層次，微妙的心理狀態就可以演變成問題──你在戀愛關係中被三振，那是因為你挑錯女人。每個人心中都存在著毀滅的種子，這部分很難用喜劇詮釋，因為喜劇中最好要有那種巨大又具體相對力量。因此要是我扮演軍人，你心中馬上就會出現一種衝突，或是當我因為欠債被黑手黨追殺時，你就會懂了。然而，若是要我以演員的身分去詮釋那些題材就沒有說服力了，或是說我沒有辦法讓角色有說服力，很多細微末節的地方根本逃不過聰明觀眾的法眼。

　　伍迪正在潤飾一齣劇本，也就是後來於一九七七年上映的《安妮霍爾》（*Annie Hall*）。這是關於一對男女的故事，影片用回憶的方式呈現。伍迪飾演的艾爾維辛格（*Alvy Singer*）與安妮霍爾（黛安基頓飾）最終成為彼此的好朋友，但那卻不是艾爾維最想要的結果（這部片其實在某種層面上也呈現出兩位演員現實生活中的關係，他們兩個人的親密關係維持了許多年，不過拍攝本片時兩人還沒有在一起）。他很清楚自己在大螢幕上所受到的角色限制，因此他盡可能在作家與演員的身份上不斷延伸，試圖遠離那個笑料不斷一則接一則又一則的劇本，像是《傻瓜入獄記》與《香蕉共和國》那樣的電影。

　　WA_ 我試著不要去預測觀眾的喜好，這樣好避免自己去選擇一些過於簡單又只想取悅大眾的題材。我想要縱容自己對戲劇的喜好來選擇題材，而我的直覺告訴我要基於寫實的故事題材。因為，好吧，要是我下一部電影，假設來

說，是關於 IBM 電腦要參選美國總統的故事好了，因為這樣才是誠實的候選人，而且才能當個完美的總統。然後我就會極盡諷刺之能事，加進一個第一夫人，讓電腦與宗教領袖對談，這樣大眾就會站在遠處對我笑，很理智很清楚那種，但是我想要用更個人的喜劇情節來吸引他們。

透過《傻瓜大鬧科學城》，觀眾看到的我，不論是演員或作家，都是很小一部份的我。他們看到的是那個可以創作各種笑料喜劇的伍迪艾倫，但他們同時也覺得那就是我的極限了。就好像是讓他們看到某個層面的我，但那並不是全部的我。或是說得更精確一點，我想要的不只是那樣——讓觀眾覺得我不只那樣而已，讓觀眾看到更多層面的我。因此那是我正在努力的，我在挑戰自己的極限，就算一次只能突破一點也好。

我知道自己下一部電影要與黛安基頓合作，所以我曾經想過那些像是史賓塞屈賽（Spencer Tracy）與凱薩林赫本（Katherine Hepburn）的劇情，因為這樣才有趣。不過問題是，你不知道那樣的劇情有多舊了。當你把這些老電影當作老電影看時，你會覺得很精彩，不過劇情卻太過複雜，而那些拍攝手法在觀眾眼中都已經過時了。

我試著透過新劇本從內心開始發展，從精神官能的角度向外延伸，這樣拍起來就不會像是一百年前的電影。《派特與麥克》（Pat and Mike）這部片，這麼說好了，有兩個角色，編劇寫出一種類似情境式的劇情——她是一名運動員，每當她男朋友在場時，她就無法從比賽中晉級，或說是那種男女關係的東西。他們就像人形立牌一樣，說的並非個人，好在偉大的史賓塞屈賽與凱薩林赫本讓這部片詮釋得相當精彩。

假如你現在想要拍真正的喜劇，那些問題都變得很細微，並不是那種熱鍋上的大問題。好比說這個女孩子想要搬來跟我同居，但是她又同時想要保有自己的公寓作為心理層面上的獨立感。那樣的衝突很有趣，可以幫助我們了解人性——試圖分析他們的行為，或是觀察其中是不是有什麼喜劇心理可以延伸發展，但是要將這些衝突發展成大螢幕上的劇情也很困難。

當你回溯十年前，那些衝突跟今天也不一樣了。喜劇就是一種延伸，很難單靠角色來呈現所有劇情的張力。假如黛安與我在電影之中需要逼真地爭論，那在現今的電影中就會出現那種心理層面的暗示。我們不會這樣爭論，「喔，親愛的，我們說好要去鄉下住一個月看看，不過現在地下室淹水，房子裡還有浣熊。」不會這樣，而是類似她會這麼說，「我寧願住在西岸，」然後我會說，「喔，妳會想要住在西岸是因為妳的家人都在那裡，那是妳心理上對

家人的依戀。」當然，浣熊這個梗可能比較好笑。

如果你平常有在看電視上的情境喜劇，那你就可以完全地理解我剛才這個老套的示範。情境劇都是用情節鋪陳的，所以才會叫情境劇——因為那個情節讓你開懷大笑。你以為那個站在你家門口的人是個警探，結果他只是個很蠢的推銷員。這樣的情境劇只需要維持半個小時，其中即使是再簡單普通不過的情節都會出現水準很高的笑點，很細膩的笑料。

這些笑點要透過角色來表現就難多了，但是這樣對觀眾來說卻很棒。我一向認為《絳帳海棠春》是美國本土最棒的喜劇，而那是改編自蕭伯納的《賣花女》（Pygmalion），更要歸功於亨利辛季斯（Henry Higgins）與麗莎杜立德（Lisa Doolittle）的詮釋。觀眾的笑聲來自於他們的角色本身，而不是因為說了什麼笑話。《絳帳海棠春》片中有精確的角色並置對照——她是個很蠢的金髮美女，她的男朋友更是個沒品味的幫派份子，相對於男主角這個知識份子。

現在呢，我很愛看笑話了。沒有人比我更懂得欣賞鮑伯霍普的電影了。然而要是你是因為電影中的角色而大笑，那很棒。就以《蜜月期》（The Honeymooner）中的傑克格里森（Jackie Gleason）來說好了，那就是因為他的角色本身好笑，所以當他與亞特卡尼（Art Carney）端著蘋果汁當酒喝，心理上還以為自己越喝越醉，那個場面實在太好笑了。此外，儘管鮑伯霍普在片中製造出無以計數的笑梗，但那也是霍普的形象讓他得以延續。他的笑話我會忘記，但是角色卻永遠記得。

那就是為什麼黛安基頓在跟我一起演出的電影裡面都會比我好笑的原因，因為我可以寫下所有笑話給自己——我也可以把笑話講得很好笑，以致讓觀眾大笑——但是她在鏡頭裡總是那麼好笑，因為她的東西都是角色性格上的。《安妮霍爾》這部片中我需要透過油嘴滑舌讓自己看起來好笑，然而她卻是角色性格本身就笑料十足。

EL_ 貼近現實生活但笑料上又有些誇大，然而又不算是高概念風格。

WA_ 一般人對於理解概念性的喜劇思維都會感到困惑，我想出一個用巨大乳房表現的方式（《性愛寶典》中有一段諷刺瘋狂科學恐怖片的橋段，一個十五呎高的兇猛乳房正威脅人類的安危，直到伍迪飾演的角色將這怪物引誘到兩層樓高的胸罩中），但是觀眾卻無法理解。他們有一種說不上來的感覺，「我的天啊，這是什麼詭異的概念，一顆巨大乳房，太胡扯了。」他們因為戲弄這個情節才笑得出來，所以我在呈現戲謔概念時，感到有些挫折。

拍攝那段乳房的場景也讓他備受挫折。其中會有一個工作人員站在這顆備有冷氣的充氣乳房裡，手上拿著對講機接收指令並進行操作。但是伍迪卻只能在清晨拍攝半小時，因為等到起風後，那顆乳房就會開始滾動，上面的布料就會開始脫落。此外，「我要從十六個不同角度拍攝才可以避開那些車縫線。」他說。

不過當我問他是不是打算放棄概念性思維時，他就開始描述一個故事的假設，後來也成為他最知名的故事之一，《庫格爾馬斯軼事》（*The Kugelmass Episode*）。

WA_ 事實上，我有一個概念，就是有一台機器可以將我投射進入小說的情節中，因為我與安娜卡列尼娜（Anna Karenina）這類的角色相愛，我就在書中跟她發生婚外情，之後又一直不斷地進入那個故事之中，最後她甚至來紐約找我，我就把她藏在城裡的旅館裡並背著我的妻子與她偷情。我心中一直在用不同的角度玩味著這個概念——像是我的太太跟阿爾弗瑞德普魯弗洛克（J. Alfred Prufrock）有一腿，然後我去找她，或是這個傢伙有一台機器可以把我投射進入《安娜卡列尼娜》小說中，舉例，或是《包法利夫人》，因為我愛上她了。結果這台機器卻誤將我投射進入一本法語文法書中，書中沒有人類，只有動詞跟其他詞組。（最後拍攝完成的電影中，庫格爾馬斯，這位執教紐約城市學院的人類學教授，第二段婚姻也結得不怎麼愉快，他以為自己需要「浪漫，我需要曖昧，我需要挑逗。」一位叫做柏克斯基的魔術師〔或該說是『偉大的柏克斯基』？〕告訴庫格爾馬斯，他可以拿著一本書走進魔法箱裡，柏克斯基就可以讓他進入那個故事之中。他選了《包法利夫人》，接著庫格爾馬斯就真的進入了小說之中並與艾瑪包法利在好幾段相遇中發生熱情如火的婚外情。他甚至帶她去紐約，他們入住紐約廣場飯店，她立志朝演戲圈發展。然而理想終究敵不過現實，遭逢一連串的困境後〔機器故障了，庫格爾馬斯被迫要永遠與艾瑪生活〕，她被送回法國永維鎮〔雖然很多讀者之後才發現庫格爾馬斯出現在這個故事中，或是艾瑪不見。「我沒有辦法想像這件事，」一位史丹佛大學的教授說。「先是一個叫做庫格爾馬斯的陌生人角色，接著是她從書中消失。好吧，我想經典名著的特色就是即便你讀了一千遍卻總是可以找到新的東西。」〕。庫格爾馬斯在逃脫後鬆了一口氣，但是三個星期後他又想要再試一次，這次的目標是《波特諾伊的怨訴》〔Portnoy's Complaint〕中的猴子〔The Monkey〕。「性與浪漫，」他走進箱子裡說，「當我們看到美麗臉孔時心中所產生的想法。」但是機械又再次故障了，所以他沒有進入菲利普羅斯〔Philip

Roth〕的小說中，庫格爾馬斯反而被投射進一本老的教科書——《西班牙速成》並落在單字「tenor」〔意指擁有〕那貧瘠又崎嶇的地形上——巨大又毛茸茸的不規則動詞——舉著細長的雙腳在後面追趕他。）

要執行這件事的難度在於去描述這個概念只要一句話就可以很好笑，但是要將這個概念用電影的方式呈現，你就需要一直想出新的笑話，結果發現自己總還有一百萬個笑話要寫。觀眾不會告訴你說，「喔，天啊，這也太好笑了，居然跟普魯弗洛克有一腿。」他們反而會說，「喔，對啊，現在到這理了，然後呢？笑點在哪裡？」

一九八七年六月

伍迪正忙著寫劇本，預計秋天開拍，而劇名未定。初稿中的主角瑪莉詠波斯特（Marion Post）嫁給心臟科醫師肯恩（Ken），「他在十年前檢查我的心臟，正如他所看到的，然後就求婚了。」她外表上看起來似乎可以完全掌控自己，然而事實上心中卻覺得自己要是不去否定內心情感，那她就只能被情感征服。

EL_ 你現在正在籌畫另一齣劇情影片，關於一個女人無意間聽到一個陌生男子揭露她的靈魂深處與其在她心中激起的情感。這是你近來的靈感啟發嗎？

WA_ 我本來打算拍一齣喜劇，內容是關於一個男人偷聽到一段分析以及一個女人在說話，他聽得入迷了，看了一眼那女人，覺得她很美。他們持續碰面，而她始終不知道他在偷聽。然後我就想，天啊，這也太可惡了，然後心中就出現了這個點子。過了五年後，我想這應該可以發展成一齣有趣的電影。假如可以激起這被監聽女人內心深處更多情感的話，整部片就會更有張力。劇情還在籌畫中。

EL_ 就跟往常一樣，你目前還沒有定主題。我知道你通常都會等到剪接完成後才會定下片名，你現在心中有沒有什麼想法了？

WA_ 我現在不像以前那樣堅持要用一個字當片名了。《另一個女人》是我目前心中的片名，聽起來不怎麼有趣，但就是我腦海中浮現過的想法就是了。也許到最後就不重要了，我也許會覺得片名一定要很有趣。雖然片名可以激起一些共鳴。瑪莉詠聽到另一個女人的聲音，她希望自己可以變成另一個女人，然後她看到自己的丈夫與另一個女人在一起。（一名中年女子在二十多歲

時經歷墮胎之後就封鎖起內心所有的情感，當她透過辦公室的暖氣管路聽到附近心理分析師針對一名年輕孕婦所做的諮詢後，不得不面對自己的過去）

EL_ 但是一開始的想法是要拍成喜劇片？

WA_ 是的。這個想法在許多年前出現時，一開始是打算拍成喜劇的，當時我很喜歡卓別林式的喜劇。一個男人住在一間很小的房間裡並偷聽到一個女孩的問題。我解決了這些問題並成為她的白馬王子，我對她有求必應。然後我心中開始質疑那種滋味——竊聽。就算用最溫和的卓別林式喜劇呈現，也不能似非而是。於是過了幾年後，我心中開始想要怎麼讓這個點子變得有戲劇發展——一個女人隔牆偷聽。我想，什麼事情才會有趣呢？她是要聽到什麼東西才會讓這一切有所不同呢？我一開始想到的是她妹妹跟她老公有婚外情。她回家後想，這也太慘了。然後她還發現在她妹妹與他丈夫正在偷情，但是這樣太希區考克（Alfred Hitchcock）了。這樣的主題不對，所以我就套用了《漢娜姊妹》（Hannah and her Sisters）的主題。

不過這個想法也讓我掙扎了好多年，為了克服這個困境，我覺得自己應該可以發展出一個故事。然後我就想到一個封閉的人生，想到一個總是築起牆封閉自己的女人，但是她現在已經五十多歲了，她再也沒有辦法封閉自己的情感——內心的感受開始滲入牆內，現實更穿過牆壁開始壓迫她（伍迪笑了兩聲）。也許哪天我會後悔自己沒有把這點子發展成喜劇。

EL_ 很多人都會隱藏內心的感受，因為他們害怕不敢面對。

WA_ 很多人終其一生都不敢面對自己的情感，但卻可以極流暢地展現自己的智慧並且積極參與各項社會與慈善活動，這方面我可能沒有比任何人好到哪去。

這時候伍迪正在與米亞法蘿（Mia Farrow）談感情，而她懷孕這件事是最新出現的複雜因素。由於她的預產期就在這部片預定拍攝期之後，因此這部片裡她看起來就是個孕婦。此外，伍迪的固定班底黛安韋斯特（Dianne Wiest）目前正休息準備領養小孩，一連串的計畫必須因此更動，除了演員陣容外，劇本也需要修改。現在法蘿將扮演那個年輕女子，她的聲音與身孕都將釋放出瑪莉詠內心的情感。

WA_ 她被設定成孕婦是為了要配合米亞，本來是要她演瑪莉詠，而黛安韋斯特演那個接受心理諮詢的女人。懷孕的狀態勢必會貫穿整部戲，將瑪莉詠設計成年紀較大的女人似乎也比較好。我想要找外型跟米亞差不多的演員——麗芙烏曼（Liv Ullmann）或是碧比安德森（Bibi Andersson）這類的——但是

我不想用柏格曼的演員，這樣的聯想太多了。最好就是找一個比米亞稍長的女人，長的跟她不像，但是身材卻差不多。（他最後找了吉娜羅蘭茲〔Gena Rowlands〕），我想要透過瑪莉詠的雙眼看到一個女人心中栩栩如生的夢想。

EL_ 這樣依據環境條件去調整你對劇情發展的構想真的很有趣。你有跟米亞談過要怎麼樣修改劇本嗎？

WA_ 通常我在這個階段是不會讓任何人看劇本的，就算是米亞也一樣。不過我也想知道在她懷孕的情況下可不可行，這樣一來她的意見就變得很重要。她認為那個年紀較長的女人應該從隔壁房間裡聽到更多訊息，她認為住在心理諮詢辦公室隔壁這女人應該去調查所有事情，都是些不錯的想法。

EL_ 父親的身份真的讓你變了（他與法蘿兩年前領養了一個女兒，而他也將法蘿之前領養的兒子視為己出）。

WA_ 這也不過是最近的事，跟米亞在一起後（米亞帶著好幾個孩子進入伍迪的世界，其中有她與前夫安德列普列文〔Andre Previn〕所生的孩子，也有跟他一起領養的小孩），加上看到黛安韋斯特例子後，我才發現小孩竟然是定義父母人生的關鍵，而我根本沒有想過這件事。我在拍攝《曼哈頓》這部片時，就有列出心中覺得重要的那些事情（「嗯，好吧，人生在世是為了什麼？……好吧。呃，對我而言……格魯喬馬克思，一個一個來……還有〔嘆氣說著〕威利梅斯，還有，呃……邱彼特交響曲的第二樂章，還有，嗯……路易斯阿姆斯壯的《Potato Head》藍調專輯……瑞典電影，當然……福婁拜的《情感教育》……呃，馬龍白蘭度，法蘭克辛那屈……嗯，塞尚畫的那些不可思議的蘋果跟梨子……呃，三和飯店的螃蟹……。」）。有個女人寫信說我不曾提及我的孩子，當時我根本不想理會，現在就覺得自己犯了一個難以置信的錯誤。一旦有了小孩後，那是種非常震撼的經驗，所有人心中都會為此感到欣喜。

逗一個嬰兒笑的成就感遠勝於讓一群觀眾大笑的感覺，我發現自己總是想盡辦法要獲得那種笑聲，因為那實在太令人開心了。我會快速地撲近她的小臉，還一邊發出奇怪的聲音，就是我以前看到別人逗小孩時的樣子，我總覺得那些人很蠢。

EL_ 你的電影中有沒有什麼特別的題材是你想做卻又做膩的了？

WA_ 有時候確實會有這種想法，我完全是在意外之中才發現這件事的。當我拍完《曼哈頓》後突然覺得自己再也沒有那種想要完美呈現紐約的渴望了。現在只要電影情節中會出現紐約，我還是會好好地拍，但是完全會依照情節需要來拍攝。但是我以前就會想要把紐約拍得跟遊樂園一樣，這種渴望在

《曼哈頓》這部片中一覽無疑。

等到我拍完《星塵往事》後，我決定自己暫時不要再這樣拍電影了。而現在我又開始了，我開始厭倦硬要將影片拍得過份離琢的樣子，至少暫時不會這樣了。

九年後，一九九六年，他又會再次拿出這個點子——一個男人無意間聽到一個女人的秘密與願望，然後利用這些資訊來追求她——音樂劇《大家都說我愛你》（*Everyone Says I Love You*）。當然這時候他不知道會發生這件事，不過這是另一個靈感的起源。

WA_ 我現在正在思考接下來兩部片的題材；我想要拍一部音樂喜劇，這部分我真的爛到不行。我可是看著那些偉大百老匯歌舞劇長大的，但我完全不會唱歌，不過我可以演戲，也可以導戲。我可以演奏黑管，應該吧，但是音樂劇得要唱出柯爾波特（Cole Porter）那種歌詞才有趣。我要先把靈感架構起來，然後給作曲家與作詞家一年的時間完成。

EL_ 你看起來總是在思考靈感或是解決劇本的問題，我記得你曾經說過，當你需要搭電梯超過三層樓時，你就會開始思考事情。

WA_ 當我晚上準備就寢時，將頭靠在枕頭上時，或是在街上走路時，我都喜歡用這些時間思考自己的故事題材。我總是在思考新的劇情，盡可能避免讓自己陷入那種可怕的情境——接下來要做什麼？帕迪查耶夫斯基（Paddy Chayefsky）筆下描述過這件事——非常正確——他說那種時候就是一個作家該考慮轉行的時候了。

一九八七年十一月

伍迪最近完成《情懷九月天》（*Semptember*）的後製工作——第二次。當他看完第一個版本後，他決定換掉兩個主要的演員並重新拍攝這部片。那天我們相約在他紐約的公寓見面，一如往常地坐著舒服的沙發面對面，這樣的訪談已經十五年了。他才與伊恩荷姆（Ian Holm）吃過午餐，荷姆是《另一個女人》（*Another Woman*）的男主角，那部片正準備開拍。他今天穿著棕色燈心絨褲，淺咖啡色的喀什米爾薄衫，外面搭著一件咖啡色的軟呢外套，脖子上打著條紋領帶。

EL_《情懷九月天》對你來說是一種新的嘗試，整部片都在同一個地點拍攝，你當初是怎麼想的呢？

WA_ 我一直都想嘗試這種室內拍攝作品,小型卡司與單一拍攝場地,或是有限的場地,其中部分是因為想要以舞台劇的方式呈現,我想要用四個場景拍完,而我也辦到了。關於這個,我也可以將劇本出版,舞台劇的版本,這樣幾乎什麼都不用改就可以直接搬上舞台了。不過這並不是舞台劇,因為當初就是設定以電影為出發點的。我的意思是說,我並不是故意要將劇本寫得像是舞台劇或為了兜售版權。

關於過去經驗所帶來的傷害,一段殘酷又得不到回應的愛戀,《情懷九月天》是專為電影所量身訂做的劇本。(幾個月後《紐約時報》的影評文森特坎貝會寫下「與其說《情懷九月天》像是艾倫先生簡樸版的《我心深處》,不如說是一部朦朧又抒情的《仲夏夜性喜劇》(*A Midsummer Night's Sex Comedy*),但卻令人煩躁。」)

整部電影的劇情發生在一個週末,這棟位在佛蒙特州(Vermont)夏日別墅,六名男男女女以及他們之間的愛戀故事——黛安(伊蓮娜斯楚奇〔Elaine Stritch〕飾)與她的女兒蓮恩(米亞法蘿飾),母女之間因為過去的傷痛導致兩人之間的怨恨;史黛芬妮(黛安韋斯特飾)是蓮恩的好朋友,史黛芬妮的人生一片混亂,她決定跑來拜訪蓮恩;廣告文案彼德(山姆華特斯頓〔Sam Waterston〕飾)一心想要成為小說家,他在這棟屋裡租了一間客房;鰥夫霍德(丹霍姆艾略特〔Denholm Elliott〕飾)是位暗戀蓮恩的老鄰居;而黛安的現任丈夫洛依德(傑克沃登〔Jack Warden〕飾)是位平易近人的物理學家。整部片都在同一棟屋裡拍攝完成。白天的時候,日光會穿過百葉窗射進來,依稀可以看見窗外的景色;晚上的時候,就只看得到黑暗中的陣陣閃電。

EL_ 當你在寫劇本時,你有一度覺得這部片像舞台劇嗎?還是始終認定這就是部電影?

WA_ 我一直認為,心裡也覺得這是一部電影。這很難說,這很直覺。那些情緒起伏的關鍵都是為了拍攝而設計。從頭到尾都當作是影片在拍攝,從來不需要擔心搬上舞台會發生的實際問題。我並沒有把這部片當作舞台劇,就像看了尤金奧尼爾(Eugene O'Neill)的作品後你會想要將相同的作品搬上大螢幕,因為舞台劇的版本非常成功。如果是在這樣的條件下,這樣的題材勢必相當出色,而拍攝時也要非常小心翼翼,因為你不想要失去劇本在舞台上的魅力。我寫這部劇本時就以電影劇本為考量,只是採用有限的室內場景來拍攝。

EL_ 這部片一開場就是在屋子裡,沒有任何場景的設計可以讓我們知道那究竟是在鄉下或是都市裡,我們也看不到外面的任何景色,完完全全就是一

思

部室內作品。

WA_ 對我來說，當初要是設計任何外景反而會糟蹋了這齣劇，我是說，通常是會有人將一齣舞台劇展開成為一部電影，但是其中真的魚與熊掌無法兼得——這樣一來就在也不是舞台劇，但是卻又達不到影片所需要的品質。我一開始就故意不想展開的，不需要做那些事情。

假如我當初想要建立一兩個外景，我應該就會依照一開始的設定去拍米亞在康乃迪克州的房子，因為那是我一開始就有的構想。我那時候在她家閒逛，心想，天啊，這地方也太有契訶夫式（Chekhovian）的氛圍了——那棟房子旁的土地好幾畝，就這樣孤伶伶蓋在那裡；有水，有樹，這有草地，那有鞦韆。（伍迪停下來大笑）難怪會有人在這種地方自殺。然後我就想，太好了，我就來這裡拍部片吧。我心中接著開始盤算，我可以在這裡住好幾個月，整個劇組要安排住在城裡，還有一些物流需要安排。但是後來我就遇上季節轉換的問題，因為米亞的房子裡有很多美麗的窗戶，完全沒有辦法避開外面的風景，這樣一來要是大氣不穩定，今天晴天，明天雨天就麻煩了。即使如此，我還是以為可以拍一些在湖邊柳樹下散步的場景，這樣一來就可以增添一些鄉村恬靜的氣氛。不過等到我們最後在規劃拍攝檔期時發現，等到要開拍時已經是冬天了，那不是我要的感覺——枯樹與寒冬，你知道的，這樣就不可能會在湖邊散步，因為這樣一來那些事情就不會有一樣的感受。此外，那個想要在拍攝期間住在鄉下幾個月的想法終究成為改在攝影棚完成就好了。

EL_ 你一開始告訴我，你想過要讓死掉的人出現，或是用其他角色讓幻影出現的場景。

WA_ 是的，開始寫劇本後我想過要讓斯楚奇玩碟仙招喚死去的丈夫，讓他現身。這似乎很有趣，所以我又想過要讓黛安韋斯特的丈夫以幻影的形式出現，還有丹霍姆艾略特過世的妻子也可以現身。然而不久後我就想，不，不要好了，因為我一直想要在這裡表現出「寫實的」室內作品，不需要演變成懸疑的短篇故事，就算那個點子很吸引我，我想要讓自己有原則地調整這六個角色——另外還有三個喜劇性角色短暫地穿插出現，不過基本上主角就是這六個人——而且不要再引入任何其他角色，這是我一直想要保持的原則。我抗拒這樣的誘惑，因為我想要讓這部電影看起來像是一則短篇故事。我想要維持寫實，我只要一個場景——這棟房子——六個人，時間就是當下，完全就在當下，在觀眾面前呈現這短暫時間內發生的故事，我想要呈現出舞台架構中的艱苦。

EL_ 你有想過房屋外的場景會是怎樣的嗎？

WA_ 一開始在搭景時，我們就有想過要去模擬窗外的景色，所以我們也把樹木搬進棚裡，不過那樣也是假的——說的不是相片中那種假，而是有不自然的設計成分在。我想要讓大家的注意力集中在內部而不去思考那些，美麗夕陽或是樹林騷動對我而言從來也沒有什麼意義，重要的是角色之間的互動發展，因此我覺得可以搭一個場景拍攝真的就很好了。一旦我們將電影更加內化，我的心裡就越開心。我們最後決定不要刻意去拍窗外的景色，也不需要模擬戶外的佈景，這麼說好了，就像那些運動員說的，重要的是內心。這就是這齣電影的起源與後來是怎麼獲得動力繼續發展的。那個構想已經在我心中深耕多年了，先是想要在康乃迪克州做些什麼，一直到後來的實際規劃，這一切都是我為了拍攝的前製工作。如果這部片失敗了，至少我也會學到點東西。相對來說，如果大眾認為這部片很有意義，而我也樂於其中，那就太棒了。當然我心裡也很清楚這樣的電影市場不是很大。

伍迪的電影中，一九八五年的《開羅紫玫瑰》（*The Purple Rose of Cairo*）堪稱幾部最超現實又感人的作品了。生活在大蕭條時代的西西莉亞（米亞法蘿飾）在一家小酒館裡當服務生，她嫁給一個虐待她又花心的浪蕩子，因此她閒暇之餘就只能沉浸在電影的幻想世界裡。西西莉亞坐在當地電影院裡看著當週上映的影片，一遍又一遍。當西西莉亞看了無數次《開羅紫玫瑰》後，那位英俊的埃及考古學家，湯姆（傑夫丹尼爾〔*Jeff Daniel*〕飾），他被一群住在曼哈頓的上流人士帶回紐約，他中斷演出並轉身與她對話，因為他太常看到她坐在觀眾席了。他走出大螢幕，於是他們墜入愛河（「我剛認識一個完美的男人，」她說。「他是虛構的，不過人不能太貪心。」），然而他的出走卻造成攝影棚一陣混亂，而吉爾（同樣由丹尼爾飾演）——那個在現實生活飾演他的演員，也同樣面臨演藝生涯的危機。吉爾來到這個小鎮追求西西莉亞，他邀請她跟他一起回到好萊塢。她接受了這個提議，也同時迫使湯姆必須重回大螢幕，然而等到湯姆安全地回到自己所屬的地方時，吉爾就拋下西西莉亞了。片尾她又獨自回到戲院裡，迷失在另一段白日夢中——螢幕情侶佛雷德亞斯坦（*Fred Astaire*）與琴吉羅傑斯（*Ginger Rogers*）於一九三五年《禮帽》（*Top Hap*）電影中共舞的那首曲子——〈臉碰臉〉（*Cheek to Cheek*）。

EL_ 《開羅紫玫瑰》的靈感是怎麼出現的？

WA_ 這點子一開始出現時，只是想到讓一個演員從大螢幕走出來，然後就會有一些狂歡的場面，但是我後來就想，接下來要怎麼發展呢？後來我就想到——那個演電影的人會來到鎮上。然後呢，這個拜訪就會開花結果。西西莉

亞必須要做抉擇，然後選擇那個真實的人，對她來說是一種提升。不幸的是，我們必須面對現實，結尾很令人崩潰失望。我認為現實世界就是一個殘酷的地方，（他說完後就停頓，接著發出一點笑聲）但也只有這個世界吃得到中國菜。

吉爾，《開羅紫玫瑰》中飾演一個明星，片中的黑白片，他從大螢幕走出來並與西西里亞墜入愛河。西西莉亞每天都去看電影，在電影的幻想世界中迷失了自己。

亨利（艾德華赫爾曼飾）對於吉爾可以走出大螢幕進入觀眾席的能力感到不可思議。

EL_ 很多觀眾本來希望在片尾時可以看到西西莉亞的生命有所好轉，但事實卻不然。

WA_ 《開羅紫玫瑰》整部片的用意就在這樣的結尾，要是結局不一樣就會變成很乏味的電影了。後來那部片在波士頓上映後，奧利昂公司的一位主管還很客氣的問我，「結局難道沒有別種可能了嗎？」

「喔，當然有，」我說。

「這樣啊，」他說，但是我很確定他的表情很痛苦。

吉爾與其他演員（約翰伍德、佐伊克德威爾、范恩強森，強森是伍德小時候的偶像之一，還有米洛歐席亞），他們都還困在大螢幕之中，從吃驚轉為震怒，因為吉爾跑掉後他們就演不下去了。其中之一（黛柏拉洛許）站在大螢幕前試圖想要像吉爾一樣走出來。

EL_ 你在拍攝的過程中有改變原來的想法嗎？

WA_ 我心中一開始本來就是以《安妮霍爾》為雛型的，而且與安妮談戀愛是很重要的部分，但也不過就是很重要的一部分罷了。拍攝過程中當然也出現許多離題的想法，不同的場景，不同的念頭，我常常陷入這樣的靈光一現，就會開始沉思。後來我們發現故事主軸本身就非常具有張力了，根本不會有人在乎其他事情。他們想要回歸到「你與安妮」那部分，所以我就讓故事這樣發展下去。

某些部分來自現實生活的經驗，但是我不想要過分強化這個部分。大部分的劇情都是虛構的，誇張地虛構。我們對於彼此是真心的，但這卻是虛構的故事。不只是細節的部分，而是這個故事描寫的並不是她，我們不是因為那樣分開的，我們的感情不是那個樣子。也許你在這裡可以看到一點蛛絲馬跡，那裡也有一些真實經驗擷取的成分。有些部分來自製片人馬歇爾布里克曼（Marshal Brickman）的人生，有些則是以他的回憶為基礎去發展出來的。我

這麼結論好了，那就是我的現實人生或是我與黛安基頓之間的真實韻事。

EL_ 當你心中出現靈感時，你會先問問朋友的想法嗎？

WA_ 我通常在身邊的朋友圈中總是有些優勢的。當我跟朋友出去吃晚餐或是散步時，我都會拿一些點子跟他們談。像是米亞（*他們的關係在一九九二年結束，但是訪問當下仍在一起*），我就會直接去煩她，想聽聽她的看法。她有時候會很樂意幫忙，或就是幫忙散佈消息。我也會與黛安基頓討論，還有我妹妹（賴緹安羅森〔Letty Aronson〕，現為伍迪的製片），這樣可以幫助我將這些事情說出口。畢竟當你每天都關在家裡時，很多事情很容易失焦，所以最好就是去找人談談，得到一些見解幫助自己確認一些想法或是改變。我是憑直覺做事的人，而我也想知道自己的看法在別人心中又是怎麼想的，還是自己在那一廂情願地孤芳自賞。米亞的反應總是有無限可能，當我對於兩三個方案猶疑不定時，我通常會在朋友圈中做個民調，我也只有跟米亞談過《另一個女人》而已。《變色龍》的靈感出現時，我知道自己正在處理一個強烈的角色，這樣我反而不需要別人的肯定。

EL_ 當靈感出現時，你會先做筆記嗎？

WA_ 我確實會記下許多笑料的部分，因為不這樣做，我通常就會忘記。我有個抽屜裡面都是滿滿的笑話與剪報，很多都還只是隨手抓的小紙頭。

伍迪同意與法蘭西斯福特柯波拉（Francis Ford Coppola）與馬丁史柯西斯（Martin Scorses）一起合作拍攝《大都會傳奇》（New York Stories）。他的那一段是《伊底帕斯災難》（Oedipus Wrecks），其中敘述一個傳統的猶太母親突然出現在紐約上空並讓她兒子的生活在所有紐約人面前陷入一片悲慘。因為她要他娶個猶太女孩當老婆，不要再浪費時間在那個已經與他訂婚的名媛身上。他已經把劇本寫得差不多了，正在進行最後潤飾的工作。

WA_ 下一部電影，我想要嘗試一些不一樣的東西──我已經厭倦那些寫實電影了。雖然也不是說從傳統角度來看我的短片就會很寫實，不過事實也是如此──那個角色會去看心理醫生，他也會朝九晚五去上班，但是母親出現在天空卻很超現實，我想要用不一樣的攝影手法拍一部電影。

像是《大國民》（Citizen Kane）這樣的電影就是用一種有趣的方式拍攝完成的。《大國民》到底是怎樣的電影？寶琳凱爾（Pauline Kael）形容那是「膚淺的大師作品」，在這個故事中你可以看到一名媒體大亨的崛起──或是寫實地描寫任何一個人物獲得權勢的過程──不管你喜不喜歡這部電影。然而《大國民》這部電影的詮釋手法竟巧妙地將這浮誇的人物自傳轉化成一部大師級作

品，所有奧森威爾斯（Orson Welles）在電影中精彩的手法都可以藉此一覽無遺——重複的對話，大全景與大特寫角度，還有配角詮釋上的細膩手法。

柏格曼的電影《哭泣與耳語》中有一小段對話很有趣，然後又跟真實電影有些關係，你只需要把攝影機架在房間裡就好。我想要玩味一下這些技巧，不要侷限在那些傳統手法裡。

伍迪接下來會拍三部片——一九八九年的《罪與愆》、一九九〇年的《艾莉絲》（Alice）與一九九二年的《影與霧》（Shadows and Fog）——之後在一九九二年還有另一部大量運用手持攝影機拍攝的《賢伉儷》（Husbands and Wives），影片使用非常粗糙的移動手法與零碎的鏡頭與場景剪接，現在他又有不同的見解了。

WA_ 我正在思考自己接下來想要嘗試的風格，我本來想過要拍一齣音樂劇，但是現在又不太確定了。

我應該只會拍兩種音樂片；一是使用現有的曲子拍一齣小型音樂片，接下來我就要做一齣大的，我要請人創做整齣劇音樂，然後拍成電影——像是《琪琪》（Gigi）那樣。假如我可以出現在片中，我就會想盡辦法出現。

我也可以預先錄製一兩首比較簡單的歌曲。當然你也知道，我可以坐在房間裡一而再、再而三地重拍，直到拍到一個自己可以接受的版本為止，然後需要唱時再對嘴就可以了。黛安基頓的歌聲好的不得了（她在《安妮霍爾》中就已經證實這件事了）。

EL_ 你說的這些都有點類似夢幻電影。勞勃阿特曼（Robert Altman）的影片都非常自然主義風格，他說自己是做夢睡醒後寫出《三女性》（Three Women）的劇本的。你也會從夢境中尋找靈感嗎？

WA_ 很多年前，當勞勃告訴我這件事時，我就建議他打電話給他的經紀人山姆柯韓（Sam Cohen），請他去找片商拍一部關於三個夢的拍片計畫。至於我呢，我的創作中沒有任何跟夢境有關的東西，就算一點點也沒有。我時常喜歡在電影中運用夢境的場景，因為那樣可以很生動。當我接受心理諮商時，我都會記得自己的夢境，而且我很努力想要記得那些夢。然而等到發現夢境的詮釋竟然都幫不上什麼忙時，我就停止了——除非，當然，夢到自己是法老王時。

EL_ 還有什麼樣的電影，或是說影片類型，是你想要嘗試的嗎？

WA_ 我一直想要將自己童年常去的那些電影院當作題材來拍部電影，我是在布魯克林長大的，我要讓整部電影圍繞著那間電影院，因為我的人生中有

這麼多片段是圍繞著我家附近那家電影院所發生的；去那裡約會，去那裡看女孩子，去那裡釣馬子，去那裡看電影，所有跟這家電影院有關的事情都這麼有趣。那是一個完全不同的世界，心中會有一種類似走進聖殿的感覺，因為那些大電影院又黑又冷──或溫暖，要看你的需求是什麼，好像叫做「J大道」（Avenue J）電影院吧？那裡車很多，還有一個拿著酸黃瓜罐子在賣酸黃瓜的女人，下雪天很冷。你掏出二十分錢買張門票，突然間你就站在大螢幕前面。眼前播放的或許是詹姆斯卡格尼（James Cagney）或蓓蒂葛萊寶（Betty Grable）的電影。裡面還會有糖果攤，你可以去那裡買一堆糖果再回到座位上，那是一種享受。這種事情已經成為過去了，現在的小孩租錄影帶看，他們的記憶會變成（他的聲音裝出很興奮的樣子），「太棒了，星期五晚上我們可以跟朋友相約，盛裝出席，然後租錄影帶回家看。」

二〇〇五年四月

　　我們開始談論他最近的工作進度──《愛情決勝點》於二〇〇四年在倫敦拍攝完成，幾個月前就結束拍攝工作了。這部電影五月將在坎城影展大放異彩，不論觀眾或影評都給這部片相當高的評價，也同時是伍迪目前為止最賣座的電影。這部電影的劇情同時也是伍迪的影片中最黑暗的幾部之一，就像《罪與愆》一樣，謀殺者最後都逃過了一劫。

EL_ 談談《愛情決勝點》的靈感吧？

WA_ 一開始我只是在構思一個謀殺事件，某人殺了某人，然後又殺了隔壁鄰居，最後還躲過警方的偵查。站在這個假設上，繼續發展下去。我在想，這會是怎樣的男人呢？接著我就想，他會跟一個女人牽扯上，然後他想要殺掉她。她應該要很有錢，他最好就是當個網球選手，這樣就有機會認識有錢人，劇情就這樣慢慢地發展下去。

EL_ 這是最近才有的想法，還是很久以前就有了？

WA_ 這種謀殺懸疑案的想法，我已經想好一陣子，我不時都會想到類似的故事，就有點像懸疑故事，我會先將這些點子擱在一邊。有些懸疑故事適合在飛機上閱讀，然後有一種就是──我不是在比較──有些謀殺的方式比較意味深長，像是《馬克白》或《罪與罰》，或是《卡拉馬助夫兄弟們》（The Brothers Karamazov），這樣的謀殺事件需要用達觀的角度去看，而不是用如何破案的方式去看。我有試著在劇情中增添一點元素，這樣就比較不會只是類

型電影。

克里斯是位網球選手（強納森萊斯梅爾〔Jonathan Rhys-Meyers〕飾），他極力討好某個上流家庭並發現這家的女兒克蘿（艾蜜莉摩提默飾）愛上他了。即使克里斯根本不愛她，他還是娶了克蘿並讓自己晉升上流社會。後來他在初次見到克蘿的準大嫂妻諾拉（史嘉蕾喬韓森〔Scarlett Johansson〕飾）時便愛上她了。他們開始互通款曲，最後諾拉甚至不惜取消婚約。結果她懷孕了，諾拉要求克里斯立刻離開克蘿。由於他不願意放下這段婚姻所帶來的榮華富貴，他便殺了諾拉以及住在隔壁的寡婦老太太，還拿走老太太的珠寶誤導警方以為是一起劫財謀殺案。他後來將那些珠寶丟進泰晤士河裡，卻沒有發現一只婚戒彈到扶手上後又再滾回人行道。當警方發現諾拉的日記時，克里斯又變成了嫌疑犯，一名警探幾乎認定克里斯就是殺人兇手時，結果那只婚戒突然出現在一個被謀殺的毒蟲身上，很顯然地，失敗的毒品交易。最後克里斯成功逃過一切。

EL_ 你一開始就認定《愛情決勝點》是這部電影的片名嗎？

WA_ 是的，那從一開始就很顯然會是這部片的片名。我最近接受一個來自西班牙的訪問，對方告訴我自從這部電影上映後，「決勝點」就成為一種流行用語。我記得很多年前在電視上看到一場網球賽式轉播，其中有幾球是那種打在網子上後就彈了過去或是彈回來的球，那個轉播員就說，「每場比賽中只要發生兩、三次這樣的球，而且都是落在對你有利的那一邊時，那你就贏定了，球掉在哪邊的差別非常大。」然後我一直記得這句話。那看起來沒有什麼，不過就是一分罷了，不過那個球打到網子上，然後又彈了回來，那個差別卻非常、非常的明顯。

EL_ 在倫敦拍攝有改變任何原本劇本的設定嗎？

WA_ 我之前有些劇本是在紐約拍攝的，我並不討厭那些作品，但是預算拿捏卻嚴重礙事，因為我的預算真的不多。而在倫敦，我有足夠的資金開拍這部電影，拍攝起來就輕鬆多了，因為不會那麼綁手綁腳。歐洲拍片的預算大概都在一千兩百萬到一千五百萬美金之間。

EL_ 這部片本來不是以美國為背景嗎？

WA_ 是的，我一開始是設定成發生在美國的故事，而且本來計畫要在漢普敦拍攝的，後來是在英國籌到資金的。整部片要移轉到倫敦其實很容易，當然不可能任何地方都行，不過移轉到倫敦卻很方便。

EL_ 你在描寫英國社會階層的生活時有沒有碰到什麼困難？

WA_ 我也是盡所能的描寫，運用自己的常識，不過要是有什麼錯誤出現，露西（露西達爾文〔Lucy Darwin〕，製片之一）或是我們的製作經理都會像我指正，他們會說，「喔，他絕對不可能講出這種句子，」或是「傑瑞這名字根本沒有人會用，那個名字在英國聽起來太怪了。」不過沒什麼困難就是了。

EL_ 這部片中有些很驚悚的暴力情節，雖然沒有實際呈現，但卻有明顯地暗示。兩個人被冷血槍殺，然後殺人犯卻逍遙法外，根據以前的製片準則（Production Code），這樣的劇情是絕對不可以出現的。

WA_ 對啊，要是根據那跟不上時代的製片準則你永遠不可能拍出這種片，那套準則以前就像是普魯士王朝一樣統治我們的國家，但是跟現實世界完全脫節。真實生活中很明顯就是有一堆邪惡的事情逍遙法外。我小時候就常常聽到人家說，惡有惡報。以前有一本很棒的漫畫就叫做《惡有惡報》（Crime Does Not Pay）。不過在我十三歲時，我曾經說過惡報再差也不輸通用汽車（GM）的薪水。我是說，犯罪在我眼裡是這個國家最成功的產業之一。有計畫犯罪的報酬非常好，非常好。那些有錢人中大部分的人都可以殺人又逍遙法外──不過你當然不可能輕鬆地過日子，不過至少現在不用擔心製片準則這件事。

EL_ 你現在繼續留在倫敦拍接下來的第二部片子，心中對於片名已經有想法了嗎？

WA_ 我應該會取名為《遇上塔羅牌情人》（Scoop），這是我在過去十二週裡寫的第三部劇本。我最早寫了一部打算要在倫敦拍攝的劇本，不過寫完之後才發現倫敦沒有我在劇本中想要諷刺的社會現象，所以只好捨棄那個劇本。接著我很快地想到另一個點子，一齣黑色喜劇，描述一個男人爬出窗戶想跳樓自殺，最後卻摔斷腿變瘸子。當我把劇本給選角負責人茱莉亞泰勒（Juliet Taylor）還有我妹妹看時，她們都覺得劇本非常好笑，但是可能會被視作很個人的自傳式電影，因此她們建議我不要拍比較好。她們覺得這部片子不可能會得到客觀的評價，不管最後拍得多好都一樣，所有焦點都會被放在那自傳式的觀點上。雖然事實上這件事根本不存在，但是一樣很容易讓觀眾在享受電影的過程中失焦。

結果我只剩四個星期就要開拍了，手上卻沒有劇本。所以我只好回到以前當電視編劇的模式，我必須把自關進房間裡寫劇本，沒有時間瞎混，沒有時間孤芳自賞，也沒有時間在街上閒晃等著靈感從天而降。我得要坐在打字機前面，馬上。我也真的這樣做了。我幾天前才打完這個劇本，共同製片海倫羅賓（Helen Robin）在我們講話時繼續打字。她訂正完後，明天換我訂正她訂正過

的版本，然後就要交出去了。

EL_ 你還是一樣會手寫劇本嗎？

WA_ 我寫劇本的方式還是跟以前一樣，我會先用手寫，然後再用同一台打字機打過。我會用打字機是因為沒人看得懂我的字跡，然後我就會再讀一遍，通常會全部改掉，接著又要再打一遍。我老是會抱怨要打字，不過其實我一點也不在意這件事。我會放著傑利羅爾莫頓（Jelly Roll Morton）的專輯繼續打字。

我兩個孩子好愛玩那台打字機，他們總會問我，「我們可不可以打字？可不可以打字？」我前幾天才在想，當年我用四十塊美金買下那台打字機時——當時我十六歲，現在我已經七十歲了，當我的孩子坐在那台打字機前——攜帶式手動奧林匹亞打字機（Olympia），上面一條刮痕都沒有，看起來亮潔如新。（當伍迪艾倫開始寫作的前幾年，他根本不知道要怎麼更換色帶，所以他每次都會要請會換的人來吃晚餐，然後就在晚上很順口地問對方，「喔，對了，你可以幫我一下嗎？」）

EL_ 很多年前你從抽屜裡拿了一個紙袋給我看，裡面裝滿了你之前用紙頭寫下來的點子以及寫到一半的劇本，那些東西你還留著嗎？

WA_ 是的，我從那個棕色紙袋裡選了好幾個點子出來。那是一堆散裝的筆記紙，但是我有用迴紋針夾著。當時我正迫在眉梢地需要寫出這劇本時，我也一直不停地去那堆筆記裡尋找靈感。說實話，這部電影就是從那口棕色紙袋裡找出兩個點子的綜合。

EL_ 《安妮霍爾》這部片中你開始讓螢幕畫面留白，讓角色們在鏡頭外說話。當艾維與安妮在對話時，你呈現了他們的內心獨白，你讓她抽離並觀看自己與艾維做愛。

WA_ 沒錯，這個故事中我可以運用不同的拍攝工具。這樣的喜劇你沒有辦法用其他的媒體來表達，而且所有東西一開始就已經寫在劇本上了。最早的時候，你知道的，劇本上是要呈現這個男人心裡在想什麼。這種對於媒體工具的開拓方式就跟好萊塢開拓影片自由的方式沒有兩樣。

EL_ 關於這些都是一開始就設定好的嗎？艾維對於幸福的無力感以這種意識流的方式呈現？到後來轉變成艾維與安妮的關係？

WA_ 是的，這些都是共同製片馬歇爾布里克曼跟我一起構想出來的。

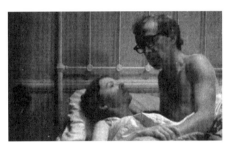

《安妮霍爾》中，伍迪始用了非常多元的拍攝手法，其中包含了分割鏡頭、角色自我觀看、還有運用字幕表達角色的內心情緒，這往往跟他們說出口的話語截然不同。安妮在與艾維做愛時抽離自己，她離開那張床在一旁觀看，而他正與她切割的自我進行對話。黛安基頓憑藉自己對時尚的觀感設計了劇中的新造型並掀起一陣流行。

　　EL_ 結局這麼耐人尋味，一段這麼棒的關係，然而維持好友關係卻並不是艾維最想要的結果。（這部片最後用一個男演員與女演員在舞台上排練艾維與安妮的關係作為結尾，而這部分以兩個人再度結合來呈現傳統的美好結局。當兩位演員擁抱時，攝影鏡頭直接切向艾維的臉，接著他對著鏡頭說，「不然你想怎樣？這是我的第一部戲，你知道戲劇總是盡可能呈現完美結局，因為現實人生中太困難了。」之後艾維與安妮再度相遇，接著就以蒙太奇手法剪進許多兩人過去有趣又浪漫的情節。然而他們終究還是分手了，而艾維再次面向觀眾，「我覺得她這個人如此美好，我也知道光是認識她就是件很有趣的事情了，然後我就想到一個老笑話，就是說，有個人去看心理醫生，他告訴一聲說『醫生，我哥哥瘋了，他以為自己是一隻雞。』然後醫生說，『喔，那你怎麼不帶他來呢？』接著這個人就說，『我想啊，但是我需要雞蛋。』嗯，我想這大概就是我對於感情的看法。你知道的，人跟人之間的感情往往不理智、瘋狂又荒

唐，不過我想我們都會一直堅持下去，因為我們都需要雞蛋。」）

WA_ 這是意外出現的結局。拍這部片時我對於結尾要怎麼處理很掙扎，有那麼多場景與靈感，而我最後透過測試與錯誤選擇了這個。從佛洛伊德的角度來看，人們可能會認為男人在戀愛之中需要遭遇這麼多磨難正是因為他們需要雞蛋——而我指的正是雞蛋。

EL_ 從戲劇的角度來看，這樣的結局比傳統那些幸福美滿的結局更好。

WA_ 我從來不會想要設計幸福美滿的結局。我是說，除非那是一開始就設計好的結局。

EL_ 但是這部片看起來就像是那種會有幸福美滿結局的劇情。

WA_ 我從來沒有想過要設計任何幸福美滿的結局。我一開始心中構思的甚至是個謀殺案件，我在結尾讓兩個人相遇並用蒙太奇的方式回顧他們在一起的日子，然後就自分道揚鑣。本來設計以謀殺案件開場，那（在二十年後）就成為一九九三年的《曼哈頓神秘謀殺》。

EL_ 然後在那之後，劇情就一直環繞著艾維對幸福的無力感，當時所訂的標題是《快樂缺乏》（Anhedonia）。

WA_ 一開始是設訂以艾維的意識流去串起這部片，然後當馬歇爾與編劇賴夫羅森布魯（Ralph Rosenblum）看過第一幕時，他覺得片子看起來並不連貫——然後他就跟我一起寫劇本了！那個評論很好，我們一起讓這部片的劇情連貫起來。

EL_ 艾維與安妮抓龍蝦煮晚餐又大笑的那段戲在蒙太奇方式中看起來效果很好，其中完全沒有音效，這是劇本裡就這麼設定的嗎？

WA_ 劇本裡那段戲本來就是沒有設計對話的，我們一共拍了七到八個鏡頭——那是整部片開拍後的第一個鏡頭，那是我與攝影師戈登威利斯（Gordon Willis）合作後的第一個鏡頭——然後拍完幾個鏡頭我們就笑開了，因為黛安總愛逗我笑。

後來我看毛片時才發覺自己從來沒有跟這麼棒的攝影師合作過，我們兩一起大笑的那個鏡頭讓我印象深刻，我當下立刻知道一定要用那個鏡頭。那是我這輩子笑得最開心的一次，同時也是那部片中最棒的鏡頭之一，因為那種率性太真實了。電影開拍就可以有這樣的開始真的很幸運。

EL_ 那很自然又率真，感覺上就像是一段真正的感情，你在那部片裡有很多個人的突破——

WA_ 對，那是種突破——

EL_ 因為你開始認為，「放進字幕也沒有關係，鏡頭留白或是一片黑也不要緊。」

WA_ 因為那是一段真人真事的故事，那並不像《愛與死》（拿破崙時期發生在俄國的戲謔劇）或是《性愛寶典》那樣的故事。這部戲的故事背景是真實事件，而且我在跟一個專業攝影師學習新知，那是非常棒的經驗，不過也得來不易。很多鏡頭我們都重拍過，結局的部分也飽受掙扎——不只是結局掙扎，跟賴夫羅森布魯一起剪接時也很掙扎。

《安妮霍爾》的第一幕，當安妮與艾維爭吵晚要吃什麼時率性地笑著。當一隻活龍蝦跑到冰箱後面時，艾維告訴安妮，「妳跟它講話。」「你真會講瞎（蝦）話。」

EL_ 可以舉例嗎？

WA_ 我對於鏡頭的記性不太好，不過當馬歇爾說他覺得前後不太連貫時，我們就會回頭進行各種更改與剪接。像是安妮與那個傢伙住在加州時有出現一段笑話，但是除了我之外，賴夫也不覺得那個笑話出現在那個場景中會很合理，所以我又花了四個星期拍攝各式各項的場景——最後一個也沒用，最後還是採用原來那段。

（人們在人行道上摩肩接踵地走著，此時艾維從店裡走出來並往前景移動）

艾維（對著鏡頭，對著觀眾）：我很想安妮，我真的錯了。

一對情侶，一起從街上向他走來，停在艾維面前，男人開口說話。

男人：她現在跟湯尼萊希（Tony Lacey）住在洛杉磯。

艾維：這樣嗎？喔，如果這是真的話，那她真該死！如果她喜歡那樣的生活，那就讓她住在那好了！他是個混蛋，就這樣。

男人：他是哈佛畢業的。

艾維：對啊，也許──聽著，哈佛也是會犯錯的，對吧。季辛吉（Kissinger）還在那教過書。

那對情侶繼續走回街上，另一個中年婦人向艾維走來。

婦人：你不是在吃醋吧？

艾維：最好是，吃醋，是有一點，就像美狄亞（Medea）一樣。太太，我可以給妳看樣東西嗎？（他從口袋裡拿出一樣小東西）這個東西……是我在公寓裡找到的，黑色香皂。她每天都會用這塊黑色香皂洗臉，一天洗八百遍，不要問我為什麼。

婦人：喔，你怎麼不跟別的女人約會呢？

艾維：喔，我累了，而且，呃，妳知道，這太喪氣了。

EL_ 黛安基頓唱〈一如往常〉（Seems Like Old Times）時真是讓人目不轉睛，你一開始就打算要讓她唱歌嗎？

WA_ 我很早就這樣打算了，我知道她歌聲很棒，而且這首歌出現在電影裡會非常美。

EL_ 我想我們之前沒有談過她在那部電影中的時尚造型會帶領流行吧？

WA_ 那就是她的形象，那就是她穿衣服的風格，她的穿著一向都很反常又有創意。負責服裝的那位太太都會走過來告訴我（伍迪像在講悄悄話），「不要讓她穿成那樣，」然後我就會說，「我覺得她這樣很好看，真的真的很好看。」我當然隨她怎麼穿。

EL_ 那是她自己建議的嗎？她有跟你說，「可以讓我試試看嗎？」

WA_ 她並不是用很正式的方式建議我，這麼多年來，不論在戲劇或電影裡我都看過那些很美麗的女演員穿著光鮮亮麗走進片廠，一旦換上戲服後就像我媽的朋友一樣，你懂我的意思嗎？《再彈一遍，山姆》曾經在百老匯天天上演，劇中一共有七到八個女演員，其中也有黛安基頓。有些非常美麗的女孩子走進片廠時真的天雷勾動地火，但是等到她們提著道具服走進更衣間後──走出來就完全是一場災難了。然後等到音樂劇結束後，她們就會套上那種毛線帽與短裙，走出劇場時看起來就像太妹一樣。所以我一向很信任女演員的穿衣哲

學，尤其是那些受到認可的女演員，黛安基頓就是其中一個；大家都很欣賞她的穿著打扮。她只是套上自己想穿的衣服，然後大家都想穿的跟她一模一樣。

EL_ 這麼說來，《曼哈頓》接著《安妮霍爾》就很順。

WA_《曼哈頓》這部電影是戈登威利斯與我在漢普敦拍攝《我心深處》時討論出來的片子。那時我們常常一起吃晚餐，我們以前都會一起吃飯。我跟他談到自己打算要拍一部寬螢幕的電影，不過我不想要拍以戰爭為題材的那種標準寬螢幕電影，我想要拍一部內心一點的浪漫電影，寬螢幕的。我們決定要用黑白片的方式呈現，因為那樣才有曼哈頓的風味在裡面。

那時候我買了邁可提爾森湯瑪斯（Michael Tilson Thomas）所演奏的《蓋西文序曲專輯》（Gershwin overtures），我每天洗澡的時候都會放這張專輯來聽，然後心裡就想，「天啊，這段太適合搭配這樣的浪漫情景了，那段也很適合那樣的場景。」接著我就開始跟馬歇爾布理克曼把劇本寫出來。

我並沒有想要用蓋希文的音樂，我是說，一開始的時候。當我開始寫劇本時，心中在開場聽到的音樂是邦尼貝瑞根（Bunny Berigan）的〈無從開始〉（I can't Get Started），因為那首歌每天晚上在伊蓮餐廳（Elaine's，曼哈頓名流最愛去的餐廳）都會表演好幾次，所以一開始我們就打算用伊蓮餐廳開場。接著當我在製作開場那些混和畫面時，影片剪接珊迪茉爾斯（Sandy Morse）就說，「我覺得這段很適合放〈藍色狂想曲〉（Rhapsody in Blue）。」然後我就看著這段搭配〈藍色狂想曲〉的效果，然後說，「對啊，這樣真的很美。」後來我就說，「那我們就全部改用蓋希文的作品，我們可以請「紐約愛樂」（New York Philharmonic）來演奏，全部用蓋希文的音樂。」後來我們也真的這樣做了。

那部片很浪漫，拍得非常美，跟瑪莉兒海明威（Mariel Hemingway）合作真的很愉快，她個性好得不得了，同時也是很棒的演員。

EL_ 我記得有一次去找你的時候，你正在後製一部之前的片子，地點在百老匯附近一個老舊的地方。我後來離開房間十五到二十分鐘，等我回來後你就看著我，好像我是全世界最可憐的傢伙一樣，你說，「你知道嗎？瑪莉兒海明威才剛走，你錯過了。」

WA_（臉上掛著笑容）她是來找我的，她跟她的女朋友一起來，我那時候想要用她當演員——那時我已經看過她一九七六年在《口紅》（Lipstick）裡的表現——然後我決定要見見她本人，好判斷我的直覺對不對。她那時候就匆匆來訪，我們都有跟她打到招呼。

她個性真的很好，開朗的孩子，演技真的很棒，絕對比我好。

一九七九年電影《曼哈頓》，主角艾薩克戴維斯（Isaac，伍迪艾倫飾）是一位電視編劇，他的太太（梅莉史翠普〔Meryl Streep 飾〕）跟一個女人私奔離開他。他現在開始與崔西（Tracy，海明威飾）約會，崔西是一位成熟又甜美的十七歲女孩，她愛他。他也很喜歡她，但是覺得兩個人之間沒有未來。接著他遇見了他最好朋友的情婦——瑪麗（黛安基頓飾），而他最好的朋友葉爾（麥可莫菲飾）是一位想要出書當作家的大學教授。當葉爾決定要離開妻子艾蜜莉時，艾薩克卻愛上了他的情婦瑪麗。這時候崔西決定放下這段感情繼續經營自己的人生，她要搬去英國唸書並都準備好要離開了，這時候艾薩克才發現自己放棄了什麼。

EL_ 艾薩克在這部片的最後才有所領悟，他自己不顧一切想要拋棄崔西而追求似乎比較聰明又世故的瑪麗。

WA_ 我只是覺得這個點子很有趣，就是這個男人被一個年輕、天真又美麗的女孩子愛上，但最後卻被自己搞砸。

關於那部電影有則不是很多人注意卻不只一次被提到的影評，其中說到，「這些人是誰？這些人我根本不認識。這些人根本就不像任何我認識的紐約人。」我其實不太能反駁這點，那也許是非常合理的評論。不過基於某種原因，這部片卻得到相當大的迴響，也非常賣座，全世界都是，我跟所有人一樣驚訝。

這些角色也許完全都不是真人真事，就如同我在片中的描寫也不盡然是寫實的曼哈頓，不過很顯然的是，《曼哈頓》這部片中有些情節是可以在世界各地獲得共鳴的——法國、日本、南美洲。

EL_ 有沒有人針對艾薩克與崔西的年齡差距評論過？

WA_ 影評的部分沒有，不過有些人確實對於這個部分感到不耐。就我而言，我面對那些評論的態度就跟我回應關於我與順宜（Sonn-Yi）之間的評論一樣。如果兩個人在一起很快樂，他們就很快樂。然而，這感覺似乎像是精心設計的橋段——而事實上也是。

說到順宜，我跟她之間的婚姻說來或許有些諷刺，在很多人眼中看來也許很不理智，但是在我而言，那卻是我人生中唯一可以一直走下去的感情，這麼多年後我們還是很快樂，還有兩個這麼棒的孩子。（伍迪的妻子，順宜普列文是安德列普列文與米亞法蘿領養的孩子，普列文與法蘿在一九七九年離婚。隔年，伍迪與米亞就開始約會，米亞出現在他接下來十二年裡的每部片中，兩人也一起領養了荻倫（Dylan）。他們也有一個親生兒子，雖然他們並沒有結

婚，也從沒有住在一起過。兩人的關係在一九九二年因為伍迪與順宜有染而結束）

EL_ 一開始為什麼想要拍這部片？你曾經告訴我你想要拍一部推崇曼哈頓的片子。

WA_ 這是我與馬歇爾布理克曼的對話成果。我提到自己想要拍一部片子來呈現心中對於這個地方的感覺，接著我們就開始談論，然後我大概就說了，「要是我在片中喜歡上一個真的很年輕的女孩是不是很有趣？如果黛安基頓就是這個道貌岸然的角色呢？」他就會開始在心中幻想這些畫面，開始即興演出，我就會把他拉回來又繼續延伸下去，然後他會把我拉回來又繼續無限延伸──這就是合作的樣子。我們會彼此開玩笑，他演一個角色，我演一個角色，最後劇本就出現了。

EL_ 拍這部片時也有像拍攝《安妮霍爾》一樣遇上困難嗎？還是這部片很順利地拍完了？

WA_ 不、不、不，一樣有碰到問題的。

EL_ 像是什麼樣的問題呢？

WA_ 通常比較不優秀的作家（伍迪大笑）都會在結局安排上遇到問題──偏偏就要在結尾的部分，拍出來的那幾個鏡頭看起來總是一樣的，但是其中有段是我去那傢伙的教室找他攤牌的高潮卻不見了（艾薩克以及葉爾都與瑪麗有染），那段本來沒有在劇本裡。我原本的劇本裡並沒有很好的結局，我記得馬歇爾的太太看了劇本後──我不確定他們那時候結婚了沒──然後她說，「結局少了那種你們要對那個結局付出代價的場面。」

當瑪莉告訴艾薩克，葉爾為了她要離開元配時，艾薩克跑去葉爾的教室跟他攤牌，背景那面牆上掛著好幾副人類與猿人的骨骼。就在兩人為了爭奪瑪麗一來一往地爭吵時，他們開始進入爭論的核心。

葉爾：哎，我不是聖人，好不好？

艾薩克：（亂揮手，幾乎要打到人體骨架）但是你──你太輕率了，什麼事情你都可以自圓其說，你對自己根本不誠實，你說你……你說你想要──你想要寫一本書，但是──最後，你卻寧願買一台保時捷，你知道嗎，或是你稍微背叛了愛蜜莉，然後你對我顧左右而言他，然後──接下來你知道會怎樣嗎，你就會站在委員會前面指名道姓！你居然在告發你的朋友！

葉爾：（也在亂揮手）你這人太自以為是了，你知道嗎。我是說，我們都是人，我們不過就是人，你知道嗎，你以為自己是神！

艾薩克：我總要有個人生榜樣吧！

葉爾：是啊，你就是沒有辦法好好過日子，你知道嗎，什麼都要完美。

艾薩克：天啊——好吧，那將來那些世代會怎麼看待我們？我的天啊！（他指著那具人骨，終於看到了。）你知道嗎，有一天我們都會——我們都會跟他一樣！我是說，我說——對啊，他也曾經是美麗的人類，他可能也會跳舞、打網球或是什麼的。然後——然後——（再度指著那具人骨）現在呢——對啊，這一樣會發生在我們身上！你知道嗎，人生要——人生中要有些良心是很重要的。你知道嗎，總有一天我也會被吊在這裡，然後——然後我就也要確保，當我……這樣時大家會敬重我！

（鏡頭對準那具人骨，全身鏡頭，艾薩克走了，接著葉爾也走了。）

《曼哈頓》中，葉爾與艾薩克在教室裡對於他們愛上同一個女人而爭論。那些骨骼剛好就出現在佈景中，伍迪即興地加了台詞說，「你知道嗎，有一天我們都會——我們都會跟他一樣！」

EL_ 我們來談談《那個時代》（Radio Days）這部片吧，我認為那是你最具個人風格的電影之一。

WA_ 那是一段非常愉快又自我滿足的經驗，我想要將童年回憶中的歌曲串成一部電影，像是亞帝蕭（Artie Shaw）的〈跳支比根舞〉（Begin the Beguine）以及平克勞斯貝（Bing Crosby）的〈帶槍的媽媽〉（Pistol Packin' Mama），就像緬懷舊日時光一樣，那種因為可以重製童年而寵溺自己的愉悅。你知道嗎，當有人拿了兩千萬美金放在銀行裡——不管預算多少，一千五百萬、一千六百萬——你有機會重製自己的童年，或逼真地摹仿。那實際上真的

不是我的童年，但是我將自己童年裡許多趣味的層面都加進去了，那些都是記憶中的事情。

EL_ 像是一些家庭生活。

WA_ 是的，有些家庭生活的場景就是我童年家庭生活的寫照，因為我們總是跟其他親戚住在一起，所以夜間生活就是像電影裡那樣。他們會打開收音機收聽戰爭新聞，我爸爸與我叔叔，或是我爸爸與我阿姨就會在那打金羅美牌（Gin Rummy），我媽就會坐在一邊打毛線，收音機就會報導現在戰爭的情況怎麼樣的，通常是七點或九點的整點新聞。

在這兩段新聞之間我們就會聽其他廣播節目，我印象中都是很棒的節目，但是事實並非如此。很多時候當我跟自己同年齡的人聚在一起時，總會有人說，「比起電視，廣播才是最好的媒體，因為電視太乏味了，而廣播呢，你要運用想像力。」然後就會有人開始聊那一籮筐的廣播節目，我就會說我小時候聽「陰影處」（The Shadow）這個節目，還有一些其他的，而且說實在的，這些節目真天殺的糟糕，除了傑克班尼（Jack Benny）以外，他主持得非常好，可以寫廣播喜劇又擅長演繹。

EL_ 那就跟你那些電影作品相反，那些你在劇場看到不喜歡的作品，搬上電視後你就喜歡了。剛才你講的就是當年很喜歡的廣播節目，但是多年後談到卻不喜歡了。

WA_ 那是因為自己重聽一遍後才發現那有多糟。但是班尼不一樣！某個朋友給我一捲傑克班尼的節目錄音帶，來賓是恩斯特盧比屈（Ernst Lubitsch），那真是一段非常、非常精彩逗趣的廣播節目，說有多好笑就有多好笑。

《那個時代》是一部關於幻想與回憶的電影。伍迪擔任本片的旁白，他並沒有出現在電影中。這是一部綜合小男孩古怪家人的故事與童年時期的渴望，全劇用一九四〇年代初期的音樂與廣播聲音所串起。當小男孩聽到廣播中的聲音時，腦袋中就會出現那些畫面，那些隱身在收音機後的人都有著不協調的生活與渴望。

EL_ 關於《那個時代》中那位性感的代課老師，那是來自現實生活的範本嗎？

WA_ 沒有，那完全是虛構的。首先，任何會出現在 PS99 校園（公立學校）的老師看起來都跟……怎麼說，看起來都跟水族館裡的動物一樣。代課老師的出現代表紀律的瓦解，當天感覺就像放假一樣，所以那樣的情節確實有發生，

但是現實生活中不會出現美麗的代課老師。

EL_ 即使只是四十分鐘的地鐵，曼哈頓市中心與布魯克林看起來就像兩個不一樣的世界吧？

WA_ 沒錯，那趟旅程真的很愉快。上車前買一份報紙，然後四十五、四十分鐘後你就到了。其實只要二十分鐘就進入曼哈頓了，但是你得要到達上城區的五十二街才會開始覺得不一樣。

但是那樣的不同真的很神奇，布魯克林也很好，尤其現在都翻新後你更會覺得不一樣。公園坡地區（Park Slope）那些出售的房子，還有河岸那些房子真的美極了。不過真的不要緊，住在布魯克林也真的很好，但是等到你跨進曼哈頓後，一切就像在眼前爆炸一樣，一切的一切都是好萊塢電影裡才有的畫面。當你跨過去時——特別是在我那個年紀——你只能在公園大道、第五大道或是時代廣場走路而已，不管你到了哪裡，沒有一個地方是可以進去的，至於那些公寓、閣樓或夜店裡發生的事情，只有電影裡面看得到。

所以當你走進曼哈頓時，眼前那些第五大道上的房子，或是公園大道上的房子，你知道自己要開始品頭論足，公寓 A 裡面正上演著難以想像的偷情事件、公寓 B 裡有個作曲家正在寫明天要在百老匯上演的曲目，然後等到你開始敘述下一間公寓時，裡面應該就會有個剛來紐約當模特兒的女孩，她愛上了某個人並準備要大紅大紫。那些小時候在電視上看到的東西你全都會相信，那個世界就是那樣不同。

EL_ 你之前告訴過我，你小時候都會跟著爸爸進紐約，然後你爸爸就會邊走邊告訴你那些建築物之前的歷史，那時候你多大？

WA_ 那是第二次世界大戰時期的事，所以我大概六、七歲。他會帶我去布魯克林的 J 大道火車站坐車進入紐約市。我會去找販賣機餐廳（Automat）及環城魔術店（Circle Magic Shop），那下面有很大的遊樂場。我們會去五十二街的遊樂場——我爸很喜歡在那邊打獵槍，真的太棒了，我們也去看過幾次電影，不過很少就是了。

EL_ 哪時候你知道他是開計程車的嗎？我想到《那個年代》有一段很悲傷的場景，就是當那孩子跳進計程車並發現司機是他爸爸時的驚訝，而那父親看起來就是很難為情。

WA_ 不，我不知道。那段軼事不完全是真實的，但也幾乎是真的。當我問我父母，爸爸的職業是什麼時，我總會得到不一樣的答案，因為他總是在換工作。所以他們總會說，「你爸爸在投資做大生意，你爸爸在市區工作，你爸

爸在做貿易，」他們從來沒有明確地答覆我過。

那段時期內他也曾經自己經營過類似雜貨店的生意，然後他也做過一大堆不一樣的工作；他也做過賭注記錄員，他的老闆是那大流氓艾伯特安那斯塔西亞（Albert Anastasia），真的；後來他也開過撞球場。

有一天我跟一群朋友從電影院走出來時，一台計程車從我眼前經過，我看到我爸坐在駕駛座上，頭上戴著司機的帽子（伍迪大笑）。我其實一點都不覺得怎樣，不過印象中他有一點尷尬就是了。我就說，「你在做什麼？」然後他就說，「啊，我幫一個朋友代班啦。」

就我而言，那都是一樣的，計程車司機跟銀行總裁並沒有什麼不同，我沒有任何負面的感覺。

EL_ 其中有段很有趣的過渡場景，當那對父母追著小孩要打他屁股時，他們却被收音機傳來的新聞快報干擾，因為新聞說有個小女孩掉進井裡。

WA_ 喔，那是我捏造的。我們都在廣播中聽過類似的故事，就跟大部分的美國家庭一樣。那時候可緊張的，我也真的在家裡被爸媽追打了好幾次，而且我也真的讓我媽的大衣染色，那是真的。

至於在我妹出生時，我阿姨把我帶出門那件事就不是真的。當時我媽在醫院，她一生完我爸就帶我去醫院看她，然後我們就去曼哈頓。我們好像就像電影裡演的一樣去看了一場電影或是去博物館——戰艦與槍枝。然後他就買給我一套——那其實不是什麼化學實驗組合，那其實是 FBI 的手紋鑑識組。他總是會買東西給我——我小時候很受寵。

我小時候對化學實驗相當著迷。有次我爸媽必須要讓我住院做一些過敏測試，那過程很不舒服，我非常不願意。而那時候我一直想要一套化學實驗組合，但是他們覺得接觸化學物品太危險了，不過我想我爸那時候覺得我要住院受折磨真的太可憐了，所以他就買了四十美元的理奧奈爾化學實驗組合送我，那在當時是非常高檔的東西。

這些都是一些常見的例子，就是我如何從童年經驗中擷取一些片段發展成電影裡的劇情，雖然現實生活中並沒有發生過，或者跟電影出現的方式根本不一樣，而我就是基於某種理由採用這些童年經驗，不過成果不一定要是自傳式的。

所以你在《那個年代》裡看到我阿姨帶我出門約會，然後我看著他們跳舞，那些都不曾發生過。我從來不曾跟我阿姨出門去哪裡約會過，那些感情關係並不存在，純粹就是為了劇情杜撰的故事。沒錯，我確實有在家中被追著

跑，但那與掉到井裡的孩子無關——凱希妮絲克絲（Kathy Fiscus），我忘記那名字是什麼了。（一九四九年，洛杉磯郊區的聖馬力諾，當時年僅三歲的凱希妮絲克絲掉進一個沒有加蓋的井裡，當時廣播連續三天直播這則駭人新聞的進展，消防人員終究沒有辦法將她活著救出來）

生活中的訊息是我相當仰賴的泉源，但那也是我說這些東西都不是自傳式的原因，因為故事越是誇到就越有效果。

EL_ 我其實並沒有直接跟你的生活經驗聯想。

WA_ 但是大眾會這樣想。

EL_ 是的，但是你說你會基於真實發生的事件，不過你又會讓那些事情跟原本完全不同，就好像你現在摘了一朵花，然後這裡一朵，那裡一朵，最後就有一束花了。這裡你先是有一樁軼事，然後加油添醋添進一堆東西，最後就寫成劇本了。

WA_ 沒錯。也或許都不是，偶發的，像是我跟我祖父母一起住這件事，其實我只去他們家住過一次。實際上我們真的幾乎都是跟親戚住在一起的，但都是叔叔阿姨之類的。我的祖父母住在另一條街的另一棟房子裡，還有其他姑姑們同住，所以這樣算是一些事情的綜合。

EL_ 所以在《那個年代》電影中，你採用了當時出現的音樂來敘述那段在你人生中相當重要的一段歲月，只是當時你還是個孩子，因此你現在只能以一個孩子的眼光仰賴回憶中的事實與幻想。

WA_ 重要的是那種氛圍，那是那部片有趣的地方所在。那不是一部情節沉重的電影，那是一部關於一個孩子在童年時的一些軼事與當下的氣氛——像是跑去海灘尋找德國潛水艇。

EL_ 你有看到嗎？

WA_ 我從來也沒有看到任何一艘德國潛水艇。說實在的，我們以前會去找飛機，而且那是大人鼓勵孩子去做的。那時候還有賣一種遊戲是可以看到飛機輪廓的，這樣就可以找到飛機的位置。當我住在長灘（Long Beach）時，我們每天下課都會跑去海灘——不是像電影裡面那樣帶著望遠鏡——我們那時候也想說也許有一天，當我們望向海洋時會說，「天啊，要是我們在那裡發現德國潛水艇怎麼辦？或是德國航空母艦呢？我們要怎麼辦？」

但是我們真的會抬頭望著天空搜尋，那時候很流行這樣。

EL_ 你會那樣做是因為擔心，還是純粹覺得好玩而已？

WA_ 我們會那樣因為想要參與當時的愛國行動，這樣就會覺得很光榮

似的，所以我們都覺得全民防範人人有責，我們也許會發現一架德國飛機（大笑），然後就馬上通報。那時候官方會鼓勵民眾做這些事情，我很確定政府也有鼓勵民眾去海邊觀察，不過我不太記得正式的政令口號了，但是我記得要撿錫箔（當時鼓勵金屬回收並應用在戰事上），那很重要。

EL_ 那個時候你就已經開始注重音樂了嗎？

WA_ 是的，當時的流行音樂。我有很多唱盤—— 78 轉的那種——還有一台留聲機，那對我來說非常重要，那種需要轉上唱針跟手搖的那種。

EL_ 你房間裡有一台，對吧？

WA_ 是的，我年紀很小時就有一台了。我妹妹出生時我才八歲，我記得早在那之前我就有留聲機了，我還記得一九四一、一九四二年的那些反德國專輯。

EL_ 那時候的音樂你還有什麼印象？

WA_ 當時的音樂幾乎都很棒，星期六晚上就會打開廣播收聽「流行音樂人賞」（The Hit Parade），然後就會聽到班尼固德曼（Benny Goodman）與法蘭克辛納屈（Frank Sinatra）的音樂；或是「相信音樂堂」（Make-Believe Ballroom），他們都會播放一些音樂家的作品，都很不錯。而我從來也沒有專心學過任何樂器，我有學過小提琴，沒多久就放棄了。

EL_ 我們回過頭來談談你的父親，聽起來你們之間的關係相當和睦，至少你們一起進城去曼哈頓的經驗聽起來都很棒。

WA_ 是啊，那種感覺就像是常常聽到老一輩的人說，「我自己不知道我小時候有多幸福，」或是「我自己不知道小時候的日子有多苦。」這些真的都是實話。從我的角度來看，我們家從來沒有少過一餐飯，沒有欠過一次房租，也沒有讓我沒有衣服可以穿過。我跟我父親的和睦關係遠勝過我與母親之間的關係，我媽就是那種很有紀律又可以把事情處理好的人。我與我爸可以談論任何我有興趣的話題，棒球也好，幫派份子也好。

EL_ 他有跟你說過他幫安那斯塔西亞工作的事情嗎？

WA_ 沒有，那時候他沒有，因為那不是當時可以拿來吹噓的事情。他在我還沒有出生前幫他工作，那也造成了我媽媽要不要嫁給他的疑慮。他那時候在投注站工作，然後每個暑假都要去薩拉托加（Saratoga）的俱樂部工作，負責賭馬投注的記錄，還要負責收錢與給錢。我爸很愛那份工作，因為他可以得到，你知道嗎，每天可以領現，而且錢很多，加上他覺得那份工作很輕鬆愉快。後來他老爸告訴他，他要是繼續做這份工作就不會有什麼好下場。這是我長大

之後才知道的事情。

EL_ 聽起來很有趣。

WA_ 對啊，我覺得，我爸的一生相當有趣。他十六歲時輟學從軍，然後他跟著海軍去了歐洲，看遍了世界——他那時候駐軍俄羅斯並且走遍全歐洲，看過槍決場面，也經歷船被大砲炸毀的畫面，或是船艦爆炸的場面，就在佛羅里達海岸，所有人都要自己游到岸邊，當時至只有三個人生還，我爸就是其中一個，那時候還有上新聞。

他是短柱滾球（Duckpins）好手——那種小球瓶，小型的保齡球——他打過紐約州冠軍賽，梅爾洛夫（Mel Luff）。他撞球也打得非常好，我長大後跟他打過幾次，他比我強多了；他也當過布魯克林道奇隊（Brooklyn Dodgers）的吉祥物；他成長過程中的布魯克林完全都只有農田而已。第一次世界大戰結束後，他父親買了一輛很棒的汽車給他，他就開著那輛車跑遍全歐洲。

所以他是個多采多姿的人，就是那樣。他的父親也很明顯是個聰明又有教養的人，他每季都會去歌劇，還會搭船去歐洲看賽馬。

EL_ 你的祖父在大蕭條時代傾家蕩產嗎？

WA_ 大蕭條讓他身無分文，他以前經營很多間戲院，包含布魯克林的「林中戲院」（Midwood Theater），全部都沒了，然後就變得很窮，很窮。

二〇〇五年九月

伍迪甫完成《遇上塔羅牌情人》的後製工作——雖然他之後還會進行一些修改——我過幾天後就會看到了。當前燃眉之急的是他必須要籌備下一部電影的題材，但是困難處在於他不確定要在哪裡開拍。倫敦的拍攝經驗相當愉快，因此他希望可以在那裡連續拍三部片，但是叫好又叫座的《愛情決勝點》讓他手上出現更多有趣的可能。

EL_ 我想等到我看過《遇上塔羅牌情人》後再來提問，但在我們進行訪談之間，你對於這部片有沒有什麼想要分享的見解？我覺得特別有趣的是你在拍片題材上的改變。

WA_ 我會軋上一角是因為這是一部喜劇片，因為這是喜劇片所以自然會輕鬆一點，又因為比較輕鬆的關係，我就會傾向不要只是在一邊觀賞。我是說，我年輕時有個階段是在參與喜劇演出的，那時候我就會想，喔，這很好笑，這個也很好笑，那個也很好笑，但我現在卻不這樣想了。《愛情決勝點》的拍攝

過程非常有趣，拍片過程中我也很認真地觀看，我很高興自己沒有參與演出，很高興這部片這麼嚴肅，而且當這部片上映時，觀眾對於這部片很有好感，題材也被受注目，我心中就會有一種驕傲。然而說到喜劇時，特別是我有參與演出的喜劇時——這部片就會很自動地增添了愚蠢的瘋格，因為我是個愚蠢的喜劇角色，我是比較低俗的喜劇演員（他停頓一下）——我發現這樣很難讓人覺得有趣。

當然喜劇也可以拍得有趣又有內容，但那就是那些更偉大與嚴肅題材的影片。《城市之光》（City Lights）就有那樣的內容，當卓別林參與他的戲劇時，不管再怎麼笨拙，添加更多嚴肅的題材，那樣的電影就會變得更真實。蕭柏納（Bernard Shaw）在他的戲劇中也會這樣處理，《賣花女》中有更多嚴肅的場景，不只是一堆笑料場面而已，《頑童歷險記》（Huckleberry Finn）也是。然而當我參與喜劇片時，那就只是輕鬆又瑣碎的，不過現在我覺得自己最好不要出現在嚴肅題材的影片中。

EL_ 在你早期的作品中，像是《傻瓜入獄記》與《香蕉共和國》，參與自己的喜劇演出會覺得很有趣嗎？

WA_ 是的，我當時覺得很有趣，部分是因為那時候覺得可以進入電影這行拍片相當新鮮有趣。我那時候常常在想，喔，等到觀眾看到就知道了，那時候覺得搞笑讓觀眾大笑很有趣。不過即使是那個時候，我覺得自己心中也開始希望那只是一個入門的過程，讓我最終可以接觸到自己更感興趣的嚴肅題材。因為我自己——我自己只想當個旁觀者——認為嚴肅題材才是種享受。我知道大家都會因此認為，「喔，他討厭拍喜劇。」我當然熱愛喜劇，而且要是我拿著遙控亂轉電視節目看時，我都會停在像是馬克思兄弟或鮑伯霍普的節目，我都會盡情觀賞這些節目並愉快地放聲大笑。然而我最喜歡觀賞的還是那些嚴肅的內容，像是《慾望街車》（A Streetcar Named Desire）或是《急凍奇俠》（The Iceman Cometh），那就是我心裡的想法。

EL_ 你是從什麼時候開始有那種感覺移轉，像是說，天啊，進入電影這行真棒，觀眾一定會很喜歡？

WA_ 這在我最近拍完這部片後感覺特別強烈，因為上一部片是《愛情決勝點》，拍那部片真的是很棒的體驗。我在看完最後的毛片後就有一種非常正面的感覺。我覺得，沒錯，這是一部好片子，我要是電影生涯中都在拍這種片，那我應該會更有成就感。

接著我心中就出現了這樣有趣的點子，我當時以為很有趣，就是《愛上

塔羅牌情人》這部片。然後我就想，這太有趣了，我一定要拍成電影。一個記者在追一條新聞的期間過世了，這點我覺得很好笑。所以我就拍了這部片，但是我後來回想時就會覺得，當初要是選擇劇情片我應該會更開心點。所以，這又回到了有趣的概念不見得可以叫好叫座。這部片中笑料百出，但是概念上——是很詼諧沒錯——但是卻很乏味。（伍迪飾演席德瓦特爾曼這位二流魔術師，藝名是「精彩狄尼」，而史嘉蕾喬韓森飾演一位住在倫敦的菜鳥美國記者宋恩姐普蘭斯基，她在精彩狄尼的魔術表演中自願走進一個中式箱子裡。然而她本來應該要消失的，卻在過程中遇見已故資深記者喬伊史壯貝爾的鬼魂，他從通往陰間的船上跳下來告訴宋恩姐英國貴族彼德賴曼可能是一位連續殺人犯。宋恩姐試圖接近彼德，想揭發他的真面目，不過卻在過程中愛上他並陷入危險。席德假扮成宋恩姐的父親協助他調查這件事）

左圖：甫過世的王牌記者喬伊史壯貝爾（尹安麥可沈恩飾）從通往陰間的船上逃下來並開始向菜鳥記者宋恩姐普蘭斯基洩密。史壯貝爾在《遇上塔羅牌情人》片中從一個二流魔術師席德瓦特爾曼的中式箱子裡出現，宋恩姐本來應該消失在納箱子中。
右圖：席德與宋恩姐，她正準備走進箱子裡。

EL_ 你說你當時在十二星期內寫了三個劇本才想寫到這齣嗎？

WA_ 是的，我那時有個想法，我不想要放掉那個想法，而且我知道自己要在英國再拍一部片，然後我身邊看過那劇本的人都說英國文化中並沒有劇情提到的那個現象。所以我又寫了另一個劇本，我之前也提過，有些朋友覺得劇中角色的一些描述可能會變得太自傳性——就算根本沒有也一樣。

EL_ 關於這些點子，你當初各別寫了多少筆記？

WA_ 什麼也沒有。

EL_ 就是一張小紙頭嗎？

WA_ 就是寫著幾個字，「這個點子很好笑——一個很有名的記者就算死了也沒有辦法放棄獨家新聞，這個（抄來的謀殺案）犯罪方式相當有趣。」

不過這種情況之前也發生過了，這讓我想到《變色龍》這部片。我一直想要拍一部偽紀錄片，然後我就想到這個可以變身成任何身邊的人的構想，不

過我在設計《變色龍》的劇情時，起初是沒有想要寫成紀錄片的。我記得在剛開始那幾頁，我設定這個主角是在公家電視台工作，然後慢慢地，電視台拍攝的劇情都會開始在現實生活中出現。後來我就想，這要是拍成偽紀錄片一定會很精彩，所以那也算是兩種靈感的綜合。

EL_ 你現在已經有下一部片的構想了嗎？

WA_ 沒有，目前還沒有。我正在等待，那會主導我接下來會寫出什麼樣的劇情。

EL_ 是什麼事情在主導？

WA_ 拍片的資金來源會主導我下一部片的方向。如果是英國人出資拍攝下一部片，那條件通常就是我們要在當地拍攝（這樣金融業者就可以節稅）。如果是一部與法國共同製作的片子，那我們就會在法國拍攝。有時候出資者不在乎你在哪裡拍電影，如果是那樣的話，我不知道——我應該就會在這裡拍吧（此指紐約）。不過我現在筆記裡有的構想還滿不一樣的；我有想要在巴塞隆納拍片的構想，也有巴黎，也有倫敦（他開始大笑），當然也有紐約，但是全都不一樣，所以我正在等待下一步出現。我其實現在就很想要踏出下一步了，但是接下來四週之內應該都不會知道下一步在哪（此時為二〇〇五年十月底），所以我就先完成《愛上塔羅牌情人》後再醞釀看看。我是說，我也可以寫一齣舞台劇，或是幫《紐約客》寫點什麼，我會找事情打發時間的。

二〇〇六年二月

EL_ 我前幾天又再看了一次《大都會傳奇》，好一陣子沒看了，你的那部分，有一幕你與茱莉亞芙娜（Julie Javner）一起吃晚餐的場景，她將最後的雞湯打包起來，接著你就回家了，雖然你不覺得自己會很盡興，卻開始對當晚回味無窮——

WA_（伍迪正在回想）喔，對。

EL_ 然後你將一鍋東西打開並拿起雞腿，你本來打算要重拍那一幕的，但是因為從那隻雞腿上流下來的雞油凍太漂亮了，你知道沒有辦法拍得更好。我現在每次重看那部片時，心中都會想到這點。

WA_ 拍那部片的經驗很有趣，我們當時的資金非常拮据，而且拍攝時間也很短，不過那其實也是一部短片，通常短片的票房都不會太好。

EL_ 是的，這點你之前講過，因為那樣就有好起個切分點———旦觀眾

入戲了，就要換下一部片，然後還有第三部。

WA_ 觀眾不喜歡這種感覺，這我可以理解，因為我自己也不喜歡這樣。大概每十年都會有人想要再度挑戰這種拍片手法，但是從來也沒有成功過，然後接下來十年就不會有人敢嘗試。然而，換個角度來看，就是這樣你才會有七個大導演來拍攝七項原罪，或是就有人可以讓費里尼（Federico Fellini）、盧奇諾維斯康提（Luchino Visconti）與維多里奧狄西嘉（Vittorio De Sica）拍出三段經典義大利性愛傳奇（《三豔嬉春》〔Boccaoccio'70〕，後來導演馬里奧莫尼切利（Mario Monicelli）拍了第四段。內容都是取材自薄伽丘《十日談》〔Tales of the Decameron〕中的片段），但是也沒有成功。《大都會傳奇》這部片中，我與另外兩外優秀導演馬丁史柯西斯與法蘭西斯福特柯波拉合作拍片。我讓自己夾在中間，你知道的，以同盟的形式來博得讚美。

諷刺的是，這樣的形式對我來說卻是好的，短片，因為我這輩子寫過很多次這樣的速寫劇本，而且我很擅長寫短篇故事，很多時候我心中都會出現一些諧趣的點子，但是卻無法發展成一個故事。如果今天你要我拍一部六到八部短篇電影的集合，我明天就可以馬上開拍了。

EL_ 《伊底帕斯災難》的構想是本來就有了，還是你為那部片所設計的？

WA_ 那個構想是跟其他一些點子出現的，我有時候會以拍成電影為前提構想一些劇情，然後我就會想要針對特定的題材寫出兩、三個故事。

我認為電影史上唯一成功的短片集應該就是《性愛寶典》這部戲了，而這部電影的題材來自一部暢銷小說。也許這些點子都是同一個人想出來的，而那些都不是你需要夾雜個人情緒去觀看的劇情，都是些瑣碎的生活速寫。你大可一笑置之，或許也會想，很好，這部分我看了六分鐘，現在就可以看下一段了。因此不管理由是什麼，這部電影確實成功了。

EL_ 回來談談《伊底帕斯災難》這部片，攝影師是史文恩尼克維斯特（Sven Nykvist），就數位效果來說那拍得真的很好，但是你當時卻為了要把母親的臉弄上天空而困難重重。

WA_ 現在的技術真的很了不起，但是那個時候卻很困難。早在數位特效出現以前，我拍任何需要特效的影片時都一定要經過一番折磨，因為我既沒有錢可以反覆實驗，也沒有那方面的才能，都沒有（他大笑），不過現在我可以處理得更好了。我還是沒有那麼多錢，那些特效還是很貴。當我走進辦公室向他們要求加進那些特效時，管理部門就快崩潰了。

EL_ 我還記得你當時在拍《伊底帕斯災難》時跟我說過一些事情，其中

之一就是你在將基尼克魯帕（Gene Krupa）與班尼固德曼那首〈唱唱唱〉配進你母親與賽兒姨媽（Ceil）快步走進律師事務所的那一幕，那一段非常好笑，而且你第一次看的時候也笑出來了。

薛爾登，伍迪扮演的角色，正在律師事務所與合夥人開會，此時秘書緊張地走進會議室通知他母親來找他。就算那些合夥人不是很開心，他還是選擇暫時中斷會議。當他望著空蕩蕩的走廊時，那高架鼓的聲音就開始響起，然後他轉頭看向角落，兩位老婦人手上握著音樂劇《貓》的節目表，很明顯就是剛看完白天場的音樂劇。她們走路的氣勢中帶著一股戲謔的威脅，薛爾登面露驚恐，接著班尼固德曼的豎笛傳來那首歌的旋律。

WA_ 當我在寫笑話時，我自己也常常會邊看邊笑；當我看到這些笑話搬上大螢幕時，我也會邊看邊笑，而且有些時候我也會因為觀眾笑而跟著笑，但這不見得一定會發生就是了。我認為自己也是那種很標準的觀眾，要是我覺得某件事情很好笑，通常就真的是那種其他人也會認為很好笑的事情。

EL_ 那高架鼓的節奏真的有一種逗趣的不詳之兆，而且茱莉亞芙娜太棒了。

WA_ 她很棒，她非常有才華。

左圖：《伊底帕斯災難》中讓每個小孩的噩夢成真。伍迪飾演薛爾登（Sheldon），他的母親走進一個魔術師的中式箱子後就消失不見了，接著又重新出現在曼哈頓的天空中並開始向路人抱怨她那不成材的兒子。
右圖：薛爾登的生活因為阿姨（潔西奇歐錫安飾）的與母親（瑪依奎斯特爾飾）聯手而更加悲慘，兩人剛看完音樂劇《貓》，帶著滿懷的紀念品直闖他與合夥人開的律師事務所，進門時的配音是基尼克魯帕與班尼固德曼那首〈唱唱唱〉，當伍迪第一次看到大一幕配上音樂時，他臉紅大笑著說，「那是不祥之兆。」

EL_ 我忘記賴瑞大衛（Larry David）也有參與演出了（他飾演舞台經理）。

WA_ 對啊，他有參與好幾部作品的演出，像是《那個年代》。這裡很多人都覺得他很有趣，只是我跟他不是太熟，但是他很有趣就是了，而且長的很好看。

EL_ 喬治辛德勒（George Schindler）扮演魔術師山杜（Shandu），他詮

釋得很好，他本來就是魔術師，對嗎？

WA_ 我最早是要找華勒斯尚恩（Wallace Shawn）演這個角色，他是我最喜歡的演員之一，而且我也已經用他很多次了，不過他欠缺真正魔術師的那種魅力。後來我就找了一個真正的魔術師來演這個角色，這樣就帶來了真實的感覺，效果完全不一樣。

EL_ 你的電影中還滿常使用魔術的，黛安潔卡布斯（Diane Jacobs）在一九八〇年代還以此為主題寫了一本書。

WA_ 是的，她那本書很有見解，而且那些預知後來也都被證實了——有人走出大螢幕（《開羅紫玫瑰》），有人表演魔術，像是莫琳斯特普爾頓（Maureen Stapleton）在《我心深處》裡的演出，還有很多其他例子。（其中還有——《伊底帕斯災難》中，她的母親出現在天空中；《艾莉絲》中的隱形草藥；《愛情決勝球》裡死者重現；《愛上塔羅牌情人》中出現亡魂的角色從墳墓爬出來提供建議）

EL_ 還有什麼關於《伊底帕斯災難》的呢？瑪依奎斯特爾的演技也很精湛。

WA_ 當我妹妹看到她時，她真的笑出來了，她說瑪依看起來就像是我們的母親一樣。瑪依就是貝蒂小姐（Betty Boop）的幕後配音，我想我們在《變色龍》裡是請她來演貝蒂小姐的。

EL_ 你還記得《艾莉絲》這部片當初的構想嗎？（這部片對於回憶、魔法、婚姻、白日夢、枯燥乏味以及吸引力的詭異進行了反思。艾莉絲泰德〔米亞法蘿飾〕長期飽受有錢丈夫〔威廉赫特飾〕的冷落，而這一度良心泯滅的男人卻突然間與一位非常有魅力的音樂家〔喬尹曼特格那飾〕志趣相投，於是她去中國城一棟破屋裡找一位藥草師傅尋求幫助，藥草師給了她隱形藥水以便她監控丈夫不軌的行為。最終，她面對這樣的抉擇——究竟是要逃離這樣的生活？還是為了她最重視的「對生命的責任」而留下來——她最後在扮演一位好母親的選擇中獲得重生）

WA_ 我一直想要拍攝關於上東城區（Upper East Side）貴婦生活的題材——因為我總是喜歡撰寫這些上東城區人士的生活——有錢的上東城區貴婦，就像我帶荻倫去上學時會碰到的那種。我常常看到那些太太們穿著全身運動服配球鞋，外面披著一件寶嘉美（Blackglama）深色大衣或貂皮大衣，我覺得太逗趣了。現在有許多人對那樣的生活很反感，但我不會，我覺得很有趣，非常。《艾莉絲》中有一句台詞，我現在記得不是很清楚，就是關於一個小孩要是沒

有選到對的幼稚園，就沒有辦法進入對的大學。我覺得那樣的世界好有趣。

然後我記得當時有些朋友會去中國城找一個庸醫，花大把鈔票買草回來嚼。那些東西可能很危險的，而且至少都沒有功效。我有沒有告訴過你關於眼裡的貓鬍鬚那件事？

EL_ 再說一次吧。

WA_ 我一直覺得那些東西都是胡亂瞎搞的。我那時候眼睛有點問題，有點酸痛，一直沒有好。那個狀況就這樣一直持續著，我什麼藥都吃了，最後有個朋友告訴我，「我付錢幫你買中醫療程，我跟你保證他一定可以治好。」

我就說，「我才不要去中國城。」

她就說，「他可以親自來你家幫你看診。這樣你會有損失嗎？就試一個療程，要是沒有效，那也沒差。」

我就答應了。後來那個傢伙就帶著一根貓鬍鬚來我家，他把那東西放進我的淚溝裡面，然後就走了──結果當然一點用也沒有。當後我就把這件事告訴我的眼科醫生，他說，「絕對不可以讓任何人放任何東西在這裡！你很可能會感染，天曉得會發生什麼事。」

我在寫《艾莉絲》的劇本時就想到這件事，我想要是這個上東城區的貴婦從朋友那聽說下城區有個傢伙會魔法，然後就去向他要那些魔法藥水──後來我就想，要是那些真的就是魔法藥水呢？我想這種事情說不定就有可能發生，而且也許對某些人來說也確實是真的。

EL_ 艾莉絲出發去下城區找那醫生的情景很有趣；陸錫麟（Keye Luke）扮演那位醫生，他當時正匆忙打包準備出城，似乎是要進行什麼進一步的研究。

WA_ 沒錯，我很確定這些江湖郎中都免不了要走到這步，遲早都會東窗事發。

EL_ 一九九五年電影《非強力春藥》（Mighty Aphrodite）中，你設計了希臘歌詠隊的出現，感覺上就像是另一種奇幻形式的《艾莉絲》，當初那個構想是怎麼來的？

WA_ 我一直都想要在電影中安排希臘歌詠隊，我本來是想要設計在電影短片中──片名我不記得了，就是那部關於一個男孩最後愛上女朋友的母親那一部電影……

EL_ 《報應》（Retribution）。

WA_ 對。我本來是要在那部電影裡採用希臘歌詠隊，我覺得這樣的故事

Conversations With Woody : The Idea

62

還不錯，但是其中一個故事我不想拍成電影。過了很多年後，我記得我當時在想，當我領養荻倫的時候，我覺得這麼可愛的孩子，那時候想，不知道她親生父母是什麼樣子的人？然後我就想到了這個故事；就在某個地方有個領養來的孩子，她的養父母太愛這個孩子了，於是他們想，天啊，孩子的親生母親一定是個好女人，然後你去找出這個人，而且還愛上她，那是我一開始的想法。後來我就想，等你找到他的親生母親後才發現她根本不是好人。接著我就想，那來添加些古希臘氣息吧——當你對那孩子的血統了解越深，整個情況就會每況愈下，後來我就想到可以把希臘歌詠隊放進去，我就想要把這個構想放在結尾的地方，因為這樣感覺很合理，就是她會擁有我的孩子，而我擁有她的，但是我們彼此都不會知道這件事。整個故事都來自一段希臘故事，而我用歌詠隊的方式呈現，這在開拍前很多年就想好了。

《非強力春藥》是關於運動專題作家雷尼（伍迪艾倫飾）與那活在藝術世界的妻子亞曼達（海倫娜波漢卡特飾），還有他們所領養的兒子馬克斯之間的故事。因為馬克斯是個可愛又聰明的孩子，雷尼心中忍不住假設他的親生父母一定也跟他一樣優秀，儘管希臘歌詠隊的隊長（莫瑞亞伯拉罕飾）不斷警告他，而且歌詠隊員也丟出一些可笑的評論（「我看到災難，我看到恐慌。更糟，我看到律師！」其中一個這麼說。「不要亂說這種倒楣話，」有人告訴她。「我才沒有亂說什麼倒楣話，」她回答，「我是認真地在說倒楣話。」），但是最後他們發現馬克斯的親生母親是色情片女演員身兼妓女，名叫琳達艾許（蜜拉索維諾飾），除了她那份工作與瘋癲的個性外，其實還算可愛。當亞曼達告訴雷尼她想要離婚後，雷尼與琳達共度了一夜。然而亞曼達卻選擇回頭，而雷尼在琳達身上的付出也獲得代價，他們就此失聯——直到他們後來在一間玩具店巧遇；雷尼帶著馬克斯，琳達則是帶著她可愛又迷人的女兒，彼此讚美對方的孩子有多可愛，卻不知道那是自己的親生孩子。

EL_ 那是抽屜裡拼湊出來的構想，還是靈光乍現？

WA_ 沒有，我沒有寫出來，這部電影就這樣出現了。蜜拉在過程中有幫忙，因為她真的是一位很聰明的女孩，演技也真的非常好。

EL_ 你說她在那個角色中運用那種荒唐、尖銳又高分貝的音調來消弭這段故事中低俗之處，同時也讓劇情輕鬆許多。

WA_ 是的，因為當角色中有這種極端的聲音後，你就只能一無反顧了，但是她卻有辦法化解這個問題。我看毛片時就想，那感覺很好，希望我不會因為這樣毀了自己，但是那樣看起來真的很好。所以我就請了編舞老師葛蕾西雅

丹尼爾勒（Graciela Daniele），她之前也幫我編過舞台劇，當然她把歌詠隊的部分安排得相當好。

EL_ 歌詠隊那一幕是在義大利或西西里島拍的，對吧？

WA_ 那一幕是在西西裡的陶爾米納（Taormina）取景的，那是一座露天劇院，然後穿插一些在紐約拍的場景。拍的時候是二月，工作人員都要打赤膊，因為太熱了，艷陽高照。

EL_ 那部片確實有種詭異的氛圍，就像你說的，古希臘的感性風格。

WA_ 從那之後我就有不少希臘組織與希臘人寫信給我，他們把我當作希臘劇場專家。

我最近才去拜訪過雅典並看了那座劇院，我必須說，當時眼前的一切，最讓我嘆為觀止的就是站在雅典衛城（Acropolis）前望著下方那座劇場，那裡是《伊底帕斯王》（Oedipus）與《美狄亞》（Medea）那些原版人物上演的地方。

《非強力春藥》中由莫瑞亞伯拉罕（F. Murray Abraham）所帶領的希臘歌詠隊。

希臘歌詠隊建議雷尼不要去找養子的生母。

EL_ 談談一九九七年電影《解構哈利》（Deconstructing Harry），你是怎麼想出這個劇情的？

WA_ 這部電影我很久沒有看了，不過當初的構想我記得很清楚。你看到一個傢伙扮演一位紐約猶太裔作家，而你在觀看的過程中慢慢了解這個人，不

過卻是透過他的寫作認識他；你會透過那些短篇故事或小說來了解作者是怎樣的一個人。我認為這個構想很有趣又聰明，而且又讓我有機會發表一些不夠成為電影的短篇笑料故事。我可以速寫一些像是死神找錯人，也可以速寫一切失焦的主題，但是我需要一些手法將這些故事串連起來。

羅賓威廉斯飾演一位突然間失焦的演員——並不是因為攝影鏡頭失焦，而是他形體外貌上真的變模糊了——而他自私的解決方案就是要求他的家人戴上矯正鏡片。這部片在探討藝術可以是超越現實經驗的，然而其後負責創造的藝術家——哈利布洛克（伍迪艾倫飾）——也有可能為自己的人生帶來災難。「當你的世界扭曲時，你竟期望這個世界可以配合你去改變！」其中一位精神科醫生這樣抱怨，哈利一共看了六位醫生。現實與虛構在這部片中交織，牽扯著哈利與他那一長串決裂的前妻（三個），前女友（十二個），以及親戚，還有他在小說與故事中對於他們薄弱又虛假的角色設定。

瑪莉兒海明威在《解構哈利》中飾演哈利的某任前妻，飾圖阻止哈利帶走他們的孩子。

EL_ 所以你又用了瑪莉爾海明威。

WA_ 是的，她來拜訪我，跟我說她想要繼續參與演出，我就說，「我心中有個構想——目前沒有適合妳的角色，不過我總可以找些什麼加進去。」她是一位很優秀的女演員，我真希望自己有什麼精采的角色可以讓她演，我覺得她的角色都不夠讓她發揮，她的演技很到位。

EL_ 還有比利克里斯托（Billy Crystal）。

WA_ 是啊，非常棒，我竟然有機會可以跟羅賓威廉斯（Robin Williams）與比利克里斯托合作。這兩個人常常一起出現，兩個人都很出色。他們一起出場，然後羅賓演得真的非常精彩，整個效果都出來了，我早就知道他扮演這角

色一定很有趣，跟他合作的經驗也非常好；至於比利也是這樣，他扮演魔鬼那個角色。這兩個演員都非常有天分，就是那種你只要丟出點什麼就知道他們可以百分之百做到你要的，甚至出乎意料，他們絕不吝惜貢獻。

EL_ 我喜歡哈利筆下的角色們出來向他致敬那一幕，我也喜歡片中提到不論真實生活如何，作家總可以執著在自己的工作上。

WA_ 那就是一部分的我，我可以這樣。我知道很多人認為那部片跟我有關，這點我也覺得很有趣，因為這部片跟我並不是毫不相干。我以為自己看到結尾時會說，「喔，對啊，這就是不折不扣的我，」而不是依樣畫葫蘆地說，「那不是我，那不是我工作的樣子，我從來沒有被人攔過，我從來沒有綁架自己的小孩，我才不敢這樣演戲，我才不會坐在家裡喝酒，還整天晚上不停打電話叫妓女來我大腿上坐坐。」要是今天有人說我守舊——我當然不是——那我應該就不會出現。除了無時無刻可以寫作的能力外，電影中描述的都不是我，然而微弱的抵抗方式就是說，「是，」關於試圖否認，我早就放棄了。

EL_ 談談為什麼想拍一九九八年的《名人錄》（Celebrity）？

WA_ 那個構想就是單純想要以名人的觀點拍一部電影。突然間每個人都變成名人了，每個整容外科醫生、模特兒與運動員，我以為去牽扯這些話題會很有趣。

EL_ 名人的概念也是《星塵往事》中的一大部分。

WA_ 沒錯，身為名人，生活中真的會發生許多光怪陸離的事情。我是說，一個女孩向你走來，開口說的不是「請在我左邊乳房上簽名。」而是說「在俄羅斯有很多人被關進神經病院，你可以幫助他們嗎？」或是說「你可以幫我一下嗎？」而我想要向大眾指出一點，《星塵往事》處理約翰藍儂的槍擊事件，因為我覺得觀眾與名人之間有一種矛盾又搖擺的氛圍。一方面來說，觀眾崇拜這些名人時，就會把他們捧得高高的；不過換個角度來說，觀眾又特別喜歡看到這些名人遭受詆毀，他們會歡欣鼓舞地說，「喔，你應該要去讀一下什麼什麼關於這部電影的評論，他真的把他釘上十字架了。」他們有一種搖擺不定的感覺，那也就是攻擊約翰藍儂那個瘋子的搖擺心態，或是那個愛上茱蒂佛斯特的瘋子。一旦觀眾將名人偶像化後，這些觀眾也同時變得危險了。

EL_ 你有連續好幾部片，從《賢伉儷》到《非強力春藥》、《名人錄》與《解構哈利》，這些片中的劇情都開始出現粗鄙又褻瀆的對話。有些人說那是你混亂生活所導致的，因為你與米亞法蘿分手的關係。（《賢伉儷》採用了許多複雜的技術，其中包含手持攝影機與角色人物之間的跳接，藉此營造一種不安的

氣氛。《賢伉儷》主要描述兩段關係，一段是看似完美的婚姻卻宣告破裂；另一段是在第一幕就宣告分手，但卻破鏡重圓的關係。蓋博與茱蒂〔伍迪與米亞法蘿飾〕一起抵達好朋友傑克與莎莉〔席尼波拉克與茱蒂戴維斯飾〕的家中，這對夫妻正開心地宣告他們決定要離婚。蓋博與茱蒂聽到時非常驚訝，後來茱蒂開始感到憤怒。接著就由一台手持攝影機接著拍下去，營造一種類似紀錄片的晃動感，還有一個未露面的旁白觀察者開始進行描述，甚至還加上一段這部片中片導演的訪問來強化這種氣氛。劇中所有角色都互相糾纏：茱蒂介紹一位編輯——麥可與莎莉認識，他就愛上她了，這樣反而讓茱蒂非常不開心，因為她暗戀麥可很久了。傑克則是與他的有氧教練珊〔琳賽安東尼飾〕，一位外表美麗，內心卻毫無深度可言的女人。蓋博是一位任教於哥倫比亞大學的小說家，躊躇地與自己的學生慢慢有染——芮恩〔朱麗葉特路易斯飾〕。最後，傑克與莎莉重歸舊好，而蓋博與茱蒂以離婚收場）

WA_《賢伉儷》的劇本早在我與米亞分手的前兩年就寫好了，兩件事情之間是完全不相干的。我是透過那部片在進行實驗，我覺得紀錄片的風格應該要更開放，不論性愛的角度或電影的角度都是。

EL_ 二〇〇一年的《愛情魔咒》（The Curse of the Jade Scorpion）。

WA_ 我真的讓這一批特別傑出的演員們失望了。這部片裡我有海倫杭特（Helen Hunt），她真的是位非常優秀的女演員，在喜劇裡也一樣；我還有丹艾克羅伊德（Dan Aykroyd），我一直都認為他就是那麼滑稽的演員；還有大衛奧登史帝爾斯（David Ogden Stiers），我們合作很多次了，他每次的演出都很到位；伊麗莎白伯克利（Elisabeth Berkley）也一樣那麼優秀。這部電影在海外也很成功，這裡卻不怎麼樣。但是我，從我個人的觀點來看，我卻覺得——還有當初還有這麼多角色人選——那可能是我拍過最糟的電影了。這麼優秀的演員陣容卻無從發揮真的讓我很難過，枉費他們這麼信任我。

劇情設定於一九四〇年，伍迪飾演 CW 布里格斯，一位自以為是又要耍嘴皮子的保險調查員，因為被邪惡的催眠師陷害並在無意識的情況中犯下了一連串的搶案，醒來後又完全沒發現自己正在追查的犯人就是自己。

EL_ 你覺得是哪裡出了問題？

WA_ 我想問題就在於我讓自己擔任主角。我選角時找不到任何有時間出演又有那種喜劇效果的演員，但是我自己出現在那部片裡面就錯了。當初少放點笑料，找一個更直率、更強硬的主角來扮演就好了。我覺得是我拖累了大家，我當時每天看毛片時心裡都會這樣想，但是我不知道要怎麼解決這個問題。

我沒有辦法——因為問題的層面太複雜了，那個時期我沒有很多經費，我只能靠珊恩多羅奎斯多的片場，當時片場安排得非常棒，但是我們卻沒辦法再回去重拍，因為費用太高了。我沒有辦法就這樣說，「我們就找個演員來重拍就好了。」

就我個人而言，我真的很後悔，面對這些信任我的人，我真的覺得很尷尬，因為他們都不計酬勞演出。那部片在海外很成功，也許是因為翻譯或是出於善意，我在很多國家都逃過一劫或至少票房不會太慘淡，但是我卻覺得不堪回首。這部片在這裡並不成功。

EL_ 鮑伯霍普應該可以將這個角色詮釋得很出色。

WA_ 喔，沒錯，但是這樣我就會把這部電影寫得非常不像是鮑伯霍普的電影。我會將霍普的能言善道寫進劇本裡，然後那些場景就會被一堆俏皮話所征服，絕對可以讓霍普游刃有餘地展現自己的特質，我的詮釋跟他比起來就太過了，也太寫實了——即使內容一點也不寫實。

EL_ 你還記得這部片最早的構想嗎？

WA_ 記得，那構想三十五年前就出現了。那個構想真的非常棒，我這麼覺得，但就是被我毀了。這個傢伙被催眠，然後他同時是罪犯，也是追查這個罪犯的人。我應該要處理得更嚴肅一點——並不是說拍得跟劇情片一樣嚴肅，但是我的出現讓這部片的張力少了，因此電影沒有辦法成功。

EL_ 這樣的評價滿嚴厲的，你對於自己還有過任何類似的評價嗎？任何方面？

WA_ 有的，我覺得自己要是出現在一些劇情比較成熟的影片時，我終究會扮演那種我經常飾演的角色——神經質的紐約人，這樣的人，這麼說好了，就跟我平常一樣聰明，但是卻又不是（他開始大笑）那種破紀錄的聰明。然而，當我飾演《瘋狂導火線》（Broadway Danny Rose）中的丹尼羅斯（Danny Rose）那種角色時，這角色的口條並沒有艾爾維辛格那個角色好，我在這種角色中捨棄了某種社會階層的說話方式以及一些關於愛情或是紐約的特定主題，比較知識份子的題材——或應該說是假知識份子或心理分析的題材？然後當我不去扮演成熟的角色，也不去扮演較為低下的角色，而只是扮演介於兩者之間的角色時，像是《愛情魔咒》裡的角色，我不是在飾演自己平常的角色，那樣的片子就會失去張力，而且也會變得很蠢，因為我沒有辦法撐起那樣的角色。像是在《傻瓜入獄記》這部片中，你看了會想笑，沒錯，對於首次嘗試這樣的戲謔小品是可以接受的，但是我現在不會再拍這樣的片子了。這樣的片子很沒

有看頭，因為我要去扮演愚蠢的角色，而觀眾也不會覺得這些角色有趣，因為那些角色很難說服觀眾，他們就是一直在嬉鬧而已。然而，要寫出適合我的好劇本也很難，一直以來都是個問題，那也就是我現在打算未來不要再參與自己電影的演出，這樣我就不會有負擔，也不會讓觀眾有負擔，而且這樣拍電影反而比較自由，想拍什麼就拍什麼，不用擔心自己創作了好劇本卻只能找一位只會演喜劇的演員來演出——就是我。

EL_ 談談二○○二年的《好萊塢結局》（Hollywood Ending），你說你搞不懂為什麼觀眾的反應不像你一樣覺得那部片很有趣？

WA_ 不是這樣的——我是說如果他們有來看的話。我認為要是他們有來看這部電影就會覺得內容很有趣，但是他們並沒有出現。我覺得這部片滿好笑的。題材好笑的喜劇片，拍攝成果也很好笑。我自己看得很過癮。

伍迪飾演維爾瓦克斯曼，是一位曾經紅極一時的導演。她的前妻艾莉（蒂李歐妮飾）說服她的未婚夫——同時也是一家製片公司的執行，讓維爾執導一部關於紐約的劇情片，這同時也是維爾東山再起的好機會。然而在開拍之即，維爾卻因為歇斯底里而失明，他只好透過他的經紀人（馬克雷德爾飾）與艾莉來假裝導戲，最後還贏回前妻的心。這部片的結局是所有美國影評強烈抨擊維爾的作品，但卻在法國被當作大師傑作一樣尊重。當然，那裡也是，伍迪備受愛戴的地方。

EL_ 蒂李歐妮（Tea Leoni）真的跟你很配。

WA_ 真的，她太棒了，美麗動人的女演員，她有種充滿幽默的美感。我應該沒有讓她失望，她在片中看起來很棒，她那時候真的很美，而且那時跟她合作也真的很愉快。我對那部片很有信心，所以我還去參加坎城影展，那是我第一次參加。我之前也有送片子去過，不過當我參加了開幕晚會後就覺得，哇，大家一定會很喜歡這部片，特別是法國觀眾，因為這樣的結尾可以騷動法國人的心。後來那部片在法國也很成功，但也沒什麼了不起的——在法國。

EL_ 那是新的構想嗎？

WA_ 不是，那個構想在心中很多年了，我跟馬歇爾布里克曼一起完成的。最初並沒有想要套用到電影導演這個職業上，而是其他的職業。

EL_ 談談二○○二年的《雙面瑪琳達》（Melinda and Melinda）。

WA_《雙面瑪琳達》是我一直很想要拍的電影，我與福斯探照燈影業（Fox Searchlight）的彼德萊斯（Peter Rice）談了這個構想，後來是福斯出資並發行這部片子。我跟彼德在電話上談了幾次，後來他就決定要跟我一起拍這部片。

我說我想要在喜劇之中同時呈現相同劇本的嚴肅版本，他覺得這個構想很棒。不過他們不是很喜歡我工作的方式——沒看到劇本、不知道劇情、任何事情都不知道，但是他還是願意參與，我真的很佩服他，我想。因此，那就是一部我自己也很有興趣的劇情片，所有的熱情都展現在劇情片裡。

　　兩位劇作家（華勒斯尚恩與賴瑞派恩飾）在共進晚餐時爭執人生的真諦究竟是悲或是喜。接著這部片就在這兩位作家的筆下開始悲喜交織。一個女人意外出現在一場由朋友聚辦的派對中，而她的影響終究引發了一段婚外情，雖然在不同版本中亦不盡相同。瑞德荷米雪兒飾演瑪琳達，在悲劇（派對主人是有錢的蘿拉兒——由克洛伊賽文妮飾演，還有那嗜酒如命的演員丈夫——由強尼李米勒飾演）中是個乏味無趣的人妻，她為了一個攝影師拋下當內科醫生的老公，後來又打輸小孩的監護權官司，她邋遢又懦弱地出現在這場派對。憂鬱症發作後，她就被送去療養院並套進拘束衣中，她開始飽受人生折磨。反觀喜劇的版本中，瑪琳達未婚，個性活潑，鄰居霍比（威爾法洛飾）為她著迷。威爾是一名已婚又失業的演員，蘇珊（亞曼達佩特飾）是他的妻子，她是位獨立製片，而蘇珊拋棄威爾跟一個有錢有勢的人跑了。

　　喜劇版本很好，因為威爾法洛（Will Ferrel）很好笑，亞曼達佩特也很棒——她不僅美麗性感，同時也是很有趣的人，很了不起的演員，而且他們兩個都演得很好。不過喜劇這部分，就一個作家而言，對我來說並不及另一半吸引人，另一半才是我內心的重點所在。

　　在這部片中我也有機會去發掘瑞德荷米雪兒（Radha Mitchell）的天分。我們本來是打算要請薇諾娜芮德（Winona Ryder）與鮑伯唐尼（Bob Downey）來演，不過我們卻沒有辦法替他們保險。當時那些保險公司非常神經質又刁鑽，讓我們很頭痛。我們最後真的很傷心，因為我們之前就跟薇諾娜合作過了《名人錄》，我們覺得她來演出這個角色最完美，而我也一直以為鮑伯唐尼是很有才華的演員。後來這兩個演員對我們很失望，好像這一切都是我們的決定一樣，但我覺得我們心中那種被整的感覺就跟他們心中的感覺一樣。那些保險公司不願意作保，那些履約保證公司（為投資者提供保險以確保影片會在約定的時間與預算內完成），在我們沒有幫他們保險以前不願意為這部片作保。

　　我原先根本沒有想到威爾法洛，因為他是那種打打鬧鬧的喜劇演員，但是我後來又覺得他有一種可愛又軟弱的特質，我就想，對啊，這傢伙應該可以把這個角色詮釋的很好。而我看到蕾達時，心中也是覺得這個女孩子在這部片中應該可以發揮得很好，而她確實也將這個角色詮釋的非常好。至於克洛伊賽

文妮是我一直想要合作的演員，她演得比我期待的還要好。

我那時才看過奇維托艾吉佛（ChiwetelEjiofor）在《美麗壞東西》（Dirty Pretty Things）中的表現，每個人都好愛他，可以找他來演戲我真的好興奮。這部片的拍攝過程相當愉快，不過我必須說，我真的很想要好好拍攝劇情嚴肅的那部分，這跟我當初看了《罪與愆》後的想法一樣。

這部片算是不錯的小品，我想他們至少有打平或是賺一點點錢，不是賣座片，我還是（戴著微笑）含蓄一點比較好。

瑞德荷米雪兒在《雙面瑪琳達》飾演同一個女人的故事並以悲劇（上圖）與喜劇（下圖）的詮釋呈現，兩者造型都恰如其分。

EL_ 可以談談二〇〇三年的《說愛情，太甜美》（Anything Else）這部片的構想？

WA_ 那個構想很早就有了，我覺得那已經拍得很不錯了。傑森畢格斯（Jason Biggs）是這部片的主角，他也是那種讓很多人以為他是被請來扮演我的那種演員——我自己就已經出現在電影中了，我演了另一個完全不同的角色！我自以為拍得很不錯了，對於電影不賣座我也滿驚訝的。我以為自己萬事

思

俱備了——我有傑森畢格斯與克莉絲汀娜蕾茜（Christina Ricci）……

　　EL_ 還有斯托卡德錢寧（Stockard Channing）

　　傑森畢格斯飾演傑瑞法爾克，一位喜劇作家。傑瑞中了亞曼達（克莉絲汀娜蕾茜飾）的圈套，亞曼達是位迷人、聰明、情緒化、愛說謊、愛操弄又不太專一的女朋友，她這樣的行為並不是因為她很壞，而是她沒有辦法——她的熱情可以像水龍頭一樣說開就開，說關就關，這樣反而讓傑瑞對她更加著迷，或至少覺得她非常有性吸引力。當然了，這段關係也開始出現問題，然而此時亞曼達的母親——一位輕浮的民謠女歌手（斯托卡德錢寧飾）帶著一架鋼琴搬進傑瑞與亞曼達的小公寓裡，這對他們的感情當然一點幫助也沒有。雖然傑瑞無法從那一無是處的經紀人或不善溝通的心理醫生那獲得幫助——因為他沒有辦法離開他們，就像他沒有辦法離開亞曼達一樣——這時候他找到了一位心靈導師大衛多貝爾（伍迪飾），一位年紀較長的學校老師兼喜劇作家，他偏好使用艱澀的詞彙，而且內心深處其實是個極為嚴重的偏執狂。多貝爾向傑瑞展現情緒的旋轉木馬，他將生命與職涯安置在一個自食其力的路徑上，唯有如此才有可能成功（傑瑞與經紀人之間的工作規劃——是一個只會滑向經紀人的滑尺度量衡——這幾乎就像是伍迪與他第一經紀人之間的關係）。

　　WA_ 是的，卡司真的很棒，我以為那個故事很有趣，充滿了笑料與好點子。有人說那部片匯集了所有我說過電影裡應該出現的——他們是很正面地在說這件事——而或許就是這樣，對我來說才會是負面的，我不知道。我試映了幾次，大家似乎都很愛這部片。好了，這也是一部沒人去看的片子。

　　我說啊，像我這樣的人，這真的都要靠運氣。我很依賴影評的，這部片要是對了某個傢伙的胃口並寫了一篇正面的影評，那這部電影就應該會賣座。完全同一部電影，要是當天那個影評生病不舒服而報上其他影評人又不怎麼欣賞這部電影，那就不要想要賣錢了。市面上有很多電影是不需要靠影評的，他們才不用理會誰不喜歡，因為他們有固定觀眾群，我說的就是《蜘蛛人》這類的電影。

　　而我呢，誰寫的影評就成為關鍵了，但我的確認為《說愛情，太甜美》是部很好笑的電影，我也覺得是一部精彩的電影，我覺得克莉絲汀娜非常傑出，傑森也真的很迷人，加上斯托卡德錢寧一直以來都是實力派的女演員。

　　EL_ 大衛嘉維特（Dick Cavett）告訴我，大概三十多年前，一九六○年代，有天晚上你跟他在洛杉磯的韋克商人餐廳（Trader Vic's）吃晚飯，然後你告訴他，「你知道嗎，我時間不夠用，不管我活多久，都不夠我寫完自己腦海裡的

點子。」你現在還是覺得自己的靈感源源不絕嗎？

WA_ 我有很多點子，我還是留著那口袋子——事實上我已經把那些紙條拿出來了，因為袋子撐破了（大笑）——不過我還是保有一樣的方式。我在剪接室裡也放了一樣的袋子，只要靈感出現就馬上記下來丟進袋子裡。等到需要的時候，我就會把裡面的東西倒在床上，然後上億張各式各樣的點子就會攤在床上等我一張張看過。那樣的工作很累人，我會把最好、最有可能被採用的放在一邊。有時候我會拿起一張，心裡想著，喔，這可以轉變成不錯的構想，然後我就會這樣做。

EL_ 你每次都會重新篩選過所有點子嗎？你會逐年清掉一些嗎？還是說只要被丟進紙袋之後，就一定會被搬上大螢幕？

WA_ 只有用過的點子我才會丟掉。

書寫
Writing It

2

書寫
Writing It

一九七二年夏天

　　此時伍迪正在洛杉磯與丹佛市郊區拍攝《傻瓜大鬧科學城》。這部片在許多方面來說，在條件上又比他前三部作品更向上提升了些——《傻瓜入獄記》、《香蕉共和國》以及《性愛寶典》。前兩部片子是一連串笑料集結，最後一部則是一系列的短篇描述，即使一開始那幾個場景之中仍帶著他慣有的喜劇手法。《傻瓜大鬧科學城》完全是一部敘事電影，雖然裡面有許多笑料與幽默場面。伍迪在本片中首度飾演英雄角色，而非以往那種惹人憐的蠢蛋。某天當他等著劇組搭景時，我們就在主角邁爾斯孟洛（*Miles Monroe*，伍迪飾演）短暫棲身的那棟像漢堡包的未來建築裡坐著聊天，我們談論著喜劇的內在問題，還有劇本中他為角色安排上的突破。

　　WA_ 步調一直都是問題，就算是最偉大的喜劇片也是會出現冷場的，這問題沒有辦法解決，這點就是要學習接受。然而有時候你可能有機會看到像《鴨羹》（Duck Soup）這樣的作品，真的笑料不斷。如果你問我史上最精彩的喜劇片，那我就會說是《淘金熱》（The Gold Rush）與《將軍號》（The General），還有一堆其他的，不過《鴨羹》是唯一毫無冷場的。

　　EL_《傻瓜大鬧科學城》中所面臨的問題是什麼？

　　WA_ 就像是在三度空間中下一盤棋。你想在其中一個層面上讓觀眾相信這個故事，卻又不需要過度相信，這就是其中一個問題。你想要讓片中充滿言語上的笑話，又想要讓片中充滿滑稽的視覺效果。鮑伯霍普的電影中幾乎都是

使用言語笑話；基頓只要顧好視覺上的滑稽效果就行了；而卓別林的電影，大部分而言，都是視覺上的。我已經在魚與熊掌都想兼得上失敗很多次了。

EL_ 你非常欣賞鮑伯霍普，而我有時候會在你的對話中看到他的影子，你覺得你們有多像？

WA_ 霍普與我都是獨白者，性格上我們都覺得自己對女人很有一套，而我們兩個都扮演一樣自負又懦弱的角色。霍普一直都是超級呆瓜，他傻的程度就差我一點，我看起來更呆，更像知識分子，不過我們都一樣有著源源不絕的幽默。某些特定的情境下，我真的覺得他是我看過最棒的了。我一直以來都把自己當作是他，有時候我真的不是在模仿他，而是把自己當作是他。這其實不太容易發現，因為我在外觀與語調上完全不像他。你可以在他一些老片子裡看到相似之處，像是《美艷親王》（My Favorite Brunette）。我一直很喜歡霍普在電影中安排的那些俏皮話。（伍迪在片中也常是這種霍普式的俏皮話。他與黛安基頓在片中穿著醫師服並企圖著綁走那所謂全能領導者所剩下的東西——他的鼻子，當他們遇上心存懷疑的警衛時，伍迪拍拍其中一位的胸口並帶著霍普式的虛張聲勢口吻說，「我們是來這裡看那鼻子的，我知道鼻子跑掉了。」）

邁爾斯孟洛與露娜史洛索（黛安基頓飾）在《傻瓜大鬧科學城》中企圖偷走領導者的遺物卻撞見警衛。「我們是來這裡看那鼻子的，」邁爾斯完美地帶著霍普式的虛張聲勢口吻說，「我知道鼻子跑掉了。」

EL_ 不過很多幽默不是可以靠筆墨，而是要靠詮釋表達的，不是嗎？

WA_ 是的。那些負責幫《蘇利文表演秀》（The Ed Sullivan Show）操刀的人，這樣說好了，殺了觀眾後就消失了，淡掉是因為那些故事與笑話背後的人物沒有說服力。他們的台詞白紙黑字讀起來很有趣，人們讀了會笑，因為確

實還不賴。不過充其量而言，那些笑話就是展現角色的載具。

當我剛進這行時，我的想法正好相反。我就是想要走出去講自己寫的笑話，因為我覺得那才是觀眾爆笑的重點，但是傑克羅林斯（Jack Rollins，他的經紀人）一直告訴我，「你這樣反而適得其反。」我剛開始不懂，因為我完全是作家出身的。我心裡想，要是SJ佩雷爾曼走出來並朗讀〈腰布別上漿，拜託〉（No Starch in the Dhoti, S'il Vous Plait），這些觀眾一定會忍不住哀嚎。然而，那卻不是故事本身的問題，這就像是那些笑話變成讓演出者呈現一種性格或態度的工具，就像鮑伯霍普一樣。你並不是因為那些笑話在大笑，你是因為那個自負又懦弱的人在那裡裝腔作勢而大笑，你從頭到尾都是因為那個人而笑。

EL_ 你筆下角色在過去這幾年有什麼變化？或是你覺得有改變嗎？

WA_ 我想就跟大多數人一樣，我看待自己的視野也是有所侷限的，而在這個視野之外的旁觀者中，總會有人可以提醒我那個我不會主動去擁抱的面向。所以我很自然地會在第一部電影中維持那些自己感到最安全的元素，也就是那些我了解的東西——卑賤謙遜。（他大笑幾聲）我在那部片中的表現很怯懦，但我也不可能有其他選擇了。我在那之前完全沒有拍過電影，當我見到寶琳凱爾（已故《紐約客》影評）時，她才剛看完《傻瓜入獄記》，她說，「我們都希望你最後可以追到那個女孩。」寶琳凱爾說我會採用被虐者的觀點看待自己，她建議我應該要考慮讓自己扮演類似英雄的角色，讓觀眾這樣定位我的角色，因為我總會說出一些詼諧的事情，很正面的。我覺得她說的沒錯，因此在《傻瓜大鬧科學城》中我的角色就變得比較積極主動一點，我也想要這樣持續下去，看看接下來會有什麼反應。我現在才剛開始感覺到自己很有幹勁，心中也更有自信了。我必須考慮自己是想要不斷學習的人，我覺得在接下來這幾年裡我應該會嘗試更多不同類型的喜劇。

EL_ 對於現在筆下的角色已經有清楚的描繪了嗎？

WA_ 我對於我的角色並沒有什麼類似意識定位的處理方式。我從來不會去想，像是，設定他應該不會做這種事。不管在電影或是夜總會裡，我都會表演那些我覺得逗趣的笑話，那些百分之百都是很直覺的產物。我只是很清楚自己不會殺掉某個傢伙，然後把屍體藏在冷凍庫裡。我就是很單純地憑直覺做事，然後很明顯地就出現了一個角色。除此之外，那對我來說根本就沒有什麼意義，我單純就只是想要搞笑，然後如果在搞笑之餘還可以帶有什麼含意的話，那也很好。

我心中對於角色的形塑並沒有任何潛在的判斷。我可以單就自己的所聽

所聞來描述——當代的、神經質的、比較知識分子的、蠢蛋、身材矮小的，沒有辦法跟機器相處的，與這個世界格格不入的——就這些狗屁東西。某些部分我自己很清楚，但是我一開始並沒有想到要讓自己扮演一個蠢蛋或是身材矮小的傢伙。我不認為你可以就這樣放手去嘗試任何事情，你試試看就完了。

我很確定卓別林也沒有在算計這些的。就算有些人會說，「你看，那一撮鬍子就是浮誇的象徵，還有那過大尺吋的鞋子怎樣怎樣，那走路的方式就是怎樣怎樣。」我很確定他當時心裡不過就是想，嘿，我覺得這樣一定會很好笑——我穿這條過大的褲子與超大尺寸的鞋子，弄一撮鬍子，這樣看起來一定很蠢。」

這一切都是很意外又偶然的。如果你照計畫來拍片卻得不到意料中的成果時，你在剪接室中也總會有新的發現。我想如果你不試著讓自己在這些部分有一點空間，那你就會變成那種按照腳本拍片的導演，而他們也真的會拍出跟劇本一模一樣的作品。我並不是在說自己是在即興拍片，但是電影從無到有的過程是一種製作經驗，而不僅只是一個寫作經驗，而舞台劇大約要百分之九十五按照劇本演出。

EL_ 那些幫傑基格利森（Jackie Gleason）寫腳本的作家曾經這樣評論過他們的工作就像在「餵食大怪獸」一樣，他們的工作就是在提供角色性格的材料，你也會希望作家這樣為你工作嗎？

WA_ 我其實不介意請一些作家來餵食大怪獸，這樣我就有時間可以做其他的事情。我也不會介意請一些很有趣的人來為我寫一齣喜劇，而且我知道自己會去拍這部片，或是說，賀伯羅斯（Herb Ross）（《再彈一遍，山姆》的導演）會來執導，這樣我就知道自己會出演一部喜劇電影，就可以成為我職業生涯的其中一塊。我也會有時間專注在寫一些我自己更感興趣的戲劇題材。不過，我在目前這個階段覺得自己有義務要拍電影，不要縱容自己被這些人寵壞。

許多年後，他會更有本事縱容自己（也更有自信）拍攝各種題材的電影——*戲劇、音樂劇、喜劇*——*看他當下對什麼有興趣。這些就是菜鳥製片與享譽國際製片人之間的差異。*

EL_ 有一種理論說幽默背後通常是敵意，你同意嗎？

WA_ 如果我今天對於某項議題抱持著敵意，我就不會添進任何詼諧的題材。要是我今天想要寫任何關於尼克森政府（時值尼克森政府執政）的東西，那就一定不會帶著任何詼諧，完全只會有敵意。我的幽默泉源可能有些不一樣，我要是知道主題是關於英格瑪柏格曼或卡夫卡，我很崇拜這兩個人，我相

信自己的筆下就會充滿詼諧色彩而不挾帶任何敵意。

幽默是非常複雜的，而且很難簡化成一些概括的事實。我認為喜劇的構成就好像下一盤棋或是一場棒球賽，其中有上百萬種所知與未知的心理概念。任何可以讓你發笑的事情，那就代表很好笑，這遠比你以為的還要重要。

EL_ 比起喜劇，你反而更欣賞戲劇，但是要寫出一齣喜劇大作不是更困難嗎？

WA_ 喜劇確實比嚴肅題材更難操作，這點無庸置疑。而我在心中，喜劇確實並沒有戲劇來得有份量，這也無庸置疑。主要是因為喜劇的影響力比較小，但我覺得這很自然。當喜劇內容接觸到某項議題時，喜劇只能加以玩味，卻不能接決問題；而戲劇則可以採用一種更有情緒的方式來滿足這點。我不想要說得太殘酷，但是比起戲劇，就滿足感的層面來說，喜劇確實比較不成熟，也比較次級，而且這是沒有辦法改變的。喜劇完全沒有辦法豎立像是《推銷員之死》（Death of a Salesman）或《慾望街車》那樣的名望，完全沒有辦法，就算再怎麼精彩也沒有辦法；就算你拿《長夜漫漫路迢迢》（Long Day's Journey）、《醜聞學校》（School for Scandal）、《青蛙》（The Frogs）、《賣花女》（Pygmalion）、《鄉下女人》（The Country Wife）、《浮生若夢》（You can't Take It with You）、《絳帳海棠春》、《滿城風雨》（The Front Page）與《摩登時代》（Modern Times）、《鴨羹》（Duck Soup）與《將軍號》——這些都已經是上乘的作品了——也都沒有辦法帶來像是《第七封印》、《波坦金戰艦》（Potemkin）與《貪婪》（Greed）那樣的影響力，因為喜劇中欠缺了那種滿足感，就算喜劇比較難拍攝也一樣。我以上說的這些，都只是我個人的看法。

不過問題是，當你在拍攝喜劇時，你想要著重在攝影手法上是沒有問題的，但是那貪婪緊追在後的怪獸，逼著你要快、要持續不斷保持好笑才是你要擔心的。我不是說每一秒都要搞笑，你可以拍一部每五分鐘出現一次笑梗的喜劇片，也可以不靠笑話而是靠演員本身的喜感，但是你就得要保持那個在一開始五分鐘就定下的節奏或基本規則，否則那個你承諾觀眾要維持爆笑與喜感的共識便就此破壞了。也就是因為如此，我覺得這樣非常、非常困難，而且幾乎不可能一直製作自己覺得有興趣的題材。

EL_ 你對什麼樣的題材有興趣？

WA_ 我覺得有趣的題材是那種多愁善感的東西，就是那種像英格瑪柏格曼與米謝朗基羅安東尼奧尼（Michelangelo Antonioni）的戲劇作品。嚴肅的導

演在拍攝過程中最有辦法盡興。《哭泣與耳語》（Cries and Whispers）中有很多特寫鏡頭，色調如畫，那種手法並不適合用來拍攝喜劇。大多數的美麗事物都是沒有笑料情節在裡面的，那也就是為什麼我個人最有趣經驗是拍攝《性愛寶典》中那段義大利情節的過程（此指《冷感女之謎？》〔Why do Some Women Have Trouble reaching an Orgasm？〕），講述一個女人只能在華麗奢侈的公共場合得到性高潮的故事）。我不需要擔心是不是太暗或是太抑鬱，或是哪個人的鏡頭被擋到或是有沒有陰影，因為那都是構成笑料的元素──我是在諷刺那種拍攝風格。

一九七四年六月

《傻瓜大鬧科學城》獲得許多佳評與大量觀眾的支持。雖然片中還是有許多笑話，本片卻是伍迪在電影上的一大突破。本片也是關於他的角色與黛安基頓的角色之間那所有段趣關係的描述。他現在正在籌畫下一部片，但是他在掙扎手上的三個構想，其中一個對他來說很簡單，但卻完全不能拓展他的才華。不論他在《傻瓜大鬧科學城》有怎樣的進展，伍迪都想要持續下去。此外，他也不是很確定自己正在培養的觀眾群會不會接受。其中他談論到的第一部片──講情愛的電影構想──最終會發展成一九七七年《安妮霍爾》；第二部──那「華麗」的構想──則成為一九七五年的《愛與死》。

EL_ 你已經著手寫了好幾個月了，但是到現在還是沒有下一部電影的劇本，發生什麼事了呢？

WA_ 我想要嘗試新的電影題材，當我準備好要拍下一部電影時，我想要拍一部真人真事的電影──喜劇，但是真人真事。不是那種一覺睡醒就發現自己身處未來、或是跑去搶銀行或是什麼征服拉丁美洲的傢伙。我想拍一部我就是扮演我自己的電影，而黛安基頓就扮演她自己。我們住在紐約，兩人的關係出現了衝突，與那種浮誇的構想完全相反。

我一開始就從這個構想著手，寫完後讀了一次，我很喜歡第一部分，卻不喜歡第二部分。所以我又重寫了一遍，接著腦中又出現了完全新的點子，我就將這些點子挪用到那我本來就很喜歡但是後來又不喜歡的第一部分；接著又出現第三個構想，但是有點不著邊際，所以我又採用了起初自己喜歡的那一部分中的絕大部分──不過那對我來說又不夠有吸引力。

所以我現在已經完成三樣東西，腦袋裡就一直在兜著這些構想。

EL_ 有哪一部分明顯比其他部分出色嗎？

WA_《愛與死》是我這部新劇本的名字，我才剛寫完三十八頁。（以拿破崙時代為背景的戲謔劇，其中混淆著杜斯妥也夫斯基（Dostoevsky）的風格。伍迪飾演波里斯，是位喜歡哲理的俄國農民，他不求回報地愛著索妮雅〔黛安基頓飾〕，而她正準備行刺拿破崙）不過問題是這樣的——因為內容浮誇，所以對我來說很簡單，這完全不真實。我試著讓劇情變得很滑稽——那種像是閱讀 SJ 佩雷爾曼散文的滑稽感。這樣的劇情很瘋狂，荒謬怪誕，在那種層面來說是非常愉快的經驗之一。我已經寫好很多適合霍普來拍的場景——他絕對可以拍得比我更好。不過我覺得這樣的內容不會得到多數觀眾的共鳴，所以我還不清楚自己會不會寫完。我每天都會寫幾個小時，然後花幾個小時嘗試其他新點子。我覺得自己一定可以在短期內寫完，接下來若不是我寫完《愛與死》的劇本，不然就會開始進行新的構想。我寫作速度很快，真的，我大概只需要四到六週就可以完成這個劇本。

從某個層面來看，我不是很確定自己這樣做對不對，我也許要寫一篇讓人發笑的真實故事，但是可能就會像《再彈一遍，山姆》一樣，部分人事就會有這樣的反應——我期待出現一些不一樣的東西，更多想像空間。我目前寫的東西正好符合這些電影人對我的期待。

EL_ 但是你不想要被這些期待所牽制，不是嗎？

WA_ 沒錯，我喜歡寫真實的故事，因為那樣對我來說才是最大的突破。我認為現在這些觀眾對我個人已經產生了連結，所以我不想要拍一部讓我自己隱沒在那些巧妙安排的故事背景情節之中。我想要拍一部真實的故事，但是要好笑。我很確定的是，我是說，一旦我開始動筆時我就會想，我到底是在幹嘛？我應該要寫那些瘋狂喜劇的，然後我就會拿起真實故事的前四十頁與瘋狂喜劇的前四十頁，然後想，兩者之間的滑稽是無從比較的——當然是瘋狂喜劇比較好笑。真實故事是很有趣沒錯，但是真實故事的趣味頂多就是現實生活中的趣味。（這就是伍迪所謂「雙輪」的第一個案例，這個兩難抉擇的處境讓他困住自己很多年）

所以如果，假設來說，今天我要是在精神科醫師的診所把馬子，而她也是那裡的病患，這樣的劇情就會很有趣，不過並不是像另一種喜劇那樣爆笑有趣——兩台猶太電腦，其職業是裁縫師（跟《傻瓜大鬧科學城》一樣）。我不想要觀眾看完電影後說，「我說，那些靈感與幻想在哪？那部電影就需要喬治西格爾（George Segal）、迪克班傑明（Dick Benjamin）或是達斯汀霍夫曼

（Dustin Hoffman）那種演員才撐得起來。」

EL_ 所以你到底是想要領悟大眾想要什麼？還是你想要試著在自己的能力範圍內決定到底可以給大眾什麼？

WA_ 我不想要就這樣跑開，然後去寫一些我兩年前就可以寫出來的劇本。我想要進步，我不想要只是重複，這是為了要成長。我總是希望大眾可以喜歡我的電影，但是我不能掉進那個陷阱，不能困在只是為了被他人喜歡的陷阱裡面；我寧願作品好，就算不怎麼受歡迎；我寧願自己試著成長，就算失敗了很丟臉，我也不要打安全牌或拍更差的片子，辛辣刺激，像咖哩一樣。

EL_ 假如你今天不拍《愛與死》，那以後還有機會嘗試這個構想嗎？

WA_ 是的，要是我今天不拍這個題材，將來有一天我還是會回頭來拍的。我知道下一部片要跟黛安基頓合作，不管是什麼題材，我曾經想過像是史班賽崔西與凱瑟琳赫本（Tracy and Hepburn）那樣的劇情，因為這樣會很有趣。問題是，你難道不覺得那樣太老套了嗎？

EL_ 怎麼說？

WA_ 通常觀眾在看到《歌劇之夜》（A Night at the Opera）或《鴨羹》這樣的電影時都會開懷大笑，這種類型的喜劇在一開始就會有一種心照不宣的共識，「聽著，你們不用太認真，我現在就是要想盡辦法讓你們大笑，就算上刀山下油鍋都是為了要讓你們開懷大笑。」

不過還有另一種感覺，那並不是在看電影時可以直接透過畫面感受到的，那是你要去體會的。我說，那個男人打電話給那個女人，而他在大雨中站在她家門口等待的樣子很好笑，這會讓觀眾大笑。但是這樣的場景之外還有另一種感覺，那種你希望他可以見到她的感覺，這並不是可以透過場景去安排的，而就算觀眾沒有在大笑，他們心中跟電影畫面還是有所連結的，他們正在享受。

EL_ 情節規劃對於喜劇來說有多重要？

WA_ 現在的東西都比較沒有情節規劃，而情節卻是喜劇的動力，當你有情節規劃時，整部電影的體質就會很好。當你在製作這樣的喜劇時，像是《香蕉共和國》，這部片沒有情節規劃，你完全得仰賴演員的表演絕技。一開始就要笑鬧不斷，然後就一直笑鬧下去。一個小時過後，你並不會從過去這一小時的過程中獲得任何回饋，然後你在結局時就要比原來更爆笑六倍。換句話說，要是你一開始就有個前提，一個故事，在結尾時你就可以從一開始所設定的情節來收割。我在《傻瓜入獄記》與《香蕉共和國》這兩部片中真的竭盡所能不讓劇情冷場，我成功了嗎？只有觀眾可以決定，每一個評審都可以自己決定

——或者我應該說他們沒有辦法在有意識的情況下決定，他們低頭看看自己的肚子就知道自己有沒有大笑了。

EL_ 喜劇中有沒有什麼特定的形式是比較常見的呢？

WA_ 所有當前的電影形式要拍成喜劇都沒有問題；那也就是為什麼喜劇演員會這麼喜歡採用這些形式的原因。喜劇懸疑片的題材很棒，喜劇科幻片也一樣，還有喜劇西部片。霍普拍了《理髮師萬歲》（Monsieur Beaucaire）（歷史喜劇片）、《白面酋長》（Paleface）（西部喜劇片）與《美艷親王》（My Favorite Brunette）（私家偵探喜劇片），就與傑利路易斯（Jerry Lewis）一樣。

如果你想要拍一部著重角色發展的喜劇片，這樣的電影中你更需要仰賴人們在心理層面上的構成與較少的情節安排，這樣反而更難。《再彈一遍，山姆》就是部著重角色發展的喜劇片，觀眾的笑聲並非來自劇情的安排——湯尼（羅勃茲，扮演好朋友並且與黛安基頓的角色結婚）出差回來，而我必須要躲在門後。這非得透過這樣的情境去揭開這樣高度神經質又詭異的性格（透過角色發展的過程，雖然意想不到卻不會讓觀眾無法接受，伍迪與黛安的角色發生了關係），但是卻與《熱情如火》（Some Like It Hot）或《金屋藏嬌》（Adam's Rib）那樣的情節安排不同。我與黛安的角色躺在床上是一時的情節安排，但卻是意外發生的。因此就算那是一部過時的喜劇，但在某些角度上又有些新意。這部片是架構在角色發展上的，（他停頓了一下）但看起來會一直這樣有新意嗎？應該不會，因為這片中欠缺那種天賦（他大笑著），我是說片中欠缺很多元素與天賦。

《再彈一遍，山姆》中，透過飾演自己，伍迪艾倫勾引自己最好朋友的妻子。

一九八七年六月底

　　此時伍迪已經從電影界新秀搖身成為名人。《愛與死》之後推出的是一九七六年由馬丁瑞特（Martin Ritt）與渥特柏恩斯坦（Walter Bernstein）主演的《正面交鋒》（The Front），接著是奧斯卡大獲好評的《安妮霍爾》〔本片榮獲最佳影片、最佳導演、最佳電影劇本與黛安基頓贏得最佳女主角〕，還有一九七八年的戲劇片《我心深處》、一九七九年的《曼哈頓》與一九八〇年的《星塵往事》。

　　從一九八二年起他拍的片子還有《仲夏夜性喜劇》、《變色龍》、《瘋狂導火線》、《開羅紫玫瑰》、《漢娜姊妹》與《那個年代》──這一堆片都很受歡迎，除了第一部以外。此時他剛拍完《情懷九月天》──不是第一次，而是第二次拍完這部片，他針對劇情作了修改並且換掉部分的卡司，但之後這部片也沒因此受到好評。他也正準備拍攝《另一個女人》，劇情環繞在瑪莉詠波斯特這個角色上，五十多歲的女人，心思細密，她要不是扼殺自己複雜的情緒，就會被那些情緒吞沒。

　　劇本的開始與結尾，瑪莉詠都在談論仰望星空時的心境變化。一開始，她回想起她父親說過的話，他透過加州帕洛馬山（Mount Palomar）望遠鏡看著滿天星斗，瑪莉詠還在母親的子宮裡，當時懷胎八月──「這些閃爍的星星數也數不盡，天空中有上百萬顆星星，它們的存在，就某些角度而言，讓你感到生命毫無重點可言，而我們的存在與萬物創造之間也沒有任何意義。這很可笑──你明知道這樣毫無目標，但為了生存，你被迫要讓自己買單那一堆商品。」

　　初稿的最後出現這段對當下情況的描述，「星星也快要在天空中出現了，就算城市的燈光中讓你更難看清它們的存在。」

　　這幾年伍迪艾倫的生活中多了父親的角色並開始與孩子產生共鳴，或是與夭折的孩子產生共鳴，那是這部劇本的核心所在。其中有一幕，瑪莉詠看見一位孕婦並開始回想自己在年輕時墮胎的經驗。

　　「我喜歡有小孩的感覺，」她與當時的丈夫爭論時說著，「但是個人方面的問題卻太複雜了。」

　　劇本的最後部分，瑪莉詠再也沒有辦法逃避過去與自己的情感，那是她一生中拋不去的負荷。

　　「我已經過五十歲了，」她說，「該是放下一些想法的時候了。」

伍迪五十二歲時寫這部劇本。當我在閱讀劇本時，我不禁注意到瑪莉詠的感覺和伍迪與我在這幾年對話時的心境變化，這兩者之間存在著一種平行關係。雖然他總是否認自己筆下的角色與自己本身有任何直接的關連，不過當我問起瑪莉詠時，他這麼回答，「我將自己對於年過五十的想法都投射到瑪莉詠這個角色上，我花了至少一年的時間才讓自己解脫。」

等到開拍與剪接時，我們還會有更多機會討論這部片。然而，當我們下次見面時，大約兩個月後，我們談論了《情懷九月天》這部片，該片即將上映卻還沒有決定片名。他很快地談起這部片的構想與自己為什麼要重拍這部片。

EL_ 你常常會重拍一些場景，但是這部片你卻是全部重拍。

WA_ 過去那些拍過的電影我都沒有辦法重拍，但是這部我很幸運——六個角色，單一場景。我想應該會取名為《情懷九月天》——我不想要在片名上承諾太多，那是我的自信。我想要試著軟推銷又不矯情的方式，像是片名只有一個字這樣。

伍迪艾倫在一九八七年到二〇〇六年之間拍攝的二十二部片中，只有四部——《情懷九月天》、《艾莉絲》、《名人錄》與《愛上塔羅牌情人》是採用一個單字當標題的；有七部片是兩個單字，九部片是三個單字組成。因此只剩下兩部——《愛情魔咒》與《大家都說我愛你》——單純派的人會覺得這種片名太過冗長。

EL_ 像是《變色龍》。（該片中伍迪飾演一個想要被他人接受的角色，所以他就變成一隻變色龍，可以隨心所欲地融入身邊任何團體之中。理奧納德柴利克〔Leonard Zelig〕在新聞短片的背景中可以任意幻化成貝比魯斯〔Babe Ruth〕與希特勒）

WA_《變色龍》一開始有很多片名可以參考，多數都是一九二〇年代的表現風格——《貓的睡衣》（Cat's Pajamas）或是《蜜蜂的膝蓋》（Bee's Knees）。我與幾個朋友在晚餐席間玩了一次片名接龍，我們丟出一堆片名，不過那個遊戲有趣的是下一個人會怎麼接，完全沒有實質貢獻。最後我丟出幾個片名並搭著那部片看著，當我看到《變色龍》那一秒時，心中就很篤定了。

EL_ 那部片的拍攝看起來挺複雜的。

WA_ 不會，真的不會，拍攝其實很簡單。《變色龍》的拍攝過程很有趣，我們不需要搭太複雜的燈光，拍就對了，但是後製工作相當龐大。我們訂了電視設備並在卡帶上處理所有的新聞短片。我們當時有上萬捲關於納粹的新聞短片以及其他歷史事件。

理奧納德柴利克可隨意變身成為身邊的人（義大利人、黑人，或大胖子）的構想表面看來很有趣，但是《變色龍》傳達的訊息是——一個人想要受到歡迎時，就會接受身邊任何人的看法並形成法西斯主義。

柴利克（右邊數來第三位）出現在希特勒集會中，才領悟自己的渴望將會導致的後果。

EL_ 重拍的原因是什麼？

WA_ 白色房間的那幾場戲（心理醫生尤朵拉佛列雀與理奧納德柴利克對談）重拍了一遍又一遍。好笑的是我的皮箱裡好像就放了白色房間一樣，我們用了所有紐約市與皇后區的攝影棚來拍，總共拍了九次，其中一些對話是即興的，有些則是劇本裡的。

其中有個很棒的構想我卻沒有辦法呈現出來，那就是當我開始表現得像米亞一樣，那也是她這輩子第一次在我身上看到她自己並且改變了她的人生。我拍是拍了，但卻沒有辦法用我想要的方式呈現出來，有太多額外的訊息需要加到成果裡面。那個觀點太豐富了，而我當時的技巧不足，沒有辦法將心中想要的表現出來，所以我只好將自己限制在比較簡單的版本裡。

EL_ 那從一開始就打算拍得像「紀錄片」一樣嗎？

WA_ 我一開始試設定要拍成當代電影的，故事描述一個在 WNET（紐約公共電視頻道）工作的人，但是後來我認為添加一些文化現象會更好。我一直都很喜歡紀錄片形式的電影，很多人以為我是在諷刺《烽火赤焰萬里情》（Reds）這部片，因為我在片中採用了與目擊者訪談的場景，但是這早在《傻瓜入獄記》中就出現過了。（他聳聳肩膀）就是很標準的紀錄片手法。

寫

EL_《情懷九月天》是一種舞台劇形式的電影，部分是在討論人們如何與自己的過去打交道，部分也在談不求回報的愛。

WA_ 我一直以來都覺得這個觀點很有趣，在我心中一直在兜著這個想法——每個人的一生中都會產生內心的創傷（*年輕女兒坦承自己殺了母親那有暴力傾向的愛人，然而母親才最有可能是真正的兇手*），然後有些人的性格就會在這樣的內心創傷中毀滅，再也沒有辦法復原——然而也有些人的性格是可以讓這樣的創傷慢慢淡去的。

EL_ 你在劇中有三個年輕的角色與一個比較老的男人，每個人都心有所屬，卻都得不到相對的回應，四個人都是一廂情願，而另外兩個扮演父母的角色卻在彼此喜歡的共鳴中得到滿足。

WA_ 我覺得這樣很有趣，就是黛安，蓮恩的母親（伊蓮娜斯楚奇飾），她的人生暢行無阻，什麼事都難不倒她。她很有幽默感，精神抖擻，年輕時相當漂亮。而今，蓮恩（米亞法蘿飾）的心中正因為另一個女人（史黛芬妮，黛安皐斯特飾）而掙扎不已。蓮恩的母親在人生最後階段決定與新丈夫共度人生，而他不是個混蛋，他是個物理學家，她最後並不會跟一個劇場經理或簽賭記錄員在一起。這傢伙是個知識份子，而她也有辦法應對自己的人生。她夠幽默——或說她根本不在乎別人的感受——好讓自己關上過去創傷所留下的那道門；她可以輕鬆面對人生挫折，因為她夠自私，然而蓮恩卻飽受過去創傷的摧殘，永遠沒有辦法癒合。

EL_ 你有想過這個劇情背後的設定嗎？蓮恩說自己殺人這件事是事實嗎？是她殺了她母親的情人嗎？還是兇手是黛安但是她嫁禍給蓮恩？

WA_ 我假設蓮恩所陳述的事實，是真正發生的事實。我假設那位母親在喝醉酒碎唸的同時說出那個男人是個爛人這樣的話，所以她決定殺掉他。

後來她歇斯底里地打電話給律師，然後他過來告訴她，「聽著，現在唯一能做的就是這樣講，因為小孩子認罪不會有事，妳認罪事情就嚴重了。」這就是我假設發生在黛安與蓮恩之間的關係。

但是我覺得真正有趣的是故事本身——因此我從來也不覺得需要讓觀眾看一些回顧的場景或是在劇本中那樣寫，我真正感到有趣的是觀眾的回應，長久下來的回應。

EL_ 你認為那些長久下來的回應會是什麼？

WA_ 我認為蓮恩會一直躊躇不前，她永遠沒有辦法找回自我。她盡其所能苟活，但卻總是在掙扎。她的內心創傷太嚴重，以致於她永遠無法看到身邊

任何特別的人事物，也無法尋求美滿的生活。我認為黛安韋斯特回到她丈夫的身邊並會在晚年過著一種平淡、堪稱運作的婚姻生活。至於那些男人，我認為丹荷爾恩（艾略特，那位鰥夫）還是一樣寂寞，而山姆華特斯頓（胸懷抱負的作家）回家後會回想自己遇到了一個不錯的對象，但是彼此之間什麼事情都不會發生，而他想要休息一個暑假不工作並專心寫作的夢想，終究不會達成。

我想除了蓮恩的母親之外，劇中的每個角色都經歷了一些磨難，只有蓮恩的母親有辦法在這些遭遇中全身而退。她也許也付出了一些代價，至少她在別人眼裡無法獲得認同。她也經歷歲月的摧殘，因此她也是有遭遇到一些挫折的，但是她自私的內心與膚淺的意識讓她得以全身而退。她年輕的時候相當玩世不恭，也一樣一事無成。她喜歡參加派對，也喜歡去夜總會，喜歡讓自己的名字出現在專欄，也曾經走進模特兒這一行，但是從來沒有認真做過任何事情。然而等到時候到了，她就拋棄她的丈夫並給蓮恩的生命帶來更多磨難。她只想到自己，因此她得以存活下來。

一九八八年一月

《另一個女人》的拍攝工作已經完成，伍迪正在進行另一部劇本《伊底帕斯災難》的收尾工作，本片即將在秋天開拍，而他也正在構思另一部在秋天開拍的電影。他現在放假回到紐約休息幾天，我們很快地轉到寫作的問題上。

EL_ 你已經訂好故事架構了嗎？

WA_ 我目前還沒有決定故事題材，不過我通常都會放任自己去想幾個星期，什麼都不做，讓我的思緒可以自在地在每個題材上遊走；不管是我記錄下來的，或是臨時出現的。我會這樣坐下來，完全放任自己去思考；悲傷劇情到音樂劇都有可能。然後我就會開始收編，最後常常就是剩下一、兩個題材，然後我就會陷入掙扎要選哪個才好。特別是等到自己下定決心開始進行後，幻想就變成不怎麼美妙的現實，接著那個被捨棄的題材就會在我背後步步逼近，而我就會想，假如我選了那個牛仔的題材，天啊，早知道就做這個、做那個就好了，這樣就會很完美。不過要是我選了那個，我就會覺得那個關於閣樓的比牛仔的好。

EL_ 所以你這幾天的短暫假期就是用來自由思考的？

WA_ 是的。今天，過去這三天，我都沒有進去剪接室，我在放任自己。我心中現在正在兜一個點子——我不知道這點子會不會成真或是我會不會讓這

點子成真——不過我現在正在思考要不要將我的舞台劇本《死亡》（Death）拍成電影，然後自己來演主角。（《死亡》是一部關於德國表現派的故事，主角克萊曼〔Kleinman〕是一名平凡的記帳員，某天夜裡被治安隊吵醒，因為他們正在追捕一個連續殺人犯——其實就是死神。伍迪在劇中飾演克萊曼，也就是後來於一九九二年上映的《影與霧》）這可以是非常有趣又新穎的喜劇題材，與我貫有的作風不同，不像是紐約與浪漫這類的東西，而這個主題也非常吸引我。這劇本當然需要相當程度的改寫與重新發展，但是現在的內容對我來說太過薄弱，很少人讀過。這個題材很有趣，也可以變得非常好笑，所以我想很有可能就是這個了。我接下來一定要拍一部喜劇，我跟獵戶座影業（Orion Pictures，當時出資並發行伍迪作品的公司）之間的合作很愉快，我已經先拍了《情懷九月天》，接下來就是這個。

　　EL_ 而你也需要出現在電影中，是嗎？

　　WA_ 對啊，就是因為我要參與演出，所以我才想說，那就要來一點輕鬆的喜劇，類似霍普混克斯比（Hope-Crosby）那種類型的喜劇。不過我真的沒有很想要拍這種片子，現在我對於這種題材真的不太有興趣，加上我現在也不能拍音樂劇，因為那需要太多時間。而我也不想拍一些黑名單題材，因為我認為那會花很多錢。巴比（羅伯特葛林賀特〔Robert Greenhut〕，當時的製片）告訴我現在這種時候最好跟時代劇保持距離，因為那會超出太多預算，而且我已經拍過一部黑名單電影了（此指一九七六年的《正面交鋒》）。

　　當然總還是有我可以拍也想要拍的電影，特別像是《漢娜姊妹》——這種以紐約現代生活為基礎的片子，關於愛情的故事題材，我應該會想要拍一些類似這樣的電影，也不是沒有可能。不過，我又開始去想這另一個題材（此指改編舞台劇《死亡》）一定會是個新穎又有趣的概念。這種處理殺人狂與追捕兇手的題材本身就很適合拍成電影，這種題材自有一種不祥預兆與戲劇張力，再加上我出現在這種片中就可以製造一種滑稽的窘境。要是真的拍成了，就會有一定程度的經典特質。也就是說這不會是那種當代的、社會寫實與中產階級的喜劇片，其中帶有一定程度的經典價值——類似一種共同遭遇的隱喻。我有充分的理由將這種題材拍成電影，而明天我也會有充分的理由反駁這個道理，又去支持另外一個題材。

　　EL_ 這樣的拉鋸會持續多久？

　　WA_ 這通常會持續好幾個星期吧，因為我目前無計可施。我接下來會處理《另一個女人》的後製工作，然後心裡就會出現這種針鋒相對的畫面——沒

錯，拍這個，或是，不不，絕對不可以拍這個，拍你另一個構想。等到這些事情發生時——就可以等待水落石出了，然後就可以進行規劃了。

EL_ 什麼時候？如果你整天都在剪接呢？

WA_ 像是我晚上回家的時候會有一點時間，走路或是坐下來的時候也都會想著這件事情。因此等到可以動筆時，我幾乎就已經準備好要開始寫了。大概會有一星期左右不會有任何動作，然後我就可以準備動筆了，因為在前製過程中我一直在思考與想像劇情。

EL_ 你說過你不曾從夢境中獲得任何構想，但是你的夢境會影響到你的寫作嗎？

WA_ 夢境不會，但是下意識會。當我同時進行兩個作品時，我就會陷入一種痛苦的處境。我當初決定要同時進行《變色龍》與《仲夏夜性喜劇》的拍攝工作，我計畫每拍《變色龍》的一個場景時，就會思考相同的場景可不可以延用到另一部片裡。當時我們幾乎真的就是這樣處理的，因為有一些出現重疊的地方，特別是在重拍的部分。但是我覺得這樣在情緒上很不好受，完全不是技術的問題，那根本沒什麼。這樣很不好受是因為原來你一開始不知道你自己已經將所有心思與氣力都專注在單一的構想上，你沒有辦法說放就放。你很難馬上放下這個構想，然後開始去忙另一個構想，因為心裡已經被第一個構想困住了。那時候馬歇爾布里克曼就告訴我，他總是覺得當我們專注在某一件事情上時，我們會不知不覺地一直想著那事——就算我們自以為暫時放下了也沒有用，那會在腦海裡持續蕩漾著，我覺得那樣的觀察非常正確。

假如我今天突然發呆了十分鐘想事情，我心裡一定就是在想那件事情，我無能為力。我回家後還是會繼續想著，這沒有辦法改變，我就算準備上床睡覺時也會繼續想著這件事情。

我從來不會讓自己閒著沒事做。當我白天在外面走路時，我心裡還是在盤算著我得要思考哪些事情，那些問題需要解決。我可能會說，今天早上要解決片名的問題，那等到我起床去沖澡時，我就會用那個時間來想片名。大部分的時間我都用來想事情，因為這是回應寫作問題的唯一方式。

EL_ 談談淋浴間是怎樣不錯的工作環境？

WA_ 這麼多年來我發現一件事，就是任何短暫的情境改變都可以在心中激起一股新的能量。所以要是我今天從這個房間走到另一個房間，就會有所幫助；如果我是走到外面的街上，那就會有絕大的幫助；如果我是走上樓沖個澡，那也會有不小的幫助，所以有時候我會額外沖澡。當我在這裡（客廳）工

作碰到僵局時，上樓去沖個澡會很有幫助，那可以拆解所有的問題並讓我放鬆下來。

天氣冷的時候沖澡特別好，這聽起來有點蠢，但我會像現在這樣穿著整齊地工作，而我就想要沖個澡來激發一些創意靈感。我會脫下一些衣服，吃一塊英式鬆餅或什麼讓自己冷靜一點，然後我就會想要沖澡。我會站在熱水下三十分鐘、四十五分鐘，就這樣思考那些點子與場景的安排。然後我就會走出來，擦乾身體，穿上衣服，倒在床上繼續想著。

還有，出去散步也會有幫助。我以前不知道自己常常這樣，我記得艾比布若斯（Abe Burrows，《紅男綠女》〔Guys and Dolls〕的劇作家）曾經告訴我說羅伯特社伍德（Robert Sherwood）以前經常會在紐約市區邊走邊思考他的劇本，甚至邊走邊自言自語。我以前也很愛這樣，但是我現在不太這樣了，因為我會被認出來，那樣我就沒有辦法專心。那種感覺很惱人，有些人甚至會走過來跟你說，「嘿，我可以跟你一起走到下一個街口嗎？我有件事情一定要跟你說。」這種事情發生過好幾次了，這樣我沒有辦法專心，我會被嚇到。

EL_ 巴比葛林賀特說有一次他在拍另一個人的電影時，他們剛好在你家附近搭景，他一抬頭就看到你在陽台上，你在那，來回踱步。

WA_ 我很常到外面這個陽台上走路，這棟公寓最棒的地方之一就是這道很長的陽台（大概好幾百呎的空間）。每當我寫劇本時，我就會在上面來來回回地踱步。這有助改變氣氛，對我來說是一種解脫。

EL_ 那在踱步完後，你就會寫下心中的想法嗎？

WA_ 一旦我思考過後，其實也就不用寫下來了。我每部電影的大綱通常不會超過一頁，通常在撰寫大綱的過程中就會覺得乏味了。我會寫，像是，「艾維遇見安妮。浪漫場景。回想他們過去見面的時光。」這樣的東西我大概寫個八遍，等到第八遍或是第九遍時我就會覺得無聊了，因為我心中很清楚整個故事的脈落，我不需要透過這種方式提醒自己。

EL_ 你一直以來都有這種輔助創意的方式，還是說這些是慢慢發展出來的呢？

WA_ 我透過觀察學習的。要是我出門休息五分鐘，去買報紙或是丹麥梅醬麵包，然後當我走道街上時，心中就會有重新出現一些能量，接著我就會想，嘿，我留在外面好了，本來打算只是要去買份報紙就回家，現在乾脆來去中央公園散步，或是在市區繞繞好了。

這跟淋浴是相同的道理。我要是坐在這裡兩個鐘頭卻毫無所獲，我就會

去沖澡，不然我就得去市區走走。我就會想，先沖個澡再回來繼續好了。然後沖澡時就會有能量的突破出現——這個句子真糟糕，不過我不知道要怎麼形容了。因此，那都是意外出現的，而我現在會故意這麼做。

EL_ 當寫作或思緒開始變得緩慢時，你會怎麼讓自己集中注意力？就我以及其他我所認識的作家而言，那就是我們該檢查是不是需要削鉛筆的時候了。

WA_ 這麼多年來對我一直很有幫助的一點就是，我是在某種殘酷環境中所訓練出來的作家，這些都是丹尼賽門（Danny Simon）教我的事情。（他與伍迪曾於一九五〇年代在 NBC 美國全國廣播公司搭擋合作。「丹尼帶我離開幻想並走進現實。我突然置身在一個每星期都要丟出一、兩個構想的環境，你每天早上都要出現在那裡，然後開始寫。我們當時獲得很多資金，那些構想就是要呈現在觀眾面前。」伍迪在我們最早的談話中曾經這樣說。「關於喜劇寫作的所有事情都是他教我的。」）所以我很快就知道寫作沒那麼簡單，那是非常艱苦的工作，很辛苦，你一定要赴湯蹈火才能完成。很多年後我才讀到托爾斯泰（Tolstoy）的一句話，非常實際，「你得要提筆沾著鮮血才能寫作。」

我曾經每天都要很早辦公室，然後開始寫，留在那裡繼續寫，寫了又重寫，想過後又撕掉重新寫一遍。我是一路從這種強硬方式中訓練出來的——我根本沒有時間等待靈感，我總是要進辦公室馬上開工。我是說，你就是要逼自己寫，所以我可以一直寫，也可以一直重寫，因為那是我逼自己的。那些年來我也發現很多小技巧可以幫助自己度過那些不愉快的日子。

EL_ 有一次你提到過帕迪查耶夫斯基，他曾經說過作家在不同的案子之間總是想要自殺，你自己也會這樣想嗎？

WA_ 等到你到頭來去想，我對於這個構想很認真，那就是一種享受了。當你需要開始架構時可能會遇上一些困難，也可能不會，但是等到你真的坐下來要開始撰寫時，我是說這種感覺就像是你花了一整天煮飯，最後坐下來吃這頓飯的滋味。

EL_ 你剛才說的那些小技巧是什麼？

WA_ 總是讓自己處在思考的情境裡面，無時無刻都在想案子——早上起床去洗澡時，晚上去睡覺時，等待電梯時。很多年前有人告訴我一個關於大聯盟知名投手的故事，他從小就夢想將來要成為投手。小時候他在田裡工作的父親會告訴他，「不管你在哪裡閒坐著，你就撿起一顆石頭瞄準一片葉子丟去，也可以試著打樹枝，一分一秒都不要浪費。」對我來說那聽起來很合理，所以

我也一直這樣做，我心裡總是有問題等著解答。

因此我一直非常、非常小心謹慎不要讓自己落入那些讓自己沒有辦法盡情寫作的陷阱中。很多不愉快的事情都可以成為你的藉口；不想要早起、不想要整天一個人、想不出好的結果、人都躺在床上還想個不停。我是說，這工作的確是不怎麼讓人愉快，就這個部分來說。

另一個對我很有幫助的方式就是聽自己大聲地陳述那個問題，因為這樣一來那個問題就會瞬間脫離原本在我心中的幻想世界並拉進現實。我會打電話給米亞，跟她說，「我有些問題想要跟妳談談。」我是說，那些問題當然也不是她可以解決的，因為她是要怎麼告訴你，「不，這個案子比較好」或是「就做那個案子好了」？她根本對於我過去這幾天的心境變化毫無了解，但是我會跟她在街上散步聊天，聽我自己陳述這些事情就是很大的進展了。

你同時也要小心別讓自己落入薩特式陷阱中。當你開始對他人陳述心中的問題時，你其實對於自己想要做什麼已經心裡有數，而你只是希望聽者可以附和罷了。你將問題用一種設計過的方式表現出來，只求他們可以同意你的看法，即使你將正反兩方包裝得很客觀也一樣。這真的很詭異，那也是為什麼有百分之九十的事情都是因為這樣失敗的，就是在寫作中。演技通常不是失敗的關鍵，導演也不是，劇本才是。

戈登（電影攝影師戈登威利斯）以前與我常常討論這一點。假如你有很好的劇本，但是拍攝的方式很蠢，燈光差，攝影差，你還是有可能拍出成功的電影，這種例子不勝枚舉。我們都看過拍得很糟的電影，不管是業餘製作到路易斯布紐爾（Luis Buñuel），劇本非常好，就算拍得再糟也好看。然而，要是今天你手上的題材太差，劇本也不好，你不管怎麼拍，大部分的情況下，不管你選擇什麼樣的形式呈現，都覆水難收。

EL_ 你在片場有時候會靜靜地坐在那裡低頭看著地上，那也是你在心中處理問題的時候嗎？

WA_ 我通常只是想讓腦袋清醒一點。有特定的幾件事情可以讓我的腦袋清醒一點；如果我在家，我就會打開電視看運動比賽，兩局棒球或是一場籃球賽，這種事情對我來說很重要，那真的可以讓我大大地放鬆。然而在片場也一樣，我需要時間放鬆一下。不過要是需要超過十分鐘或十五分鐘，我就會回到包廂車裡，因為有事情需要處理——像是回電話或是處理臨時發生的事情，這些事情也是難免的。

《愛情決勝點》拍攝期間所攝。

一九八八年十一月

　　這次談話中我想要規劃一部分在伍迪的公寓裡討論閱讀對他的影響。他帶我到樓下的臥房裡，大多時候他都是躺在床上看書。房間的牆壁漆成紅色，火爐上面掛了一張瑪莉蓮夢露的鉛筆素描。銅架撐起的雙人床邊有兩張桌子，上面堆著滿滿的書；左邊桌上疊著那些他最近才看完的書籍（多數都是詩集，其中也有最新版的《梵諦岡會議》文獻）；右邊桌上則是放著那些他準備要讀的書籍（聖經與一些語言學書籍）。由於伍迪一直以來都非常推崇英格瑪柏格曼的作品，我就以閱讀英格瑪柏格曼的著作感想開始提問。

　　EL_ 柏格曼這麼寫著，「我心中有股強烈的預感——我們的世界正在沉淪。我們的政治體系正在強烈地妥協並且已經完全失能。我們的社會行為模式——內在或外在——早已慘敗收場。可悲的是，我們不能也不想擁有改變現狀的力量。革命已經太遲，我們內心深處早已不再相信革命會有任何正面效應。那卑賤的世界就在轉角等待著——總有一天將要席捲我們這般超個人主義的存在。除此之外，我是個高尚的社會民主主義者。」

　　WA_ 我對於制度的觀感不是太好。我確實認為人類存在的顯著特質在於人與人之間的殘暴。如果你跳脫開來觀看，我是說，假如你在外太空觀察人類，我想也只有這樣才有辦法跳脫開來。我認為會讓人感到驚訝的並不是那些藝術

對話伍迪艾倫一書

寫

或成就，我認為會讓人震驚的是那些大屠殺與愚昧無知。

EL_ 柏格曼這麼寫著，「我要是看到天空有片烏雲，我會以為世界末日即將降臨。」

WA_ 七天中可以有五天是這樣，我會覺得很棒（今天是陰天），大概有兩天是那種傳統的好天氣就可以了。

EL_ 柏格曼談到劇本創作時這樣寫著，「我創作劇本時真的不了解自己在寫什麼，然後就拍了，而那些對我來說並沒有什麼意義。然而這些電影的意義──是我一直到後來才理解的，很久以後。要是我與自己的作品間的關係是這樣的奇怪，那也是因為當我在創作劇本與拍攝過程時都處於一種保護模式中──我的保護殼。我鮮少在工作過程中分析自己是在做什麼？為什麼？我通常事後才會進行合理化。」

WA_ 那聽起來真的是個非常靠直覺的藝術家。我想我在理智的層面上比較可以控制自己，但在能力的層面上比較無法控制自己。因此我一開始就很清楚自己要做什麼與想要做什麼，不過又因為自己能力不足的關係，往往結果又會有所不同（大笑），然後自己也會嚇一跳。

EL_ 你聽聽這段，「絕對不可低估沉悶在藝術中的重要性。」

WA_ 我覺得沉悶是非常美的元素，這在瑪莎葛蘭姆（Martha Graham）的作品中可以看到。很多人看到《那個年代》前面那一幕時都會大笑，我在那一幕說，「我印象中的童年很美，」然後鏡頭就跳到洛克威（Rockaway）海浪滔滔的下雨天。我那句話是很認真的，但是多數人看到那一幕都會大笑。

EL_ 你曾多次談到自己很討厭上學並且幾乎都是自學，所以你只學自己有興趣的東西嗎？

WA_ 那比較像是折衷式的教育。我有讀一些哲學與歷史作品，還有一些小說，然後隔年又重新去學一些不同的東西，但是沒有什麼固定的形式。我是從小說開始的，那是我最早開始有興趣的，美國小說──海明威（Hemingway）、福克納（Faulkner）與史坦貝克（Steinbeck），他們都是當代小說家，不過他們的全盛時期是在一九二〇年代與一九三〇年代。

EL_ 是什麼讓你對語言學有興趣的？

WA_ 對於自學者而言，其中一種優勢與劣勢，比較像是劣勢，那就是為了獲得周延的教育，你得要折衷去閱讀書籍。對於在家自學的人而言，許多傳統的角度上似乎有很多令人意外的鴻溝存在。我也許讀過幾本關於符號學或語言學的書籍，但那都是雜書。你要是跟我聊了一陣子，如果其中有六個主題都

是我在家自學時有讀到的題材，你就會覺得我是個知識份子。不過要是你突然提到某個所有念過大學的孩子都知道的常識，而因為我是在家自學的關係，就會有這種不自知的鴻溝出現，而且那可能是非常簡單的事情。

舉例來說，我的文法很糟，就是很糟。每次幫《紐約客》寫稿時都會被改得亂七八糟，他們總是在告訴我，「你不可以這樣講，這樣的英文不太有水準。」然後珊迪茉爾斯（Sandy Morse，電影編輯）永遠都在訂正我寫的敘述。紹爾貝洛（Saul Bellow），當我交給他《變色龍》的台詞時，他說，「我應該可以改一下這個，可以嗎？因為這樣講文法是錯的。」我就是個不會文法的人，但那是所有人在學校一定會學到的基礎。這樣的例子太多了。

EL_ 你平常都會讀詩嗎？

WA_ 我最近讀了很多詩，我一直以來對詩始終保有一樣的熱度。

假如你很多年前跟我聊天，我會告訴你寫詩就像是遞給一個人一張紙或一張畫布，然後他隨便將顏料抹上去後說，「對啊，那就是庫寧（Kooning）與康丁斯基（Kandinsky）在做的事情，我一天可以弄十份出來。」這人完全沒有搞懂，然後你會想要告訴他，「那才不是他們在做的事情，你只是在隨意亂塗鴉，他們不是。」

所以，那就是我以前對詩的看法。我一直很喜歡詩，不過當我理解越多時，我就覺得自己對葉慈（Yeats）的作品有更深刻的了解，也就更欣賞他。我欣賞很多的詩人，大家都知道我很欣賞艾略特（Eliot），當然了，因為他在我眼中是一名偉大的城市詩人。然而葉慈卻更讓人驚艷，想想這人企圖透過詩所表達的，太了不起了，就像莎士比亞一樣。我一直很喜愛艾蜜莉狄金森（Emily Dickison）、威廉卡洛斯威廉姆斯（William Carlos Williams）、羅伯特佛洛斯特（Robert Frost）與康明斯（E. E. Cummings）。我愛菲利普拉金（Philip Larkin）。

我想當年自己要是有受更高的教育，我應該也可以寫詩。因為喜劇作家確實有寫詩的天份。你每天都在面對新穎的題材，靠耳朵與度量，我寫的東西裡面要是多了一個音節就有可能毀了整段笑料，而且那都是憑感覺寫出來的。有時候會有編輯想要修訂我故事中的句子，我就會說，「你難道看不出來要是你多加了這個音節，整個笑話就毀了嗎？」

笑話也是，在那些戲謔俏皮話中有一種簡潔的氛圍，那跟寫詩的道理是一樣的。那是一種非常壓縮的情感表達方式，而且完全仰賴字詞上的平衡。而且，那都是下意識的產出。舉例來說，「我並不是害怕死亡，只是不想面對。」

寫

這就是一種用壓縮形式的表達，而且要是你多加了一個字或刪掉一個字，聽起來就沒那麼好了。也許我反覆試驗後可以找到更好的方式來表達自己想要說的話，但是基本上似乎就是這樣子了。那是直覺的產出，你不會透過計算或其他方式，這就是詩人在做的事情。他們不需要靠數字來度量，而是憑感覺。

EL_ 你之前是不是有說過，你是花了一段時間才能學習接受莎士比亞？

WA_ 我一直都是比較欣賞莎士比亞的文字，我覺得他的文字很美，真的非常出眾。我不是很欣賞他的劇作，但我很欣賞他劇作中的文字，那些文字真的太美了。我一點也不覺得他的喜劇好笑，但是對話卻非常精彩，太出色了，不得不為之折服。但是我覺得那些劇作都滿蠢的，那是寫給鄉巴佬看的低俗劇本。真正的劇作中應該有許多美好時刻，不過通常架構起來都不怎麼樣，但是你還是會坐在那看完整場，因為其中的語言層次真的很高。

EL_ 你常常會寫一些玩味哲理的笑話，像是《愛與死》裡面那樣，你常常閱讀哲學作品嗎？

WA_ 哲學是我在不知不覺中喜歡上的學門，我一開始就很自然而然地接受了。事實上海琳恩羅森（Harlene Rosen，他的第一任妻子，兩人在一九五六年結婚並於一九六二年離婚）當時正在攻讀哲學，那對我有很多啟發。雖然沒不至於到讓我也想要去大學修課，然而每當我在閱讀時，要是腦中不經意地出現一些哲學文字，就會讓我產生額外的興趣。假如我有機會重新接受教育的話，我應該會去唸大學，應該會主修哲學。

EL_ 當你閱讀哲學作品時，哪些人的作品會讓你產生共鳴？

WA_ 我想最有趣的應該是德國哲學家，雖然當你一開始接觸柏拉圖（Plato）時也會覺得挺有趣的，那是藝術風格上的趣味，就像閱讀尼采（Nietzsche）的作品一樣，有趣。黑格爾（Hegel）的作品我就覺得很枯燥，真的要硬著頭皮才能讀完。不過到了最後，最讓你難受的是，在你的內心深處，你覺得最有道理的竟然都是那些理性主義與實證主義的哲學家，基本上這些人的作品更枯燥，但是你卻很難反駁。最後，我開始覺得伯特蘭羅素（Bertrand Russell）的哲理更有道理並在我心中產生最多的共鳴，然而他的作品既不有趣，也不會振奮人心，像是，不像是卡繆（Camus）、尚保羅沙特（Jean-Paul Sartre）或尼采那樣——那些更加戲劇化並且環繞在生死的主題，談論的口吻都那麼的駭人聽聞。

EL_ 德國表現主義呢？

WA_ 我從小就很喜歡德國表現主義的作品。小時候去現代美術館時，那

些陳列克爾希納（Kirchners）、施密特羅特盧夫（Schmidt-Rottluffs）與諾爾德（Noldes）作品的房間最能吸引我流連忘返，那些都是會讓我產生共鳴的作品，非常愛。

EL_ 那麼關於文學評論作品呢？

WA_ 我才剛讀完喬治史坦納（George Steiner）關於杜思妥耶夫斯基與托爾斯泰的研究（《托爾斯泰或杜思妥耶夫斯基：論舊評論》〔Tolstoy or Dostoevsky: An Essay in the Old Criticism〕），這篇研究又讓我回去重讀《白痴》（The Idiot）這部小說，所以我現在正在讀這本。史坦納的著作真的非常有趣，那種比較研究只有幾個教授有辦法，史坦納就是其中之一，還有以薩亞柏林（Isaiah Berlin）。當然有很多人可以教的很棒，白瑞德（William Barrett）就是一個，經典作品《非理性的人》（Irrational Man），他就是有辦法將這樣的題材通俗化，讓我這樣的白痴也可以看得懂。

EL_ 接下來我要提出一個唐突的問題，當林肯中心電影協會（Society of Lincoln Center）為鮑伯霍普舉辦特展時，你在介紹影片中說當你看了霍普與克勞斯貝坐在駱駝背上唱著，「就像韋氏字典一樣，我們正在前往摩洛哥，」然後「我當下就知道自己的人生目標是什麼了。」這句話寫得很好，不過你是認真的嗎？

WA_ 當然了，我當時還很小。我小時候非常熱愛喜劇，我很崇拜鮑伯霍普與格魯喬馬克思（Groucho Marx），我看著他們的作品長大的。從小到青少年時期，我試圖表現得像霍普一樣喜歡談天說笑，還可以毫不費力地說出逗趣的俏皮話。但是等到我多讀了點書，年紀再大一點後——大概十七、八歲時——我就開始想要進入劇場界或是演藝界。我的興趣主要是寫劇本，我想要寫舞台劇作品，而且我根本沒有想過要寫喜劇。我一直以為自己可以寫出像是亨利克易卜生（Ibsen）或安東契訶夫（Chekhov）那樣的作品。我知道自己有喜劇天份，因為我當時就已經在寫笑話賺錢了。加上我的喜劇一直深獲好評，心中一直希望那可以是銜接嚴肅作品的跳板。這一直是讓我感到挫折的障礙，更別說我根本不敢輕易捨棄這些讓我名利雙收的喜劇並冒險去寫出一齣很可能會變成肥皂劇的劇作。

EL_ 你這麼說是覺得自己創作喜劇的能力有點像是一種詛咒嗎？

WA_ 我從來不覺得在喜劇上獲得成功會是一種詛咒。我只是想，這樣很好，因為我在創作這些喜劇的同時也成為了表演者，而這些都是為了讓我達成最後目標的前置工作。我的目標就是要寫出那種沉重的戲劇——身為作家，身

為導演。我從來不知道會出現像這樣的障礙就是了。

EL_ 在你創作出這麼多電影劇本後，你會覺得替角色命名是一種挑戰嗎？有些名字好像不斷地重複出現，像是賽兒（Ceil）——你阿姨的名字。

WA_ 這麼多年來很多人問我怎麼為角色命名，我都會跟他們說，我盡量選簡短的名字，因為這樣打字會比較輕鬆。我以前常用露意斯（Louise）這名字，因為我可以很順地打出來這些字母。不過，實際上比林特（Blint）與葛雷（Gray）也很常出現，葛雷先生，比林特先生，像這樣；然後總是會有亞柏（Abe）與賽兒，不過像是普莉席拉（Priscilla）或墨爾格特洛伊德（Murgatroyd）這種名字就不可能會出現。

EL_ 你什麼時候開始接觸到契訶夫這些比較「嚴肅」的作家？

WA_ 大概是高中快畢業的時候，那時候跟我出去約會的女孩子都覺得我是文盲。我那時覺得那些女孩子好美——素顏、銀飾與皮包。我約其中一個出去，然後她說，「我今天晚上真正想去的地方就是安德烈斯塞戈維亞（Andres Segovia）的演奏會。」然後我就會說，「誰？」然後她就會說，「安德烈斯塞戈維亞。」然後我才發現自己聽不懂她在講什麼；或是有個約會對象會跟我說，「你讀過福克納（Faulkner）這小說了嗎？」然後我就會說，「我讀漫畫書，我這輩子從來沒讀過書，我不知道妳在講什麼。」

為了要讓自己跟上腳步，我就得要讀書。海明威與福克納是我一見鍾情的作家——雖然沒有費茲傑羅（Fitzgerald）那麼愛。接著我就開始閱讀劇作，等到我開始寫喜劇時，我記得自己曾經告訴艾比布若斯（*伍迪的姻親——伍迪的舅舅娶了布若斯的姑姑*），「我好想要成為電視作家。」

然後他說，「你不會想要一輩子都當電視作家吧？那應該不是你最終的目標？」

然後我就說，「當然，為什麼不行？」

然後他說，「你應該考慮一下劇場。如果你有才華，如果你想要寫喜劇對話，那應該要考慮寫劇場作品。」

然後我說，「喔，也許電影吧。劇場界不是所有人都想要往電影圈發展嗎？」

然後他說，「沒有，正好相反。所有加州的電影編劇都想要往百老匯發展，那是所有人都想做的事情。」

那時候編劇根本不算什麼，不過就是作品任人宰割的無名氏。但是劇作家可就了不起了，所以我開始會去看舞台劇，那時候我大概十八歲。

一九八八年九月

伍迪最近才從歐洲旅行回來，他去了很久，甚至還去了北歐。他出發前手邊的劇本才寫到一半，他預期自己在歐洲應該不會繼續完成這部劇本，「通常來說，我在寫劇本時不會安排像這樣的旅遊計畫。我應該會把劇本擱在抽屜裡一個星期，但是我這次要去十八天。」不過意外的是，他居然在途中寫完這部劇本了。他每天早上都會拿起各家旅館的文具來寫劇本，然後再將那些紙張捲起來塞進外套的口袋裡。隨著行程一站接一站，斯德哥爾摩尊爵飯店（Grand Hotel）的便條紙就捲在義大利科莫湖（Lake Como）旁艾斯特別墅（Villa d'Este）的長方形信紙裡；威尼斯格瑞提皇宮飯店（Gritti Palace）純白金邊的信紙；羅馬哈斯勒酒店（Hotel Hassler）帶著浮水印的小張信紙；不同的傳真紙；還有好幾張在哥本哈根街上買的筆記本中撕下來條紋紙；等到他抵達倫敦時，口袋裡那一捆劇本就像是藏了一條吐司似的。他的助理珍恩瑪汀（Jane Martin）終於說服他將那些隨身攜帶的作品鎖進保險箱，以免他在餐廳打翻飲料或是將熱湯灑在上面。他就這樣繼續每天寫著，然後將克拉里奇旅館（Claridge Hotel）那藍色高雅的小信紙對折，堆上那疊草稿上，鎖進保險箱後再出門散步。

等到他回到紐約時，劇本初稿已經完成，當時他猶豫要不要取名為《手足》（Brothers），但是最後還是取名為《罪與愆》。

EL_ 你出發前說你在旅行途中只會幫《紐約時報》寫一篇關於柏格曼自傳的評論，發生什麼事了？

WA_ 對啊，我出發前劇本剛好寫到一半，我本來是打算回來再寫後半段，然後我在那裡可以寫那篇關於柏格曼的評論，因為我應該很難專心工作，那些旅遊景點會讓我分心。結果事情並沒有我想像中那麼簡單，我的腦海裡就是放不下那個劇本，所以我每天就寫幾個小時，我覺得沒什麼問題。

EL_ 那你寫完那篇關於柏格納的評論了嗎？

WA_（他大笑）沒有，我不是很會寫書評。我覺得書評很難寫，因為那是完全不同的寫作方式，也因為我不想要評論或抨擊一本書。除非作者是，怎麼說，像是我不能忍受的人。我是說，要是作者是來自基本教義派的人，像是電視福音頻道的吉米史瓦格特（Jimmy Swaggart）寫了一本書，那我應該就會戲謔地表達我的看法。不過像柏格曼這樣偉大的人物，我想就只能讓讚美氾濫了。你懂我的意思嗎？我沒有辦法針對這樣的主題開任何玩笑。

《罪與愆》的手稿，伍迪一九八八年在歐洲旅遊時使用不同飯店的信紙寫成的。

EL_ 我們來談一下劇本中的對白。有些評論認為《我心深處》這部電影中的對白很僵硬，你自己怎麼看呢？（*這部片是關於一個分崩離析的家庭，三姊妹，罹患強迫症的母親〔自殺傾向〕，她們的父親與父親後來續弦的奔放女子*）

WA_ 拍完《我心深處》，大概過幾個月後，有天我坐在家裡，突然想著，天啊，是我搞砸的嗎？由於我對於外語電影的接觸，那些我聽到的對白，我真的是在寫外語電影的字幕嗎？怎麼說，當你看一部柏格曼的電影時，你其實就在閱讀這部電影，因為你得要跟著字幕看電影。等你讀了字幕，那對話就會在你心中出現特定的抑揚頓挫。那就是我擔心的事情，關於這部分我真的還沒有找到清楚的解決方案，我不知道。

EL_ 你覺得自己在處理戲劇電影的劇本時，對白會寫得比較正式嗎？

WA_ 有些非常支持我的電影的人也這樣跟我說過，不過我不確定那是不是真的，這是我的盲點，或者那也不是真的。可能只是因為我找了一些嚴肅的人來演戲，而他們在拍片時從不會像我出現在自己的電影時那樣放鬆。我的風格很放鬆又街頭，但是目前為止我的戲劇電影中的角色沒有一個是街頭風格的。

《罪與愆》的片尾中，克里夫（伍迪飾），失敗的紀錄片製作人，以及猶大，眼科醫師／殺人犯（馬丁藍道〔Martin Landau〕飾），坐在鋼琴椅上

看著眼盲猶太教拉比班（Ben）（山姆華特斯頓飾）他女兒的婚禮。這一幕讓克里夫有機會可以整理自己（與伍迪）對於人生無常的感覺。伍迪一開始希望華特森可以演出這一幕，但是等到他重新寫好這一幕時，華特森已經在俄羅斯拍另一部片。當伍迪從片場開車回家時，伍迪覺得自己可以出演這場漫長的讀白，因為他本身就是獨白演員出身，而且因為「我覺得自己的電影就像是個人陳述一樣，因此在片尾提出這種道德教化讓我覺得自己很無恥。哪感覺就像是老席德西澤（Sid Caesar）的節目拿那些作家開玩笑。席德總會在總結時提出概述並說，『假如我可以從這裡學到任何東西……』也許所有作家都是品性良好的猶太男孩，才會在結尾時都帶有這麼些理想主義的結論。」

EL_ 這部片掀起一些相當大的議題。（一位成功的眼科醫生〔藍道飾〕在社區中是相當具有名望的人物，而他婚外情的對象〔安潔莉卡休斯頓飾〕卻越來越強勢地要求他要離開他的妻子。他嘴上答應了卻毫無作為，最後這位情婦威脅要揭發他與某慈善單位的財務醜聞。為了要想盡辦法維持自己的社會地位與家庭完整，他求助自己沒那麼成功又有幫派背景的哥哥幫他解決這個問題。當命案發生後，這位醫生在一開始被列入嫌疑對象，但是當他漸漸發現自己可以全身而退時，他接受自己眼前這個無神的世界，沒有所謂的因果報應，因此得以繼續安然地過活）

WA_ 我一直對於一個議題非常著迷，而且也透過我其他的電影來處理這種托爾斯泰危機的議題——他在生命中的某個環節遇上這樣的議題，就是他想不透自己為什麼不能自殺。活在無神的世界中值得嗎？他的理智告訴他不值得，但是他的心卻因為恐懼而無法結束一切。

EL_ 你的電影中不太會出現髒話或粗俗的語言，那是你刻意安排的嗎？

WA_ 一半一半吧，部分是因為我的生長環境就是如此，所以我的片中就自然沒有那些用語；而我的電影語言都很乾淨也是因為影響我的人是卓別林、喬治考夫曼（George S. Kaufmann）、摩斯哈爾特（Moss Hart）以及柯爾波特這些人。我說啊，即使《另一個女人》也是普通輔導級，很幸運那不是普級電影。

EL_ 但是在《罪與愆》中你有用到「屁眼（asshole）」這個字。

WA_ 原本的對白是這樣的，「人類世界中每出現一句仁慈的話語都像一根棒子插進神的屁股裡，」但是（他大笑）我沒有辦法講出這句話，真的太粗俗了。

EL_ 連恩麥斯威爾（Len Maxwell，曾經出現在伍迪早期許多滑稽短劇的

喜劇演員）曾經這樣說到你，「任何會說出『我輕輕地飄盪到她身邊』的人不會需要用到『幹』這個字。」

WA_ 事實上我在電影對白中會採用所有必要的語言來達到我需要的效果，目前為止，我在對白中所使用的語言都恰如其分。

EL_ 電影中有一幕是克里夫弄丟他那份唯一的手稿，我注意到你在工作時也不會將工作備份。

WA_ 這二十年來我都是這樣只送唯一那份稿子去工作室，我從來、從來都不會備份，從來不會，不管什麼都一樣，而且有時候我送過去時還挺傲慢的。我應該要買一台小型的影印機放在家裡，不過十分鐘就可以完成了，應該這樣才對，我真的太懶惰了。

至於克里夫遺失手稿這件事，我認識一個人花了好幾年寫一本小說，大工程。他一直將手稿放在手提箱裡，那是波士頓的一間旅館，我想，後來手提箱就被偷了。他只有那一份，他崩潰了，完全沒有辦法再創作。他可以寫一些電視笑話或短劇，但是沒有辦法再寫另一本小說了，太慘了。

EL_ 你有過遺失手稿的經驗嗎？

WA_ 有次某人打算將佩雷爾曼的《農耕與痛楚》（Acres and Pains）拍成電視劇，或是其他佩雷爾曼的作品，就找我寫劇本。那時我才剛開始寫喜劇，大概二十五歲左右，佩雷爾曼是我的偶像。我那時是在跟露易絲拉瑟約會，而米奇羅斯（Mickey Rose，伍迪的兒時玩伴，他們一起合作拍了《傻瓜入獄記》與《香蕉共和國》）那時也還住在紐約，有天我們三個一起出門見面。我身上也帶著那份手稿，那是唯一的手稿，而我那天晚上得要交稿。後來時代廣場突然發生火警，就在時代廣場塔裡面，好幾個消防員被濃煙嗆死。

那時街上大概有六千多人吧，我也在那看著火勢，然後我就自顧自地走開了。兩個小時後我才驚覺手稿不見了，所以我就走回時代廣場，看到那個牛皮紙袋就這樣躺在人行道上，上面滿是腳印（他大笑著），很神奇吧？

EL_ 真希望那個把手稿放在皮箱裡的人也可以這麼幸運。那你說的那齣電視劇呢？

WA_ 最後沒有拍成。那些製片說我的劇本太像散文了，他們想要對白式的劇本。這些人是呆子，他們不知道自己在做什麼，那劇本真的滿不錯的。

EL_ 你在寫完劇本後會再對角色進行大幅度的變動嗎？

WA_ 我創作劇本就像在拍電影一樣。很多時候我會與茱麗葉泰勒（卡司指導）坐著討論，然後她就會跟我討論一些我已經寫好的角色——舉例來說，

像是《漢娜姊妹》中的彼德（Peter）。我們會討論一堆該找誰來演誰的卡司安排，她就會說，「你覺得麥斯馮西度（Max von Sydow）怎麼樣？」然後我就突然（彈一下手指）靈光一現，覺得太好了。接著那個角色（沉溺在藝術中的畫家）就會開始為他量身訂做，所以那個角色就變得更老更暴躁。當我們找到很棒的拍攝場景時也會發生這樣的事情，我們會突然改變劇中的場景，因為視覺上的效果很棒。

那部電影完全不是預先寫好的。我們一開始就很清楚知道要依照預算來規劃。

一九八九年六月

曼哈頓電影中心（Manhattan Film Center），伍迪正在公園大道上一棟奢華的私人華宅中進行剪接與後製。這裡早先是一間橋牌俱樂部，伍迪在一九七九年推出《曼哈頓》後買下這裡。

伍迪一個月前發現《手足》不適合當新片的片名，所以他正在想新的片名。他考慮要用《說愛情，太甜美》，但是這個片名要等到二〇〇三年才會被採用。他另外也考慮要不要直接把犯罪放上片名——一開始想到《重罪與不檢》（High Crimes and Misdemeanors），但是馬上又覺得這樣太吉伯特與蘇歷文式了（Gilbert and Sullivan），《罪與愆》聽起來簡短有趣，不過在當時又馬上被棄置（暫時，因為最終還是用了這名字）。

有時候片名很容易取——《漢娜姊妹》與《瘋狂導火線》就是不錯的例子——不過通常前製作業都要拖很久，這部片就是前所未有的困難。《手足》感覺可以扼要地總結劇中角色錯綜的感情關係並突顯他的困惑。這幾天來關於片名的討論相當多，但卻毫無所獲。他的電影編劇珊狄茉爾斯正與伍迪一起坐在剪接室外的木桌邊聊天，《良心之事》（A Matter of Conscience）突然湧現。

「我不喜歡良心……」他很快地回答，接著又加了一句，「那沒有任何一個字跟人性有關，就像《入伍前的瘋狂》（Fandango）一樣，是不是？」

他開始隨口亂唸著。

「《詭計大王》（Dr. Shenanigans）（大笑），《決定》（Decision），《決定時刻》（Decision Moment），《殺》（Make a Killing），《罪惡與浮華》（Crime and Vanity）。」此時電話響了，是電影製片巴比格林霍特。過一分鐘後，伍迪說，「我想你應該不喜歡《神的祈禱》（The Lord's Prayer），你會不會覺得

這樣讓電影太沉重了點？」

他掛了電話後就拿起一張黃色筆記紙並在上面切分成不同的區塊；他想要在眼睛、神與成功之間找到連結。昨天我引述一段埃斯庫羅斯（Aeschylus）的話給他聽，「人類眼中的成功便是神。」這激起他心中的靈感，但是他現在邊笑邊說，「我現在聽懂了。」語調有些自大，「這段話是埃斯庫羅斯說的。」他在筆記紙上不同的分類欄上寫下可能的片名——

善與惡（*Good and Evil*）
善惡行為（*Acts of Good and Evil*）
……時刻（*Moments of……*）
……之景（*Scenes of……*）

視覺群族（*Eyesight Group*）
天神之眼（*The Eyes of God*）
靈魂之窗（*Windows of the Soul*）
靈魂所見（*Visions of the Soul*）
暗視（*Dark Vision*）

希望（*Hope*）
希望微光（*Glimmers of Hope*）
希望與黑暗（*Hope and Darkness*）
希望渺茫（*Faint Hope*）

選擇（*Choice*）
事關選擇（*A Matter of Choice*）
黑暗中的抉擇（*Choices in the Dark*）
關鍵點（*Decisive Points*）

他在頁尾的部分開始亂塗鴉，毫無進展。

「這些片名觀眾看到就會不屑地走開。《分裂決定》（*Split Decision*），這些片名就跟其他片名一樣——太商業了。傑弗瑞卡森伯格（*Jeff Katzenber*，華特迪士尼電影公司主席，他個人的試金石影片公司〔*Touchstone Pictures*〕出資拍攝這部片）午餐時說，你不可能取出比《春風化雨》（*Dead Poets Society*）更爛的片名了，再加上風評不好，但是卻大賣。」他講完停了下來。「《天神之眼》（*The Eyes of God*），《神景》（*The Sight of God*）。」他搖搖頭，「這種片名很難吸引那些逛百貨公司的人走進戲院。」

二〇〇〇年一月

《甜蜜與卑微》（*Sweet and Lowdown*）已經上映，《貧賤夫妻百事吉》（*Small Time Crooks*）會在今年稍後上映。今天我與伍迪要談論他過去這幾年拍攝的電影，從一九九三年的《曼哈頓神秘謀殺》開始談起。

關於電影結局的設定，有時候對伍迪而言會是個問題，而他常常會需要

重寫劇本並重拍過。《曼哈頓神秘謀殺》是一齣圓滿收場的喜劇；他與黛安基頓飾演賴瑞里普敦（Larry Lipton）與凱洛兒里普敦（Carol Lipton）這對中年夫婦，他們無端牽扯上一名失蹤女子的案件，凱洛兒很快就被警方列為謀殺嫌疑犯。至於賴瑞，天生就是個緊張焦慮的人，完全不想與妻子所陷入的偵查有任何關係。凱洛兒的閃躲反而引起他們最近恢復單身的英俊鄰居泰德（Ted）（艾倫阿爾達〔Alan Alda〕飾）的興趣，然而當賴瑞開始懷疑凱洛兒與泰德之間是不是有什麼戀情發生時，他也不情願地被牽扯進凶手的追捕過程之中。

當凶案偵查結束，賴瑞與凱洛兒也被證實無罪時，這對夫妻走在街上討論這些發生過的事情，結果凱洛兒與泰德之間根本什麼事情也沒有。賴瑞不屑地形容他，「拿掉他的增高鞋、機器曬出來的黝黑肌膚與假牙外，妳還剩什麼？」此時凱洛兒毫不猶豫地說，「你。」然後螢幕就轉為一片黑。

我針對結局部分向伍迪提問。

WA_ 那個笑話本來就在劇本的中間部分，只是我沒有拍，結果在後來又放了進去。我並不知道反應會這麼好，我只是覺得這笑話不錯，但是沒有到精彩的程度。我在剪接時想到這段要是放在結尾很好，所以我們就出去拍了這段。

EL_ 這部片中可以看到一些經典電影的影子，特別是結局部分似乎在呼應奧森威爾斯的《上海小姐》（Lady from Shanghai），其中也有很多希區考克的《迷魂記》（Vertigo）的影子，有一幕是一輛公車經過後就出現一張《迷魂記》重新上映的海報，這剛好與《曼哈頓神秘謀殺》形成一種巧合。這是故意安排的嗎？

WA_ 關於《迷魂記》那巴士經過的場景其實是後來別人告訴我才知道的。那部片我看過一次，但是完全沒有專心看完。那部片一開始真的很慢，我知道很多希區考克的忠實觀眾很喜歡那部片，但是我真的不喜歡。不過呢，我也是出錢贊助修復舊片並重新推出的一員，因為我覺得可以保存那樣的影片很重要，不過那就是個人喜好而已。片中出現任何現象都是純屬巧合，我一直到現在才注意到這件事。

EL_《曼哈頓神秘謀殺》本來是《安妮霍爾》初稿的一部分，後來被擱置在一旁，對嗎？

WA_ 是的，這故事的來由有點奇怪。這個構想很多年前就出現了，然後我決定交給馬歇爾布里克曼來完成劇本並執導，然後我可以參與演出。他在寫作過程中就漸漸擱置在一邊，結果什麼也沒完成。後來我就說，「這樣好了，

你可以把劇本留著。如果你有辦法賣掉，那就是你的。」不過他沒有賣掉，就這樣束之高閣。過了好幾年後，我告訴他，「要不我們來重新玩玩這個構想好了？你把劇本還我，我看我有沒有辦法寫完？」我其實已經知道要怎麼寫了。他同意後我就自己寫了一個劇本並拍成電影，就是這樣。不過那是我們是一起規劃的，這對我來說——對他來說，或對任何一個作家來說——都是很困難的部分。關於真正的劇本創作在我而言是要為自己完成的，因為我想要寫自己可以說的對白，我不喜歡說別人寫的對白。

EL_ 你在拍片時他有來片場嗎？我從來沒有在你拍片時看過他出現。

WA_ 馬歇爾從來不曾來片場看過。就一個作家而言，跟他合作真的愉快。他聰明又幽默，我有很多美好的回憶都是與跟他一起創作劇本時所留下的。我們會坐在我家客廳裡聊上一個鐘頭，一個半鐘頭，然後我們之中就會有人說，「走吧，我們去散步」然後我們就會出去呼吸新鮮空氣，一邊散步，一邊繼續丟出彼此的想法。接著我們就會一起去吃晚餐，有時候也會在回到我家。當中確實會有很沉重的社交應對，但我們總會一起工作。他非常友善、聰明又有創意，跟他工作非常愉快。

EL_ 但是這劇本實際上是你寫出來的？

WA_ 只是因為這樣比較省時——而且台詞是我要說的，我不會記筆記，我就是在心中記住那些點子。我們會坐在那裡無窮無盡地聊著，什麼都說出來——他說，「你先構思你的故事，然後再寫下來，」這我完全同意。當我開始將劇情寫下來時，整個作品就是我們兩個人的合作成果，然後我可以在三週或兩週內完成，因為我要做的就只是把我們兩個的作品寫出來而已，他也可以很輕鬆地寫出來。

我上次找人合作一起寫對白是《傻瓜大鬧科學城》（與布里克曼）的劇本，當兩個人同時丟對白出來時，你就要花兩倍的時間寫下來。

EL_ 你在《百老匯上空子彈》（Bullets over Broadway）採用新的合著作家道格拉斯麥可拉斯（Douglas McGrath）。

WA_ 道格是我私下認識的朋友（他是伍迪前助理珍恩瑪汀的丈夫，同時導演過《艾瑪姑娘要出嫁》〔Emma〕、《企業風暴》〔Company Man〕、《少爺返鄉》〔Nicholas Nickleby〕以及《聲名狼藉》〔Infamous〕，同時也是位電影編劇），同時也是我一直很想合作的對象，單純就是想要享受那種樂趣，沒有別的理由。我拿了幾個構想給他看，全部都不錯，然後我說，「你覺得哪一個最有趣，最想要合作看看的？」

然後他說，「那個流氓變成劇作家的。」

然後我就說，「真的嗎？因為那是我名單上的最後一個。」那些構想中有一個頗有政治元素的，我原本以為他會對那個有興趣，而他個人的理由是，「啊，那就是哪種你可以跟觀眾對話的電影。」所以我就說，「好吧，你想要發展這個主題，那我們就來試試看。」（《百老匯上空子彈》主張藝術家是天生的，不是後天的。約翰庫薩克〔John Cusack〕是一位熱誠又正派的年輕劇作家，他全心全意投入藝術世界之中，但是卻發現自己再也不想當藝術家了）

EL_ 跟他合作與跟馬歇爾合作有什麼不同？

WA_ 我們合作的方式就跟我與馬歇爾合作的方式差不多。他會來我家，我們聊天、計畫並架構劇情，等他走了我就開始下筆寫劇本，最後拍成電影，這樣的合作方式非常順利。

目前來說，我通常不是很喜歡找人合著劇本，但我私底下都很喜歡跟這些合著作家相處，而且大概每五、六年左右就會開始覺得一個人在家好孤單，然後就會想要找個人來家裡一起分享樂趣，而且找道格合作真的是很好的決定，因為他很有創意又聰明，加上我們本來就是朋友。

EL_ 你說一九九四年的《百老匯上空子彈》是你原本就有的構想，所以那個劇情是你在找道格之前就已經想過了，或是還有許多未完成的地方？

WA_ 我記得自己想到要殺掉奧麗（Olive）這個角色時，（演技很差的女演員靠著流氓大亨男友砸錢贊助一齣戲讓她演女主角）我就知道這個故事可以發展下去了。（流氓大亨的小嘍囉奉命在排演時監視奧麗。就在他奉命行事的過程中，竟意外發現他的創作才華，而他對於這出劇所提出的建議都非常精彩，他最後為了不讓她的爛演技毀了這齣劇而殺了她）

我記得我這樣告訴道格，「你知道接下來會怎麼發展嗎？他殺掉她後，這部戲就開演了，然後大獲好評，結果這小流氓就變成當紅炸子雞。過了幾個月後，他又渴望回去當流氓，因為演藝圈真的牛鬼蛇神，這些人比那些殺人不眨眼的殺手還要難應付。他們不但背著他雙重交易，也不回他的電話，他們用盡手段操弄他，因為演藝圈就是這麼險惡。」——這就是我心中想要發展的方向。但是當我開始寫劇本時，我卻沒有往那個方向走，因為那樣的衝擊太大了。電影的結局就這樣結束，而這樣可能有點奇怪又累贅。雖然這樣聽起來還不錯，這齣戲的結局就停在最自然的情節上。道格說那些沒有交代的地方，最後又變成另外十五分鐘，就是又從頭開始的意思。

附帶一提，關於槍響的部分，（小流氓在開幕前被開槍打傷，因為幫派

對話伍迪艾倫 一書　寫

109

裡的其他流氓發現是他是殺害奧麗的兇手，場邊的觀眾們都覺得那些槍聲好逼真）是我從喬治考夫曼與摩斯哈爾特那部《千載難逢好機運》（Once in a Lifetime）的電影原聲帶獲得的靈感，就是當他們壓破印度堅果的音效那部分。

EL_ 你之前受過的魔術訓練讓你滿懂得誘導觀眾的，你在這部片中也用了不少。

WA_ 我常常在劇本中使用誘導的手法。舉例來說，在《大家都說我愛你》中，觀眾一直到看到那一幕之前根本不知道我打算勾引茱莉亞蘿勃茲（Julia Roberts），因為她的故事跟我的不一樣。（《大家都說我愛你》一片中有很多不同的故事發展。喬伊柏林〔伍迪飾〕與史黛妮〔歌蒂韓飾〕離婚後還是維持友好關係，甚至她的下一任老公鮑伯〔亞倫艾爾達飾〕，這位住在公園大道上有錢又大方的自由人士也把喬伊當作自己家人一樣對待。喬伊與史黛妮的孩子與鮑伯的小孩也維持友好的關係。藍恩與蘿拉〔蓋比霍夫曼與娜塔莉波特曼飾〕是兩位迷人的東城女學生，DJ〔娜塔莎里歐娜飾〕比較聰明，同時也是這部片的旁白。史凱樂〔茱兒巴莉摩飾〕是社會新鮮人，而史考特〔魯卡斯哈斯〕則是隨性過生活的最佳寫照，他也是相當保守的人。史凱樂已經與霍爾頓〔艾德華諾頓〕訂婚，後來又遇見有前科的查爾斯菲瑞〔提姆羅斯飾〕。查爾斯總是想要追求鮑伯與史黛妮的生活，他們總是自由主義的先鋒，於是他舉辦了一場派對。喬伊迷戀上馮恩〔茱莉亞蘿勃茲飾〕，她的婚姻並不幸福，而且喬伊偷聽到她與心理醫生的對話，因此才有辦法讓自己假扮成她理想中的男人〔這個點子伍迪在《另一個女人》中就已經玩味過了，只是沒有很明顯〕劇中每個人都有機會突然唱起歌來，不過都是刻意安排成類似在淋浴間唱歌的樣子，不是像音樂劇那樣。這部片在浪漫的紐約、威尼斯與巴黎取景）

這是每個作家都會使用的手法，而我也一樣，誘導觀眾。《曼哈頓神秘謀殺》中，當黛安基頓與亞倫艾爾達在品酒時，我想要讓你們覺得他們兩人正在發展一段曖昧關係。然後當他們看到公車上那個女人（應該已經死了的女人）時，黛安基頓跟我就決定一起跟蹤她。

EL_ 這招效果很好，當那流氓的建議顯現出他真的擁有寫作天份時，反觀約翰庫薩克的角色，這個用心致力於創作的人，卻被證明自己其實根本一點才華也沒有。這感覺好像是你從《開羅紫玫瑰》中扭轉出來的新意。

WA_ 這個流氓變作家的劇情變化確實是我刻意偷渡進去的，我一直覺得這麼多年的魔術訓練，讓我在面對這種情況時相當得心應手，我可以不著痕跡地蒙騙過去。我知道要怎麼瞞天過海讓某件事情看起來很單純。我常常運用這

種小技巧來矇騙觀眾，他們根本不知道我在做什麼。這跟魔術表演一模一樣，你就是要不著痕跡地讓觀眾在不知不覺中被騙。譬如說，假如我等下要用某種方式拿出我的皮夾，半小時前我可能就會坐下來並一直拿出皮夾，所以等到我之後拿出來時，所有手腳都做好了而大家也都不以為意。

所以那流氓第一次發表意見時，他站起來說，「那句台詞，我聽到了，寫得真蠢，」你當下一定覺得他又不是作家。然後等到他出現在俱樂部裡說，「坐下。」時，整個時機就很成熟了，然後就可以快速地進展。

EL_《百老匯上空子彈》中呈現想要成為藝術家與身為藝術家的區別，你認為自己是藝術家嗎？

WA_ 我很有自知之明。當我說自己還沒有拍出任何偉大電影時，有些人會覺得我講話太誇張，甚至太過矯情。當我將自己對人生的觀察戲劇化時，他們就會覺得我太憤世嫉俗，不過這兩種指控都不正確，我說的都是實話。我不覺得自己是藝術家，我自認自己是那種循規蹈矩的電影工作者，一心就是想要拍片，而不是為了三年走一次紅地毯而拍片。我既不憤世嫉俗，更不是藝術家。我很幸運可以做自己喜歡做的事情。

二〇〇五年五月

伍迪正準備回倫敦拍攝《遇上塔羅牌情人》，目前片名未定。他沒有參與《愛情決勝點》的演出，但是會在這一部擔綱一個角色，同時也是史嘉蕾喬韓森一連主演他兩部電影。

我們坐在他曼哈頓電影中心的播映室裡，鱷梨色的深綠天鵝絨旋轉椅已經放在那裡很多年了我們旁邊的櫃子裡裝滿了音樂專輯，多數都是三、四十年代的音樂，都是他用來當電影配樂的專輯。

幾乎所有事情都二十五年如一日，唯一不同的是他對於《愛情決勝點》的熱切。他以往在拍完片時很少會透露自己任何想法，但是這次他對於一切都很滿意，包括劇本。

EL_ 你認為這部片這麼順利的原因是什麼？

WA_ 我想原因有很多，其中一項就是我並沒有受限在只能拍喜劇這樣的條件中。我想拍什麼就拍什麼，我不用去想，「我要拍一部片，但那一定要是喜劇」或是「我一定要參與演出。」我完全沒有限制，所以我可以盡情地去拍自己想要拍的題材。我寫劇本，我思考著，目的就是要寫出好的劇本，然後我

可以將劇本拍成電影，我擁有所有資源。

EL_ 這部片有兩場謀殺案，但是你完全沒有呈現出任何槍殺或流血的畫面，為什麼？

WA_ 殺戮或是血腥本來就不是這部片的重點，所以我也不覺得非要在螢幕上殺人給觀眾看，那根本不會添加什麼特別的意義。我拍這部片時真的很幸運，所有會搞砸一部電影的事情在這部片中都不成立。拍電影時有些事情會讓你很痛苦——找到適合的演員，不需要在特定角色上妥協，每天的天氣都要符合劇情——這部片什麼都對了。這部片中所有的決定，不只是我下的決定，也包含所有人下的決定，全都對了。我不知道這樣的好運有沒有辦法再次降臨，也不知道我沒有辦法再拍一部這麼好的片子。

EL_ 保羅凱伊（Paul Kaye）飾演租房子給強納森萊斯梅爾的房地產仲介，在這部片中只有一些逗趣的台詞，那是你當初寫這場戲的目的嗎？

WA_ 每個演員在片中都有自己的位置來完成一部片，這就是最好的例子。我在劇本裡寫得很簡單，一點也不逗趣，但是他完全融入這個角色在即興演出，而且他真的很好笑，不是那種演員進來，唸完台詞，領了錢就走人那種。這部片中每個人都有貢獻。

EL_ 片中季節替換得很順暢，但是卻幾乎沒有任何跡象。舉例來說，那兩場婚禮都在同一間教堂裡舉行，但是完全不需要任何交代觀眾就很清楚已經過了好幾個月。

WA_ 我就是憑自己的直覺在陳述這個故事，所以根本不需要交代什麼。我只要覺得（彈了手指），這樣就夠了，一目了然就可以繼續往下走。

EL_ 你覺得離開紐約到別的城市拍片有什麼不同嗎？

WA_ 我一直很喜歡在不一樣的城市裡到處看看，但我不是在拍那種可以盡情展現城市風貌的電影。我只能在電影中呈現倫敦的一定風貌，不過要是我今天是在拍一部浪漫電影，那我就可以像在《曼哈頓》中一樣盡情展現曼哈頓的樣貌。不過這部片裡有自己重要的劇情要發展，所以我沒有辦法放任自己顧及觀光因素。

EL_ 這部片的成品完全就像你心中幻想的一樣，那其他的片子——像是《開羅紫玫瑰》呢？

WA_ 是的，唯一只有這部電影是與我一開始心中幻想的畫面一模一樣，之前從來沒有。

EL_ 你曾經跟我說過，你一度困在那種角色從螢幕走出來的概念裡。

WA_ 我心中想的是這個角色（傑夫丹尼爾斯〔Jeff Daniels〕飾）從大螢幕走出來，但是我卻沒有辦法繼續發展下去，我寫了五十五頁後就放棄丟在一邊了。我之所以會再回到那個主題是因為我想到只有真正的演員才會有這種困擾，因此他就來小鎮上找這個女孩（米亞法蘿飾），她同時愛上他本人與電影中的他，因此他被迫要抉擇。不過在那之前他只寫了五十五頁的劇本，就演到那個男人走出螢幕而已。我就是覺得很有趣，不過也僅此而已。

EL_ 所以你最後還是沒有辦法擺脫現實。

WA_ 我的觀感是每個人都會被迫放棄幻想並接受現實。現實終究是傷人的，不過幻想更是瘋狂。

EL_ 真是困難的抉擇。

WA_ 是啊，人生總是雙輸的局面。

EL_ 你在創作當下有辦法讓自己遨遊在幻想世界中嗎？

WA_ 我很容易就可以進入幻想，寫劇本時會自然而然地融入劇情之中，你會很愉快地融入。這很難解釋，但我想這種感覺就類似一個平面藝術家在進行創作時，心中對於那幅畫作或是拼貼所形塑的想像吧，你會一直想要回到那個情境中完成那個作品，那是相當愉悅的過程。

EL_ 你以前在做單口秀時也會將流程寫下來嗎？

WA_ 不會，我從來也不會寫下來。我要是想到什麼笑話的點子，我就會寫兩行字——標準流程就像是，車的笑話，然後岳母，隨便，那就會在描述過程中很自然地搭在一起。我會在家練習很多次，然後我就會上台並在台上即時編輯修正。我只知道我每次都會說那個手錶的笑話，而且一點問題也沒有。（「不好意思我看一下時間，」他說完就會拿出口袋裡的懷錶。「他們這裡對於時間很謹慎，我可以聽到那群樂隊在我後面說廢話。」他會拿起懷錶，面向台下一千兩百名觀眾。「我不知道你們看不看得到，但是這個錶真的很美。」他放下懷錶並仔細地看著，「裡面鑲有大理石，」他繼續說著，眼睛還是注視著懷錶，「讓我看起來就像個義大利人一樣。」他停了下來。「這是我爺爺死前躺在床上賣給我的。」）然而我的直覺會意識到觀眾這時候根本不想要聽我說什麼雪橇或是大象的笑話，我應該直接切入話題去談那個女孩子進入我的公寓後去哪裡了，舉例來說。我會站在台上憑感覺做這樣的修正。

當我在寫腳本的時候，我通常會用比較長的獨白開始——不過不是刻意的，我只是想，這樣會很棒。然後我一上台後就發現，喔、天啊，我要是這樣開場，我完全不覺得他們會笑，就算剛才那六個笑話都讓他們哈哈大笑了，現

對話伍迪艾倫一書

寫

在這樣不行。當你的處境像熱鍋上的螞蟻時，你的身體會告訴你要往哪走，你會很清楚自己會死在哪裡。

這跟我坐在家寫劇本並幻想眼前有觀眾是不一樣的，當我觀看自己很多年前在塔名蒙特（Tamiment）的作品時，（位於賓州波可諾山（*Pocono Mountains*）的營隊，距離紐約幾個小時的車程，其主人每週會邀請紐約最知名的作家或表演者創作新的作品演出給當地一千名觀眾欣賞）我在那裡面對現場觀眾，在那樣密閉空間中所激發的動力是很不可思議的，你就是會知道自己要做什麼，接下去要怎麼辦，你就是可以感覺到空氣中流動的那種電流。在百老匯戲院裡，觀眾在台下竊竊私語，我絕對可以準確地知道自己接下來該表演什麼以及不該表演什麼。當下現實的感受絕對可靠——嗯，不該說是絕對可靠，但是幾乎都很可靠，你還是可能搞砸一切的。當然了，你必須臨場靠觀眾的反應去掌握一切，而不是靠在家寫好的劇本，不然就太遲了。

EL_ 你在片廠也會有這種感覺嗎？

WA_ 不會，片廠沒有觀眾。那裡只有一群技術人員，每個人都忙著做自己的工作，忙著做事，你只能生硬地拼湊出那種感覺。

EL_ 那跟你演對手戲的演員呢？

WA_ 當你在拍攝的當下——不論我的對手是黛安或是史嘉蕾，不管是誰——只要開始拍攝了，也許你在劇本中寫著她要說，「好了，我們快閃吧，」然後你會說，「對，我們要快點離開，因為他們快要回來了，」然後她就會說，「好了，我們快閃吧。」然後你就會知道，因為你是在演出的當下，你會覺得可能改成這樣會比較好，「嘿，急什麼？我們還有兩分鐘可以搜遍這張桌子，可以將那些文件都看過。」因為在我的臥房寫劇本是一回事，在片廠與對手互動又是另一回事，這樣不同的反應相對就比較逼真。

EL_ 我從你這裡學到的第一件事，三十五年前，就是鋪梗的重要。假如沒有鋪梗，那就完全不會有反應，不管笑梗本身多好笑都沒用。所以你會先想好笑梗是什麼，然後再回過頭來鋪梗嗎？

WA_ 那是我從丹尼賽門那裡學到的事情之一，你不可以作弊或是為了一個笑梗硬是去鋪出情節來搭配。假如我心中有一個很棒的笑話，我絕不允許自己為了要講這個笑話而去鋪陳任何不合邏輯或是聽起來不真實的情節。這個笑話需要很真實的情節來襯托——類似那種人真的會說出來的話。對於鋪梗一定要非常嚴格，這樣等到你講出那個笑話時，才會是從那種完全誠實的情節浮現，而不是那種只是為了襯托這個笑話硬編出來的情節。所以要是這個人想

說，「這是我的停車位，我已經等一個小時了，」你就可以從這裡延伸出你的笑話，但是你不能讓那個人說，「我今天早上買了一輛車，車身長十五英呎，所以我需要十五英呎的停車位，」不能只是因為你有個不錯的笑話就要安排某個人這樣說。如果你鋪梗時可以很自然地陳述，那你就暢行無阻了。

EL_ 你通常都會先安排好笑梗，還是在鋪梗的過程中突然加進笑梗？

WA_ 那些都是一起出現的，那些笑話本身就會跟著整個情境出現，我不需要去想什麼空泛的情境。有時候腦海裡會出現一些好笑的點子，要是幸運一點，有時候你可能有辦法回頭鋪梗並營造出不錯的情境。不過特別是在寫對話時，你寫的內容絕對要是一般人生活中會講出來的話——但是又很好笑，如果你是在寫好笑的對話。

還有另一種對話也很棒，但是難度又更高，那就是角色對白（character dialogue），裡面完全沒有笑話，但是寫出這樣的對話就是要讓一個滑稽演員來滑稽地詮釋。所以，很顯然地，要是你正在讀鮑伯霍普的劇本——霍普更會寫這種對白，但是每個人都可以唸這些對白，那就是笑話。我是說——再說一次好了，我用最簡單的方式來講——要是你正在寫傑克格里森的節目《蜜月期》的腳本，然後他說，「我會告訴你那個東西在哪裡，」這句話裡面根本沒有任何笑料，而真正好笑的是這個人本身。假如是你來唸這些台詞，那就毫無意義，但是今天換做是格里森來唸，這些台詞就會變得好笑，因為那是角色本身好笑。

EL_ 所以你就想到去找亞倫艾爾達（Alan Alda）在你的電影中詮釋這樣的角色。

WA_ 亞倫就是一個相當完美的例子，就是那種可以把有潛力的笑料題材發揮地淋漓盡致的專業演員，那種題材不是誰演都會好笑的，他完全遊刃有餘。

EL_ 你在寫劇本時也會因為那些笑料邊寫邊笑嗎？

WA_ 會，一直都會，而且我笑的地方（他大笑）通常都不是觀眾會笑的地方。當我在撰寫或是敘述一則笑話時，我心中也會第一次聽到這段對白。當我在房間裡寫下或是大聲念出這個笑話時，完全是不知不覺的，所以我聽到時就會像陌生人一樣開懷大笑。

EL_ 你寫劇本之前會常常聊起這些對白嗎？

WA_ 有時候我會。我記得自己很多年前第一次跟丹尼賽門合作寫劇本時，他就會這樣。那是非常好的習慣，我是有點懶惰，但是他在那方面非常有紀律，

而且他一定會自己演出來，這樣就不會出現任何能不能演出的問題，而且總是很順利的。有些東西是你自己唸的時候很好，但是等到讓演員唸出來時才發現不對。

EL_ 當他在詮釋這些對白時，會有人在旁邊記筆記嗎？

WA_ 我們都在同一間房裡，然後他就會走來走去地說，「親愛的，我下班回家了……不要，那魚不要給我。」然後我們兩個都馬上衝去打字機前把這個笑話記錄下來。很多東西我都會演出來，但是大多時候我都是在腦中唸給自己聽，也因為我真的很懶得下床在房間裡走來走去，也可能是因為我創作速度很快的關係，不過有時候我也覺得唸出來的效果比較好。

EL_ 你個人比較傾向唸出自己寫的對白，還是你在心裡就可以演練得很好，所以你只要幫別人寫對白就好了？

WA_ 所有對白我都會處理，每個角色都會，不管是情境的鋪陳或是笑梗。

EL_ 當你在寫一些比較有劇情，而不是喜劇作品時，寫作方式會有什麼不同嗎？你會用不一樣的方式思考嗎？你會用不一樣的方式進入那種情境嗎？

WA_ 對我來說是不一樣的，因為在我來說，喜劇是很順暢的，那是我可以掌控的，我就像音樂家一樣知道台上誰是真的會演奏的人。我會覺得自己是那個訂下遊戲規則的人，所以不管眼前上演什麼，不管其他人做什麼，不管人們怎麼想，對我來說都不重要。只要是我想要做的，那就是正確的事情，我就會憑直覺去做，這麼多年來幾乎沒有問題。雖然不是完全不會失算，但至少沒有問題。我這輩子可以一直都靠此維生。

所以當我覺得自己應該要拍一部主角會從大螢幕走出來的電影，或是我想要拍一部類紀錄片形式的電影，不管我當下想要拍什麼，我就去拍。我不怕設定類型——非意識的，當然。至於嚴肅的戲劇題材，我就會比較茫然一點，也比較會猶豫掙扎，也比較不相信自己。我就是沒有那麼自在，我想是因為喜劇只要聽到笑聲你就知道他們正在開懷大笑，但是當電影院在播放我的戲劇電影時，我不知道觀眾到底喜歡還是不喜歡。他們坐在台下看著，但是他們可能覺得無聊透頂，也可能是在想，天啊，這部片太好看了，這我不會知道。不過喜劇呢，你馬上就知道了，因為他們笑得太大聲。要是他們沒有，你也就知道自己麻煩大了。

EL_ 當你在寫戲劇劇本時，你也會讓自己置身在那些角色之中嗎？

WA_ 是的，這部分是一樣的。我邊寫劇本時就會同時融入劇情中，但是我比較沒那麼確定。我會寫出一個場景，然後想，這一幕根本不會有人笑得出

來，這樣拿出來演值得嗎？

在《雙面瑪琳達》中，喜劇那部分對我而言根本一點問題也沒有。我是說，那傢伙喜歡那個女生，他在樓下等著帶她出門。他很忌妒，也很緊張，這部分對我來說非常的簡單；不過劇情那部分呢，我邊寫的時候就希望自己——寫作過程中非常盡興——希望這樣的劇情可以得到我想要的效果。那部片我很幸運，我的女主角（瑞德荷米雪兒）詮釋對白的方式完全跟我心裡想像的一模一樣，那樣真的很棒，但是我不知道當你一口氣看十行對白時會有怎樣的效果。我不知道會不會有人覺得好看，或是了解劇情的涵義，或是被這部戲感動或是看的入戲——或是想說，嘿，等下看完電影要吃什麼？

拍喜劇電影，對我來說就是容易多了。有些人說喜劇其實更困難時，他們指的不是更困難，而是更罕見。其實就是有些人可以很自然地寫出好的喜劇，有些人就可以很自然地寫出劇情片。我就是覺得自己比英格瑪柏格曼更可以逗觀眾開心。假如我們兩個各拍十二部片，我的就會比較好笑，我可以讓觀眾大笑。當然，比起嚴肅的片子來說，幾乎完全相反。

你要是可以拍喜劇，那就不難；你要是不會拍，那就是不可能的任務。劇情片也是相同的道理。亞瑟米勒（Arthur Miller）可以拍劇情片，他在這方面很有才華；田納西威廉斯（Tennessee William）在這方面也非常有才華。對我來說，那反而更費工，因為劇情不會自然而然地出現在我心中，就算我更喜歡當觀眾。我喜歡看柏格曼的電影或是《單車失竊記》（The Bicycle Thief）以及《慾望街車》，還有契訶夫，然後我回家時心中自然就會有一股衝動想要創作一些嚴肅的題材。

而今，我的天賦（大笑著），不管那是什麼，都證明我可以嘗試不同的題材，所以我就要試著寫出一些嚴肅的劇情。雖然過去這麼多年來我在這部分的成效都不是很好，但那不表示我就不能繼續嘗試。我想《愛情決勝點》這部片證明我是成功的，也許是我在這種黑色題材中最成功的一部片。

EL_ 有些影評說比起你演過的所有角色而言，你其實更想要扮演哈姆雷特。

WA_ 我不是那種想要扮演哈姆雷特的喜劇演員，我根本不想要在劇情片中出現。我是說，今天要是有機會可以演出，我當然會去演，但是我絕對不會為了自己寫一部劇情片，而且我根本沒有辦演嚴肅角色的條件。那跟身為作者不一樣。

我很幸運，我的喜劇天份讓我得以在過去這幾十年來生存下來。所有的

媒體我都嘗試過了——散文、電視、廣播、脫口秀、百老匯與電影——我也曾經在英國、歐洲與美國表演過。我可以用一口破法文逗法國人笑，那就是我有辦法做的事情，但那不是說我不欣賞自己這部分的才華，也不是說我覺得自己的喜劇才能沒有價值。很多人會很武斷地說我雖然是拍喜劇的，但我卻很討厭喜劇，或是說我欣賞劇情片，說我覺得喜劇片一無是處，根本不是這樣的。我一直都覺得喜劇很棒，而且我一直都很享受拍攝喜劇與創作的過程。只是就個人的喜好而言，我會覺得一部成功的劇情片會比一部成功的喜劇片更有價值，那純粹是很個人的看法。我並不是因為想要說服別人才說出這樣的評論，但是我也說過了，要是今天要我花五十分錢——或是現在已經變成五十美金了——比起喜劇片我會更想要欣賞一部劇情片。當然了，我不會覺得一部普通的劇情片會比一部好的喜劇片更吸引人，但是如果是在同樣條件的前提下，我心中就會有所偏好罷了。

EL_ 很多年前你說要停止再拍那些以紐約生活為中心的影片，因為你擔心自己要是一直這樣下去，最後會發現自己這麼多的作品中不過就是在呈現同樣的東西。你說要是拍片工作變得比想像中更加辛苦，你就要開始寫小說。

WA_ 我那時真的停了一段時間不去寫那些生活小品，我寫了一本小說，但是我不喜歡，所以我又回頭去寫生活小品。至少我學會一件事，就是一本好的小說並不是想像中那樣簡單，不是說你只要投入時間與經歷就一定會成功的。不過那並不代表我之後不會再度嘗試。

EL_ 那是怎樣的小說？

WA_ 小說中許多情節最後還是用來拍成《說愛情，太甜美》這部電影了。小說中有許多有趣的情節，不過真的不是很精彩，應該是因為我本來就不是那種很擅長咬文嚼字的人。我年輕時不太愛閱讀，也沒有人鼓勵我要多閱讀，所以我長大後不是很清楚怎樣才算是小說。我十五歲時大概就已經可以執導一部電影了——我是說，那時候我就很有概念了。大概就是那種我知道要怎麼把劇情搬上舞台的感覺，然後我知道要如何讓台下的人開懷大笑。雖然未經琢磨，但我真的知道該怎麼做。然而要是換成要寫一本書，那就不是我天生擁有的才能了，所以當我完成手稿時我會到處拿給朋友看，我會問，「這樣算一本書嗎？這樣算是小說嗎？」要是聽到這樣的答案我也不會驚訝，「這不算是一本小說，不過你寫了不錯的小說大綱，」或是「這應該可以變成不錯的短篇故事。」

不過講到舞台劇或是夜總會，那就是我的場子了，我是那個可以隨心所

欲決定要怎麼進行的人，而且對於這些事情我有全然的把握。

EL_ 誰讀了那本小說？

WA_ 羅傑安捷爾（Roger Angell，《紐約客》的作者與編輯）讀過，還有幾個朋友也讀過，他們的評論幾乎大同小異，所以我也不需要再多找個人來給我一樣的評論，他們其中任何一個人說的我都會欣然接受。文森坎恩比（Vicent Canby，《紐約時報》前影評）也問我可不可以讀那本小說，他們對我真的很好，都很願意幫助我，但我知道自己並沒有成功。我一向願意把賭注押很大，而且願賭服輸，最後也真的是這樣。我不想要寫出什麼不上不下的小說，然後大家會因為給我面子去捧那本小說。我想要寫出一本真正的小說，但我卻失敗了，不過或許我之後可以試試別的題材。

EL_ 當你交給他們時心裡怎麼想？你真的覺得不知道那會不會成功嗎？

WA_ 我一點概念也沒有。

EL_ 心裡會覺得很失望嗎？

WA_ 還好。我只是喜歡工作而已，所以我完成了這個作品，當然也會希望作品很好。我投入很多時間，不過當我的電影失敗時，或是我寫的東西被《紐約客》退稿時，也許他們會說，「這次寫的東西沒有達到你平常的水準，」我從來不會就這樣感到失望。對我而言，有趣的是創作過程。換句話說，今天要是成功了，我也不會覺得很興奮。當我有所成就時，這也發生在我身上很多次了，我真的覺得沒什麼大不了的。當然，要是電影上映時可以賣座固然很好，那對出資拍片的人與工作室來說很好，但是我很早就發現這些成敗對我的人生都不會有什麼深遠的影響。

就在我獲得最早那幾次當時所需要建立的成就之後，這些對我來說就沒有特別意義了。這並不是因為我不知感恩，我對於自己的幸運充滿感激，但是對我來說，任何加諸在我身上的成功或榮耀都不能減輕我天生的憂鬱。相信我，那是我的損失。

EL_ 你有沒有辦法說出「這樣我很滿意」這句話？

WA_ 可以，要是形容電影的話我可以，我可以說，「結果這是一部好電影。」我其實不知道觀眾對於電影的反應如何，我很多年前就放棄關心這件事了，但是要是他們喜歡，那很好；假如他們不喜歡，那對我也沒有什麼影響。這不是因為我冷淡或高傲，只是因為我悲傷地以為他們的認同跟我的死活無關。倘若我今天做了什麼自己覺得不怎麼樣的事情卻獲得觀眾的好評，甚至是受到熱烈歡迎，那也沒有辦法減輕我心中對於失敗的認定。工作才是關鍵主

因，享受過程，不去閱讀與自己相關的評論，當人們捨棄電影去談論運動、政治或是性話題時，你埋頭繼續工作就對了。除了現金以外，那些所謂的回饋都是虛華的，那會剝奪你的創作時間。此外，這些事情會讓人產生過多虛華的幻想或導致不當的自卑感受。

二〇〇五年十一月

《愛情決勝點》佳評如潮，這部片已經在法國與瑞士首映，等到下個月在美國上映時，《紐約時報》的影評人史考特（A. O. Scott）會這樣寫，「這就像是一杯混著藥的香檳，你必須重回到劉別謙（Ernst Lubitsch）或比利懷德（Billy Wilder）那個讓人迷醉又超脫道德界線的黃金年代，才有辦法找到這樣將憤世嫉俗靈巧地轉化成引人入勝的娛樂……片中凜列的精準詮釋正是這部片精彩之處。漫無目的存在所呈現的抑鬱鮮少可以這樣的有趣，而艾倫先生的拿捏也從未如此清晰又深刻，這麼棒的電影真的一點也不好笑。」

此時《遇上塔羅牌情人》已經完工，伍迪正在構思下一部片。

EL_ 你說今天日子很好，你寫了四頁的劇本。

WA_ 是的，我今天寫了四頁劇本，而且其他事情都很順利；我有很多時間可以練習黑管，也有時間跟我的小孩去學校參加親子座談會，此外我還可以在家慢跑，每件事都很順利。

EL_ 可以聊一下新劇本嗎（之後拍成《命運決勝點》〔Cassandra's Dream〕）？

WA_ 不行，我只能告訴你那又是一部非常嚴肅又黑暗的劇本。

EL_ 那看起來應該是明年夏天會在倫敦拍攝嗎？

WA_ 我猜是這樣沒錯，這樣對那些出資的人是最完美的選擇。

不管是在哪裡拍，就是要在夏天開拍，因為小孩子那時候放暑假。我也希望自己不用考量小孩子有沒有放假這件事，這樣我想在什麼時候拍都可以。舉例來說，二〇〇七年的時候我就得要在夏天去巴塞隆納拍片，西班牙的夏天真的很熱，我寧願在春天開拍。

EL_ 我們來聊一下《我心深處》裡面的女人，這些女人很有趣；一個真正的藝術家，另一個卻想要用最糟糕的方式成為作家，卻也真的總是用最糟糕的方式寫作，最後一個則是美麗卻乏味的女人。

WA_ 這部片我記不太清楚了。我只記得冬天在長島拍外景的，我很喜歡

冬天的漢普敦——我覺得那裡很淒美。

EL_ 我們的對話中，你談到自己的電影時會有一種抑制，你會說，「這部片我記不太清楚了。」

WA_ 其實不是因為我記憶力衰退，而是因為這麼多年來我已經拍了三十六、七部影片，而且上映後我就沒有看過了。《傻瓜入獄記》是一九六七年還是一九六八年時，這樣都多少年了？幾乎要四十年了，所以我真的不記得了。不過要是你今天問我關於《愛情決勝點》的事情，我就可以侃侃而談，因為我才剛看完這部電影。然後像是《安妮霍爾》、《曼哈頓》或是《香蕉共和國》中有些情節我還記憶猶新，但是整部電影我就不太記得了。我剛才想到那時候我們去波多黎各的深山裡拍《香蕉共和國》，有天晚上有隻蟲爬上我的腳（他大笑），然後我就放聲尖叫。我記得那時候在休息時間都會跟黛安基頓跑去一家聖璜恩（San Juan）當地的小電影院看戲，然後那電影院的屋頂會漏水，所以下雨的時候還要特別找不會淋到雨的位置。

我想這我之前已經提過了，但是每次想到都會忍不住再講一次。田納西威廉斯說，「當你寫完劇本時，你要超越劇本。很可惜你不能只是把劇本丟進抽屜裡，而你必須要實現這個劇本。」我心裡也有同感。當我寫完劇本時，其實對我來說就已經結束了。很可惜我還要將劇本拍成電影，因此當我將劇本拍成電影後，一切就真的結束了，我完全再也沒有興趣了。

EL_ 你在拍完《我心深處》後是不是在漢普頓買了一棟房子，結果幾乎沒有去那裡住過？

WA_ 只住過一個晚上而已。

EL_ 你只在那裡住過一個晚上？

WA_（他表情很真誠）是啊，有年隆冬，一月的時候，我人在漢普敦。那裡空蕩蕩的，很冷，海灘灰灰的毫無人跡，我覺得好棒，我愛上那裡了。所以我就想，天啊，我可以在海邊買一棟房子，然後就可以看著海洋，聽著海浪，那非常適合我的個性。

EL_ 那房子在哪裡？

WA_ 我先是到處找，最後在南漢普敦找到一棟房子，很美的房子。那是南漢普敦最靠近海邊的房子，應該是全漢普敦最靠近海邊的房子。那是一棟很大，很棒的房子，我花了很多心力在上面。我請了工人與建築師，那棟房子最後真的美極了——像觀光景點一樣美，樹啊，什麼都是。然後我也將外牆重新裝潢，很美很美，整棟房子看起來真的不可置信的美。

整個改建工程花了一年，完工後我就去那過了第一個晚上，然後我就想，嘿，這不是我的房子。

EL_ 為什麼？

WA_ 我不知道，就是不適合我。我想那是因為我是適合柏油路的人，我是麥迪遜花園廣場的人，要有餐廳，要有書店——我是說，要有街道。海浪的聲音快把我逼瘋了，然後我還聽到小時候我母親訓誡我的話，她說，「你知道你自己根本不喜歡鄉下，你從來也不喜歡鄉下，你根本不喜歡離開都市。」

這麼多年來她常常這樣對我說，而我總是會說，那要看當時心中熱切的程度，也要看當時是與誰結伴成行，「喔，別擔心，我會喜歡的，這不一樣，這次很棒，海灘不是鄉下。」或是「這是都市旁的鄉下。」

但是到最後她總是對的，因為我就是沒有辦法讓自己喜歡鄉下。我喜歡每天早上起床後可以在市區的街道上走路，可以輕鬆自在地在熟悉街道上遊走，然後晚上回家後也可以聽到外面喧囂的交通，而不是海浪的拍打聲。

EL_ 你居然願意花一年的時間在這上面，我覺得很了不起，將所有的精神與資金都投注其中，然後只花了一個晚上就知道自己不想要了。

WA_ 嗯，改造房子的創意部分是很有趣的，因為你可以選顏色、傢俱，也可以佈置跟裝潢，這些事情都很棒。那就像是寫劇本或拍電影一樣——最棒的部分是工作的過程，而不是結果。後來，等我到那裡時，也許，我說也許——那時候我還在跟米亞約會——她告訴我，「你瘋了嗎？我們要待在這裡，你只需要撐過一開始這幾天就可以了。」然後她也真的非常努力地鼓勵我，不過她也沒有堅持，「你一定要撐下去。」她只是說，「這地方真的很美，不過沒關係。」

也許很多事情會不一樣，我不知道，但是我也很懊惱，因為我不喜歡在夜裡聽著海浪的聲音睡覺（他大笑），我喜歡聽到巴士與喇叭的聲音。

EL_ 當你第一天在地上鑽洞時，你心裡就突然有不詳的預感了嗎？

WA_（他似乎回想起什麼有趣的事情）我一開始並沒有所謂的不祥預感。我去那裡，我說，興高采烈，我在沙灘上走路，然後走進房子，然後又離開房子（大笑），然後又走進房子，然後又離開房子。（他還在大笑）然後我心中開始回想起之前去米亞的鄉下房子的感覺。米亞在康乃狄克有一棟大房子，現在還有，我們通常會在下午一點抵達，然後我就會想，真的，這裡很漂亮，然後我就會在附近走走，那裡很寬敞——六十五畝、七十五畝的地，天氣可能是冷灰灰的冬天或是春天。然後我就會走進屋裡，再走出屋子；然後又走進屋子，

接著又離開房子。

　　然後等到天色漸漸暗了，然後外面一片黑，你完全沒有辦法離開那棟房子，因為外面一片漆黑，冬天時大概晚上七點左右就完全黑了，外面就跟黑炭一樣，不管哪裡都是。

　　然後我就會想，天啊，要是我人在市區還可以去伊蓮餐廳，也可以去看電影，我可以去散步，市區裡有一萬件事情可以做，我還可以見到一百萬個人。

　　而這裡——她也是有一些鄰居朋友的，但是你得在夜間開著那些鄉間道路，大概開個十五、二十分鐘才會到。等你晚上十一點回到家時，那些路也完全看不到了。我之前跟她說過，「當妳晚上熟睡時，要是有輛車凌晨三點停在門口，然後有人走下車來——或是不只一個人走下車來，那妳要怎麼辦？妳人在房子裡，這房子到處都可以進入，窗戶都是開著的，妳也不可能每天晚上全部上鎖後再去睡。」

　　然後她就會說，「你瘋了。這裡的人每天晚上都乖乖睡覺，沒有人會去想這件事，都市才可怕。」也許是一樣的，城裡可能更讓人緊張，但是在我來說不會。這一切可能都是幻想出來的，但是我覺得在城市裡，就算統計上是更危險的，至少我還有些選擇。我多少可以有些掌控，我可以有些應對計畫，也許有用，也許沒有用，但至少我有些應變措施。但是在鄉下，你就是待宰羔羊。

　　還有，晚上七點半、八點左右，那裡就什麼都沒有了，非常無聊的地方。當然，我們下午就已經聊過天了，我們聊天，散步，你知道嗎？晚上七點半或八點吃晚餐，那九點、九點半後呢？你要做什麼？

　　有些比較有鄉間情懷的人可能會說，「喔，我會坐在火爐邊讀書，也可以聽音樂。」（他又開始大笑）那我寧願在我腦袋開一槍。我是說，如果我有選擇，我會毫不猶豫這樣做。

　　那在市區也可以做，如果我想要讀一本書，我就在我的公寓裡讀書，而且我也可以在公寓裡聽音樂。我真的不需要，我說，去這種黑漆漆的地方做這些事情。

　　EL_（我也大笑著）那我們回到南漢普敦這個話題上，你在海灘上，你走進屋裡，又走出來，然後下午或是晚上——

　　WA_ 傍晚的時候。

　　EL_ 你突然說，「喔，我的天啊……」

　　WA_「這不是我想要的。」然後隔天早上我們起床，吃早餐，開車回市區，我打電話給我的會計說，「把房子賣了。」

EL_ 那真的不是你想要的。

WA_ 不是我想要的。（他搖搖頭慢慢地說）不是——我——想要的。

EL_ 當你在拍《我心深處》時，你需要改很多裝潢嗎？

WA_ 是的，那棟房子很漂亮，而且我們也將裡面裝潢得非常、非常美。不過屋主卻不這麼想，他們回家時快氣死了，不是因為我們做錯什麼，他們本來就知道會改裝潢，但是改的方式讓他們覺得不滿意。我是覺得滿美的，市區好幾家古董店的老闆都跟我說那部片上映後就掀起一波鄉村古董熱：法國、英國、還有美國的鄉村古董。當然，我們最後還是將房子恢復成原來的樣子。

EL_ 總之，這三個角色顯著的女人與她們彼此之間的關係是很有趣的故事描述。

WA_ 我也是試著想要從這個角度拍一部有趣的電影。我試著呈現那種心中充滿情感卻不知道如何表達的痛苦，那真的是很痛苦的感受（喬依〔Joey〕，由瑪莉貝絲赫爾特〔Mary Beth hurt〕飾演）；而那也沒有辦法讓家中那個比較有才華的人感覺更好受一點（蕾娜塔〔〔Renata〕），黛安基頓飾演）；第三個妹妹是個非常膚淺又事事茫然的人（佛琳恩（Flyn），克莉絲汀葛林佛絲〔Kristin Griffith〕飾演〕）。唯一有希望的就是瑪麗恩史黛普莉敦那個角色，因為她死過一次，被救活後就擁有新生可以重新開始（珍珠〔Pearl〕，瑪麗恩史黛普莉敦〔Maureen Stapleton〕飾演，她是喬依的新繼母，在下著暴風雨的夜裡將走進海裡尋死的喬依拉回岸上並用口對口人工呼吸救活她）。我想我現在可以把那部片拍得更好。事實上，我知道自己可以，不過我當時也已經盡力了。

拍攝《我心深處》時，伍迪受到英格瑪柏格曼相當深遠的影響，就如拍攝這三姊妹的一幕，分別由黛安基頓、克莉絲汀葛林佛絲與瑪莉貝絲赫爾特飾演。

葛拉爾汀佩吉飾演依芙，《我心深處》中有強烈控制欲的母親，這是伍迪在本片中最為強調的角色。

EL_ 你之前說過你在過去這三十年學到一件事情，就是當初不應該讓內容那麼詩情畫意，這樣你一開始就可以將衝突引導進來。

WA_ 達成的方式有很多，有很多很棒的事情我都沒有辦法好好運用，真的很可惜，因為那個構想很棒，但是我當時卻不夠成熟。我沾上一點邊了，但是卻不夠到位。

EL_ 馬歇爾（E. G. Marshall）的角色，那位父親，也是得到救贖的角色，或是試著得到救贖。

WA_ 是的，那些角色形象都非常鮮明。這位長久以來一直與妻子依芙（Eve）共同生活的男人亞瑟（Arthur，葛拉爾汀佩吉〔Geraldine Page〕飾演），他一直忠誠地陪伴在她身邊。她曾經一度精神失常，而他因為孩子的關係選擇繼續與她生活下去，他全心全意地照顧家庭，是一位非常稱職的父親。後來他發現孩子們都搬出去後，他再也不想繼續將眼鏡擱在茶几上的相同位置上了，他有資格這麼做，在這之前他一直過著像是聖人一般的生活。

所有角色都很棒，而且彼此間的衝突都很有張力，但是我當時的技巧有限，沒有辦法很流暢地陳述。

亞瑟：（啜一口酒）珍珠的老公好像是廚師。

珍珠：（摸著他的手臂）嗯，他是業餘廚師，他其實是在做珠寶生意。我的第一任丈夫，願他安息。亞當，我的第二任，是牙齒矯正醫師。

蕾娜塔：（做鬼臉）妳是有幾個前夫？

珍珠：（啜一口手中的飲料〕兩個。亞當有很嚴重的心臟病，魯迪是酒鬼。（轉頭對著亞瑟）你還要再加一點肉汁嗎？

這些事情要是換做依芙來敘述就會相當煎熬。

EL_ 瑪麗恩史黛普莉敦可以輕鬆面對將兩位前夫的死亡，就像晚餐桌上的開聊話題一樣。

WA_ 沒錯，瑪麗恩是個蓬勃又充滿活力的人。我想那應該是葛拉爾汀佩吉演的最好的一個角色了。我並不是要說那是我的功勞，那不是因為我，那是因為她完全了解這個角色。

EL_ 當她拿起那盞燈時說，「我必須說，這真的是屬於臥房的東西，因為這東西放在這裡太不起眼了。燈光根本不對，這裡都是光滑表面，」她強迫症般的完美主義讓我退卻，但是完全具有說服力。

WA_ 喔，對啊，這些角色性格都是從我人生過往中認識的人們來形塑的，而那就是她們會做的事情。我可能會為了戲劇張力稍微誇大一些，但都是很貼近真實生活的。

EL_ 你曾經說過依芙這個角色裡有很多你的個人特質。

WA_ 觀眾總會在電影裡尋找我的身影，特別是我扮演的角色中。舉例來說，寶琳凱爾說她以為瑪莉貝絲赫爾特那個角色是我的性格寫照，因為我讓瑪莉貝絲穿上粗花呢夾克，那是我平常的穿著。這部分我完全沒有想過。事實上，現實生活中我覺得自己極其幸運可以被拿來與瑪莉貝絲赫爾特這個角色相比較。我是有一些天分——可能不是很出眾，但我是有些天分可以表達自己——然而瑪莉貝絲赫爾特是個心中充滿情緒卻苦尋不到出口的人。我認為自己比較像是葛拉爾汀佩吉那個角色——有些自律、偏執，樣樣事情都要做對，樣樣事情都想要掌控，要求完美；試著想要展現品味又自制，布置房間時傢俱多一樣也不行——那是她的偏執。我可能也會選擇採用相同的方式布置房間或是選擇用混亂的方式布置房間，但是那是刻意營造的效果。

所以我可以在這個角色中看到自己，應該幻想自己就跟她一樣內心脆弱，但我不是。

EL_ 你應該不會像她一樣把頭放進烤箱裡吧？

WA_ 我真的非常同情這個角色。我那時想，天啊，要是我在人生中也承受那麼多折磨，那真感謝老天安排或是幸運的意外，我不是可以接受電療的人，我刻意抗拒這件事，然而也是一樣。

EL_ 如果你也像她那樣掙扎，那你是怎麼讓自己不要因為絕望而有輕生的念頭呢？

WA_ 我想我一輩子都在承受輕微的憂鬱，不過我不曾有過那種所謂需要

就醫或是有輕生念頭的憂鬱，但是我就是有輕微的憂鬱，好像信號燈一直亮著那樣。這麼多年來我已經發展出一堆小技巧來應對了——工作技巧與人際關係技巧，還有分散注意力的技巧。

EL_ 人際關係的技巧是什麼？

WA_ 我身邊一直有一些很親密又支持我的朋友，而且我也經歷了幾段感情關係，對我來說，她們都是非常好的女人。然後我也有一堆可以讓自己分心的技巧，好讓自己專注在工作上。我對於事物欠缺參與感或是我的態度常常讓人覺得我很冷淡，不過那不是冷淡，那是憂鬱。（大笑兩聲）然而我欠缺參與事物的能力，我對於閱讀關於自己的報導或影評都沒有興趣，我也不關心我的電影賣不賣座，我也不在意觀眾喜不喜歡我，我也不喜歡我自己——這樣常常讓我看起來很冷漠，但那不是全部。

當人們這樣對我說時，我當然會很理智地說，「喔，我當然也希望自己的電影可以賣很多錢，我也希望每個人都喜歡我的電影。」但是你從我的行為中就可以發現我根本不是那樣的人。我拍電影，但我從來也不在乎自己的電影有沒有跟上潮流，也不在乎什麼商業性、關聯性，有沒有深度或太過膚淺。電影上映時我從也不會盛大舉辦派對或去享受什麼開幕儀式，雖然有時候我會被迫去參加一些典禮來表達支持。

我是說，《愛情決勝點》就快要在這上映了（時值二〇〇五年十二月）然後我就會參加所有的活動，參加加州首映會，然後參加紐約首映會，因為，你知道的，這部片是夢工場（DreamWorks）出錢拍的，他們要我可以配合一點，我當然也不是白癡，我也不是那麼混蛋的人，所以我當然會出席參加。不過要不是他們拜託我去，我是絕對不會參加這種活動的，那擺明就是我不會做的事情。

我現在已經拍完《愛上塔羅牌情人》並開始著手寫下一部電影的劇本了，因此我對《愛上塔羅牌情人》幾乎已經沒有興趣了。接下來我會進行校色與混音，但是很快地我就再也不會看這部片了。就像是《愛情決勝點》一樣，我就是喜歡這樣。

EL_ 你其中一項策略是每年拍一部電影，因為這樣可以讓你在那段特定期間內營造一個讓自己逃避的世界，然後就可以開心地在那生存九到十個月。

WA_ 沒錯。

EL_ 所以隨著《愛情決勝點》順利推出，再加上《愛上塔羅牌情人》正式完工，你已經將心思與想像中那些必要的元素移轉到新的工作上了嗎？

WA_ 對啊，沒錯。我明天或後天會進辦公室，最後檢查一下曝光層的效果，上次後製單位在這部分把《愛情決勝點》搞砸了——他們出了點問題，沒有辦法把膠捲上的顏色搞定。所以我會進去，看個十分鐘（每一捲膠片的播放時間），然後說（他彈一下手指），「搞定。」

然後我就會走進隔壁房間裡，修一下《愛上塔羅牌情人》中的幾個場景，這是我現階段要做的事情，接下來就可以交給音效，然後他們需要幾個星期的作業時間，最後就可以校色並開始混音，不過到這時候我應該會在家做其他事情。

EL_ 感覺上你可以很輕鬆自如地讓自己脫離電影，就像你搬進又搬出南漢普頓那棟房子一樣。

WA_ 沒錯，不過我要跟你說件有趣的事情。就心境上而言，我必須要等到整個計畫大抵完成才行。現在與《愛上塔羅牌情人》實際相關的工作細節都很瑣碎，所以我還沒有辦法開始進行手上正在寫的這部劇本，或是其他片子，因為心境上我還是投注在《愛上塔羅牌情人》上，我心情上還沉浸在這部片裡。

EL_ 你之前說過製作電影時心境上與實際上的需求差別，你說那是在同時拍攝《變色龍》與《仲夏夜性喜劇》中直接體會到的。

WA_ 是的，任何覺得這樣會出問題的人都覺得應該會是實際製作上的問題。然而同時拍攝兩部影片，從實際製作的角度來看，那根本沒有什麼挑戰，易如反掌。不過等到開拍時我就後悔了，因為心境上的抽離真的很難。

因此當我在那座大穀倉裡拍攝《仲夏夜性喜劇》時，那是在洛克菲勒的房產上搭的景，我們覺得那個地方也很適合讓梅爾柏恩（Mel Bourne，場景設計師）搭一個小攝影棚，這樣我就可以在這裡拍《變色龍》的幾個訪談場景。這樣真的非常省時，我人就在這裡，然後需要的東西都在手邊。從實際製作的角度來看，簡單。戈登威利斯與我只要站起來，把攝影機搬開，換上那些舊型攝影機與鏡頭，然後就可以開拍了。

不過就心境上而言，要完全放下一部電影的情緒並馬上進入另一部電影的情緒中真的非常折磨人。

EL_ 依照你目前說的來看，不管你過去這一年在拍什麼片，一旦等你拍完並決定好下一部電影要拍什麼時，你就可以馬上移轉，就像是《伊底帕斯災難》或《遇上塔羅牌情人》中那魔術師的盒子一樣。

WA_ 是的，我現在已經移轉到下一部片上了，對我來說真正有趣的是工作的過程。我現在就覺得很有趣，我每天早上睡醒就會開始寫劇本。

EL_ 可以活在那樣的世界真的很棒。

WA_ 是的，而且還會很有趣——這會隨著不同的電影而改變——那樣有趣的感覺可以維持一段時間。當我在拍《百老匯上空子彈》時，我每天早上起來後都會整天看到那些穿著戲服的演員們，他們都那麼的鮮明，他們會唱歌也會逗趣地演戲。

當我在拍《愛情決勝點》時，我每天早上醒來就會見到強納森萊斯梅爾與美麗的史嘉蕾喬韓森，然後我會跟他們相處一整天，一起談天說笑，一起試著在拍嚴肅場景時對每件事情都表現出很嚴肅的樣子，有時候等到拍完時我們就會瘋狂大笑，不管那是因為拍攝時心中的緊繃或尷尬，還是單純只是好玩而已，那種假裝讓自己表現出嚴肅所產生的黑色趣味。

這樣過了一段時間後，我會把膠片帶回公司找我的剪接師，我會點一份鮪魚三明治，然後事情就會按部就班地進行，那真的很讓人開心。那就像是裝潢南漢普敦那棟房子的過程一樣，那會變成一件富有美學與歡樂效果的事，最後等到大致完成後也就達到某個程度了。最後需要的就是下幾個決定，然後（他彈一下手指）你就會公開成果，看看觀眾喜不喜歡，接著我就不會再聽到任何相關的事情了，當我拍完電影後就跨過去了。我想自己悲觀的性格讓我不會想要慶祝任何成功或是面對失敗的當頭棒喝。

許多年前當《曼哈頓》在紐約上映時——那在上映前就已經有很多宣傳活動了——我沒有參加齊格菲劇院（Ziegfeld Theater）的首映，也沒有參加之後在美國藝術館舉辦的慶功宴，我在那幾天前就買好機票飛去巴黎了。因此很多人就會想，他根本不在乎，或是他也太冷淡了，或是他也太傲慢自大了。不過就像我剛才說的，那並不是這樣的。那不是傲慢自大，那比較像是索然無味，那不會讓我覺得興奮，那真的對我來說沒有什麼意義，（他帶著微笑）不過飛去巴黎讓我覺得很興奮。

當我現在試著解釋自己的感覺時，我也可以了解為什麼會被誤會了。我想沒有任何人有辦法讓我覺得那樣會有任何意義。就我而言，要讓我理解任何事情所代表的意義都是不可能的事情。（他輕輕笑了幾聲）我知道這聽起來有些古怪或有些冷漠，或是「他覺得自己超越一切。」但是我沒有超越任何事情，我可能還被壓在下面，或至少躺在旁邊（開始大笑）。

EL_ 為什麼會這樣呢？

WA_ 因為所有的獎項放在家裡也只會積灰塵而已，這些獎項不會改變你的人生，也不會正面提升你的健康狀況，也不會讓你活得更久，也不會增加你

的心境上的快樂。那些你在人生中需要解決或協助的部分，都不會因為獲得這世上最偉大的榮耀而解決。

因此當全世界的人都站在莎士比亞的墳前讚美他並將他塑造成這世上的偉人時，那對這位吟唱詩人來說一點意義也沒有。就算他活著參加哈姆雷特的首映會（他開始大笑），而且當天還牙痛（笑得更大聲）也不會有任何意義。

科技只能帶給人類一小部分的慰藉，而且很顯然地科技也不能解決所有問題，但是在某些事情上確實有幫助；沙克疫苗跟防曬乳真的很有幫助，不過其他的——哲學家、科學家，還有其他的東西——都是……（他不了了之。）

這這段話讓我想起他在一九八〇年代末期所做的一些評論，那時他正在拍攝《罪與愆》，他說，「為什麼要捨棄縱欲生活而去選擇每天精疲力竭的工作生活呢？當你站在天堂的大門口時，某個一輩子都忙著追求女色與縱情享樂的傢伙一樣會踏進去，然後你也踏進去。我現在唯一想到的理由是，那是拒絕死亡的另一種形式。你欺騙自己要過著有意義的人生是有原因的，有所產出的人生來自工作、掙扎與職業上的完美要求。然而事實卻是你其實大可用那段時間縱容自己——假設你可以承擔一切——因為你們最後都會踏進同一個地方。

「假如我不喜歡某件事情，不管那件事情可以贏得多少獎項都無所謂。堅持自己的標準很重要，不要因為市場趨勢而隨波逐流。」

「我希望遲早有一天大家會體認到我不是那種欲求不滿的人，或是我的抱負與自我要求——這是我自以為的——不是為了獲得權勢。我只是想要完成一些可以娛樂大家的作品，而我正在努力。」只是他一點也不在意觀眾喜歡與否，「說實話，我已經習慣了。」

EL_ 有件事情我還是很好奇。當你開始寫作時，有趣的部分是你已經想通整個劇情並將整個劇情鎖在腦海裡，就差沒有動筆寫下來而已。我覺得這困難的地方就是要想通整個劇情，所以當你開始從《愛上塔羅牌情人》移轉到下一部片時——大概幾個星期前你說心裡有三個選擇，但得要看你在哪裡拍攝而定；你有一個巴塞隆納的故事、一個倫敦的故事以及一個巴黎的故事——所以你已經在那段期間裡想通所有劇情了嗎？

WA_ 是的，我任何時間都在思考，從不間斷。我不需要靜下心來才能思考；我可以坐在那裡跟我的小孩玩撿棍子的遊戲，完全跟他們玩在一起並親親他們，然後腦袋裡卻同時在想著要怎麼解決某個問題。

不過等到需要寫作時，我就需要點空間了。但是當我坐下來吃飯時，我的腦袋總是在工作的。我喜歡工作。當我晚上準備上床睡覺時，電視上的籃球

賽事轉播已經快到尾聲了，而我已經累到幾乎沒有力氣關燈了，但是在我昏睡過去的前一分鐘或一分半鐘裡（大笑），我的腦袋還是在思考著那個故事（他停頓下來想想有沒有例外的時候）。不過做愛時不會這樣，我想——我沒有熱愛工作到那種程度。

EL_ 而且你還都記得，通常一般人都會忘記。

WA_（斷然語氣）喔，我不會忘記。

我記得很多年前我在讀劇作書籍時，丹尼賽門推薦我幾本書，然後我自己也找了幾本書。我後來讀了一本，那應該是約翰范楚坦（John Van Druten），就是《奪情記》（Bell Book and Candle）與另一齣很棒的舞台劇《海龜的聲音》（The Voice of the Turtle）的劇作家寫的。他在書中談到他不需要將構想寫下來——他不是在說那種你可以把想法記在筆記本裡，然後六年後再來回頭找點子的方式——因為如果那些構想都是真實的，那就會一直留在你身邊。我覺得他這個說法完全正確。我根本不需要寫大綱，因此要是我晚上睡覺時心裡出現一個點子，我就不會忘記。

我非常喜歡《海龜的聲音》。（本片由爾文洛伯〔Irving Rapper〕執導，講述軍人比爾〔Bill〕週末休假時去了趟紐約。星期五晚上他去莎莉〔Sally〕的公寓接她的朋友——同時也是他的約會對象——奧麗〔Olive〕，而奧麗卻突然覺得自己應該要找個條件更好的人約會，便推遲想了藉口甩掉他。莎莉是一位有抱負的演員，此時正因失戀躲在家療傷，但是她還是陪著被人拋棄的比爾去隔壁的法國餐廳吃飯。接著天空下起滂沱大雨，於是她單純地告訴他可以到她家睡沙發過一夜，而他也留下來了，這晚兩人都壓抑著〔這部片在當時被視作相當大膽又世故的影片〕。等到星期天晚上，他們倆面對二戰後不確定的將來也就此攜手確定了。這部片在一九四七年上映，那年十二月伍迪才滿十二歲〕那就是在我的成長過程中帶來影響的東西，就是這種成熟又世故的喜劇。我從不認為那是什麼經典之作，然而那樣的作品卻在我心中豎立了戲劇與紐約的形象，還有上東城區公寓的樣子，樓下就是餐廳，平常只要下樓就到了，吃飽上樓就到家了。然後這裡有位一心想要成為演員的世故女人，還有個正在離營休假的軍人，然後誰要跟誰上床。那在我心中詮釋著紐約的真正樣貌，我之所以印象深刻也是因為依芙雅頓（Eve Arden）的關係，我一直非常喜歡依芙雅頓。

EL_ 我也是。我在成長過程中一直是她的影迷，那時候每星期都可以在《我的布魯克斯小姐》（Our Miss Brooks）看到她真的是很棒的回憶。

WA_ 對啊，大家都很喜歡她。你年紀比較小，所以你會從那裡記得她。

我就差這麼一點點就要請她來演戲了（他舉起拇指與食指，幾乎要捏起來）。我請她來演戲，後來她來紐約試裝，那時她本來要演佐伊卡爾德威爾（Zoe Caldwell）在《開羅紫玫瑰》裡的那個角色。那時候我心想，天啊，我居然在跟范強森（Van Johnson）與依芙雅頓合作拍片！天曉得會有這一天啊？我居然在喬狄馬喬（Joe DiMaggio）與貝比魯斯（Babe Ruth）的場上當外野手！（大笑，然後停下來）不過她的丈夫突然過世，她就辭演了，我很幸運可以找到佐伊卡爾德威爾來接演。

EL_ 我不是故意要追問，但是當你腦海中有三條故事線在同時進行時，你還是不知道其中哪個會是你下一部電影嗎？

WA_ 我的腦海裡出現三個主意，而且我很確定每個都可以繼續發展下去，然後我就開始很焦慮地同時進行這三個構想。我把這件事情告訴我妹妹（賴緹安羅森），然後她說，「我真的覺得我們應該發展那個倫敦的故事，就算現在還不是很確定，但那似乎是最有可能的結果。」

EL_ 那在那之後又隔了多久？我是說從你開始構思到真正可以寫下來時？聽起來好像是幾星期之內的事情。

WA_ 是啊，但真的是用腦過度想出來的，那是最糟糕的地方。這種時候我就會開始病痛不斷、胃酸逆流又全身疲憊。寫作原本是件愉快的事情，不過每天早上醒來之後故事架構沒有跟著出現卻是一件很恐怖的事。我起床後去吃早餐，明白自己準備要回房間開始思考故事的走向。那就像譜寫交響樂一樣，樂章在這裡開始，不過在演奏三段樂章之後就要出現回響，所以要是這裡出錯了，那裡就會變得很糟。

這很有趣——我下棋的時候完全沒有辦法知道自己下一步要往哪走，你知道嗎？但是當我在寫劇本時——就算是角色相當複雜的劇情——我也可以很早就看出問題並開始想辦法解決。還有，我通常在撰寫初稿時不太有辦法完全清楚地掌控全局，所以我就要很早開始調整劇情的發展，因為那時候我還沒有很順利地走到後半段的劇情。那也沒關係。一直到那之前，整個寫作過程都會非常、非常令人不悅。然而等到我開始動筆那天，我的心情卻是非常興奮的，這我沒有辦法解釋，我全身充滿能量，講話幾乎到了躁進的地步，我可以在街上蹦蹦跳跳，步伐快速，好像自己才二十歲一樣做事情。

EL_ 這好像不是你第一次跳出自己那狹窄的情緒作業範圍了。

WA_ 是啊，因為多數作家的工作都是很艱苦的。即使我的孩子都還小，

現在一個五歲，一個六歲，他們會說（裝成小孩的聲音），「把拔要進去思考了。」

然後我就會說，「你們去看馬戲團表演時，我會做什麼事情？」

（他又裝成小孩子的聲音）「你會開始想事情。」

然後他們就會進來我的房間，看到我這樣躺在床上（作勢側躺在床上發呆）陷入思緒中。然後我就會去吃午餐，邊吃邊想，然後再回到房間繼續。

EL_ 沒有紙或筆嗎？

WA_ 沒有紙或筆，沒有。

EL_ 順宜怎麼看呢？她很快就適應了嗎？

WA_ 她覺得那就是我神祕的工作方式之一，我會花很多心力在思考上面。她一直覺得很不可思議，因為她覺得我寫作的速度明明就很快，不過她這樣想也跟大眾犯了相同的錯誤。很多人以為寫作就是寫作，所以馬歇爾布里克曼才會這麼說，「思考才是寫作，寫作只是寫下來而已。」要是一個月後還是一點進展也沒有，我就會告訴自己，「這個點子沒有意義。」

有時候當我心中出現兩個點子時，我就會遇上走火入魔的問題。我會先花兩個星期構思其中一個點子，等到我發現這個點子太瑣碎時，我就會把另一個點子拉進來；最後卻發現另一個點子也是一樣。最困難的地方就是那些點子要有用，而且出現的時機也要對。

EL_ 身為作家，我很羨慕你可以就這樣讓自己轉移到下一個構思的場域中。

WA_ 是啊，因為當我完成上一部作品後，我對那個作品就再也沒有興趣了。我前幾天跟你一起看《愛上塔羅牌情人》時，才看了十五分鐘我就在想，啊，我又得要坐在這裡再看一遍嗎？混音時我也要從頭到尾看一遍，校色時也要，剪成 DVD 時也要，再加上檢查曝光層，還有之後那些事情，我真的不想再看一遍了，而我真的也沒有再看過了。

EL_ 讓我們回到《我心深處》這部電影，你剛才說到你身邊有些朋友以及一些心理小技巧可以幫助自己不要落入絕望的深淵，不過那也沒有嚴重到會做出葛拉爾汀佩吉那個角色所做的事情。

WA_ 是啊，我有很多分散注意力的方式；運動可以讓我忘我，我每天都做運動；我通常也很有自律──練習黑管、跳上跑步機、回到房間裡寫作──這些都很有幫助，這些都可以有效幫助一個人隔絕那恐怖又抑鬱的現實。

EL_ 當你談到《海龜的聲音》時，那時候你住在布魯克林，不喜歡上學，

寫

對話伍迪艾倫　一書

也不是很熱衷閱讀，而這部劇作竟可以吸引你的注意，真的很有趣。

WA_ 我很早就深受世故幻想的吸引。為什麼？我自己也沒辦法解釋。當我年紀還很小的時候，我周遭朋友們喜愛的海盜或牛仔電影都不是我喜歡的，我都會看到睡著。我在那麼小的年紀裡喜歡看到的是當演員名單結束後，鏡頭帶到紐約高樓的那個畫面。我幻想著住在公園大道或第五大道豪宅中的那些人，幻想自己也可以參與他們的生活——家裡有管家、有佣人、在床上吃早餐、晚餐要穿上晚宴服、去夜總會然後晚歸；上流俱樂部、雞尾酒，還有鋼琴酒吧。那樣的世界，不知怎麼地，我不知道該怎麼形容，就可以在我心中激起漣漪，那就是我有興趣的事。

EL_ 當你跟街坊鄰居的朋友聊到自己正在閱讀《海龜的聲音》劇本時，這些人會覺得很困惑或很不可思議嗎？

WA_ 喔，學校的老師們是覺得很不可思議，因為我參考的題材都是些世故的題材。我不是那種文謅謅的學生，不過我參考的東西都很逗趣。我在那個年紀說出的笑話，那時我其實還不懂自己在說什麼，但內容都是些佛洛伊德與馬丁尼的笑話，類似這樣的東西，因為我努力效仿自己在電影上看到的那些風趣橋段，那是我的榜樣，我想要變成那樣。

我想幽默風趣應該是我天生就有的特質——我描述的那些電影中都有一定程度的風趣與幽默，不過也都很世故，那都是些關於離婚的電影，或是充滿舉起香檳敬酒以及風趣對話的喜劇片，而其中就是有某種元素可以吸引當時年紀還這麼小的我。

我一直覺得我的朋友們都很古板。我是說，我喜歡跟他們混在一起，而且我也不是說我自己就不會跟他們去看《大金剛》（King Kong），我也喜歡馬克斯兄弟與卓別林的電影，但是我真的覺得興趣的電影卻是《我的高德弗里》（My Man Godfrey），後來有些電影對我來說就像母乳對嬰兒一樣重要，像是《紅杏出牆》（Unfaithfully Yours）或是《費城故事》（The Philadelphia Story）。

我還是好喜歡這些片子。假如我在家看電視換到某個電視頻道正播放人們走進夜總會的畫面時，我就會馬上被吸引住。我也讓山托洛夸斯托（Santo Loquasto）多次為我重新創作這樣的場面。

二〇〇六年二月

EL_ 新劇本的進度如何？今年夏天要在倫敦開拍？

WA_ 我來解釋一下，這有點複雜。我不是個好作家，但是好在我是個機械式作家。當我完成《愛上塔羅牌情人》的所有後製工作後，我的處境是，今年夏天原本要在倫敦拍片，然後明年去巴塞隆納拍另一部。因此我就坐下來開始撰寫倫敦的這部劇本，但是等到最後一刻，卻要轉到巴黎去拍。倫敦的那部片最後出了些問題，我的管理團隊不希望牽扯到一些財務問題，所以倫敦這部分在最後一刻毀了，我是說最後一秒鐘。我已經寫好了劇本卻面臨要全部重寫的狀況，因為我在重寫的過程中又做了大幅度的調整，我真的披荊斬棘地在工作。

苦戰三天後，我終究舉白旗了。然而巴黎那邊卻傳來很好的條件，就是這部片可以在六到八月間拍攝，這樣剛好小孩子也可以跟去，我們一家就可以在新的地方探險，就只缺劇本了。那是二月初發生的事情，所以我的時間真的不多；要構思、寫作、編列預算、選角……等等。我現在只剩下最後兩頁了，明天就可以完成，接下來我還可以寬限幾天。我這星期就會把劇本打出來，然後還有一星期或十天左右可以消化一下，然後就要交出去了。不過這整個過程真的像在賽跑一樣。

EL_ 你最後有用上之前說的巴黎故事嗎？

WA_ 是的，但是心中有構想跟實際完成劇本之間還是有差的。就算你心中有些基本的概念，那也是需要經過醞釀之後才有辦法成為完整的劇情。那最後可能會是一部爛片，不過要是真的變成這樣，那也不是因為我匆忙寫劇本的關係。

EL_ 那是劇情片還是喜劇片？

WA_ 浪漫故事。

EL_ 你會參與演出嗎？

WA_ 沒有，那樣在寫作過程中就會讓我更緊繃了。我只能寫出某些特定類型的劇本讓自己參與演出。當我坐下來寫《愛情決勝點》時，那種感覺真的很不一樣。我從來不需要去想，我要演哪個角色？我只需要一幕一幕接著寫下去就好了。

EL_《愛情決勝點》中有些場景在《罪與愆》就出現過了，很明顯的伍迪艾倫風格。這兩部劇本在寫作時的差異是什麼，一個你有演出，另一個沒有？

WA_ 在《罪與愆》裡，根本沒有人對我的抱負有興趣（關於晦澀紀錄片製片克里夫〔Cliff〕這個角色），大家只對成功有興趣。我的角色在那部片中

算是一種輕鬆的潤滑。《罪與愆》這個故事的重點在馬丁藍道這個角色上。

EL_ 殺人者可以全身而退。

WA_ 很多人覺得馬丁是中邪了，而他必須像《古舟子之歌》一樣不斷講述那個故事，然而事實根本不是那樣。他根本沒有中邪，他好得很。他理解到自己在無神的世界可以全身而退，他根本無所謂。

EL_ 你自己對《罪與愆》的評價如何？

WA_ 還可以，但是有些太匠氣了些。我想自己當時太用力了，《愛情決勝點》就流暢地多。這部片真的什麼都對了；角色對了，場地對了，時機也對了。

EL_ 就經驗來說你也早了十四年之久。當你在寫《愛情決勝點》時，你會想說這個議題已經在《罪與愆》中嘗試過了，但是覺得你還有些想法沒有陳述？

WA_ 不是的，我是說我想要順著故事發展，假如你可以順著虛構情節所創造出來的需求，那麼這個故事本身的意義就會自然呈現。就我來說，當然，故事的意義會用特定的方式呈現。很多年前帕迪查耶夫斯基告訴我，「當一部電影或劇作即將失敗時」——他的形容很生動——「馬上刪掉其中的智慧。」（他大笑著）馬歇爾布里克曼則是用另一種方式告訴我——這我也告訴過你了——不過他的話也一樣中肯、一樣睿智，「一部片所要傳達的訊息，不可以出現在對白中。」這樣的真諦真的很難讓人堅持，因為心中不時就會出現那樣的渴望想要好好利用那個情境來展現一些哲理與個人智慧，好將自己想要表達的意義放進去。我在《愛情決勝點》中就多少展現了一些——他們圍在桌邊坐著，談論他們的信仰與什麼樣的道路比較不會與信仰牴觸。然而不爭的事實是，假如想要傳達的意義沒有辦法在詮釋過程中展現，那個意義就沒了。那樣是沒有用的，你不可能讓一群人圍在一起發表那些看似睿智的見解，因為當這些角色在陳述這些事情時，台下觀眾是不可能像作者所期待那樣去解讀這些對白的——「嘿，你們剛才有沒有聽到那段蕭伯納式的警世語？」他們是用某種特別的角度去觀看這些角色的對白——「他會這樣說是因為她這樣想，而且他想要讓她覺得他支持她……」觀眾看的是角色之間的互動。要是你忽視這一點，我們都會——我一定會——你以為自己正在陳述自己的見解，你以為自己在劇情中注入你的智慧結晶，但你卻只是在自尋死路罷了，你讓自己在與觀眾的享受經驗背道而馳。

EL_ 不過《愛情決勝點》與你長久以來主題相符合，在無神的世界裡，

每個人唯一勝券在握的就是決定自己的生死。只要沒被抓到，誰也不能懲罰你。

WA_ 有趣的是，後來有人寄了一篇文章給我，那是一位天主教牧師針對那部電影寫的評論。寫得很好，但是他的推論錯誤。他是這麼推論的——如果，就像我說的，生命沒有意義，混亂又隨機，然後任何事情都有可能發生，沒有事情是有意義的，任何決定都是一樣的，這樣就會讓一個有信仰背景的人驟下論斷，嗯，你就可以殺了人並全身而退，假如那是你想做的事。然而這是錯誤的推論。我真正要說的是——一點也不隱晦難解，這很淺顯易懂的——我們要去接受這個世界上是沒有神的，而生命是沒有意義的，常常有恐怖殘酷的絕望經驗，而愛情更是非常、非常困難的，然而我們還是需要找到一個方式來面對並經營一個得體又符合道德規範的人生。

人們很容易驟下論斷地說我認為任何事情都有可能發生，但我其實是在發問——如果最壞的打算是這樣，我們是要怎麼繼續走下去，或是我們為什麼要選擇繼續走下去？當然，我們沒得選——那個抉擇就深深烙在心裡，我們就是不想死。（大笑著）請註明一下我現在的態度很武斷，你正在與一個否認機制低下的傢伙對談。總之，宗教人士不想要承認現實與他們的童話世界相牴觸。假如這是一個無神的世界（他咯咯笑著），他們就失業了，沒有人要捐款了。

再者，這世界上有一堆人選擇過著自以為是又有殺人傾向的生活。他們覺得，既然所有事情都沒有意義，而殺人也可以全身而退，那他們就要試試看。然而人們也有另一種選擇的，就是你活著，別人也有權利活著，這樣一來大家就要同舟共濟，你們就要試著讓人生更正面。這麼一來，這樣的人生抉擇在我來看就會更具有道德感，甚至是更「基督徒的」。如果你願意承認人生就是一場現實的混仗並選擇過著體面的生活，而不是欺騙自己死後會有什麼救贖或懲罰，那我會覺得你很高尚。如果你今天的正派作為都是因為相信死後會有獎賞或懲罰的話，那你的行為就不是出自那種高尚的動機，而只是所謂基督徒式的動機罷了。那就像是那些自殺炸彈客宣稱自己的行為是基於高尚的宗教或愛國情操，實際上卻是因為家人可以因此獲得一大筆撫卹金，也可以讓自己進入忠烈祠——更不要說那些囚犯還提出要處女陪睡的要求，雖然我真的搞不懂怎麼會有人想要一群處女而不是要一個經驗豐富的女人。

總之，那位天主教牧師寫的內容我完全不同意，但是我也沒有繼續跟他辯下去。他的態度很好，他寫的東西也沒有任何惡意，他只是在傳達另一種觀

點並試著想要提出反駁立場，只是他提出的反駁是以信仰為前提的立場，這我沒有辦法認同——而這部片真的不可能被解讀成我在宣稱任何事情都有可能發生，而這點我真的沒有問題。

我也看過另一篇由一位聖約翰大學哲人牧師所寫的評論，他說那部片應該是（大笑）史上最無神論的電影了。不過他的措辭非常親切，幾乎都是在稱讚我的。他的觀點對我來說比較仁慈寬厚，因為他覺得這麼多年來我一直在支持無神論並宣稱這世界是如此的絕望、無神又無意義，這代表我在強調這世界沒有神真的是個議題。我心中覺得他這麼說是對的，我確實在強調這是個議題，我也透過《罪與愆》很清楚地表達。就我而言，這世界上沒有神或是沒有任何意義真的非常遺憾，但是也只有當你可以接受這個前提時，你才有辦法過著所謂基督般的生活——也就是那種得體又合乎道德的人生。只有當你開始認清自己應該面對的一切並且擺脫那些童話故事後，你才有辦法過著基督般的生活；因為你的一切決定都會是為了更符合道德而行，而不是為了在死後世界可以拿高分而行。

這部片在這部分引起這麼熱烈的討論，其實這樣我也很高興。我很高興觀眾並不是只將這部影片視作一部懸疑殺人故事，然而，我要提醒你，我不是在抨擊任何人。我面對這種評論的態度就跟面對任何電影觀眾一樣高興。然而我確實希望《愛情決勝點》至少可以呈現我個人的一些看法，而我覺得自己有辦法透過電影呈現出來。

EL_ 你覺得強納森萊斯梅爾這個角色（殺了懷孕的情婦，還有她那位年長的鄰居太太）的心路歷程會如何？就跟馬丁藍道一樣嗎？

WA_ 是啊，我認為他的處境沒有辦法讓他心滿意足。他娶了自己不愛的女人，透過這段婚姻所獲得的舒適生活是他所想要的，但辦公室的生活卻讓他感到鬱悶。他的妻子也向他表達再生一個小孩的打算。

他對於自己犯下的罪行並不以為意，他得到自己想要的並也已經付出代價。很遺憾他要的竟是這樣，我可以看到他在這段婚姻中永遠不會感到滿足，也許等到他在這段婚姻中得到足夠的財力資源後，就會選擇拋棄她。

EL_ 你這麼多年來創造出這麼多角色，你都還記得這些角色嗎？這些角色會來拜訪你嗎？你會常常想起他們嗎？當你坐下來開始寫作時，你會想說，我已經寫過這個傢伙了，我得要換個人寫才行？

WA_ 是啊，這種事有時候會發生，我真的不樂見這種事情發生。我心中會突然出現一個念頭，接著就發現這東西之前已經做過了，這樣就重複了。有

時候我當下並不會發現，有時候我會被自己蒙蔽而看不見，一直等到電影上映後，有人這麼說，我才知道。

　　EL_《解構哈利》的結尾部分有一幕是所有的角色都很愉悅地出現向他致敬，這樣的場景有發生在你身上過嗎？我不想要太拘泥在文字上，但是你有沒有過這樣的經歷，就是過往那些角色回來拜訪你的感覺？

　　WA_ 不會，因為我不會看這些電影，我已經忘記了。我寫的那些角色都是一堆糟糕的角色。我會想，這麼說好了，契訶夫的作品或是柏格曼的作品，還有田納西威廉斯的作品，這些都會讓我看得很開心，當然還有其他人的電影與劇作，但是我不會去想自己的作品。這些我們正在談論的電影，有些我已經三十多年沒看過了，我可能會記得拍片過程中發生的一些事情，但是場景或是角色對白我早就忘了。

哈利布洛克幾乎搞砸自己人生過往中的每一段人際關係，但是他的角色卻在《解構哈利》中集合起來向他致敬。

　　EL_《影與霧》中的角色與劇情真的非常精彩。（劇情同時帶著戲謔與寓意。一群沒有用的治安夜巡隊將伍迪飾演的怯懦職員一起拉進來追捕兇狠的殺人犯，而這殺人犯其實就是死神。這部片全部是在夜間拍攝的，伍迪說，「當你走進黑夜後，心中就會出現一種文明消失的感覺……整座城市完全依靠每個人的內在狀況運行著。」）

WA_ 喔，這部片的所有成員都很棒。我是說，我認為我把這部片導得很好，而且山托洛夸斯托設計的場景真的很美。不過那部電影重在劇本，而觀眾對於故事本身卻不是很有興趣。我是說，當你在歐洲城市的夜景中拍一部二〇年代的黑白片時，你就知道這部片不會賺錢了，沒有人喜歡這部片。

EL_ 你之前跟我說獵戶座影業的艾瑞克普來斯可（Eric Pleskow）看完這部片後深受打擊。

WA_ 他總是希望呈現出所有事情的光明面，而且他真的是個正人君子，不過你（大笑）聽到他那時候講話在發抖就知道他滿失望的。

EL_ 那部片拍得非常好，你參與演出的過程也很愉快嗎？

WA_ 卡爾羅迪帕爾瑪（Carlo Di Palm，該片攝影師）因為這部片在義大利獲頒一座獎項。這部片看起來真的很美，我看到這部片拍得這麼漂亮也真的很開心，整個製作過程也很盡興。不過我得再說一次，我拍這些片都是為了娛樂自己，或是說為了要讓自己分心。我想要看看只用一個場景拍片的效果會是怎樣，室外其實就是室內，然後在一夜之間搭完場景並將所有的角色與那種歐洲風情添加進去。我當然也是希望片子拍完後觀眾都會喜歡，像是《大家都說我愛你》一樣，那滿足了我繼續工作的動力，也是讓我想要繼續留在電影產業的動力。我的所有片子都是為了個人理由拍攝的，當然我希望大家都會喜歡，而且每當我聽到觀眾很喜歡時，我心裡也會相當感激。但是如果觀眾不喜歡，那我也無能為力，因為我不是為了獲得大家的認可才拍片的——我喜歡受到認可，但是我不是為了獲得認可而拍片。

EL_ 我覺得你的電影都可以一看再看，因為你的電影不受時代限制。

WA_ 我是不受時代限制的，但是我也要付出代價。我從來不會用現在的音樂，而且我也不會針對當前大家所關心的議題來創作。《愛情決勝點》就是沒有時代限制的題材，那跟運氣有關。如果那是部好電影，那今後一百年也都會是部好電影；如果不是，那就無法一看再看。像是《慕尼黑》（Munich）、《斷背山》（Brokeback Mountain）（皆為當時上映的電影）都是那種反映當下社會問題與態度的電影，就某些層面來看，這對於觀眾能不能盡興也有很大的影響。我了解他們為什麼喜歡，因為我自己也喜歡。這些都是拍得很好的電影，同時也反應出人們內心對於當前問題的看法。然而我的電影就不一定可以反應出一般人心中的寫照，而且從來也不是反應社會或政治議題的；我的電影總是在處理心理或是情感的議題，不然就是有關存在的問題。因此不管世事如何變化，這些電影都還是老樣子。如果那是一部爛片，就永遠會是一部爛片；

假如是一部好片，那就會不受時代限制。我想，我拍的電影中要是有任何不好的地方，那絕對不是因為時代的關係，那永遠都會是（開始大笑）因為本身就不是好片的關係；當初不是好片，現在也不會是好片。

《愛情決勝點》中，克里斯擁有富有又美麗的妻子，然而他付出的代價卻是謀殺。

EL_ 當你在創作《解構哈利》劇本時順利嗎？

WA_ 這部片是片段式的劇情，而片段式劇情比架構緊湊的劇情容易多了。緊湊式的劇情需要花費更多功夫。這我可以，但是就是要花更多時間與精力。當你在創作一些片段式劇情時，我是說，當哈利跑下街時我就可以隨心所欲安排他將會遇上什麼事情。

EL_ 那真的是一部很好看的電影。

WA_ 我認為那部片的反應還不錯，我不記得有沒有賺錢了，但是我記得當時的反應不錯。（*該片在美國賣了一千一百萬美金，大概是製作成本的一半多一點，不過在國外版權的部分，電視與 DVD 銷售，剛好打平或小賺一點*）

EL_ 你自己對這部片的評價也很高嗎？

WA_ 不、不高，但是我沒有不喜歡就是了。

EL_《甜蜜與卑微》有點像是改編過的《爵士寶貝》（The Jazz Baby），你大概三十年前就寫好劇本，但是沒有拍。（*西恩潘飾演艾米特雷〔Emmet Ray〕，一位四處表演的爵士吉他手，他總是活在強哥瑞恩豪〔Django Reinhardt〕的陰影下。他的演奏神乎其技，不過他和善又卑微的性格卻在風流自負自中漸漸扭曲。「這就是天才所擁有的自負，」一位對他有好感的沒落名*

媛這麼形容他。「習慣就好。」長期飽受折磨的啞女海蒂〔Hattie〕是艾米特此生遇到過最好的女人，當然他最後還是失去了她。片中的音樂也是本片一大亮點，對於喜愛爵士的觀眾絕對是一大享受）

WA_ 沒錯，我本來要演《爵士寶貝》的，這樣就會比較輕鬆一點，因為我會讓電影看起來比較不那麼沉重。感謝老天我最後沒有演，因為西恩演得比我好太多、太多了。西恩真的是比我還要好一百萬倍的演員，他的演技比我更深、更複雜又更有趣一百倍。他讓這部片變得更精彩，雖然我可以讓一些情節看起來很逗趣，然而他卻可以注入不同的影響力。

EL_ 當你在寫這個角色時就覺得應該由他來演了嗎？

WA_ 沒有，完全沒有。我寫完劇本後也不知道應該要找誰來演。我一開始對於西恩有些保留，因為我耳聞他的脾氣火爆又不好相處。後來茱麗葉泰勒跟我都覺得他真的是很棒的演員，而且絕對可以讓這個角色產生更有火花。於是我就先四處打聽一下他的為人，那時才跟他合作完的人都跟我說他其實人不壞，所以我就跟他見面了——之前當然見過他，只是很短暫——我覺得他非常、非常和氣，我真的必須說聽到的真的不代表就是事實。我跟他合作的經驗非常愉快，他很有創意，他對那個角色很有貢獻。當他心中出現一些想法時，假如我沒有回應，不管是什麼原因——而且那些想法不見得總是行得通的好點子——他也不會強求。然而當我有一些想法時，他都會盡所能地配合並嘗試。我完全可以毫無顧忌地批評他的詮釋，但是我還是要說，當我跟那些偉大演員們合作時，我根本不太需要多說些什麼。

這個傢伙從來沒有彈過吉他，我們讓他上了幾堂課，結果他演奏時我們完全不需要剪接，我可以一鏡到底拍到他的手指。

EL_ 你在那之前有看過珊曼莎莫爾頓（Samantha Morton）的作品嗎？

WA_ 茱麗葉放了幾段影片給我看，然後我說，「我想我們可以持續關注這個女孩子。」後來我們邀請她來剪接室，她真的非常和氣。

我自己很喜歡這部電影。很多音樂家都跟我說那樣的內容很寫實，很多人都會開車在國內到處旅行，沒有錢的時候就靠表演維生。他們會在俱樂部表演，之後也會受邀去派對裡表演，我覺得這部分跟現實沒有脫鉤。那部片看起來很不錯，西恩跟啞女之間的關係也很耐人尋味，我是這麼以為。

EL_ 這個劇本等了三十年才拍成電影。這是你在這些年之中慢慢醞釀完成的作品，還是打從一開始完成後就沒有再更改過了？

WA_ 這個劇本沒有什麼太大的火花，但是我一直都知道這個構想不錯。

我一直都想拍一部以一個自以為是、自私自利又神經質的吉他天才為重心的故事。

EL_ 海蒂這個角色是一開始就設定她不會說話嗎？

WA_ 一開始我本來是設定她聽不到，因為我覺得這樣才諷刺——他可以彈奏出這麼美妙的樂曲，而她卻聽不見，不過那樣要處理的問題太多了。

珊曼莎莫爾頓飾演海蒂，是《甜蜜與卑微》中艾米特雷那位用真心換絕情的啞女。

隔天我們再次見面。昨天伍迪說他只剩兩頁就可以完成《命運決勝點》的劇本了，因此我也直接挑明地問他這個問題。

EL_ 所以劇本已經寫完了嗎？

WA_ 是的，現在我要開始打字工作並好好醞釀一番。我大概需要三天來斷斷續續地工作，聽聽爵士樂，然後我會休息一天再開始好好地塑造一下（他的雙手好像在捏粘土一樣）。比起從空白開始，這樣的工作簡單多了，從零開始是最困難的部分。

二〇〇六年十一月

《命運決勝點》已經剪輯完成，而伍迪，對於成果相當滿意並且已經在親友圈中試映兩、三次，希望可以聽聽大家的反應。這是關於兩兄弟的故事（〔柯林法洛〔Colin Farrel〕與伊旺麥奎格〔Ewan McGregor〕）；他們其中一位是倫敦一家修車場的技師，好賭成性並越賭越大；另一位則是拒絕讓人生落入繼承父親混亂餐廳的牢籠中而想透過投資加州一家旅館的計畫讓自己快速致富。他們兩兄弟都很喜歡航海並且各自拿錢合資買了一艘船——卡珊卓之夢（Cassandra's Dream）。然而，法洛的發財夢卻意外結束並且還欠下一堆債務，

這兩兄弟希望他們有錢的叔叔（湯姆威金森〔Tom Wilkinson〕飾）會願意借一筆錢幫他們還掉高利貸的債務並延續加州旅館的投資計畫。當他們一起去找叔叔時卻意外發現叔叔也有求於他們——一位工作夥伴想要揭發他盜用公款的弊案，這兩個男孩漸漸意識到叔叔是要他們去殺人滅口。他們最後真的殺了那個證人並逍遙法外，然而法洛仍是逃不過良心的譴責並決定去投案。麥奎格眼見夢想即將崩解，於是說服哥哥不如一起去航海，就像以前無憂無慮的生活那樣。麥奎格打算灌醉法洛並讓他因為藥物過量致死，但他卻沒有辦法下手。兩兄弟在船上一陣扭打後，法洛意外殺了麥奎格，最後亦在懊悔中自殺身亡。

EL_ 你現在心中已經出現第二部自己覺得很滿意的劇情片了，這樣的信心是從《愛情決勝點》開始建立的嗎？

WA_ 是的，我現在覺得自己拍攝劇情片時也可以像以前拍攝喜劇片時那樣充滿信心，而且我覺得觀眾現在都會接受這些電影了。我是說，《愛情決勝點》比我這輩子拍過的任何影片都要賣座，因此我應該會再拍好一些這樣的電影。

EL_《命運決勝點》的構想是之前就有的嗎？

WA_ 我之前為亞特蘭大劇院（Atlantic Theater，位於紐約市）寫了一齣劇，其中一幕就是某個人在等他舅舅出現。他之前替他舅舅工作並打算跟他借錢，然而等待舅舅出現的過程相當有戲劇張力，雖然劇中他終究是辭職不再為他舅舅工作——因為他們同時愛上同一個女人，而最後是舅舅娶了這女人。

然後我就想，要是舅舅出現後反而搶先提出自己有求於他，他才是碰上麻煩的人呢？你以為某人可以幫助你，然後對方出現時卻說，「沒想到吧？我得要跟你談談，我現在麻煩大了。」於是那個故事就這樣衍生出來了。這齣劇大概是四、五年前寫的，我還讓那位母親把自己的哥哥視作偶像一樣，也就是男孩的那位富舅舅。

EL_ 你什麼時候開始決定要拍成電影的？

WA_ 舞台劇的形式中，觀眾確實可以感受到情節轉化的氣氛，就是當舅舅需要幫助時，但是你沒有辦法在舞台上呈現出所有的動作。那傢伙必須要去追查那個讓舅舅陷入麻煩的人，甚至要殺了他，後來就漸漸地發展成兩兄弟需要幫忙的劇情。

EL_ 你從一開始就將片名取為《命運決勝點》嗎？

WA_ 那是在拍攝過程中出現的，我非常驚訝很多人跑來問我，「誰是卡珊卓（Cassandra）？」我說的不是一般民眾，而是一些飽讀詩書、聰明世故

又受過大學教育的人。

EL_ 劇本中出現好幾次劇情轉折，這些是本來就有寫好的，還是有些是你重寫或拍攝時才想到的呢？

WA_ 這部電影的構想與劇本都很好，獲得好劇本遠比拍攝好劇本困難多了。我通常會知道劇情要往哪裡發展，然後我就會把整部劇本寫出來。然後當我重寫時，腦海裡浮現的點子就會加以修飾。舉例來說，當他們去他家殺他時，他們在他的公寓裡等他回來，劇本裡原本不是這樣設計的。然後我就想到這個場景可以設定在他的公寓裡，後來他不是獨自回家就毀了他們兩兄弟的計畫，這樣就不能殺他了。然後我就開始想要有精彩的劇情高潮；其中一個我們有進一步計畫的就是設定那傢伙要回布萊頓（Brighton）拜訪他的母親。當他在棧道上散步時，我心中浮現布萊頓的夜晚，但沒有放進電影中，只有白天的樣子。然後他就會去遊樂園搭乘那種會在軌道上翻轉過來的刺激遊戲，這兩兄弟就會坐在他的後面並趁他翻轉過來時從腦後開槍打死他。

不過這樣對我來說太好萊塢了，我想要這個故事看起來更真實一點。對於從不曾殺過人的兩兄弟而言，這樣的設計太複雜了。後來就是成本問題出現了，我們負擔不起——這樣要整晚包下那座碼頭並拍攝很多走路的畫面——我深深地嘆了一口氣，覺得如釋重負，因為我那時候已經在想，我根本不應該去那裡的，那樣跟我預期的電影調性不一致。經濟條件的干涉救了我，簡而言之，「我做了件蠢事，這根本不是什麼好點子。」此外，我也沒有辦法拍攝那樣的殺人場景，因為所有東西都動得太快了，那部分勢必得依賴後製。要是史蒂芬史匹伯（Steven Spielberg）或是喬治盧卡斯（George Lucas）想要拍這種場面，他們就算得砸下百億美金製作也一定會弄出這樣的場景，但是我沒有辦法負擔這樣的製作費用。

EL_ 我發現自己在看到《命運決勝點》殺人那一幕時都會把頭轉開，就像我看《愛情決勝點》時一樣，因為那個場面真的太緊張了。

WA_ 我想那是因為在這兩部電影中我都有花時間去發展各個角色；他們的父母、他們的家庭、他們的感受，所以就不會像那種類型電影中，往往故事場景才是電影的亮點，而角色都只是厚紙板刻出來的一樣。你想要這些事情貼近一般人的生活，那也就是我覺得可以讓電影有趣的地方。即使在《曼哈頓神秘謀殺》中，我也想要呈現黛安基頓與我看完曲棍球賽回家的樣子，就像紐約人一樣在星期六晚上都會從各式各樣的活動回家；他們在樓下拿報紙、買燻鮭魚貝果、搭電梯上樓、遇見鄰居，這都是現實生活中會發生的事情。

那就是《我倆沒有明天》（Bonnie and Clyde）精彩之處。他們〔導演亞瑟潘恩〔Arthur Penn〕與編劇大衛紐曼〔David Newman〕與羅伯特班恩頓〔Robert Benton〕〕運用時間去發展這些角色——他們的需求、他們的感情生活、他們的抱負——所以當那些事情發生在他們身上時，你就可以感同深受。

我本來就不想要看到《命運決勝點》中的殺人畫面。我發現自己一路以來所拍攝的電影都有這樣的議題，但卻不是我刻意安排的。我總會避開性愛畫面，也會避開暴力畫面，那不是因為我沒有辦法拍攝暴力畫面，因為在我的第一部電影《傻瓜入獄記》中，我就被機關槍掃射並摔倒在地上，我的腿還在痙攣抽搐，就好像英格馬約翰遜（Ingemar Johansson）被（佛洛伊德派特爾森〔Flyod Patterson〕，一九六〇年重量級拳擊賽的第二回合）擊倒的樣子。那看起來真的很逼真，但是因為某種原因，我不自覺地迴避這種場景。《曼哈頓神秘謀殺》中沒有人看到那具女屍，她被什麼東西擋到了；《愛情決勝點》中也沒有人看到開槍的畫面；《罪與愆》也是。而在這部片中，你可以聽到槍聲，但是鏡頭卻帶到樹籬笆上（位在切爾西堤〔Chelsea Embankment〕的夏納步道〔Cheyne Walk〕）。我沒有辦法解釋，我也不會覺得丟臉，我也不會覺得難為情，我完全沒有問題。

要是換成別人來拍《罪與愆》，應該就會出現很精彩的殺人場面，像是亞佛烈德希區考克或是馬丁史柯西斯——一個男人抓著一束花敲門，而她應門時就發展出接下來一分半鐘的精彩畫面。我想我唯一能給自己的解釋就是，因為我終究比較像是個作家，任何事情都可以成為想要添加重點、談論或哲理化的題材。我對於殺人本身沒有興趣，但是殺人事件發生後就可以討論罪與神。在《曼哈頓神秘謀殺》這樣不起眼的影片中，我與黛安基頓就有機會可以說說笑笑，然而要是在希區考克的《驚魂記》（Phycho）中就不會用那種不引人注意的方式呈現殺人事件，反而會用一種絕美的形象表現。

EL_ 你被機關槍射到的片段保留了多久？

WA_ 我在好幾次的試映中都有保留那個片段。那個畫面引導著我所設計的結局，當珍妮特瑪歌林（Janet Margolin）與我們的孩子出現在火葬場並說一些話時，你會以為我死了。然後鏡頭就會帶到她的腳邊，當她轉身離開你時你會聽到，「喂——喂——」，然後就看到她的雙腳回轉走回來。那時我有很好的戲劇直覺，不過卻欠缺經驗來讓自己知道該如何運用，但是我的直覺總是出現在對的點上，這樣我之後就可以更聰明地運用。

我原本想要嘗試那樣戲劇化的結局，但是觀眾並沒有準備好要讓我被機

關槍射死。我是說，我當時滿身都是血。佛勞爾斯（A. D. Flowers），《教父》的特效大師，他在我全身放滿了小炮竹。

因此我在結局部分掙扎了很久，試了六百萬種結局後，終於還是依照自己的方式完成這部電影。

這部片的前段，維吉爾試著想要持槍挾持獄卒當人質逃獄，那把槍是他用香皂刻出來的模型，外面再塗上黑色鞋油。他推著獄卒走向大門並且幾乎就要走出去了，但是外面的夜空正下著雨，獄卒終究發現那把槍開始變成一團泡沫。最後，維吉爾被判要在聯邦監獄服刑八百年，而在法官宣判後，他相當有自信地告訴律師說要是他服刑期間表現良好就可以減刑一半。這部片結尾是他在獄中接受訪問，有點類似延續性的紀錄片，輕描淡寫地宣稱「惡有惡報。這份工作很棒，你自己當老闆又可以到處旅行。」

「你在監獄裡是怎麼打發時間的呢？」訪談者問他，「你有什麼嗜好嗎？」

「有啊，」他說，「我一直都在工作坊裡做事，我的手很巧。」他拿出另一把香皂刻的手槍後說，「你知道今天外面有下雨嗎？」

WA_ 那部片並沒有什麼戲劇化的結局。

絕望的三流騙子維吉爾史塔克威爾（Virgil Starkwell），在《傻瓜入獄記》中最後還是被關回牢裡。而在他之前的服刑期間裡，他企圖用香皂刻出來的手槍逃獄，無奈假槍在雨中開始冒泡泡而讓他最後功虧一簣。

選角・演員與演繹
Casting, Actors, and Acting

3

選角、演員與演繹
Casting, Actors, and Acting

一九七三年二月

　　《傻瓜大鬧科學城》正在進行重製工作。如同多數人一樣，伍迪也偏好與自己認識及相信的人一起工作，而他也在這樣的情況下多多少少建立自己專屬的劇組以及固定演員名單。每個重大決定及許多小決定都由他負責，但是他策畫各個層面的評論卻是少之又少。他之所以沉默寡言部份是因為他害羞，部分也是因為他就是不喜歡與他人有所交集（這種感覺多年後也不會有太大改變）。雖然他也不是擺明的失禮，但他的沉默與疏離卻會讓人感到不知所措。對於任何時間點與劇組及演員的對話他都記不起來，「因為我覺得與人應對真的很難，要是我得獨自面對他人時，我真的沒有辦法這樣認識對方，因為我會在腦海裡面游泳。」所以他的同事都會在伍迪坐下安靜聆聽時問他問題（隨著時間推移，他會變得更輕鬆一點，不過仍然有些心不在焉）。

　　他現在正在尋找扮演領導者（The Leader）的演員，這個角色雖然沒有台詞卻貫穿整部電影。伍迪現在人正在洛杉磯庫維市片場（Culver City Studios）中的小平房裡，這裡是《亂世佳人》（Gone with the Wind）與《陽光下的決鬥》（Duel in the Sun）等上百部電影拍攝的地方。這棟小平房，目地是要讓演員更衣休息的，看起來就像是一棟中低收入戶小家庭（有時候也會出現在電影中）的房子。前面長了幾株雛菊，還有一呎高的白色尖頂籬笆圍著中央的花圃；裡面還有廚房，一間放了桌子的小房間，還有兩間大房間；其中一間主要放了一張撞球桌，另一間則有一張沙發與錄音機，專門用來播放伍迪的爵士收

藏，還有一台電影剪輯機。克拉克蓋博（Clark Gable）也曾經使用這間小平房，當初的裝潢不一樣，那是他在拍攝《亂世佳人》期間的梳化間。

伍迪正坐在撞球桌的邊上看著他製片助理伊莉莎白克拉曼（Elizabeth Claman），她正與前來試鏡領導者這個角色的演員們打招呼。她一一點名後就問起他們的身高，每個人看起來都有些困惑，不過還是回答了。

「謝謝你，那就先這樣。」她說。

「就這樣？」好幾個這樣回答，有些瞥了伍迪一眼。

等到他們一個接一個走出去後，他開始陷入下一個永遠比上一個好的困境中。

「這就像馬克斯兄弟一樣，」他說完又劃掉另一個名字，就像是格魯喬與奇哥（Groucho and Chico）在《歌劇之夜》中逐條撕掉合約的樣子。「我們要找一個有點華麗感（Gorgiositude）的演員，但又不要太過。」（他二十年前就開始在形容詞字尾加上 "-iositude"，早在他寫電視劇時期，讀了一本名為《黑人文化傳統的本質》〔The Essence of Negritude〕的書。「那本書很嚴肅，」他解釋，「但我覺得書名很好笑。」）

他坐著針對剛才那些演員沉思片刻後便沮喪地搖搖頭並輕聲地說，「費里尼只是去路上拉人來演就可以了。」然後他抬起頭，眼神滿懷希望。

選角完成後過了幾天，伍迪集合所有即將飾演地下世界反政府組織學者的演員們齊聚在撞球桌邊，他們手上都拿著自己的台詞，沒有完整的劇本，那是他的習慣。等他們重複幾次大聲唸完那一幕後，伍迪又要求他們再重複一次，「如果可以，我希望所有的部分都盡可能越寫實越好——這點我會忘記，我知道——請維持快速的節奏。」（等到這部片拍攝完成後，他就不再排演了，即便如此小型的也不要）

「矛盾心理是喜劇死亡的關鍵，」當那些演員離開時他對我說。「在默片形式的電影中，演員都是卡通角色——他們打打鬧鬧，然後跳到下一格後又相安無事。演員都想要讓角色更加複雜並賦予矛盾的關係，你想要憑一眼就馬上知道那角色是好人還是壞人。卓別林的風格就是與其他角色演對手戲，當你看到他晃著棍子從馬路上走過來時，你馬上就知道接下來要發生什麼事了。」

電影製作中最可以確定的一件事情就是沒有任何事情是確定的。很多時候在拍攝過程看起來很棒的東西，就會因為某種神秘的原因，搬上大螢幕後反而不好看。然而也有很多在大螢幕上很好看的題材，剪成段落來看時反而變得非常糟糕。因此伍迪正在製作好幾齣固定的笑鬧劇，而他也特別花了時間與精

力想要創造出一種特殊的走路方式應用在《傻瓜大鬧科學城》中他所扮演的機器人角色上。就這樣經過了幾天，期間只要他一有時間就會一邊練習，一邊變化。最後他決定要用黑白片拍幾個版本，看看螢幕上的效果如何。

「我可以表情僵硬地走路，」他表演其中一招時逗得大家哈哈大笑，接著他又試了另一個版本，「專修搞笑走路姿勢。」所有人又開始大笑。他帶著微笑並搖搖頭，「我真不敢相信像我這麼聰明的人居然要靠走路滑稽來逗大家笑。」

一九八七年九月

伍迪正在進行《另一個女人》的選角工作。他與茱麗葉泰勒正在曼哈頓市中心的曼哈頓電影中心的試映室裡，這裡是伍迪的辦公室兼剪接室；深綠色的鋪毛旋轉椅靠著牆壁排著，投影窗口下方那塊豎板上是音響控制裝置，伍迪坐在一張米黃色與黑色相間的情人沙發上，旁邊還有兩張旋轉椅；椅子後面那道牆上放著伍迪的音樂收藏，都是三〇年代與四〇年代的音樂；而就在那些專輯旁的工作檯面上，跟這間房間有些格格不入，上面放了日本清酒組。選角對演員與伍迪來說都不是件容易的事，參加試鏡的人每十五分鐘換一個，總共約有一打人等著試鏡。外面的人說第一名試鏡者可以進來了。

「那就開始吧，」伍迪說。「我沒有辦法忍受那個女人正在外面等著。」

「也才過了三十秒而已。」茱麗葉說完笑了出來。

這個年輕女子走了進來，她是幾個前來試鏡年輕瑪莉詠的演員之一，瑪莉詠就是吉娜羅蘭茲的角色。伍迪拿著一張她的照片捲在手裡當作參考，這些人都不會看到這張照片。伍迪站在自己的位置上，就在房間正中央，當那些人從前面的接待室走進來時是不會看到他的。正當那個人走進來時，他就會走過去向對方打招呼。他對那位年輕女孩（其實他對每個進來的人都說一模一樣的話）說，「嗨，這部電影將在十月十三日開拍，而且會橫跨聖誕節與新年。茱莉葉認為妳可能適合演出這個角色，所以我今天想要看一下妳的長相。我會盡快讓妳知道結果，大概幾個星期內就會知道了。」

這年輕的紅髮女孩很緊張，她站著不動地回答，「好。」伍迪湊近一點盯著她看了幾秒，然後說，「好的，謝謝妳。」她跟他握手並向茱麗葉揮揮走後就走出去了。

當某個演員跟茱麗葉對詞時，伍迪會坐在房間另一端的椅子上聆聽；他

會舉起右手擋在自己的眉心上，左手拿著試鏡名單與照片擋住眼睛以下的部分。（「躲起來，」他後來這樣解釋，「我只是想躲起來。」）

他站在那個位置上等帶著一個人選進來，他吹著口哨，那是紐奧良的爵士樂曲〈犀利忠告〉（Spicy Advice），右腳在地上隨著節奏打著。另一個女孩走進來試鏡瑪莉詠這個角色，伍迪一樣將剛才應付紅髮女孩的那套拿出來。「我想要看一下妳的長相，」他邊說邊仔細地盯著她看。

「喔，長相就在這裡囉，」她說。

「謝謝妳有帶來。」

下一個試鏡者需要對一段場景的詞。「我通常不會讓人對詞，」伍迪說。「我們通常會讓他們唸其他作品。要他們對詞真的很糟糕，假如我要在試鏡時對詞，我應該會失業。不過演員就會有這種問題，當他們走進來站在那裡跟你說話時，什麼問題也沒有。然而等到他們開始對詞時，他們就會換到三檔，他們聽起來就不像正常人了。」

那個演員走進來，然後伍迪告訴他，「這個角色就是去參加一場派對——不需要很粗獷或怎樣的，就是很普通的一個人。」

等到這個演員走出去後，伍迪轉頭對茱莉葉說，「他滿不錯的，沒有立刻陷入那種兩百年的老套演技裡。問題是當燈光亮起，而且所有人都在場時，他也有辦法這樣嗎？不過我總是認為要是對詞時沒問題，到哪都不會有問題。還有什麼地方比走進這裡更詭異了？有人盯著你看，還有日本清酒組……」

「你不要忘了，」茱莉葉說，她提起伍迪最早的幾部片，「你以前可是坐在房間最後面的搖椅上看著費雷迪加洛（Freddy Gallo，副導演）或傑克葛羅斯伯格（Jack Grossberg，助理製作）在前面問演員問題，記得嗎？那時候你只會乖乖坐在屏風後面聽而已。」

伍迪笑著說，「要是有片單面玻璃擋著會更好，這樣就可以直接看到他們的表情。」

六個月後，伍迪有一場相當有趣的試鏡，主要是在找《伊底帕斯災難》中飾演母親的那個角色。當我們在等待演員抵達時，伍迪說，「我以前都會靠長相選卡司，然後只要歌蒂威利絲（Gordie Willis）跟我對哪個演員的演技不太有把握時，我們就會讓鏡頭裡只有他一個人，這樣損害就不會太大。」（假如哪些鏡頭沒拍好，重拍時就不需要把其他演員也找來）

第一個前來試鏡這個看起來像是舊時代布魯克林區老太太的演員抵達了，

等她坐下來後，伍迪就開始向她解釋這個角色。

「口氣要很輕蔑，」他說，她剛唸完第一句台詞。「他是妳的兒子，妳很愛他，但是從一開始就要帶著輕蔑的口氣對他說話。」

他對另一個人說，「妳愛他，但是他很惹人厭。妳要對他非常刻薄，然後對於他帶回家的女人總是不滿意。就只要慢慢地、穩穩地展現妳對他的刻薄。」

其中一個說，「很難對你刻薄啊。」

「妳會慢慢習慣的，」伍迪毫不考慮地回答。

另一個聽完伍迪的解釋後反而找到一個活生生的例子，「就是講話要像朱力叔叔（Uncle Julie）嗎？我其中一個叔叔。」

伍迪說，「所以我會認識他囉？」

他對每一個人都會說，「這樣很好。好，現在試著再慢一點，」或是「再刻薄一點。」然後「很好，非常好。」又接著說，「非常好。現在呢，逗趣一點，帶著刻薄的語氣唸給妳兒子聽。」

等到最後一個試鏡演員離開後他說，「你們知道這部片會在那裡獲得最大的迴響嗎？以色列，這會變成以色列的《亂世佳人》。」

一九八七年十月

正當《另一個女人》的拍攝工作進行時，我與伍迪約在他的公寓見面談論歐洲男演員與美國男演員的不同。

WA_ 要找到適當的男演員很難，不是持槍歹徒，而這樣的演員不多。《情懷九月天》裡的山姆華特斯頓就是一個，還有丹霍姆艾略特。然而就美國演員的話，當然有很多世界級的傑出演員——勞勃狄尼洛（Robert De Niro）、傑克尼克遜（Jack Nicholson）——都不是泛泛之輩，他們好有魅力。我們也培養出一堆英雄——約翰韋恩（John Waynes）、亨弗萊鮑嘉（Humphrey Bogarts）以及詹姆斯卡格尼，然後卻沒有很多可以扮演一般人的演員，這麼說好了，像是弗雷德里克馬區（Fredric March）那樣的演員。我們的電影史真的像神話一樣，而這在歐洲就相對有許多成年世界的衝突，那樣寫時的故事就需要可以扮演普通人的角色。我們的演員都太迷人、英俊又瀟灑——約翰韋恩，馬龍白蘭度。這是我透過選角所獲得的慘痛教訓。當我需要一個年約五十、五十五歲的一般男人時，我找不到。達斯汀霍夫曼比較接近我要的。

山姆華特斯頓已經出現在《我心深處》、《漢娜姊妹》與《情懷九月天》電影中，他是固定班底。在美國，我們有這些非常、非常、非常特殊類型人來當演員。勞勃狄尼洛非常特別，他是世界上最好的演員之一，傑克尼克遜也是。這些人都有非常不同的特質，但當你要找一個適合扮演廣告文案這種普通角色的人選時，就會變得非常的困難。我們在美國當然也有一些人選，我想喬治史考特（George C. Scott）就是非常棒的演員，他很適合扮演一般人的角色。他同時也是非常棒的喜劇演員，很有天分。因此山姆就是我非常仰賴可以扮演鄰家男子的演員，就是一個非常普通、非常日常生活的男人，既不是牛仔，也不會讓你覺得他身上可能有槍或是可能隨時出手打你一頓那種人，他就是這樣少數的演員。

　　女演員就沒有這種問題。我們有這麼多非常有天分的女演員，這真的很棒。我想要讓珍亞歷山大（Jane Alexander）來扮演弟妹，而麥斯馮西度來演她的丈夫，他有那種恰到好處的冷靜；布萊絲丹娜（Blythe Danner）飾演莉迪雅（Lydia），約翰豪斯曼（John Houseman）飾演瑪莉詠的父親，我還需要找個有他那種聲音的年輕演員來扮演他年輕時的樣子（豪斯曼推薦大衛奧登史帝爾斯來扮演這位父親年輕的時候）。

　　EL_ 麥斯馮西度在《漢娜姊妹》中的表現非常精彩，他演技的張力非常搶眼（飾演佛雷德瑞克〔Frederick〕，一位熱衷於藝術創作卻性格冷淡的藝術家，他與漢娜美麗的妹妹麗〔Lee〕有染）。

　　WA_ 麥斯非常酷，整個劇組都很佩服他，這是從來不曾發生過的事情。他實在太有天分了，不會有人否認，不管他用成熟或是不成熟的方式詮釋，那都不是問題。

　　《漢娜姊妹》中，米高肯恩（Michael Caine）的角色（艾略特〔Elliot〕，漢娜的丈夫，但她卻愛上她的妹妹麗）本來不是設定成英國人的，但是我們找不到美國演員可以扮演這樣普通的會計師角色。美國男演員都適合演那種危險又強硬的角色，米高肯恩就有詹姆士梅遜（James Mason）那種風格。他熱愛工作而且孜孜不倦。他很適合扮演美國中情局探員或是喜劇的角色。

　　EL_ 有時候當你聘請的演員達不到你要的效果時，通常來說，你會認為那是劇本的問題還是他們表演的問題？

　　WA_ 是的，克里斯多夫華肯（Christopher Walken）一直是我最欣賞的演員之一。我在《安妮霍爾》中用過他，後來心裡就一直希望可以有機會再跟他合作，我認為他是一個非常優秀又可以激勵他人的演員。他本來有參與《情

懷九月天》第一版的演出，我們很愉快地合作了幾個星期，每天中午都會一起吃飯，但是我們卻找不到最好的合作模式。他心裡對於某些事情抱持懷疑，而且我也不確定他處理角色的某些方式對或不對，而他也覺得換個方式詮釋又很怪。後來我們針對這些問題好好談了一下，基本上是他決定與其我們雙方都要妥協，那不如我們以後再找機會合作好了。我說，「你確定嗎？我很樂意把你的部分全部重拍，我們也可以用不一樣的方式呈現。」我之前就有類似的經驗了。

麥斯馮西度在《漢娜姊妹》中飾演性格剛烈的畫家佛雷德瑞克。

EL_ 麥可基頓（Michael Keaton）本來在《開羅紫玫瑰》的卡司名單中，後來換成傑夫丹尼爾斯，當中是出了什麼問題？

WA_ 麥可基頓就是適合演一九八〇年代的人，不適合演一九三〇年代的人。很多人都會以為其中是不是有什麼其他的原因，但是真的就這樣而已。我非常喜歡他在《銷魂大夜班》（Night Shift）裡的表現，我覺得他的演技相當精湛。我絕對是想跟他合作的，只是那個作品不適合。我看母帶時覺得他演得很好，但是你就是不會覺得他是一九三〇年代的電影明星，他太新潮了。不過我覺得他真的是個很有趣又有創見的年輕人。

EL_ 你本來可以請丹霍姆艾略特來演出《情懷九月天》，我知道你一直很欣賞他。

WA_ 我很多年前就想要跟丹霍姆合作了，我之前還曾經考慮要找他來演《我心深處》中那位父親的角色（那個角色後來是由 E.G. 馬紹爾〔E.G. Marshall〕飾演），但我又不打算讓那個角色變成英國人。我一直都覺得他很

棒，他主演很多部電影我都有看過；我看過他在易卜生（Ibsen）的劇作《玩偶之家》（A Doll's House）中飾演克羅格史塔（Krogstad）那個角色以及克里夫唐納（Clive Donner）在《風流紳士》之前的那部電影（意指《倫敦奇案》〔Nothing but the Best〕），他的表現一直都很可圈可點，但是你怎麼樣都找不到他就對了。他住在伊比沙島（Ibiza）上，而且沒有電話，他每天都要跑去一家酒吧接好幾次電話。我後來終於找到他了，我問他，「你有辦法講美式口音嗎？」

然後他說，「當然可以，你想要我來演嗎？」

我說，「是的。」

然後他複誦著「滴答、滴答，鐘聲響。」（Hickory Dickory Dock），完全就是英式口音。（伍迪用英式口音講了一次「滴答、滴答，鐘聲響。」，然後開始大笑）我打電話到伊比沙島上的一間酒吧，聽他在電話中說著，「滴答、滴答，鐘聲響。」，而且完全就是英式口音。

我說，「呃，非常感謝你。」

然後他說，「喔，你決定要邀請我演出嗎？我想知道答案。」

「讓我考慮一下，」我告訴他，然後我告訴茱麗葉泰勒，「這樣我沒有辦法，我需要找個美國人來演這個角色，他真的沒有說服力。」但是後來他有空演出《情懷九月天》時真的讓我很興奮，我真的一直都想跟他合作。

丹霍姆艾略特在《情懷九月天》，他是伍迪一直非常想要合作的演員。

EL_ 我們來談一下《情懷九月天》這部電影。你在拍攝過程中換掉克里斯多夫華肯，本來由他飾演彼德那個廣告文案的角色，後來改由山姆謝普（Sam Shepard）演出。接著等到你看完第一版後，你決定整部片重拍，整個卡司名單都換掉。第一個版本中由查爾斯鄧寧（Charles Durning）飾演霍華德（Howard）那位鰥夫鄰居，而重拍時就換成丹霍姆艾略特；山姆謝普的角色也換成山姆華特斯頓；傑克沃登飾演洛依德（Llyod），那位物理學家丈夫；而艾略特則是鄰居的角色；那位母親，黛安，本來由莫琳奧沙利文（Maureen O'Sullivan）飾演，後來改為伊蓮娜斯楚奇。為什麼會有這麼大的變動？

WA_ 當我準備要寫劇本時，我心裡本來就打算要找莫琳來演這位母親，而米亞與黛安韋斯特分別飾演女兒及朋友。我想假如當初完全按照規矩選角，我應該會讓米亞演出任何一個角色。然而就是因為我已經想好要安排米亞與莫琳演出，我自然就會把米亞設定成莫琳的女兒（*莫琳奧沙利文與米亞法蘿在現實生活中就是母女關係*），我完全沒有想到別的組合，因為這樣就是莫琳與米亞，然後黛安韋斯特就演另一個人。要是我當初知道會是斯楚奇、米亞與黛安韋斯特這樣的組合，我不知道。我可能會先把劇本寫完，然後找米亞與黛安一起吃晚餐並告訴她們，「妳們已經讀過劇本了，妳們有沒有什麼心得可以告訴我要怎麼劃分角色呢？」我認為她們都是非常棒的演員；米亞是實力派演員，很顯然她可以在同一年內扮演《那個年代》裡那賣香菸的笨女孩又可以同時拍這部片；黛安也是相當優秀的演員，無庸置疑，她也有一樣的能耐，她也一樣在另一部片（此指《那個年代》）裡飾演比雅阿姨那個努力想要把自己嫁掉的角色，而在這裡的角色差異這麼大。因此我會很樂意聽這這些女人告訴我誰該扮演哪個角色，不過就是因為莫琳一開始就被考慮進來了，所以我完全沒有想過要找黛安來演她的女兒。

EL_ 莫琳奧沙利文是怎麼看待自己那個角色的？

WA_ 莫琳本身就是個膽大妄為又充滿故事張力的人，但是這個角色卻讓她有點卻步，她覺得，天啊，這角色這麼重要，我有沒有辦法撐起來？她那時得了肺炎才大病初癒，後來復發又讓她倒下了。她有點擔心自己的身體狀況，不過並沒有很擔心自己會不會不想演這個角色。她沒有問題，她真的有一種有趣的特質，只是她那時沒有另外十週可以配合拍攝。

EL_ 發生什麼事了？

WA_ 當我看到第一版後我決定要重拍，我告訴米亞這個想法，然後她說，「喔，不過我媽不可能有辦法參加重拍了。她現在肺炎住院，而且她本來也答

應其他演出了，現在可能也沒辦法了，因為她人不舒服。」然後山姆謝普那時候在加州也答應要參與其他演出，查爾斯鄧寧也是。我本來想說應該可以等大家到齊再拍，但說真的，我沒辦法，因為場景就空在那等著。這部電影可以輕易重拍的原因之一也是因為我們只有一個場景，回去重拍並繼續使用根本不用花錢。

所以我只好開始更換卡司。丹霍姆已經看過霍華德那個角色了，我也是因為物理學家的關係刻意找了傑克沃登來演出。我見過不少物理學家，但是其中完全沒有任何人戴鐵框眼鏡而且額頭還非常長的，有些甚至看起來像是那種身穿西裝又會彈吉他的老菸槍，而且他們真的非常聰明。所以我想要呈現那樣的物理學家，而不是傳統的那種。

EL_ 母親那個角色上有什麼差異？

WA_ 莫琳，因為她的年紀比伊蓮娜斯楚奇還要大，所以就更脆弱，更不能掌控全局。你會覺得她比較可憐，這是很好的效果。我也因此覺得這東西也可以用舞台劇來呈現一些不同的樣貌。她的詮釋非常好，效果非常自然。你會想，可憐的傢伙，她活在過去的幻想裡。然後你就會覺得，喔，天啊，她曾經如此美麗，但那都已經過去了，現在她只能不停地喝酒，不知道自己在做什麼。斯楚奇的詮釋比較強烈，而莫琳的詮釋有種非常脆弱的感覺，完全不一樣。

EL_ 你認為劇情片在本質上有什麼比喜劇片更困難的地方嗎？你在《那個年代》中使用的大卡司讓你完全沒有賺錢，然後這部片裡用了六個演員，重拍時又換了四個。

WA_ 那可能是巧合，不過多少也呈現出一些事實。喜劇通常比鬆散，比較粗糙，不是那種潤飾完成的作品。在某些層面上你不需要追求完美。然而在嚴肅的作品裡，你需要讓觀眾跟著劇情走，而且要讓他們的情緒涉入其中，讓他們在意劇情的發展，因此你不能突然讓誰因為演技太差去破壞那種真實的感受，所以最好的方式就是要找到最好的卡司。不過就算你找到了最好的卡司，往往有時候，不管是因為我導演的能力不足或是跟演員的默契不夠，甚至是他們自身對角色掌握的能力不足，即使他們在之前的電影中表現非常到位，就會為了某種原因無法達到我想要的效果。因此你的選擇就剩下接受他們演得差一點或是進行改變。我總是覺得自己要對出資拍片的人負責，因為他們支持我的藝術工作，而我也要為了所有參與工作的人進行改變才行。不過我的人生發展至此，我總共拍了大概十七部電影（*此指截至一九八七年的職業生涯*），我幾乎沒有改變過任何人。

對話伍迪艾倫 — 選角、演員與演繹

在《漢娜姊妹》、《安妮霍爾》或《香蕉共和國》中，某些人就可以嘗試演出，而他們的深度與表演的敏銳度就不需要那麼高。那就是演員要快速生動地對話並說出一些俏皮話，然後又是跌倒，又是跑來跑去，這樣你就不會注意到演技的不足，因為那就是一場鬧劇，充滿笑料與蠢事。不過當你在拍什麼鏡頭拉得很近的劇情時，四周都很安靜，然後每個人的台詞都很長或情緒需要比較久的延展，而且你需要將觀眾的心思扣住，那每個人都要很棒才行。

EL_ 你在《另一個女人》中用了金哈克曼（Gene Hackman）。當他在拍其中一個場景時，我就站在他不到四呎遠的地方看著，他的表演是真的會電人的——我真的感覺到空氣中有什麼不一樣。

WA_ 那就是含蓄的力量。你覺得他正在用時速八十英哩的速度漫遊著，而且表現亮眼，不過要是他想要加速，他也可以加速到時速三百英哩給你看。你可以感受到那股力量的深度。當他在呼喊時，那不是表面上的動作而已，你可以感受到他用盡全身力氣在表演。

一九八八年三月

伍迪正在拍攝《伊底帕斯災難》。

EL_ 這些日子以來，米亞法蘿一直出現在你的作品中，這樣也維持好多年了。看看她所詮釋的不同角色，她真的非常多元。

WA_ 你要米亞演什麼都行，她就是那種演員。他比較像是那種經典演員，但是她也可以扮演小歌女或是戲劇化的母親。黛安基頓也可以這樣，幅度非常大。不過黛安基頓有種非常、非常特殊的人格特質，那在大螢幕上非常討喜。那種個性的好處就是那是非常獨一無二又難得的天賦，但是壞處就是——不過我不覺得那是多嚴重的壞處——就是如果某個角色需要她將那種特質隱藏起來，那並不是可以說藏就藏的，但是她一直都非常擅長就是了。她可以詮釋的角色也很廣。不過因為她有這樣特別的性格，她就不容易詮釋義大利女人的角色，如果需要，因為她個人的氣質很強烈，但是她可以詮釋的戲劇角色也很多了，她在《嬰兒炸彈》（Baby Boom）中的表現就非常搶眼。

米亞的生長環境中，父親是導演（約翰法蘿〔John Farrow〕），母親是女演員（莫琳奧沙利文），所以她很年輕時就開始演戲了。她早期在電視上的演出非常成功，呃，那個非常有名的電視影集（他暫停了幾秒鐘）……《冷暖人間》（Peyton Place），她當時才十七歲。等到她開始拍電影時，至少其中

一部非常成功，那就是《失嬰記》（Rosemary's Baby）。後來她就去英國演了幾齣皇家莎士比亞的表演，後來就息影好幾年，就這樣退休並注在鄉下帶小孩，後來又復出演戲。她是一位非常專業的演員，你可以讓她演母親的角色，也可以讓她扮演大哥的女人，你要她唱歌也沒問題。我想應該有很多人有這種能耐，只是沒有機會嘗試而已。

EL_ 正因為她的範圍這麼廣，你會為她量身訂做角色嗎？

WA_ 當我最早開始醞釀這部電影時，我就設定要讓她主演了。不過我不需要顧慮太多她的部分，因為不管怎麼樣都一定會安排角色給她，也許那樣對她來說反而比較像是種壓力。這樣說好了，拿柏格曼的女演員來說，因為我猜他大部分的電影都可以歸類到戲劇情節比較重的類型裡，於是他就找了一些很棒的演員，這樣他可以一直仰賴這些人，而她們總也可以得心應手地演出。

不過我一直在嘗試的電影類型非常廣，我並不是在說成功不成功，而是在說廣不廣。所以這樣就會讓米亞比較有點壓力。因為一年之中她會需要扮演提娜（《瘋狂導火線》中的太妹）或是《那個年代》裡賣香菸的女孩，然後隔年又可能要演一個戲劇化的角色。

當我們開始拍《那個年代》時，我們真的不知道要怎麼設定她那個角色（夜總會裡賣香菸的女孩，帶著一口布朗克斯口音，後來變成一個語氣世故的廣播八卦角色），我們不知道她應該用哪種聲音或使用任何東西。當我們拍攝她在《那個年代》裡的第一個鏡頭時，我們大概拍了三十五次，她也用了三十五種不同的聲音表情詮釋，我將那些全部再看了一次後挑出其中一個，那就是我們最後拍片時用的聲音。不過當然了（他大笑），那一幕最後並沒有剪進電影裡。接著等她變成另一個女孩時，那個八卦專欄作家，那天我們拍攝時她又做了半打版本讓我選，我只選出其中一樣後就開始剪接了。

EL_ 你好像可以無限制地要求她重拍？

WA_ 我覺得自己可以那樣做是因為她跟我很親近，我對黛安基頓也可以這樣，還有黛安韋斯特也可以。這些女人都已經跟我合作好幾次了，我對他們很熟悉，她們也很喜歡我，所以我們都可以全心投入。不過像是吉娜羅蘭茲這樣的演員我就不是很確定了，因為我不是很了解她。我很確定大家只要愉快地合作過兩、三部片後就可以互相提出各式各樣的要求，就像朋友之間一樣。不過對於吉娜我卻會有點遲疑，因為我真的跟她不是很熟，而且我也不想要侵犯到她不想讓我觸碰的部分，所以我得要謹慎一點。但是對於米亞，那根本就沒什麼。我只要打電話跟她說，「天啊，我們昨天拍的那部分實在有夠糟的，我

們今天重拍一次吧，」或是說「這真的很爛，我們試試這樣好了。」她的態度非常棒。

EL_ 你覺得當她開始只為你演戲時，她在演員的身分上有什麼改變嗎？

WA_ 這樣的情境讓她的人生有了專業上的改變——她以前很習慣出現在商業電影世界中。商業電影世界中，你想要多少資金就有多少資金，你想要多少票房就有多少票房，你想要有多好的角色就有多好的角色，你就跟你上一部片的票房一樣好。那是個醜陋又愚蠢的世界，我覺得。而在這裡，當我第一次見到她時，我說，「這是一個完全不一樣的世界，妳在這裡不是為了錢工作，也不是為了票房工作，而純粹就是為了工作的樂趣而工作。你就把其他那些考量忘得一乾二淨吧，不要想要賺多少錢，不要想票房要有多少，不要去想自尊心。」而她完全沒有問題。她說，「沒問題，我不在乎我要演什麼角色，我準備好要工作了。」所以從長遠的角度來看，當然，那對你來說反而比較好，你忘掉所有愚蠢的東西，工作就對了。

我們合作的第一部片是《仲夏夜性喜劇》，那部片很賣座，不過那沒有意義。假如那是在商業電影世界中完成的作品，這麼說好了，那反而對她或對我來說是退步，因為那根本不算賺錢。然而我們就是要忘了這件事，也忘了那些喜歡不喜歡的。我們繼續拍攝下一部片《變色龍》，而這部片的評價非常高，接著我們又繼續拍下一部片。就像我說的，我們不在那種傳統的世界中，那種只關心賣座與慘賣、資金與片酬或是讓單靠票房決定下一部片的資金會不會出現的世界。我們的世界就是全然願意吃苦耐勞地主演一部片，工作四個月，每天都在拍片，就算下一部片只有十句台詞也完全樂意之至，如果是這樣，我們就會繼續拍下一部片。這對她來說沒問題，對我來說也沒問題。

EL_《仲夏夜性喜劇》怎麼會比《變色龍》早完成？你不是先寫完《變色龍》的嗎？

WA_ 當我完成《變色龍》的劇本時我需要等幾星期處理資金的事情，然後我就想，既然都要等了，何不來寫點什麼？然後這個構想就出現了。我只是想說要是可以找些人到鄉下的大房子裡歡度夏天一定很好玩，然後可以把片子拍得很美，有捉蝴蝶的網子及羽球場。所以我們就開始安排了，我們只有八到十週的預算。後來呢，就跟你知道的一樣，我試著想要同時拍攝這兩部片，但是卻遇上一些困難。最後我們在《變色龍》完成之前先拍完這部片，因為這部片有天氣上的設定需求。

這部片裡我安排了一個角色給米亞，我要讓她扮演治療里奧納德柴列克

（Leonard Zelig）的那位精神分析師。對於出演這個角色她很緊張，因為那是她第一次跟我對戲，她說她會讓我失望。她真的有點緊張，幾乎有些發抖，說實話。我要她冷靜下來，但我有時候講話也會有些唐突就是了。我常常誤以為演員一定都是老神在在的。我會想，你都已經確定得到那個角色了，我認為你一定可以演得很好，要是我覺得你不好就不會請你來演出了。所以我就可以跟你說，「喔，天啊，你上個鏡頭的表現真糟，」然後你也可以跟我說，「老天啊，你這劇本是怎麼寫的，根本不會有人這樣說話。」我們當然都是彼此尊重對方的，而我們正在一起工作，所以當然可以有這樣開誠佈公的對話內容，我可以批評指教，你也可以批評指教。這部分我一點都不需要擔心米亞，我知道她的演出一定會很精彩。我從來沒有想過她會讓我失望，所以我根本不會想，喔，我的天啊，親愛的，妳很沮喪嗎？我完全沒有想過這點。

EL_ 有沒有那個演員真的在片場跟你發過脾氣的？

WA_ 何塞費勒（Jose Ferrer）在拍《仲夏夜性喜劇》時有對我發了點小脾氣，跟他合作其實非常愉快，我覺得他在各方面都是很優秀的人。不過有次我針對一句台詞一直煩他，我要他唸了十五次，他最後對我說（逼真地模仿何塞費勒的口氣），「我現在沒辦法，你已經把我搞得一團亂了。」然後我就想，天啊，你是何塞費勒啊，我怎麼可以把你搞得一團亂？你是這麼棒的演員，然後我只會在那裡說，「不對，這不是我想要的，再來一次。」我想自己真的有些遲鈍，因為我居然理所當然地以為他們應該聽從我的命令。

EL_ 你有沒有想過要讓自己的角色更多元？

WA_ 沒有，如果可以，我比較想退居幕後。我覺得自己沒有辦法演劇情片，因為觀眾會笑，這點我可以了解。有很多角色都是我沒有辦法演的。下一部電影——不是這部短的（此指《伊底帕斯災難》），再下一部（此指《罪與愆》）——我就會演出，因為，你知道的，合約規定我要演出一些角色。

EL_ 但是在你的範圍之內，就像你說的，你會覺得受到侷限嗎？

WA_ 我不覺得那是侷限，因為一直以來都是如此。我的範疇自然沒有擴張過，我可以在電影裡面飾演一些適合我的角色，紐約的角色，其中的變化也真的不多。我可以在喜劇裡演一些嚴肅的情節，這樣是觀眾可以接受的，但卻不能演出嚴肅的電影。我自己可能也有一些小範圍，我扮演大學講師就滿有說服力的，舉例來說；我也可以演在《紐約客》雜誌社工作的人，或是任何相當具有知識份子形象的角色。不過我也可以在達蒙魯尼恩（Damon Runyon）的故事裡扮演賭注記錄員，我也可以演賭馬的人，或是某些特定的都會混混或痞

子——通風報信的人，或是體育作家，像是那類的角色，不過就是小小的都會類型範圍內。我完全不可能、也不想演一個真的很嚴肅的角色。我是說，那樣也只會有好笑的效果罷了；假如我出現在《我心深處》中或是在《哭泣與耳語》中飾演其中一個丈夫的角色，我就會讓觀眾捧腹大笑，大家一定會笑個不停。然而如果這是一部喜劇片，而我的角色就是要讓觀眾哈哈大笑，不過其中突然有些事件的轉折變得悲傷或戲劇化，我也可以很有說服力地詮釋。然而如果我一開始就要嚴肅地演戲，那並不是觀眾想看到的。觀眾總是在等我說出一些娛人的話，而他們也應該這樣期待才對，因為那正是我這麼多年來呈現自己的形象。

此外，從某個角度來看觀眾也希望看到那樣的我——鮑伯霍普，查理卓別林，我也想要看到他們扮演自己為人稱道的角色。那就像是我不想看到馬龍白蘭度演出某些特定的角色，因為對我來說那樣不怎麼有趣。當勞勃狄尼洛去演《大上海》（The Last Tycoon）時，他演得非常好，因為這人是天生的演員，但是看到他飾演傑克拉莫塔（Jake La Motta）（《蠻牛》〔Raging Bull〕）卻會更有趣，還有《計程車司機》（Taxi Driver）與《殘酷大街》（Mean Streets）。他在大螢幕裡是極有魅力的反社會份子。當然，他不管演什麼一定都很精彩，只是從觀眾的角度來說，看到他飾演與自身形象衝突的角色就比較不那麼有趣。

EL_ 你會為了準備拍戲做一些調整嗎？

WA_ 不會，那對我來說再簡單不過了。那不是演戲，你現在拿著攝影機對著我，我就可以扮演我的角色，那就是毫無才華之美。我維持在屬於自己小範圍裡，完全不需要任何演技。不管鏡頭有沒有對準我都不會對我造成任何影響，我當演員所需要做的事情對我來說是世界上最容易的事了。我不是在說那樣很棒，而是要我去做這麼簡單的事情根本不費吹灰之力。就像我說的，我可以在喜劇電影中詮釋一些嚴肅的場景。當我在演《瘋狂導火線》時，我需要在夜間穿過門廊，然後我才發現自己的演技消失了，而我必須要有所回應。那段演得還不錯，我想，但那對我來說是世界上最簡單的事情了。我的範圍這麼小，而且我很清楚自己可以做什麼，這同時也反映在我寫給自己的角色裡。

EL_ 這也就是為什麼大家會覺得你的角色就是在扮演自己了。

WA_ 是的，很多人以為我筆下那些虛構的角色就是我自己。其實不是，那些角色只是講話像我，穿著也像我而已（大笑），真的就是這樣。

當我演出《前線》時（The Front，一九七六年電影，講述一九五〇年代

反共產主義電影與電視黑名單的故事，編劇是華特柏恩斯坦〔Walter Berstein〕並由馬丁瑞特〔Martin Ritt〕執導〔這兩個人都被列入黑名單，還有另外好幾位演員。〕伍迪飾演霍華德普林斯〔Howard Prince〕，他原本是位餐廳收銀員，而他被列入黑名單的兒時玩伴找上他來頂替自己代為推出劇本與創作。一開始他沉浸在那從天而降的名氣光環中，最後仍是鼓起勇氣站出來為那些被列入黑名單並遭受到不平等對待的人打抱不平〕，那些台詞都是為自己寫的，我就有辦法用自己慣有的口吻來撰寫台詞。我告訴所有跟我合作的演員不需要擔心對白，他們完全可以照自己想要的方式詮釋。我很清楚這樣會在大螢幕上製造一定程度的說服力。不過很多演員都跟我說，「你的用字比我們想要說的好多了。」不過這不是真的，我說實話。他們說的話都會對觀眾造成很大的影響，他們只是不相信自己而已。

EL_ 你表演的時候看起來都很自在，有沒有那個演員會讓你演對手戲時覺得緊張？

WA_ 我要是知道自己明天要跟什麼超棒的演員同台演電影，我不知道——像是梅莉史翠普或傑克尼克遜好了——那我就不會那樣輕鬆自在了。我不想要煩他們去做一些會讓他們不愉快的事情。我當然會盡力演出，不過要跟他們一起演戲我不可能有辦法處之泰然，那就像是要跟柯曼霍金斯（Coleman Hawkins）同台演奏爵士樂一樣。

EL_ 《伊底帕斯災難》中有一幕是你與朱莉凱夫納（Julie Kavner）愉快共進晚餐後回家的場景。（伍迪的角色，薛爾登〔Sheldon〕有個纏人又叨叨不休的母親，而她在一場魔術表演中從魔術師的中國箱子裡消失，最後又出現在曼哈頓的上空開始跟路人閒言閒語指責薛爾頓老愛跟那美麗的白人女子〔米亞法蘿飾〕糾纏不清，反而不想找個善良的猶太女孩〔也就是凱夫納的角色〕定下來）你讀著她寫的字條並打開她幫你用錫箔紙打包回家的雞肉。那是個反思的時刻，你拿起那隻雞腿，湊近鼻子聞一聞，這時〈你就是一切〉（All the Things You Are）這首歌便響起。你本來就打算在那一幕用那首歌嗎？那音樂跟劇情的時間點好搭，你當時心裡也是隨著這首歌曲在演戲嗎？

WA_ 我當時知道我一定會搭上很美的音樂，不過我自己沒有在計算時間。我只是在演戲，就像任何演員一樣。我把那隻雞腿拿起來，我知道自己應該要聞一下，然後搞得很浪漫一樣。我只是（大笑）在假裝，那時候我並沒有把自己當作那個角色，我心裡也沒有在想說，喔，天啊，我愛她。我並沒有活出那個角色。我知道自己是在假裝，我只是在想，喔，好吧，我已經等夠久了。

我剛才丟下那封信，現在我站在這裡，要是我不找點事情做，畫面就會變得很無聊，也正因為我丟下那封信了，不過現在似乎還有時間可以注意一下那隻雞腿。我有留意到一件事——保持這樣，不要太嬌柔做作，我沒有在想動機是什麼，我只是在想表達的技巧而已。

二〇〇〇年一月

伍迪在過去這幾年已經拍了《賢伉儷》、《曼哈頓神秘謀殺》、《百老匯上空子彈》、《非強力春藥》、《大家都說我愛你》、《解構哈利》、《名人錄》與《甜蜜與卑微》。他此時正在曼哈頓電影中心進行《貧賤夫妻百事吉》的重製工作。

EL_ 聊一下你最近合作過的演員吧。

WA_ 我非常喜歡傑克華頓（Jack Warden，演出《情懷九月天》、《百老匯上空子彈》與《非強力春藥》三部電影）。他是一位非常優秀的演員，戲路也相當廣。他不管是在那種嚴肅的劇情片或爆笑片中都非常具有說服力；我也很喜愛約翰庫薩克，我覺得他很棒，想再跟他合作。早在我們第一次合作《哭泣與耳語》時我就非常喜歡他了（他停頓一下後，因為說錯片名而笑了出來），是《影與霧》——我真的很幸運找到他。然後我也很喜歡他在《百老匯上空子彈》中的演出（他在前一部飾演一位學生，第二部飾演不成材的劇作家）。庫賽克就像是連恩尼遜（Liam Neeson）及米高肯恩那種演員，在鏡頭前怎麼拍就怎麼優雅。就算你丟一段廢話給庫賽克他也可以講得很動聽，他聽起來很真誠；連恩尼遜也是這樣的演員，非常出色。我們太常將米高肯恩的表演視為理所當然，因為他這麼多年來都一直這麼優秀。

EL_ 約翰庫薩克在《百老匯上空子彈》中飾演那個編劇，他很精采地呈現出藝術虛張聲勢與絕望領悟自己其實根本不是那塊料的心境變化。

WA_ 他就是那種什麼都可以詮釋得很好的演員。我本來完全沒聽過查茲帕明泰瑞（Chazz Palminteri）（飾演流氓的角色，本身是真正藝術家）這個人，然後茱麗葉泰勒跟我說，「你一定要見一下這個人，他最近演出自己寫的作品《四海情深》（A Bronx Tale）。」等到查茲帕明泰瑞走進門時，我心裡想，這就是我筆下的人物啊，馬上擬好合約把他簽下來。至於喬維塔瑞利（Joe Viterelli，飾演幫派頭子），我是在一部電影看到他後就馬上問（肯定的口氣），「這傢伙是誰？」

EL_ 我感覺到你對於黛安韋斯特（飾演百老匯女伶）的指導勝過你在所有電影中給其他演員的指導。

WA_ 我得要示範很多情節給她看。她一直說，「這我沒有辦法，你最好找其他人來演，這我沒有辦法。」然後我就一直說，「妳開什麼玩笑？妳是全世界最棒的演員，我是要去哪裡找像妳這樣的演員？」

我其實想要激發出她更多潛力，為了示範給她我想要的效果，我突然跳進去告訴她，「喔，天啊！」我就演那一幕給她看，然後她說，「真的嗎？需要到這麼明顯嗎？」我就說，「沒錯。」

不過她的詮釋中你幾乎看不到我的影子。後來她因為這個角色拿到奧斯卡獎。

EL_ 有段對話的循環非常精彩，就是當庫賽克開始講話時，她非常戲劇化地告訴他，「不要講話。」

WA_ 當我在撰寫劇本時，我想到《玫瑰刺青》（The Rose Tattoo）中安娜麥蘭妮（Anna Magnani）得知丈夫被殺死後那段非常戲劇化的演出，她真的是世界上最棒的女演員。然後我就想到要是黛安也這樣演出一定會很有趣。她在電影中越是這樣表現，那部電影就會越好笑。瑪麗露易斯帕克（Mary Louise Parker）飾演女朋友的角色也很精彩。

還有我很幸運可以找到勞勃萊納（Rob Reiner）來演出，因為那是一個小角色（飾演薛爾登佛藍德〔Sheldon Flender〕，波希米亞人），他的演出讓人印象深刻。他就是可以完美詮釋那種坐在咖啡廳下棋的蘇聯共產知識分子。此外，吉姆布洛班特（Jim Broadbent，飾演華納普謝爾〔Warner Purcell〕，非常胖的舞台劇男主角）是難得發現的角色，茱麗葉要我一定要見他一面，說他真的非常好笑。當我見到他時我也覺得他很爆笑，然後珍妮佛提莉（Jennifer Tilly，飾演三流女演員奧莉芙歐尼爾〔Olive O'Neal〕）即興演出時真的非常好笑。當然還有另一個天才特蕾西厄爾曼（Tracey Ullman，飾演女演員依登布蘭特〔Eden Brent〕）。

EL_《賢伉儷》的卡司中出現琳賽安東尼（Lysette Anthony）很讓我意外，因為她是英國人，但是聽起來完全就是個美國人。

WA_ 你跟她見面時她開口閉口完全都是英國口音，然後她在對詞時就完全變成美式口音。她完全不需要任何指導，非常美麗，非常親切。

EL_ 你之前說過《非強力春藥》的卡司安排非常困難，為什麼？

WA_ 我們為了這部片安排了很多場試鏡，我還飛去英國找人，我想要找

人飾演合唱團的團長（提出警告與見解的希臘合唱團）然後茱麗葉跟我在飯店裡跟所有來試鏡皇家成員的演員見面，我一個接一個跟這些公爵或爵士對詞。他們都很棒，不過就是沒有一個可以呈現我想要的效果，所以我們最後找了表現最好的美國人，那就是莫瑞亞伯拉罕（F. Murray Abraham）。他好像受過莎士比亞戲劇訓練，但卻講了一口布魯克林美語。蜜拉試鏡之前我見了很多英國女人（蜜拉索維諾〔Mira Sorvino〕在片中飾演甜美又傻氣的應召女，是伍迪的角色所領養的小孩的親生母親）以及很多美國女人。

EL_ 據我所知，她之前有先在紐約唸台詞給你聽過，但是後來她還是得在倫敦跟你再碰面一次，身穿那個角色的服裝，這樣你才有辦法知道她是不是你要找的人。

WA_ 這代表我這個人多麼沒有遠見，就像我對席維斯特史特龍（Sylvester Stallone）也是這樣。當我在籌拍《香蕉共和國》時，我請試鏡人員幫我找兩個可以演流氓的人來，他們找了史特龍與另一個孩子，結果我說，「我要的不是這樣的，他們不夠粗曠。」然後這兩個孩子說，「拜託，艾倫先生，給我們一個機會，讓我們化妝一下。」然後他們六秒鐘回來後，我才知道自己有多蠢。所以當蜜拉剛好人也在英國時，她問我可不可以順道過來找我，然後她就穿著靴子與短裙走進飯店。當她走出現的那一秒，我就知道她是完美的人選，她看起來剛剛好就是那種不會過於下流的應召女郎（他大笑著）。坦白說，我真的不知道她是怎麼過得了警衛那一關進來的。然後她開始對詞，不是聲音的部分，她的演技不需要聲音就很有說服力了。（她劇中角色說了一口很重的布魯克林口音，但是因為音調很高的關係反而很有趣——同時也淡化了她台詞中粗俗的用字，讓她聽起來非常天真。她憑藉這個角色獲得奧斯卡最佳女配角獎）

EL_ 她給我很大的啟發，我好愛她的聲音。

WA_《非強力春藥》這部電影之所以可以消除劇情中那些褻瀆的成分真的有一部分要歸功於蜜拉的功勞。她淡化掉讓那種感覺，她的詮釋就像卡通一樣。那聲音完全就是她。拍攝過程中我確實有些不太舒服的感覺，我沒有告訴她，但是我當時心想，我的天啊，要是觀眾不認可這個聲音，那我的麻煩就大了。然而我自己是認可這個聲音的，所以我就憑直覺繼續拍下去，然而結果證明我——也許我應該是說證明她——是對的。

她打從開拍第一天就用這種聲音演出，她非常謹慎地經營角色，比我還要一絲不苟。很多時候她需要自己獨處來思考如何經營那個角色，她非常小心又聰明地詮釋那個角色，我根本不太需要幫她。她聰明又有天分，要是有適合

她的角色，我也想再跟她合作，因為她絕對會讓我很有面子。

伍迪一開始並沒有讓蜜拉索維諾飾演《非強力春藥》中那位可人的妓女琳達愛許（Linda Ash），但等到她穿著自己設計的戲服出現時，他當場就決定要用她了。

EL_ 還有哪些角色讓你覺得很難找？

WA_ 那位妻子的角色也很難找（指伍迪角色的妻子），我們一直到最後才找到海倫娜寶漢卡特（Helena Bonham Carter）。我之前都是看到她在那種英國古典莊園片中的演出，她是很棒的女演員。當她踏出古典莊園並走入《鬥陣俱樂部》（Fight Club）及《女人秘話》（Women Talking Dirty）時，我覺得她又超越了自己。茱麗葉建議我用她，當她來對詞時，同時也表現非常漂亮的美式口音。就是她沒錯了，美麗又有品味。

EL_ 我們來聊一下《大家都說我愛你》這部片。你一直以來都想拍一部音樂劇，而當你拍了這部電影後，感覺卻像是居家版本似的，因為那些演員都是用自己平常的聲音在唱歌，不像是訓練過的歌手，不過當然那些編舞與歌曲都是專業人士製作的。

WA_ 茱莉亞蘿勃茲太棒了，她是位優秀的女演員，跟她合作真的很愉快。我確實是要墊腳才有辦法親到她，當然，這就是，我是說，人生中惱人的事情之一。

茱兒芭莉摩（Drew Barrymore）的演出非常精彩（飾演社會新鮮人）。一開始要讓她試鏡時我有點擔心，因為她有那種拖車場的豪爽氣質，茱兒沒有那種上東城區的氣質，葛妮絲派特蘿（Gwyneth Paltrow）才有那種氣質。不過

當時茱兒芭莉摩有空可以拍，然後我聽到所有跟她合作的人都稱讚她非常有才華又認真，說她一定可以辦到的。她來試鏡時我很喜歡她，她對詞的效果也很棒，然後我就想（大笑），只要把她的刺青遮住就完美了。

EL_ 愛德華諾頓（Edward Norton）我不是很熟（飾演茱兒芭莉摩那位英俊的男朋友，當他在哈利溫斯頓店內買訂婚戒給她時，他竟加入舞群中開始演唱〈親愛的只在乎我〉（My Baby Just Cares for Me）。

WA_ 愛德華諾頓是我們發掘的。他當時跟著一大群我不認識的人進來一起試鏡，不過等到他開始對詞時，我當下就知道那個角色非他莫屬了。在他之前從沒有人可以把那個角色的台詞唸得這麼真實又有說服力，感覺那就是他本人似的，但是我沒有告訴他那是一部音樂劇。

EL_（懷疑的口氣）你一開始沒有告訴他需要在片中唱歌嗎？你有告訴任何演員這件事嗎？

WA_（完全無動於衷）我從來不覺得我需要告訴任何人這件事，因為我想要拍一部音樂劇，但是那與演員會不會唱歌無關。幾個星期後我打電話給他，我問他，「你會唱歌嗎？」然後他說，「可以吧，我應該算會唱歌。」

當我開始拍攝時，音樂部門的人就說，「他們不會唱歌！」接著發片商也說，「他們不會唱歌！」然後我就一直說，「是的，我知道，不過這才是重點。我就是要他們聽起來好像是在洗澡時唱歌一樣自然，就跟一般人一樣，那才是我的目的。我不想要聽到愛德華諾頓唱出帕華洛帝（Pavarotti）的聲音。」我本來就不是在找歌手，我是在找有說服力的演員。當然其中也有些會唱歌的，像是艾倫愛爾達，還有歌蒂韓（Goldie Hawn），歌聲好美。其中只有茱兒芭莉摩跟我說，「我不能唱歌，我五音不全，我沒辦法。」然後我就說，「好，妳的部分我們找人代唱，」然後我們就找了順宜的一個朋友來替她唱電影中那首歌。提姆羅斯（Tim Roth，英國人）還得要用美式口音唱歌，然後迪克休曼（Dick Hyman，原聲帶的創作者）一直說，「他不會唱歌！他不會唱歌！」然後我一直說，「那不要緊」——除非聽起來像是貓在叫春或是聽起來像在懲罰觀眾，不然都沒有關係。

EL_《大家都說我愛你》的片尾中看起來很像馬克斯兄弟那一幕是我最喜歡的橋段之一，還有歌蒂韓（飾演伍迪角色的前妻，然而她、他與她現任丈夫都是很好的朋友）在碼頭上那細膩又感人的一幕。

WA_ 馬克斯兄弟的東西就在我的血液裡，像家族基因一樣。我運氣很好，歌蒂韓居然有空接演。她就是那種全能型演員；妳要角色可以跳舞，歌蒂就可

以跳舞；她也可以唱歌，這我說過了；你需要角色可以即興發揮，她就可以即興演出；她能演戲，也可以講笑話。她就是那種全能又有才華的演員。一開始我本來想請自己的固定班底演出，像是朱蒂黛維斯（Judy Davis），但是朱蒂當時好像懷孕之類的。

EL_ 河邊那一幕感覺很複雜，不只是你與歌蒂韓的角色決定要復合，還有她在半空中跳舞也是。製作那一幕是有多複雜？

WA_ 當我們在碼頭上拍攝時，其實氣氛很好，不會很緊湊。我之前就曾經在晚上去過那裡，去吃飯。當我從銀塔餐廳（Tour d'Argent）的窗戶向下望去時，我就在想卡爾羅迪帕爾瑪是怎麼讓這些燈亮起來的，他讓這些燈連續亮了好幾天。我們借了法國的每一盞燈，巴黎聖母院（Notre Dame）的燈也點亮了，賽納河的另一岸也點亮了，這一岸也點亮了。我們應該至少點了五百盞燈。這些平常都是亮著的，不過真的很不可思議。

《大家都說我愛你》的片尾中每個人都說他們是在參加巴黎跨年晚會的馬克斯兄弟。

EL_ 《解構哈利》原本的劇名是《世界上最糟的男人》（The Worst Man in the World）。你曾經說過你在劇中扮演的哈利布洛克是一個「下流、膚淺又縱欲過度的作家」，他幾乎沒有辦法將自己與妻子的關係與工作寫進小說裡，而且所有曾經愛過他的人現在都恨他。許多人都企圖在你的作品中找到你真實

的性格樣貌，而這部作品也真讓他們大快朵頤，即使真正認識你的人知道你跟哈利非常不一樣。

WA_ 是的，他是一位住在紐約的作家──就是我──但他是一位遇到寫作困境的作家──這點馬上就將我排除了──他願意綁架自己的小孩，這是我沒有勇氣做的事情；他整天坐在家裡喝酒，有自己人生的問題要面對，每天晚上都會叫妓女來家裡，他的母親死於難產。這完全不是我的人生，完全是我捏造出來的角色。我有試著找人來演──我真的能找的都找了，雖然我知道要是找別人來演，他們也會覺得那個角色就是在講我自己。不過呢，我覺得請人來演絕對會比我演的好。我一開始就找勞勃狄尼洛，再找達斯汀霍夫曼，又找艾略特高德（Elliott Gould），還找艾伯特布魯克斯（Albert Brooks），我甚至也跟丹尼斯霍柏（Dennis Hopper）談過。他們就是沒有辦法演出就是了；有的說沒有空，有的片酬開太高，有的覺得自己還太年輕不想演這角色。最後，距離開拍只剩兩週，我說那就我來演吧。

EL_ 伊麗莎白蘇（Elisabeth Shue）在片中的表現你滿意嗎（她飾演哈利那位精神科醫師前妻的美麗病患，他跟她發展了一段戀情）？

WA_ 她是我從以前就一直很欣賞的演員，好在她當時有檔期可以演出，而且表現非常精彩。她是一個很優秀又有說服力的演員，我很崇拜她。她與我在電梯裡相遇──在電影裡。她又美又性感，很棒的演員。

EL_ 當你在拍攝《名人錄》時，片中有兩位演員是非常受到矚目的，莎莉塞隆（Charlize Theron）與李奧納多迪卡皮歐（Leonardo DiCaprio）。

WA_ 莎莉塞隆有那種大螢幕濕度（Screen Humidity），這是我的說法。那是發自內在的。她外貌出眾又充滿合理的自信，她知道該怎麼表現自己。若將她的外貌、自信與才華總起來，你就會看到她有一種全套的內在特質。

李奧納多迪卡皮歐並不是那種一炮而紅的演員。撇開他俊俏的外表不說，他是非常優秀的演員，完全可以跟那些最優秀的演員齊名──勞勃狄尼洛、艾爾帕西諾（Al Pacino）──天生就是偉大的演員。他的演技非常真實又有張力，同時也可以非常即興，他的才華出眾。（他的聲音突然轉為悲傷）我跟他第一次合作就是在《鐵達尼號》（Titanic）上映之後，但那部片一點完全沒有賺到錢（大笑）。我靠《大家都說我愛你》與《解構哈利》才把錢賺回來。那部音樂劇在歐洲很受歡迎，尤其是法國，這我也不是很明白。

EL_ 你最後沒有製作的《爵士寶貝》劇本其實是《甜蜜與卑微》的雛形，就劇情來說兩者有什麼差異？就以主要角色來看？

WA_《爵士寶貝》的敘說方式比較像是在道聽塗說一個男人的事情。兩者的架構是相同的，某些角色特質也是一樣的。那位爵士樂團長是個皮條客，這部分有些不同，比較沒有那麼逗趣——也不是說這部就是爆笑喜劇——而是更具受虐傾向的。你從原本的劇本中所得到的印象是那位音樂家自我毀滅的傾向很深，而且那是悲劇。其中有滿滿的受虐心態，那種德式埃米爾傑寧斯（Germanic Emil Jannings）式的受虐傾向。我需要加入這樣的氛圍，所以我們就得要找一個長得像是強哥瑞恩豪（Django Reinhardt）的人，這可不簡單。

EL_我很多年前閱讀《爵士寶貝》時印象非常深刻的部分就是啞女與自私吉他手之間的關係，珊曼莎莫爾頓與西恩潘將這兩個角色詮釋得非常好。

WA_珊曼莎莫爾頓當時就坐在這個房間裡，她幾乎勝券在握了。當我看到她在《肌膚之下》（Under the Skin）裡的表現時，我就知道這角色非她莫屬了。

「我希望妳可以用哈坡馬克斯（Harpo Marx）的方式詮釋這個角色，」我說。

然後（他開始大笑）她說，「誰是哈坡馬克斯？」

然後我說，「哈坡馬克斯，演默劇的馬克斯兄弟。」

然後她說，「馬克斯兄弟是誰？」（不只是這樣而已，當經紀人告訴這位來自英國小鎮的二十歲女演員伍迪艾倫想要見她時，她的回答是，「喔，伍迪艾倫是誰？」）

我當下才發覺自己有多老了。我告訴她可以看看馬克斯兄弟的東西，因為她一定會喜歡。後來我決定聘用她後，她就回英國去了，當然也找了馬克斯兄弟的作品來看。我下一次見到她就是在片場了，而她完美地詮釋出哈坡馬克斯的風格，我反而要告訴她，「我不是真的要妳模仿哈坡馬克斯，那只是我想要的概念，針對這個不會說話的角色。妳就把《心聲淚影》（Johnny Belinda）當作相反的例子好了。」

EL_她一句話也不用說就搶盡風頭。

WA_很多人一直這樣告訴我，說要一個年輕演員詮釋一個不會說話的角色很難。我都會回答，是的，但是我自己心裡卻不這麼認為。那是一個演員可以全心投入的契機，我想所有女演員都會想要演一個不會說話或是看不見的角色，因為這樣有很明顯要演出的部分。（珊曼莎莫爾頓因為本片提名奧斯卡最佳女配角獎）

EL_西恩潘本來就是你的第一人選嗎？

WA_ 他是茱麗葉的首選。我當時在想其他的人選，因為西恩總是沒有空。他曾經告訴別人說他想要跟我合作，結果我每次有角色找他時，他都會說，「不行，我要陪小孩，我才剛拍完兩部電影；我沒有辦法拍你的電影，我缺錢。」我之前至少找過他兩次了，什麼片子我不記得了，問茱麗葉就知道了。

強尼戴普（Johnny Depp）是我曾經考慮過但沒有聯絡的演員，我也想過要找尼可拉斯凱吉（Nicolas Cage）。

EL_ 當時有不少關於你們倆不合的報導。

WA_ 就跟我之前說過的一樣，我跟西恩潘的關係非常和睦。我隨時都想要再請他來演戲，我也覺得他會願意再跟我合作。我們之間從來沒有什麼不愉快。他總是很清楚自己的台詞——可能他在來片場前也先研究過五分鐘，總之他很清楚自己的台詞是什麼。他也樂於接受建議。就像我說的，他也會提出自己的建議；如果我覺得不錯，那很好；如果我不喜歡，他也不會就這樣擺臭臉。他甚至希望我去他正規劃要執導的一部片裡軋一角，我們兩個之間的合作關係是非常正面的。

EL_ 他在詮釋那個角色時有碰到什麼困難嗎？

WA_ 有一些特殊的場景，就跟每個演員一樣，但我覺得他大多時候都可以把他的才華——真正的才華——帶入表演之中。百分之九十五的時間裡他都可以讓角色流暢地呈現，就像我之前說的一樣。當他在準備彩排時，我聽到他在彈奏〈石灰屋藍調〉（Limehouse Blues），真的太神奇了。他非常投入演出，身為演員的才華讓他表現出一個音樂家應該有的樣貌。

不過確實有幾個鏡頭是我不太喜歡的，所以我們就一再重拍，兩星期後又再重拍，然後過兩星期後又再重拍。

EL_ 那裡出問題了？

WA_ 他就是抓不到一些我心中聽到的喜劇情境，我總是說如果你沒有辦法搔到癢處，那個鏡頭就沒有用了。這通常百分之九十九都是因為劇本的問題，有時候會是演技的問題，有時候也可能是導演的問題，不過幾乎都是劇本的問題。所以我的感覺是，要是今天連他都沒有辦法理解我想要安排在這角色身上的材料是什麼，那就不會有人裡解。

EL_ 哪些場景需要重拍這麼多次？

WA_ 比較值得一提的就是他跟兩個妓女在撞球間的那一幕。那一幕最早設定是在飯店裡，其中一個嫖客跟一個妓女發生衝突，而身為皮條客的西恩不得不出面替她解決。那一幕就是拍不出我要的效果，所以我們就回去一拍再

拍，每拍一次我都會修改一下劇本。最後我決定把場景改到撞球間。不過他隨時都是在準備開拍的狀態，他從來也不會說，「欸，現在是怎樣？這一幕我已經拍三遍了。」而且他可以丟出更多我意想不到詮釋。你要是可以遇到像他這樣處理那些台詞的演員，那真的是天上掉下來的禮物。

EL_ 在《貧賤夫妻百事吉》裡，你與兩個非常優秀的喜劇女演員演對手戲。

WA_ 我那時一直都在跟特蕾西厄爾曼合作，她是一個非常、非常、非常有才華的演員，幫了很大的忙；而伊蓮梅（Elaine May）本來就是偶像級的美國喜劇女演員了。我身邊當時真的都是才華洋溢的演員。

EL_ 你與伊蓮梅在六〇年代都曾經在夜總會工作，然後傑克羅林斯是麥克尼可斯（Mike Nichols）及伊蓮梅的經紀人。你當時跟他們就是朋友了嗎？現在呢？

WA_ 我跟伊蓮的表演之所以會在六〇年代有所交集是因為露易絲當時正在格林威治村演出《私人酒吧》（The Private Bar），同劇演員還有彼得伯耶爾（Peter Boyle），而伊蓮正是導演。我當時就在對面的「盡頭酒吧」（Bitter End）表演。我認為她與麥可（麥克尼可斯與伊蓮梅在一九五七年開始合作並帶來創新的喜劇演出）都是極有才華的演員。我與伊蓮沒有私交，不過即使我們兩個的表演風格少有交集，卻總是非常欣賞彼此的。我們在《魔幻奇緣》（Death Defying Acts，舞台劇）中各有一場獨幕劇，那時候我比較常見到她，因為我們都會在後台唉聲嘆氣或互發牢騷。（他們當時跟舞台劇導演麥可布萊克摩爾〔Michael Blakemore〕相處得不是很融洽，伍迪的部分是《中央公園西側》〔Central Park West〕，大衛馬梅特（David Mamet）也負責寫了該劇的三分之一）

我一開始寫劇本時就將那個角色命名為梅，而伊蓮是我心中的不二人選，就跟特蕾西一樣。她總是準時出現，台詞記得一清二楚，她的即興演出也都很有創意，同時也願意配合。假如你不要即興，她也收放自如，她根本就是夢幻演員，她願意把自己交到你的手上。她就是個天才，而且我不是會隨便用這個字的人。你聽她的聲音就知道了。

EL_ 經過這麼多年後再度與黛安基頓在《曼哈頓神秘謀殺》合作是什麼感覺？

WA_ 我覺得我跟基頓之間是真的有默契的，我真的覺得在那樣的關係之中，就像是一種恆等式，我們在一起真的會很棒。你知道這裡有趣的地方是什麼嗎？當初這個角色是我為米亞寫的，不過當一切都毀了之後，基頓就答應接

下來了。她真的是一位非常厲害的喜劇演員，充滿活力，劇中的重心都因為她移轉了，然後她就變成那個滑稽的角色。假如米亞當初有演，那我就會變成那個滑稽的角色，因為我在本質上比米亞更具有喜感。不過那種恆等式中最棒的就是，基頓總有那種瘋狂追隨那個男人的欲望，她什麼都願意做，而我只要負責說，「放輕鬆點。」她真的是很出色的狂熱份子。

EL_ 你在這部片中再次與安潔莉卡休斯頓（Anjelica Huston）合作，這個角色與她在《罪與愆》中的角色有很大的差異。

WA_ 有機會跟安潔莉卡休斯頓真的很幸運，因為她就是那種演技到位又可以表達出那種睿智氣質的人，而我正需要這樣的人。有些人就是有辦法做到這點，茱蒂福斯特就是一個，非常了不起的才華，我真的很幸運。

其中本來一幕是我親安潔莉卡的鏡頭，但是後來剪掉了，而她當時得要坐在沙發上（大笑），然後我從她身邊走過並親她一下（笑得更大聲），因為如果你覺得茱莉亞蘿勃茲已經很高了，那她應該就像是……我不知道，就像跟賈霸（Kareem Abdul-Jabbar，知名籃球員）接吻吧。

EL_ 這樣對喜劇表演者提問可能有些迂迴，不過當心理分析師與你訪談後寫下你的裝扮代表本性天真。他這麼說有道理嗎？你覺得自己很天真嗎？

WA_ 我可以理解與其說我天真還不如說我是幼稚，而且我跟小孩子相處時也比較自在，因為我不相信大人。（他大笑）這也不代表我相信很多小孩，而且我受不了寵物——任何都不行。這樣沒有回答你的問題。或許我在社交上的窘樣讓我看起來不太成熟，我對於很多事情都會感到恐懼與焦慮——晚宴、與人交際、旅行、（大笑）沖澡。我總是忙著應付人生的瑣碎事情，也許你說的那位心理分析師的判斷並沒有偏差太多。

EL_ 你認為這樣對你在演出時會有影響嗎？特別是喜劇的部分？

WA_ 這點其實不好解釋。當你一開始就是從喜劇開始時，你很天真，很多喜劇演員一輩子都很天真，也有很多活到老還可以維持年輕體態的例子。假如你看看傑瑞路易斯與米爾頓伯利（Milton Berle），他們就像小孩一樣，他們待人處世的方式。很多喜劇演員都很天真，而他們都在尋求成人世界的認同。因為當你十四歲時在舞台上看到某些表演時，你就有股衝動想要走上舞台去娛樂觀眾，讓他們開懷大笑。這些喜劇演員接下來呢？他們都辦到了，然後都比台下的觀眾更加有錢上千倍，更加知名，更加受到愛慕，巡迴更多地方，變得更成熟、更有經驗，然後他們就再也不是那個屈居下位的人了。他們可以決定觀眾要不要買單，他們知道的比觀眾多，他們可以環遊世界一百次，他們可以

進入白金漢宮與白宮吃晚餐，他們出入有司機接送，他們變得富有，他們可以跟世界上最美麗的女人做愛——然後突然間要他們繼續扮演那蠢蛋的角色就變得很困難了，因為他們已經感受不到了，他們沒有辦法繼續屈居下位逗人開心了。你要是不小心，你就會變得比較不好笑，也比較不滑稽。很多人紅了就開始驕傲了，你隨便也可以想出幾個名字來，這點我很確定。假如你可以很幸運地隨著自己扮演的角色一起成長，像是羅賓威廉斯，舉例來說，他的成長就很成功。

奇怪的事情發生了——你從弄臣搖身變成國王，除非你努力維持自己的視野，不然這真的很難。卓別林就有這種問題，他搞砸了。他可以飾演一個「小傢伙」，但是他早就已經跟國王與皇后混在一起了，然後這傢伙現在就以為自己可以針對死刑與法西斯主義發表評論了，所以他就再也不那麼好笑了。說句實話，我覺得他在那些片子裡面都演得滿糟的。你開始會覺得一個六、七十歲的傢伙用側邊腳板走路相當不適當（大笑），這問題很有趣。

EL_ 這對你的影響有多大？

WA_ 我想這對我造成某種程度的影響。我以前會跟女朋友坐在泰里亞（Thalia）餐廳或是紐約的劇院裡看表演。我們星期五晚上會去看外語片，當時我二十歲，當他們在換片時我就會想，我的天啊，我可以走上台讓下面這些觀眾開懷大笑，他們會覺得我很好笑，我可以講笑話讓他們捧腹大笑，然後他們之後就會買票進來俱樂部看我表演。這樣一年接一年，演出不斷獲得成功——財務上的成功，評論上的成功，還有人事上的成功——你就可以開始提升你的工作，然後那就是我會在最糟的方式下，讓自己被三振出局的時候。我有時候會成功，但我常常被三振出局。我們有辦法明天一出門就拍出像是《傻瓜入獄記》或《香蕉共和國》那樣一系列的電影。我對於自己有更多的期許，而觀眾也是，他們想要聽聽我對於某些事情的觀察。要維持這樣的平衡並讓自己不要變成驕傲自滿的混蛋真的很不容易。每當我嘗試要拍一部嚴肅的電影時，我就很容易失敗——我也曾經失敗過——落入那個自吹自擂的情境中，那些就是我最尷尬的失敗時刻。

二〇〇五年四月

伍迪最近甫完成《愛情決勝點》的拍攝工作，這是他接下來要在倫敦連續拍三部電影的第一部，之後便會前往巴塞隆納再拍一部電影。遠離紐約到歐

洲拍攝的主要原因在於多數他偏好的拍片資金條件都來自歐洲，而這些城市也都讓他感到相當自在。此外，可以與歐洲演員與劇組工作的機會也相當吸引他。

EL_《愛情決勝點》是你少數不在紐約拍攝的影片，你覺得在倫敦拍片與在自家附近拍片的差異是什麼？

WA_《愛情決勝點》是一部很棒、拍攝過程非常愉快的電影。那是我一開始沒有料到的，不過真的很棒。首先，那裡的天氣非常棒，因為倫敦的夏天很涼爽，你不會碰到像這裡那種突然熱得要死的天氣；第二，因為那是在倫敦，所以有很多陰天，陰天在鏡頭裡非常的美；第三，他們有一堆很棒的演員，每一個都願意接演小角色，因此《愛情決勝點》中的每個角色都非常到位，那真的非常難得。因為他們有著不一樣的工會制度，那邊工作自由多了。我不是在說剝削這部分，而是類似燈光替身或是拿起擴音器暫時指揮交通這種事情。那種感覺就像是學生拍片一樣，每個人都是萬能的。他們的編制不像我們這裡那麼嚴格。舉例來說，如果在紐約街頭拍戲，你可能要派出一百萬個助理導演（Assistant Director）來控制群眾，但是在那裡，他們根本不需要控制群眾。有時候當他們發現有人在看鏡頭時，他們就直接重拍。那是一種很鬆散又從容的方式，真的很棒。我在那裡很盡興，而且還拍了一部不錯的電影，我個人覺得很了不起。

EL_ 你覺得倫敦與紐約還有哪裡不一樣？

WA_ 對於聽慣美式口音的人，英國人講話真是動聽。那些英國演員都受過非常好的訓練，他們講起台詞就像百萬大明星一樣。我不是在倫敦拍美國電影，我是在拍英國電影，那是英國的故事。我今年暑假要拍的電影（此指《遇上塔羅牌情人》）才是一部美國人在倫敦的故事。

EL_ 歐洲出資與美國出資的差異是什麼？

WA_ 在歐洲拍片感覺是件很美好的事情，因為在美國，總是會因為某些因素，這些人總想要參與電影製作。他們會說，「聽著，我們不只是出錢而已，我們也要參與選角，劇本要讓我們先讀過，我們想要知道自己是在投資什麼」——我沒有辦法這樣工作。這些美國商人都幻想自己很有創意才華，不過往往事與願違。他們都會拿投資成功的電影出來說嘴，但是那些投資成功的電影往往都只是當時運氣好不好的問題。他們投資好幾部電影，有些成功了，但是大多數都沒有成功，然後他們就會自以為在產出什麼有創意的貢獻，偏偏他們就只是創作過程的絆腳石而已，是因為那些人沒有辦法要他們滾開罷了。他們對

於劇本寫作、導演或演戲完全一竅不通，偏偏就什麼想要參與，甚至想要控制。然而在歐洲，他們並不習慣工作室系統的運作方式，然後沒有人會幻想自己是個專家。

EL_ 史嘉蕾喬韓森是你新發掘的演員。

WA_ 史嘉蕾真的是非常棒的女演員，我非常崇拜她在《幽靈世界》（Ghost World）與《愛情不用翻譯》（Lost in Translation）裡的演出，不過她並不是這個角色的第一人選。我那時候因為資金的關係必須使用歐洲工會的演員，所以我整部片都找了歐洲演員來試鏡，而且當時也決定用優秀的英國演員凱特溫絲蕾來演這個角色。不過等到我們接近開拍的時候，這我完全可以理解，她覺得自己長期因為接片的關係忽略了孩子，她想要多花點時間陪伴家人，所以她辭演了。我寫了張字條給她說，「相信我，我人生中最重要的事情也不是拍片，不要緊的，也許我們將來還會有機會合作些什麼。」

那時候因為我們在片中已經請了這麼多英國演員，我妹妹就說我們已經達到出資者在英國稅務要求的標準了，所以我們也可以找美國演員。我們坐著聊天後就想到史嘉蕾喬韓森應該會很適合，然後茱麗葉也查到她有空接演。她絕對不是我們隨便想到的演員。我星期五下午把劇本交給她，然後星期天晚上她就答應接演了。等到她來了後，先是試裝，接著出現在片場。我們第一天就拍了相當困難的鏡頭，而她的詮釋相當完美。她是一位非常優秀的演員。我這麼多年來已經與黛安基頓或黛安韋斯特這些了不起的演員長期合作的經驗，不過也有很多演員是我沒有合作很久就覺得她們很了不起的，像是海倫杭特、蒂李歐妮、克莉絲汀娜蕾茜與瑞德荷米雪兒，一個接一個，現在我很幸運又找到史嘉蕾。

EL_ 將角色設定從英國改成美國時，你在劇本上需要多大程度的修改？

WA_ 我必須要進行些微的修改，不過只是為了把那個前提修正過來而已。

EL_ 史嘉蕾的角色，諾拉萊絲（Nola Rice），一開始出現時就風情萬種，但是隨著劇情的發展她卻開始出現歇斯底里又霸道的氣質。這樣的轉變容易嗎？

WA_ 史嘉蕾天生就有一種討人喜歡的特質，因此我必須在這個角色上設計一些發展，這樣觀眾才不會因為她被解決掉而感到憤怒。那部分我必須很小心地處理。那個角色可能由很多不同的女演員來詮釋都會被觀眾認為，喔，他會這樣做很合理。不過換作是史嘉蕾就不一樣了，她天生這麼有魅力，又幽默，又有柔弱感，我必須要確保當他解決掉她之後，觀眾也會覺得那樣的發展情有

可原——才不會像是在謀殺神仙教母（Mary Poppins）似的。

EL_ 這與馬汀藍道在《罪與愆》中那個設計謀殺安潔莉卡休斯頓的角色相當不同。

WA_ 是的，安潔莉卡的身材高大很多，而且她當時的年紀也比較大了，所以她有完全不同的角色特質，那個角色比史嘉蕾的角色更具威嚴。史嘉蕾是一個比較年輕又更柔弱的女演員。安潔莉卡拍那部片時已經是個成熟女人了，大概三十多歲吧，而史嘉蕾拍這部片時根本不到二十歲，角色特質完全不同。

EL_ 史嘉蕾的角色真正開始轉變是在辦公室外大吼的那一幕，「你騙我！」然後幾乎在怒不可抑與歇斯底里中失控。

WA_ 她很棒，馬上到位，非常優秀的女演員。我跟她合作的第一個鏡頭，那時她前一天晚上才上飛機並在隔天一早抵達倫敦，她直接過來酒吧跟我們碰面，我們完全沒有彩排。（那是她與強納森萊斯梅爾〔飾演克里斯〕之間相當具有張力的一幕，克里斯開始為諾拉痴狂）她的角色有點微醺，前面幾個鏡頭都非常棒。我真的很幸運，感覺所有演員都是明星球隊陣容一樣。

EL_ 為什麼史嘉蕾的外貌會這麼有說服力？

WA_ 她就是那種可以激發美感體驗的人。她有相當美好的面貌，充滿性格，漂亮就更不用說了，還有姣好的身材。那些特質加總之後是不能被量化的，就像你不能量化瑪莉蓮夢露的美一樣——你可以談論，但是你永遠不會了解，所有因素都是一體的——她的個性、她的聲音、她的長相、她的眼神、她的體重、她的嘴唇，所有部分加總後就會發現整體比個別加總更是了不起——而且那可都是非常漂亮的個別部分。那是先天與後天的混合，但是多半是先天的，那就是與生俱來的特質。那就跟任何明星一樣，你隨便講都一樣，不管是妮可基嫚、瑪莉蓮夢露或是茱莉亞蘿勃茲，神奇的事情就會這樣發生。

如果說到男演員，你就得看看那些老電影裡的明星，像是威廉鮑威爾（William Powell）、亨弗萊鮑嘉與愛德華羅賓遜（Edward G. Robinson），這些人都不是，我是說，都不是一般人眼中的大帥哥，但是就是會因為某些因素讓亨弗萊鮑嘉與喬治史考特的個人整體特質相當有魅力，他們不需要俊俏的外表就能展現性吸引力。史嘉蕾也有擁有極佳的性吸引力。

EL_ 你之前有很了解萊斯梅爾的作品嗎？

WA_ 我看過他演的《我愛貝克漢》（Bent It Like Beckham），我知道他就是我想要找的人。我也知道他很棒，但是我不知道他到底有多棒。至於艾蜜莉摩提默（Emily Mortimer）（飾演克蘿伊〔Chloe〕的角色，愛上克里斯

的富家女）與布萊恩考克斯（Brian Cox），還有潘妮洛普威爾頓（Penelop Wilton）（飾演富家女的雙親）是我本來就認識的演員了。

馬修古迪（Matthew Goode，飾演富家女的哥哥，將克里斯帶入家中的人）是我看錄影帶時發現的演員。我當時問，「他是誰？」然後他們跟我說，「喔，我不知道，他很迷人，但我不知道他有沒有辦法詮釋這種戲劇性的角色。他應該可以演很有趣的角色。」然而他不僅可以演這種角色，他甚至還讓這個角色脫胎換骨，他加上自己的慣用語以及說話風格，詮釋得非常好。

EL_《愛情決勝點》中出現的性愛場景張力都比你其他影片都還強。

WA_ 這部片中真正的性魅力不在於讓你看到任何真正或是激烈的性愛場面，而且你也不會看到任何人被殺的畫面。那種性愛張力來自於這兩位明星。我將他們放置在不同的性感場景之中；當你看到萊斯梅爾在她背上抹油時，那絕對比看到兩個人做愛更性感；或是當他在雨中推倒她的畫面也是。那是種不需要藉由性愛去呈現的性感，你懂我的意思。這樣比較有趣。真正的性愛，你真的想看到哪都可以看到。那看起來就像手槍或是自動鑽孔機的畫面，但是一點也不性感。

EL_ 演員們可以很快理解自己的角色嗎？

WA_ 我沒有跟任何人談過他們的角色，我沒有跟艾蜜莉、史嘉蕾、潘妮洛普、布萊恩或馬修談過。他們讀了劇本，他們就清楚了。當然偶而會出現一些問題。當艾蜜莉一開始詮釋她的角色時，她問我一個問題。她一開始有股衝動要用非常甜蜜的方式對待他（萊斯梅爾），然後我說，「不用這樣，這樣會太甜蜜。妳本身就很甜了，妳只要照平常的方式呈現就可以了，妳天生就有那種氣質。」這算是我在這整部片中少數需要微調的地方，而且當我跟她說完之後……（他彈一下手指）。我有次對布萊恩考克斯說，「可以請你講話大聲一點嗎？」然後他大笑著說，「當然，當然。」

二○○五年五月

EL_ 你曾經說過當你在寫劇本時，會讓自己身歷其境，不過當你在導演時卻不會這樣，因為就只是要拍攝那個鏡頭，然後存起來。那你演戲時是怎樣呢？

WA_ 我總會在角色中迷失自己，我雖然是個角色相當受到限制的演員，但是我總會很投入。因此要是我在與某人演對手戲時，突然發生火警或是有飛

機從上空飛過，我就會自動融入那個情境中。我永遠都是投入在角色之中，不過我同時也在觀察自己的演出，就算當下很投入也一樣。我與克絲汀艾利（Kirstie Alley）在《解構哈利》裡有一場對手戲——她真的是很棒的演員，而且很好笑（雖然那是一場爭吵的戲）——她手一揮將我手上的杯子拍掉，然後杯子應聲破了，這是劇本裡沒有的，但是因為她很入戲，她也就繼續演下去，而我的反應也很不錯，因為我也很入戲。我一直都是這樣的，所以我演戲時不會有什麼對白上的問題，這對我來說很容易。我大可整部電影都即興演出，因為那就是身為編劇的功夫。這對我來說就是很簡單的事情。假如有人覺得這件事情很簡單，那就沒什麼大不了的——這當然也不能保證就會很精彩。

EL_ 當你拍攝《傻瓜入獄記》時有一幕是你在酒吧裡喝威士忌，然後要有很微妙的反應。當時整個劇組都要憋住不笑，然後等到賀伯羅斯喊「卡！」時所有人都放聲大笑，連你自己也在大笑。你本來就知道會這麼好笑嗎？

WA_ 你會把自己逗笑是因為工作總是充滿驚喜。假如我坐在家裡寫一則笑話，我也會從中獲得一種奇怪的感覺，因為那對我來說是種驚喜——完全是不自覺出現的。拍戲時也是這樣，那也會讓你大笑，因為那不只對燈光師來說是驚喜，對你自己來說也是驚喜。

EL_ 你需要花任何時間背自己的台詞嗎？

WA_ 我不需要背台詞。當我完成劇本時，我就已經開始準備寫下一部劇本了。今年暑假要拍的電影劇本（此指《遇上塔羅牌情人》）已經完成了，兩星期前就交出去了，然後我也應該不會再讀一遍了。我只要在開拍前看一下是要拍哪一幕，然後我就可以隨心所欲地講裡面的台詞。完全就跟劇本裡寫的一模一樣，或是非常接近我描述的方式。

EL_ 所以就這樣存在你的腦海裡，然後隨時可以取得？

WA_ 這種情況下我會這麼說沒錯。我可以描寫一種情境，思考這樣的情境中這些人的對話主題是什麼，然後就把劇本放到一邊。假如你要我六個月後或三個月後重新描述那段場景，我也可以寫出幾乎相同的對白。也許字序上會有些差別，但會幾乎一樣。兩種情況下的效果都是一樣的，一直以來都是這樣。

EL_ 當你開始寫新劇本時，就已經有設定一個角色給史嘉蕾了嗎？

WA_ 是的，因為我們在上一部片結束前就有聊到要繼續合作。我說，「妳應該要拍一些逗趣的題材，因為妳真的很好笑。」所以她就把時間空出來。

EL_ 你在片場不跟演員說話是眾所皆知的，但是你卻會跟史嘉蕾說話，而且說很多。感覺上你與她之間有一種可以輕鬆對話的關係，就像妳與黛安基

頓一樣。

　　WA_ 她是屬於那種比我還要厲害的人，不管我說什麼，她都可以回給我更好的答案。黛安基頓也是這種人，還有我的女兒貝切特（Bechet）與曼恩琪（Manzie）也是這種人。每次我說出什麼自己覺得很了不起的話，史嘉蕾總有辦法說得比我更好。所以對於我這樣的老喜劇演員而言，讓我覺得很了不起。每次她這麼快速又有效地回應，我都覺得很神奇。我跟她之間有很好的默契，因為她非常聰明，非常、非常好笑。我也覺得這樣會讓她增添自信——並不是說她需要自信——我從她身上可以很明顯地得到樂趣。她可以從中確信我真的樂在其中。

伍迪談到史嘉蕾喬韓森時說，「每次當我說了些什麼有趣或繽紛的事情時，史嘉蕾都有辦法不費吹灰之力地超越我。我跟她之間的默契非常棒，她很聰明，反應非常快，非常有趣。」

　　EL_ 不過妳跟演員之間不太有私交，就連跟她也不太交際。

　　WA_ 是的，史嘉蕾說我這人反交際。（他大笑著）但我不是反交際，我是不會交際。

　　EL_《瘋狂導火線》中，有讓你意識到自己與傑克及查理之間的微妙關係嗎？（傑克羅林斯與查爾斯喬菲〔Charles Joffe〕從一九五〇年代起就擔任伍迪的經紀人，劇中丹尼的忠誠就是他們的寫照，而伍迪對他們也是一樣，雖然他們感恩節時不會邀請伍迪去吃火雞大餐，而劇中丹尼羅斯卻會這樣邀請自己

的客戶。丹尼〔伍迪飾〕是演藝圈一堆邊緣份子的經紀人，其中包含了會用氣球做造型的魔術師、水杯音樂家、會溜冰的企鵝，一位相當熟練的催眠師〔他可以催眠受試者，讓他們醒來之後還繼續受到控制〕，還有盧爾卡諾瓦〔Lou Canova〕這位曾經發過一張熱銷單曲的歌手，那是首關於消化不良的歌曲——〈胃灼熱〉，丹尼為他談到在華爾道夫飯店復出的好機會。然而已婚的盧爾卻要求他的情婦蒂娜〔Tina，米亞法蘿飾〕——這位強悍卻充滿吸引力的女人，一頭如稻草的金色蓬髮，臉上總掛著一副黑色墨鏡，身上穿著緊身外衣並帶著沒有教養的口音，她是一位冷血的黑幫寡婦〔「他罪有應得！」〕——他要求要讓她來看他的復出演出，於是丹尼就要去紐澤西接她。接下來就是一群喜劇演員在一間曼哈頓餐廳裡圍著張桌子講述一段魯洋斯克式〔Runyonesque〕的冒險故事。這兩條故事線開始交織著——自私蒂娜與無私丹尼之間的戀情，他是這麼多年來唯一相信盧爾有所才華的人。然而反覆無常的盧爾在此時發現自己擁有絕佳的機會，便立刻拋棄丹尼轉而加入另一個知名經紀人的旗下。傑克羅林斯早在伍迪初期每天晚上表演獨角喜劇時就坐在同樣一張桌前剖析他的表演與笑話，他在片中也坐在台下的觀眾席裡〕

喜劇演員聚集在卡內基餐廳（Carnegie Delicatessen）說著《瘋狂導火線》的故事。從左至右：柯貝爾特莫尼卡（Corbett Monica）、山迪巴朗（Sandy Baron）、威爾喬登（Will Jordan），跟伍迪合作五十年的經紀人傑克羅林斯；霍伊史東恩（Howie Storm）、賈基蓋爾（Jackie Gayle）與墨爾堤剛堤（MortyGunty）。伍迪當年在表演獨角喜劇時，晚上就常常這樣與羅林斯聚會。

WA_ 那個故事背景我很清楚，而且有兩股力量在推動這部電影的完成。第一，米亞很想要演拉歐夫人這個角色，安妮拉歐（Annie Rao），我們認識這個人並且總會在餐廳裡碰到她；另外就是我想要嘗試不一樣的角色，不同於

那種神經質的紐約知識份子角色。然而少數我可以詮釋的角色，就像我之前說過的一樣，就是這種下流的角色。這完全是（大笑著）自然流露的。

EL_ 我記得在那部電影中她只有短短一幕沒有戴上黑色墨鏡，我想那也是你在整部片中唯一注視著她的眼睛的一次，就是當她從浴室走出來的那一幕。

WA_ 那個角色對她來說並不容易。

EL_ 要這樣呈現一個角色真的很難。

WA_ 對啊，那副墨鏡讓她在片中相當有個性，可是她就不能運用眼神來表演。不過要是你仔細看那一幕，她真的美得不可思議。那是把米亞拍得最美的鏡頭之一。

EL_ 有句老話說當導演一定要透過鏡頭愛上女主角，這樣觀眾也才會愛上女主角。你同意嗎？

WA_ 我在許多電影中都會確保自己有將女主角以自己想像的方式呈現在觀眾面前。我在《說愛情，太甜美》中就在克莉絲汀娜蕾茜身上下了不少功夫，而在《愛情決勝點》中的史嘉蕾也是。強納森萊斯梅爾與史嘉蕾在乒乓球桌邊相遇的畫面我就拍了三次（當觀眾第一眼看到她時，就要馬上在心中產生一種美麗又危險的性感形象，那是故事的重心所在）。我改掉她的髮型，換掉她的服裝，換一個方式拍攝，我和攝影師特別討論了一番。不過我覺得我要透過她呈現出我對那個角色的設定是非常重要的事情。因此，是的，要花很多心力做這件事情。

當然，有時候也不一定要做這件事，不過有時候在電影中這樣塑造角色的形象真的很重要。有時候女性角色在電影中不見得需要這麼強勢的影響力，不過在這兩部電影中，比起其他電影，女主角一開始就要有非常鮮明的影響力。你必須要呈現出傑森畢格斯對克莉絲汀娜蕾茜的角色如此著迷的原因；為什麼甘願為她做這麼多，又可以忍受她這樣水性楊花，甚至要與她那瘋癲的母親一起生活，而且她總是不斷在偷吃。我認為克莉絲汀娜就有那種讓人無法抗拒的魅力，美麗又性感，而她有讓男人拜倒石榴裙下的本事。史嘉蕾也有這種特質。不過在《遇上塔羅牌情人》中她飾演有點傻氣的角色，她不需要我花任何力氣就可以任意展現性感的魅力，我根本不需要刻意經營，她就可以讓自己看起來像是很有吸引力的大學生。

EL_ 還有想到其他的嗎？

WA_ 《傻瓜大鬧科學城》中黛安基頓臉上抹著綠色的東西也是，《漢娜

姊妹》中的芭芭拉賀希。你自己要很清楚為什麼男人會覺得她們有魅力。

EL_ 你有沒有想過要拍任何角色的續集？

WA_ 我有想過你可以從其中任何一個故事延伸出另一個故事來寫，但是《安妮霍爾 II》，我完全不考慮。這麼多年來很多人跟我提到這件事。

EL_ 你有真的因為心動而想要行動嗎？

WA_ 沒有，而且黛安基頓也沒有。

EL_《艾莉絲》中朱莉凱夫納飾演的室內設計師非常好笑。

WA_ 她是最棒的。我跟朱莉已經合作很多次了。她在電視電影《別喝生水》中飾演我的妻子。她從來不會讓你失望。她總是在擔心，不自覺地在擔心自己的表現會是如何——結果她總是非常出色。

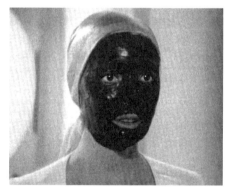

第一印象可以幫助女演員在觀眾心中建立特定的形象，而且「我在幾部電影中花了很多時間確保自己有讓女演員在觀眾心中建立我想要的形象。」伍迪說。舉例來說，《說愛情，太甜美》中的克莉絲汀娜蕾茜；《傻瓜大鬧科學城》中的黛安基頓；《漢娜姊妹》中的芭芭拉賀希（Barbara Hershey），以及《愛情決勝點》中的史嘉蕾喬韓森（伍迪為了達到自己設定的效果，特別將史嘉蕾出現的場景換了三次戲服並重拍了三次）。

EL_ 我們來談談你心目中崇拜的演員。你曾經說你很想為休葛蘭（Hugh Grant）寫一個角色，我們就從他開始吧。《貧賤夫妻百事吉》中你讓他演出相當不一樣的角色，至少不是他在之前很多電影中那種討喜又笨拙的角色，你

讓他演個無賴。

WA_ 我跟他之間的合作相當愉快，他就跟我想像中的一樣優秀。他在我心中絕對是個很棒的無賴，因為他這麼有魅力又熟練。

EL_ 華勒斯尚恩是你非常仰賴的演員。

WA_ 華利（Wally）是個非常棒的演員，非常棒。他不只是好笑而已，他還是個非常有說服力又值得信賴的演員。我已經跟他合作過很多次了，每次的表現都很到位。

EL_ 你在《曼哈頓》中就用過他了。

WA_ 要是回到一九三〇或一九四〇年代，華利就會是那種飽受觀眾喜愛的演員並且會出現在無數的電影裡面，他只要一出現在大螢幕上，你心中就會出現一股正面的好感。他讓你可以完全放心跟他合作。

華勒斯尚恩（右）在《影與霧》中的演出。華勒斯是伍迪非常欣賞的演員。

EL_ 目前還有哪些你沒有合作過卻很想要合作的演員？

WA_ 我一直很想跟凱特布蘭琪（Cate Blanchett）合作。當我看到她在《天才雷普利》（The Talented Mr. Ripley）中的演出時，就覺得她很優秀，她詮釋的每個角色都很出色。還有瑞絲薇斯朋（Reese Witherspoon）。

EL_ 達斯汀霍夫曼呢？

WA_ 我之前常常說達斯汀霍夫曼可以扮演我在許多電影中的角色，而且演得絕對會比我更好。但是這個人從來都沒有空。他一直都很傑出，不過總是在工作。

EL_ 你們有沒有談過一起拍片的計畫？

WA_ 他有表達過想要合作的意願。我們談過一、兩次，但是我們從來沒有辦法同時有空。首先，我沒有辦法負擔他的片酬（*伍迪艾倫的電影成本都很低，片中的演員都只能領最低工資，大概一星期幾千塊美金*），所以他就得要心甘情願來拍低成本電影。我每次找他的時候他都沒有空。記得有次因為一個拍片計畫打電話給他，他跟我說他才簽了一部片酬高的電影，終於可以賺錢了，因為他很多年來都為了挑好作品搞得自己經濟拮据，然後他的經紀公司也希望他可以接演幾部大片子，這樣他才有辦法賺到錢，這我完全可以理解。

EL_ 你覺得傑克尼克遜呢？

WA_ 我在準備拍攝《漢娜姊妹》時有打電話給他，他說他與約翰休斯頓（John Huston）有先承諾過了——因為他要跟安潔莉卡——合作拍《現代教父》（Prizzi's Honor），如果那部電影有拍。要是沒有拍，就會有空接我的電影。結果那部片拍了，他也因為那部片得到奧斯卡獎，然後我找來代替他的那個演員，是米高肯恩……（他大笑）。

EL_ 他也贏得奧斯卡獎。

WA_ 我一開始並沒有打算用英國演員，因為那個角色是設定成美國人的，所以我想找美國人來演。不過我很幸運可以找到他。米高肯恩，我常常說，這個人沒有一刻不真的。他就是那種在鏡頭前會散發出天生優雅氣質的人，而且他真的是一位非常、非常優秀的電影演員。我是說，他擁有所有適合拍電影的特質，一種全然的自在與自然。完全不像是在演戲，感覺上他總是在表達自己，我是說，真正地表達自己。

EL_ 你覺得還有誰符合這個條件呢？

WA_ 連恩尼遜也是非常優秀的演員，也是沒有一刻不真實的。我跟許多傑出演員合作過，但那種特質不是人人都有的。金哈克曼，我曾經跟他短暫地合作過，不過說他是偉大的演員也不是什麼新聞了。

我這麼多年來跟無數演員合作過，他們真的都很棒。那就是我當導演的秘訣——找優秀演員來演戲（大笑）並且相信他們的能力。當你與伊恩荷姆與吉娜羅蘭茲合作時，你要怎麼誘導他們呈現出最棒的演技？什麼都不需要。你只需要告訴他們幾點幾分在哪出現，然後準備咖啡與甜甜圈就可以了。這就是我做了一輩子的事情，聘請有能力的人來做事。

然後他們拍完電影後就會在記者會說，「他從來沒有跟我講過話。整部電影的拍攝過程中，這傢伙完全沒有跟我講過話。」沒錯，因為他們很優秀。假如他們不優秀，我就要一天到晚跟他們講話。然後記者就會說，「你在電影

中的表現非常出色。」然後他就會想，喔，他怎麼可能沒有跟他們說過話，或是這就是他的行事風格，真的太棒了，而且他可以讓這些演員表現地這麼精采卻完全（大笑）沒有跟他們說過話。

然而殘酷的現實就是（繼續大笑著），我聘請他們來演戲，他們都很優秀。米高肯恩在《凡夫俗女》（Educating Rita）中的表現非常出色，那是他接拍我這部電影之前的作品，他從那時候就很出色了。他一直都很優秀，我從來不需要指導他任何演出。雖然我說「從來不需要」，坦白講，我久久也會對演員說一次，「你在這裡可以看起來更可疑一點嗎？」之類的話，我偶爾也會挑戰他們一些事情。

EL_ 有些導演會需要將自己的想要的表達方式加強讓演員知道，你呢？

WA_ 很多次我都會坐在那裡想著，為什麼這個女演員要這麼生氣地大吼大叫？我在寫劇本時心裡不是這樣設定的，我就會說，「可以請妳慢一點，輕鬆一點嗎？」女演員就會配合照做，最後我會說，「很棒，謝謝妳。」然後當我們開始進行剪接時，我就會發現她原本詮釋的方式才是對的。怒吼才是那個角色在面對那個場景時，真正會出現的反應，我太沉溺於自己在家寫作時的感覺，但是她閱讀劇本時所出現的直覺比我的反應還要更好。經歷過很多次類似的經驗之後，當演員出現與見解不同的詮釋方式時，我再也不會糾正他們了，除非我心中百分之百確定那樣是錯的。不然的話，我發現他們對我加注他們想要的方式，遠比我自己投入在這些角色上的方式要來得更好。

EL_ 我想到約翰休斯頓與希區考克都是對演員相當嚴格的導演。

WA_ 喔，我不覺得希區考克電影裡所呈現的演技有特別不同凡響。他有些電影很精采是因為他用的演員很出色。卡萊葛倫（Cary Grant）就是很出色的演員，克勞德雷恩斯（Claude Rains）也是。

約翰休斯頓，另一方面來說，不管他在做什麼，他都做得很好。要是嚴格對待演員是他獲得那些演出的手段，那我得說這樣對他來說就是很好的工作模式，因為休斯頓電影中的演員表現往往都非常精彩，但是希區考克的電影多半我都覺得還好而已——雖然我很喜歡他的電影。

EL_ 你總是非常讚賞自己合作過的演員，但他說過一句很有名的話就是，「演員應該被當作畜牲一樣對待。」

WA_ 我覺得，對於他那種類型的電影，我本能上覺得他不想要馬龍白蘭度那種深度與層次，他的都是那種角色。直覺上來看，他知道自己該拍怎樣的電影。但是，不，我不認為希區考克是一個很會帶領演員的導演。

EL_ 他的女主角都非常有型——冷酷的金髮女子。

WA_ 他喜歡這樣，而且那個方式對他有用。

EL_ 你的電影中幾乎出現過各種想像得到的女演員——朱蒂黛維斯、莎莉塞隆、米亞法蘿、黛安韋斯特與史嘉蕾喬韓森。

WA_ 是的，我並沒有偏好某種特定的長相，我覺得莎莉塞隆很美，克莉絲汀娜蕾茜也很美；一個是金髮的高挑美女，另一個是棕髮的嬌小美女。

EL_ 我記得一九八九年時，當時你在拍攝《罪與愆》時，曾經談到小時候在布魯克林區的成長環境與日後生活的差異，你那時這樣告訴我，「每當我回想起自己在讀那間小學時所發生的種種糟糕事件後，我都會覺得很奇妙，我每天回家坐在那張鋪著油布桌巾的餐桌上，而我長大後居然會與查爾斯博耶（Charles Boyer，《皇家夜總會》〔Casino Royale〕）出現在同一部電影中，或是找范強生（Van Johnson）來拍我執導的電影。那是我壓根也想不到的事情，因此在某些層面上你可以說我對於這些發生在我身上的事情應該心存感激。這樣讓人驚訝的事實，至今還是讓我覺得很不可思議。我有時候照鏡子看著自己的身影時都會說，『你是來自布魯克林的艾倫康尼斯堡，你現在不是應該在地下室吃飯嗎？』」（他開始大笑）

如今幾乎全世界的演員都想要參與你的電影，你心中還會有那樣的想法嗎？你會不會回想起當初自己坐在布魯克林的劇院裡，心想著總有一天會成為那個想要找誰來演電影都可以的大人物呢？

WA_ 我並沒有那樣想，從來也不會那樣想。我總是在想，當你把某個角色丟給一個人時，不管他們為了職業生涯做出怎樣的抉擇，他們當下一定覺得那樣的決定對自己是好的。如果我丟了一個角色給他們，而另一個人給他們一千萬美金的酬勞去演另一部電影，他們就會去演另一部電影。然而，如果他們覺得來拍我的電影雖然不能得到多少酬勞，但是卻可以幫助他們明年獲得千萬酬勞的邀約，那他們就會來拍我的電影。

不過時至今日，我都會想起我們在肯特拍攝《開羅紫玫瑰》時，我曾這樣告訴自己，我居然在拍一部（大笑）范強生演的電影，我在范強生的電影裡當導演。我知道之前已經講過這件事了。當我還是個在弗萊巴許大道上閒晃的小孩——就在紐約東十四街與東十五街那附近——我望著裁縫店與理髮店的櫥窗，裡面放著電影院的宣傳看板，上面寫著，「如此這般的電影就要由如此這般的人與范強生領銜主演，」要是你告訴我，「你以後會執導一部范強生主演的電影，」我絕對不會相信你說的話。我的童年中有一些事情——我想要是一

些小時候無法想像的事情後來發生時，那真的非常奇妙。我與英格瑪柏格曼共進晚餐時，都不會覺得那麼神奇，雖然那也是很棒的經驗，大概是因為我是在成年階段喜歡上他的電影的。不過當米亞和我邀請依芙雅頓共進晚餐時，我完全沒有辦法讓自己冷靜下來。我想，老天啊，依芙雅頓，這位機伶逗趣的女人，聲音如此美妙，我就是聽這聲音長大的，當我十歲時我覺得她好好笑。

我在拍《皇家夜總會》時第一次有那種感覺，我想，天啊，我居然與查爾斯博耶出現在同一部電影裡，不過那不一樣，因為我沒有見過他。（他停頓了一下）然後是大衛尼文（David Niven），他我就真的有見過了。尼文在我童年時並不是家喻戶曉的人物，他是我後來才開始欣賞的人，但是范強生……我記得當我在拍《性愛寶典》時曾經訪問過朗錢尼（Lon Chaney Jr.）。那時我心裡想，我的天啊，這是狼人啊！我是說，我居然坐在這裡，而對面竟然是朗錢尼。我想我從來沒有長大，很明顯地，部份來自童年的情感與人物都還像當年一樣活在我心裡。

EL_ 你小時候也會演默劇嗎？無論是對著鏡子或是表演給朋友看？你是怎麼磨練出這種技巧的？

WA_ 不會。如果你本身就好笑，這樣做才會好笑。類似格魯喬馬克思那樣口語表達式的喜劇，才會在肢體上有那種自然而然的逗趣效果——不管是他走路的方式、跳舞或是在傢俱上跑跑跳跳都一樣。如果你是好笑的人，你的肢體動作自然就好笑。

馬歇爾布里克曼就是個好笑的人，所以當他示範一個笑話時，他的肢體自然就會很好笑。這樣聽起來好像是我在過度簡化這件事，不過假如你很好笑，那就不難。假如你會畫畫，你就會畫畫，沒什麼大不了的。

EL_ 不，這我可以了解。我記得看過你為了《傻瓜大鬧科學城》創造出好幾種機器人走路的方式。我只是在想你是不是也習慣在鏡子前面這樣練習——演出來，但是不用說話。

WA_ 不、不，那是很自然的。我不需要說話就可以逗觀眾笑——如果身邊有些道具的話。

EL_ 當你在演出肢體喜劇（Physical Comedy）時心裡通常都在想什麼？你會在心中將對話場面幻想出來，還是完全依據當時的狀況反應？

WA_ 不，你並不是在思考，那都是直覺反應的。假如我坐在台上，突然有一位美女從我眼前經過，我光是針對她所產生的肢體反應就可以逗觀眾大笑了。你當下一定會感受得到。

EL_ 那就是我的用意。舉例來說，在《傻瓜大鬧科學城》中，當那個傢伙拿著卡鉗撬開其他可機器人的頭時，下一個就輪到你了。你當時會告訴自己，如果真的發生的話，我心裡會想什麼？還是你什麼都不想，心中完全毫無理智？

WA_ 那都是自然而然的，我現在就可以演出來。好笑的事情透過口語表達就跟肢體表達一樣。好笑的人就會很好笑，不好笑的人⋯⋯

EL_ 就得要轉行。

WA_ 事實上，有很多靠搞笑為生的人，本質上並不是好笑的人。各行各業中都有一些真正厲害的人物，我當然沒有把自己放在那個位置上。我只是在說任何行業中，不管是腦科手術或警察還是喜劇演員，都一定有一些特別出色的人物，而剩下的那些，你知道，基本上就是可以做這行，但卻不是真正有才華的。

伍迪在《傻瓜大鬧科學城》中扮成機器人，當他熟練地運用自己創新的步伐時說，「我真不敢相信像我這樣的知識分子居然要靠這種滑稽的步伐來逗觀眾笑。」

二〇〇六年二月

　　我與伍迪的所有對話中，我不記得他有提到過自己在螢幕上的樣子，不

過有三次例外。他最近提到當自己準備要拍攝《傻瓜入獄記》中在聖昆丁州立監獄的那天早上刮傷了鼻子，他說那道傷口很深，但是我看過那部電影很多次都沒有注意到這件事情。我告訴伍迪這件事情後，他很驚訝，或許那只有在大螢幕上看得到，電視螢幕上就沒有那麼清楚。他接著又告訴我另一次受傷的經驗。

WA_ 你要是看過《傻瓜入獄記》，其中有一段會看到我的下嘴唇掉了一塊肉。

EL_ 這我也沒有注意到過。只有當你講完這件事之後，我又回去仔細盯著你的嘴唇，我才發現你在拍攝《愛情魔咒》前練習黑管的樣子，下嘴唇是腫起來的。（他因為練習黑管要咬著吹嘴與竹片的關係，下嘴唇上總是可以看到一塊小小的突起）

WA_ 對啊，但那不會再發生了，那太可怕了。

EL_ 我知道《賢伉儷》是你自己最喜歡的作品之一，同時也是你與米亞法蘿所合作的十三部電影的最後一部，其中有很多部電影甚至是為她量身訂做的，譬如在《另一個女人》中飾演孕婦，因為她當時真的懷孕了。

WA_ 她是一個非常出色的女演員。我們之間有任何的不愉快都是私人問題。可以跟她合作是非常愉快的經驗，我覺得她很專業。我喜歡為她量身訂做角色是因為她有能力做一些她沒有機會做的事情——像是《瘋狂導火線》裡那樣。沒有人會找她做那樣的事情，是因為他們不知道她可以做那樣的事情，而且她很想要做那樣的事情。我之所以會知道是因為我跟她之間有私交。她總是習慣否定自己的，總是說她覺得自己會演得很糟，結果卻做得比你想像中還要好。

EL_ 那我們在帶回到我們先前討論過的話題。你曾經多次特別為米亞撰寫角色，但是在其他的情況下你心裡會不會想，她要怎麼詮釋這個角色呢？還是你覺得你幾乎給她什麼角色她都可以詮釋？

WA_ 我認為她可以詮釋角色範圍很廣，她可以演喜劇，也可以演一些嚴肅的東西。像是《另一個女人》，她的角色就不是很活潑，她很棒，非常棒。不過因為那部電影後來面臨一些問題，讓她的演出沒有獲得應有的評價。我不管丟什麼角色給她，她都可以詮釋，她樂於實驗，像是《那個年代》，當我們開始拍片時，還完全不清楚她的角色定位。你要她唱歌，她就可以唱歌，而且還唱得很好。而且她也非常漂亮，當然。

EL_ 除了《變色龍》、《另一個女人》與《瘋狂導火線》這三部電影中

有專門為她或是配合她寫劇本之外，其他電影也有嗎？

WA_ 是啊，我確實寫了一些讓她可以參與演出的角色，而且也會特別為她安排一些劇情，但是我不需要刻意安排太多東西，因為她可以詮釋得很好。我跟她之間有很好的合作經驗。現在呢，可能，完全沒有機會了，不過畢竟拍過這麼多部電影後，也許已經太多了。我是說，十三部電影真的很多。我之前與黛安基頓以拍了一系列的電影，然而我們最終也是停止合作了。因此也許我們不再合作對觀眾來說是好的，因為我確實會因此陷入一種習慣模式中。不過就專業的立場而言，我對她只有正面評價。

EL_ 米亞本來要拍《曼哈頓神秘謀殺》，後來卻讓黛安接演了那個角色，你說你有針對角色做了一些修改？

WA_ 是的，正如我先前所說，黛安基頓接過這個角色後，因為她是一個極度風趣的人，她自然就會變成喜劇的重心。米亞也可以演喜劇，她也有一種喜感，但是我比她更具喜感。黛安基頓又比我更有喜感，她在大螢幕上就是有一種逗趣的吸引力。我可以花一整年的時間替自己安排一千句搞笑台詞，但是只要鏡頭一對準她，那就是你心中想要看到的畫面。

EL_ 你真的這樣覺得？

WA_ 是的，完全沒錯。這就是我一直以來所看到的，我跟她合作時就會這樣覺得，看到她拍別人的電影時也會看到這樣的特質——那部她與傑克尼克遜及艾曼達彼特（Amanda Peet）合作的《愛你在心眼難開》（Something's Gotta Give）與《婆家就是你家》（The Family Stone），還有她與梅莉史翠普以及李奧納多狄卡皮歐拍的那部小孩要死掉的電影時（此指《親親壞姊妹》〔Marvin's Room〕），她就是有辦法讓自己很有說服力，很多人來告訴我，「天啊，她都五十多歲了，怎麼這麼性感，」或是「我討厭這部電影，但是她演得太好了。」

這種特質也會讓我想到茱蒂霍利德（Judy Holliday），她是目前為止最棒的喜劇女演員。我得要說，她並沒有打算要刻意累積那樣的名聲，她嘗試非常多戲劇方向，她根本不在乎那些。不過假如她有刻意想要打造自己，她一定可以成為像是露西兒鮑爾（Lucille Ball）那類的偉大喜劇演員。對我來說，她絕對比我年輕時那些大螢幕上的喜劇演員還要出色，像是梅德琳卡露（Madaleine Carroll）或是卡羅爾朗巴德（Carole Lombard）。他們都很優秀，不過她更出色。她只是從來沒有想要追求而已，有時候就算她不想要，你也可以看到那種特質。

EL_ 當你這樣告訴她時,她是怎麼反應?

WA_ 她覺得我一定是瘋了。(開始大笑)首先,她是一個非常欠缺自我認同又非常謙虛的人,而這點她卻完全沒有辦法認同我,因為她知道我這人有多呆。她跟我住在一起,也很清楚我的私事。當你跟一個人住在一起太久,對方就會覺得你靠不住,因為你的伴侶沒有辦法甩開(大笑)你平常有多笨手笨腳又可悲的形象。這我也告訴她很多次了。跟她合作《曼哈頓神秘謀殺》真的是一段非常美好的回憶。

EL_ 這觀眾看電影時也可以感受得到。

WA_ 正因為我非常喜愛跟她合作,她可以激發出我最好的一面,而我也可以誘導出她有趣的一面,我們之間有一種默契。我真的很喜歡拍這種充滿往日情懷的神秘謀殺電影,這部片就是那樣的東西。其中包含我所有成長回憶中那些浪漫神秘謀殺的詼諧情節,我相當熱衷參與演出,不論舞台劇或演戲都一樣,因為我喜歡在那些情境中,拋出那些絕妙的俏皮話。我在這部片中有很好的劇情與演員。就跟以往一樣,艾倫艾爾達很精彩地詮釋她的夢中情人,而安潔莉卡休斯頓一向就是這麼優秀。這個情節很有感染力,而我也可以在結局時展現力作。(*最後兇手被殺掉的房子裡充滿玻璃鏡子是他在向《上海小姐》致敬,該主題曲也成為那一幕的背景音樂*)

《曼哈頓神秘謀殺》片尾中設計出充滿鏡子的房子是取材自奧森威爾斯的電影《上海小姐》的片尾設計。

EL_ 你開拍的時候其實還沒有想到那樣的結局，對吧？

WA_ 沒有，我一直都想不出來結局該怎麼設定，不過我最後想到時就寫進去了。兇手本來設定成郵票經銷商，但是我把他改成電影院經營者，然後我就把所有元素都放進去那破舊的電影院中，然後你就要去後台才有辦法看到那些鏡子。那個場景是我們自己搭的。

拍那部電影的過程非常愉快，而成果也非常好，那真的是我最好的作品之一了。唯一的缺點就是那是一部犯罪電影，屬於類型影片，不過對我來說那根本沒有任何差別。我真的覺得那是我最成功的電影之一，因為其中所有元素都很有效果，浪漫情節很有效果，危險情節也有效果……

EL_ 你說你與朱莉凱夫納主演的電視版《別喝生水》比傑克格里森與艾絲多派森絲（Estelle Parsons）的電影版本好看多了。（*根據伍迪的百老匯處女作，一九六六年演出並於一九六九年拍成電影。這是一齣關於來自紐澤西的一個鄉巴佬家庭被迫在一個共產國家尋求美國使館庇護的笑鬧劇。伍迪並沒有出現在百老匯的版本裡，但是等到一九九四年拍成電視劇時，他都可以扮演那位父親了*）

WA_ 最早由盧雅各比演出的百老匯版本其實滿好笑的，但是電影版本真的很糟，堪稱電影史上最糟的片子。而我拍成電視劇的版本就還不錯，那些演員都很棒。朱莉凱夫納（飾演母親）很棒，邁可福克斯（Michael J. Fox，飾演愛上女兒的年輕外交官）也很棒，還有多姆德盧西（Dom DeLuise，飾演長年住在難民營的牧師），我根本沒有辦法保持嚴肅。要跟他一起工作真的很難，我總是忍不住放聲大笑。

EL_ 《名人錄》中，你又找了斯文尼科維斯特復出演戲並將這部電影拍成黑白片。有不少人說肯尼斯布萊納（Kenneth Branagh）在模仿你（扮演李賽門〔Lee Simon〕，一位被短暫帶進名人圈的記者）。

WA_ 拍攝《名人錄》是一件很有趣的事情，不過很多人對這部片太過嚴苛。我自己的感覺是這些人其實不喜歡這部電影，所以他們就需要找到一個理由解釋——非意識中的，而是情緒化的理由——所以他們就針對那件事作文章。而事實上我必須要說，肯尼斯布萊納跟我本身的性格非常不同，然而就算他是在模仿我，事實上根本沒有，但那又怎樣？

EL_ 他飾演一個紐約人，而因為你是紐約人，所以大家就很容易這樣互相取代。

WA_ 是的，那部片在許多年後會得到比現在更客觀的評價，因為到時候

大眾對我就沒興趣了——我並不是說他們總是意識到我的存在——而是當他們在看那部電影時，才有辦法不再將肯尼斯布萊納的演出與我聯想在一起。我一直覺得自己很幸運可以請到他來演出，他的演出絕對比我自己演那個角色要來得精采。他是很棒的演員，而且我覺得那部電影很成功。

那部電影呈現出這個社會觀看名人生活的視野——對於名氣與名人的迷戀，名人生活所帶來的特權，名人生活所帶來的權力與所有人對於這種的回應，還有名人生活的養尊處優。名人生活當然會帶來一些惱人的事情，但從我的觀點來看，名人生活的好處確實多過壞處。

回過來談布萊納這件事，假如說，這樣講好了，假如我看了《四海情深》——我很喜歡這部電影——我們假設查茲帕明泰瑞在電影中就是在模仿艾爾帕西諾，那我還是一樣會喜歡那部電影。我喜歡他在大螢幕上的形象，我喜歡那個故事，完全不會覺得困擾。但是布萊納並不是在模仿，絕對不是菲利普西摩霍夫曼（Philip Seymour Hoffman）在《冷血告白》（Capote）中那種感覺。然而觀眾似乎很流行在我的電影中尋找哪個演員在模仿我的證據，像是《百老匯上空子彈》中的約翰庫薩克就是在模仿我，然後《雙面瑪琳達》中的威爾法洛也是在模仿，甚至還有人說《愛情決勝點》裡的強納森萊斯梅爾就是在詮釋伍迪艾倫的角色……我通常只會微笑地說，「喔，這樣啊，」然後不再搭理，而且這些都是喜歡那部電影的人，我覺得說強納森就是在飾演我的論點也太荒謬可笑了。

我從來不會在意別人不喜歡我的電影，我也不會難過，雖然我也很希望他們會喜歡。當我邀請人們來看我的電影時，通常希望得到的回應是他們會說，「我很喜歡，」或是「我才開始慢慢喜歡這部片時就看不懂了，」或是「後半段我覺得很無聊。」我喜歡這樣簡單的反應。然而當他們開始試圖分析那部電影哪裡不對時，我就毫無興致了。任何人想要在一部電影中找到任何不對的地方都很難，而身為編劇與導演，我總可以找到反駁的立場。我總是會舉一個例子，當《我心深處》上映時，有人告訴我說我不了解即使在這麼嚴肅的電影中也是要有一些幽默的，然後這部片太過嚴肅，太莊嚴了。這就是妙的地方了，你可以舉例說很多電影角色沒有幽默感，像是柏格曼的電影，但卻是非常棒的電影；《馬克白》中也沒有什麼幽默，還有很多例子可以證明即使電影中沒有任何幽默成分也無損劇情的張力。

然而事實卻是這樣，那些覺得電影本身太過嚴肅的人，他本身才有問題。不過關於任何一部電影的評價都可以被任何不同觀點反駁，在這個充滿評價的

社群裡，往往都是這樣的。所以我對於這些分析與討論真的一點興趣也沒有，因為我覺得他們都是包裝在合理化下的情緒化言論。兩個影評看了同一部電影後卻可以有完全背道而馳的評價，然後聽起來都很有道理，那要怎麼辦呢？完全互相衝突的兩種觀點。所以當我在試映室中播放即將上映的電影給兩、三位朋友看時，我都喜歡聽到他們情緒化的反應，而不是他們精闢的分析。

EL_ 我一不小心就跳過《貧賤夫妻百事吉》。麥克拉帕柏特（Michael Rapaport）是一位你個人很喜歡的演員（他飾演一位又笨又可愛的三流騙子。同時也在《非強力春藥》中飾演一位又笨又可愛的拳擊手）。

WA_ 對啊，我很喜歡他，因為他不只是有趣的人，他也很真。他真的完全假不來，他很真。

EL_ 他真的很適合演惡棍。

WA_ 他有很棒的惡棍特質，那是很瑣碎的印象，不太重要的傻印象。那真的是有些笑料在裡面的，因為我的技巧比較好，那個點子很棒，那些笑話也很棒，而且我飾演一個胸懷大志的二流騙子真的還算是有說服力。這就是這個角色與我在《愛情魔咒》中扮演的保險稽查員之間的不同。我不是那種人，所以我就可以輕易地扮演那種老掉牙的三流騙子。（他在片中飾演瑞〔Ray〕，一位有前科的洗碗工人，一心想要一夕致富，他的方式就是就是透過另外兩個蠢蛋〔瓊拉維茲與麥克拉帕柏特〕的協助，從銀行隔壁的店裡挖通道進入銀行保險箱中。他那位擔任美甲師的妻子法蘭琪〔特蕾西厄爾曼飾〕剛好烤了一手美味的餅乾，於是她被安排進入那家店裡烤餅乾並在前台販售，而他們就可以在地下室挖地道。劇情發展成笑料百出的搶劫案──結果他們錯過銀行──但是因為餅乾大受好評使得瑞與法蘭琪鹹魚翻身變成有錢人，結果卻被一個溫柔的藝術經銷商〔休葛蘭飾〕騙得精光，但是瑞與法蘭琪終究報復成功並破鏡重圓）

EL_ 當我們昨天在談論你接下來的新片（此指《命運決勝點》）時，我問你會不會出現在電影中，你的回答是「不，這劇本在寫作階段時讓我感到相當神經緊繃。我覺我只適合出現在一些特定的電影類型裡面。」

WA_ 當我在寫《愛上塔羅牌情人》的劇本時，我有把自己考慮進去，因為我當時想，我已經很久沒有演戲了，應該要參與演出才對。不過我真的很不喜歡那種要事先確認片中有沒有適合伍迪艾倫詮釋的角色的那種過程，所以我發誓我再也不要這樣做了。我也不會出現在接下來要在巴塞隆納取景的那部電影中，那是一部情節嚴肅的電影。也許我再也不會演戲了，因為這樣會限制我

構想故事的空間，因為我得要先顧慮到伍迪艾倫適合演出的角色，這樣馬上就會限定那部電影的類型，這樣我就沒有辦法寫出像是《哭泣與耳語》或是《單車失竊記》那樣的劇本了。

現在呢，如果我有什麼很棒的構想又剛好適合我演出，而且所有選角的人都會覺得，「喔，這個角色一定要找伍迪艾倫來演啊，」那好，那我就會演出。不過那並不是我現在專注的重點，我現在專注在不需要因為得配合什麼事情而受到限制，絕對不會因為我自己的原因而受到束縛。

EL_ 當你在拍《遇上塔羅牌情人》時，心裡就這樣想了嗎？

WA_ 當我完成《遇上塔羅牌情人》時我心裡在想，太糟糕了啊，我居然浪費時間在這樣一部不起眼的喜劇中，我大可拿這些時間去完成另一部像是《命運決勝點》——另一部豐富的電影。我為什麼要浪費時間拍這部片？

EL_ 你覺得自己以後會不會想念演戲？

WA_ 不會，因為我以前沒有演電影時也不會想要軋一角，我之前有很多次連續拍了好幾部自己沒有參與演出的電影——好幾年——因為那對我來說根本沒有意義。

EL_ 人生也不是非得要結束上一章才能開啟下一章。

WA_ 我成年後就一直在拍電影，幾乎，而且我根本不覺得有什麼我會想念的東西。只要有人願意出資我就會樂於拍片，但是如果我明天就拿不到任何資金了，那我也會很樂意寫舞台劇，我會很樂意坐在家裡並試著寫一部小說，甚至在那樣的情況下試著寫自傳或是回憶錄，我就是喜歡工作，喜歡寫作。

電影之路中有一種伴生現象就是電影工業已經發展到一個地步，現在業界充滿一種蕭瑟的責任與義務——就是要宣傳你的電影。現在他們要花這麼多錢宣傳廣告，你就不能只負責把電影拍好就丟給他們去處理，你要表現得很上道並試著幫點忙。這樣就包含了四處旅行並回答問題，接受訪問，試著告訴大眾你的電影好在哪裡，而不能單純地告訴他們就是很棒。這真的很蠢。很多行銷人員會希望用廣告去吸引那些低俗階層的大眾——雖然當我開始進入這個行業時，他們也是這樣告訴我的，「我們在賣福特，不是勞斯萊斯。」因此電影人生中確實有很多我一點也不會想念的事情。

就像我說的，我很樂意去做這些事情，這樣好讓我保持忙碌又可以專注在工作上，但是我也可以用其他方式讓自己保持忙碌並專注在工作上，這現在對我來說很簡易。你不需要早起——我前幾天在跟馬歇爾布里克曼談論關於他最近成功完成的事情（此指百老匯音樂劇《澤西男孩》〔Jersey Boys〕），他

說那種感覺真的太棒了。劇院距離他家不過十五個街口，他睡醒後可以慢慢散步去那裡，修改一下劇本就可以馬上看到付出心血的成果。那與拍電影的痛苦差太遠了，早上七點半就要在凍死人的馬路上架設攝影機，還要拉起繩子阻擋交通，還有一天接一天的雨中場景要拍。

EL_ 那麼演出其他人的電影呢？

WA_ 這我沒有問題，只是從來沒有人問過我。我一直都很願意嘗試這件事，雖然我不想要，像是，去土庫曼拍電影之類的。從影這麼多年來我幾乎沒有被邀請過而且幾乎有邀請的我都有參與演出——像是保羅墨索斯基（Paul Mazursky）的電影我就拍了（《愛情外一章》〔Scenes from a Mall〕）；《高地戰》（The Front）我也拍了；艾方索（Alfonso）的電影我也拍了（《神蹟也瘋狂》〔Pick Up the Pieces〕）。很多人都會請我幫忙——我也出現在史丹利圖奇（Stanley Tucci）的《雙傻出海》（The Imposters）；道格麥克格拉斯（Doug McGrath）拜託我客串一個小角色，我也接了（此指《企業風雲》〔Company Man〕），這對我來說沒什麼大不了的。

我還滿期待有人來跟我說，「我要在紐約拍一部電影，然後你最適合演其中的大學教授或精神科醫生或賭注記錄員」——或是這把年紀來演個老爺爺，很可愛的老語言學家（大笑）——「而且我們打算要給你很高額的酬勞，因為只有你適合扮演這個角色，獨一無二，非你莫屬。」這樣就太棒了，不過這並沒有發生也不可能會發生。

二〇〇六年十一月

伍迪已經完成《命運決勝點》的劇本，目前卡司包含了伊旺麥奎格（蘇格蘭人），柯林法洛（Colin Farrell，愛爾蘭人）——他們都有辦法完美地說出這兩個角色需要的低俗英國口音——湯姆威金森（Tom Wilkinson）與沙力威金森（Sally Wilkinson），然後現在又有新演員加入陣容。

EL_ 海莉艾特沃（Hayley Atwell，飾演伊旺麥奎格追求的女演員）對我來說是新面孔。

WA_ 她對你來說是新面孔是因為這也是她的第一部電影。這個角色的人選有很多，但是沒有一個我覺得適合的。我那時候收到一堆英國女演員試鏡的錄影帶，大部分都是因為某種原因不適合，然後我就看到海莉的試鏡錄影帶。對我來說，她的美很有趣。她的長相一點都不商業，就是一張有趣又美麗的臉，

而且她會演戲。所以我們就請她飛到紐約並讓他在我面前讀台詞，不過她幾乎肯定可以拿到那個角色，若是我不確定自己要不要用她，我就不會讓她飛那一趟到紐約了。只要我決定要讓誰飛來見我，那表示我一定會用這個人。他們唯一會搞砸的可能就是他們跟我想像的完全不一樣或是真的很糟——那也不是不會發生，但是通常飛來見我的人不會發生這種事情。我可能會在電影裡面看到某個演員，然後我心裡就會想，喔，好棒。我就會邀請他們來談談，等到他們一離開我就會跟茱麗葉說，「我不覺得我們應該請這些人來演戲。」但是這不常發生就是了。

《命運決勝點》中的海莉艾特沃。

EL_ 你有花很多時間才找到所有的卡司嗎？

WA_ 這部片的選角過程非常容易。我一直都是湯姆威金森的影迷，所以這部片就得要照他的工作計畫進行，他說他老早就已經計畫好全家一起去渡假了。茱麗葉推薦伊旺麥奎格，我當時對他不是很熟，只在音樂劇《紅男綠女》（Guys and Dolls）看過他的演出，我很喜歡他，不過只看過他演的一部電影，很久以前的片子了。然後我當時根本不認識柯林法洛，我在泰利馬力克（Terry Malick）的《新世界》（The New World）裡看過他，他那時留著鬍子。這兩個人都是劇組推薦的。我只見了柯林六秒鐘，他來見我時，「嗨，」他說，「我來了。好了，我想你現在應該是要請我走了吧？」然後我說（大笑著），「是的。」他一離開後我就說，「完美的人選。」

我一開始不是很確定自己是不是想要找他們這個年紀的人，還是想找兩個二十出頭的小孩來演這部片，後來我覺得他們會把這個故事詮釋得更好。找柯林來演真的找對人了，伊旺也是一樣。伊旺無所不能，假如你給他一台古董老爺車，他一跳上車就可以馬上開走；如果他需要先倒車再開下一部古董車繞著四個直角開一圈，他也沒有問題；如果你要他開船，他就可以開船（他大笑著）。

　　EL_ 有一幕是柯林法洛站在大樹下，當他理解到自己被吩咐要做的事情之後臉上流露出抽搐的表情。

　　WA_ 這些人不過就是在發揮自身所長，然後我就可以從中獲得導演的尊榮。假如他們的演出在我眼中有什麼不對勁，我一定會阻止他們，但是這種事情完全沒有發生過。我覺得，嘿，很棒。看看這些人怎麼詮釋我的劇本的。我真的太幸運了。

　　EL_ 莎莉霍金斯（Sally Hawkins）呢？

　　WA_ 英國的劇組人員向我推薦一位女演員，我發現應該要讓她演出，因為沒有人比她更好了，不過我也覺得應該還可以找到更好的演員。我要求他們再找一些演員給我挑，莎莉就在其中。當我在錄影帶上看到她的那一刻，我就覺得不用懷疑就是她了。

　　EL_ 這些演員在真實生活中，真的會使用低俗口音的英語嗎？

　　WA_ 我想莎莉會。（暫停之後開始大笑）你知道（越笑越大聲），我根本不會和他們說話。

拍攝‧佈景與場景
Shooting, Sets, Locations

4

拍攝、佈景與場景
Shooting, Sets, Locations

一九七三年夏天

目前是伍迪短暫停工時期；《傻瓜大鬧科學城》即將發片，他正準備著手寫《愛與死》的劇本，而他目前建立的名聲完全都要歸功於喜劇片。他最早的兩部電影——《傻瓜入獄記》與《香蕉共和國》完全是喜劇獨白式作品，總是一而再，再而三地連串起口語或視覺上的笑料而成，因此也就沒有什麼電影美學可言。然而在《性愛寶典》的部分場景上與《傻瓜大鬧科學城》整部電影，他相對付出更多心思在視覺形態的表現上，而且可以讓人強烈感受到他絕對不是那種想要重複拍攝同樣類型電影的人。而他的下一部電影《愛與死》將開啟他接下來超過三十年電影故事中豐富又多元的風格；其中《我心深處》延續那種強烈的張力；接著是《曼哈頓》這種搭上喬治蓋希文（George Gershwin）音樂去讚嘆紐約的華麗黑白片。再談到之後型態廣泛的幾部電影，其中包含了紀錄片型式的《變色龍》、回憶大蕭條年代現實與夢幻的《開羅紫玫瑰》、緬懷兒時光景的《那個年代》、寫實刻畫的《賢伉儷》、音樂劇型態呈現的《大家都說我愛你》以及深刻劇情片《愛情決勝點》。

WA_ 我總是要不斷用學習的角度思考。我沒有辦法說，就這樣了，反正我就是專門拍超寫實電影的傢伙，這就是我唯一要做的事情……不是這樣的。我反而更覺得接下來這幾年我應該要實驗一下不同種類題材的喜劇片。

EL_ 在我來看，比起學院派的人，你的發展是比較直覺、比較革命式的感覺。你有沒有向其他導演討教過？

WA_ 是有一些。我在拍攝《傻瓜入獄記》前有跟亞瑟潘（Arthur Penn）聊過，但是我不太閱讀電影製作類的書籍。我沒有任何技術背景，即便現在也是。我覺得電影工業把技術背景這件事吹捧得太過神奇奧秘了，拍攝與燈光技術其實都可以很快就上手了。

電影課程也不會有什麼幫助，那就是天生擁有的東西。有人就是可以像導演一樣說出心裡想要說的話，他就是可以找到方法。我身邊圍繞著拍片時需要的各式各樣專家，我可以告訴那些人我想要怎樣拍，假如有需要，隔天回去時重拍也可以。你不可能兩天就學會貝納多貝托魯奇（Bernardo Bertolucci）的拍片手法——那是天生的。不過呢，那就是他的天賦——風格則是種加分。那完全看你想要說什麼，而不是你想要怎麼說。如果你拍了一部不好笑的電影，那拍起來怎麼樣根本不重要，因為不會改變什麼。那就是你看著鏡頭時需要的常識。

EL_ 《性愛寶典》中那段義大利的故事似乎就是你想要嘗試不同東西的例子。你談過露易絲拉瑟說自己在劇本中有看到這段，後來卻因為要放進俄南與他妻子那段故事而刪掉了，她說你有找她跟你演這段故事，不過她跟你爭執應該把刪掉的那段故事放回去。

WA_ 是的，她說她覺得那段故事很棒，比我原本的風格更好也更有趣，然後我們就開始討論這個部分。我看了那段故事拍成鄉村風格的樣子，徹底的鄉村風格；也看了拍成維多里奧狄西嘉風格的樣子，我完全沒有想過要用現代義大利的角度來呈現這個故事。這故事就是關於一個小農莊的有夫之婦沒有辦法獲得性高潮，於是他們去教會尋求牧師的幫助。我覺得西西里島小村莊的農夫完全符合這樣的背景，而且這個故事可以像《不設防城市》或《單車失竊記》那樣用黑白片的方式呈現。

然後她就說，「不、不。我聽到寬敞走廊傳來的腳步聲，我也看到法拉利那類的東西。」我就說，「妳瘋了嗎，用那種人來詮釋絕對不可能，因為那種人不會有這種問題，而且根本不可能去找牧師尋求協助。」我們不斷地爭論，然後她說，「你為什麼就是不肯用現代義大利的奢華感來表現？」我的腦海中突然閃過安東尼奧尼的名字，然後我說，「沒錯。」

我有試著找寶拉普來提絲（Paula Prentiss）與李察班哲明（Richard Benjamin）來演（他們是夫妻），然後我也有找約翰卡薩維蒂（John Cassavetes）與拉寇兒薇芝（Raquel Welch）來演出，然後這些人都沒有空來拍這部電影，最後我決定自己與露易絲拉瑟搭檔演出。當我開始進行研究時，腦

海中出現越來越多想法，我真的開始對這個故事產生情感，就是愛不釋手。其中有些場景拍得很有格調，像是我從婚禮逃掉的那一幕，她站在公寓的百葉窗邊等我——很美。色調很美，看起來像是貝托魯奇拍的諷刺版本。那個場景很暗，桌上還有花瓶插著一些紫色的花，外面的光線透過百葉窗穿透進來，有些部份感覺很有歐洲風情，（他大笑著）有些則不是那麼地好，安靜（當螢幕出現英文字幕時伍迪與拉瑟正說著義大利文）。

露易絲拉瑟在《性愛寶典》其中那段義大利故事的場景之一，伍迪表示自己得以採用自己欣賞的風格來拍攝一些諷刺的場景。

I have waited so long
for this moment.

go easy on my hymen.

每一個場景都有可能讓我們花上三小時來拍攝，不過我除了要擔心自己是在模仿某種特定風格外，其他沒有什麼好擔心的。假如我在《傻瓜大鬧科學城》中採用那樣的拍攝方式——假如麥爾斯孟洛（伍迪在片中的角色）在跟泰隆博士（幫派成員之一）聊天時我們採用背光的方式取景並讓麥爾斯的身影落在一棵樹的兩片葉子之間——這樣反而不好，這樣會剝奪電影中的喜劇元素。

　　就像是麥克尼可斯指導百老匯的舞台劇——簡單，快速，乾淨，燈光，完美。相反來看，伊力卡山（Elia Kazan）的導演方式，就有點像是 J.B. 羅傑斯那樣，區域性燈光與聚光燈，很有趣沒錯，不過會毀了喜劇效果。

　　EL_ 因為喜劇中很重要的關鍵就是要讓觀眾專心大笑？

　　WA_ 喜劇就是得靠讓觀眾大笑才能生存，沒有別的選擇。要逗一兩個觀眾笑不難，但是要讓電影在快節奏中，持續帶領觀眾大笑九十分鐘不冷場就很難了。當你想要嘗試其他事情時就會變得相當困難。大家就會開始告訴你應該要安排一些有趣的角色來搭配這個故事。沒錯，那絕對是你想要辦到的事情，全部都很棒——假如可以讓笑聲不止的話。不過要是沒有笑聲，那些東西就一點意義也沒有了。假如只有笑料而沒有風格，那你就有機會拍出一部滿足大家的電影。

　　EL_ 你在《再彈一遍，山姆》中呈現出許多自己想要的場景與角色的怪癖，雖然那部電影是賀柏羅斯導演的。

　　WA_ 《再彈一遍，山姆》會讓人記得的就是其中笑料百出，假如其中沒有大量笑料，所有與角色相關的東西也都不會有意義了。此外，這部片本身就是舞台劇，而舞台劇中角色發展是很重要的。我想等我百年之後，人們會窩在床上看《再彈一遍，山姆》然後說，「喔，這部六〇年代的電影還挺可愛的，」就好像我們在看《一夜風流》（It Happened One Night）那類的電影一樣。我不是在說《再彈一遍，山姆》非常棒——不是這樣的。人們當然更有可能窩在床上說，「看一下別台在演什麼？」

　　我所喜歡的電影，《再彈一遍，山姆》算是例外，像是卓別林與馬克斯兄弟那種類型的電影的製作方式，就不是適合在電視或在家中看的電影（他當時在這部分說的是他早年的喜劇電影，而他的電影，這麼說好了，《安妮霍爾》之後的作品就很適合觀眾在家收看，因為這些電影都不需要依賴那些讓人捧腹大笑的情境）。我想當你會想出門去人擠人看電影時，那些觀眾就會有一種共同的期待，那裡會有一種全體經驗的效應。不過當你在家裡看同樣的電影時，反而會失去那種樂趣。比起《一夜風流》，我更想隨時走進電影院看《鴨羹》。

然而當我一個人在家看電視時，我就需要劇情。希區考克曾經跟我提過這件事
——我問他電視劇跟他的電影之間有什麼差別，他說電視上所有東西都講求劇
情。

EL_ 除了《再彈一遍，山姆》外，比起舞台劇，你的作品在電影中看起
來比較渾然天成。

WA_ 是的，《傻瓜大鬧科學城》與《性愛寶典》基本上就是我在演出為
我量身訂做的喜劇。我必須扮演《傻瓜大鬧科學城》中的喜劇角色。這部片本
身就是一部關於喜劇演員的電影，就像格魯喬的電影就是關於格魯喬馬克斯。
《鴨羹》不是一部你可以隨便請演員來拍的電影，而我就是《傻瓜大鬧科學城》
這部片好笑的關鍵，我讓這部片變得好笑。反觀《再彈一遍，山姆》就是完全
不同的戲劇經驗，我把劇本寫好後由其他演員在舞台上成功演繹，他們表現得
甚至比我還好。那是一種比較傳統，也比較受歡迎的方式。

相反地，很多人會跟我說，「你不要再拍這種電影了——那不適合你的
風格。」《再彈一遍，山姆》完成後我收到很多來信說到，「喔，看來你也出
賣自己了。」不過我還是不會因此卻步，不管誰說什麼都一樣，我都會再拍一
部像是《再彈一遍，山姆》這種類型的電影。我想要嘗試所有東西，我不認同
那種只能拍一種類型電影的說法，我覺得這樣想是錯的。

（二〇〇六年他又加了一段話）當我拍完《安妮霍爾》時，不少人覺得
我竟然出賣自己或是犯了一個滔天大錯，因為我就是適合拍《香蕉共和國》、
《傻瓜入獄記》、《愛與死》那類瘋狂電影的人，而我要是不拍那種充滿瘋狂
笑料、無法無天的笑料喜劇就沒有辦法取悅他們。《安妮霍爾》讓我印象非常
深刻，不只是因為我一直收到詭異荒謬的信件，也是因為那些人都是我身邊的
人。查理喬菲（Charlie Joffe）就這樣對我說，「天啊，我朋友們都說他們搞不
懂你為什麼要浪費時間拍這種電影。」當然，我在拍劇情片時絕對會發生這種
事情。鮑比格林恩赫特（Bobby Greenhut）也曾經聽到別人說，「他為什麼要
拍那種電影？」還有喬爾舒馬赫（Joel Schumacher，導演）——他是我私下非常
親近的朋友——他也在看完《情懷九月天》後對我說，「你為什麼要拍這種
電影？」我想很多人搞不懂的是，我為什麼要去拍那些別人認為我不可能會拍
得好的電影，而且就算我成功完成了也不會有市場。他們這麼想也不是沒有道
理，而我總是會禮貌地說，「我想你說得沒錯，」然後依然故我地做自己想做
的事情。

一九八七年九月初

伍迪的公寓。他正準備要開拍《另一個女人》，但是對於一個關鍵的決定還懸之未決。

WA_ 我還沒有決定到底要拍成黑白電影還是彩色電影。我昨天跟傑夫庫爾蘭（Jeff Kurland）聊了很久，他是劇服設計師。他自己也猶豫不決，但是有點偏好彩色電影。他覺得黑白片會讓觀眾從一開始就沒有辦法專心，然後這有什麼關係？儘管只有百分之一的機會也值得這樣做。

EL_ 你覺得這樣會遇上什麼問題？

WA_ 我可以任意決定自己想要把什麼電影拍成黑白片，只要我高興就可以了。這樣的好處是，部分夢想的東西呈現出來會比較有感覺，那不是可以靠言語傳達的。相反來說，黑白片比較有距離感。我希望透過這些角色讓觀眾在情緒上融入劇情，我不想要有偽裝的感覺——不過那是我最不需要擔心的事情。我只是想要針對這個題材做出正確的決定，而我覺得整個故事在彩色的情境下比較有感覺。不過現在唯一合理的事實就是黑白片已經很少見了，因為不一樣的關係，黑白片在現在這個年代運用在題材上多少還是有些分量。我不想要觀眾走進電影院後才感覺到距離，我想要讓他們坐下來看電影，而不是坐下來後馬上說，「天啊，到底是為什麼要拍成黑白片？」我希望他們就是單純來看電影。

EL_ 我想現在人會覺得黑白片過時了。

WA_ 是啊，部分的觀眾就是不會去看黑白片，他們覺得那是比較次等的電影，不然就是覺得你是因為沒錢才會拍黑白電影，再不然就是打從心裡不喜歡黑白電影。不過那也不是我想要吸引的觀眾就是了，我覺得這種觀眾不要來看比較好，他們不能了解細膩之處，那麼基礎的東西在他們眼中卻是個問題。

我正在用不同的角度考慮這部片該用什麼方式呈現。這部片有秋天的色調，我可以採用黑色與冬天灰暗的服裝來拍成一部彩色片，這在片場拍沒有問題，不過一旦是在街上或餐廳中就會碰到麻煩了，因為你沒有辦法重新漆過整座城市，你只能依照自然的樣貌去拍攝。相對來說，這部分對於《情懷九月天》這種電影來說就很簡單了，因為整部片只有一個場景。我當然在那部片中也有運用一些色彩基調，而且看起來真的也很棒。

然而時代片還更好控制——燭光，骨董家具。現代房子裡有電視、電話，那類的東西，而時代片卻相當不一樣——高級燈飾或琺瑯瓷台燈，那是一種現

代家飾中找不到的詩意。我現在要拍的電影是現代電影，因此不是很確定拍成彩色片有沒有辦法呈現那種效果，黑白片就可以。不過在第一幕我們就會看到吉娜羅蘭茲走進黑白片中，那可以馬上吸引觀眾的目光卻又同時製造出一種距離感，這實在很難權衡。

兩星期過後，伍迪人在思尼登斯蘭丁（Snedens Landing）小村勘景，那是位於曼哈頓哈德遜河上游的高級住宅區，當時《另一個女人》再過幾天就要開拍了。攝影師史文恩尼克維斯特穿著一件厚棉長褲與襯衫，雙手的袖口都捲了起來，其中一隻手裡還抓著一件防風外套；伍迪穿著卡其褲與一件褐紅色的外套，每走到一個定點，伍迪就開始對史文恩解釋他希望那個鏡頭可以呈現的樣貌。他們兩個人的右耳都聽不太清楚，所以每當他們開口說話時，就需要面對面將左耳湊向對方的嘴邊聆聽。

他們目前正在尋找瑪莉詠（羅蘭茲的角色）父親的那棟房子，這個角色由約翰豪斯曼飾演。草皮最上面有一間小房子，四周雜草叢生，史文恩穿過那些藤蔓並繞過一棵樹。

「史文恩是在找拍攝的角度，還是他想要找地方尿尿？」伍迪問我。

史文恩示意要伍迪過去看看，「拍攝角度，」伍迪洩氣地說，「我真是好狗運。」他快步穿過草叢往史文恩那裡走去。他們站在那裡討論好一會兒後，伍迪卯足全力跑了回來，然後開始不停用力踏步想要甩掉身上沾到的東西。他的焦慮表情讓我想到他以前單口相聲時說的一句話，「我與大自然合而為二。」

他們一一走過那棟房子裡的每一間房，餐廳裡的壁紙太過混亂，不過場景設計師山托洛夸斯托說他可以解決這個問題。史文恩注意到樓梯間某一角的光線，他不喜歡白色門框與紫紅色牆壁所呈現的對比，卻喜歡書房裡的那面牆。伍迪看出了這些房間在電影中如何呈現的方式。

「我們可以在晚餐後上去並進來這裡看看這些照片，」他說，然後又對山托說了句，「把書房弄好看一點。」史文恩靠在另一邊的門上，看著房間裡的光線。

伍迪說起那棟房子，「比我想要的還大，不過這棟房子很有趣。」

史文恩對這房子也同樣感到興趣，他回答，「如果你想要，我們也可以用比較大的鏡頭讓房子看起來小一點。」

每個人都提到現場那一大片鑲鉛的正方形玻璃所投射的大量光線。當勘景小組與我單獨站在那一分鐘後，他說，「有件事情不要張揚，那片玻璃上紅色那一小塊是很多年前拍廣告時所留下來的玻璃紙。」

即使開拍在即,究竟是要採用黑白或是彩色電影拍攝這個問題依然懸之未決。正當我們驅車回曼哈頓準備前往格林威治村看另一個景點時,電影製作經理正在打電話安排道具、攝影、接送以及隔天試拍時會需要到場的工作人員。然而就在我們走進那棟房子的二十分鐘後,伍迪決定放棄黑白片的想法,因為所有他與史文恩及山托討論到的選項與考量都是以彩色電影為基礎。

當車子繞過中央公園準備開回伍迪的公寓時,我們停在東區七十二街路口的紅綠燈前,接近傍晚的陽光加深了眼前所有景象的色彩——樹葉更綠了,黑色柏油路也更加深沉,停在我們前面的黃色計程車也更為亮眼。陽光的角度讓計程車窗顯得濃黑,完全看不清車裡有沒有人。然而接下來計程車裡的那個女人舉起她的右手放在頭上,高度足夠讓照在計程車上的光線打亮她的棕色肌膚與紅色指甲,那隻手臂在窗戶框裡呈現濃烈的色調。「看那隻手背!」史文恩大喊了一聲,「那台車本來什麼都沒有,現在卻不一樣了!」

伍迪微笑著說,「布紐爾的手臂。」

史文恩尼克維斯特是伊格瑪柏格曼電影中最受備受稱讚的攝影師,他也與伍迪合作了四部電影。

一九八七年十月底

《另一個女人》已經進入後製好幾個星期了。

EL_ 這部片拍完後跟你當初想像的一樣嗎?

WA_（他先是笑了幾聲）當我在母片裡一聽到米亞的聲音時我就想，喔，這不是我想要拍的電影。那是心裡聆聽到的，你可以透過一種特定又確切的方式聆聽，不過目前為止確實還是我構想中的電影。

EL_ 這是你第一次跟史文恩合作，你們在前製階段是如何準備的呢？你怎麼讓他了解你想要呈現的景象，然後你要怎麼了解他的想法？

WA_ 我們並沒有花非常多時間討論要怎麼拍電影，但是多少都透過一些機會來潛移默化彼此的想法——勘景、吃晚餐、一起看電影，再加上一兩次為時兩、三小時的正式討論，我們一頁一頁把劇本看完。最重要的兩個決定就是，我們要拍黑白片還是彩色片，然後夢境或是回憶段落要用不同的方式處理嗎？最後就是在拍攝現場的小討論。

EL_ 你們有一起看電影嗎？

WA_ 我們一起看了三部電影，不過不是為了研究而看這些電影，純粹只是想花點時間相處一下。我們看了《鑰匙少年》（Orphans），然後他看了《情懷几月天》與《那個牛代》——其實他本來就看過了——然後我看了《犧牲》（Sacrifice）與《情人保鏢》（Someone to Watch over Me），這些電影都有可助於引導我們互相討論一些事情，我們聊天時很自在，當我們播放電影時，我就會觀察片中攝影師的拍攝方式，結果通常只有兩種——拍得很棒或拍得很爛。不過戈登威利斯、卡爾羅迪帕爾瑪以及史文恩——這些人不會讓你失望。

EL_ 我留意到這麼多年來你一直很討厭藍色，為什麼呢？

WA_ 我總是比較偏好暖色系，藍色是致命的顏色。這說來很弔詭，不過戈登威利斯從來不用這個顏色，太冷了。這部電影有點像是單一色調的電影，黃色太過擁擠，褐紅色太顯髒，白色也是戈登覺得危險的顏色。史文恩說《哭泣與耳語》之所以可以呈現歡愉氣氛是因為片中採用紅色作為基調，而他們最後在校色時將演員臉上的紅色抽掉，不過背景還是保留紅色，結果演員的氣色就顯得非常好看。

EL_ 你們兩個是怎麼互相調整彼此的合作方式呢？

WA_ 史文恩反應很快——而且很棒，當然。我們之間唯一需要磨合的地方就是他之前已經跟柏格曼合作很多年了，所以他非常注重演員的鏡頭，因為柏格曼電影中演員絕對是最重要的先決條件。我是說，演員，演員，燈光要打在他們的臉上，確定觀眾可以看到演員的臉。

我當然也覺得演員的表情很重要，但是我更注重整個鏡頭呈現出來的感覺。因此當我們在拍金哈克曼與吉娜走上樓並出現在走廊底端的那個鏡頭時，

史文恩就在他們身上打了更多的光，比我要求的還要多，我在拍攝當下並不知道會發生這種事。

後來我們就討論了一下，我說，「天啊，這太白了，太亮了，我以為走廊上面會是暗的，我只要後面那扇窗戶照進來的光線就好了。我還探頭看了一下走廊。」

然後他說，「不這樣打光就根本看不清楚演員的表情了，這樣拍起來確實會很美，但是就看不到演員的表情了。」

EL_ 你認為史文恩的風格與……這麼說好了，他與戈登威利斯的風格你比較偏好那一種？

WA_ 我覺得我應該站在兩者之間。戈登非常投入在整個鏡頭的效果上，他完全不擔心演員的臉，他打燈時在意的是完全不一樣的事情，這點我非常欣賞，也覺得非常棒；然而史文恩則是在完全相反觀念中所訓練出來的攝影師。我覺得自己應該處於中間，我多少也想看到演員的表情，但是我完全、完全不想要像是史文恩想像中那樣或像是柏格曼那樣的效果。我完全不想要有任何摧毀性的改變，不過我要的確實超出史文恩過去習慣的方式，那也是我們唯一意見相左的事情。我不是說我們有爭執，只是需要討論這些事情罷了。其他部分就很自然，因為我拍攝主要鏡頭（採用連續鏡頭拍攝的場景）時不喜歡採用補充鏡頭（從不同的角度拍攝，針對某個演員的特寫鏡頭或是對話時將鏡頭架在彼此肩膀的位置），而他也不喜歡。

EL_ 那是歐洲的拍攝手法，描述式的，就像你講過的，一方面是因為預算不多，所以可以搭景拍攝的時間就相對更少了。

WA_ 沒錯。戈登的手法就相當美式，很棒。他要是可以跟約翰福特那類的人合作就會非常轟動。他鏡頭中的光影都非常美（拍過《教父》系列三部電影），就像林布蘭那樣，他就是喜歡在光影中呈現出畫布的感覺。至於卡爾羅，相反地，就是不斷地連續動作，他就介於他們兩者之間。雖然史文恩也喜歡拍連續動作但卻不像卡爾羅那樣狂熱，而且卡爾羅是非常懂得營造美麗的氣氛，而戈登應該是全世界技術最好的攝影師了，就舉《變色龍》為例好了——看看那些不同的鏡頭運用與老式的電影膠捲。

EL_ 史文恩是個性非常溫和的人，而且就我所知戈登算是滿有脾氣的人。

WA_ （大笑）我曾經看過他早上起床臉很臭又不想說話的樣子，不過他不曾跟我發過脾氣就是了。

EL_ 你跟他合作的第一部電影是一九七七年的《安妮霍爾》，他對你來

說似乎是一位非常棒的老師。

WA_ 我在與戈登合作前就已經拍過一些電影了，我一直試著想要學習進步。我開始比較關注在電影呈現出來的樣貌，我想你在《性愛寶典》中就可以看到些微的改進，而在《傻瓜大鬧科學城》則有更多進步。我在接下來的《愛與死》中與基斯蘭克羅奎特（Ghislain Cloquet）合作，他是位非常優秀的比利時攝影師，這部片中我也有相當多的進步。我一直想要在構圖上有些發展，而不僅僅是在功能性地拍攝而已。

我認為這部片理論上是一部關於俄國的故事，那勢必在片中就要出現一些俄國電影的風格——大型動盪的連續長拍鏡頭與奇怪的拍攝角度——這就會成為這部電影的部分風格。不過這部片終究是一部喜劇片，在我記憶中這是我最好笑的幾部電影之一。我更偏好《傻瓜入獄記》與《香蕉共和國》這兩部電影，因為劇情更加整合，是有故事脈絡的。然而我一直覺得其中是有架構的，即使有些人不是很認同，像是《香蕉共和國》。他們看不出來，因為他們只覺得那部電影中就是笑話——笑話——笑話——笑話——笑話。

總之，我所謂的構圖並不只是在說透過螢幕表達訊息——我們的兩個鏡頭；你的特寫，我的特寫——完全沒有電影拍攝概念。這種手法確實出現在我一開始的那幾部電影中，因為那時候我唯一能仰賴的就是喜劇了；我知道我很好笑，我知道我的笑話很好笑，我知道要是說給觀眾聽，他們就會開懷大笑。假如要用一些無關緊要的手法，讓這些電影看起來更加混亂似乎是自尋死路——當然了，特別當你在拍那種電影時。等到我透過這幾部片建立起自信後，我就開始想要有更多構圖，可以採用電影藝術的方式來描繪一段故事，不用擔心害怕會有什麼事情妨礙笑料的呈現。因此我越來越喜歡在這些手法中摸索，也越來越勇於冒險。當我在拍攝《安妮霍爾》時，因為戈登威利斯的關係，現場的燈光就開始越來越暗，我甚至讓這些角色在鏡頭外講台詞，那並不是正規的電影拍攝手法。我從他身上學到好多東西，我真得很幸運可以從賴夫羅森布魯與戈登身上學到這麼多，他們在各自的領域中都是大師級的人物。

EL_ 你認為拍攝手法是你天生就擁有的嗎？像是一種風格，還是慢慢發展出來的？

WA_ 拍攝手法一定是靠學習而來。你知道這是什麼意思嗎？這就像是投球、打撞球或是彈鋼琴那樣，你突然間領悟到原來自己會這件事。當你跨過那條技術界線後，你就突然發覺自己其實是真的會這件事，拍電影其實也就是這個樣子，某天我抬起頭來突然覺得要在電影中採用某種技術手法並且對於怎樣

的手法可以改進構圖而充滿興趣。現在我知道要怎麼拍電影了,任何人都可以放心地把錢交給我來拍電影,他不用擔心自己把這些錢掏出來後會不會換來一部所有演員都面對同一個方向在講話的電影。

EL_ 這種突破是從什麼時候開始的?

WA_ 我在拍攝《安妮霍爾》後開始有這種感覺,就在拍攝完成後有很明確的感受。這種感覺在拍《我心深處》時又更加鞏固,然後當我拍《曼哈頓》時,有很徹底的感受。後來我覺得自己拍《漢娜姊妹》時又更進一步,而《情懷九月天》(即將上映)中又覺得更進階了。

我覺得《情懷九月天》是一部拍得比之前所有作品都還要好的電影。我在這部片中的手法比較成熟,因為我們都在同一間屋子裡,攝影機就不停移動著,鏡頭前有好多事情在進行著,這是我在早期電影中不可能會出現的處理手法。然而我現在覺得某種攝影手法已經在我心中沉澱,想都不用想的。我可以直接走進片場,一切就這麼順暢又自然地進行著,我根本不需要知道,也根本不需要特別想過今天早上要拍什麼鏡頭。我一點都不在乎。我只要走進片場,腦袋就會有人跟我說,「好的,我們現在要先拍她走進公寓的那一幕。」我左顧右看一下,然後我就很清楚那就是我要拍攝的場景。

現在呢,要拍攝像《那個年代》這樣的電影,我必須說,這在作品規畫上就要非常謹慎──這部片有許多關於陳設與藝術指導上需要注意的地方;然而在《另一個女人》這樣的電影中,你在不同的自然場景間遊走,盡可能找到最好的景點並進行一點上色或更換道具來製造出某種表象上的一致性,但卻不需要在主要藝術指導上冒任何風險,那不是那部片的重點。那部片的重點在人,那些人坐在房間裡說的話與心中的想法,才是故事的重點所在。

EL_ 你跟戈登之間是怎麼討論鏡頭拍攝的方式呢?

WA_ 戈登與我會在拍攝現場討論,我會告訴他我想要怎麼樣拍攝,大部分的情況下他都會同意我的看法,不過有時候他會說,「不行,要是這樣拍,看起來會很假,」或是「那之後看起來會很俗氣,」接著他會向我解釋他的論點,然後我都會覺得他說得對,因為他講的有道理。假如我覺得他說的沒有道理──這種情形相當罕見──那我要不就是兩種鏡頭都拍,不然就是照他說的拍,但是心中有所保留,事後再看要不要重拍。不過他的直覺真的很厲害,幾乎每次他糾正我的地方都是很好的糾正。

別忘了這些都是喜劇片,我通常很清楚喜劇片應該要怎麼拍。舉例來說,《安妮霍爾》中,我知道當我與黛安基頓見面時會是在打網球的場合,這場面

很顯然應該要用廣角來拍，這在大多數的情況下都是完全符合邏輯的。然而我卻在這樣的情況下告訴他，「嘿，如果我用這個方式拍黛安基頓，那我說笑話時就不會出現在螢幕上了。」然後他就說，「沒關係，他們還是聽得到。」（大笑）

EL_ 聽起來你們之間擁有很好的合作關係？

WA_ 我跟他之間的關係非常好，跟他一起工作真得很愉快。他是個非常小心謹慎的人，他那種依據燈光調整拍攝的工作就需要這樣的工作態度來完成。我在那個人生階段中碰巧偏好比較鬆散的工作方式，當我一開始與戈登工作時，他的一絲不苟對我有很大的幫助，這樣的紀律可以幫助我學習。等到你全部都吸收之後，你就想要開始破壞規則並嘗試不一樣的工作方式。

一周之後，伍迪正在格林威治村的一家餐廳裡拍片。劇組人員用道具阻擋陽光，因此街上的光線顯得更加單調，因為伍迪不想要讓陽光干擾現場的燈光。當大家辛苦工作時他說，「太陽就是我的天敵，我很討厭太陽，討厭一早睡醒要看到太陽，我討厭夏天的太陽，太陽是致癌物。我昨天走到公園時到處都是人，就好像喬治秀拉（*Georges Seurat*）的畫（《大傑特島的星期日午後》〔*Sunday Afternoon on the Island of La Grande Jatte*〕）一樣，但是就被那熾熱的陽光毀了。」

正當燈光人員調整燈光音影時，史文恩說，「看起來應該很容易的，往往都是最複雜的。」

光線還不是現在唯一的問題，這一幕是在拍攝吉娜羅蘭茲那個角色與他弟妹的主要鏡頭，她向吉娜要錢，不過對話聽起來卻不太自然。「現在的問題是，」伍迪說，「要讓這些書寫出來的文字聽起來像是人類的對話用語。這是我完全按照自己的抑揚頓挫寫出來的句子，因此要是我來唸就會聽起來很自然，但是對於講話有不同抑揚頓挫的人而言，就要花點時間琅琅上口。」

幾天過後在曼哈頓電影中心，伍迪與史文恩尼克維斯特一起來看昨天拍攝的母片。伍迪一如往常坐在投影機下方的情人沙發上，史文恩、我以及其他人則坐在那些排在旁邊的天鵝絨椅上。今天的氣氛有些緊繃，這幾天幾乎每天都會出現一些負片輸出的問題，今天大家也在擔心會不會又發生什麼事情。就在昨天，星期一，我們發現星期五拍攝的部分看起來太黃又太紅。「在歐洲，」史文恩說，「我們都不會在週末前把負片送去沖洗，因為週末時不但換班也會換主管，那代表原本設定好的時間也就換了。」

WA_（因為面臨一些麻煩的關係，他顯得有些故弄玄虛）我們跟度藝

（DuArt）之間的合作運氣一直都還滿好的，他們知道我喜歡溫暖的色調，所以都會這樣去調整，但是這些顏色（灰褐色與相關的柔和陰影）讓牆上都冒出紅色了。

史文恩尼克維斯特_我每次坐下來看母片時都會想，我應該要覺得丟臉嗎？當我還是小孩子時以及剛開始進入這行時都會這樣想，不過那樣很好。

WA_（揉揉眼睛，仰頭在禱告似的）拜託，喔，拜託，希望母片沒有問題。

那些在劇院拍的鏡頭，簡直是場災難。這些鏡頭的光圈 f 值都至少小了一級，遠比伍迪可以接受得還要暗太多，雖然他其實不會很介意演員的臉有點暗。第一幕，桑迪丹尼斯（Sandy Dennis）與伊恩荷姆的鏡頭中，根本看不出來畫面上的人是誰，因為為了要呈現出整個舞台，所以把攝影機架太後面了。伍迪轉頭告訴史文恩，「我們不應該受到太多傳統觀念的限制，一開始就應該由後向前拉近到他們的臉上，這樣就知道那是桑迪與伊恩了。」

第三個鏡頭，爭執的場面，女演員臉上的光線不足，伍迪希望在上一個鏡頭就可以把她的面孔清楚地呈現出來。

「可憐的史文恩，」每當那些那些被沖洗糟蹋的負片鏡頭出現時，他就忍不住一直重複說著這句話。

史文恩打了通電話給製作公司，他說他在拍攝時測量過女演員臉上的光就跟在一般攝影棚裡的亮度一樣，製作公司的經理說因為溝通上的誤會，他們確實是將負面刻意洗得更暗了些，最後並答應要連夜趕工重洗一次。

爾後，製作人鮑比格林恩赫特、伍迪與史文恩一起站在試片室外盤算該怎麼處理這件事，最後他們不得不氣餒地接受他們得要先看過重新沖洗的負片效果後，才能決定是不是要重新拍攝。伍迪說，「我真的希望哪天我們進來看母片時，可以看到漂亮的鏡頭與正確沖洗的效果，而不是天天進來這裡遭受打擊。」

後來，他舉起右拇指與食指放在額頭上，做出開槍打死自己的表情。

「電影製作，」他說，「過程中要經歷這麼多困難就是為了要得到影評給的那三顆鳳梨，不管那是什麼。」

一九八九年十月

地點在格林威治村的布利克街戲院（The Bleecker Street Cinema），這是電影開拍第一天，目前片名是《手足》，也就是後來的《罪與愆》。劇組人員

大部分都是伍迪艾倫電影的老班底了，大家互相打招呼並討論其他電影的開工日狀況，關於哪些鏡頭會拍與哪些鏡頭不會拍，甚至還有開工當天一個鏡頭也沒拍的經驗，不過他們今天一定會拍些什麼的。

「就像開學第一天一樣，」其中一個工作人員對我說，「只是我們這麼多年來都跟著同一位老師而已。」

「算算總共多少年了？」其中一個問另一個。「十四年了吧？也該換一組人了。」他們兩個同時大笑。

鮑比格林恩赫特與伍迪站在「盡頭酒吧」的對街上，那裡曾是伍迪表演單口相聲的地方，也曾站在那裡思考《曼哈頓》的第一個鏡頭要怎麼開始。他們決定先從伊蓮娜的第一頁開始。我們的對話回到他在俱樂部工作的時光。

EL_ 那些當你還在格林威治村表演單口相聲時認識的人，還有跟他們見面嗎？

WA_ 民謠歌手茱蒂亨斯克（Judy Henske）是少數我很想要保持聯絡卻又完全失聯的人。她結婚後就搬去康乃迪克或是費蒙特了，他們在那裡有個馬場。她很棒，非常、非常聰明又好笑——我是說真的聰明又有學識那種。她就是那種來自威斯康辛州奇佩瓦瀑布的高瘦棕髮女孩，我就是在那裡想到《安妮霍爾》這個名字的。她的父親是一位醫生。

我們以前很常一起出去，彼此也很熟，後來她就跟現代民謠四重唱（Modern Folk Quartet）的其中一個結婚，我之後就再也沒有見過她，也沒有聽過她的任何消息了。

不過她真的非常聰明，有一次我開玩笑說要找一本最無聊、最不浪漫的書，最後我拿了一本《賓州地產法》給她讀，就是那種要去垃圾場才買得到的書，但是她真的讀了！不管你丟什麼書她都會讀。她聽得懂所有的笑話，你完全沒有辦法在她面前引經據典——不管是普魯斯特或是喬伊斯，她都知道。她是一個教育水準很高又很聰明的女孩子。黛安基頓總會讓我想到她。

二〇〇〇年一月

《貧賤夫妻百事吉》正在進行重製工作。

EL_ 這次也是因為黑白片或彩色片的問題嗎？

WA_《貧賤夫妻百事吉》會是一部彩色電影。最近製作黑白片真的很煩人，雖然時不時都會有人想要試著拍一部看看。那些負片沖洗公司很不會處理

黑白負片，一大堆技術問題要解決——負片上產生靜電就是個問題，要是你在剪接時產生靜電，就要將整捲膠片重新噴塗過，因為當黑白膠片經過投影機的燈光時就會被燈光的溫度融化。

EL_ 我相信《大家都說我愛你》本來就應該拍成彩色電影的，那就是一種可以透過不同色調呈現飽和感的電影。

WA_ 喔，對啊，《大家都說我愛你》就是一部可以讓視覺效果很豐富的電影，碰到寫實電影就沒有辦法這樣，我所謂的寫實就是要在紐約街頭拍攝那種。假如是在充滿音樂的街道上，或是時代劇，那就另當別論了。《貧賤夫妻百事吉》看起來不像是那樣的電影，不過也沒關係，音樂劇之所以可以拍得這麼好看，就是因為所有元素都經過浪漫化，我們很幸運可以在威尼斯拍攝，因為我們在那拍攝期間的天氣一直都很穩定，那可是酷暑之際。所有設定要在威尼斯拍攝的場景我們都在那裡完成了，除了一個對話場面是在曼哈頓東區九十街的一棟豪宅裡拍攝的；然後所有設定在巴黎拍攝的場景也真的都是在巴黎拍攝的，除了里 酒店內的場景外。因為他們不肯讓我們在裡面拍攝，所以我們改在紐約廣場飯店拍攝室內場景。這部電影本來一開始想取名為《聖誕在里茲》（Christmas at the Ritz）的，不過他們也不想要里茲這名字被使用——這些人都是很喜歡我的人，只是他們在里茲就是沒辦法再對我好一點就是了。

我很久以前就想要拍一部音樂劇了，我想要拍一部關於紐約曼哈頓上東區有錢人家的音樂劇，然後我想要拍成那種舊式的音樂劇，有很多家庭成員那種。不過現今的上東城區已經非常不同了——其中混雜著離婚後前妻與前夫的家庭。我想要拍一部不會讓人難為情的上東城區有錢人家的音樂劇，因為我覺得那樣的氛圍很適合音樂劇。

我們本來打算在蒂芙尼（Tiffany）拍攝（買訂婚戒的場景，在這裡會有一段充滿活力的歌舞橋段與舞群畫面出現），但是對方不希望我們在玻璃櫃上跳舞，我們解釋會換成道具玻璃並且保護所有東西不會損壞，但是他們就是不想讓我們在那上面跳舞。他們說只要我們在走廊上跳舞就可以借我們場地拍攝，所以我們就改去哈利溫斯頓（Harry Winston）拍攝，在那裡我們得到對方完全的配合，而且那裡的環境更清新。

EL_ 《曼哈頓神秘謀殺》呢？最後的成果是你當初想像的嗎？

WA_ 那是少數拍攝成果完全跟我想像中一模一樣的電影，我認為這部片算是成功的了。拍攝過程相當有趣，就是那種我小時候會看得入迷的電影。我在其中有段來自《上海小姐》的經典情節，我當時就是企圖要在片中呈現一

段這樣的經典畫面，因為我過去往往會在劇本中省略掉這樣的場景，然後我會說，「我們之後再來拍一段經典畫面吧，」然後我會對山托說，「我得要找個經典畫面的場景才行。」（大笑）

那部片中有很多在雨中拍攝的場景，幾乎沒有真正的陽光出現，感覺紐約好像一直都在下雨。

EL_ 你在《甜蜜與卑微》中採用趙飛（Zhao Fei）擔任攝影師，據我所知他幾乎不會說英文，這有帶來任何困擾嗎？

WA_ 趙飛一直都有想要學英文，我們有找他一起合作下一部電影，不過那要先看他有沒有空。很多人一直跟我說，「找個會說英文的人吧，」但是那對我來說根本不重要。卡爾羅迪帕爾瑪也只會講一點英文而已。

趙飛有限的英語能力啟發伍迪在《好萊塢結局》中創造出一個類似的中國攝影師來與突然眼盲的導演合作，此時正是《甜蜜與卑微》的拍攝期間。麥可格林恩（Michael Green）與伍迪合做過非常多部電影，他擔任本片的攝影操作員。

二○○五年四月

EL_ 整體而言，你是依據什麼來決定要拍成黑白電影或是彩色電影？

WA_《曼哈頓》打從一開始就是設定要拍成黑白電影的，就像《名人錄》與《瘋狂導火線》一樣。這每一部片，我心中從一開始就是看到黑白呈現的。其實這麼瑣碎的事情想來有些荒謬。很多人在路上碰到我都會問，「你下一部

片什麼時候開拍？」我就說，「六月。」然後他們會說（大笑著），「黑白電影？還是彩色電影？」

這種事情層出不窮。對我來說，一部片是黑白或是彩色其實並不是重點。你的人生中有上百部精采的電影都是黑白片，同時也有上百部彩色電影。那只是一種運用來敘說故事時的美學方式。假如你心中預設黑白片就是比較次等，那你就不要看《大國民》、《單車失竊記》、《大幻影》（Grand Illusion）或是任何柏格曼的電影，或是《碧血金沙》（Threasure of the Sierra Madre）、《梟巢喋血戰》（The Maltese Falcon）或《雙重保險》（Double Indemnity）。黑白攝影中有一種極美的樣貌，彩色攝影中也有極美的樣貌。

EL_ 山托洛夸斯托通常會在什麼時候拿到劇本？

WA_ 我是同時將劇本寄給茱麗葉泰勒（電影卡司指導）與山托的，然後他就要想辦法變魔術了。這對他來說真的不容易，因為他必須在有限的預算內完成。他已經跟我合作好幾十年了，他以前做過場景設計，也做過舞台的戲服設計，不過他一開始是幫我做戲服設計，因為當時是梅爾柏恩（Mel Bourne）擔任佈景設計。後來有次梅爾因為其他工作沒有辦法配合，所以才由山托來做佈景設計（柏恩在一九七八年到一九八四年之間製作了六部電影場景，從《我心深處》一直到《瘋狂導火線》）。想想我丟給山托的任務真的都很不可思議——這部電影要在一九二〇年代的紐約，而那部電影要在全紐約拍攝。《甜蜜與卑微》幾乎就在國內到處拍攝——芝加哥、紐約、亞特蘭大城與加州，你看到攝影棚裡有棕櫚樹，又飛到另一岸去看到芝加哥，然後肉類加工業與牛群，山托這方面真的神乎其技。

EL_ 大部分導演在拿到劇本後必須要回應兩個基本的問題，「劇情是關於什麼？」以及「我要如何陳述這個故事？」但你不是。

WA_ 當我在撰寫劇本時心中的所出現的景象並不是我可以重新創造的。我記得當柏格曼在寫《冬陽》（Winter Light）劇本時，曾與史文恩尋訪所有教堂，然後他就說，「那就是我要的樣子。」我得重申一次，我沒有那種熱誠。我當然也會想要某種光線，不過我不會非得到不可。因此我就會想，我要用深褐色的光線，這樣就可以獲得夏日黃昏開始漸漸籠罩大地的氣氛，但是我不會在幾天前跑去中央公園坐在那裡等半天然後說，「這個時候的光線就是我要的光線。」假如我當天晚上有得到我想要的光線也罷，要是沒有，我就重寫過那一幕並找其他的解決方式。

當伍迪一九八七年拍攝《另一個女人》時，史文恩尼克維斯特告訴我，

「《冬陽》是柏格曼自己最喜歡的作品。我在拍攝那部片時也改變了原本的拍攝方式——除了結局之外，完全沒有出現任何陰影，這樣說來其實沒什麼。我那時才開始用打光板來取得我想要的光感，後來我才發現那對顏色也有一樣的效果。」

EL_ 在拍攝每一個場景前都需要事先做出許多決定——選擇鏡頭、光圈 f 值、色彩濃度……等等。

WA_ 我從來沒有把那些事情放在心上，我也不知道不同的光圈 f 值有什麼差別。我知道我要的是什麼，而且我可以清楚地描述，但是要怎樣獲得那個效果，我不知道。我會試著告訴攝影師我想要的感覺，他就會想辦法提供給我那種感覺。我現在確實開始會安排拍攝時的構圖。有很多導演都不會透過鏡頭看效果的，他們完全仰賴那些合作的攝影師，這我沒有辦法，我會在拍攝當下決定我想要什麼樣的畫面，攝影師看看我說的之後，就會告訴我，「這樣很好，」或是「我們可以不要強調這裡，然後移動攝影車拍攝那個部分，是不是比較好？」接著我就會說「是」或「不是」或「你說得沒錯，」然後我們就會稍微討論一下。等到他開始打亮整個場景時，我就會帶演員進來並告訴他們該怎麼走位，然後他們就會對我說，「我要走去那嗎？」——雖然他們通常都會回答「好的」，不過偶爾總會有人回答，「我可不可以走去壁爐那裡再走回來？」我通常都會說當然可以，然後我們就會稍微調整一下燈光，接著就可以拍攝了。通常攝影師從開拍前的討論過程中就已經知道我要什麼樣的光線了。

EL_ 你在開拍之前，心裡對於劇本都已經很清楚了嗎？

WA_ 一旦我寫完劇本並完成打字稿時，我通常都會把劇本放在家裡好讓自己繼續作業，因為我在開拍之前還有時間。不過到了某個時間點時，演員就會需要最後定案的劇本，因為這樣他們才可以開始記台詞。一旦我完成最後定稿的劇本後，我就在也不會讀那個劇本了，有時候我甚至自己都不需要留一本在身邊。因此，這麼說好了，開拍前三到四周我會將劇本定案，至少開拍之前可以完成。我會看一下當天要拍攝的場景，我心中非常清楚所有細節，因此拍攝順序並沒有太大的關係。依照劇本情節來拍，對我來說並沒有太大好處，我很樂意像拼圖一樣湊出所有場景。不過我三不五時會問一下，「最後一個鏡頭是什麼？我們在拍這一幕前的最後一個鏡頭是什麼？我需要知道一下。」如果那是某個女演員的臉部特寫，舉例來說，那我就不想要在下一幕開始時，又再特寫她的臉。不過大概就是這樣了。

EL_ 你認為一部電影有沒有依照劇情順序拍攝，對於演員會有很大的差

別嗎？

WA_ 不，我認為他們都很專業，大部分電影也都是這樣拍的。有些演員會覺得我喜歡刻意從心境起伏比較大的劇情開拍，或是我會從某些特定的場景開始，這樣某人就可以順勢進入劇情。不過對我來說，不管我們從哪裡開始，就是開始了。

二〇〇五年五月

EL_ 山托洛夸斯托為你設計了大概二十部電影的場景，他在設計過程中會把素描或是模型展示給你看嗎？

WA_ 會的，當我們要開始搭景時，因為沒有人想要在我們達到共識前動用經費。他會先拿到劇本，但是不知道預算有多少，而且也不可以找那種我們要飛太遠的景點，因為我晚上喜歡睡在自己的床上。有時候他會需要搭建一些佈景，不過這不太常發生，因為我們沒有太多經費可以搭景。不過如果他需要搭佈景時，所有枝微末節他都會照顧到，就連桌上的文具也會安排好。當我們二〇〇三年一起合作獨幕劇《濱河大道》（Riverside Drive）與《老薩布克》（Old Saybrook）時，我跟他一起討論佈景，然後我們就一直談東談西的，我心中有各式各樣的點子。他離開之後（大笑）就帶回來完全不一樣的東西，但卻是非常棒的東西，那是我完全沒有想過也沒有想像到的東西。

EL_ 《影與霧》對場景有很大的需求，你們在皇后區的考夫曼阿斯托利亞攝影工作室（Kaufman Astoria Studios）搭了佔地兩萬六千平方呎的場景，從無到有。（這是一個灰暗籠罩的地方，目的是要看起來像是座東歐城市又要有些好萊塢驚悚片的氣氛。街道上鋪著濕潤的鵝卵石〔都是上了一層高亮度聚胺酯的假石頭〕通往不祥的死巷：教堂看起來完全不像是去朝聖或尋求庇蔭的地方，反而像是邪惡的監獄）

WA_ 那是在紐約搭過最大的場景了。

EL_ 還有那些霧氣（事實上是從汽油桶裡傾瀉出來的豆類調合製品）。

WA_ 對（大笑），然後不管誰最後得到任何類型的癌症，他們都會怪罪在這件事情上面。當時我們每個人都有吸到，而且政府環境單位也有來檢查，那東西是絕對安全的。

EL_ 你的佈景通常都需要在景點中看到一些現代生活的樣貌。

WA_ 我們找到一個地方可以展現出這種效果，山托讓每間公寓互相呈現

對比，所以你要是在電影中看到兩、三間公寓，裡面看起來就會完全不一樣。即使是最簡單的公寓場景，山托也是有工作要做；他得在裡面搭假牆，因為那個地方太大，不適合劇中那個貧困的家庭；不然就是要做假門或底面照明（建築用語，主要用來掩飾光源）這樣我們就可以順利打光。

EL_ 你在《開羅紫玫瑰》中的場景就要非常細膩。

WA_ 我們擋住整個街口並在電影院外搭設外景，我們在那條街口上搭了假的入口，不過裡面是真的電影院。諷刺的是，我記得我之前有提到過，那是布魯克林的肯特劇院。那是我童年時期非常重要的劇院，因為那裡是，就像我們以前常常提到一樣，電影的最後一站。當電影在肯特劇院播放完後就會被送去資料庫建檔，從此進入時光膠囊中。你在肯特總可以聽到載貨火車的聲音，當你在看電影時，你大概每隔五分鐘就會聽到（大笑）載貨火車經過的聲音。

EL_ 我們大概在十五年前討論過你聘請的攝影師，不過我現在想要聽聽看你現在對於他們的看法。你與戈登威利斯合作了很多部電影，打從《安妮霍爾》開始，你從他身上學到了什麼？你為什麼會選他呢？

WA_ 他是當時非常知名的美國攝影師，而且住在紐約，檔期又可以配合。我們是透過朋友介紹認識的，我們在我家見面又愉快地聊天，最後決定要合作一起拍片。我們合作的經驗非常棒，是戈登讓我開始喜歡採用黑幕的（在螢幕上什麼也沒有，觀眾只可以聽到演員的聲音，像是《曼哈頓》中，觀眾慢慢地看到艾薩克與瑪莉在海頓天文館〔Hayden Planetarium〕裡走過月表的場景），他們以前都會稱呼他「黑暗王子」。他帶領我進入攝影世界的黑暗之美。

我們之間發展出一種自有的詞彙，透過這些語言我會知道有些鏡頭是他絕對不會答應拍攝的，而他也知道我討厭什麼事情，所以就不會提出相關建議。

EL_ 你曾說過卡爾羅迪帕爾瑪就跟你準備拍攝場景一樣輕鬆自在。

WA_ 卡爾羅跟我有相同的工作偏好。卡爾羅跟戈登完全相反，然而戈登除了美學上的天賦外也有驚人的攝影技巧。卡爾羅絕對就是那種做中學的摩登原始人，他會把燈光架在這個位置上看看，接著試試別的方式，然後又把燈架在別的位置上，不過就是可以營造出非常美的光線。他完全不是科班出身的攝影師，他是從《單車失竊記》的攝影助理一路爬到現在這個位置。卡爾羅有一種美感的鑑賞能力，他可以清楚看到顏色、構圖、動作的美，但他完全是非常原始的。我跟他之間的合作非常輕鬆，他喜歡攝影動態，我也喜歡，我是說那個時候。

卡爾羅迪帕爾瑪是伍迪艾倫電影中最常聘請的電影攝影師。

　　EL_ 卡爾羅在拍攝演員面部表情時可以捕捉到非常多情緒。

　　WA_ 他保有對工作的精巧，所以可以讓演員的鏡頭看起來很精巧。戈登也有這種本事，但是他比較在意整體畫面。所以要是整體畫面很美，即便女演員全身有三分之一被陰影擋住，觀眾只看得到她一邊的臉，以致這女孩完全沒有辦法展現外表的優勢，但是整體的畫面就是很美。卡爾羅就很會取悅他鏡頭下的女人，他很清楚要怎麼把她們拍得很美。

　　EL_ 他們之間有什麼不同？

　　WA_ 戈登是一個做事非常、非常有條理的人。你一到場就會看到鏡頭、攝影機都已經架好了，燈光也準備好了，他的行事風格（彈了兩次手指）就像那種很清楚知道自己在做什麼事情的人。然而卡爾羅就像我一樣（大笑）；他早上進來時，你知道，他就像是我們以前形容的法國政府一樣──感覺就像是被馬克斯兄弟統治的國家，我們會先坐下來思考當天要做什麼事情。

　　「你知道這一幕是什麼嗎？」我會說。他問，「不知道，你知道嗎？」然後我回答，「喔，現在太陽在這個位置，等到我們到哪裡時，太陽會在那個位置，所以就這樣拍吧。你覺得這樣拍起來會很美嗎？」

　　接著我就會設計那個場景，然後卡爾羅，就像戈登一樣，會對我說，「那個鏡頭很美，」或是「反正我不會那樣拍就對了，我會改成這樣。」戈登很難得會說，「這鏡頭好糟，」雖然他還是會說，不過通常會說，「我想要是我們

從那裡開始會比較好，不要把攝影車停在這裡，這樣可以多拍一點。」然後卡爾羅也會做一樣的事情。

EL_《漢娜姊妹》中有一幕是三姊妹在餐廳裡圍著一張桌子聊天，攝影機繞著她們走了三次，呈現出她們各自的樣貌與特色。我有個朋友是開廣告公司的，他說後來那個鏡頭常常被用在廣告裡。你可以聊聊這一幕嗎？

WA_ 一開始我在繞著桌子設定拍攝場景，我記得我當時在想，喔，我總不能一直這樣繞著轉吧，但是我們可以透過剪接拉近一點，再透過剪接再拉近一點。當我看著那個部分並開始安排場景時，我開始想，如果他們一直這樣自然地聊天，那我永遠都不會知道到底該拍誰才對，後來芭芭拉賀希就說，「又怎樣？這樣你就不需要在意是誰在說話，只要注重誰在做反應就好了。」我就在想，喔，芭芭拉（大笑），妳真的不只是漂亮（笑得更大聲），而且又丟出這麼好的點子。妳說得沒錯，那根本沒關係，不是嗎？

不過呢，我後來在看母片時真的非常失望，我覺得拍起來很假，不過最後「這段看起來很棒」還是說服我了。我想我當時誤判了，而且有些東西我沒有看到。

EL_ 你們花很多時間安排那個佈景嗎？

WA_ 劇組裡有個人花了一整個週末，用塑膠管搭了一個圓形軌道並在開拍前架設完成，這樣我們就可以採用適當的角度來拍攝那個場景。金屬軌道比較像是鋪給模型火車用的，而且並沒有辦法搭得很圓，而且也需要多更多調整燈光，因為我們需要繞著整張桌子轉。不過當我們繞完第一圈後，接下來兩圈就容易多了，因為後面這兩圈比較緊湊。

EL_ 那一幕需要拍很多個鏡頭嗎？

WA_ 那其實不難。我不太喜歡拍很多鏡頭。那也不是需要特寫的鏡頭，而且鏡頭裡面都是非常棒的演員——黛安韋斯特、芭芭拉賀希以及米亞。

EL_ 打從《安妮霍爾》開始你就會讓角色在鏡頭之外說話。

WA_ 這我前面說過了，那是戈登教我的事情。我記得當時我們正準備要拍攝一個鏡頭，就是艾爾維與安妮分手時在整理那些書的歸屬，然後我說，「他們兩個都沒有在那個時間點出現在鏡頭上，這樣可以嗎？」然後他說，「是的，那樣很好，當然，這一點問題也沒有。」假如他當時是說，「不可以這樣，你到底在想什麼？」那我就會不那樣拍了。然而當我獲得他得讚許後，我們之後在拍電影時就總會這樣呈現，到現在都還會這樣。每一部電影中至少都會有一幕是鏡頭前沒有人，然後觀眾只聽得到對話的內容，那是我在向戈登致敬。

我最近有次在家一邊踩跑步機一邊轉電視頻道時，突然看到《說愛情，太甜美》，剛好就是傑森畢格斯與克莉絲汀娜蕾茜通電話的那個場景，他邊講就邊走出鏡頭外，然後你就可以看見她家的樣貌。

EL_ 有沒有什麼是你單純想要娛樂自己的？

WA_ 有一些鏡頭是我們在每部電影中都會做的。人們在路上朝著攝影機走來，等到他們接近攝影機後，攝影機就會開始在軌道上跟著移動，這就是一個；另一個就是當人們在街上走路時，攝影機從對街跟著他們平行拍攝。這些年來我一直維持一些老套的拍攝手法。

EL_ 有新的嗎？

WA_ 嗯，最近這幾年——我都會拍長鏡頭——我會刻意去拍真的很長的鏡頭。我說的不是那種環法自行車賽用的固定隨行拍攝，那種可以一直拍下去。我說的是像在《說愛情，太甜美》中傑森與克莉絲汀娜以及斯托卡德錢寧一同在房子裡那一幕——人們進進出出的，構圖很複雜。傑森走進浴室後，觀眾就看不到他了；克莉絲汀娜也會走進來又走出去；然後又是傑森；然後斯托卡德；接著傑森又回來了；然後我們什麼也看不到，因為傑森站在一根柱子後面。我這幾年拍電影時很習慣用這個方式，因為我很喜歡，而且可以省掉補充鏡頭（補拍特寫或反應鏡頭，整幕都是一鏡到底）的時間。我整個早上都會跟攝影師一起排練，架設一些複雜的燈光，然後吃完午餐回來後就可以開拍，我們五分鐘內就可以拍完七頁。

EL_ 這聽起來跟音樂錄影帶那種每半秒鐘都要拍得像是電影一樣的概念相當不一樣。

WA_ 只要不需要剪接，我喜歡讓鏡頭就這樣一直拍下去。如果有辦法可以這樣持續下去，那是最好的。

EL_ 卡爾羅曾經跟我說過，他對於色彩的概念是從他母親那裡學來的，他母親是賣花的。我就開始在想那些他拍攝的電影中的色彩。

WA_ 對啊，還有他的服裝。當馬歇爾布里克曼第一次與卡爾羅見面後，他跟我說，「這傢伙根本就可以來演你的電影，」因為卡爾羅總是那麼炫麗耀眼，像隻孔雀一樣。當他需要來紐約拍電影時，他會帶上八大皮箱的衣服——他的領結，所有東西。你絕對不會相信。我看過他年輕時的照片——他非常帥，顏色鮮豔，我是說衣服。他一樣是非常優秀的攝影師，喜歡去逛博物館，去看畫展。

EL_ 他拍《那個年代》時一定很盡興，那部片很多采多姿。

WA_ 對啊，深度飽和的色彩，那大概就是我這輩子拍片的方向了。戈登、卡爾羅、戴瑞斯康吉（Darius Khondji）、趙飛，他們都是這樣的。唯一不是這種類型的攝影師就是史文恩了，不過他後來也說他喜歡暖色調的電影。

今天我才跟接下來要合作的（此指《遇上塔羅牌情人》）英國藝術指導通電話，這是我第一次跟她說話。她說看到《愛情決勝點》那種暖色調時相當驚訝，因為她之前已經多次擔任那位藝術指導的助理，她說這位藝術指導偏好冷色系。他之所以會有這樣的改變是因為那是我要求的，我就是喜歡暖色系。那是個人品味的問題。我不是說冷色系的電影就不美，確實也是有很美的。不過就個人角度而言，我不是在宣誓什麼關於電影或是顏色應有的堅持，我只是喜歡深度飽和又溫暖的電影，就像是馬諦斯的作品那樣。當你看一幅畫時，那應該就像是坐在一張舒適的椅子裡，一幅圖畫應該要賞心悅目才是。所以當你找出我們剛才提到那些人的作品時，你會發現他們的作品都非常溫暖——也會從這個方向進行校色，甚至更多。有時候沖洗公司會打電話來說，「真的需要這麼暖嗎？」

EL_ 不過聽起來你的攝影師會用不同方式取得那種溫暖色調？

WA_ 是的，他們都有不一樣的手法。趙飛用到的燈光多到你不會相信，就連同一棟攝影棚裡的人也說即便拍電視節目也不需要用到這麼多燈光。不過你要是仔細看看，那色調真的很美。

EL_ 那讓我想起西恩潘穿過好幾次的深黃色襯衫。

WA_ 關於黃色與紅色我們都會進行顏色校正並強調這些顏色。我們不會讓演員穿淡藍色的襯衫，因為這樣很難調成暖色系。

EL_ 你彷彿就像是從戈登這裡拿到一個攝影學位一樣。你跟他合作了八年後就換跟卡爾羅合作，你在卡爾羅這裡學到那些新東西？

WA_ 嗯，真的，他們的構圖風格相當不同。戈登很適合拍黑澤明（Kurosawa）的電影，他的電影喜歡讓演員主導攝影機的動作。他的電影中那些美麗框架也不太容易靈活呈現，也不容易維持他喜歡的燈光效果。因為當你在拍一個緊繃的鏡頭時（*攝影機靜止不動，或只在有限範圍內拍攝*），你很可能把光打得太亮，直到演員的牙齒都看不見。不過要是鏡頭是要從那裡移動過來這裡，你就不可能在那裡用燈光營造出美麗的畫面，還可以一路挪到這裡，因為這樣只會越來越困難。卡爾羅對於移動攝影有一種狂熱，他絕對不喜歡拍攝完全沒有東西在移動的鏡頭，不過他對於移動時的燈光效果就比較可以包容。

EL_ 卡爾羅應該真的很喜歡《賢伉儷》中，那些使用手持攝影機的拍攝動作。

WA_《賢伉儷》對我們來說只是個有趣的實驗，那是一部我本來就打算要拍得很醜的電影。我不想要有任何搭配的場景、不想要任何修飾或是靠任何剪接來補強，我就是要呈現一部看起來沒有吸引力的電影。

EL_ 當你在劇本時，我想你應該就已經計畫要這樣拍了，就是要與主題相符的樣貌。

WA_ 是啊，我當時在想我要把這部電影拍得有些不穩，然後各方面都不要對稱，也不要太細緻。

EL_ 當你在拍攝《那個年代》前與卡爾羅討論時，就已經解釋過你想要呈現的樣子了嗎？

WA_ 我們在那個階段裡還什麼都不用說，反正他一直很清楚我要的是那種溫暖的感覺，而且在這種時代劇中很容易就可以增添那種氣氛。此外，我們找到的景點都這麼棒，都在記憶中稍微扭曲了一些，也在記憶中增強了些。所以燈光部分不需要很寫實地呈現，你可以把光線打得很美，整個效果就會很好。我們那時在羅卡韋海灘（Rockaway）拍攝外景，我不管什麼時候要去海灘拍攝外景都會等待天色對比低的時候去拍。假如你可以在那種灰濛濛的天氣拍海浪捲起的樣子，最好整個海灘都沒有人，那真的非常、非常美。我覺得拍攝沙灘真的很美，拍攝鄉村反而沒有那麼美，我不是很喜歡在鄉下拍電影。

當然，很多人可以把鄉下拍得很美，像是很多英國電影與史丹利庫伯力克（Stanley Kubrick）的電影都可以這樣，每一部都美得震撼人心，不過我個人偏好在陰天拍攝海灘的畫面就是了。

EL_ 卡爾羅也拍了《大家都說我愛你》，我發現主畫面中那幾支舞都是你跳的，還有其他片段也是。

WA_ 我確實會使用主鏡頭拍攝手法。舉例來說，《狂歡！》（Makin' Whoopee）就是在醫院裡拍攝的。我想羅伯特葛林賀特至少花了三天來準備拍攝這一幕，因為那是一段歌曲搭上許多舞步的場景，不過我以前到現在從來都沒有拍過那樣的場面。那一段是一鏡到底的，一整首歌舞，那部片中幾乎都是我跳的。

當我看一部電影時，我會想要看到眼前舞者的全身，我很討厭他們把舞者的腳切掉，也很討厭他們把舞者的臉切掉，我不喜歡多角度拍攝的手法。我想要看到的畫面就像我花了十塊美金去紐約中城劇院（City Center）看到的畫

面一樣——就是那種舞者在我眼前跳舞的樣子。我是說，一目了然。我後來才知道佛雷德亞斯坦（Fred Astaire）也不允許剪接畫面出現在他的作品中，我當時一鏡到底拍了四十五分鐘。格拉謝拉丹尼爾（Graciela Daniele）（《非強力春藥》中希臘合唱團的舞就是她編的）先與那些舞者進行排練，接著大概拍了兩個鏡頭，然後就離開那裡了。

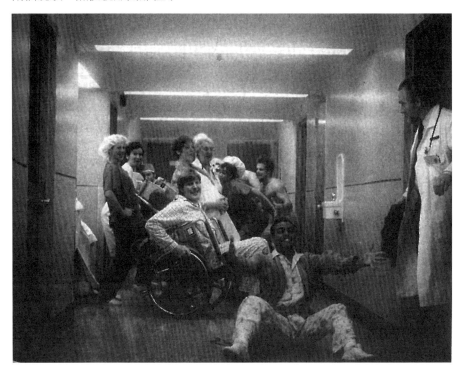

《大家都說我愛你》中，在醫院跳舞的場景。

EL_ 你說了這麼多年想要拍一齣音樂劇，終於達成了。不過相較於傳統的音樂劇，這部電影更像是你平常的劇本搭上音樂插曲的感覺。

WA_ 這比較像是《相逢聖路易》（Meet Me in St. Louis）那樣，每個角色都很精彩。關於一個摩登家庭，父母親都是高傲的上流人士，他們因為某種原因得去漢普敦過暑假，接著離婚後女兒們都要跟父親一起住。這就是我想要呈現的環境背景，而我在片中也想要加進心理醫生的角色，因為那是這些人生活中的特色之一——漢普敦的人，札巴（Zabar's，有名的食材中心），法蘭克坎貝爾（Frank Campbell，位在麥迪遜大道上的豪華葬儀社，專門服務有錢人），因為死亡也是這個運算式的其中一部分。

EL_ 你覺得結局部分會不會有些互相牴觸的地方？

WA_ 我製作這部電影的過程非常盡興，不過當我把片子拿給哈維韋恩斯

坦（Harvey Weinstein）看過之後，（後來成為米拉麥克斯影業公司〔*Miramax*〕的負責人，該公司負責該片在美國發行的所有事宜）他出很多錢來拍這部電影，不過卻完全沒有看過這部電影任何片段，結果他很討厭這部電影。

EL_ 為什麼？

WA_ 他一向很喜歡我的電影（此指《百老匯上空子彈》、《非強力春藥》與《名人錄》），不管我拿什麼片給他看，他都愛不釋手。不過這部片不一樣，他的立場就像是那些人一樣認為音樂劇中的演員就是要會唱歌才行，但是最後他還是覺得沒問題。我這人脾氣實在不太好，他只希望我們剪掉一段不雅的對話，就是他們說「操你媽」的那段，因為這樣他就可以在無線電城音樂廳（Radio City Music Hall）播放這部電影，但是我就是不願意剪掉那段，那不是我拍電影的方式。所以最後他還是扮演了好好先生並把這部電影好好地宣傳出去。

二〇〇五年五月

我們開始談論《愛情決勝點》這部電影，伍迪最近才完成這部電影並即將在坎城影展進行首映。

EL_ 這部片有準時拍完嗎？預算控制呢？

WA_ 是的，我不只準時拍完而且預算還有剩下一些。所有人在一開始的時候都很慌張，因為那裡是國外，所有人都是新面孔，加上一開始的工作計畫看起來很緊湊。不過最後預算竟然還有剩下一些，所以我就加進一些特效以及重拍一些我在過程中一直想要重新拍過的鏡頭，就是要把預算全部花光。我還拍攝了雨中場景以及那些我想要無後顧之憂去拍攝的畫面，結果一樣順利完成了。我現在要對英國演員以及英式工作模式獻上我的敬意。

EL_ 你都有找到適合的景點嗎？還是需要自己搭很多佈景？

WA_ 博物館的內部裝潢是我們自己搭建的，還有歌劇院的場景，因為歌劇院不是那種進去就可以直接拍攝的地方。

EL_ 倫敦的工作環境有沒有什麼事情，讓你覺得獲得解放的？

WA_ 那不是解放，我從來不會覺得自己受到束縛。我之所以只在紐約拍片是因為我很懶惰，然後那裡對我來說很方便；我喜歡去自己喜歡的餐廳吃飯，也喜歡每天睡在自己的床上，我說的都是事實。我平常喜歡去倫敦住一個星期──看看表演，拜訪朋友，但是我一點都不期待要在那裡住上好幾個月。不過

這次的經驗真的很棒，所以決定今年夏天要再去體會一次。

我覺得我到哪裡都可以拍電影。我之前曾在匈牙利與當地劇組合作過，也曾經在義大利及法國與當地工作人員合作拍片。就像我先前說過的一樣，不需要太自以為是，拍電影不是在研發太空梭，這不是什麼世界上最困難的工作。你只要有劇本，世界各地的工作人員都可以有很好的表現。他們都很專業，巴黎的工作人員就跟布達佩斯的工作人員一樣專業；也就跟英國、紐約與加州的工作人員一樣專業。假如你知道要怎麼進行，那就一點都不困難。你只需要有常識，事情就可以完成。

假如拍片非得要搞得一團亂，假如拍片過程得要經歷某些人的怪異脾氣與瘋狂行徑，而且那就是這些人堅持某種生活型態所持有的藉口，就真的很痛苦了。就好像哪個大明星才剛進片場就要求要有自己專屬的按摩師與化妝團隊，然後你還要付錢雇用他們的政治顧問那樣。

EL_ 我前幾天晚上看了《開羅紫玫瑰》。當演員走出劇院時，戈登威利斯用了你說的那種銳利燈光，那種真實世界呈現的強烈光線。

WA_ 我刻意希望在她（西西莉亞，陷入電影幻想世界中的女人，米亞法蘿飾）走出劇院時，可以營造出那種不舒服的光線，這部分戈登有辦法辦到。我們事先有討論過要達成怎樣的目標，獲得怎樣的感覺——我向他描述那種走出劇院時，突然置身現實世界醜陋之中的感覺。

EL_ 我們還沒有談過在這部電影中出現的那部黑白電影，那部真正的《開羅紫玫瑰》。其中演員會與台下的觀眾對話，而且傑夫丹尼爾的角色還穿過大螢幕並走進現實生活之中。

WA_ 黑白電影的部分很簡單，但是真正難的部分是要讓一部電影裡面的另一部電影中的人物與觀眾席的人們產生對話與互動，那部分花了不少工程拍攝。我們在紙上不斷計算推演，那根本就是數學運算製造出來的花招。

EL_ 當初在拍攝那部電影中的電影時，有沒有什麼特殊考量？

WA_ 喔，當那部電影中的電影必須要佔滿整個螢幕時，或是不需要跟任何人對話時，就一點問題也沒有。

EL_ 觀眾在電影院裡看電影時那一幕，戲院上的電影是真的在播映嗎？

WA_ 我不太記得肯特戲院後面有沒有足夠的空間可以讓我們投影，我想我們好像就是用一般的方式放映。

EL_《那個年代》是卡爾羅迪帕爾瑪的下一部作品。一樣，又是一部色彩繽紛的作品。

WA_ 就像之前說的一樣，要在時代劇中呈現絢麗的場景真的簡單很多，我想我拍過的時代劇都滿美的。我想我拍過最美的時裝劇，那種簡單的美感，應該就是《艾莉絲》了。不過我其他的電影，幾乎都不是時代劇——黑白電影不算，也都有自己獨特的美感，就我而言——《甜蜜與卑微》就很美，《愛情魔咒》也非常美，還有《那個年代》與《開羅紫玫瑰》以及《百老匯上空子彈》也是。當你把場景設定在過去，你就得要設計那種看起來像卡通的劇服，打上琥珀色燈光與鋪上紅色天鵝絨，鏡頭裡就會出現那種復古懷舊的美麗氣氛；不過要是換成現代題材，如果現在要拍一個人過馬路，那你就知道裡面要出現停車錶、電視機、洗衣機與垃圾車，街頭的牆上還要有塗鴉——這就沒有那麼簡單了。然而在時代劇中，如果你正在走過一條街，你就只要選一條美麗的街道，只要旁邊的房子看起來很舊，打上琥珀色燈光就可以了。現代電影中，光線不可以是琥珀色的，因為看起來要很寫實。

EL_ 《愛情決勝點》中那個家庭擁有的宅第真的很美，室內室外都是，還有強納森萊斯梅爾與史嘉蕾喬韓森在麥田裡發生的那段雨中激情戲。

WA_ 我當時其實不知道要怎麼拍強納森與史嘉蕾這場戲。那都是臨時設計的。劇本裡沒有寫當時是在下雨或是在麥田裡。一開始只是設定要在夜裡並發生在戶外，在院子裡之類的。我當初就是設定在晚上，但是等到在勘景時我說，「啊，我不想要晚上去鄉下拍電影（他講完笑了出來），那把這場戲改到下午好了，因為我不想要晚上拍，我絕對不想在晚上摸黑走進田裡。」所以我改到下午在院子裡拍。後來我就想，也許她不適合那種唯美的性愛場景，應該是有些狂野才對。他把她帶進馬廄裡，然後把她推倒，四周都是馬，就是那種有點髒亂的性愛場面。結果大家都說，「呃，你不是想在乾草堆上拍吧？這種場景早就被拍爛了。」我說，「嗯，說的也是。」然後莎拉亞蘭土賀（他當時的助理）就說，「麥田裡怎麼樣？」後來我就想，可能還要加上下雨……

當他將她推進麥穗上時，麥穗馬上就壓平了，我們拍了三次才成功，那個鏡頭我是用軌道慢慢推近去拍的。那時候我在想，性感一點，真的跟她做些什麼，那樣就會比想像中還要性感。我不想讓他脫掉她的衣服，但是又想要呈現狂野的感覺，然後他們繼續進展了一些，那就是我最後採用的鏡頭。

EL_ 那一場戲拍完時，他們應該都濕透又凍僵了吧。

WA_ 他們真的凍僵了。強納森因為真的太過紳士的關係，像個不屈不撓的硬漢什麼都沒有說，不過（大笑著）史嘉蕾呢，你知道的，她把我臭罵了一頓，很好笑的那種。

克里斯與諾拉在《愛情決勝點》中展現角色之間對彼此的愛慾，即使他們正在交往的那對兄妹就正在不遠的房子裡等待他們回來。

EL_ 這個場景所要求的戲劇張力恰好跟《漢娜姊妹》那部電影相反，其中有一幕米高肯恩與芭芭拉賀希的激情戲，最後決定剪掉不用，因為你覺得那不符合電影的基調。

WA_ 是的，當時我們有拍一場麥可與芭芭拉在船上的激情戲，拍得非常美。他們演得非常好，但那一幕卻讓他看起來有點狂放。我希望觀眾喜歡他們，所以把他拍得太有侵略性並不是我最後想要呈現的感覺。

EL_ 你是怎麼開始喜歡那種長時間主鏡頭的效果？

WA_（回答非常快）因為惰性。

EL_ 這你之前說過了，確定沒有別的原因？

WA_ 真的就是因為這樣。我覺得，我人在這裡，我真的想要拍這一幕嗎？以前麥可格林恩（Michael Green，長期搭配的攝影助理與攝影操作員）曾經對我說，「要是換作其他人拍這一場戲，只少要花上兩天。」他這樣說其實不是在恭維，不過我一直都在想，拍攝這種有三、四個人的場景時，我才不要先拍一組雙人鏡頭，然後再拍另一組雙人鏡頭，然後再另外一組，接著單獨鏡頭，然後還要特寫，或者在聽話者肩膀上拍（*維持其他人說話時，鏡頭裡有人*）──這樣我們就要一整天待在這裡拍同一場戲，明天一整天也是拍同一場戲。我沒有那種耐心或專注力，我沒有辦法忍受重複聽同一段話太多次。我設計一個鏡頭，然後所有資訊都會包含進去，我們拍完後就可以繼續拍下一場戲。這樣的方式讓我這麼多年來都可以保持理智，所以這麼多年來我才有辦法持續拍這麼多部片又不會覺得厭煩。

EL_ 但那不是因為有什麼美學價值的關係嗎？

WA_ 沒有。你可以透過各種方式去呈現一段故事，你可以運用許多效果不同的剪接畫面來說故事，你也可以不使用剪接畫面來有效傳達故事內容，兩種都有各別優勢。假如你不採用剪接畫面，演員就有機會可以一次演五、六頁劇本內容，而且不需要一直從頭再演過。相對來說，特寫鏡頭又比實際上更具效果，而且要是有任何閃失，也可以靠其他鏡頭畫面來彌補。不過我之所以選擇採用長時間主鏡頭的優勢只是因為我很懶，而我也可以用美學修辭來修飾地說，「這樣一來演員就可以一次講完六頁的劇本內容」或是「這樣拍起來會很有趣」。不過事實上就是，愛森斯坦以及其他導演──希區考克──都不會拍這種長時間主鏡頭。他們會拍兩百萬個鏡頭畫面，讓電影看起來棒透了。

EL_ 這樣觀賞電影的方式很棒，這種長時間主鏡頭出現時就會有身歷其境的感覺。

WA_ 有很多導演願意拍攝大量題材，先涵蓋所有東西後，再交給剪接處理。這樣的方式可以萬無一失，不過往往會欠缺個性，也不會呈現任何個人手法的印象。不過有趣的是我拍攝的這些主鏡頭常常被人忽視。很多人看完《百

老匯上空子彈》後跑來告訴我，「我很喜歡你拍的那些長時間主鏡頭，」然後我說，「我這十年來都一直在我的電影中採用這種手法，說不定有十五年了。」然後他們就會說，「有嗎？」

EL_ 我們來談一下攝影操作員，像是麥可格林恩。你跟攝影師會決定一個鏡頭要怎麼拍，拍出來應該會是什麼樣子，但是攝影操作員與鏡頭調焦員才是負責捕捉移動畫面與聚焦的人，就跟演員一樣忙碌。迪克明佳隆（Dick Mingalone）當了好幾年你的攝影操作員，而麥可格林恩在成為攝影操作員前也是位鏡頭調焦員。

WA_ 迪克是一位非常棒的攝影操作員，麥可格林恩也是。我總會精心設計一些鏡頭，然後你最不想要聽到的就是當演員告訴你，「我沒有抓到那個感覺，我們可以重拍一次嗎？」當然，攝影操作員三不五時總會說，「我的錯，我們再拍一次。」不過這種事情不太常發生。

EL_ 我真的很驚訝他們的技術真的很好，因為你有一些鏡頭真的非常複雜——他們就是將鏡頭拉近，停在對的點上後又繼續跟著動作移動。那真的就像編舞一樣，然後他們就把鏡頭放在一邊並繼續記錄下一個鏡頭。

WA_ 是的，我自己就沒有辦法。我跟他們說過類似這樣的話，「鏡頭在史嘉蕾身上，等我下指令時，就往我這來，接下來這三句台詞就繼續拍我，然後再轉回去史嘉蕾身上，兩句台詞後再轉過來我這裡。」然後他們就辦到了。我覺得這種工作對我來說太神經緊張了，特別是當他們得要走到建築物頂端、登上直升機或是在天寒地凍拍外景，這是很艱辛的工作。

EL_ 你覺得拍攝工作的好處跟壞處是，這樣說好了，在倫敦，那裡到處都是景點，然後，舉例來說，《情懷九月天》或是《影與霧》這兩部需要自己搭景的電影，就可以掌握一切嗎？而身在一個真實景點時，會讓你感覺到那種無法透過佈景搭建出來的逼真感受嗎？

WA_ 是的，當我一開始拍電影時，我只想過要在真實景點拍攝。接著等到學到一些東西之後，我開始感覺並了解藝術指導說得對，我應該要搭建一些場景，因為那樣可以提供我所有可能的優勢，而且不會有人看出有什麼差異。整體來說，在攝影棚內拍戲就可以掌握很多事情，但是心理上卻可能因此面臨困境。那就像是去上班一樣。可以去中央公園拍攝畫面比較有趣，然後你只要東西收一收就可以去百老匯拍一個鏡頭，接著再去下一個景點。

我之前就說過了，我拍電影的習慣相當懶惰。我不喜歡去骯髒的地方或是危險的地方；我不喜歡在炙熱或是天寒地凍的地方拍戲。換作是其他拍電影

的人，他們的投入程度就比我深多了。他們心中一出現劇本或是任何案子時就會說，「嘿，我得要去阿富汗待兩個月。」然後他們就會去阿富汗，他們會在那裡搭建自己的小型電影院並把電影送過去，叫一些餐飲外燴，他們會住在那裡。

（他一人分飾兩角）「為了拍攝《阿拉伯的勞倫斯》（Lawrence in Arabia），你在沙漠裡住了兩年？」

「完全沒錯。」

我不可能會這樣。當我腦海中出現《阿拉伯的勞倫斯》的構想時，我就會（裝出把紙揉成一團的聲音）——直接丟進碎紙機。

EL_《艾莉絲》這部片中你有一些場景設定在印度，但是那些都是素材畫面。我一直覺得那部片看起來很美。

WA_ 那是我對卡爾羅與山托獻上的敬意，幾乎是這樣的。那是一部現代電影，但是我想要呈現詩情畫意的那一面。山托搭好了場景也同時替我找到那些很美的景點，接著卡爾羅就設計了溫暖的光線，所以那些場景看起來很美。我前幾天在家拿著遙控器轉換電視頻道時才看到這部電影，我停下來看了一下，調靜音後就這樣靜靜看了六十秒，可能不到，我心裡回想起很多美好的事情。我記得山托搭建的公寓，因為我們沒有辦法找到那樣的公寓，你一看就知道那個畫面沉浸在光線之中（同時還有一塊非常逼真的背板——上畫的屏幕——讓你以為窗外真的就是曼哈頓，沉溺在夜晚的燈光中）。其中有很多非常棒的場景，那位中國演員（此指陸錫麒）真的很棒。

EL_ 你之前曾經說過一直將《瘋狂導火線》視作一部義大利電影——

WA_（馬上插話進來）因為那在我眼中看起來就像是一部義大利的黑白喜劇片，那大概也是我把這部電影拍成黑白片的原因。因為很多人跟我說，「我不懂你為什麼要把這部電影拍成黑白片，因為這些角色，他們身上穿的，如果是彩色的看起來會更好，這樣你就可以看見他們身上穿的襯衫與夾克。你為什麼要自找麻煩拍成黑白電影？」然而不知道為什麼我就覺得這部片應該拍成黑白電影才對，我想要拍成一九五〇年代的義大利電影。戈登威利斯當下就理解我的意思了，他說，「我自己也覺得拍成黑白電影比較好。」

EL_ 你之前一直有辦法把喜劇片拍得很有風格，我飛過來找你時在飛機上看了一部喜劇片，拍得相當單調，燈光打很亮。

WA_ 沒錯，他們不想要浪費時間在那上面——而且某些層面來說他們也沒有錯——因為他們在想，有必要投入那麼多時間與心力在這種「東西」上

嗎？我們應該要花時間投入在笑話、速度與音樂上。當傑利路易斯在拍一段精彩畫面時，他會希望畫面看起來很明亮。他根本不想要跟那種什麼藝術類的狗屁競爭，他不想要觀眾席裡有人這樣想，喔，這裡的明暗對比手法真的很美，他就是要觀眾去看他怎麼拍片的。查理卓別林也一樣希望直接在觀眾眼前呈現明亮的畫面。

EL_ 那是你們在討論《傻瓜入獄記》時，他告訴你的事情嗎？

WA_ 不是，我們從來沒有討論過這件事情，但是我可以從他的電影中觀察出來。他合作的攝影師完全可以提供他想要的。如果你看了一部傑利路易斯的電影與一部理查卓別林的電影，或是巴斯特基頓（Buster Keaton）的電影，你絕對不會看到那種很美的燈光，那種明暗對比以及光影與深度那些東西。基頓的電影拍得都很美，但是沒有任何藝術的感覺，也沒有任何偽裝成藝術的感覺。

伍迪飾演《瘋狂導火線》中的丹尼羅斯

二〇〇五年十一月

EL_ 《影與霧》這部電影看起來有非常獨特的風格。

WA_ 那是我在向卡爾羅致敬。當我在拍那部片時我就知道沒有人會想看這部電影了——黑白電影，一部存在主義電影，背景設定在一九二〇年代的德國，整部片都是在棚內拍攝完成的。當艾瑞克普來斯可（獵戶座影業公司老闆）看完後說，「我不得不說，每次看完你的電影後都會驚訝地發現每一部竟然都這樣截然不同。」他那時正在摸索自己到底該怎麼說。結果還是老樣子，那就

是我想要拍的電影，我希望會有足夠的人想要看這部電影，但是我根本不管電影公司的人怎麼想。

傑利路易斯拍攝伍迪，他在《今夜秀》中（The Tonight Show）中代替強尼卡爾森（Johnny Carson）主持，相當有興趣執導《傻瓜入獄記》。

EL_《影與霧》——德國表現主義黑白喜劇——與《賢伉儷》這部片之間有很大的轉變，鏡頭總是不斷在移動。

WA_是的，我當時想要拍一部無關美感或是非得要遵守任何規則的電影，我就是想要隨心所欲做自己覺得需要做的事，像是在不同場景之間剪接。那是其中幾部可以呈現出這種魅力的電影之一，因為我在開拍之前就已經決定好要把這部片拍得很粗糙，不管怎樣拍都沒有關係。我不在意要剪接畫面，我也不在意角度，我也不在意畫面和諧，我們就是拍就對了，然後不管是我在哪一幕演戲或是誰在演任何一場戲，那一場戲都會很好看，然後就會變得有點無聊，接著又變得很好看，那我們就把中間的部分剪掉（手掌拍了一下）再接在一起。

EL_ 那關於《解構哈利》呢？

WA_（思考時停頓了很久）那部片很難拍，我記得那部片有剪一些東西出來，實在太長了。

EL_《百老匯上空子彈》呢？

WA_ 卡爾羅真的非常喜歡拍《百老匯上空子彈》這部電影，那就是他最愛的電影類型，因為那是時代劇，色彩豐富，而且燈光看起來很不真實，那讓

那種年代看起來非常有格調，所以他就可以拍得很美。（又停頓下來繼續思考著）而且那部片的拍攝過程中沒有什麼太大的問題，我們最後有重拍麥克道格爾巷（MacDougal Alley）那一幕（這一幕有很多角色，有些在街上，其他則是在對街的窗戶前），我拍了後就開始移動攝影機，然後繼續移動攝影機，接著再移動攝影機。後來我回家後就想，那看起來可能不是我想要的，我應該要拍了之後再剪接就好了。後來我就這樣處理，我就把所有人聚集起來重新回到原來的拍攝場地。

EL_ 你曾經說過《好萊塢結局》這部片的負評，讓你覺得很意外。

WA_ 對啊，因為在我來說，那是一部很好笑的電影。如果以我的構想得以適當執行的角度而言，那算是我最成功的電影之一了。那女孩子（此指蒂李歐妮）演得很好，當然喬治漢米爾敦（George Hamilton，飾演電影公司執行）一直都很優秀，我們一直都想跟他合作。我是說所有人在那部片中的表現都很出色，還有那個中國男孩（鄭伯昱〔Barney Cheng〕，飾演中國攝影師盧岳的翻譯），我覺得他好好笑，還有飾演製片的崔特威廉斯（Treat Williams）。我一開始就覺得這個構想很有趣，然後整個劇本就出現了，我也參與演出，過程都很順暢。我想觀眾如果有去看一定會喜歡這部片，但是他們沒有去看。

喬治漢米爾敦與伍迪在《好萊塢結局》的拍攝現場。

EL_ 你跟哈斯高韋斯勒（Haskell Wexler）之間出了點問題，你過了幾星期後就換掉他另請別的攝影師，你想要談談原因嗎？

WA_ 那不是什麼很嚴重的事情。說來很好笑，有天晚上我與伊力卡山在看一段電視訪問時他正好講到《美國，美國》（America, America），那一部電影拍得非常好，因為哈斯高韋斯勒是非常傑出的攝影師。那部電影應該是有史以來拍得最美的電影之一了。然後他說，「我跟那個攝影師處不來，我絕對不會再跟他合作，但是他很棒。」所以我就知道他這部分（停頓一下）應該會有點棘手，但是我又發現他真的是一個非常可愛的人，精力充沛又很關心那部電影，但是（停頓了很久）我跟他也處不來。他就是非常——非常投入，非常狂熱，他會交給我一張清單寫著劇本哪裡應該要怎麼修改才對，每個鏡頭他都有意見。「拜託，看在我的份上拍一下，我知道你不想要拍，但就當作是為了我吧，」他會這樣說。這樣過了兩星期後，所有人都受不了了，所以我們說，「這樣下去沒有辦法。」但是這傢伙真的是個攝影天才，這點無庸置疑。

EL_ 你覺得接手攝影的威德戈馮舒爾贊多夫（Wedigo von Schultzendorff）表現得如何？

WA_ 他也是旁人推薦給我的人選。他們說他剛拍完一部片，說我一定會喜歡他，而且他很好相處，還有，他是歐洲人，有那種歐洲人的好性情。我跟他見面之後就很喜歡他，他是在非常困難的情況下接拍這部電影的——完全沒有時間準備，什麼都沒有——結果卻拍得很好。

EL_ 對啊，那部片拍得很好。

WA_ 不過就是沒有人來看就是了，我不知道這樣下去要怎麼辦。我是說，當初也都沒有人來看《瘋狂導火線》，但是現在很多人看過之後都說那是他們最喜歡的伍迪艾倫電影。

EL_ 還有幾個人物我們還沒有談到。你在《雙面瑪琳達》中用了維莫斯齊格蒙（Vilmos Zsigmond），你顯然很欣賞他的作品。

WA_ 嗯，大家都很喜歡維莫斯齊格蒙的作品。我當時需要找一位攝影師來拍《雙面瑪琳達》，卡爾羅當時不知道是生病還是不能來紐約。戴瑞斯康吉，我跟他合作過《說愛情，太甜美》，他當時也在外地拍片。我那時候在看有空的攝影師名單就看到齊格蒙的名字在上面，所以就打電話給他，這可是跟跨時代大師合作的好機會。

EL_ 趙飛呢？

WA_ 趙飛非常棒，擁有絕佳的天賦。我們透過翻譯合作。跟趙飛合作唯

一麻煩的是他們在中國拍片沒有時間與金錢的限制，所以他不懂美國人怎麼老是要趕趕趕。他不知道我們每天拍的花費都在十萬到十五萬美金之間。而在中國，他們可以一直拍，六到七個月，想拍什麼都可以，所以他很難不告訴你說，「我需要一百盞燈光，我需要這麼，我需要那個，我們為什麼要這麼趕？」

而且我已經不是算快的人了。我也曾經跟那些需要花時間做準備工作的人合作過，像是戈登威利斯。不過，這個狀況，你知道，真的很困難。我跟他合作三部電影，我很喜歡跟他一起工作。我想他靠這三部片也賺夠了錢，所以他最後決定留在中國。還有一件事，我不認為他喜歡來這裡拍電影，雖然薪水很可觀。我跟他處得很好，在片場溝通也不是問題……反正我從來也不會跟劇組的人講話。

EL_ 你在《好萊塢結局》中就把他當作一個例子，你在片中也有一個完全不會說英文的中國攝影師。

WA_ 沒錯，真的，因為我覺得那很好笑。假如我不是那種風評很好的導演，假如我是導演界的菜鳥，我不覺得電影公司會放心讓我請一個不會說英文的攝影師，不過換作是拍過很多電影的導演就不一樣了。

EL_ 很多年前你說過一件事，就是當你與史文恩尼克維斯特合作拍《罪與愆》之前有一起看過好幾部電影。那你與齊格蒙以及其他攝影師在合作之前有先開會討論過你想要的風格嗎？

WA_ 除非劇本中有特殊需求。不過就像我說的，拍電影真的不是在研發火箭，拍攝《雙面瑪琳達》那種電影真的沒什麼特殊要求，真的。

EL_ 這部片中有兩種截然不同的樣貌，一是喜劇部分，另一個則是戲劇性的樣貌。

WA_ 不過那很簡單，不過就是兩分鐘的討論，迅速又和氣。

EL_ 他已經七十五歲了卻還是一樣精神奕奕。

WA_ 是的。他跟我原本想像的完全不一樣。我以為我會見到一個身材魁梧，個性強硬又不好相處的匈牙利人，結果他完全不是那種人。他身材小小的，個性開朗又和氣，是個聰明的人。我們之間的合作真的很愉快。

EL_ 那雷米阿德法拉森（Remi Adefarasin）呢？你們合作了《愛情決勝點》與《遇上塔羅牌情人》。

WA_ 雷米很可愛，彬彬有禮的人，他非常投入在拍片工作中。他跟史文恩尼克維斯特在燈光部分都屬於同一類型的導演，他們只要把一盞燈放在某個地方，然後五分鐘後就可以準備開拍了——而且看起來很棒。你知道，有些人

就是要用一千盞燈才能拍出那種絕美的畫面，其他人什麼都不用也一樣可以。這跟他們的敏銳度有關。

雷米阿德法拉森，《愛情決勝點》與《遇上塔羅牌情人》的攝影師，伍迪正與他在倫敦泰德現代美術館討論一個鏡頭的畫面。

EL_ 我們之前談到某些電影的構想與影響，你說我們之後再來談這個題目。你現在有什麼想法了嗎？

WA_ 當我在拍《開羅紫玫瑰》時，當時受到（費里尼的）電影《阿瑪珂德》（Amarcord）的影響。我記得那部電影中那小鎮電影院的樣子，還有那些小不起的電影角色。我想要拍出那樣懷舊又沉鬱的感覺。

EL_《星塵往事》中那些拍得很美的面孔也都是受到費里尼的影響嗎？

WA_ 是的。嗯，《星塵往事》那部電影中，對我而言最重要的就是我拍了茱蒂絲克麗絲特（Judith Christ）週末影展那一段。

EL_ 我記得那段。

WA_ 我想，這點子太好笑了。當一個人要離開週末影展時被所有人包圍索取簽名，要這要那的，問我可不可以幫他們做這個，又問我可不可以讀那個，然後我完全不知道要怎麼面對這種情況。我去那裡只是應茱蒂絲克麗絲特邀請去幫忙，我很欣賞她。後來我想那應該可以拍成很好笑的電影，那真的是那部

電影的重要啟發。

EL_ 不過很多觀眾跟影評都覺得那部片是在污辱他們，因為他們覺得那部片中充滿費里尼式那種怪模怪樣的角色，而你其實是在透過這部電影表達自己對他們的看法，也就是說他們都是一些只想看你拍喜劇電影的怪人，就像他們在電影中對待山迪貝特茲（伍迪飾演的導演）的樣子。

WA_ 我試著讓觀眾看到，透過一個因為被騷擾而崩潰的人眼中所看到的景象。我這輩子從來沒有被任何人騷擾到那種程度，我也不曾想過觀眾會真的有任何類似的企圖。假如要說，我總是覺得觀眾比我聰明，所以我在處理笑話時從來不會吝惜任何博學與艱澀的知識，我相信他們一定會了解的。如果我真的覺得觀眾們都是怪人，就像你形容的，我就不會這樣描寫他們，而且早就會因為政治正確的關係而避免這麼坦然。這麼說好了，假如有觀眾真的以為這代表我對他們不滿，那勢必就是我們有表達清楚——當然觀眾的感受絕對比我內心的意圖更重要。

EL_ 這應該是你所有片子中受到誤解最深的電影了，到現在可能還是一樣。

WA_ 是的，我想要拍一部很有風格的電影。戈登與我喜歡拍黑白電影，而我想要拍一部關於藝術家的電影，而這個人理論上應該是很開心的。他擁有世人追求的一切——健康、成功、財富與名望——然而事實上他什麼也沒有，他一點也不快樂。這個故事的重點在於他沒有辦法接受人生終將一死的事實，而他的名望、財富以及旁人的奉承也沒有辦法讓他的生存更有意義——他也一樣會衰老，也會死亡。電影一開始你就看到他想要表達嚴肅的聲明，即使他是一個喜劇製作人。

當然，就算這個故事完全是杜撰的，這個角色自然會讓人聯想到我。這個主角所面臨的問題在我的生命中從來都沒有發生過。當我在拍《星塵往事》時，我並不覺得自己是很受歡迎的電影製作人，而且人生悲慘，周遭事物也都那麼可悲。我認為我是個值得尊敬的電影製作人，而且成功的好處——就像我在《名人錄》中說的——絕對多過壞處。我從來也沒有被人包圍過，也沒有與誰有過激烈衝突或是跌入陰鬱泥沼中——雖然我常常扮演那樣的角色。我後來在《解構哈利》中又演了一次這種角色，那個角色也是個作家，但是個性與我截然不同。當然，觀眾真的不認識我本人——他們只認識我扮演的那些製造衝突與笑料的角色。

因此在《星塵往事》中，當他看到廚房桌上那隻死掉的兔子時（電影開

場十一分鐘後，山迪的廚師拿出一隻兔子準備煮晚餐。「我告訴過你多少次『不要兔子』了？」他沮喪地說。『我從來不吃兔子，任何齧齒類動物我都不吃……這些東西都有毛。』），眼前的死亡景象將他帶領進入一連串不同的想法中。從那時開始（經過了七十八分鐘後），整個故事就在他的腦海中成型了。那部片之所以會拍得這麼誇張就因為那是在他腦海裡的關係。你可以看到那個他曾經想要結婚的對象與他之間發生的衝突，還有另一個他深愛的女人，那個讓他回想起初戀的新對象。透過這部片你可以看到所有身為名人的壞處——你沒有隱私，每個人都要你對他們伸出援手，你是他們畢生所求的解答，然而事實上你連自己所求的解答都沒有。他們覺得你的能力沒有上限，其實任何人的影響力都微乎其微。我們對於人類世界的現況都一樣感到憤怒與無能為力，因此我誇大這些問題與焦慮，想盡辦法捏造出博君一笑的用途。（他停頓了一下）身為一粒芥草真的很沒有意思，我說的是真的（大笑著）。這就是你要認清的現實——身為失敗人種的一員。

總之，《星塵往事》的觀眾會想，喔，這傢伙以為他的觀眾都是一些白痴。當然，我從來也不覺得我的觀眾是白痴——我一向都覺得我的觀眾都是一些知識份子，而且至少跟我一樣聰明，或是說，比我更加聰明。我從來都不覺得觀眾很笨或很荒謬。我總是希望得到觀眾的認同，因為，就像我之前說的，我覺得他們都比我聰明，比我有涵養，也比我更成熟。電影中對於觀眾的描述是比較誇張，藉由這樣去突顯那種沒辦法理解自己的成功又整天幻想自己飽受歡迎所帶來的壓力，甚至沒有辦法走出自己的悲劇或是順利地談一段感情。

不過這卻被誤解了。我想當大家採用較少牴觸的方式來理解這部電影時，這方面我自然沒有辦法怪他們。假如他們付了十美元來看電影，他們自然不想要有任何牴觸的感受。這點無庸置疑是我的不對，因為我沒有清楚表達我想強調的重點。

EL_ 各式各樣的電影手法你都用上了。

WA_ 是的，我想要把電影拍得很有風格。那是一部夢幻電影，我試圖要拍得很詩情畫意。我說得不是那最後呈現出來的感覺，而是當初本來就打算要拍得詩情畫意，觀眾就不會被困在真實故事的情節中。你當然也可以描寫一段真實故事，描述一個擁有一切卻不快樂的人，但是我當初就是想要用比較夢幻的方式來呈現。

我覺得要是觀眾願意給這部電影一個機會，大家一定可以從中獲得什麼的。這部電影很深沉，不過就所有電影、書籍或戲劇而言，要是觀眾沒有在第

一時間被吸引住，那就一點意義也沒有了，就算我在這裡滔滔不絕地說有多少也是白講。

伍迪在《星塵往事》中特別選擇適合費里尼電影風格的演員面孔，為的是要呈現出導演山迪貝特茲那種扭曲的心境。

EL_ 這部電影的最後成果是你當初預期的嗎？你滿意嗎？

WA_ 我很多年沒有看這部電影了，不過我記得當初完成時我是很滿意的，那是我當時最滿意的電影，但我不確定現在看會是什麼樣的感覺。我知道每當我回頭看自己在夜總會或是電視上的演出時，我通常不會很喜歡。因此我想要是我回頭看那些電影，絕大部分應該會讓我很失望。

EL_ 這些長相獨特的演員是怎麼找到的？

WA_ 我們就是在路上攔人並請他們來拍電影。凡是遇上表情適合的人，我們就會交給他們一張紅卡，上面有我們的電話，然後百分之九十九有跟我們聯絡的人都有參與演出。

EL_ 這部電影上映時，你才剛完成你的第一部劇情電影《我心深處》，當時引來不少觀眾批評說你背棄喜劇電影。感覺你還滿熱衷那種被認定應該要拍喜劇片卻去拍劇情片的觀感。

WA_ 我從來沒有很認真在看待自己的形象。我覺得拿自己想要拍戲劇電影的企圖開開玩笑也無傷大雅，但是當你運用那一點點經驗來拍片時，大多數人偏偏都會覺得那完全就是自傳式展現。那些電影完全都不是自傳式的，那些電影都不是在呈現你內心的真實感受，反而是在呈現最有趣的笑料。就像我過去一直說的，《曼哈頓》與《安妮霍爾》這兩部電影所呈現的重點幾乎都是馬歇爾布里克曼的觀點，反而不是我的觀點。不過大家一點都不想知道約翰韋恩下了舞台後是不是跟舞台上不一樣。

當然，這種戲劇電影問題的反例出現在《愛情魔咒》、《好萊塢結局》與《說愛情，太甜美》那個時候（二〇〇一年到二〇〇三年之間）。很多人說，「你為什麼要拍這種輕喜劇？」（他大笑），不管怎麼樣大家都會有意見就對了。你只能依照自己的需求去做事，要是受到歡迎，你很幸運；如果不受歡迎，那你就是倒楣而已。

二〇〇六年二月

EL_ 我們來談一下《艾莉絲》，這部在《罪與愆》與《影與霧》之間完成的電影。

WA_《艾莉絲》有自己專屬的風格，我當初就是想要呈現出虛幻的感覺。電影中不時都會出現有趣的情節——像是她隱身不見時——不過就這樣了。現在，這部電影有沒有辦法因為這樣成功，我就不能保證了。我的電影預算總是

有限，而且有些情況下是受到限制的，所以自然不能跟那些花很多時間與金錢製作美術效果的電影相提並論。

對於《艾莉絲》這部電影（停頓一下），我沒有特別的感覺。我不討厭這部電影就是了。我從來不會回想起這部電影。（開始回想著）米亞戴著那頂紅色帽子時很美，當然亞歷鮑德溫一直都很棒。比爾赫特（Bill Hurt）也是，但那就是一部電影。

EL_ 我才剛看完《大家都說我愛你》，想要問你在這麼多國家拍攝的感想。這部電影在巴黎、威尼斯與紐約取景。

WA_ 這部電影的拍攝過程都很順利，所有悲劇性的預感——雖然在戲劇圈見怪不怪——其實都是不對的。

EL_ 這種悲劇性預感是指什麼？

WA_ 就是大家認為如果我在威尼斯想要擠上船來拍戲，就得要多花六倍時間，但是我們最後卻是因為擠上船拍戲而比原定時間快了六倍。因為水上完全不塞車，所以劇組移動到下個景點只需要六十秒，這在紐約至少要花上六十分鐘。

EL_ 重拍過程中有遇上很多麻煩嗎？

WA_ 多少有一點，不過我想這些年來我重拍的機會越來越少了。其一是因為我沒有那麼多經費，不過原因不只是這樣，萬一需要我還是會重拍。要是我星期四看母帶時感覺不滿意，星期五就會重拍。我不像以前那樣等到全部拍完才決定重拍。當我跟黛安基頓一起演戲時，或是米亞，我知道對這兩個主角我是可以隨時要求重拍，現在我就不知道了。現在的主角可能拍完片就飛去非洲拍下一部片了，我根本沒辦法要求他們回來重拍，所以這點我自己要很注意。我會試著去預測可能會發生什麼問題，而且現在也有經驗了，可以避免那些過去導致我得重拍的事情發生。

二〇〇六年七月

地點在倫敦，我陪伍迪一起看《遇上塔羅牌情人》的母帶。他的英國製片在門前警告他在倫敦酒吧拍的那一幕看起來可能太紅又太黃，顏色太飽和了。她的疑慮讓我有些驚訝——伍迪說過他喜歡電影中的濃烈色彩，而且那在他許多片中都可以看到，像是《那個年代》、《甜蜜與卑微》。我們在試片後開始進行訪談。

EL_ 你沒有打算要把顏色調淡，對吧？

WA_ 沒有，當然沒有。我喜歡那個樣子，我總是偏好溫暖的色調，紅色與黃色那種。問題是，我們在這裡的工作似乎沒有交集——他們覺得自己在拍希區考克的電影，我覺得我在拍鮑伯霍普的電影。

二〇〇六年十一月

伍迪剛完成《命運決勝點》，維莫斯齊格蒙是在這部電影合作的攝影師，他們之前已經在《雙面瑪琳達》中合作過。這部電影情節轉折出現在兩兄弟一起去找富有的叔父尋求財務支援，結果意外發現對方有求於他們——叔父希望他們幫他解決掉一個打算揭發他挪用公款不當行徑的同事。那一幕是在一棵樹的樹蔭下拍攝，幾乎一鏡到底拍攝完成，過程中更是呈現出柯林法洛聽著叔父與伊旺談論謀殺計畫時，內心急遽增加的緊張與不安。

EL_ 與維莫斯齊格蒙再度合作的感覺如何？你們似乎在拍攝手法上有些意見相左。

WA_ 維莫斯齊格蒙算是一流的攝影師，他喜歡哪些細膩又富有挑戰的東西。如果你看過《黑色大理花》（The Black Dahlia），那就是他的風格。那部片將他的攝影技巧展露無遺。不過我要求的就簡單多了，那部片中我不想要有太細膩的東西。然而就我而言，測試攝影師的方式要透過燈光技巧。怎麼樣理解鏡頭、架構鏡頭，他們可以，我也可以，我們也可以一起完成。不過區別成熟攝影師與菜鳥攝影師的方式就是燈光設計，他在燈光這部分太棒了。

EL_ 他在這部分是像史文恩尼克維斯特那樣嗎？稍稍調整那樣，或是像趙飛那種，使用大量燈光？

WA_ 他有點像是介於中間，他不需要太多東西（停頓一下後，笑了出來），但要是有也不會介意。他曾經拍過很多大成本電影，也用過起重機或是一些效果，他會說，「那我們之後數位處理就可以了。」跟他合作很輕鬆。

EL_ 那在樹下拍攝的鏡頭成果如何？

WA_ 那一個鏡頭是滿長的一段對話鏡頭。那個場景中有很多對話，我一直試著想要找到一個段落來切分。我想這要是發生在真實生活，那位叔父應該會把兩兄弟帶回飯店裡詳談，但是這樣就不那麼有趣了。所以我想乾脆讓他們在公園裡談，這樣夠隱密，要是突然下起雨來，反而還可以增添一點吸引力，然後他們就可以再換個地方。

當他們站在樹下淋雨時，我想我們可以讓鏡頭繞著那棵樹來拍攝他們，在拍攝前需要先剪掉一些擋到鏡頭的樹枝。我們先架好軌道，接著要調整雨量，這樣他們雖然躲在樹下也會被淋濕。總共拍了兩次，對我來說真正困難的地方是要讓攝影控制員在正確的時間點上，捕捉演員說話時的畫面。第一次他們太早繞到那裡，不過第二次完全精準到位，演員們也是。

EL_ 當我看到那個場景時，心中想到伊甸園的那顆蘋果樹。

WA_ 我當初並沒有想到那裡。不過我確實想過不少人應該會把那棵樹與善惡樹的誕生之間串連起來。

《命運決勝點》中湯姆威金森向伊旺麥奎格與柯林法洛解釋要求他金援的代價就是幫助他解決他的財務問題，手段就是要謀殺他的同事。

導演
Directing

5

導演
Directing

一九七三年五月

　　伍迪正在丹佛市拍攝《傻瓜大鬧科學城》的片段。所有人準備就緒要開始拍攝伍迪與女演員克莉絲佛布絲（*Chris Forbes*）在臥房的那一幕，這是一段嘲諷浪漫戲劇的橋段——男人在鏡中確認自己都準備好了並以為自己溫文儒雅又散發魅力；而女人，溫柔婉約又風情萬種，正慵懶地躺在床上。

　　那個鏡頭伍迪排練了好多次。他對著鏡子，戴上飛行員的帽子，黏上落腮鬍並在脖子上掛著一條白色圍巾，攝影機上的風扇會將圍巾吹起，接著他轉過身來對著劇組人員。

　　「我接下會做的是，找到一個定點，鼻子嗅一嗅房間兩次，接著風扇會吹起我的圍巾，而她正坐在床上吃優格，還是草莓或冰淇淋，隨便都可以，反正她就是要吃東西就對了。然後我會向她走過去並開始一點一點地撫摸她，接著風扇會越吹越強⋯⋯我們有電扇吧？有吧？」

　　他轉過頭來看著器材管理員，他說他是有一台電扇，但是從伍迪的描述聽起來，那台電扇根本沒有辦法吹出這麼強的風。

　　「我想要像是龍捲風那種效果，」伍迪告訴他。那位器材管理員就馬上跑去租兩台工業用電扇，而這時候伍迪轉過身來對著整個劇組。

　　「我們需要一加侖的果凍，或是一大杯聖代，裡面要裝好幾加侖的冰淇淋，」他繼續說著，「她要坐在床上用超大支的湯匙吃那些東西。」

　　當劇組與外燴公司聯絡後就送來了四加侖的茅屋乳酪與一些柳橙果片。

那一大杯足夠供應五十人份午餐沙拉的杯子裝了滿滿的乳酪送進來，附上一支尺寸差不多的湯匙。接著伍迪檢查過後，他還在繼續思考。

「我說，」他一邊想著，「假如我向她走過去後，可以打開一個小房間並放出一個小人在那到處亂跑，我覺得這樣很好笑。」

此時電扇也借到了，風勢正如他所要求的那樣，但是伍迪還在思考中。

「克莉絲，準備接受驚喜吧。」他臉上帶著淺淺微笑說著。接著回過頭來說，「我不用穿著飛行員服裝出現，假如我是穿著潛水服與潛水面罩出現才好笑。」整個劇組都笑了，伍迪笑著說，「你們以為我在開玩笑，但我不是在開玩笑。」

服裝師與指派來協助拍攝的警察立即跳上警車飆進市區，一路閃著警示燈，警笛大作，就為了取得那些裝備。

「這就是我惡名昭彰的地方，」當那些劇組都到旁邊等待時他這麼說，「所以劇組的工作人員都覺得我一點也不有趣。不過呢，可以事先準備的東西真的不多，很多東西都是到了現場才想到的，而且要是可以做卻不做就很可惜了。」

等到潛水服送到現場後，伍迪套上裝備開始穿著蛙鞋在片場走來走去，接著停下來一秒，透過面罩說，「要是這還不能讓觀眾大笑，那我就放棄了，」他說。他們開始開拍，等到導演一喊「卡！」所有在場人員都笑得東倒西歪。

然而不知道什麼原因，那種現場才有的笑點卻沒有在電影中呈現出來。剪接過程中感受不到那種爆笑的氣氛，所以最後還是沒有剪進電影裡。伍迪對於這種本人很好笑而電影中卻不好笑的差異並沒有感到特別吃驚——這很常發生——即使過程完全相同。就在那個場景拍完後幾天，他就觀察到這種對著觀眾表演與對著鏡頭表演的差異了。

WA_ 獨白的題材與電影劇本的差異就在於你得要靠自己。你走上舞台並開始表演一段你自己寫的獨白——你就會開始迅速地臨場編輯。假如你上台前準備了十個笑話，當你講到第四個時就知道第五個不可能會讓觀眾笑了，站上舞台後你再也不是處在密室中自顧自地逗自己笑，那完全是靠直覺的表演，你很清楚要是臉上多做一點苦臉，台下的觀眾就會笑得更久；要是你嘴角再多做四分之一吋的表情，那就太多了。

你的身體會告訴你該怎麼做。當我在西西里宣傳《香蕉共和國》時，現場觀眾都說義大利文，接著換我走上台，我心裡很清楚要怎麼逗他們笑。那種直覺跟在房間裡寫作是不一樣的。當然，那不代表我永遠都可以這麼逗趣，但

是我正在做的事情跟我構思寫作時的狀況是不一樣的。

　　不過那跟電影沒有關係，電影中出現的一些情節是屬於另一個構面的問題，不論好壞。我知道我昨天跌倒的那個畫面就是對的，因為這裡現場的人員都覺得很好笑。（*那個跌倒畫面跟臥室場景不同，反而在電影中呈現出讓觀眾爆笑的氣氛*）我知道要是觀眾席中有一千名觀眾，而我正在舞台上表演，要是我像那樣跌倒，觀眾絕對話會捧腹大笑。不過我就不能保證在大螢幕中也會有相同的效果，這真的很讓人抓狂。我們都任由母帶擺佈一切，當我在看母帶時會想，這些走法都不好笑，接著只好重拍，然後我們就在剪接過程中剪出那些步伐，結果最糟那兩捲母帶中的效果卻是最好的，那就是喜劇困難的地方。

　　就在臥室那一幕拍攝過後約一、兩個星期，他人正在丹佛的洛磯山脈上準備拍攝他與黛安基頓在林間走路的一場戲。那是個晴朗的早晨，不過氣溫只有華氏二十度，地上幾乎被白雪覆蓋。伍迪，正穿著一件厚重大衣，心情顯然不是很好。

　　「我討厭這裡，」他說，不過他很少會這樣指定明確的拍攝景點。「假如我們是在洛杉磯，我一樣會很討厭那裡，因為這樣就沒有辦法回紐約，不過現在看起來也不可能回得去。」

　　他與攝影師大衛華爾許（David Walsh）先後透過攝影機的鏡頭看著眼前的畫面，幾乎很好了。他們先試著用 250 釐米的鏡頭，接著換成 100 釐米的鏡頭。伍迪在那喃喃自語，最後他們又換了一個鏡頭。

　　「麻煩的地方是，我想要這個畫面同時好笑又美麗，然而這兩者卻是對立的，」他沮喪地說，「這真的很惱人。」

　　伍迪與華爾許正在嘗試用另一個角度來拍，「這樣太藝術了。」然後又換了一個。伍迪從鏡頭看出去，接著換華爾許，然後換攝影操作員羅傑薛爾曼（Roger Sherman）看著鏡頭。

　　「這個鏡頭會讓你覺得困擾嗎？就像困擾我那樣？」伍迪問華爾許。「不會嗎？那你跟我講講看，我覺得這畫面需要更多樹在裡面，鏡頭的架構中不夠。」

　　華爾許並沒有爭論這個鏡頭該怎麼拍。相反地，他與伍迪以及助理導演佛雷德加羅（Fred Gallo）轉身走進休旅車中，準備離開去找其他景點。等到他們回來後，我們一起散步聊天。

　　EL_ 要不要將這個場景拍得好看是要拿捏的問題之一，你還有其他考量嗎？

WA_ 要讓好的表演與好的故事看起來融洽需要大量的技巧。這是極需要技巧的部分，但是從技術上來看並沒有什麼神祕之處。幾乎所有喜歡看電影的人都可以拍攝電影。技術上而言，他們都很棒，他們甚至可以在我身邊執導。他們可以讓所有事情順利進行，他們拍攝的成果很棒，電影看起來很美，不過他們的缺點是，就像很多電視廣告導演來拍電影一樣，就是他們對於戲劇或是喜劇沒有概念。那就是為什麼路易斯布紐爾的電影看起來很糟卻一樣可以成為大師級電影。因為最終而言，真正重要的還是內容。每一部垃圾電影拍起來都很不錯，因為導演大可找個一流攝影師與一流的剪接師來合作，他們很清楚自己該做什麼。

他希望《傻瓜大鬧科學城》可以比他早先那些電影吸引更多觀眾，就在這部電影於一九七三年十二月上映前不久，我去他的公寓拜訪他。那部電影在前一天晚上才播映給洛杉磯的影評們觀賞，而他在那天稍早得知《洛杉磯時報》的查爾斯查普林（Charles Champlin）很喜歡那部電影。伍迪對《傻瓜大鬧科學城》很滿意的原因是他一直想要嘗試不一樣的東西，而他現在的企圖心比我之前聽到的都還要更加強烈（他在《安妮霍爾》之後就再也不讀影評了）。

WA_ 所有美國的孩子都應該要去看《傻瓜大鬧科學城》，而且他們一定會覺得這部電影很好笑，這完全就是我小時候喜歡去看的電影。我不想受限在那種知識份子幽默中，尤其是我本身根本就沒有任何知識程度可言。

我不覺得自己是怎樣特別的喜劇演員。我認為我在電影中面臨與我在夜總會中表演的同樣問題——我相信一旦觀眾買票走進戲院，他們就會支持那段表演或那部電影。舉例來說，我也想要讓自己擁有像卓別林那樣的廣大商業基礎。我也想要拍攝一系列的商業電影，而不是只能在紐約的小型電影院裡播放，然後票房頂多只能回收成本，我也想要像007電影那樣的電影開幕式，然後上百萬的觀眾進戲院來看我的電影；我也想要讓電影賺進三千萬美金的票房（他的電影至今只賺了幾百萬美金）；不是為了我——那些錢可以捐給癌症機構。沒有必要拍得像藝術電影一樣，那不是藝術。（但是他終究不會有007電影那種在兩千多家電影院舉行開幕儀式的場面，雖然其中也有不少財務成功的電影，其中包括《傻瓜大鬧科學城》、《安妮霍爾》、《漢娜姊妹》、《曼哈頓》以及最獲好評的《愛情決勝點》，這部片全球票房超過八千萬美金）

我想我已經透過《傻瓜大鬧科學城》進行了轉變，聽說《學樂雜誌》（Scholastic）喜歡這部電影，《家長雜誌》（Parents）也喜歡，聽到這些心裡真的很開心；還有《十七歲雜誌》（Seventeen）以及文森甘比（Vincent

Canby，《紐約時報》影評）也很喜歡。

伍迪對於這部片的期待最後都實現了。這部電影光是在美國就賺了一千八百萬美金——大約是二〇〇七年的六百萬美金幣值——再加上可觀的海外票房收入以及電視與 DVD 版權收入。

一九八七年十一月

伍迪正在下百老匯一間劇院裡拍攝《另一個女人》，此時劇組正將階梯圍起來拍攝那段菲利浦伯斯可（*Philip Bosco*）與吉娜羅蘭茲回憶／夢境的場景。這個房間很單調，磚牆完全未經裝潢。舞台是黑色的，座位是紅色的。

伍迪先試過演員的走位後便坐到攝影機後面確定拍攝的角度對不對，而在走位排練時，吉娜羅蘭茲講了第一句台詞，「夠了，我沒有辦法繼續這樣生活了，」接著她轉頭問伍迪，「我要從這裡跨過去嗎？」她接著說另一句台詞，「你有沒有想過我的下場會是怎樣？」他動作非常優雅地在舞台邊上走著，示範走位給那些演員看。

總共六十五位劇組人員與其他閒雜人等坐在劇院的座位上，他們全都不在鏡頭範圍之中。伍迪指著他們說，「絕對會有更多人來看這部電影。」

一開始的幾個鏡頭他讓菲利浦伯斯可與吉娜羅蘭茲按照自己的方式詮釋，然後要求他們按照他的方式再演一次。他或蹲或站地看著他們演出，拍攝過程中他會不時對著攝影操作員迪克明佳隆的耳邊說話。

這個場景接下來會重拍三次，才讓伍迪覺得滿意，因為他最後才找到兩位演員之間最好的拍攝角度——他們十二月又在這裡重拍一次；接著是一月在上曼哈頓的協和神學院（*Union Theological Seminary*）重拍，地點在哥倫比亞大學附近；接著在二月中又再拍了一次。就在其中一場重拍的現場，我問他劇本到底重改到什麼程度。

WA_ 基本上，我都是按照劇本來拍。我喜歡把初稿拍攝出來，接著看看自己進行到了那個階段。我會發現一些重大的事情，那是我從來沒有想到過的。劇本只是引導作品出爐的工具。

EL_ 你覺得自己的寫作與執導風格與眾不同嗎？

WA_ 你很難知道自己有什麼樣的風格。要是我拍了一部電影卻沒有放上我的名字，你會知道那是我的電影嗎？不過如果我有參與演出，那就是很大的線索了（他大笑）。不過要是我沒有參與演出，你會知道那是我的電影嗎？假

如你看了《開羅紫玫瑰》呢？我就沒有辦法分辨。我會配合劇情來決定電影拍攝的風格。

　　我想我也有屬於個人比較老套的拍攝風格。這麼說好了，我覺得自己有一種很都會的定位。我所有的電影中都會出現人們在街上走來走去或是坐在餐廳與公寓生活的畫面。我覺得有些特定元素會不斷在我的電影中重複出現，雖然不見得會每部片中都有。我想在過去這十到十二年中，我也發展出一種特有的拍攝風格，除了《變色龍》之外，我的電影中都會出現長時間的主鏡頭，而且我從來不會拍攝任何畫面的補充鏡頭。這部分之前已經說過了。

　　EL_ 你在這部片中跟超優秀的攝影師合作——史文恩尼克維斯特，他就是歐洲電影風格的典範，同時也是你最欣賞的風格。你們都喜歡長鏡頭的拍攝手法，因為這樣可以透過鏡頭看到所有演員的動作與表情，而不需要像是美國電影一樣在他們之中不斷前後調整鏡頭。

　　WA_ 史文恩尼克維斯特前幾天才在問我，為什麼美國導演都喜歡拍完長鏡頭後再拍各個角色的補充鏡頭——那就是他不喜歡在這裡拍電影的原因。我只能這樣回答他——第一，大多數美國電影都是敘事性的，只能透過很多場景呈現，這樣似乎是最簡單的方式；第二，因為有太多制式化電影，所以自然就會有制式化的拍攝方式可以確保不出錯。每個人都可以切中要害，每個人都有上了一點妝，然後就有主鏡頭，也有補充鏡頭。對於製片來說，電影明星的特寫很重要，越多越好。即使到了今天你也還會聽到製片在抱怨大明星的特寫不夠多，他們希望自己投資在這些人身上的錢可以物超所值。

　　這些卻是歐洲電影中不會發生的事情。當我剛進這行時，我也用那樣的拍攝方式，因為我當時不知道有那種差異。當我在拍《傻瓜入獄記》時，拍了很多補充鏡頭，因為這樣之後在剪接室工作時就不會有太多遺憾，因為我至少還有備案可以選擇。接下來，當我在電影工作中越來越有自信、越來越覺得自適後，我開始捨棄那種拍攝方式，我可以說那種方式在拍攝《曼哈頓》那個階段就已經完全捨棄了。我記得在《曼哈頓》中開始串起長時間的主鏡頭，《漢娜姊妹》也是，而這部電影中也是。現在已經開拍三、四個星期了，目前為止還沒有任何一個鏡頭是需要前前後後拍攝補充畫面的。

　　假如我有盡到本分，你一定不會懷念那種鏡頭的。這種東西有時候很古怪，就像《另一個女人》一樣。那段夢境的場景中（一段瑪莉詠與賴瑞的兩分鐘場景。他是她最愛的人，而他卻離開了）。你先看到哈克曼，接著吉娜走進鏡頭，然後就變成兩個鏡頭；一個拍她，等她走到後面時，鏡頭就沒有他了，

最後又只剩下哈克曼。我們在某種特定的情況下是在拍大明星的特寫沒錯，但卻不是用那種粗糙的方式在呈現。

EL_ 除此之外，歐洲電影還有那些地方吸引你？

WA_ 歐洲電影，其中包含了柏格曼的電影，切割方式都比較粗略。美國劇組人員就很嚴謹。我喜歡歐洲電影的其中一點在於他們欠缺完美的那種特色。演員有時候會失焦。歐洲製片從來都沒有錢，所以他們沒有時間去營造那種流暢又修飾得很好的氣氛。攝影機的移動總不是很完美，有時候會有畫面跳動的感覺。大致上，我很喜歡那種感覺。（《賢伉儷》在這段訪談後十二年推出，手持攝影機拍攝的畫面甚至是刻意要營照畫面跳動的感覺）

一九八九年二月

幾週後，地點在伍迪的公寓裡。

EL_ 你才剛拍完一部劇情片（此指《另一個女人》），其中採用很多微妙的拍攝手法，而現在你卻開始拍攝一部喜劇電影（此指《伊底帕斯災難》）。我們剛才在看母片的時候，色調的問題讓你很不開心，因為喜劇的色調與光線應該要比劇情片更加鮮明。

WA_ 劇情嚴肅的電影中通常可以嘗試一些很美的東西，一些很詩情畫意的東西，像是《另一個女人》中金哈克曼在劇院中的橋段或是吉娜羅蘭茲在空蕩蕩的公寓中那一幕。你可以用某種特定的方式移動攝影機，結果這個畫面架構就會很詩情畫意，而剪接也會很詩情畫意，牆上的時鐘慢慢地敲著，呈現出一種催眠式的韻律。不過那種東西就不可以出現在這種喜劇裡面。你一定希望（迅速彈了兩次手指）……要是哥倫布大道上的人都抬起頭來看著我的母親（其幻影出現在空中），你不會希望鏡頭落在路人那一張張的表情上，你會想要（又彈了一次手指）有人對著什麼大叫著。當你走向我或米亞的房子時，你不會希望看到那種美輪美奐的公寓，窗戶間還透出一抹一抹的光線。所有東西都一定要展現出與世俗情況相反的樣貌，不然就不好笑了。因此片中所有情節都要控制在喜劇這個主軸下，任何事情都不可以凌駕在此之上。喜劇中你必須簡化很多事情，雖然過份感傷的東西拍起來很有意思，卻會讓觀眾笑不出來。所有元素都要可以跨過去成為喜劇的載具。

EL_ 劇情片中的對話呢？

WA_ 嗯，那一定要剛剛好，當然，特別是這些年的狀況。早期的電影中，

這麼說好了，原野上的牛仔，這種電影的對白很少。那樣很美，但是現代電影就需要對白。人與人之間需要靠對話來表達自己，就算在英格瑪的電影中也一樣。當他可以減少對白時，他就會拍成時代電影。《哭泣與耳語》中的對白就非常少。那樣很棒──那棟房子裡的那些人。不過在紐約或是在城市中，人們之間會出現對話，所以我的電影中就會出現很多對白。我的電影中，沒有誰在追誰，也不會出現誰在大樓的另一邊打架的畫面，而且人與人之間也沒有像是《哭泣與耳語》中兩姊妹之間那樣緊繃的拉鋸。

EL_ 你編劇、執導又剪接編輯自己所有的電影，也參與其中多部電影的演出，甚至連配樂也是你負責的，在我眼裡這樣確實是相當獨具風格的全才型導演。

WA_ 我讀過一篇關於史蒂芬索德柏（Steven Soderbergh）的專訪，他執導過《性、謊言與錄影帶》（Sex, Lies, and Videotape），我很喜歡這部電影。史蒂芬索德柏說他不相信所謂的全才型導演，因為這樣的人會擁有太多權力，我不知道那是什麼意思。我想很多人就是所謂全才型的電影製作人，那同時也在清楚表達那是屬於他的作品，百分之百。那樣的作品可以充分表達他們。不過我不知道為什麼身為導演，他會反對擁有權力，要是製作公司的人想要干涉他的作品時，他就不會這樣想了。

EL_ 不過你很清楚要是權力不夠時會是什麼樣的情況。舉例來說，當大衛梅瑞克（David Merrick）穿著西裝告訴你《別喝生水》應該要怎麼拍時，你告訴他，「我這輩子完全不需要聽任何穿著藍西裝的人告訴我該怎麼做，這樣我也賺了好幾百萬了，」或是當查理費爾德曼（Charlie Feldman）或其他人在《風流紳士》這部片中刪減你的創作時。

WA_ 通常我跟每個人都可以維持良好的互動關係，我在專業領域中失控發怒是相當罕見的事情。當我在修理大衛梅瑞克時，其實心裡沒有生氣，那個場面其實沒有那麼難看，不是生氣的狀況。記得當我們在拍《風流紳士》時，我曾經叫某個人滾開，但不是製片查理費爾德曼或他的跟班們。

我看待查理費爾德曼的眼光並不像大衛梅瑞克那樣覺得他很仁慈，目前為止都一樣。查理費爾德曼應該是那種很有魅力的好人，雖然不好相處，但是比起其他製片，他就像個王子一樣，雖然這種特質我在他身上找不到，而且可能還比這樣更糟。

我那時候並沒有太多觀看母帶的經驗，因此不知道所有母帶看起來都是很糟糕的，因為你沒有音效，也沒有那些混合效果，完全就是光禿禿、很糟糕

的東西。這些傢伙把我的劇本四分五裂後，在那裡大放厥詞告訴我怎樣才好笑，怎樣不好笑，所以我一沮喪就回嘴了。

EL_ 不過現在根本不會有人命令你做任何事情，這樣完全的自由之中有沒有任何壞處？

WA_ 我覺得最困難的部分在於如何找到問題的癥結。當我開始有點不太滿意的感覺出現時，我不是很清楚問題到底發生在哪裡。我想這一部今天晚上要試映的電影，（重新剪接過的《另一個女人》，前幾天的試映讓他覺得電影中的角色之間並沒有很和諧）對於前幾天看過後覺得敘述太瑣碎的人來說，就會比較符合他們想要的。

EL_《另一個女人》的成果有接近你當初想像的嗎？

WA_ 沒有，這部片沒有。當你需要完成這樣費時半年到一年的電影，其中參與人員這麼多，要協調的事情這麼多；藝術指導、服裝、演員、寫作與執導，還有燈光……等等。某種程度來說，除非你很幸運或是發生什麼驚喜的意外，不然就是你是個全能型天才——不過我不敢想像這種事情會發生在任何人身上——這個計畫就會開始衍生出自己的生命。有太多無法預測的事情了，有時候會衍生出不好的命運，然後你就放棄這樣的發展並開始嘗試其他事情，或是進行改變。然而其他時候就會衍生出有趣的方向，完完全全比你一開始設想的還要好，那你就得要順勢發展。

舉例來說，當初設想瑪莉詠是一個冷漠的人，然而圍繞在她身邊的都是一些好人。不過我們在拍攝個過程中，感受到的卻不是那種氣氛，然後我就不確定了。一開始我想這樣的發展似乎比我計畫中的更加有趣，因為她不是只有單一構面的，於是我開始加戲來展現她的深度。我加了一段凱瑟琳戈蘿蒂（Kathryn Grody）讚美瑪莉詠是一位很棒的老師的場景，因為我想要讓瑪莉詠呈現出人很好的樣子。也許我在這部分有點失衡了，但是電影就是這樣自己繼續發展下去。現在我開始與瑪莎普林頓（Martha Plimpton，飾演瑪莉詠的繼女）發展一段關係。當初瑪莎的角色是不可能會對她的男朋友說，「她也太主觀了。」這種話。然後我發現那樣的發展對我來說是很充分的，現在我會多加一些我與她之間的場景，這樣在電影結尾時就可以讓她打電話到那場派對，不過我終究還是沒有這麼做。接著你就會讓她跟瑪莉詠一起回去之前的家庭，我在停好車時，端出那段哲學討論，但是我不喜歡那段，因為沒有意義。結尾時也有一幕是她與瑪莉詠一起散步，然後發現彼此都更加了解對方了，這樣就可以發展出一段關係。現在就是我需要坐下來寫出劇本的時候了，（臉上掛著微

笑）這就叫做痛苦中的掙扎。

EL_ 你似乎在電影中比較能夠游刃有餘，你現場就可以改劇本。

WA_ 我忘記是在伊力卡山或是英格瑪柏格曼的書中有提到，我想不起來是哪一個，作者提到舞台劇的劇本就像文學，就像語言，而電影劇本像是建築——真的就像一張藍圖一樣——說得真的沒錯。我寫劇本的速度很快，這你也知道的，然後我就會開始調整。就像那天我在美術館拍攝時，我突然覺得我需要加一段吉娜與米亞的戲——不是她們剛見面那個時候，而是她們看到克林姆（Klimt）與席勒（Schiele）作品的時候。所以我們開始拍攝這段很細膩的場景，我們一開始先拉全景拍攝整個美術館，而她們正在談論吉娜的第一任丈夫。不過那段看起來真的很糟，我完全不想把那段剪進電影中。我知道她們要進去美術館，因為那就是她們要去的地方，所以我只好告訴她們，「我們得要再回去美術館一次。」但是我完全不知道要回去做什麼，一點頭緒也沒有。

然後我就跟兩個女演員回去美術館，我心裡想著，嗯，她們應該要好好認識一下彼此，就是聊聊藝術，但是那樣很乏味。我們打亮燈光，而她們就站在那些畫前面。那時候我心裡突然閃過一個念頭，吉娜在這裡應該要說，「我想要回到我的藝術之中。」而這句話也突然讓這個場景更有意義了。兩位女演員也馬上附和這個想法，所以我們就臨時加了這段。我把這段台詞像《蓋茲堡演說》（Gettysburg Address）一樣寫在信封背面，而她們也很快就記起來了，所以這部電影就多了一段很棒的場景。（瑪莉詠打算要買結婚紀念日的禮物而走進一家店裡，結果卻意外看見霍普站在一幅克林姆的巨大畫作旁哭泣，畫中是一位年輕的紅髮裸身孕婦。霍普〔她自己也懷孕了〕說這幅畫讓她覺得很悲傷，瑪莉詠告訴她這幅畫想要傳達的其實是相反的意境——這幅畫名為《希望》。兩位女子談論了彼此對於藝術的投入，而霍普，呼應這部電影的主題，她說，「我想我們都在幻想自己錯過的選擇。」）

那個時候，怎麼說，我心裡在想，好吧，也許我應該把她們兩個都帶回美術館，讓劇情可以有更多發展。這種事情很常發生在我身上，我拍了很多鏡頭之後又決定放棄不用，因為我最後發現剛開始的版本最好，而新場景要夠簡潔才能讓電影成功。好的構想不代表你一定有辦法詮釋得出來，有時候可以，有時候不行。

EL_ 你從這部電影中學到什麼？

WA_ 我想那絕對會對下一部電影有幫助的。要將這部電影拍得成功其實很難，有很多嚴格的要求。假如你拍的是喜劇片，從試映時的觀眾笑聲你就可

以知道問題出在哪裡，喜劇比較鬆，也比較有彈性。不過像是這樣的東西，你鎖定的是相當成熟的觀眾。那就像小說原創一樣，劇情片是不可以有任何瑕疵的──你要是在這種電影中看到任何小瑕疵，就會非常致命，不過這種事情在喜劇片就沒那麼嚴重。越低俗的喜劇片就越是有彈性，我在《香蕉共和國》中的殺人場景就可以輕鬆帶過，不過在《漢娜姊妹》中就沒有那麼容易，這部電影又更難了。這部電影的要求是很嚴謹的，因為劇中人與人之間的劇情張力十足，處理的又是成人世界的問題。這在寫劇本時就很容易犯錯了，非常容易，因為好的劇情片真的很難寫，對我來說真的很難。

等到你寫出好的劇情時，你就要讓演員們無縫詮釋劇情，他們絕對不能讓觀眾覺得沒有說服力，因此他們的品質就非常、非常重要。這部分絕對要比喜劇更加明確，演員在這樣的作品中任何一點細微的特色都會變得很有意義。假如某個演員的性格上有那麼點刻薄或是那麼點討人喜歡的特質，那都會在劇中的角色呈現上變得非常、非常有意義。

EL_ 有沒有發生過角色性格在拍攝過程中改變的？即使你都已經在劇本上設定好了，這樣會讓你很困惑嗎？

WA_ 我很清楚哪裡有什麼不對勁，我也可以在母片中看到不對勁的地方，但是我不知道自己當下是在做什麼，我就是知道這樣不對。我會告訴演員，「你就照你想的去演吧。」米亞與我從一開始就沒有辦法定位漢娜這個角色，直到最後也沒有辦法。我們永遠不清楚漢娜究竟應該是那個善良又好相處，而且還是鞏固一家人的精神堡壘呢？或是她其實並沒有那麼好？就在第一幕，當父親說，「我們虧欠漢娜太多了，這頓美好的感恩節晚餐。」然後她轉身對著她的姊姊說，「妳要去參加試唱嗎？」米亞看著我尋求指引，但是我完全沒有辦法幫她，我只能說，「好吧，這一幕妳就憑直覺去演吧，也許我可以修改些什麼。」那種情況下我腦中常常是一片空白。

EL_ 執導你自己的角色容易嗎？還是很困難？

WA_ 這跟難易無關。假如你跟其他兩三個人在拍同一個鏡頭，或是大家一起坐在房間裡，或是我要逃離他們──不管怎樣──你都會假裝把這件事情當作真的一樣，然後你就會感覺到自己的表現夠不夠真實或是誰出了差錯。那是可以透過鏡頭看出來的。一個女演員向我走過來並將一本書摔在桌上，她要不是看起來很假，就是看起來真的有那麼一回事。

那是你當下就可以感覺出來的事情。那就像是面對觀眾站在舞台上表演一樣，你完全知道自己到底好不好笑，也知道自己哪裡不對勁，那是沒有辦法

忽視的感覺。我不是在說這樣就應該可以永遠完美地詮釋，其實不完全是這樣的。因為當你在演出一場戲時，還是一樣受限在自己的範圍之中。好比我在詮釋恐懼或是慌張的場景——就不可能像馬龍白蘭度一樣（大笑著）可以把恐懼或慌張詮釋得這麼好，不過我知道自己有沒有盡力演出就是了。

EL_ 不論是主角或是配角，你都會不斷重複採用同樣的演員，像是黛安基頓或米亞（此時是他們分手前五年）還有，像是，華勒斯尚恩。你覺得要是演員彼此之間都很熟悉彼此，對於大螢幕上的合作也會有類似效果嗎？

WA_ 是的，當認識那些人時，我確實會有那種感覺，我比較輕鬆也比較有自信。我也覺得黛安跟我之間很有默契，就像跟米亞與唐尼羅伯特茲一樣。假如我跟他們合作或是與茱蒂戴維斯（Judy Davis）合作，我覺得自己就像在演戲時一樣輕鬆自在。因為我覺得他們已經跟我合作過了，而且也願意繼續合作，這樣他們不可能會有難相處。

二〇〇五年春天

　　地點在曼哈頓電影中心，我們正坐在試片室裡，數十年如一日。四周牆壁依舊，高級椅子上一樣包覆著墨綠色絲絨，投影機下那張伍迪專用的情人沙發包著一樣的米色沙發布，雖然已經送去翻新過了，上面仍舊有些污漬。一整面牆上擺滿了一九二〇年代、一九三〇年代與一九四〇年代的精選專輯收藏，伍迪新電影的資料碎屑塞滿角落的那個箱子。我們坐著，一如往常，靠在那堆專輯收藏旁邊面對面地坐著。他幾乎沒有什麼改變，一樣的服裝——燈心絨褲，厚重顯眼的皮鞋，穿到鬆垮的喀什米爾羊毛衣，他今年七十歲了。

　　他正準備要出發去倫敦拍攝《遇上塔羅牌情人》。《愛情決勝點》是在二〇〇四年夏天於倫敦拍攝，過幾星期後準備要在坎城首映。伍迪，不同以往地相當喜歡那部電影，將要排出時間接受一連串的訪問。他不斷地重複說一句話來形容這部片，「我們運氣很好。」

EL_ 那真的只是因為運氣好嗎？

WA_ 對，真的是運氣好。所有演員都到位，這些我之前聽都沒聽過的演員居然演得這麼好；要是我們需要晴天，當天一定放晴；要是我們需要陰天，當天就烏雲密布。不管我們拍攝時有什麼需求都有求必應。要是我們需要一個景點，我們就馬上可以找到那樣的景點。這部電影就這樣不疾不徐地完成了。

EL_ 下一部片也會採用原班人馬嗎？

對話伍迪艾倫　導

演

WA_ 我們會採用很多相同的班底，不過其中有些人因為要在國外拍電影所以沒有辦法參與。

EL_ 拍攝一部電影所需要的每個抉擇——景點、選角、剪接……諸如此類——完全有求必應。

WA_ 沒錯，應該是這樣沒錯，但是也沒有這麼困難。你寫了劇本後就知道你想要說什麼樣的故事，因為劇本是自己寫的。你只需要去找到最適合用來講故事的景點，讓演員盡到本分就可以了。那就像是基本常識一樣，你很清楚這個景點不對，是那個才對，或是某位女演員對這個角色來說太過嬌媚之類的。

EL_ 希區考克很出名的一件事就是他會畫分鏡表，導演馬丁史柯西斯也會這樣，我從來沒有看你用過，你也會這樣嗎？

WA_ 不會，我沒有那麼謹慎。我說這種話時，或許很多人會覺得我在戲謔，不過我說的是實話，我拍電影時真的很懶惰。當我與保羅墨索斯基合作演出《愛情外一章》時，他真的非常謹慎，排練得相當徹底，我們開拍前他就對每個鏡頭瞭若指掌了。希區考克會畫分鏡表，傑瑞路易斯也會畫分鏡表，馬提（Marty）（此指馬丁史柯西斯）可能也會，我不清楚。

我通常走進拍片現場時，舉例來說，《賢伉儷》好了——當然卡爾羅迪帕爾瑪就是那種壞朋友，因為他跟我一樣散漫。所以我可能看到今天要拍的是席尼波拉克（Sydney Pollack）要向茱蒂戴維斯提離婚協議的那一幕，所以我們就會到處看看，然後看到現在太陽的位置在那裡，我們就會說，「那從這個方向拍吧。」然後我就會說，「天啊，要是那裡有個大花瓶就好了，」（開始大笑）然後山托就會說，「你為什麼不早點跟我說？」然後我就會說，「不知道，我現在才想到的。」最後他就會說，「我來想想辦法。」

不過我完全都不會準備，我也不會要求任何人去排演，我也不會要哪個演員事後配音，我也不會拍一堆補充鏡頭，就像我之前說過的一樣。很多人覺得這就是我的風格，事實上就是懶人的風格罷了。拍片謹慎的人就會走進片場，你知道的，開始拍攝對話場景；兩人對話、單人鏡頭、聽話者鏡頭。我不會這樣做，我只會拍兩人對話的鏡頭後就繼續拍下一幕了。我久久才會說一次，就在我們準備離開前，類似，「快快拍一下那個煙灰缸，以免我之後需要這個鏡頭。」

道格拉斯麥可拉斯問我為什麼要把《賢伉儷》拍成那樣，他是個想要從我的經驗中學習的年輕人，他試著想要從我多年執導的經驗中獲得那種所謂的

寶貴經驗，我想我讓他失望了──我的答案真的讓他很驚訝──我只告訴他，「因為我很懶。」我想要拍一部不需要讓大家枯等的電影，我們剛好有手持攝影機，所以我們就拿來用了。我想要喊卡時就喊卡，想要堅持什麼就不妥協，我一點也不在乎怎樣才會比較好。我完全不會依照任何既定章法來拍電影，我拍電影的速度又快又輕鬆又散漫，我想要早點回家練習樂器、看尼克隊打球或回家吃飯。

那也就是為什麼我這麼多年來總是說我與偉大之間的距離只有我自己而已，我說的完全沒有錯。我獲得的機會比任何人都多，這三十五年來不斷有人出錢又給我自由去拍攝任何我想要拍攝的東西──音樂劇？沒問題；偵探故事？很好；劇情片？當然可以；再一部劇情片？前一部失敗了也沒有關係？放心去拍吧。有求必應。

因此我根本沒有理由要拍偉大的電影，沒有人會來告訴我一定得要拍怎樣的題材或怎樣，或是他們想要先看過我的劇本，還是我一定要封殺哪個演員，或是他們想要看我的母片或是參與剪接。完全沒有。這三十五年來片商都是全權委託讓我拍片，而我也沒有拍出任何一部偉大的電影。我就是不會拍出偉大電影的那種人，我沒有那種遠見與深度可以達成這件事。我不會告訴我自己說，我一定要拍出一部偉大的電影，絕不妥協，就算需要在晚上拍片或是得去世界的偏遠角落才能達成目的也沒問題。我不是那種人。我想要拍出偉大的電影，但那不可以跟我的晚餐時間有任何衝突。

我也不喜歡旅行，我也不喜歡長時間工作，我想要每天準時回家吃飯，有時間練習豎笛，看球賽轉播，現在也喜歡回家看我的小孩，因此我會在這樣的條件下拍出最好的電影。有時候我運氣很好，電影的成果就很不錯；有時候運氣不好，電影不是很受歡迎，這些我都經歷過，我不是不負責任，我只是很懶。

EL_ 你曾經說過當你在寫劇本時，腦中會聽到劇中的角色在說話，然後等你在片場聽到演員說出的第一句台詞，竟然跟你原本聽到的聲音完全不同。

WA_ 是的，多數的情況下那種感覺會隨著拍攝過程越來越偏離原本的設定。我們在英國拍電影的好處之一，就是英國的口音聽起來好太多了。我之前講過很多次了，當我不需要考量劇情的真實性時，就是我在家寫作時，我可以想像喬治史考特與保羅紐曼站在碼頭邊的爭執。等到我找到這些優秀演員來拍片時，那些聲音卻讓喬治史考特與保羅紐曼的那段爭執跟我事先幻想的不一樣──而他也沒有辦法從碼頭上跳下去，因為這樣他會摔斷脖子，所以他現在得

要跑到碼頭盡頭並做些其他的事情。

所有事情都會不斷地演變再演變，更常發生的是，退化再退化，那就會是問題了。這些事情中有百分之九十都比我當初構想的還要糟糕，有時候你本來沒有預料的一些事情反而會讓觀眾捧腹大笑，而最常發生的就是那些你覺得好笑的地方並沒有辦法讓觀眾得到共鳴。那就像在賭博一樣。

EL_ 每部電影都會發生這樣的事情嗎？

WA_ 幾乎都有。少數沒有發生的就是《愛情決勝點》了，當我達到那個點時，就似乎像是我在加強那個氣氛一樣。田納西威廉斯寫完《慾望街車》交給伊力卡山執導，而他與馬龍白蘭度一起讓那些劇情張力更加強化，他讓那部電影變得很精彩。我不會這樣做，我有不同的方式。我寫完劇本後會想像──這樣一定很好，就算實際上沒那麼好。

當我開始拍電影時，我的惰性與自己所犯下的錯誤，就會毀了原本可行作品中的十件事情。我是說，他們是付錢請你來工作的，就像是棒球比賽中二、三壘上已經有人而下一個打擊者卻被三振出局一樣，那真的很洩氣。

EL_ 藝術家也是這樣嗎？

WA_ 是的，藝術家總是被迫在壓力下做事情。起初你沒有辦法理解，你會說，「嘿，我只是想要拍一部電影而已。也許我失敗了，也許不是很成功，但是你有必要這麼討厭我嗎？」然後，你才發現事實上根本是自己罪有應得。當我在看別人的電影時，我也會這樣做。然而在現實生活中，不管你今天是拍了一部電影，寫了一本書或其他事情，要是那本書不成功又沒有辦法取悅任何人，你就會被討厭，而且你沒有權利說不。觀眾擁有厭惡你的權利，而你除了被視作輕蔑的對象之外，沒有其他選擇。他們是付錢來看你擊出全壘打的，不是來接受打擊的。

很多人有時候會說那是「雖敗猶榮」，不過都是鬼扯。那就像是一支球隊因為一分輸掉球賽──那叫雖敗猶榮，不過輸了就是輸了。（他皺一下眉頭，然後笑著）我現在是在用運動類比在逼自己走投無路嗎？

EL_ 我們換個話題吧。從事後的角度來看，你會覺得某些電影在一開始就註定會完蛋的，不管你怎樣重寫或是重拍都一樣，有嗎？

WA_ 有幾個特定的案子真的是一開始就註定會失敗了，確實是這樣。這些案子在創作劇本寫時就毀了。有些時候心裡出現一些拍電影的構想，但是卻不知道在進行過程中就如一灘死水，因為錯估情勢或是有什麼誤會，而觀眾永遠永遠不可能買單，他們想的就是跟你不一樣。

我順道提一件事，我個人過去創作的所有作品中最讓我驚訝的就是《好萊塢結局》竟然沒有被視作一流的喜劇作品。這部片會遭遇到任何排擠真的讓我很驚訝。我以為那個構想非常、非常好笑，我也以為自己把效果拍得很好，我也覺得蒂李歐妮的精采演出讓這部片真的很好笑。我以為這樣簡單又好笑的構想一定會成功，換作是查理卓別林、巴斯特基頓、傑克雷蒙（Jack Lemmon）或是華特馬殊（Walter Matthau）都一定會拍攝這種題材。我不覺得自己在任何部分搞砸了這部電影——表演、拍攝、笑料或任何情境。

當我試映給第一批人看時，都是一些電影作家，他們說，「真的很棒，這是你拍過最好笑的電影之一了。」然而觀眾的反應卻完全不是這樣，我真的非常震驚。我必須再次強調，從財務的角度而言那根本不重要，那部片的成本不高，而全球市場確實有賣錢，或許也賺了一點回來。然而那是我拍過的所有電影中最讓我驚訝的，因為我通常不會喜歡自己完成的作品，但是我很喜歡這一部。雖然我覺得很多人不見得會認同，但是我會把這部片排在我最好看的喜劇電影中的第一位。

WA_ 當有些人特別喜歡你自己覺得還好的作品時，你會覺得很驚訝嗎？有過這種經驗嗎？

EL_ 是啊，很多人喜歡《曼哈頓》到了一種我覺得失去理智的程度，而《安妮霍爾》就是一部頗受好評的電影。我是說，那部片很好，但是我的電影中還有更好的，不過我遇到這些支持電影的觀眾時都會覺得心裡很溫暖。

EL_ 你已經拍片這麼多年了，看法有什麼改變嗎？

WA_ 我說，我從小看電影長大，我從小就熱愛電影，然而我現在的生活卻不再充滿那樣的電影文化了。現在沒有一堆人會期待下一個楚浮（Truffaut）或柏格曼出現，那種現象已經不復存在了。現在也沒有新的費里尼式電影了。那些主導電影工業的人，大部分都滿可悲的。現在確實有一些優秀的導演正在崛起，但是他們卻得要奮戰與掙扎。但是現在已經不是那種大家會去電影院看電影然後隔天熱切討論的年代了。我年輕時的那些英雄人物都走得差不多了。楚浮已經走了，柏格曼雖然還在卻已年邁；路易斯布紐爾也走了，黑澤明也走了，費里尼也走了，德西嘉（De Sica）也走了。我曾經努力工作想要獲得他們的認可並成為他們之中的一份子，就是那時的幻想。

劇場世界中也一樣，亞瑟米勒走了，田納西威廉斯也走了，劇場界的傳奇人物都走了。我曾經想要進入劇場界並成為一位劇作家，但是現在的前景看起來卻已經沒有意義了。即使你是一位好的劇作家也沒有辦法在一樣的舞台上

得到發揮，他們呈現的結構已經不同了。他們得先在一些非百老匯的劇院中演出，要是幸運才得以搬上百老匯。儘管如此，隔天也不會成為全城討論的焦點，也不會有那種觀眾覺得很有趣而且一定要去看的效果，電影界也一樣。

年輕世代對於電影已經沒有那種熱衷了，他們認識的電影不多，對於偉大電影也不是很熟悉，而他們對於好電影的認知也不一樣了。我現在不是在針對價值觀做評論，只是那種價值觀跟我的不一樣罷了。他們喜歡的電影我一點興趣也沒有，我不是在說每年都沒有任何好電影出現，還是有的——但是，你知道，現在每年都有上百部電影上映，也許會有幾部好的美國電影可以嶄露頭角，這些通常都是獨立製作的電影，但是大部分的好電影都是歐洲電影或是外語片——伊朗電影、中國電影或是墨西哥電影——都是很有意思的片子，而你卻是唯一看過這些電影的人。我打電話到洛杉磯找黛安基頓，我說，「這部片妳看了嗎？」她就會跟我說那部片在那裡沒有上映或是她根本不知道要去哪裡看那部電影。

EL_ 你擁有自己的試片室，但是你自己會去電影院去跟其他觀眾人擠人看電影嗎？

WA_ 我不太出去電影院看電影，我以前很享受這樣的樂趣，去看電影。那整個過程對我來說很有趣，我喜歡看看路上漂亮的女孩子，也喜歡看看那些男孩子，然後聽聽他們的對話並營造一些看電影前的樂趣，接著才會看電影。等到看完電影後，要是電影很精采，你就會迫不期待想要回家跟朋友們討論這部電影。然而這種現象已經不復存在了，現在的社會氛圍完全不一樣了。大多數的人會租錄影帶，他們用不同的方式去體驗，我對這樣的改變不是很有興趣。

EL_ 你曾經說過很多人告訴你《瘋狂導火線》是他們最喜愛的電影，那你自己的作品中哪些是你最喜歡的電影？

WA_ 我喜歡《愛情決勝點》，我也喜歡《開羅紫玫瑰》，（停頓了一下）《賢伉儷》。（他開始有些警戒）也有可能，假如我重新看過我所有的電影——要是我真的看過每一部電影——我就會覺得，喔，我到底是在高興什麼？雖然我不這麼覺得，但是也許我會喜歡一部自己當初並不是很喜歡的電影。這實在很難想像，我並不是在貶低自己。我實在很難想像自己當初不喜歡的電影，等過了二十五年後重新看過一遍後就會覺得，嘿，其實也沒有想像中那麼糟。

這也很有可能發生的，但是我覺得相反的事情可能更有機會發生，那就

是我不會去看這些電影的原因。我還是很喜歡《星塵往事》——現在標準降低一點了——還有《變色龍》（久久不發一語）。

EL_《傻瓜入獄記》呢？那是你的第一部作品。

WA_ 我很久沒看《傻瓜入獄記》了，所以不知道，但我不覺得那部電影會是我最喜歡的電影之一。《曼哈頓神秘謀殺》是我非常喜歡的一部電影，我其實不太會評選，但是我腦中第一個出現的就是《愛情決勝點》，接著出現《賢伉儷》，又想到《開羅紫玫瑰》，《百老匯上空子彈》也是。我的喜好與大眾喜好之間沒有任何關聯性，不管是我的電影或其他人的電影，甚至經典電影都是這樣。我沒有辦法告訴你我的品味有多麼與眾不同，因為（他大笑著）那等於承認他人對我的錯誤認知。

EL_ 試試看。

WA_ 我不想要冒犯任何人，但是（停頓一下）我就是告訴你我欣賞的是什麼，純欣賞而已，但是你不要逼我超過那條界線。

EL_ 好吧。

WA_ 當阿爾瓊哈爾梅茲（Aljean Harmetz）在寫《北非諜影》（Casablanca）時，她因為《再彈一遍，山姆》打電話給我。我告訴她，「訪問我真的不對，因為我從來沒有辦法耐著性子看完。我沒有看過這部作品，真的。這個作品並沒有讓我想要從頭到尾看完的感覺。」

好了，現在讀到這段訪問的人一定會想，這混蛋以為他自己是誰？你知道，這傢伙專拍一堆爛片，結果卻沒有辦法從頭到尾看完這部比他任何一部作品都還要精采的電影？我不覺得他們這樣說是完全錯誤的，但我只是在表達我的看法而已。我有很多令人意外的看法，不過這也讓我看起來更蠢了些。

EL_ 那就針對一些你可以談論的事情來聊一下你的品味吧，聊一些真的吸引你的事情。我知道你很愛《慾望街車》，關於你那與眾不同的品味，你可以提出一些正面的例子嗎？

WA_ 好吧，如果我要列出十部史上最棒的電影名單，那麼除了《大國民》外，這張名單上不會有其他美國電影出現了。

EL_ 那會有哪些電影？

WA_《大幻影》（Grand Illusion）、《單車失竊記》、《羅生門》（Rashomon）、《第七封印》、《野草莓》（Wild Strawberries）、《四百擊》（The 400 Blows）、《遊戲規則》（Rules of the Game）——讓我寫下來好了。你知道，我與眾不同的選擇中，我心中最棒的美國電影是《山丘》（The Hill）。

EL_ 史恩康納萊（Sean Connery）與奧西戴維斯（Ossie Davis）主演（薛尼盧梅〔Sidney Lumet〕執導）。

WA_ 沒有人看過這部電影。很多、很多不怎麼樣的電影都還比這部電影更受到重視。總有一天，我會告訴你有哪些指標性的電影與電影明星在我眼中根本一文不值，而且我從來不否認所有的導演、編劇與演員（大笑）都比我傑出多了。我不是在說自己的感覺優於其他人，完全不是這樣。我只是在說，假如我某天晚上在家想要看什麼東西，有些被大眾視作指標性的電影是我絕對無法苟同的。

約莫一、兩個月後，伍迪寄給我一張名為「失眠首選清單」，上頭都是他最喜歡的電影，字條上寫著一段話——

要是我在夜裡醒來，我會默默在腦中想著一些清單來排解心中的恐慌，有時候這樣可以讓我再度入睡。這些清單幾乎都是電影——多少有些增修刪減，或取代。我的品味似乎也很平常，除了對話情節的喜劇以外，我對於所有事情的容忍度都很少，當然也包含自己的電影。

我最喜歡的十五部美國電影（與順序無關）：《碧血金沙》（The Treasure of the Sierra Madre）、《雙重賠償》、《原野奇俠》（Shane）、《光榮之路》（Paths of Glory）、《教父第二集》（The Godfather：Part II）、《四海好傢伙》（Goodfellas）、《大國民》、《白熱》（White Heat）、《性、謀殺、鬼魅城》（The Informer）、《山丘》、《黑獄亡魂》（The Third Man）、《美人記》（Notorious）、《辣手摧花》（Shadow of a Doubt）、《慾望街車》、《梟巢喋血戰》。

我最喜歡的十二部歐洲電影與三部日本電影：《第七封印》、《羅生門》、《單車失竊記》、《大幻影》、《遊戲規則》、《野草莓》、《八又二分之一》（8 1/2）、《阿瑪珂德》、《蜘蛛巢城》（Throne of Blood）、《哭泣與耳語》、《大路》（La Strada）、《四百擊》、《斷了氣》（Breathless）、《七武士》（The Seven Samurai）、《擦鞋童》（Shoeshine）。

（註：如果把《大國民》從第一張清單挪到第二張清單裡，那就會是我認為史上最偉大的電影清單。）

默片喜劇絕對是巴斯特基頓與查理卓別林的天下。我也列出一系列歌舞片，這些絕對是我在漫漫長夜裡的最佳消遣：《萬花嬉春》（Singin' in the Rain）、《相逢聖路易》、《琪琪》這幾部都是美國歌舞電影中的代表作，當然還有：《窈窕淑女》（My Fair Lady）、《龍鳳香車》（The Band Wagon）、《錦

城春色》（On the Town）、《孤雛淚》（Oliver!）。

我把喜劇分為兩種類型——靠喜劇演員挽救頹勢的喜劇電影以及有劇情的喜劇電影，這些都是可以讓我捧腹大笑的喜劇或是比較低俗又愚蠢的電影：《鴨羹》、《妙藥春情》（Monkey Business）、《馬鬃》（Horse Feathers）、《歌劇之夜》、《馬場的一天》（A Day at the Races）、《理髮師萬歲》、《不要欺騙老實人》（You Can't Cheat an Honest Man）、《勿枉勿縱》（Never Give a Sucker an Even Break）、《冒牌情聖》（Casanova's Big Night）、《空前絕後滿天飛》（Airplane!）。

針對有對話情節的喜劇，我正在猶豫要不要公布這張名單，因為我的品味有點怪異，其中有幾部喜劇列出來肯定會讓人覺得我很蠢。或是應該這麼說，在世人眼裡看起來會更蠢。加上有幾部賣座的喜劇電影是讓我完全笑不出來的，而我也不想要因此冒犯任何人的喜好，畢竟這些人好歹也掏了錢出來去看了那些爛片，甚至是續集，我承認這張清單中第一名一直都是《白酋長》（The White Sheik）。當我想到美國喜劇時，我覺得沒有比《絳帳海棠春》與《真戀假愛》（Trouble in Paradise）更精采的電影了。還有《街角商店》（The Shop Around the Corner）也真的非常好看（當我告訴身邊的人我覺得《絳帳海棠春》是最棒的美國喜劇電影時，大家都會對我投以異樣的眼光，不過那就是我個人的感覺。緊追在後的是《頭版新聞》（The Front Page），舞台劇）。除了以上四部作品外，我的「失眠清單」跟大眾喜好都有相當程度的偏差，其中有些是可以預料的，但是很多真的就是非常個人的選擇。此外，我的清單中絕對沒有我自己的電影，不是我刻意不要加入這場評比，而是我還排不上這些名單。

以上為偏離主題的部分。

EL_ 我記得三十年前你在洛杉磯時，應該是在拍《性愛寶典》或是《傻瓜大鬧科學城》的片段時，我記得是這樣，你租下了比佛利飯店的簡報室並播放了《包卡先生》與《美艷親王》（My Favorite Brunette），應該還有《冒牌情聖》。你當時放那幾部電影給黛安基頓以及幾位同事觀賞，我還記得你當時興高采烈地與我們四、五個人分享鮑伯霍普的電影，我們之中很多人都是第一次看那幾部電影。

WA_ 《包卡先生》很好笑，當你打開電視看到鮑伯霍普的電影時，那些片中多少都有一些糟糕的部分，有些過時的部分，但是你完全不會在意。你

要在比較好的電影中去欣賞好的部分，有些人會告訴我，「你到底在鮑伯霍普的電影中看到什麼？當這些人在荒島上被大猩猩帶走時是有什麼好笑的？」我說，對啊，那看起來很蠢，不是很好笑，但是《冒牌情聖》與《包卡先生》中有些對白與大部分的情節與場景都很精采，只有他的技巧才可以把電影那麼精采地呈現出來。也許那部電影中有一些不太聰明的轉折，但是他幾乎不太會讓這種事發生。很多人都會想到那些「路」系列的電影（《新加坡之路》〔The Road to Singapore〕、《摩洛哥之路》〔The Road to Morocco〕、《里約之路》〔The Road to Rio〕以及其他平克勞斯貝〔Bing Crosby〕在一九四〇年到一九五二年間拍的電影〕，但是那一系列的電影都不是很偉大的電影，雖然確實有許多不錯的橋段。

當霍普像是克勞斯貝那樣出名，甚至更出名時，《公主與海盜》（The Princess and the Pirate）中有些精采片段，我剛才說的電影中也會有一些精采片段，還有《巴里島之路》（Road to Bali）與《情種》（The Great Lover）也有。有時候只有一分鐘，有時候五分鐘，有時候在電影中會是很重要的片段，或很長的場景。

EL_ 有一段我很喜歡的場景就是開場時，他們坐在駱駝背上唱著，「我們出發前往摩洛哥。」

WA_ 嗯，這些電影中的音樂都很棒。你知道，那些人真的都很有音樂天分。假如你看過鮑伯霍普或是傑瑞路易斯跳舞，他們真的非常棒。我有次看到傑瑞路易斯模仿佛雷德亞斯坦（Fred Astaire），實在太精采了。只要他認真跳舞，他真的無與倫比。他們根本就是雜耍特技演員，格魯喬也是。

EL_ 你說當你在演戲時，會讓自己置身在那個情境中。你是真的覺得自己就是那個角色？還是你有感覺到自己在「扮演」那個角色？或是自己身為導演的角色，讓你在拍完之後就知道那個鏡頭對或不對？

WA_ 當你拿到劇本並要拍攝其中某一幕時，你的責任就要是確定當天拍的那幾頁劇本都可以完全過關。你的思緒完全專注在要怎麼把那些小事情做好，然後存進資料庫中，等到之後再將這些片段拼湊成一部完整的電影。

我不需要站在攝影機後面再看一次，因為那個鏡頭是事先安排好的；我很清楚所有事情應該在什麼位置上，我很清楚拍攝流程的運作方式。我很清楚怎樣會有問題，而唯一要關心的事情就是那個鏡頭中的演出有沒有到位。我不會換角度拍很多不同的鏡頭，這我說過了，因為（大笑）我很快就會覺得乏味，不過要是我針對某個場景拍了二十個鏡頭，那我在進去剪接室前心裡就會很清

楚第六及第十八個鏡頭很棒，這方面我幾乎不太可能出錯。

EL_ 你同時對於自己的演出也瞭若指掌？

WA_ 完全沒錯。

EL_ 當某個演員不停卡在某個場景中的同一句台詞，然後你重拍了五、六次之後他還是抓不到那個感覺，你會不會跟他說，「我們就用這個吧，」就算你心裡很清楚你最後其實會刪掉這個場景，你會只想讓演員心中喘一口氣而說出這種話嗎？

WA_ 我通常會說，「好了，這樣很好，這樣不錯。」然後我就會告訴編劇助理，「刪掉那句台詞。」我這個習慣不太好——對演員來說——我會在拍攝當中喊停。當他們一出差錯，我完全沒有那種耐心等他們先拍完那個鏡頭再說，我會想，何必？我們現在就是一灘死水。不過有時候我會試個兩、三次，我覺得與其喊卡還不如讓他們一鏡到底拍完，不管多糟都沒關係。

EL_ 我記得有次某個女演員就是抓不到那個感覺，所以你得在隔天重拍，因為當天好像真的沒有辦法幫她完成那個鏡頭。

WA_ （挖苦的口吻）對啊，我沒有辦法。我常常聽到一些故事，描述一些導演是怎樣激發一個完全沒有才華的演員呈現精彩的演出，或是引導小朋友演戲，那我沒有辦法。我沒有辦法激發一個本來就沒有任何才華的演員去發揮任何角色，我就是不知道要怎麼辦到這件事。這件事情到現在都還是讓我覺得很困惑，我與演員合作時常常用盡所有可能的藉口來幫助他們，甚至自己唸台詞給他們聽，讓他們感受到我想要的感覺。

EL_ 你有沒有試過把演員帶離現場並試著幫助他們突破困境的經驗？

WA_ 有，我曾經有幾次要求助理導演清場，讓我與演員獨處來試著抓到那個感覺，不過我還是比較偏好預防措施——治療癌症的最佳方式就是不要得癌症，你懂嗎？而想要獲得精采演出的最好方式就是找到會演戲的演員。

EL_ 有沒有演員跟你說過，「真希望我們可以排演，這樣就可以花幾個星期圍著桌子來對詞，這樣大家就會有默契。」有嗎？

WA_ 沒有，你得要記得通常演員都是很沒有安全感的，他們會很高興自己有戲可以演，他們根本不敢提出什麼要求——要是有，我也會深表同情。（暫停之後臉上掛著微笑）但是要求排演不行。我要說的是，他們不需要害怕，但是很多演員都是很羞怯的，不過大部分演員對於不要排演都是沒有問題的。我這麼多年來的行事風格都是一致的，我一樣可以讓演員發揮得淋漓盡致——而那也不是我從他身上激發出來的。那些演員來到現場，他們不需要排演，有

時候他們手上只有自己的台詞,他們走到鏡頭前(彈了一下手指),完全無可挑剔。等到他們看到電影時,對於自己的演出一樣相當滿意。所以從來沒有人在開拍前跟我抱怨這種事情,拍攝過程或是結束後也一樣,從來沒有人會跟我說,「假如之前可以多一點排演就好了。」

也沒有人跟我抱怨過沒有拿到完整的劇本,我告訴他們我工作的方式,就算那些根本不用擔心沒戲演的大明星也一樣沒問題。很多工作都是在浪費時間,像是那些開不完的專案會議,大家虛情假意地在那裡浪費錢。你知道,這就是基本常識罷了,大家聚在一起完成工作,很多沒有錢也沒有太多時間的人聚在一起順利完成工作就已經證明這一點了。

EL_ 你不排演的原因是什麼?

WA_ 理由不只一個。其中一個是我會覺得很無聊,另一個原因基本上是因為我是喜劇演員,除非必要,我不喜歡排演。

當我在演出《再彈一遍,山姆》時,我非常討厭排演。喬哈迪(該劇導演)一再要求我們排演,我非常討厭那件事情,不過看到觀眾坐在台前時,那個氣氛就變了。那種效應改變了,你是為了觀眾演出,每一句台詞都是為了他們說的,那是一種完全不同的氛圍。

EL_ 《賢伉儷》中有一種完全不需要移動攝影機或是每個導演的動作似乎都是預先安排設計好的感覺。席尼波拉克也在這部電影中出現。對於一個偶爾會跨刀演戲的導演來說,飾演主要角色的感覺是什麼?

WA_ 那件事情對我來說滿冒險的,因為我如果沒有讓他先順過台詞是不可能請他來演出這麼重要的角色的,但是我那時候在想,天啊,我竟然要讓席尼波拉克在我面前唸對白。要是他唸不好怎麼辦?我要跟他說,席尼,你沒有辦法演這個角色嗎?我根本不知道該怎麼辦。他說,「如果不好就直接跟我說,沒問題的。」他盡可能讓那個場面變得很輕鬆自在。還有,當然,當他開口唸對白時,他真的很棒。

EL_ 你在這部電影中也用了旁白,你在很多電影裡都有這樣的設定,這是一開始就決定好的嗎?

WA_ 旁白的角色是一直都有的,我想要讓這段關係有種紀錄片的味道在裡面,訪談時就要有那種紀錄片的風格。

EL_ 不過在其他非紀錄片形式的電影中你也是會用旁白,為什麼?

WA_ 採用旁白通常是因為兩件事情——要不是來自我當年單口相聲的影響,就是因為我想要成為小說家的關係,但是我非常習慣有旁白講述的聲音

了。我知道比利懷德自己也這樣說。他在《雙重保險》與《日落大道》（Sunset Boulevard）中都採用這樣的方式，我也深有同感。我感覺自己像是在用作者的聲音或是主角的身分與觀眾溝通並讓他們跟他一起體驗那個過程——他通常就是我，但也不一定都是。

EL_ 像是《愛上塔羅牌情人》這樣的新作品中，有沒有什麼是你特別想要呈現或是希望可以達到的事情呢？

WA_ 沒有，我在這部電影中唯一不想要實現的就是縱容自己毫無企圖心這件事，我想自己應該沒有搞砸那部電影。我覺得那部電影很有趣——那些笑話都很好笑，每個人的表演都很精彩，每位觀眾都會捧腹大笑，當他們走出電影院時絕對不會想咒罵我，不過企圖心還是不夠。我當初想要拍一部喜劇來娛樂自己，同時想要讓史嘉蕾搞笑並說一些笑話，我自己拍得很盡興，結果那部電影變成，呃，你知道的，輕鬆喜劇，小菜一碟，就那樣而已。

二〇〇六年二月

EL_ 你說過當你找道格拉斯麥可拉斯一起合作時，你有提出好幾個構想讓他選擇，結果他選了《百老匯上空子彈》讓你覺得很意外。

WA_ 沒錯，因為那不是我會選的電影。

EL_ 你喜歡的其實是一齣政治題材的故事，對嗎？

WA_ 那是一齣關於政治的故事，他對於那樣諷刺性的故事沒有太多想法，但是他真的很喜歡《百老匯上空子彈》，因此我以此進行，結果也相當成功。關於那個惡棍的構想——其實他是一位藝術家——因為一位女演員的演技會毀了整出劇而動手殺了她。那部片會成功主要有幾個原因；第一，卡爾羅總是可以把時代劇的題材拍得非常美；再來是卡司非常優秀，整部電影中的各個角色，就像《愛情決勝點》一樣，都是成功的關鍵；黛安韋斯特的演技就跟往常一樣精彩到位。

EL_ 從你形容的角度來看，你給她的指導似乎更勝其他演員。

WA_ 因為她不知道要怎麼開始，她開始時（稍作停頓）有些猶豫不決，有些演員會這樣。我還記得在我那齣音樂劇中（此指《大家都說我愛你》）的那三個年輕女生（娜塔莉波特曼〔Natalie Portman〕、嘉比霍夫曼〔Gaby Hoffmann〕與娜塔莎琳歐納〔Natasha Lyonne〕），當她們在店裡看到那個英俊男生經過時，我不得不強迫自己對她們說，「不對，妳們要這樣才對，」（擺

出幾乎要歇斯底里的樣子）。演員有時候會因為缺乏安全感的關係而猶豫不決，或是不相信自己可以那麼放得開。我對於該不該放開有非常強烈的直覺，所以我把手放在臉上（手飾很誇張）並要求他們可以放開心胸，我是說完全放開自己。因此我期待這些孩子可以跨越以往的演出，他們本來很溫和，同時也限制住自己。我終於讓她們辦到了，最後螢幕效果就非常好笑。

黛安韋斯特在《百老匯上空子彈》裡也是一樣，除了一開始那六秒鐘之外，我完全不需要給她任何指引。我只是不斷地告訴她，「妳真的一定要像諾瑪黛絲蒙德（Norma Desmond）那樣，要極度誇張。」我想在拍攝剛開始那幾個鏡頭時，她還不是很確定我到底是不是真的要她演得像我示範那樣蠢，不過我是認真的，因為透過她的演技看起來非常精彩。

EL_ 你第一次講這件事情時，我就了解你說還有更多是什麼意思了。

WA_ 所有重要的事情都是在現場發生的，不過她在開拍前確實講了很多次，她說，「這部分我不是很確定。你在這裡想要什麼樣的感覺？你真的覺得我可以扮演這個角色嗎？」

不過，她就像某些女演員一樣很像是我唸書時代碰到的那種女同學，她們會告訴你（裝出少女的樣子），「哎唷，我剛才考得好差唷。」而我總是會說，「喔，我輕輕鬆鬆就寫完了，」然後她們都會考滿分，而我只考五十五分。好吧，黛安基頓就是這種女生，米亞也是，黛安韋斯特也一樣——我不行，我不行，我不行，但是結果呢，每個都非常厲害。（黛安韋斯特憑藉劇中百老匯歌伶海倫辛克萊爾〔Helen Sinclair〕這個角色獲得奧斯卡最佳女配角獎）

EL_ 茱蒂戴維斯也是這樣的演員嗎？

WA_ 茱蒂戴維斯是很特殊的例子，我們兩個完全不曾溝通過任何事情，完全沒有必要。我想我們這輩子可能說不到二十句話，但是我們卻合作了四部電影（《艾莉絲》、《賢伉儷》、《解構哈利》與《名人錄》）。現在呢，要是我們一起出現在片場，坐在同一間屋子裡或之類的，我們可能只會尷尬地用六秒鐘互相講幾個字。不過我完全不需要給她任何指示，她一到現場就是一位非常優秀的女演員——讓人敬畏的女演員。

EL_ 為什麼會這樣？

WA_ 我不太敢跟她說話，因為我擔心會影響她工作的情緒，也不想要誤導她，也不想要惹她生氣，也不想要煩她（開始大笑），我也不想要吵到她。她總是會完美地出現在片場，完美地完成自己的鏡頭，她總是可以把我在劇本中設定的角色呈現出十倍以上的效果。她回到自己的休息車上後就再也不會出

現了，直到下一場戲開始前我們完全沒有機會說話。

EL_ 這是一種彼此默認的共識嗎？

WA_ 我們完全不講話就沒有辦法達成任何共識。（他開始大笑）我想她覺得導演不要煩她最好，然後我真的怕死她了。她很緊繃。（停頓了一下子）我跟她有張合照是她在餵母奶時拍的，我有好幾張照片都是女演員餵母奶時拍的，我記得在拍《甜蜜與卑微》時，烏瑪舒曼那時也正在餵母奶。

當時我正在讀一本關於伊力卡山的書，作者是理查席克爾（Richard Schickel），那是我讀過最棒的一本演藝圈名人傳記，而且伊力卡山的執導方式跟我非常不一樣，他花很多時間跟女演員相處，他想要這樣做，女演員也是，但是我的想法剛好相反。

當然，我認為這件事情沒有對錯，我跟演員之間不太對話也一樣可以獲得精彩的演出，而他則是透過不斷與女演員相處來獲得精彩演出。我猜要是我今天是跟馬龍白蘭度合作，這真的會讓我心生畏懼，我應該就不會跟他說話了。我是說，卡山就會花很多時間跟他相處。現在呢，除非他是扮演一個需要說英國口音的人，我就會跟他說話，因為我不想要讓他犯下什麼滔天大錯——那就會像是茱蒂戴維斯或是黛安韋斯特突然走進來裝出匈牙利口音或是講話結巴一樣。不過要是有個演員在鏡頭前表現自然又到位，那我就不需要跟他說話。

茱蒂戴維斯、喬曼泰格納（Joe Mantegna）與肯尼斯布萊納在《名人錄》中的演出。茱蒂戴維斯常常出現在伍迪的九〇年代作品中。

EL_《貧賤夫妻百事吉》中有一段非常複雜的橋段，就是當你與特蕾西厄爾曼在屋頂上，太陽就要落下，你們很顯然只有一、兩次的機會可以完成那個鏡頭。

WA_那個鏡頭很難拍，因為我們要先拍攝另一個鏡頭，寬景，等到拍完這個寬景鏡頭後，每個人都開始尖叫，他們平常都會這樣，驚慌失措，就像鐵達尼號要沉了一樣。「快一點，太陽快不見了！」（開始大笑）「快點！把攝影機搬過來這裡！」事實上你就真的像支音叉一樣在那抖動，然後你只有三分鐘可以完成那個鏡頭，等到你再拍一次時太陽很明顯又降低了些。我記得我們有剪進去另一個鏡頭，所以當你要在那裡多剪進去一個鏡頭時，他們就要加快腳步裝設攝影機並馬上開拍，這樣才不會讓天色不連戲──太陽的位置才不會差太多。

EL_工作人員緊張兮兮地安排那個場景的氣氛有影響到你嗎？

WA_有、有，特別是我。我非常慌張，因為我是那個承受最多折磨的人。假如我們當時沒有拍攝成功，就得要隔日重拍，這樣就會有人來把我罵一頓說我花太多錢了，然後就要犧牲掉那部電影的其他場景。

EL_你覺得當演員比較緊張，還是當導演比較緊張？

WA_當演員不會，當導演會，因為導演是負責整個計畫的人。我從來沒有擔心過自己的演技。假如我碰上麻煩了，我就會自己編台詞，我從來不會擔心自己忘詞，那從來不是問題。

伍迪與特蕾西厄爾曼在《貧賤夫妻百事吉》中背對著夕陽拍一段主鏡頭。

EL_ 我們花點時間來談談你對紐約市的熱愛吧，特別是曼哈頓。我記得——我幾乎確定應該是在拍攝《罪與愆》的時候——你當時正在找紐約的資料畫面，你說「你可以用一種帶著偏見的角度，把這座城市拍得比實際上更美。」你的電影中總是在對約市表達一種敬意，至少在這裡拍的鏡頭是這樣，直到最近幾乎完全都是這樣了。舉例來說，《漢娜姊妹》中山姆華特斯頓帶著凱莉費雪（Carrie Fisher）與黛安韋斯特介紹建築那段場景，還有《賢伉儷》中連恩尼遜與茱蒂戴維斯及米亞法蘿的那段。紐約市在你的電影中幾乎有自己的角色要扮演。

WA_ 嗯，我愛這座城市，一直以來都是，只要我有機會可以用比較奉承的方式來展現這座城市，我就會把握機會去做。你知道，在凱莉費雪與黛安韋斯特那段場景中，我有機會展現紐約的建築，還有在那歌舞劇（此指《大家都說我愛你》）中我也可以呈現這個城市的四季樣貌。很多人告訴我，「你呈現出來的紐約不是我們認識的紐約。我們認識的紐約是史柯西斯電影中的紐約，還有史派克李（Spike Lee）的紐約是我們認知中的紐約。」

我很有選擇地呈現我心中的紐約，我向來是一個紐約派的電影製作人，我迴避好萊塢，甚至鄙視好萊塢。沒有人了解我所呈現的紐約樣貌都是我小時候從好萊塢電影中看到的紐約——閣樓、白色電話、美麗街景、海港、搭馬車穿過中央公園。當地人會跟我說，「你這紐約是在哪裡？」喔，這個紐約只有在一九三〇年代或是一九四〇年代的好萊塢電影裡看得到。好萊塢電影中呈現給全世界看的那個紐約，其實根本不存在，但卻是我持續呈現給全世界看的紐約，因為那正是我愛上的紐約。有個朋友說看到我在《漢娜姊妹》中從家裡走出門的那個鏡頭後——那個鏡頭展現了東七十二街上那些美麗的黑白門——「那些地方在哪裡？我跟一些外國人與影迷看見你電影中的紐約，那些比利時、法國以及義大利的影迷。我來紐約就是要看自己從小透過你的電影而愛上的紐約，那比實際上的紐約還要美。」

然而事實上是，當我第一次決定要透過電影呈現出紐約的某種特殊性情與樣貌時，那是《曼哈頓》，我將那部電影拍成黑白片，因為我小時候看的多半都是黑白電影。那些電影中你會看到我們剛才談論過的那些俱樂部與街景，演員會走在河濱大道或公園大道上或是穿著皮草走出家門並跳上計程車。然後，你知道，當吉米史都華（Jimmy Stewart）在那部電影（此指《天生舞者》〔Born to Dance〕）中穿過公園並唱著〈輕易愛上〉（Easy to Love）——那首柯爾波特的歌曲——正是我在《曼哈頓》中搭配我與瑪莉兒海明威搭上馬車的

對話伍迪艾倫 — 導演

那段配樂,因為那是這個構想的來源。我覺得在那樣的情境下,我的電影中所呈現的都是事實,那就是我心中的這座城市,我在創作一部杜撰的作品,而那就是我想要呈現的創作。

艾薩克(伍迪飾)與崔西(瑪莉兒海明威飾)在《曼哈頓》中搭著馬車穿過中央公園。

Editing
英輯

6

剪輯
E d i t i n g

一九七二年六月

　　伍迪現在人在他的經紀人傑克羅林斯與查爾斯喬菲家頂樓的臨時剪接室中，這是一棟位在曼哈頓西區五十七街的雙層公寓辦公室，地點就在卡內基音樂廳附近。房間四周的架上收藏了超過三百部電影，他正坐在椅子上吃一支巧克力棒當飯後甜點（他說那是「可可豆肉排」），眼神毫無情緒，一旁還有他的電影剪接師，吉姆荷克特（Jim Heckert）。他們全都圍在音象同步裝置前，這是一台數位時代以前的電影剪接器，上面有個小螢幕。他們正試著剪出一段二十五分鐘的影片來作為《性愛寶典》中的其中一段，然而這段最後在電影中並不會超過十五分鐘。他們有上千呎的負片要篩選。因為大部分的對話都是臨時加進去的，因此每一個鏡頭中的台詞都會有些微不同。他們大概花了一小時才剪出一分鐘的影片。假如他們之中有任何人不喜歡剪出來的成果，另一個人也會同意，我問他這是不是他們工作的規範。

　　「我們在《傻瓜入獄記》合作了八個月，然後現在是這部，我們從來沒有大吵過，對不對？」荷克特問。

　　「那是因為我們都不知道笑點在哪裡，」伍迪回答，眼睛盯著螢幕看著，正在努力找笑點。

　　接著他嘆了一口氣，「喔，要是沒有，那我們就把這段放進那六段混亂廣播劇中的其中一段。」

　　EL_ 這對你來說是一部新類型的電影。《傻瓜入獄記》與《香蕉共和國》

都像是馬克斯兄弟類型的電影，或是巴斯特基頓與查理卓別林的默劇，喜劇演員與笑料才是重點。攝影、情節、燈光、流暢與場景都是其次，只要將攝影機對著喜劇演員讓他自由發揮就可以了。

WA_拍攝我這種電影最保險的方式，就是把笑料當重點凌駕在一切之上。基本上，你不這樣做就沒有辦法生存，因為根本沒有人在乎那個橋段看起來美不美，重要的是有沒有效果。我在第一部電影中採用明亮的燈光效果與簡單的拍攝手法，而且在《香蕉共和國》中刻意完全不移動鏡頭。現在這是我第一次嘗試不犧牲笑料又想要把電影拍得好看，不是說要很美，不是像《窈窕淑女》那樣好看，而是要呈現出一些風格。

一九七三年夏天

「在墳場挖墳都比看兩個男人剪接電影還有趣，」賴夫羅森布魯與伍迪一同在紐約剪接《傻瓜大鬧科學城》時這麼說。賴夫羅森布魯剪接過二十五部電影，其中包含了《當鋪》（The Pawnbroker）、《一千個小丑》（A Thousand Clowns）、《長夜漫漫路迢迢》（Long Day's Journey into Night）與《金牌製作人》（The Producers），最後一版的《傻瓜入獄記》與《香蕉共和國》也是他經手的作品。他是一位手法俐落的剪接師，同時也是一位現實主義者，他說不管他跟伍迪把這部電影剪得多好，最後觀眾看到的成品「終究都會成為一名義大利或猶太放映師邊看《每日新聞》邊放映的電影，然後電影院經理會突然出現說，『嘿，艾迪，你專心一點。』」

就在伍迪不滿意《傻瓜入獄記》的第一版剪接成果時，賴夫羅森布魯就從那時候開始與伍迪合作。羅森布魯建議伍迪搭上比較輕快的音樂，將三流騙子維吉爾史塔克威爾（伍迪飾）父母的那段訪談剪了進去。那部分在第一版中都被剪掉了，因為那段的笑料跟其他片段搭不上，接著又加進了更多旁白傑克森貝克（Jackson Beck）與維吉爾史塔克威爾的訪談，將這些雜七雜八的片段串起來（旁白將成為伍迪偏好的工具之一。《變色龍》、《那個年代》與《賢伉儷》以及其他電影中都有，在電影中有穿針引線的效果）。然而，他們可以繼續合作下去多少也是靠緣分。

「我在拍《香蕉共和國》時在路上巧遇賴夫羅森布魯，」伍迪後來跟我說，「然後他說，『合作完《傻瓜入獄記》後你就沒有跟我聯絡了。』我就說，『喔，我就想說你是最後才來幫忙的，但是你那時候沒有空。』結果他說。『沒有，

不是這樣的。』」

　　當伍迪在處理電影其中一段情節時，羅森布魯，身材魁伍又戴著黑框眼鏡，臉上還帶著點鬍渣在那處理後續的一段情節，接著他們給對方看自己剪輯的成果後再一起修改。

　　「伍迪跟大部分的編劇／導演都相反，那些人沒有辦法拋下一些東西，」羅森布魯在十五年後這樣告訴我。「他對於作品並沒有那種身為編劇的堅持，他根本可以毫無顧慮地捨棄一些情節。《香蕉共和國》中，我很努力想要保留一些片段。他根本沒有準備要保留所有自己拍攝的畫面，他不知道剪接工作的微妙之處，該留下什麼？不該留下什麼？該剪短什麼？該調動什麼？這些都是剪接時最困難的技術。他對於自己身為電影製片反而沒有太多控制，就像在拍攝滑稽短劇一樣。他對於自己也不是很有信心，有沒有順著劇情不是重點，這聽起來就很荒謬。這工作的重點就是試著保留一些滑稽劇情中所出現的不同元素，我很討厭自己沒有辦法呈現出那種效果，不過他學到了。現在他根本不需要像我這樣的人了。」

　　當時拍好的片段非常大量——大概有兩百四十捲膠片，長度約四十個小時。他們的任務就是要將這些片段剪輯成一部九十分鐘的電影。

　　「我最重要的工作就是要完成伍迪自以為講得最好的笑話與演出，」羅森布魯繼續說著。「我想不出來有哪個重拍的鏡頭中沒有他的。」

　　然而在很多情況下，拍得最好的往往都是第一次拍的鏡頭，至少在場景保留不變的情況下是如此。有時候，就像《傻瓜大鬧科學城》的結尾一樣，很多情節都是重寫過的，然後再重拍，結果當然也比原本來得好。

　　「不過要是從外觀來看，」某天伍迪在重拍一個場景後這樣說，「我通常會覺得第一次拍的鏡頭是最好的，就像舉重一樣——第一步往往都是最強大的。當我在拍未來農場那個鏡頭時（伍迪與其中一位看管人打鬥並不停在那八吋厚的香蕉皮上滑倒），一開始那幾個鏡頭真的很順利。後來等我看完後就想，嘿，我不知道自己可以演得那麼好。我要重新再拍一次，這樣可以拍得更完美。不過重拍的鏡頭中卻沒有一個可以用的，就算我已經看過之前還不錯的成果，而且也知道怎樣才好笑也沒有辦法。那些東西我從來都沒有辦法改進。」

　　伍迪在朋友圈中不停試映再試映，並在過程中將大部分觀眾沒有呼應的片段紀錄下來。最後，不論其中是誰有多喜歡那個場景或是那個笑話，那段都會被剪掉。其中一段剪掉的場景就是在莫哈維沙漠的鹽灘上拍攝的夢中場景，那可能是那部電影中拍得最美的一個鏡頭了。

伍迪與剪接師賴夫羅森布魯坐在一台史坦貝克剪接機前，時間約在一九七七年，當時電腦剪接設備還沒有問世。他們身後掛著的就是電影中每段情節的膠卷片段。

一九八七年十一月

　　地點在曼哈頓電影中心。伍迪、蘇珊摩爾斯，也就是伍迪從一九七九年的《曼哈頓》開始合作的剪接師——珊迪，他們正在剪接《另一個女人》的第四十二場與第四十三場戲的鏡頭，這樣大概已經完成三分之一的電影了。他們輕聲細語地交談著，工作井然有序。另外三個助理剪接師則在一旁確認某些片段需要的畫面已經準備好了。伍迪看起來很輕鬆，不過一切都看在眼裡，每一個畫面他都仔細檢查過，固執地一再嘗試不同的花樣，直到覺得沒有辦法更好為止。就像他剛進這行業一樣，他對於台詞或鏡頭完全沒什麼情緒，不管他當

初有多喜歡都一樣，只要沒有辦法達到預期效果，就全部剪掉。

剪接機後那面牆上有一面布告欄，上面掛著電影中每個場景的號碼與劇情簡述。那些助理剪接師正在那二十五乘二十吋大的房間裡，坐在板凳上進行著奇怪的工作。十四段場景的膠片正用紙夾扣著穿過一個齒輪洞並垂掛在一根水平的棍子上，下面有一口像是旅館洗衣籃的那種帆布袋。桌上擱著另外八捲膠片，其中三捲已經放進史坦貝克剪接機裡了，那就是後期的音象同步裝置（伍迪說第二台史坦貝克是很棒的決定，因為『我們這樣可以完成更多工作──而且因為有天我進來後急著要快點工作，結果我們原本的那台機器就壞了。』）。事情總是有先後順序，這樣助理剪接師不用幾秒就可以馬上找到我們想要的片段了。

目前進行的一段是吉娜羅蘭茲跟著米亞法蘿的場景，不過這畫面不太好抓到她們之間的距離。當伍迪看著不同的剪接效果時，幾乎完全說不出什麼好話。其中他說出來最好的評價就是，「這實在有夠糟的。」

WA_ 我現在想要直接丟掉這一段一百釐米的拍攝畫面，這畫面把吉娜實際的距離縮短了。

珊迪：我們來看一下。（這個畫面一開始沒有帶到腳。米亞走進陰影中，接下來整個畫面轉黑，然後腳就出現了）

WA_ 我們試看看一開始就讓她從陰影中走出來。（看起來不對）這樣完全沒有移動的感覺，就讓她走進去再從陰影中走出來。我們沒有抓好她們之間的距離，這樣看起來米亞應該要跟吉娜（她的位置是在那扇兩人同時經過的窗戶前，而窗戶是點亮的）出現在同一個鏡頭裡才對。

珊迪：那要用第二段移動式攝影機的鏡頭嗎？

WA_（試過後，伍迪點頭同意）這樣就沒問題了，因為這些鏡頭湊在一起有那個效果。問題是，有沒有哪個效果是明顯更好笑的？最早那兩段剪接畫面，目前沒有問題。至於第三個，需要再添加一些效果，你想要看到她們之間有一些距離。我們唯一還沒看過的畫面就是上星期拍攝的那段寬景畫面，要不要看看會不會有奇蹟發生？

（結果還可以，但是下一個鏡頭對於這個場景並沒有增添什麼效果，他只是搖搖頭，眼睛還是盯著螢幕看著）

不是很好。（他暫停一下開始思考）我們先放著再好好想想（想不出任何結果後他有些氣餒地說），就算編劇小女孩、我自己以及史恩文三個人臭皮匠也想不出什麼東西。

珊迪：（還不願意言敗）其實沒有你想像中那麼糟。

WA_（她的樂觀稍為激勵他了一下）我們來分析一下吧。我們可以用米亞的腳，然後吉娜最後半秒鐘的鏡頭。

珊迪：所有目前手上的選擇有50（釐米鏡頭片段）與固定鏡頭拍攝的100（釐米鏡頭片段），上面也有影子（米亞法蘿在牆上的影子）。

WA_ 選100的，船都開到這裡了（這是他最喜歡的口頭禪之一，代表為時已晚。不過，他還是同意看一下，接著就可以繼續進行下去）。我們可以試著用米亞到米亞── 100到角落（兩個完全不同角度與鏡頭拍攝的片段。他講話的同時，珊迪正在進行工作準備），要是這樣有效果，之後就會比較順利了。我們可以接著用50的那段，然後把影子接到妳剛才想要試的地方，或是直接跳接到腳那裡（特寫她走路時的腳步鏡頭），因為那個片段比較沒有風險。如果這樣的剪接效果流暢，那對我們來說可就幫了大忙了。（但是看過之後他還是不滿意）我們用達觀的角度來看，妳不覺得她消失在這個方向又出現在另一邊很奇怪嗎（她在第一個鏡頭中往某個方向走，結果下一秒又往完全不一樣的角度移動）？

珊迪：假如這個角度很明顯，那我也會覺得很奇怪。

WA_ 實際上就是這麼明顯。（他講完暫停一下，眼睛還是盯著螢幕看著）這樣可以了，我覺得沒問題（新的剪接片段讓米亞穿過馬路，在她走到角落前就跳到下一個鏡頭，接著她馬上又出現在斑馬線前。這樣看起來比較沒有銜接上的問題）。這樣比較好，隨著視線移動。（他停頓一下，臉上開始微笑）我覺得這樣很合理。（不過看了幾秒後，微笑又消失了）這樣不行，我一定要重拍了。我們什麼都試過了，但是效果就是不好。

珊迪：（還是沒有準備好要放棄）用那個寬鏡頭（其中有比較多米亞的左右鏡頭）接上100呢？

WA_（希望的曙光再次出現）嗯──嗯，那我們來試試看。這樣也許有用，雖然我不喜歡這樣剪接，這樣要將寬鏡頭片段雙倍剪接（在同一個場景中採用兩次相同的寬景片段，不過他們還是決定試試看。當珊迪與助理剪接師開始剪接這個版本時，他又繼續說下去）。如果這裡剪接得當，整個邏輯就對了，然後吉娜看起來就不會像是一個從角落走出來的傻瓜。（不過就在看完成果後，他就不那麼熱切了）這看起來就不是剪得很好的鏡頭，我不覺得這樣效果有出來，你可以試試看這個陰影，然後看看這樣子有沒有辦法做出效果（接著那個陰影就被剪進去了，他的精神突然抖擻了起來）。我覺得這樣有效果了，

我們很幸運地拍到那面牆——上面的紋理與幾何圖形。（他暫停一下後，眼神又更亮了些）我現在覺得好多了。（他將椅子從剪接機台上往後推）所以這個比較瑣碎的 100 釐米鏡頭拍出來的片段只好丟了，永遠打入多餘片段的冷宮之中。

兩個小時又二十分鐘過後，他起身走到外面的辦公室，珊迪與其他助理正準備要剪接下一個場景。伍迪在一旁帶著驚嘆的口吻說，「當年史文恩與英格瑪在拍攝一段婚禮的場景時，他們當時每天必須至少拍出二十分鐘可用的畫面，因為他們沒有多餘的錢讓他們拖磨。他們會一早就到現場，排演，先拍攝十分鐘，去吃午餐，再次排演，再拍十分鐘。」

接近週末的時候，伍迪與珊迪正在剪接那段瑪莉詠聽見她弟弟保羅在小屋裡講話的鏡頭。當時是初秋時分，路上的樹葉一片亮紅與橘。我們一開始看到的是一個男孩子，等到鏡頭從門口拉開時，成年的瑪莉詠就從一扇紗門走進鏡頭之中。伍迪一開始希望鏡頭可以帶到保羅的側影，但是小木屋又小又擠，實在很難找到對的角度。他看著眼前的替代方案，伍迪在桌上捶了一下，然後雙手抱頭。「媽的，我現在好想死，比起我要的畫面，這個角度看起來有夠單調乏味的。我當初就有想過這點了，現在一切都太遲了。演員現在正在費城參與舞台劇演出，要請他回來重拍太麻煩了，還有，現在根本也沒有落葉了。」

珊迪：這段結尾還是要搭那段音樂嗎？

WA_（冷靜下來後）我們現在不需要這麼多，這個鏡頭可以了。

他決定休息片刻，然後我們兩個人走進試片室裡，這裡我們可以坐下來聊天。辦公室就位在剪接室與試片室之間，珍恩瑪汀，他的助理，也是好友，正在影印瑪莉泰勒摩爾（*Mary Tyler Moore Show*）的節目腳本。

WA_（表情相當驚訝）為什麼？

珍恩：想看看情境劇是怎麼寫的。

WA_ 我以為妳應該會對相反題材有興趣。

接著我們一起在試片室裡坐下。

EL_ 你電影工作中合作的那些人幾乎都是長期合作的夥伴。

WA_ 如果這些人表現得都很好，我不覺得有需要找別人，我偏好長期合作關係。

EL_ 你跟珊迪摩爾斯絕對是這樣。吉姆荷克特一開始也跟你合作了好幾部電影，賴夫羅森布魯則是六部，然後這部是珊迪跟你合作的第十二部（她直到一九九九年離職時，一共與伍迪合作了二十二部電影）。

《另一個女人》中一些惱人的鏡頭，讓伍迪與蘇珊摩爾斯花了好幾個小時來剪接出滿意的成果。

WA_ 吉姆荷克特跟我合作了《性愛寶典》，因為那部電影是在加州拍的，他住在那裡。不過我覺得自己跟賴夫羅森布魯之間的關係比較深厚，因為我跟他比較親近──我是說，專業上的親近──先是《傻瓜入獄記》，接著是《香蕉共和國》。此外，他住在紐約，所以很多情況下我們都會有共識。《我心深處》是我們合作的最後一部電影。他有其他興趣，所以我只好另外找其他的剪接師，而他也沒有意見。當時我正在看一些大牌的剪接師，後來就接到珊迪的電話，她說她想要跟我合作。我就想，我根本沒有想過要用她，她太年輕了。

EL_ 就算那時候她已經因為擔任賴夫的助理而常常在剪接室跟你碰面了，不過感覺上你對她似乎不太了解，那你又是為什麼決定要用她呢？

WA_ 她天生就是一個講話輕聲細語的人，她那時候就是個助理，甚至還是個資淺的助理，我知道的是這樣，不太記得了。我知道平常都是她在掛剪接片段，然後也是她在處理那些不需要的片段。還有，你知道的，我真的很喜歡坐在那裡剪接。結果有天晚上我接到珊迪的電話，我在那之前跟她可能完全沒有說過話。她說，「假如你不需要聘請新的剪接師，那我會很樂意跟你合作。」

然後我就想，又有什麼不行？所有剪接過程我都會全程參與，這部分我根本不會交給別人負責。這樣也許就是最正確的合作方式，這個年輕女孩子跟我在某種程度上，可以算是另一種詭異的工作關係。賴夫確實有一些瘋狂的小地方。我告訴珊迪，「我沒有問題，然後我是不會出去吃午餐的人——妳知道，賴夫那套東西：『現在十二點了，午餐休息一小時。』他總是會看著我說，『好了，我們一個鐘頭後再回來繼續工作，除非你是要在三月十四號下午兩點上映，不是一點。』」（他大笑著）以前這真的讓我很受不了。她完全沒有籌碼說不，因為她想要從助理直接升到剪接師，那是她自己得把握的機會。珊迪也在過程中越來越有自信，她真的可以經營剪接工作，而且非常負責任。我們之間的工作關係非常好，我覺得自己很幸運那天可以接到她的電話，因為我根本不會想到要打給她，她當時太年輕了。

EL_ 你目前對於《另一個女人》這部電影的感覺如何？

WA_ 目前為止，這應該是我這麼多年來進行得最順利的一部電影了——預算沒有超支而且可以用在重拍上，而且我現在對於這部片覺得很有信心，主要是因為——個別的片段拍起來的感覺都很好。雖然要把這些片段串起來，完全是另外一回事，而且當我看到最終成品時，我的感覺也可能一下從天堂掉進地獄，這也是很可能會發生的事情，不過這種驚訝刺激到目前為止還沒有發生過。比較有可能的是從絕望深淵回到還可以接受的範圍內，就是那種你會覺得，好吧，有些片段確實拍得很好，但是顯然不足以構成片中的高潮，或是片子一開始的步調太慢，或是連續鏡頭中有太多類似畫面，或是我們對於角色的了解不夠深，所以看起來沒有說服力。整體而言，我的經驗告訴我要是個別片段都很精彩，組在一起卻變成大問題時，那就真的生不如死了。我第一次看《情懷九月天》時，我就知道一定要重拍了，第一次看《變色龍》時也有同樣想法。《曼哈頓》，就在上映前兩周，我很想要把電影收回來。我記得自己這樣告訴傑克羅林斯，「我真不敢相信憑我自己在業界這麼多年的經驗，居然會拍出這樣的電影。」

EL_ 你在這部電影與其他電影中都一直來來回回地剪接鏡頭。

WA_ 要操弄電影中的時間是非常容易的，那跟舞台上不一樣，舞台上你就只能隨著當下緩緩移動。電影就像小說，你彈一下手指就可以回到一千年前或走進一千年後。這在舞台上就困難多了。《推銷員之死》在某種程度上做到了，而且還很成功，但是那很難，所有技術都要到位才行。

EL_ 你在剪接完成後第一次試映粗剪版本時，心中是什麼感覺？

WA_ 我在第一次看到電影時心裡通常都會有種失望的感覺，所以我很確定第一次看這部電影時也會覺得失望。當然，個別的剪接畫面一定都很成功，不過重要的當然是最後加總出來的成果。我有很多工作都是在重製、重寫與重新剪接中完成的，就像《漢娜姊妹》一樣，第二場感恩節派對完全就是我在試映後才加進去的劇情。

一星期過後我們一起看第七十四場景的母帶。瑪莉詠（吉娜羅蘭茲飾）夢見自己走進心理醫生的辦公室並看到荷普（米亞法蘿飾），接著是她的父親（約翰豪斯曼飾）。一開始本來要拍瑪莉詠跟心理醫生在對話，然後他走出畫面，接著又走了進來。這個鏡頭重拍後就讓心理醫生出現在背景中，鏡頭略為失焦。接著鏡頭繼續拍著瑪莉詠走進走廊裡，她推開門看見荷普與醫生正在講話，她站在那裡聽著那段對話，然後看著荷普離開，接著換她父親走了進來。

這樣的劇情以夢境呈現會比較有效果，但是本來瑪莉詠應該要看著父親走進來的畫面卻難得出現伍迪與攝影操作員之間的溝通誤會。結果畫面中她並沒有在看著他出現的地方，而攝影工作人員卻以為那是伍迪想要的效果。此外，她的表情看起來相當神經緊張，而不是好奇，伍迪卻認為她應該要流露出好奇的表情。他通常會等到看完母片才發言，但是他卻忍不住脫口說出，「天啊，她在看哪裡？」

珊迪試了好幾種剪接技巧來處理那個奇怪的表情，但是完全不行，因為伍迪不想要父親走進沒有人的畫面中。既然勢必得重拍了，伍迪與史文恩在剪接室裡討論要怎麼讓那個畫面看起來更緊湊——現場的天花板與牆面都很寬——然後也要呈現出那位父親的臉部表情與瑪莉詠的表情，這樣大家才知道那是她的父親，而不是什麼一般的男病患。兩名剪接助理拆開好幾段鏡頭，想要找出可以切入的角度，伍迪與珊迪也一再重新播放那段母帶，就在第十五次的時候，史文恩貼近螢幕看著，而製片鮑比葛林賀特與製片經理喬哈特維克（Joe Hartwick）站得遠遠的，擔心多加一天的戲所要增加的成本，但是又發現似乎沒有辦法可以挽救這個局勢了。最後等到大家確認除了重拍就沒有別的選擇後，伍迪站起來說，「好吧，我們繼續平行向前吧。」

重拍工作代表約翰豪斯曼要留下來了，他本來是隔天就要離開的，因為他的工作已經完成了，現在卻得延後行程了。大家都處變不驚，冷靜以對。

「這種事情這麼多年下來都已經習慣了，自然就不會很讓人沮喪。」葛林賀特事後這樣說。「十部電影中有九部電影的問題是可以靠剪接解決的（就讓父親走進沒有人的鏡頭來巧妙處理這個問題），伍迪與珊迪後來發現，但是

他想要呈現天衣無縫的感覺。獵戶座影業公司知道我們會這樣做，但是應該不知道我們會做到什麼程度。不過只要我們控制在預算範圍內就不會問題，而且那公司的人不會看到母帶，所以他們也不會知道。」

一九八八年一月

伍迪原本希望那部電影的第一段剪接成果可以在這個時候完成，但是他告訴我還早得很。「現在還很破碎，我看過前十分鐘後覺得大部分都不是讓我很滿意。我要是現在舉行試映，結果只會讓我很氣餒。這部電影有太多剪接鏡頭，而且很多場景都沒有拍到。我想我應該花十天重拍就可以解決這些問題了。其中技術性的問題多過一切，特別是一開始的部分。瑪莉詠講話並搭上我們拍攝的畫面是出現最多不一致的地方。要是我們就這樣用那些畫面，那電影就沒完沒了，我要讓一開始看起來更簡潔，才有辦法搭得上旁白。」

我問他可不可以簡單解釋一下是出了什麼問題。「電影一開始有點慢是因為有很多事情要交代的關係。我拍了很多鏡頭，也使用了很多、很多年沒有用過的手法，像是預告畫面（在電影名稱還沒有出現前先播放電影的片段畫面），然後我希望這樣可以在一開始加快速度。」等到他完成時，他會將第一段片段的旁白減半。

等到相當可觀的額外工程完成後，他又重新看了一次第一片段。播放時他的心情也隨之振奮了起來，「這樣已經比原本的好一百倍了，」他看了幾分鐘後說。「她很有精神，這些片段看起來又更快更流暢了。」不過等到播放完全部十段影片後，他說，「喜劇的絕妙點子在藝術聖壇上犧牲了。」

因為珊迪摩爾斯建議的關係，他採用艾瑞克薩堤（Erik Satie）〈吉諾佩第〉（Trios Gymnopedies）的第三段作為開場配樂。他也試著想用舒伯特的〈死神與少女〉（Death and the Maiden）來取代這段，但是當下就不喜歡那段配樂，「太活潑了，這太活潑了，還是回去用薩堤吧。」

伍迪的頭靠在右手上休息，手臂則放在那台史坦貝克上，正聽著角色荷普的那些情緒化情節的旁白配音。等到伍迪聽完全部片段後說，「把米亞找過來，她的聲音太悲悽了，這些都要重錄一遍。我要讓她唸慢一點，語氣也要平靜一點。她是要有催淚效果沒錯，但是現在這樣太歇斯底里了，這樣就沒意思了。」幾秒鐘後他又接著說，「對觀眾而言，你實在很難評斷一個人究竟是想要澄清或是強化些什麼。我不想要錯過任何可以提供線索的事情，因為那樣可

以讓觀賞更有趣。」

隔天伍迪帶著米亞錄好的配音回到剪接室，還是有什麼不對勁的地方。「真的讓人更火大了。」他說。他嘗試在瑪莉詠走進米亞辦公室前，剪進一段比較長的特寫，目的是要製造出比較緩慢的效果，那才是他想要的。他繼續說著，「理想的狀況是我們想要取得昨天那種欲哭苦悶與今天這種奉承取巧之間的折衷版本。我之所以會在這部份堅持的原因是因為假如觀眾不願意買單，要是這個片段的效果沒有出現，那我們就功虧一簣了。」他又試著用另一種版本。「這就像是寫作一樣，你也會在幾個措辭上鑽牛角尖，只是換作是電影就麻煩多了。」

接下來他又花了兩個鐘頭安排配音與畫面，他面無表情地說，「這樣沒有用。」然後，「這裡就是不對勁。」接著又說，「到底是哪裡出問題了？我幾乎確定是因為米亞唸稿的關係，這比我想要得還慢了一半。」

過了幾分鐘後，他又試了一次。然後他又花了一整個下午調配鏡頭或是提出新的想法，其中一個方案就是一次調動十三個片段。最後他將自己從史探貝克的桌前推開，依然不知道問題出在哪裡。

他站起來準備下班了，「感謝老天，」我們走出門時他說，「觀眾只看得到完成的版本。」

二月初，他終於有完成的版本可以在親友間進行試映了。等到大家都在試映室裡就座時，我們一起走進去坐下，他說，「當初我要是沒有弄錯，我應該要拍成兩部電影才對──這部跟另一部喜劇，劇情是我偷聽到基頓或米亞的談話，然後跑走去完成她們想要的事情，那才是會賺錢又會成功的電影，這一部他們只會想拿起去毀掉。」

一九八八年七月

地點在四十七街與百老匯之間的混音室。這是《另一個女人》後製混音階段的第一天，同時也會放進次要音效的部分，像是腳步聲，關門聲……等等。伍迪想要看看這些工作在珊迪摩爾斯的監製下是如何進行的。兩名技術人員坐在一台電腦主機前，上面有上百顆按鈕。技術人員先播放了影片開始的前七分鐘，伍迪說其中一句台詞擠到下一句台詞並要求他們調整一下其他幾個畫面的聲音平衡，除此之外，一切都很好。他告訴珊迪與技術人員就像這樣繼續工作下去就可以了，口氣中帶著一絲警告，「不要隨便給我驚喜，不要有蟋蟀聲或

是沖馬桶的聲音，也不要有鳥叫聲。」

我們在車上聊天並準備回去他的公寓，要去看看他這幾個星期下來剪接與重拍一些場景的成果。

WA_ 你想要針對電影進行一些改變，而不是在印刷文字上做改變。你可以盡可能在文字上做改變，但是到頭來，你還是要拍成電影，剪接組合，然後再放進音樂——然後你可以觀賞。突然間一切都豁然開朗了，你會發現其實只需要一個小小的場景，這樣觀眾就都會知道你愛上那個女孩了。你完全不需要拍到四個場景。我的電影真的都是等到我架構出那第一個版本時，才算拍好了，接下來就要面對驚心動魄的時刻，就是當你試映粗剪出來的版本時，你會想，這有夠無聊的。不過那個階段真的不算太糟，因為你覺得還可以調整一些事情。真正可怕的是接下來的階段，當你什麼都沒有辦法改變時才可怕。

EL_ 你在編列預算時就會考量到這個部分嗎？這樣工作會不會太奢侈了一點？

WA_ 這樣其實不是奢侈，因為我必須要控制在預算內以完成所有事情。電影是會呼吸的，就像是有機體一樣，不管電影要帶領你到哪裡，你都要緊緊相隨。當我們在編列預算時，鮑比葛林賀特就會說，「這是一部成本一千萬美金的電影。」那我就會打算用八百萬拍電影，另外兩百萬準備作為重拍的經費，因此重拍費用是一開始就規劃好的了。

一九八九年二月

伍迪與珊迪正坐在那台史坦貝克前剪接《罪與愆》，這是一連下來緊湊完成的第三部電影，他們最近的工作經常與另外兩部電影《另一個女人》與《伊底帕斯災難》重疊在一起。

珊迪建議改變其中一個場景的畫面，伍迪站起來看著他們前方那面牆上釘著的場景流程表，上面簡略記載著每個場次與台詞並用顏色區別該場次中的主要演員。舉例來說，第三十七場，芭貝絲對克里夫說，「我不能說」；第三十九場，傑克與茱蒂，「殺手？」；第六十五場，猶大看著戴爾的眼睛；第七十三場，罪惡——猶大與傑克。

「這不是我們的電影，」伍迪說，一臉狐疑，看著牆面的最左邊。「我們的電影呢？」珊迪大笑著說，「上面有三部電影，通通都是我們的電影。」

上面總共有十五欄列表，第一欄放著一些關於《伊底帕斯災難》的字條，

第十五欄則是《另一個女人》的材料，第二欄到第十四欄都是《罪與愆》的相關內容。

伍迪採用主鏡頭拍攝大部分的場景，這樣不但限制了他的選擇，同時也讓剪接工作更簡單了些。他現在擔心這部電影中有些部分的對白太多了。「你可以用攝影手法或是節奏來稍微掩飾，但是這跟沒有台詞的電影還是差很多，就像《哭泣與耳語》那樣。」他說。「不過那是一部時代片，不需要跟高科技的現代社會打交道，人們邊走邊聊，坐著也聊，都是台詞，不是行為。」

他將影片回轉到一開始克里夫，他飾演的角色，與外甥女珍妮一起看完電影回到家後，他的妻子溫蒂（喬安娜格利森〔Joanna Gleason〕飾）問他去哪了。她在第一個鏡頭裡表現最好，伍迪則是在第二個鏡頭。

WA_ 你應該會比較喜歡第二個吧。

珊迪：說實話，我喜歡第一個。

WA_ 她在第一個鏡頭裡比較生氣，我在第二個鏡頭裡的表現比較好。

珊迪：（帶著微笑）你覺得我會因為你的表現比較好所以選第二個鏡頭嗎？

WA_（聳聳肩膀並微笑以對）這裡有點風險，那不是我最擅長的短笑話。

一九八九年三月

「好吧，」伍迪看完第一段《罪與愆》的剪接畫面後說，「好消息是這比我想像中的還要好，除了幾個很明顯需要剪接的地方外。壞消息是，米亞的故事跟我的故事沒有效果。」（他們見面後就一起合作拍攝一部紀錄片，然後他就愛上她了）但是他並沒有很沮喪。「這應該是我這麼久以來第一次在這個階段有這麼好的感覺了，至少我不會想放火燒掉這裡。」

這部作品是他目前為止重寫最多，同時也是重拍最多部分的電影了。接下來幾個星期中，他會完全捨棄將近三分之一的故事並重新規劃故事發展與情節，最後他會至少重新拍攝一次這部電影總共一百三十九段場景中的八十段場次。最初的版本中，哈莉（米亞法蘿飾）的工作是老人照護社工，而不是後來版本中的雜誌社編輯；她嫁給一位雜誌社編輯並同時與有婦之夫有染，觀眾會短暫看到這個角色，克里夫（伍迪飾演），然後他的外甥女珍妮（珍妮尼可爾斯〔Jenny Nichols〕飾）會暗中跟著她穿過中央公園（她在最後版本中未婚，也沒有出軌）。克里夫拍攝的紀錄片使得他可以有更多時間與哈莉相處，而他

也因此愛上了她，他曾經在她工作的養老院裡表演雜耍，不是那種以他妹夫萊斯特（亞倫艾爾達飾）為題材的荒謬劇中劇。結局的部分讓克里夫在那場婚禮中成為電視製作人，目的是要搭起他與邵恩楊（Sean Young）所飾演的那位女演員的私通關係，他們之間這段不恰當的關係在舞會幕簾意外落下時被揭穿——這個角色在最後完成的電影中並沒有出現。原版的最後一個鏡頭是他與珍妮，他唯一真正的朋友；而在最後的版本中則變成克里夫與猶大（馬丁藍道）的畫面，這位謀殺情婦黛兒（安潔莉卡休士頓）卻逍遙法外的眼科醫師。觀眾會看到他對於自己的犯罪行為神態自若的樣貌——接著鏡頭轉到一位猶太教拉比班（山姆華特斯頓）在婚禮上與女兒共舞的畫面。此外，第一版本的故事發展中，克里夫與珍妮之間的關係還比最後版本中顯得更加緊密，還有他那浪漫成癖的妹妹芭貝絲（凱洛琳艾倫〔Caroline Aaron〕）也是一樣。

正當這部電影的重製工作開始時，幾乎已經變成標準作業流程了，伍迪與珊迪摩爾斯坐在剪接室裡，而在接下來的幾個小時裡，他們討論要怎麼改變這部電影。

關於猶大的故事，他問，「我們這樣會太快嗎？」

「你不會想要用太多解說材料來拖慢劇情發展的腳步，」珊迪說。

「沒錯，不過問題是我們在一開始的時候，有沒有把強烈宗教背景的這個層面交代出來。換句話說，我們需不需要開門見山就把電影的論點清楚地表達出來？——就算犯下惡行之後逍遙法外也不會有什麼更崇高的力量會來懲罰我們。然後知道如此後，你會選擇一個正義的人生或是人類世界會形成混亂的局面？然後很多人不會這樣，但還是會出現亂象。接著我們就要去證實或是推翻這個論點。」

這兩個人都在剪接室裡來回踱步著。伍迪繼續想著，對於一開始猶大與黛兒的這兩個場景都很不滿意，黛兒威脅要是分手就要公開猶大挪用慈善基金的惡行，黛兒在兩個場景中都表現出歇斯底里的樣子，接著他思考著猶大與他哥哥傑克（傑瑞歐爾巴赫〔Jerry Orbach〕飾，他安排殺手解決掉黛兒）的一段場景，他很不滿意猶大說了那句帶有罪惡感的話，「我們是怎麼淪落到這個地步的？」因此考慮要重拍。

「猶大過著世俗的生活，但是心中仍存有那種在小時候被灌輸的宗教觀念，」他說。「我覺得我們要在一開始製造兩種訊息——猶大與他的秘密（與黛兒的婚外情）以及宗教意識。我想要在一開始就完全呈現出這些張力。當他在演講時我要讓她在他的腦海裡一閃而過嗎？（電影開場時是猶大因為行善接

受表揚）」

一個半小時過後，他們打電話訂了午餐並繼續移到哈莉的片段，伍迪講話時一樣在那來回踱步著。

「我想要把米亞的場景當作主軸——我們相遇，然後我愛上她。我發現她的婚姻雖然面臨問題，卻不是完全無法挽回。」他停下腳步思考著，然後說，「那是一開始認識時發生的人為阻礙——我不認識他的丈夫。我遇見一個女孩，妳以為這樣的人對萊斯特來說太成熟理智了，結果她最後卻是跟他在一起。然後我整個星期刻意忽視她手上的婚戒，米亞在這部電影中沒有其他題材了，就是一些瑣碎的片段訊息。」

「我唯一需要的就是那種她會選擇你的那種氣氛，」珊迪告訴他，「我希望你在這裡抱持希望的論點可以更充足些，我希望那段香檳的場景中，可以有更多的親密互動出現（哈莉在剪接室中告訴克里夫，公共電視台對這部關於一名教授的影片很有興趣，而他已經拍很多年了）還有爵士俱樂部那個場景也是（克里夫與他的妻子，還有哈莉與他的丈夫某天晚上一起出門。這在電影最後的版本中，這個場景卻變成克里夫、他的妻子、哈莉與萊斯特）。」

伍迪搖搖頭，「這段場景中米亞沒有什麼特別的，就是在那裡翻東翻西想找些什麼。」他稍做嘗試，但卻失敗了，試了好幾種方式想要找到出入。「一開始就設定她已婚並且發生婚外情，為什麼？這樣可以告訴我們什麼？」他又試了各種不同的旁支對白畫面，最後結論是不得不放棄那段拍得又美又有趣的場景，就是克里夫與珍妮穿過中央公園的那段畫面。「我不能跟隨她，真的太讓我傷心了。」

伍迪現在用不同的聲音重新詮釋那些場景，「意外的地方是她最後選擇他。比起猶大的故事，我這邊的故事張力不夠。」沉默一段時間後，他嘗試改變好幾個萊斯特與教授的畫面，最後還是一事無成，於是轉而進行克里夫他妹妹的場景。接下來一個小時中，他不斷設計幾段場景的可能對白，最後又回到克里夫與哈莉的問題上。

「這裡還可以加什麼嗎？」他問，試著想出另一種方式。「我是個有婦之夫卻愛上哈莉，因為我的婚姻不美滿，然後她單身所以我就愛上她，而萊斯特也在用一種膚淺的方式追求她，而她最後對我說，『你已經結婚了，』然後我覺得那是阻礙她不敢向前的原因，所以她才會總是這麼有禮。然後她就出發去倫敦製作外國人的節目……」他雙手抱頭，「這樣不好，這樣太被虐了，就像二〇年代的德國電影一樣。」

就在下午三點左右，就在討論過許多版本的場景與角色變動後，他現在很清楚自己應該要怎麼做了。「這樣可能會有些神經質，」他說，「但是我喜歡一直壓榨自己，逼自己繼續走下去，這根本就是自我毀滅的性格。」他聳聳肩膀。「最糟的就是大家會對我感到失望，這樣我就賠慘了。」

總共有十個場景要重寫再重拍，劇組正在確認安排演員的檔期與景點。「我們還需要一些策略，」伍迪說，臉上微微地咧嘴笑著，「價值千萬的策略。」

二〇〇五年九月

EL_ 每一部電影的每一個細節你都參與了，而且我也注意到你完全沒有把任何部分授權給任何人代理，就算要第一次整合所有鏡頭也是你先挑過的。

WA_ 對我來說電影就像是手工作品。我前幾天在電視上看到一部關於電視製作的紀錄片，其中出現很多了不起的電視製作人與剪接師，每個人都簡略談到自己的剪接方式。很多年前，他們並不會把這些工作直接交給剪接師，我當然也有認識那種拍完電影就去度假，剩下工作就先交給剪接師來完成電影初版，等到度假回來再來看看並進行修改的導演。

這我沒有辦法。我根本沒有辦法想像自己沒有從頭到尾參與電影的製作——然而這跟什麼自尊或是掌控權沒有關係，我就是沒辦法接受其他的工作方式。我怎麼可能不參與剪接，不參與配音，因為我認為整部作品就像一篇完整的文章嗎？一旦你經過了編劇階段後就應該不會用打字機來寫文章了，但是當你在挑選景點與選角時，你真的就像是在寫作一樣。那就像是用電影來寫作，因此當你將所有片段剪接在一起時，你也在用電影寫作，然後你就會放進音樂，這對我來說就是寫作的流程。

EL_ 這聽起來很合理，我沒有辦法想像讓別人修改任何一頁中的文字。

WA_ 不過還是有很多人不需要這樣就可以完成優秀的作品，他們會跟剪接師一起看過母帶並指出他們喜歡的鏡頭，接著就去小迪克斯灣（Little Dix Bay）度假三個星期好好享受一番。等到他們回來後，剪接師就會把他們指定的畫面，用常識串成一部電影。然後他們會說，「不、不、不。這樣很棒，但是這個鏡頭拖太久了。」這我真的沒有辦法。

我一定會親自挑過好的片段，粗略剪接的電影對我來說沒有什麼好處，我什麼都學不到。我對於影片剪接的想法就是要剪出接近成果的影片，盡可能用最好的方式剪接完成，初版完成後就可以看一下哪裡不對。當然，我總是會

犯下一堆錯誤，我就是不知道為什麼，然後開始剪掉不好的片段。

EL_ 你是怎麼看，自己寫劇本，自己演，然後花了好幾個月拍成電影，又一天到晚看母片，最後還要進剪接室裡看自己的演出，你會評價自己的演技嗎？

WA_ 非常容易，我會看著自己的演出說，「我這裡演得真爛，」「這裡糟透了，」「這個鏡頭我演得有夠假，」「你看，我覺得我演得還不錯，我覺得非常有說服力，我覺得這樣很有趣又不會太過頭，也不會太搶鏡頭。」要挑出優點其實不會很難。當然，我通常都會跟剪接師或其他人坐在這裡，有時候就會有人說，「我知道你喜歡第二個鏡頭，但是我不得不跟你說……，」然後我就會再看一次，有時候他們說的是對的，然後我就會說，「嗯，好吧，要是你們喜歡八號鏡頭，我是覺得兩個都很好，那我們就用八號吧。」

這其實不難，發現自以為有用的靈感失效時才難，當我對整部作品的判斷錯誤時。

EL_ 我前幾天看了《再彈一次，薩姆》，注意到電影中有設計中斷時間讓觀眾大笑。

WA_ 那應該是賀伯羅斯的剪接師（瑪莉詠羅特曼〔Marion Rothman〕）這樣安排的。我不會這樣做，因為我沒有那種自信覺得觀眾在那裡一定會笑。此外，對我來說，節奏是非常重要的，所以絕對不會做這種安排。不過馬克斯兄弟就有這樣。

EL_ 對啊，他們一路上有很多電影都會有這樣的設計，他們開拍之前就知道哪裡會有笑點了。

WA_ 這我沒有辦法。

EL_《傻瓜入獄記》完全就是一齣笑料百出的電影，你顯然很清楚要怎麼樣用口語表達你的笑話，我想你的挑戰是要如何找到最好視覺效果來呈現吧？

WA_ 沒錯，大部分的問題都可以靠剪接解決，問題在於我如何使用——或是不使用——音樂。我會拿出沒有音樂的影片，在最差的狀況下播放給觀眾看。你知道，就是那些你從街上隨機抓來的觀眾。

EL_ 你有說過你曾經找了十二名美國勞軍聯合組織（USO）的軍人到百老匯的試映室看電影。

WA_ 對啊，他們根本不認識我，當時那部電影還沒有搭上音樂，他們在那初剪接完成的影片中，還可以看到蠟筆標記過的痕跡——接著我就開始很驚慌地從電影中不斷拿掉東西，因為我覺得從他們的反應來看，這部電影根本不

好笑。最後我真的覺得自己把電影搞砸了，然後公司就對我說，「你怎麼不找賴夫羅森布魯來看看？他這麼聰明，一定可以幫你的。」

賴夫是個非常有幽默感的人，他非常喜歡這部喜劇電影中的笑話。這個反應讓我如沐春風，他說，「你是瘋了才會想把那些片段拿掉，」然後他就把那些片段放回去，接著他說，「你需要有背景音樂，先拿幾張專輯然後暫時在背景放一點音樂，」然後他就示範給我看要怎麼處理。結果所有東西突然間都有生命力了。他說，「你居然找了十二個來自蒙大拿的軍人，然後給他們看一片完全沒有背景音樂的電影，根本就是在自尋死路。」

EL_ 他對於這部剛完成的電影有什麼貢獻呢？

WA_ 數量上來說，這部電影有百分之八十都是我給他的功勞，但是有百分之二十則是他獨自一個人救了這部電影並讓這部片從票房毒藥變成賣座電影。他大部分做的就是讓我知道很多事情我不需要真的去做，我可以很快、很迅速地處理事情。舉例來說，我有一大堆非常好笑的題材，但是這些劇情卻讓這部電影在一開始的時候就慢慢偏離軌道（開場的八分半鐘由傑克森貝克擔任旁白並介紹觀眾維吉爾這位戴眼鏡的矮小男孩，那副眼鏡被一群欺負他的孩子踩爛，大人也一樣欺負他，後來他拿起大提琴〔但是，他的老師指出，「對於這個樂器沒有概念，他只是一時興起」〕並且加入遊行樂隊的表演；後來他從一家當鋪偷了一支手槍要去搶劫一輛裝甲車，直到他與警衛發生槍戰時，才發現手上的不是真槍，而是打火機。這一段情節在他被關進聖昆丁州立監獄後告終，然後電影標題才出現）。他將開場部分原封不動地保留，但是他把標題拿走並放到後面去，所以你坐進來後就會看著電影放映，然後（彈一下手指）標題才會出現，所以內容比標題還要早出現，對觀眾來說並不會真的有一種消耗時間的感覺。然後你已經看到了幾分鐘有趣的內容，故事劇情也就這樣不費力氣地闡述著。現在對我來說，我就會馬上想到這一招了。

除了我在剪接上的直覺，那真的是我這樣身為作者在本能上的說故事能力，我所有事情都是跟他學的，我絕不可能找到比他更好的老師了。我常常說自己最重要的兩個老師——戈登威利斯與賴夫羅森布魯——他們在電影這個領域教了我非常多。要是現在違反任何他們當初教過我的規範，那我至少知道自己在做什麼事。我可以這樣也是因為他們當初這麼清楚地向我解釋正確的方式該如何進行。

EL_ 你在一九七九年到一九九八年這些年間完成的二十二部電影中，珊迪有帶給你什麼新的東西嗎？你在電影剪接上有什麼改變嗎？

WA_ 珊迪與我，我想，我們一起學了很多事情。我們一起克服了很多電影製作上的問題，她總是跟我一起坐在裡面工作，幫助我解決問題，摧毀或是支持我的想法，然後也不斷丟出她自己的想法。我們經常請她的丈夫傑克理查森（Jack Richardson，作家）來工作室看影片，然後他會提出一些相當有說服力的批評。她是很優秀的剪接師。

EL_ 她跟賴夫一樣有時間觀念與幽默感嗎？

WA_ 她有自己敏銳的地方。她也幫了很多忙，特別是男女關係的問題。她常常對於浪漫與不浪漫的劇情都很有洞見。

EL_ 我曾經看過你們兩個一起剪接《罪與愆》，其中有很多角色不斷被抽了出來，然後又放進新的故事。就在這部電影發展的同時，剪接室的牆上就堆了越來越多從電影中被淘汰的角色。當我看到這部電影中不一樣的剪接畫面時，我才發現自己已經跟部分角色產生連結，即使他們的故事已經不存在了。

WA_ 沒錯，我們總會從電影中淘汰出一些角色，這幾乎跟他們的演技沒有關係，純粹是因為想要讓整個故事呈現出最好的效果。當然對於演員來說，基於他們本能上的不安全感，總是會以為那是自己表現不佳的關係。他總是會覺得自己的畫面被剪掉是因為自己表現不夠好，或是他沒有拿到那個角色是因為他試鏡時的表現不佳。不過這樣的理由真的不常見，絕對都是有其他原因，通常都是跟我有關係。要不是我在試鏡時選錯人了，不然就是我看電影時有點太入戲，心中就覺得那個角色不太對；不然就是大部分時間裡，我的劇本寫得不夠好，等到開拍時才發現不對勁。

這麼多年來我從電影中淘汰掉很多角色，我在《名人錄》中淘汰了瓦妮莎雷德格瑞夫（Vanessa Redgrave）的角色，而她是全世界公認的好演員。那顯然跟她的演技沒有關係。

EL_ 《曼哈頓》是珊迪的第一部電影，那對她會很困難嗎？還是一切都很順利？

WA_ 不是非常困難，但就是一般困難。有些很簡單，有些非常難。那部電影我必需要重拍一些鏡頭，結局的部分我就要靠重拍才能完成。

EL_ 你還記得原本的結局嗎？

WA_ 嗯，最後幾個鏡頭都是一樣的。（崔西準備要前往倫敦的劇場工作六個月。艾薩克突然覺得心中有股失落感並要求她不要走，他不想要，「我可以為了妳改變。」後來她說她得要去趕飛機了，「你為什麼上星期不說這件事？聽著，六個月並沒有很久，不是每個人都會墮落的。聽著，你要學習相信別

人。」艾薩克盯著崔西，眼神有些古怪，然後帶著微笑。接著慢慢響起〈藍色狂想曲〉的交響樂，接著電影跳到一連串曼哈頓極美的城市畫面）不過當我去葉爾的教室向他攤牌的場面，缺少了一些張力，原本的畫面中完全沒有。（葉爾由麥克默菲〔*Michael Murphy*〕飾演，這兩個人同時愛上了黛安基頓的角色。場景中有人類與猿猴的全身骨架，然後伍迪藉此即興加了一段非常有張力的戲）

EL_ 那些骨架是劇本中就有安排的或是剛好那間教室裡本來就有？

WA_ 我記得那是教室裡本來就有的，那不可能是我在寫劇本時就會想到的。就像我之前講過的，想要拿劇本出來賣的人一定要有本事把內容寫得很仔細，然後他們就會寫：鏡頭拍攝他走上樓梯，表情冷酷，接著鏡頭轉到教室裡的骨架上呼應他的表情。他們一定要想辦法把那些畫面投射到出資者的腦海裡。我從來不會這樣寫劇本，所以我想他應該是教室裡本來就有的。你知道，我只是就地取材。

EL_ 那我猜《罪與愆》是非常不好剪接的電影。

WA_ 是的，《罪與愆》這部電影中，我以為（大笑）罪的部分很精彩，我以為觀眾應該會感同深受。我甚至想，嘿、誰會在乎我還有另一條故事發展（關於克里夫的一段喜劇）？我當初應該只拍這部電影就好了，我現在有時候還會這麼想。就像我之前說過的，一開始的設定是米亞跟我要在一棟老房子裡合作一部紀錄片，我記得我們真的有去一間老房子裡拍了那個場景，但是整個故事跳不出來，所以「愆」的部分得要全部重拍。

EL_ 你說電影剪接就像是在說書一樣——那是寫作的第二部分，那是可以導正故事發展的部分。舉例來說，就像我們之前討論的，當你試映過這部電影的粗剪版本後，你將亞倫艾達爾那個部分完全重寫，然後你想出那段由你的角色來拍攝他的劇中劇，這非常有嘲弄的效果。

WA_ 對啊，他是我煩人的妹夫。就在第一個版本裡，第十三頻道（紐約市公共廣播服務電台）正在拍一部以他為主題的影片，然後我痛恨這些合法管道都變成他個人魅力下的犧牲品，所以我就想到這個點子，為什麼不乾脆拍一部影片整合到這部電影裡呢？結果那就這樣跳出來了。

EL_ 還有哪一部片也這麼困難的？

WA_ 喔，《變色龍》那部片非常、非常困難。

EL_ 因為技術層面的關係嗎？

WA_ 不是，《變色龍》在技術層面上不是太困難，不過那卻是讓很多人

驚嘆的部分。我記得戈登威利斯就是憑那部電影首次被奧斯卡提名角逐最佳攝影獎——那真的很好笑，因為拍那部電影對他來說一點也不困難。他在這一行用那麼革命的手法拍了另外二十部電影都沒有受到認可，當然他在《變色龍》這部片的表現一樣可圈可點，但是這部片根本不像我其他的電影那麼複雜。你知道，我們幾乎用了像是新聞攝影棚那樣的燈光效果來拍片，所以技術層面上要讓那部電影看起來很舊並不是那麼困難。

《變色龍》這部電影的問題是，因為那種故事題材的限制，我們沒有辦法進入柴利克所呈現的那些角色人物的真實生活中，你只能呈現他們在路上走路、上車或進入宴會的畫面。

白色房間那部電影，這樣來說（心理醫生尤朵菈佛列雀〔Eudora Fletcher〕錄下她與李奧納德柴利克的談話），就是非常成功的神來之筆。當我最後把所有片段集中在一起後，那部電影（大笑）總長四十五分鐘。我沒有辦法從新聞片段或是紀錄片畫面延伸，因為我沒有辦法拍攝人與人之間的互動，所以我就要想辦法離題讓其他角色有些事情可以做。即使是現在，那仍然是我最短的一部作品。

EL_ 八十分鐘。

WA_ 還有，我還要讓電影中笑料不斷。那是我最成功的電影之一，成功的意思是說我實現了自己最初的願景。然而事實上而言，我本來沒有打算要用紀錄片形式來完成這部電影，我本來要用寫實方式描述一個可以隨心所欲變成他人的角色。就是那種你為了要討人喜歡而放棄自己性格來變成自己想要成為的樣子，我很喜歡那個構想。因此如果你現在跟一群昨晚有去馬克賀林格（Mark Hellinger）劇院看表演的人在一起，你就會說，「喔，對啊，昨天的表演真的很精彩。」但是如果你身邊的人不喜歡那場表演，你就會改口說，「喔，我不喜歡昨天的表演。」這樣下去越來越嚴重，直到最後演變成法西斯主義，因為你為了成為那個團體的一部分而完全放棄自己的性格，目的就是為了融入這個團體。

那部電影的內容並沒有像那技術一樣在最初就得到共鳴，因為一開始那是很讓人耳目一新的特效——拍一部黑白的時代劇電影。然而一年接一年，當電視上也開始經常出現這樣的電影而觀眾也看多了時，那部電影的重點才開始在觀眾心中發酵——這個故事背後是想要表達什麼的。很多人也忘記這個技術我也在《傻瓜入獄記》裡用過了吧？這不是完全新的技術，我的第一部電影就是採用紀錄片形式拍攝的。

EL_ 你還有想到其他在剪接上遇到的困難嗎？

WA_ 每一部電影都有出現很多自己的問題。《安妮霍爾》就極度困難，因為那部電影從一開始就像是艾爾維的意識流發展一樣。不過就像我說的一樣，當馬歇爾布里克曼看到粗剪電影時——他也是編劇之一——他說他看不懂。

EL_ 那就是你丟進洛杉磯水壩裡的那個片段嗎？

WA_ 不是，你說的那是《傻瓜大鬧科學城》的片段。當我在加州拍攝《傻瓜大鬧科學城》時，我覺得有些鏡頭拍得糟透了，糟到我根本不想讓任何人看到。當然，就跟我當初一樣白癡，我沒有把負片丟進水壩裡，那捲負片最後被放在不知道哪個地下室裡，但是我真的有把一份拷貝品丟進水壩裡。

EL_ 你說過你從《傻瓜入獄記》之後就有一股直覺告訴你不要在拍攝當中進行剪接，這是為什麼呢？

WA_ 對我來說這是兩個完全不一樣的階段。每天工作結束之後，我都會又累又愛發脾氣，我會想要馬上回家過自己的生活，我不想要再進去剪接室裡讓自己開始困在電影畫面裡。我會拍完劇本中的所有場景，然後進入全新的下一階段開始剪接電影，這就是我的工作方式。

要是我在拍攝過程中進行剪接，大致上會有兩種不一樣角度的看法；其一就是這樣可以省成本，因為我會馬上看到自己的錯誤並即刻進行修正，但是相對的就是我就會被困在其中，接下來可能就要重拍個不停。同樣來說，我沒有辦法跟錄影監視器一起工作，就算很多人可以，這對他們來說沒有問題，但對我來說就不是了。我會不停地想要跑到監視器前觀看剛才的拍攝成果，然後回去再拍一次，然後再拍一次，再拍一次。

EL_ 不過就像你之前說的，當有些人看了《安妮霍爾》的前半段後就會開始想要看到更多發生在艾維爾與安妮之間的故事，這部電影真正的動力來自這些主角之間的感情發展。

WA_ 對，那是一種不間斷的推動力，就像吃豆人（Pac Man）遊戲一樣要一直吃下去，看到下一個就是要吃掉，那就是觀眾想要在電影中或是舞台上看到的。不論那部電影拍得有多抽象，不論你怎麼偽裝或是現代化，那就像爵士樂一樣，就是會有一種旋律讓你頻頻回頭。即使是那些表演現代爵士的人，像是查理帕克（Charlie Parker），他也極度推崇這種旋律。他們可能會很豪放，但是其中一定會有這樣的旋律存在，等到最後樂手抽離掉太多以致於失去那種旋律後，人們就再也不那麼欣賞爵士了。

電影跟舞台劇也是相同的道理，架構中可以非常清新又原創，但是你總是要回來繼續發展下去，那才是觀眾想要看到的內容，《安妮霍爾》就是這樣的電影。那部電影中有很多我當時認為非常巧妙的橋段與劇情轉折。我那時想，喔，這太棒了，然後從意識流的角度來看，幾個鏡頭接上那段也非常合理。不過當你失去了整部電影中負責穿針引線的脈絡後，在觀眾眼中就會非常奇怪。

這種短暫藝術與繪畫之間是不可以搞混的。繪畫，你可以觀看傑克森波拉克（Jackson Pollack）的作品然後獲得非常大的啟發，而那樣的啟發可能兩秒過後就消失了——或是兩小時，要是你願意一直站在那裡觀看。不過在劇場或電影中，音樂是順著時間在走的，觀眾必須要依附在某種東西上繼續跟著劇情發展下去才行。

EL_ 你很久以前說過當你在剪接時，你必須要像房子失火一樣將電影剪完，因為當你隨心所欲剪接電影時，你根本沒有時間觀念。

WA_ 喜劇電影是這樣的，沒錯。當你在製作喜劇時，觀眾大概在前二十分鐘會給你很多正面的回饋，然後你真的需要暫停下來休息一下，結果這樣就會越來越困難，他們已經坐在那裡快要一個鐘頭了，接著是一小時十五分鐘，然後他們就覺得沒有意義了。

EL_ 因為你反覆地剪接《安妮霍爾》這部電影，最後有沒有剪掉什麼你特別喜歡的片段呢？

WA_ 我們有一場跟柯琳恩朵賀爾斯特（Colleen Dewhurst）吃飯的場景，但是那段因為拍得太長了；然後還有一個場景是我與安妮的爸媽和安妮一起在家看電視，顯然我對她的影響與她父母給她的教育截然不同。我們正在討論一件事情，結果安妮突然開口打斷他們說，「喔，數量影響品質。」然後他們說，「誰說的？」然後她說，「卡爾馬克斯（Karl Marx）。」接著霍爾太太天真地說，「喔，我前幾天做了一個非常好笑的夢，真的非常好笑。我在那個夢裡，妳爸爸也在裡面，他正在修理電視，我下樓後發現他很生氣，接著我就抓起電視天線在他面前折斷。」那個場景非常好笑，其中環繞著一些非常質樸的人，他們對於佛洛伊德的解析完全沒有概念。我將那個片段放在電影中好一陣子，但是最後的版本裡還是沒有剪進去。

EL_ 你說《傻瓜入獄記》很困難，那《香蕉共和國》有比較簡單嗎？

WA_ 《香蕉共和國》簡單很多，因為我一路上都得以保有一些東西（彈了一下手指），完全不需要擔心這部電影，我知道觀眾一定會大笑。我們可以

在這裡放進一些音樂，這樣觀眾一定會很喜歡。沒錯，那真的容易多了。

EL_《我心深處》呢？

WA_《我心深處》這部片就遇上很多問題了。我當時沒有太多拍攝那種電影的經驗，真希望是在這個階段拍《我心深處》，我現在絕對可以把這部電影拍得很好，我這麼覺得。我當時因為想要拍一部劇情片，所以做了很多犧牲，我不想要依照過去的常規來拍劇情片，你知道，就像那些受歡迎的美國電影一樣。我不想要拍情境劇，我想要用最深沉的歐洲電影形式來拍一部劇情片。（他暫停一下後搖搖頭）我當時的構想很棒，也展現出部分潛能，不過我現在是真的可以拍好那部電影了……

EL_ 你為什麼覺得現在就可以了呢？

WA_ 主要是因為我知道現在就不會拍得那麼詩情畫意，反而更寫實。我也會及早讓莫琳斯特普爾頓參與這部電影並在一開始就讓那些衝突與矛盾擴張，這樣就可以一路激起火花。現在，我會用不一樣的調性來處理這部電影，因此賴夫與我就會非常、非常、非常辛苦。事實上，那部電影的第一段對白（*E.G. 馬紹爾飾演亞瑟，他是伊芙〔葛拉爾汀佩吉飾演〕的丈夫，他看著一張紐約市容全景的照片並背對鏡頭站著。他心中的旁白說，「我認識伊芙後就選擇放棄法律學位，她當時非常美麗，身穿著黑色洋裝，蒼白而冷淡……全身上下只配戴著一條珍珠項鍊。而那距離感，總是那樣端莊又有距離感。」*）一直到劇本的第七十頁才出現。現在這種詩情畫意的電影，可以用更自由的方式呈現。

數日後，他剛完成《愛上塔羅牌情人》的粗剪影片，但是心情不太好。拍攝成果顯然跟他的預期有很大落差。

WA_ 每當首次試映後我幾乎都會很失望。那真的就像在洗冷水澡一樣，從來也不會像自己當初預期那樣，這部電影也是。

EL_ 還有補救的辦法嗎？

WA_（停頓很久）老實說我自己感覺沒有辦法補救了，不過這不代表這部電影不會賣座。（其實後來很賣座）有些電影我自己就是想不透。

EL_ 當你自己在看這部電影的片段時，從早期的音象同步裝置到現在的電影螢幕，你在這個階段時，有沒有辦法看到之後會是什麼樣的電影，還是你都要等到全部剪接成一部完整的電影時，才有辦法看個究竟呢？

WA_ 當我在剪接時（嘆了一口氣），你沒有辦法想像出整部電影之後會是什麼樣的感覺，沒辦法，你要把所有片段都湊在一起，這些都是讓人沾沾自

喜又樂觀其成的片段，然後你就會看到自己的心血成果，（他嘲諷地笑了幾聲）然後心裡一沉──因為要不是太冗長，就是節奏太慢，千篇一律。你本來覺得很好笑的題材卻一點也不好笑，你覺得很棒的劇情卻一點也不有趣了，然後你以為會發展到某一程度的關係卻沒有那個效果。你知道，所有可能會出錯的都出錯了，沒有一樣東西有達到預期的那樣好。

EL_ 有沒有什麼例子是你覺得是導演功力不到位的？

WA_ 沒有，我不覺得自己沒有把這部電影導好，我覺得執導的部分有到位。這世上沒有其他導演可以把我的劇本執導得更好了。我是說，當然，有些場景確實可以更好一些，有些場景我確實沒有呈現出最好的樣貌，但那跟劇本有關，一向都是劇本的關係。要在那一開始新鮮有趣又原創自然的一、兩個鐘頭中寫出東西，真的很困難，很多人都是敗在這個地方，我當然也是。

EL_ 有沒有特別哪幾個場景是你一看就覺得，「喔，天啊，這根本不是我要的。」

WA_ 嗯，我可以這麼說，第一版本是兩小時又十四分鐘，現在是一小時四十分鐘。

EL_ 所以你拿掉了哪些部分？

WA_ 一大堆垃圾。有很多我一開始覺得很有趣的場景──你知道，就是休傑克曼與史嘉蕾之間那些妳情我愛的追逐橋段，還有一些我講笑話卻沒有效果的橋段。

EL_ 你回到紐約後，有沒有覺得有一些場景是你很想要重拍的？

WA_（沉思片刻）有，真的很可惜。（停頓）我不知道重拍有沒有辦法改變什麼，但確實有些場景是我很想要重拍的。有些場景是我在剪接過程中，當我坐在剪接機前就會想要直接跳到下一個鏡頭，就是不想要在這個鏡頭上多做停留，然後我就會看著剪接師，她也會看著我，然後彼此心裡有數──誰會想要看這種畫面？

二〇〇五年十一月

此時我已經看過《遇上塔羅牌情人》，我們相約在曼哈頓電影中心碰面並討論這部電影。

EL_《遇上塔羅牌情人》這部電影片長九十一分鐘──這仍在你的喜劇電影標準之內──經過無情的修剪後。針對剪接，你有沒有想要補充說明的呢？

WA_ 當中最普遍的問題就是要怎麼保持劇情的流暢。這是一部喜劇，比較輕鬆一點的喜劇，所以劇情上面沒有太多轉折，除了要讓這齣輕鬆小品可以跳上螢幕娛樂觀眾之外。一旦你陷入困境，整部片就毀了。

EL_ 很有多史嘉蕾與她的室友之間的橋段都不見了，而且你剪進去很多她與休傑克曼之間的浪漫劇情。

WA_ 是的。你知道，這是我學到的一件事——我之前完全不知道，我有觀察到卻沒有理解——我只有在第一齣劇作《別喝生水》中寫了一大堆額外的橋段。我發現自己會習慣寫一大堆場景來讓劇情發展更清楚，湯尼羅勃茲（Tony Roberts）之間的部份我就寫了五頁之多，他飾演大使的兒子，然後盧雅各比與凱依麥特佛德（Kay Medford）的女兒的部分也是，還有那個家庭與小女兒走進來之後，他們兩個互看的那段（彈了一下手指）也是……那些根本都不需要，都是多餘的。你可以發現他們兩個人互相吸引彼此，所以那五頁讓人想睡的對話，根本就沒有必要。

這種東西在電影裡都會有一定的效果。我已經學過一千遍了（大笑）而且我每次都栽在這裡，在這部電影裡面也是。

EL_ 你需要知道的事情就是觀看時的氣氛。

WA_ 沒錯，你以為觀眾不會懂，所以就想要解釋，澄清一些劇情，然而事實卻是他們的理解力總是比你好多了。（臉上掛著微笑）

EL_ 那麼我想這樣對於安排一齣喜劇以火燒房子的方式作為結尾是有幫助的。

WA_（再度掛著微笑）當我想要讓自己的電影在結尾部分用一把火燒掉時，有時候我覺得自己應該要把一些負片也放進房子裡一起燒掉才對。

配樂
Scoring

7

配樂
S c o r i n g

　　伍迪艾倫電影的最大特徵就是幾乎都是以美國爵士樂為配樂，特別是一九〇〇年到一九五〇年間的爵士樂，其餘部份幾乎就都是以古典樂為輔了。伍迪對於紐奧良爵士的熱愛要回溯到他青少年的時候。他十五歲那年開始學豎笛，一開始幾年都是在家裡放著喬治路易斯（*George Lewis*）的專輯一邊伴奏著。路易斯，紐奧良爵士樂中最偉大的豎笛家之一，雖然在一九六八年殞落，然而他的音樂——盛大、表情豐富，雖不像班尼固德曼那樣的俐落，但卻更帶有一種悲哀的憂鬱與甜蜜滋味，不時會傳出一陣顫音——那也是伍迪演奏時常有的風格。他家裡的書架上有一張路易斯的照片（他將自己的製片公司命名為柏蒂多〔*Perdido*〕就是為了要向與紐奧良的街頭同義的爵士樂致敬）。

　　他的電影中三不五時會出現紐奧良的爵士樂，就是那種 4/4 拍的風格，那是所有樂手的腳下都會遵守的拍子與旋律，鮮少有人會即興演奏（像是堪薩斯市與芝加哥那樣的風格）。旋律與拍子更勝曲調和諧的重要性，因此當每位樂手都有自己專屬的部份時，也就是獨奏的部份，他們還是會聚在一起演奏，因為很少樂手會合作演出紐奧良風格，那是一種正在消失的模式。這種音樂已經在二十世紀初從傳統的軍樂與聖詩那種在當地葬禮儀式與即興演奏之中，發展成富有靈魂又快樂的音樂。

　　伍迪每天都會進行豎笛的長音練習，不管有沒有拍片都一樣，每當開始演奏時，他就會陷入一種忘我的情境中。每當他站著沒事的時候就會開始哼著一首接一首的爵士樂曲，他完全沉浸在音樂之中。一九七三年夏天，某天當他在進行《傻瓜大鬧科學城》剪接工作的午餐休息時，我跟他一起到曼哈頓第八

大道上逛唱片行並挑了幾張路易斯的專輯。我問他這些音樂可以在片頭時使用嗎？他低頭仔細看著唱片封面上的歌曲目錄，然後熱切地點頭說，「我願意用一切來跟你交換第一次聽這些專輯的美好經驗。」

即使《傻瓜大鬧科學城》的劇情發生在距今兩百年的未來，伍迪還是計畫採用紐奧良爵士來當背景音樂，他說，「我不想要像大家一樣用穆格（Moog）電子合成音樂來展現未來感，我想要讓音樂跟劇情呈現一種對比」——科幻小說、浪漫、笑鬧劇與追逐的大雜匯。那年秋天，等到那部電影剪接完成後，我陪他一起到紐奧良與「典藏廳爵士樂團」（Preservation Hall Jazz Band）一起表演了四場演奏會並與該樂團的長駐樂手一起錄製配樂。長號手「大吉姆（Big Jim）」，八十三歲，幾乎單靠右邊的臉頰就可以吹奏出極美的聲音，左臉平平的，右臉卻鼓成一顆氣球一樣；雀斯特查迪斯（Chester Zardis）演奏低音大提琴，七十四歲，大概五呎六吋高，演奏時得坐在一張凳子上。當他獨奏時，他的右腳會隨著音樂一直彈出來；依馬努耶賽依勒斯（Emmanuel Sayles）是班卓琴師，還有辛恩米勒（Sing Miller）彈奏鋼琴，當他們唱著獨奏部分時都會露出他們的牙齒。賽依勒斯的右後方有好多顆金牙，他不是很願意露出那些金牙；而米勒只剩一顆前排下門牙。波西霍恩菲（Percy Humphrey）是小號手並擔任團長，他的外表沉悶，演奏時卻神乎其技；裘西亞席法瑟（Josiah Cie Frazier）負責打鼓，臉上總是掛著笑容。這些人至少都有六十歲了。

典藏廳與一般的錄音室不太相同。事實上，這裡跟大部分的演奏廳也不一樣。這裡的空間大概四十五呎長，寬度約是長度的一半。木質地板磨損相當嚴重，部分牆上釘著釘板（這裡曾是間美術館），其餘牆面上就是空蕩蕩的木材與脫落的石灰。這裡看起來相當破爛，但是音響效果非常好。離樂團三呎的地方有兩排板凳可以容納一、二十名觀眾，剩下大約兩百名樂迷就得要摩肩接踵地站在後面。

伍迪穿著一件熨平的軍綠色褲子走進來，法蘭絨襯衫結上一條領帶，搭著一件棗紅色的燈芯絨外套與一頂卡其色雨帽，他將大衣掛在鋼琴後面並坐在霍恩菲旁邊，霍恩菲不發一語吹奏了幾個短音並在節拍中讓大家一起合奏一首〈小莉莎珍〉（Little Liza Jane）。他領著大家吹奏每一首曲子的方式都是一樣的。

「他的耳朵非常敏銳，」霍恩菲在演奏一段之後這樣描述伍迪。「他在與樂團演奏時就像其他樂手一樣——他跟著樂團一起演奏，他沒有在這裡裝名

人。」

　　就在電影場景配樂的替換之間，樂迷開始在樂團前面購買專輯並向樂手索取親筆簽名，其中也包含了伍迪，他當然沒有參與專輯錄製，寧願偷偷溜走去看幾分鐘的棒球賽。相反地，他發現自己站在一個身高五呎五的年輕男人身邊。「要是我比你還矮，那我就要去死，」那個年輕人這樣說，然後就走開了。

　　伍迪茫然地望著他的身影。「迪克卡維特（Dick Cavett）總是可以非常詼諧地回應這種人，」他對我說。（就在我們前一天吃晚餐時，一個姿色不算太差的女人遞了一張字條給他。「假如你就跟我想像中的一樣，」上面寫著，「那我真的想要把你操到死。」他抬起頭來看著她，「妳把我想成怎樣？」他問）

　　就在配樂錄製的空檔中，伍迪在演奏廳外的走道上聽著音箱裡的錄音帶，他特別喜歡〈薩佛依藍調〉（Savoy Blues）與〈高峰拉格〉（Climax Rag）的錄製成果。

　　就在進行下一段錄音前，伍迪告訴艾倫喬菲，他是低音大喇叭手，也是典藏廳的經營者，伍迪說在追逐的場景中需要比現在節奏更快的音樂，但是他知道自己不能要求樂團演奏得更快。「要求樂團演奏得更快比要求他們演奏〈聖者的行進〉（When the Saints Go Marching In）還要更糟。」喬菲事後這樣告訴我。因此喬菲在休息時間時，故作輕鬆地問霍恩菲，「如果現在時間是十二點二十七分，然後你想要在十二點三十分下班去俱樂部喝酒，你會演奏哪首曲子？」這位小號手想了一秒後就開始用很快的節奏吹奏了〈再見〉（Bye and Bye）。

　　伍迪知道自己在這裡沒有辦法錄完所有他想要的配樂歌曲，因此也已經安排自己的樂團要在紐約錄音，他的樂團叫做「紐奧良葬禮與拉格泰姆樂團」（New Orleans funeral and Ragtime Orchestra）。

　　「有一些場景，」他在休息時說，「我需要特別選音樂來搭配我在追逐中的畫面，舉例來說，因此跟我自己的樂團就可以要求他們演奏快一點或是慢一點。這些是我不能在別人的樂團裡要求的，不過可以聽到兩個樂團的演奏成果對照也是很有趣的事情。」

　　時間中午十二點三十分，第二天的錄製工作就此結束。亞伯特柏爾班克（Albert Burbank），這位應該是當今紐奧良風格音樂的豎笛首席，走過來恭賀他，接著提姆羅賓森（Tim Robinson）也走了過來。

　　「有沒有人跟你說過你的演奏像極了我的老朋友喬治路易斯？」他問。

　　那大概是他能夠給伍迪最美好的讚美了，「你叫什麼名字來著？」

「*伍迪，*」*他低聲地說。*

「*維勒德（Willard）嗎？你真的很棒，維勒德。*」

一九七三年，伍迪與「典藏廳爵士樂團」一起錄製
《傻瓜大鬧科學城》的電影原聲帶。

一九八九年十一月

時間是星期六，因此今天不需要拍攝《另一個女人》。我們相約在他那
棟可以俯瞰中央公園的公寓裡。我們的談話內容部分是關於他演變為電影製片
的心路歷程，我們也談論到他小時候發掘紐奧良爵士樂的過程，接著也花了幾
分鐘談一下他早期的電影與他是如何發現音樂可以成為自己的優勢。

EL_ 依據你這些年說過的話，爵士樂似乎是你在交友圈中相當重要的聯
繫。

WA_ 沒錯，我們之間都是依靠傳統爵士樂緊密聯繫起來的。有個最後失
明的 DJ 叫做泰德胡辛恩（Ted Huesing），我們都是聽他放的音樂。我的朋
友傑瑞艾普斯坦（Jerry Epstein）是我們之中最早擁有卡式錄音機的人，那是
一台又大又笨重的機器。他錄下一段我後來才知道是西德尼波切特（Sidney
Bechet）在巴黎的演奏會（西德尼波切特在演奏時展現的琶音與顫音，讓他呈
現出一種相當充滿自信與強烈的個人風格）。我聽過之後覺得真的很棒，然後

這一小撮朋友就對爵士樂越來越有興趣，直到我們都變得有點——我不是在自誇——我們後來都變成爵士樂專家。就像那些小孩子一樣，我們知道每一張專輯的每一位演奏家，也知道爵士殿堂上的每段歷史。我當時不過十三、十四歲，過沒多久我就開始學豎笛。

EL_ 你說《舊金山紀事報》（San Francisco Chronicle）在一九六五年刊登了一篇拉夫格里森（Ralph Gleason）的訪問，然後隔天「我就看到了西德尼波切特——在紐約的演奏會。我之前就看過他了，只是當時的狀況不是很好——那是我這輩子最滿意的一場藝術體驗了。」是什麼讓你有這樣無法抗拒的回應呢？

WA_ 我滿懷期待地去參加那場演奏會，而他也完全滿足了我的期待。波切特真的是非常了不起的音樂家，他的魅力無法擋，他那全面性的演奏氣勢完全讓我折服。

EL_ 我知道你以前也經常運動，你對運動也像對音樂那樣熱衷嗎？

WA_ 我們常常花上好幾個小時，什麼都不做就是聽音樂。我們下課後就會在其中一個朋友家聚會。我的朋友艾略特米爾斯（Elliott Mills）是我們之中最早擁有高保真（Hi-Fi）音響設備的人，我以前有一個像是小皮箱大小的音響，就是要把上面蓋起來那種。我們就是從不間斷地聽爵士樂，我說的是對每一個音都很偏執的那種。通常下課後大家都會去餅乾店逛逛，整個街坊就在高架火車旁，那裡有蘇打水與三明治，那些人就會在那裡交際或是聯誼，看電影或打撞球，我總是回家守著自己房間的那台音響。

EL_《傻瓜入獄記》中出現很多爵士歌曲，但那並不是你原本的配樂，發

生什麼事了？

WA_ 我當時還不曾拍過任何電影，所以對於所有事情一點概念也沒有，各式各樣恐怖的錯誤我都犯了，所有東西我都很討厭。很多場景我都沒有搭上配樂，所以他們就這樣冷淡又無聊地播放那部電影。當賴夫羅森布魯上來時他說，「聽著，你都已經拋出這麼多笑料了，所以你要在那裡放進背景音樂，」或是「這種場景不可以搭配這種悲悽的音樂。」

有一幕是我跟珍妮特瑪歌林出去約會的場景（他的衣服掛在一台老冰箱裡，鞋子則是在冷凍庫）。我正在放熱水準備要沖澡，眼睛看著鏡子與其他東西——結果我卻搭上了極其憂鬱的音樂，那是最悲傷的音樂了。然後賴夫羅森布魯就選了一首尤比布萊克（Eubie Blake）拉格泰姆曲風的曲子說，「看，你看看當你放進活潑音樂後的樣子。」結果整個畫面就活過來了，我突然就開始跟著節奏一起扭動，居然有完全不同的效果，然後還有成千上萬我不懂的小細節。我覺得賴夫羅森布魯救了那部電影。（那一幕是維持在腰部以上的鏡頭，結束時的畫面是伍迪穿好衣服並打了領帶走出門的情景，音樂剛好也在這裡結束。鏡頭就這樣一直停留到那扇門被帶上——過了幾拍後，伍迪又走了進來，觀眾就看到他剛才忘記穿褲子就出門了，下半身只圍了一條浴巾）

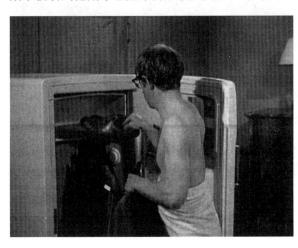

《傻瓜入獄記》中維吉爾準備要出門約會。賴夫羅森布魯建議採用一首尤比布萊克的輕快曲子作為這一幕的配樂，羅森布魯索提出其他相關的建議也完全改變了這部電影的調性。

EL_ 當你在寫劇本時，心中也會想好在什麼場景要配上什麼音樂嗎？

WA_ 我通常會知道有些音樂是可以放進去的，雖然最後不見得都會用上。我說的並不是特定某些歌曲，但是我知道這部電影（此指《另一個女人》）會用到，怎麼說，有點古典風格的音樂，然後另一部片就要用到羅傑斯與哈爾特（Rogers and Hart）的音樂。《曼哈頓》就是先有音樂，才配合那段音樂寫出搭配的劇情——舉例來說，像是一開場那段蒙太奇的部份（電影一開始時螢

幕上閃過紐約地平線上的風景，背景音樂正是〈藍色狂想曲〉——日初、帝國大廈的剪影、其他的高樓大廈、停車場、行人來來往往的街道、布魯克林橋、百老匯上點著霓虹燈的廣告看板、可口可樂標誌、好幾家知名旅館、白雪覆蓋又點著街燈的公園大道以及中央公園、加門特區與街上的抗議活動。接著音樂漸強，艾薩克的聲音進場，彷彿正在閱讀自己的作品）。最後追逐到崔西她家那一幕（當他在曼哈頓大道上奔跑時，背景搭著〈笙歌喧騰〉〔*Strike Up the Band*〕這首歌），也是特別為了搭配那段音樂才寫進去的劇情。我知道當時很想放縱自己在電影裡盡情玩音樂，好幾次都特別加戲進去，好讓我有更多機會可以放進蓋西文的音樂。我很少這樣的，不過那也是因為我知道自己在用什麼樣的音樂，我相當有意識到自己刻意加進一些場景就為了要把特定的音樂放進去。

不過呢，這部電影中會用到莫札特的豎笛協奏曲或是巴哈的鋼琴演奏曲，當作來源音樂以搭配那場晚餐的場景，但是配樂會採用不和諧的音樂。

《曼哈頓》片尾時艾薩克奔跑著要去見崔西，背景搭配著〈笙歌喧騰〉這首歌。這個場景故意拍得很長，「這樣我就可以放進很多蓋西文的音樂。」伍迪說。

一九八九年三月

伍迪與珊迪摩爾斯正坐在曼哈頓電影中心的試映室裡，他們正在想辦法解決《罪與愆》中的兩段配樂問題；其中一個是小問題，另一個是大問題。小問題是要找到合適的地方來使用〈甜美的喬治亞布朗〉（*Sweet Georgia Brown*）這首曲子，伍迪一開始試著用在亞倫艾爾達從街上走過來的那個場景。

「這麼短的一幕,用這段音樂太長了,」他看完這一幕後說。「應該要用在一開始那種比較長的蒙太奇畫面中,我們還有沒有畫面可以剪進來?再剪一個萊斯特跟大學教授一起走進來的畫面,就是克里夫正在拍攝紀錄片那裡。」

至於那個大的問題就是結尾時班恩,也就是山姆華特斯頓飾演的眼盲的拉比,他在女兒婚禮上與新娘共舞直到片尾劇組名單出現這裡。伍迪一開始計畫要用艾爾文柏林(Irving Berlin)的〈永遠〉(Always)這首歌,但是當他聽說史蒂芬史匹柏也正在拍一部同名的電影時,「我像個笨蛋一樣要公司的人打電話給史匹柏的辦公室,問他們那首歌會不會是那部電影的重點,如果是的話,我在電影結尾就不會用這首歌。結果他們說是重點歌曲,所以我就放棄了。」最後反而是艾爾文柏林的繼承人拒絕讓他們使用這首歌的版權,伍迪很後悔自己還去問了史匹柏,因為他根本找不到其他適合的歌曲。此外還有一個問題就是因為班恩看不到,選了一手有「眼睛」的歌曲,像是〈我的眼裡只有你〉(I Only Have Eyes for You)或是〈哪來的胡椒?〉(Where'd You Get Those Peppers?)似乎聽起來是在諷刺他。伍迪與珊迪坐在那裡互相想一些片名給對方聽聽,三不五時會站起來去後面牆角那一大箱子裡看看一些專輯的背面或是翻閱「美國作曲家、作家和發行商協會」(ASCAP)出版的標題大全。他對於一九○○年到一九五○年間的歌曲真的耳熟能詳。

「我們在《情懷九月天》裡已經用過〈幻想〉(Make Believe)這首歌了,」伍迪說。「〈期待再相逢〉(We'll Meet Again),但是史丹利庫伯力克已經用在……用在……《奇愛博士》(Dr. Strangelove)裡了,這首歌有那種過分感傷的聲音。〈談情說愛〉(Speak to Me of Love)……〈假如愛上你〉(If I Loved You)……〈我的眼裡只有你〉。(他大笑著)我通常都會不小心這樣,真糟糕,那真的是一首相當淒美的好歌;〈時光流逝〉(As Time Goes By)不能用;〈過度夢幻〉(I Dream Too Much)一開始就用在鮑勃巴拉班(Bob Balaban)在屋頂上那一幕了。因為《曼哈頓》的關係,這裡不可以用蓋西文的音樂,柯爾波特的音樂用在片尾不對;〈愛情如夢似幻〉(Falling in Love Is Wonderful)呢?但是艾爾文柏林的歌曲又不能與劇情不相符(艾爾文柏林的遺囑中指定歌曲一定要與劇情相符合);那〈告白〉(I'm Confessin')呢?」

「《情懷九月天》也用過了,」珊迪說。

「好吧(停頓不語)。我想要選一首有〈拉娜之歌〉(Lara's Theme)那種味道的歌曲,那是華爾滋風格(再度停頓不語)。〈與你再見〉(I'll

Be Seeing You）在《伊底帕斯災難》用過了；〈魅力難檔〉（You're Too Beautiful），嗯，也用過了；〈魅惑〉（Bewithched）也用過了；〈浪漫滿懷〉（Isn't It Romantic？）……」

「妳不覺得這首可以嗎？」（《漢娜姊妹》裡已經用過了）

「有沒有弗農杜克（Vernon Duke）的音樂可以用？艾靈頓公爵（Duke Ellington）的音樂肯定不行，太爵士了；波特爾又太性感，比較像是拉丁的節奏，這樣不對。有沒有雷納德伯恩斯坦（Leonard Bernstein）的音樂可以用？〈錦城春色〉（On the Town）……〈我的妹妹艾琳〉（My Sister Eileen）（再次停頓），回想起來真的很有趣。現在不得不下決定了，但是選擇卻這麼多。」

（一星期後他用了〈與你再見〉，因為找不到更好的了。）

不久之後，他在幫《伊底帕斯災難》時又碰上類似的問題。就在他解決這個問題之前，其中有一段音樂他怎麼樣都不滿意，因此他試著先解決這個問題。這首歌〈我要女孩〉（I Want a Girl）搭配著他的角色對著心理醫生談論他母親的那一幕，他說，「我愛她，但是我希望她可以消失不見。」伍迪反覆聽著這首歌後說，「我想要確定音樂可以把最後一句俏皮話的效果烘托出來。」

這個問題解決了，伍迪站在剪接室裡的黑膠唱機旁，正試著找一首鋼琴演奏曲來取代法蘭奇卡爾（Frankue Carle）演繹的〈假如妳是世上唯一的女孩〉（If You Were the Only Girl），目前還沒有取得版權。他身邊大概有二十張自己收藏的唱片，他反覆地拿起並放下那台維克多拉唱機的手臂，隨著唱盤的轉動開始播放著艾羅嘉納（Erroll Garner）、厄爾「老爹」海因斯（Earl "Fatha" Hines）與喬治席林（George Shearing）的專輯，其中還有其他人的，結果全都徒勞無功。他覺得其中一張專輯「太巴洛克風」，另一張「太甜美」，第三張「太像雞尾酒吧的音樂。」他的表情開始顯得沮喪了。「我希望找一首年代剛好的歌曲，不要太老，不要費茲華勒（Fats Waller），我想要那種單刀直入的音樂。」他說著說著又放了一張唱片上去。

二○○六年四月

EL_ 你認為音樂在一步電影中的功用是什麼？

WA_ 對我來說，音樂可以增強電影的效果，而且有時候可以拯救某些場景——沒有音樂，場景效果就沒有辦法呈現，但是有了音樂，效果就會顯現。假如你拍了一部好電影又搭上好的音樂，那就像打牌時拿到一手好牌一樣，那

種感覺會很好。假如你的電影拍得很普通或拍得很爛，但是搭配上好的音樂，那你可能還有一點轉圜的餘地，但是就算音樂也救不了一部爛片。

EL_《傻瓜入獄記》本來用了很沉悶的音樂卻襯不出那一幕的效果，結果賴夫羅森布魯建議你用尤比布萊克的曲子，就像那樣嗎？

WA_ 沒錯，那是一個很好的例子。這個道理就像是很多電影沒有搭上音樂一樣。通常在那種科幻電影或冒險影片中，那些目眩神迷的片段都是要靠配樂來讓觀眾產生共鳴。假如你看著那些沒有搭配音樂的片段，像是某個傢伙彈跳或是什麼東西掉下來，或是火車移動，那些畫面本身都沒有問題，不過就是欠缺特別的加乘效果，但是等到出現爆炸的場面，你可以聽到所有東西炸碎或刮破的聲音——那一幕就活起來了。

喜劇電影中，我發現音樂真的幫了很大的忙。拍攝戲劇電影時就算不需要任何音樂也可能很有張力，但是喜劇就不一樣了。我有過一次經驗，就在《安妮霍爾》，最好還是要有音樂，而且有時候甚至會用一大堆音樂。那是你可以透過某種電影傳達給觀眾的喜悅。不只是喜劇片段，浪漫的片段也是，然而音樂都可以強化這些畫面的效果。正如諾埃爾科沃德所說的，「廉價的音樂有多麼具有影響力是非常難以想像的。」

EL_ 我們之前聊過《伊底帕斯災難》中有一幕，就是當你與朱莉凱夫納吃完晚餐回到家後，你從鋁箔紙中拿起那隻她為你打包的燉雞腿，此時背景響起〈你就是一切〉這首歌。（「感覺音樂下得有點晚，」他一九八九年在剪接這部電影時說，他當時正在調整那首歌與畫面動作搭配的時間點。電影裡只要靠幾個鏡頭就可以帶來相當不同的影響）

WA_ 對啊，傑羅姆科恩（Jerome Kern）的歌。

EL_ 所以任何知道那首歌名的人，當下就可以獲得那個畫面的第二項訊息。

WA_ 那部電影中，還有一個地方，就是兩位嬌小的老太太來找我時，背景開始播放〈唱唱唱〉，配樂可以加強她們進場的戲劇張力。（正如前面所提到，伍迪的角色，薛爾登米爾斯一臉驚恐地望著母親與姨媽毫無通知地登門拜訪他的律師事務所。基尼克魯帕〔Gene Krupa〕那段手鼓的節奏代表麻煩將至，此時他的秘書闖入他與事務所老闆的會議室來告訴他有訪客，接著班尼固德曼的豎笛音樂響起，鏡頭馬上轉到長廊上兩位嬌小的老太太穿著一身音樂劇《貓》的裝扮，冷酷地向他走來。「不詳的預兆，」伍迪說，他第一次看這段畫面時漲紅臉不停大笑著）而這首歌我又在《曼哈頓神秘謀殺》裡用了一次，

就是我們緊追著殺手以及他在處理屍體的時候——它可以讓那個畫面更加刺激。

記得有次我與迪克惠曼坐在剪接室裡一起為《瘋狂導火線》配樂，我問他，「你覺得哪個版本比較有張力？」我讓他看了片尾搭上一首快歌的畫面，然後他說，「很棒。」接著我又讓他看了搭上慢歌的畫面，然後他說，「嘿，等等，這個也很棒。」因為每一首歌都讓片尾的部分有了不同的感覺。然後我得要告訴你（他開始大笑），我已經很久沒有看那部電影了，我根本忘記最後是用哪個版本了（其實最後是用慢歌的版本）。講起來真好笑，全都混在一起了。

《伊底帕斯災難》中，薛爾頓抓起一隻雞腿沉思著，那是特列娃讓他打包回家的晚餐剩菜。特列娃是他母親偏好的猶太女孩，但是他已經與白人女孩莉莎訂婚了。

EL_ 你大部份的時間都會使用現成的歌曲，而且幾乎都是一九二〇年代到一九四〇年代的音樂，為什麼呢？

WA_ 當我剛進這行時，那時我與馬文哈姆利奇（Marvin Hamlisch，他為《傻瓜入獄記》以及《香蕉共和國》創作音樂）合作，那個經驗很棒，之後也有好幾部電影由他負責配樂，但是總會有一堆麻煩。首先，那是一筆費用——

不是那種要取得現有音樂授權的費用——而是你要依靠作曲家寫出適合的配樂。他回家用心創作歌曲，然後拿來放給你聽——結果你卻覺得音樂不對，這傢伙就很難過，接著他又想試著說服你用那段音樂，偏偏我沒有辦法被說服，我覺得不對就是不對。即使那些音樂真的很美，我就是覺得跟畫面不搭，然後他會開始寫別的曲子，再試過別的，等到他很確定第三個版本一定可以時，你卻還是得拒絕他。然後我就會覺得，天啊，我不能一直這樣對這傢伙，這樣不對。或是他專為某一幕寫了一首曲子，但是我最後卻決定要剪掉一部分畫面，結果那段音樂就搭不上了。

　　要是我今天自己選擇配樂，坐在剪接室裡，擁有龐大的世界音樂資料庫，我只要走到另一個房間去挑出一張專輯就可以了。要是選的那首歌不管用，那就換掉。假如版權很貴，那就不要用。要是我之後決定要把那個片段縮短，然後那段音樂因此變得不管用時，也可以直接拿出來再找別的歌曲。而且觀眾總是可以從透過與音樂產生的共鳴中找到更多樂趣。假如觀眾聽到的是創新的配樂，而且作曲家恰巧又創作了一張相當出色的原聲帶，可以跟《亂世佳人》一樣五十年後也會有人朗朗上口，那就另當別論了。除了這點以外，當你聽到我的配樂時，你可以聽到強哥瑞恩豪、艾羅嘉納或柯曼霍金斯演奏某個偉大作曲家的創作的美妙旋律，演奏中充滿了情緒與節奏，聽這樣的音樂讓你心中產生相當好的感受。很多時候我電影中出現的音樂都比電影本身要好得多——偉大的音樂家演奏柯爾波特或是喬治蓋希文的作品。馬歇爾布里克曼說這樣就是「假借而來的精彩。」

　　我使用一九二○年代、一九三○年代與一九四○年代的音樂——黃金年代的歌曲——蓋西文、科恩、波特與柏林——因為那就是屬於我這種風格的音樂，我想不到其他的取代方式。配樂是我最開心的時候。而我很想要做一件事，我已經很久、很久沒有這樣做了，就是讓我的樂團來錄製一些配樂，我自己參與演奏。不過這樣也要電影適合才行，打從《傻瓜大鬧科學城》之後就沒有適合的電影了。

　　EL_ 所有的音樂你都瞭若指掌，不論是專輯上或是在腦海裡都一樣。假如你的記憶中沒有那些音樂，你也一樣可以辦到嗎？

　　WA_ 我對於音樂有著閒暇時所累積的豐富知識。因為數十年來，不論我早上沖澡、刮鬍子或是換衣服時，我永遠都在聽音樂——爵士、古典樂、歌劇或流行音樂——所以我對於音樂的涉獵相當廣泛，我永遠可以從記憶中挖出什

麼東西來。不過我們經常還是要去百老匯上的科隆尼（Colony）唱片行走一趟，「我們需要類似〈唱唱唱〉這樣的音樂，類似小調的歌曲，你們有沒有這樣的音樂？」我們管他們叫做「魚市場」（大笑）。今天有什麼魚是剛上岸的？

EL_ 為什麼爵士樂特別獲得你的青睞？

WA_ 我可以隨心所欲放進我喜歡的音樂，因為那是我的電影（大笑）。某些特殊類型的爵士非常適合喜劇片，因為活潑輕快。我通常不會用搖擺年代以外的音樂，因為音樂本身的節奏簡單與音樂優美是非常重要的。查理帕克與迪吉葛拉斯比（Dizzy Gillespie）的音樂就很難用在喜劇上，比較嚴肅的電影可能可以用他們的音樂來配樂，然後三不五時也可以偷渡一些塞隆尼斯孟克（Thelonious Monk）的音樂進去。

此外，那些我個人崇拜的偶像的音樂都不太容易被我拿來當作電影配樂。我從來沒有用過傑利羅爾莫頓或是喬治路易斯的音樂，而西德尼波切特的音樂我只用過兩首；一次是在《甜蜜與卑微》裡，而且我用的原因是因為歌詞（〈劇毒〉〔Viper Mad〕）很適合西恩潘去看電影的那一幕：我還用了西德尼波切特另一張風格非常、非常迥異的專輯，其中他演奏了〈熱帶風情糖霜餅〉（Tropical Mood Meringue）這首曲子，他沒有詮釋得很好，也沒有很成功，而且算不上他的代表作。我從來都沒有機會用路易斯阿姆斯壯的音樂。我用過他的畫面片段，在《星塵往事》那部片中，但就像是路易斯與波切特的音樂一樣，我沒有辦法輕易地使用他們的作品當背景音樂，這樣很容易困擾我，他們的音樂對我來說有非常特別的意義。

現在呢，我也喜歡很多其他人的音樂，那些都是我可以拿來當作配樂的作品。像我使用班韋布斯特（Ben Webster）、柯曼霍金斯或強哥瑞恩豪的作品來配樂往往都很成功，因為他們的音樂都有很豐富的旋律而且又是搖擺風格。我也常常用班尼固德曼的音樂，他真的是我的偶像，雖然我很喜歡拿他的音樂襯底。

EL_ 通常你不使用爵士樂時都會使用古典樂。舉例來說，你在《愛與死》中本來要用史特拉文斯基（Stravinsky）的曲子，後來改用普羅高菲夫（Prokovfiev）的音樂，結果反而讓這部電影配樂帶有輕快的風格。因為這部電影的背景是在俄羅斯，我可以了解你使用俄國音樂來呼應的原因，但是為什麼會換作曲家呢？那你本來是要使用史特拉文斯基的哪一首曲子？

WA_ 我很早就開始使用一些史特拉文斯基的曲子，《雙面瑪琳達》中就用了他的〈D 大調協奏曲〉（Concerto in D）。我們也用了一些芭蕾舞

曲，一些〈春之祭〉（The Rite of Spring），一些〈敦巴頓橡樹園協奏曲〉（Dumbarton Oaks）並且整合起來放進電影裡，但是這些音樂太不和諧了——而且很貴。賴夫羅森布魯建議我們在某一段改用普羅高菲夫的〈基傑少尉組曲〉（Lieutenant Kije Suite）試試看，結果效果非常好。然後我們又用他的音樂試了另一段，結果到最後全部換成普羅高菲夫作品（其中還有〈亞歷山大涅夫斯基〉〔Alexander Nevsky〕這首清唱劇以及〈三橘之愛〉〔The Love for Three Oranges〕）。

EL_ 為什麼在《安妮霍爾》中的配樂這麼少，就連開頭與片尾也都這樣？

WA_ 我那時候對柏格曼的電影非常感興趣，柏格曼的電影從來都不用配樂，我覺得他應該有他的道理。（柏格曼曾經說過音樂與電影的組合相當「野蠻」）我想，他這麼優秀，要是他覺得音樂不適合，那應該是我有什麼盲點沒有看到。我在電影中用了很多來源音樂（已經錄製好的音樂），然後在《我心深處》裡也完全沒有使用配樂。後來等到稍微累積一點自信後，我想，好吧，那真的不是心中對電影的感覺，我覺得電影要有音樂。對我而言，音樂有特殊的重要性也有特別的意義。

EL_ 可以再解釋清楚一點嗎？

WA_ 那真的是自我表達中非常一致的地方，而我的電影一向具有其意味深長的道理。這些電影中所表達的都是我的觀察或是我的感受，但是觀眾透過大螢幕所看到的往往都是完全虛構的故事，不過那些都是為了表達我心中感受所捏造的故事。因此在電影最簡化、愚笨的形式之中，我呢，舉例來說，就不可能拍一部讚揚納粹主義的電影，因為我會用民主黨的政治角度來拍攝電影。我的電影永遠都會用來表達我個人的感受，不管那是索然無味的人生或是恐怖的存在。

EL_ 大概五年前我們討論過《大家都說我愛你》，不過我現在想要回顧幾個部分。我記得你當時希望找那些人來唱歌，而且你希望是用很平凡的聲音來詮釋。

WA_ 法蘭克辛納屈或是芭芭拉史翠珊都擁有很多人崇拜又讚嘆的歌聲，他們擁有我們這個時代的絕妙好歌聲。但是也有像我這樣的人，我只要聽到吉米度蘭特（Jimmy Durante）與傑利路易斯的歌聲就會心情愉悅。然而也有那種走在街上或是淋浴時會唱歌的人，聽這些人唱歌也很棒——就我來說。有些人可能會很討厭聽到這樣的歌聲，但是我不會，所以我就拍了這樣一部電影。我滿足了讓自己持續工作下去的欲望。

EL_ 你沖澡時會唱歌嗎？你也會像電影中那些角色一樣三不五時就會突然唱起歌來嗎？

WA_ 我會，不過以前比較常會這樣。後來我發現淋浴間真的是非常適合思考的地方，就像我之前提到的，那是一種環境轉換與放鬆又可以讓人完全恢復精神的地方。

EL_ 你提到一九二〇年代、一九三〇年代與一九四〇年代的音樂有一種特定的風格，但是你也可以選一首歌來激起觀眾下意識的共鳴。最明顯的例子就是《曼哈頓》中，當你播放〈星光守護〉（Someone to Watch over Me）這首歌曲時，此時長談一夜的瑪莉與艾薩克正坐在薩頓酒店（Sutton Place）的一張長椅上，兩人的側影照映在破曉時的東河與皇后區大橋前。而那段音樂正在告訴我們，這兩個原本處不來的人正在迅速地墜入愛河之中。

WA_ 沒錯，我經常會選一些可以與電影之間產生一種諷刺或是特殊關係的東西，這在電影主題曲的部分就會特別明顯。所以我就會使用，像是，〈愛情是什麼玩意兒〉（What Is This Thing Called Love？，《賢伉儷》主題曲）或〈有錢也有你〉（With Plenty of Money and You，《貧賤夫妻百事吉》主題曲）這樣的歌曲，因為螢幕上沒有任何動作。假如是親自幫電影配樂，我應該會選擇跟螢幕畫面完美相符的音樂，就算歌曲名稱或是歌詞不符合也沒關係，因為這樣才合適。我想要怎樣都可以，而且我覺得這樣真的很有趣。

EL_ 除了那齣歌舞劇與《那個年代》以外，還有那一部電影的配樂過程是你覺得很有趣的？

WA_ 有幾部都不錯，我就覺得《星塵往事》的音樂非常震撼人心──那跟我一點關係也沒有，我只是把唱片放進去而已。

EL_ 這個問題我們之前也在別的話題中提到過，就是當你在撰寫某一幕的場景時，你心中也覺得，怎麼說，這裡用柯曼霍金斯的音樂會很棒，會有這樣的想法嗎？

WA_ 我有過幾次這樣的經驗，但是確切細節忘記了。不過我記得在拍《曼哈頓》時，我心中在想，把這一幕拍得長一點，因為我想要用這一段畫面來搭配邁可提爾森湯瑪斯（Michael Tilson Thomas）的序曲。現在這部片呢，我們使用祖賓梅塔（ZubinMetha）與紐約愛樂演奏的蓋西文作品，因為這是一部關於曼哈頓的電影。不過我的劇本與攝影都是在配合音樂下進行的，要是你不懂音樂，這樣的模式根本無法運作。當我們在拍電影時，劇組中有些工作人員真的會搞不懂為什麼有些場景需要拍那麼長？當是我當時就在想，等你們看到這

段畫面配上音樂時就知懂我的意思了。而且多數情況下，我的直覺都是對的，因為音樂真的太美了。不過老話一句，這也不是樣樣都行得通的，不行的時候，整段畫片都要丟掉。

EL_ 還有沒有什麼其他經驗是你在寫劇本時就知道該搭配什麼音樂的呢？

WA_ 有，當我在寫《罪與愆》的劇本時，我就知道我會用舒伯特的音樂（G大調四重奏〔String Quartet in G〕），那首曲子相當不祥又有張力。當我在寫馬汀藍道那個角色時就知道要安排他下車去找那具屍體。

EL_ 我很喜歡《愛情決勝點》中那段歌劇，那段音樂伴隨歌劇的旋律真的很完美。你是怎麼想到要用這首〈愛的悲歌〉（Caruso）的呢？

WA_ 我當時沒有錢可以製作配樂所以我就跟海倫羅賓（助理製作人）說，「我可能可以用很多年前用過的方式，乾脆就不要音樂好了。」《我心深處》就是沒有配樂，《安妮霍爾》裡也只有用一些來源音樂而已，這之前說過了。因為劇中安排那些人去看歌劇的關係，所以需要歌劇音樂，我就想到我們可以從一些國外早期舊版歌劇中，選一些比較便宜的版權。然後一切就這樣發生了──再度走運，就像那部片的製作過程一樣──剛好有家公司在特價出售整套《愛的悲歌》專輯，我們就聯絡他們說我們有意要用裡面的一些音樂，他們就給我們一個非常好的價錢。那套專輯的優惠剛好跟電影同時上市，所以雙方互利。

EL_ 所以音樂是電影拍完之後才選的？這部分完全沒有事先安排嗎？

WA_ 沒錯。而且我本來就想要讓那段背景音樂聽起來有很舊的感覺，讓觀眾聽到雜音，也讓他們知道那就是舊版錄音，而不是重新演奏的。這樣反而可以渲染出一種溫暖又有趣的感覺。要是沒有那種舊版錄音的氣氛，那段音樂聽起來可能就太會順了。我一直很討厭那些總是要把舊版爵士 CD 音質弄清晰的手法，那些音樂聽起來真的很糟，不過就可以賣給那些喜歡「清晰」音質的人，那些人跟這些音樂之間根本沒有任何連結。所以我總是會買黑膠唱片，這樣我才可聽到那些真的很舊的聲音。

EL_ 還有沒有其他例子是你先想到音樂才去設計劇情的呢？

WA_ 當那位母親出現在天空那一幕與《愛情魔咒》中那段催眠的場景（大衛奧登史帝爾斯不懷好意地催眠伍迪與海倫杭特）都是我一開始就知道要用〈波斯市集〉（In a Persian Market）這段音樂了。

《愛情魔咒》中大衛奧登史帝爾斯飾演壞心的佛爾丹（Voltan）並催眠保險調查員 CW 布里格斯（伍迪飾）與他的同事以及復仇女神貝蒂安費茲格哈德（海倫杭特飾）。伍迪認為，「這可能是我拍過最糟的電影了。」

EL_ 當你想過整部電影要怎麼配樂並終於可以開始寫劇本時，然後最後到了可以真正開始為電影配樂時，你心中也會有那種鬆一口氣的感覺，或是愉悅的感覺嗎？

WA_ 是的，那是非常開心的時候。當我可以開始配樂時，那時電影已經剪接完成，只要增加任何片段都會變成多餘的。這個時候完全沒有下坡可以走了，所有能做的就是要加強電影的可看性。假如其中有段音樂搭不上，那就要換另一段音樂，不行就再換。要是找不到解決方法，那就沒有解決方法了。

EL_ 當你在看母帶或是剪接時也會想到要用什麼音樂嗎？你會馬上記起來嗎？

WA_ 我隨時都在做筆記——有時候我們在現場準備開拍時我也會想，這一幕要是搭上古典樂而不是爵士樂的話會很精彩。或是有時候當我們在剪接時，也會配著音樂一起剪接，那就代表我們一定會先完成這段畫面的配樂，才會開始剪接下一段畫面。如果不這樣，通常接下來就要面臨一堆修修剪剪。因為當你在處理一段追逐、走路或開車畫面而不搭上配樂時，你就會在無聲畫面中，將那段場景剪到合適的長度，結果當你放進一段強哥瑞恩豪或班尼固德曼後就會突然覺得，喔，畫面應該要是現在的三倍才夠。發現自己在這種地方沒有處理好，真的會很沮喪，反之亦然。

還有，有時候我們剪接工作正起勁時，要是心中沒有什麼特別的音樂響

起時，我也不會說，「我們先休息半小時，讓我替這一幕想出完美的配樂再說。」

EL_ 你在《愛情決勝點》中也會這樣嗎？其中有些畫面，像是他殺死那兩個女人時，感覺配樂就搭得非常完美。

WA_ 沒有，那段畫面其時一直都想不到要搭什麼配樂，後來我們突然想到〈奧賽羅〉（Othello）當背景音樂應該很適合。

EL_ 有很多地方需要微調嗎？

WA_ 我需要稍微調整一下音樂來配合音樂劇的畫面。我們在很多片段之間都很幸運地找到合適的配樂，但是史嘉蕾走進電梯那段，一開始沒有找到適合的配樂，所以我就得另外找其他的音樂。（諾拉回到她的公寓與克里斯見面，他讓她誤以為他已經準備好要為了她離開他的妻子，然而事實上已經躺在那裡準備好要殺她滅口了。當鏡頭來回跳接時，那段音樂也隨之響起，諾拉回到家中而克里斯正在手槍裡裝子彈。音樂劇配樂出現在最後一段，就是她走進電梯上樓，結果一出電梯就被殺死那一幕）所以要是知道〈奧賽羅〉或是會說義大利文的觀眾自然就會注意到這段配樂，不過我不覺得他們會注意到太多，因為那段情節太扣人心弦了。我曾經跟一些看過那部電影又喜歡歌劇的人聊過那段，其中沒有任何人告訴我，「嘿，這裡是在幹嘛，你放進〈奧賽羅〉了嗎？」（他大笑著）他們都是後來才發現的，就是等到那個片段餘音繞樑一陣子後才會想到。

EL_ 當你心中出現一些配樂的構想時，那些音樂會在你心中像電影情節一樣鋪陳嗎？還是你得要寫下來才行？

WA_ 只要一出現就會一直在那，過幾個月也一樣，完全不費力。當我覺得〈唱唱唱〉這首歌跟哪一幕很搭時，就算三個月後才要開始剪接，那一樣是我第一件想到的事情。

EL_ 你的電影中幾乎都是一九二〇年代到一九四〇年代的音樂作品。

WA_ 對啊——如果我想諷刺自己的電影（突然停下來開始笑）我就會用一些黑白標題搭上一些爵士樂，就用艾靈頓爵士好了，然後就找個人出來對觀眾說話，內容盡是一些廣泛的人生大道理之類的。

EL_ 除了與你自己的樂團演奏配樂或全新創作音樂劇之外，還有沒有什麼想要透過大螢幕上呈現的音樂題材？

WA_ 我一直很想要嘗試一些像是紐奧良爵士的東西，但是我一直沒有辦法籌到資金。不過要是有人願意出資八千萬美金，還是一億美金——聽起來很

不可思議——我就可以拍出一部很棒的美國爵士電影。我說的不是什麼小喇叭樂手，然後他女朋友離開他這種故事（此指《甜蜜與卑微》的劇情，不過內容是爵士吉他手的故事），我要講的是爵士樂的起源以及在紐奧良的演變，一直到後來傳到芝加哥與紐約並傳遍全世界的故事。

我一直很想要回溯西德尼波切特與路易斯阿姆斯壯的生平故事，因為這是兩個在紐奧良認識的孩子，然後一起在那裡長大——兩位巨星的崛起，兩位絕對精彩的獨奏家。我一直覺得波切特比阿姆斯壯優秀，雖然他們的層次就好像你說維拉斯奎茲（Velazquez）比哥雅（Goya）好一樣。路易斯是一個國際級的巨星，世人都愛戴他，我絕對是他的頭號樂迷，但是當我聽到有人說，「這絕對是二十世紀最棒的音樂了。」我還是會覺得難為情，因為我並不這樣覺得，雖然我覺得他的偉大已經不能拿來被比較了。西德尼也很偉大，但是他當時幾乎默默無名，完全沒有商業表演也沒有任何偶像地位，除了過去幾年在法國有些名氣外。想想路易斯的成就可以讓他受邀到白金漢宮吃晚餐，西德尼卻因為槍殺他人在蹲苦牢，我真的可以拍出一部很棒的電影。

EL_ 這麼多年來，我常常看到你在剪接工作時，在廢紙上隨意寫著「美國藍調」，現在我終於懂了。

WA_ 是啊，我真的很想要拍那部電影。我覺得我應該可以重新創造紐奧良與爵士樂的起源，沒有人可以拍得比我好，因為我認為自己應該是唯一在這方面有特殊熱情與研究的電影導演。不過我真的需要很多錢來拍這部電影。

EL_ 為什麼需要這麼多預算呢？

WA_ 我們需要重新創造出當時的紐奧良，然後還要去芝加哥，去一些當地的俱樂部；接著還要去紐約，西德尼後來還去了歐洲。再加上一開始那種奴隸對彼此唱誦的曲調以及後來讓教堂唱聖樂變成美國對爵士的主要貢獻，因為那是某特定時期後的藝術形式而且還廣泛受到全世界的推崇，從非洲到英國到日本。

那些大亨與其揮霍九千萬、一億，甚至一億兩千萬投資一些電影然後賠得精光，那倒不如賠在我的電影上。（他開懷大笑）這我可以保證絕對賠錢。

EL_ 你還會想要拍其他形式的音樂劇電影嗎？

WA_ 有，我想要在美國拍一部原創音樂劇，這個題材我很有興趣。我會請人譜曲填詞，然後我要拍一部劇情式的音樂劇。拍這樣的電影一定很有趣。

你知道，音樂劇本身一直在發展與進步當中，但是進步的方向卻不一定是我有興趣的。我喜歡舊型態的音樂劇，我不知道現在還有沒有觀眾會欣賞這

樣的音樂劇。假如我欣賞的音樂劇明天就要在百老匯首映，我真的不知道會不會有觀眾買票進場，我也不知道這種音樂劇會在哪裡大賣。

那不是像《大家都說我愛你》那樣的音樂劇，我欣賞的音樂劇中真的需要專業歌手來演出，因為那是完全不同的概念。不過老話一句，我不覺得會有人想要出錢投資讓我拍這種電影。

EL_ 你看過《睡衣遊戲》（The Pajama Game）了嗎（*最近在百老匯重新上映的音樂劇*）？

WA_ 沒有。

EL_ 那有超過你喜歡的年代嗎（*該劇在一九五七年首映*）？

WA_ 那應該差不多是過渡時期的作品；那部還可以，不過不是那種我情緒上有共鳴的音樂劇。

EL_ 怎樣是你情緒上有所共鳴的呢？

WA_ 我喜歡的都是大家也會喜歡的那種——《紅男綠女》（Guys and Dolls）、《窈窕淑女》，還有《樂器推銷員》（The Music Man）；電影版的我喜歡《萬花嬉春》（Singing' in the Rain）《相逢聖路易》，還有《琪琪》。電影版的《窈窕淑女》我也很喜歡，還有《龍鳳花車》（The Band Wagon）也很有趣。我在戲院看舞台劇時也一樣，我也會欣賞其他的東西，我真的很喜歡看到布幕拉起後，那些角色遇到各式各樣的困境，不管是來自內心的或是環境的，那都是我可以感同深受的困境。我從來沒有看過任何一個版本的《等待果陀》（Waiting for Godot）是我真的可以從頭坐到尾看完的。我當然不敢妄加論斷薩繆爾貝克特（Samuel Beckett）的作品，但是不管他們用什麼樣的方式呈現那部劇作，我就是覺得不好看。我就是覺得沒有意義。當布幕拉起時，我就想要像是那些喜歡《推銷員之死》、《慾望街車》或是《靈慾春宵》（Who's Afraid of Virginia Wolf）的觀眾一樣，這些舞台劇都有讓觀眾身歷其境的魅力。

EL_ 你這幾年來製作配樂的預算是多少？

WA_ 目前來說，除了《愛情決勝點》外，配樂預算都很少，所以我就不能使用很精巧的音樂。那部在巴黎拍的電影的預算之所以會提高那麼多，就是因為音樂的關係。（*該部電影本來計畫要在二〇〇六年夏天拍攝，結果在開工前兩個月取消，因為預算太高了*）一般來說我撥給配樂的預算是七十五萬美金——這很多了，前幾部電影我大概只花了十五萬到二十萬美金在配樂上。我很幸運《愛情決勝點》那段歌劇很有效果，然後《遇上塔羅牌情人》配樂部分相當節省。

EL_ 你常常說到一九五〇年代之後的音樂你都不喜歡。不過話說回來，你曾經跟我說過，「我對於一九五〇年代之後的音樂一無所知，聽那些音樂真的很折磨人，我只喜歡古典樂及爵士樂。」

WA_ 我已經在當代音樂的錯亂之中迷失了。當我看到像是比莉哈樂黛（Billie Holiday）或法蘭克辛納屈（Frank Sinatra）演唱柯爾波特或是傑羅姆科恩（Jerome Kern）的歌曲時，我腦海裡都會自動浮現歌詞與曲調。然後你就看到四個拿著吉他的男人跟上萬個觀眾高舉著雙手，這四個人都坦胸露背，觀眾也坦胸露背；這些人臉上都畫著一些條紋，然後他們開始砸爛吉他，音樂就這樣在信仰中擴大了──那對我來說真的一點意義也沒有。我很明顯沒有跟上時代，但是我不覺得怎麼樣。

我明白這是我的損失，因為所有我認識又欣賞的人──黛安基頓就是一個很好的例子──她很喜歡當代音樂。後貓王時代的音樂，都帶有一種鄉村風味，那我不喜歡。這些音樂幾乎都是吉他跟鼓──主要的伴奏樂器──然後歌手跟觀眾說話，聽起來就像邱吉爾一樣，等到他們開始唱歌時就會像大奧普理（Grand Ole Opry）的鄉村音樂一樣，聲音可能很憂鬱或是很鄉村，隨便。我喜歡比較都會的樂器伴奏──鋼琴酒吧裡的歌手，有人低聲地吹奏小喇叭。我不想要聽到這些人唱鄉村音樂，或是白人歌手學黑人歌手唱歌那樣。那就像我去看電影時──要是第一幕是從計程車跳錶開始，那我就留下來；然後如果第一幕是從打開信箱開始，我就會離開。反正有些東西就是不會吸引我，或許我在說的是，我想要的就是我一直以來習慣的東西，所以年輕人就會說，「我也想要我習慣的東西。」不過我一向可以在電影中，放進我想要的音樂，那樣的音樂對我才有意義。

EL_ 我現在想起來你曾經有幾次轉頭過去問珊迪，現在則是艾莉莎萊普歇爾特（Alisa Lepselter，剪接助理），請她們幫你找一些當代音樂歌曲。《雙面瑪琳達》的喜劇中有一幕是威爾法洛溜下樓，站在瑞德荷米雪兒公寓門口偷聽的畫面，當時她家裡有另一個男人。你想要讓公寓裡傳出挑逗的音樂。幾分鐘後有人建議可以用貝瑞懷特（Barry White）的音樂。當時所有剪接助理，年紀差不多都二、三十歲，全部都歡欣鼓舞地跑去買 CD 並建議你用〈來吧〉（Come On）這首歌，你最後也用了。當然，你之前完全沒有聽過那首歌。

WA_ 每次當我需要找一首現代音樂時，我只需要對他們說，「在這個派對裡你們會放誰的音樂？」然後他們就會聚精會神地開始想出一個歌手給我。

我記得在宣傳《雙面瑪琳達》時，有個女孩子告訴我，「你太會選音樂

了，」然後她就提到貝瑞懷特那首歌，然後我就說（開始大笑），「喔，當然，這種音樂除了他以外，還能找誰呢？」

二〇〇六年秋天

《命運決勝點》的剪接與配樂及將完成。

EL_ 在你出發去拍《命運決勝點》之前，我問你有沒有想過要用什麼音樂，你當時說沒有，不過又接著說，「我不知道那部電影要是沒有任何配樂，戲劇張力還夠不夠。不過要是最後我們負擔不起那些我們想用的特殊音樂，其實也不需要緊張。我只知道那部電影很戲劇化，所以勢必用不到什麼輕鬆的爵士樂。那部電影應該會用到比較特殊的音樂。我想劇本中應該沒有提供什麼標準的線索，我可能從現在到七月正式開拍前，可以寫進一些什麼劇情，讓我在配樂上比較可以發揮吧。舉例來說，正當我們談論的當下，其中一個角色在找房子的過程中說，『我需要找個地方，可以讓我安靜練習小喇叭，並且不會有人來打擾我。』現在呢，除了這句台詞外，這個畫面根本跟這部電影完全搭不上，但卻是可以想像的畫面──我現在馬上就要寫進去──我就可以安排他喜歡邁爾士戴維斯（Miles Davis）的音樂，這樣就可以讓他在這部電影中有屬於自己的調性。」

不過你最後卻捨棄了邁爾士戴維斯的音樂而改請菲利浦格拉斯（Philip Glas）來創作配樂。為什麼會決定捨棄邁爾士戴維斯的音樂？又為什麼會想到要找菲利浦格拉斯呢？

WA_ 我想不出來要用什麼方式把他的音樂放進去，我頂多可以用到的就是那傢伙的小喇叭，後來等到我發現邁爾士戴維斯的音樂有多貴時……（他翻了個白眼）電影中還是保留了小喇叭的情節，我後來回想邁爾士戴維斯的音樂應該搭不上，加上我們根本負擔不起他的音樂。

後來會請菲利浦格拉斯是因為我跟助理莎拉艾倫特赫（Sarah Allentuch）以及幾個朋友聊過後，發現他的音樂應該很適合這部電影。沒有人可以提出更好的構想，因為我們根本沒有什麼好的選擇。我一直都知道我們負擔得起請人來創作配樂，請人譜曲之所以比較便宜是因為你不只是要付那些爵士專輯的版權費用，你還要付給音樂家或他們的繼承人，此外還要付給唱片公司。過去我有相當高的配樂預算，以前我拍一部電影可以荒唐地付錢買二十首歌來配樂，然後這些歌每一首的費用都要花五千到一萬美金左右。我們當時就花了二、

三十萬美金買這些歌曲，最後一部電影的配樂就花了五十萬美金。

請菲利浦格拉斯來寫歌的構想非常好。我才一提出這個想法，所有人都說，「我才想說一模一樣的話，」他們之所以也會這樣想，自然是因為這是相當合邏輯的選擇。這部電影有一種悲劇的氣息，而他的作品似乎就是，你知道的（帶著微笑），痛苦折磨與憤怒。他的音樂感覺上不像是好萊塢的配樂，那是充滿情感的配樂，這樣跟劇情很搭。

後來我們就打電話給菲利浦格拉斯並把劇本給他看過，他非常有興趣。我當時根本不認識他，不過我當然知道他的作品，而且對於要跟這麼厲害的作曲家工作，因為之前的一些經驗，多少都有些害怕。不過這部片就非常順利，他寫的音樂非常棒，而且我覺得他是非常好相處的人。你知道自己想要什麼樣的音樂，從一開始就知道，所以供需雙方之間的認知就不會有太大落差。當然過程中我偶爾會說，「這裡不好，有點太沉重了」或「這裡有點太柔了」或「這裡的旋律太多了」，就是一些正常的提點，不過我覺得他完全可以欣然接受。我想就是因為他很棒也很有自信，所以從來都不會覺得有威脅或是自尊心的問題。

EL_ 跟他工作有什麼不同？

WA_ 那很有趣。以前請人配樂時都會覺得有點乏味而且要花上好幾個月，但是跟菲利浦合作就完全不是那樣。他來找我並一起看了電影，四天之後我們就會收到一大堆音樂。我們一開始不確定要在哪裡放音樂，所以不小心讓他寫了太多歌曲。然而一旦手上有太多音樂可以選時，就會開始變災難了，所以我告訴他，「我沒有要這部電影變成《科學怪人》或《德古拉公爵》那樣。」

然後只要我在任何一幕需要做出不一樣的效果時，我就會打電話跟他說，「你做的效果在這邊沒有用，」他完全不會跟你強辯，隔天早上你就會收到新的音效了。那就像他手邊隨時有一堆專輯一樣——我要這個。

有趣的是，他的音樂中充滿了驚恐。我就會說，「這是很輕鬆的場景，這音樂有點太恐怖了。」然後他就會說，「喔、不，那明明就很浪漫。我有留著要給殺人畫面用的恐怖音樂。」

我就在想，我的天啊，接下來要怎麼辦？不過他真的很優秀，他很熱切地接受我們的想法，而且非常配合。雖然直接使用音樂專輯，對我來說還是比較容易，但是這樣就沒有機會跟這樣的天才合作了。

生涯

The Career

8

生涯
The Career

　　伍迪在過去三十年間創作並執導了三十部電影,同時也從一名喜劇演員蛻變為專門拍攝自己作品的世界級知名電影製片。他的影響力(雖然他否認這點)已經遍及新一代的電影工作者。《傻瓜入獄記》與《香蕉共和國》也如同馬克斯兄弟那些無法無天的喜劇一樣成功,類似《傻瓜入獄記》這樣風格的假紀錄片也為所謂的偽紀錄片(*Mockumentary*)奠定了基礎,其中包含了《搖滾萬萬歲》(*This Is Spinal Tap*)以及克里斯多夫格斯特(*Christopher Guest*)的電影《NG一籮筐》(*Waiting for Guffman*)、《人狗對對碰》(*Best in Show*)、《歌聲滿人間》(*A Mighty Wind*)等等。此外,當然了,還有《變色龍》這部電影。《安妮霍爾》被視作一部浪漫喜劇,雖然許多人也認為這部片相當好笑,但是這更像是一部以浪漫戀情為心理根基的故事。假如沒有《安妮霍爾》這部電影,那就很難想像,這麼說好了,之後像是《當哈利與上莎莉》(*When Harry Met Sally*)、《西雅圖夜未眠》(*Sleepless in Seattle*)以及其他獨立浪漫電影的出現。

　　伍迪與我花了好幾天談論他的人生與工作,當時他六十四歲——我想自己找不到更好的形容詞了——那就是知足,那是我在他身上不常見到的感覺。他與順宜普列文(*Soon-Yi Previn*)於一九九七年在威尼斯結婚(兩人自一九九二年就在一起了)並且共同育有一個女孩——波切特(*Bechet*),這名字,當然了,就是為了向西德尼波切特致敬。(他們的次女在二○○一年出生,取名蔓茲〔*Manzie*〕,與知名爵士鼓手曼茲強生〔*Manzie Johnson*〕同名)他與自己的家人以及他的爵士樂團甫從一連串的歐洲巡迴演出回到美國,伍迪說

他，「不敢相信自己竟然會這麼愛巴塞隆納與馬德里。我知道這兩個城市很棒，所以去了一定也很棒，但是這兩個城市太不可思議了。西班牙一直相當支持我們的電影。我的電影通常在歐洲的表現都很好。至於在美國，你也知道，就算我有影評們的背書，那也沒有辦法刺激票房。」

EL_ 你認為自己可以長年擔任電影製片角色的原因是什麼？

WA_（他停頓了一下子）我一直在想自己應該要在不久的將來寫個類似《我如何撐過一切？》（How Have I Lasted？）的劇本。我稍微玩味一下這個構想後就覺得這樣可能太過自我中心了。我當時即將要滿六十四歲，而我打從十六歲就開始工作了，我真的不知道自己是怎麼堅持下去的。舉例來說，我的觀眾有誰？我的觀眾從來也不是我們以為的大學生族群，現在更不會了。當然也不是那些紅色共和黨員，也不是宗教意識濃厚的人，幾乎全美國都不是我的觀眾。然而也不是知識份子──我隨便都可以點出一堆不支持我作品的人。我的電影從來也不是賣座電影，我拍電影時要求藝術部份全權掌握在自己手裡，甚至那一系列不會賣錢的電影也是──然後我一向可以全權掌控自己的電影。我是說，看看我有多不理智。

理查希克爾（《時代雜誌》長期電影作家）曾經寫過一篇關於我的文章，他寫得非常好，他說我的觀眾到了某個層次後就會離開我，不過我覺得他這部份的評論是錯的，因為是我離開了他們，不是他們離開我。他們都是非常好的人，假如我繼續依照約定堅持到最後，他們就根本不會出現任何想要離開的跡象，他們一定會繼續扮演熱情的觀眾。我才是那個決定嘗試不同方向的人，結果有一大部分的觀眾感到憤怒與覺得自己遭受背叛。當我推出《我心深處》與《星塵往事》時就讓他們很不高興，其中有個影評說《我心深處》就是一種敗壞信仰的行為，我當時覺得根本是過度反應。我嘗試拍攝一些特殊的電影，要是不成功，那就不成功吧，完全沒有關係。我完全尊重那些人的觀點，但是那些電影與敗壞信仰無關。

《星塵往事》讓很多人感到不安，這麼多年過去後，也讓這些觀眾對我越來越沒有好感，他們不確定我接下來會拍出什麼電影，也不確定自己會不會喜歡。很多人到現在還是覺得我的電影黃金時期是在《安妮霍爾》與《曼哈頓》那個時期，雖然那些電影可能在他們心中擁有一個溫暖的位置──這點我當然也很開心──但是他們錯了。我的電影中像是《賢伉儷》、《開羅紫玫瑰》、《百老匯上空子彈》、《變色龍》，甚至《曼哈頓神秘謀殺》與《甜蜜與卑微》才是更加傑出的電影。當然了，這些都是認知上的問題，只是我有我的觀點，

其他人也有自己的觀點。

　　現在呢，我承認拍過一開始那幾部電影後，我就不在乎知名度或觀眾的口味，也不在乎那些人怎麼評價我的電影，但是這完全不是因為傲慢或是我自我態度良好的關係。那不過就是過程中的一部份──也就是所謂的回饋──再也沒有辦法讓我感到開心或滿足了。很多人將我的羞赧性格誤解為冷漠，不過真的並非如此。我需要精神上的中心，而且身為一名無神論者，他們很難進入我的內心世界。因此我用一種類似冷漠的態度來體驗所有成功與失敗，然而，可悲地，即使面對生命也是如此。不論成功與失敗，對我而言都沒有什麼特別的意義，這與我一開始進入這行的想像完全不同。這完全沒有辦法改正生命中任何真正的問題。

　　相對來說，我朋友們口中所說的「對於評價免疫」這件事的背面就代表對於成功沒有辦法產生共鳴。我不是在說自己討厭錢財，但是，簡單來說，儘管世上充滿諂媚奉承，人也一樣要面對有限的生命。（他聳聳肩，開始大笑）因此我要說的是，雖然有那些所謂害羞或無法擺脫陰鬱氣息等等讓人們覺得我有距離感或不好親近的特質，但我卻是一點也不冷漠或孤傲的──那完全是對我的另一種錯誤認知。附帶一提，這也不表示當我聽到極為嚴厲的評價時，我就不會表示認同。我對於自己與他人的作品都持有相當批判的態度。我曾經試著閱讀關於我的文章，不過終究還是全面放棄了，因為那是毫無幫助的娛樂──閱讀自己是天才或敗壞信仰的荒謬言論，到底有誰需要去忖度這些奇異的歪理？

　　我覺得順宜讓我的視野更開闊了，我真希望自己是在更年輕的時候遇見她。我以前總是流連在不同的情愛關係中，但是沒有一段關係是有結果的──或是對另一半來說──然後呢，我居然在一種荒唐、意外又反常的方式中跌進了一段關係，對象是個年輕的韓國人；我們兩者之間幾乎沒有共同點，然而這段關係卻如此神奇。我一直覺得，講到戀愛這種事情時，你可以嘗試再嘗試，但你總是需要運氣，而我就是走運了。我的意思是說，我怎麼會跟一個擁有特殊教育碩士的女人在一起，而她的興趣是教育有學習障礙的小孩；她竟然連《安妮霍爾》也沒有看過，甚至我大部分的電影她都沒有看過，還有（他大笑），她午餐想吃的居然是鮪魚三明治？

　　總之，你知道我是怎麼持續下去的──尤其考量到我的缺點，還有我不論在藝術或是行為處事上的限制，我的恐懼，我的異常特質，還有在這追逐名利的割喉產業中對於藝術的浮誇與絕對的創意需求──我是怎麼依賴這般次等

的天資營運下去的？答案在這裡——我小時候很愛魔術而且年輕時也很有可能變成魔術師，要是我當時沒有偏離軌道。因此，運用我所有的技巧與障眼法，微妙的說詞與台風——也就是說，我幼時鑽研魔術教學書籍學會的所有事情——讓我有辦法變出精采的幻覺並這樣持續了五十多年，其中也包含了一堆電影。胡迪尼（Houdini）、布萊克史東（Blackstone）與索斯登（Thurston），所有我幼時的知名魔法師都會以我為榮。（他聳聳肩）我真希望自己是在開玩笑。

二〇〇五年十一月至二〇〇六年十一月

　　這個時期對伍迪來說相當不穩定。首先是他原定二〇〇六年夏天要在倫敦拍一部電影，但是他卻在最後階段決定抽身，因為那項交易出了一點問題。接著就在兩、三天中他又有機會可以到巴黎拍一部浪漫喜劇，這地方再適合不過了。他很快地寫出劇本的雛形——這個故事與倫敦那部不太一樣——接著開始選角，但是後來卻發現這部片的資金不夠讓他買到心中想要的音樂版權，這在之前提過了。然而最後在緊要關頭時，就在不久之後，倫敦的那項交易再度起死回生，結果讓他相當滿意。

　　「我很喜歡巴黎那部電影，」他六月時說，再過幾天他就要出發去倫敦了，「而且我已經讓幾個我喜歡的演員試鏡過了。米雪兒威廉斯（*Michelle Williams*），她好有才華，就是扮演那個女孩的最佳人選；至於男主角，我選了大衛克魯霍爾特茲（*David Krumholtz*）。我一直很想要跟他合作，他完全適合詮釋這個角色。不過預算卻突然暴增，就算我完全不支薪——這我絕對願意的——也還是超過預算上百萬。（他懊悔地苦笑著並搖搖頭）但是我很期待到巴黎拍片並且在巴黎住上一段日子，在那裡拍電影。我太傷心了，但是真的也沒有辦法。我只能進行調整，原本要拍的那種非常浪漫的夢幻電影已經沒有辦法拍了，就改成非常嚴肅的電影，像是《愛情決勝點》那樣。」

　　EL_ 假如之後有人願意出資，你會願意完成那部巴黎的電影嗎？

　　WA_ 喔，當然。我希望將來有人可以促成這件事情。可能等我拍出幾部賣座電影後就會有人問我，「那部巴黎電影你需要多少錢？」我大概需要再追加五百萬美金，然後再一點。而我完全不支薪。

　　EL_ 今年將會是你連續第三年在倫敦過暑假了，現在開始會有回家的感覺了了嗎？

對話伍迪艾倫一生

涯

WA_ 喔，現在感覺很自在了，那裡的人都很好，而且非常適合拍電影。加上我是在最適合拍電影的季節前往倫敦，夏天——又灰又涼爽。

EL_ 你對於撰寫《我如何撐過一切？》有沒有什麼新的想法？

WA_ 沒有，沒有特別去想這件事情。然而這件事情對我來說終究是個謎。我已經在進入這個圈子這麼多年了，也拍過這麼多部電影了，大部份都不太賺錢，但是我就是有辦法讓自己繼續在這個圈子裡生存，而且還擁有這麼多自由——完全的自由。這當中包含了幸運、謊言（開始大笑）與高估。

EL_ 我想要開始回顧你的作品，但要先從那些與你的劇本與導演無關的奇怪部份開始。（我拿起一張紙，寫著每一部他有演出的電影。他當時已經自編自導了三十七部電影，但是還有參與演出很多不屬於自己的作品）

WA_ 那些是我的電影嗎？（他盯著那張紙看了一下子）呃——嗯（既不驚訝也沒什麼特別的印象）。喔，當然，我一直都在工作，上面就會越來越多。

EL_ 我們這麼多年來也談了不少關於《風流紳士》的事吧？

WA_ 是啊，不怎麼愉快的經驗。

EL_ 你這些年來有因為什麼事情改觀嗎？

WA_ 沒有，完全沒有。我學到最大的教訓就是，假如一部成功的電影卻讓你感到不滿，那就是個不愉快的經驗，完全一文不值。我在那個年紀（他將近三十歲時開始拍電影）曾經幻想自己擁有所謂的藝術氣息，然後我就墜入好萊塢最險惡的深淵之中。

EL_ 當你開始獨立拍片後，這樣的感覺有沒有稍微減輕一些？

WA_ 當第一部電影問世時，查理喬菲告訴我，「嗯，電影很成功，但是製片公司的人都在說，『這就是彼得賽勒（Peter Seller）跟彼得奧圖（Peter O'Toole）的電影啊。』」我記得我當時心裡在想，總有一天這部電影的重要性會顯示出那是我進入電影界的首次大膽嘗試。那就是我年輕時擁有的低能自信吧（大笑著）。

我大概一年前有次去錄影帶店想要租一些電影回家看，然後就看到《風流紳士》這部影片，盒子上寫著，「伍迪艾倫的電影處女作，」然後我心中就出現一種諷刺的喜悅感，一種自信心終於得到伸張的愧疚喜悅（大笑著）。

EL_ 你覺得自己當初開始進入這行時，真的需要這麼高的自信心嗎？

WA_ 我剛入行時真的很有自信，不過不是我開始拍電影的時候，我是指我剛進娛樂圈的時候。

EL_ 你曾經說過你知道自己很有本事逗身邊的朋友們大笑。

WA_ 不只那樣。當我在寫自己的第一齣電視節目時（主角史丹利〔Stanley〕，由巴迪哈克特〔Buddy Hacket〕飾演高級旅館中的菸舖老闆；這個節目在一九五六至五七年間在電視頻道直播），其中一個電視評論說，「巴迪哈克特就算即興演出也比這節目好看。」我將那篇評論剪下來貼在當時的剪貼簿上。那篇文章讓我滿心歡喜，因為我想，喔，這篇文章以後拿出來看一定會很諷刺。那種自信只有在很年輕時才會有——我當時十九、二十歲左右——不過或許也是因為我本人就是這麼愚蠢的關係（大笑著）。

EL_ 《風流紳士》中有一幕是你與彼得賽勒在碼頭上的對手戲。我一直覺得他們當時要是可以將你們放在同一個鏡頭裡一定會更好笑。

WA_ 對啊，但是他是個大明星而且又超級有才華。他是少數真正有才華的人，我覺得。

《風流紳士》中伍迪出場的第一幕（對手是彼得賽勒），這天正是他二十九歲生日。

EL_ 我從來沒有問過你跟他演對手戲的感覺如何？

WA_ 感覺很好。彼得的問題（*濫用毒品及酒精，假冒他人的強迫症——*「*感覺就像是跟美利堅合眾國結婚一樣，*」*他的首任妻子這樣說*），雖然也不是什麼祕密，但是聽來總是有些傳奇，不過那些都跟螢幕上無關。可以跟他演對手戲的感覺很好。

EL_ 他會經常即興演出嗎？

WA_ 他確實經常即興演出，會的，但是我很喜歡那樣。他的即興演出真的都是非常珍貴的畫面，我也會即興演出。那樣真的很好。

EL_ 你即興演出時，心裡的感覺是怎樣？我知道你對於自己的才華很有自信，但是很多人常常看不懂你的劇本。

WA_ 我那時還不曾寫過電影劇本，但是我覺得要是我的方式可以受到大家的肯定，那我也就可以用這個方式拍出一部好笑的電影。不過製作公司那邊，當時的代表是查爾斯費爾德曼（Charles Feldman），他的權力太大而且太難事必躬親了。執行長克萊夫多納（Clive Donner）是個非常可愛的傢伙；彼得奧圖也是很棒的人，彼得賽勒也是。至於卡司中的女演員們——寶拉普來提絲與卡布西妮（Capucine）以及其他人——都是一些非常和善的人。不過查爾斯費爾德曼處理那個案子的手段卻很硬。我就一直在想，不要在那擋路，看看我怎麼做就對了。

EL_ 查爾斯費爾德曼這件事有趣的地方在於，大概在那之前二十年以及一直到這部電影出現時，他對於好的構想的敏銳度都非常高，但是似乎這部電影真的就是他江郎才盡的時候了。

WA_ 對啊，記得很多人跟我說，「也許你覺得查爾斯很麻煩或是很難纏，不過比起其他製作公司的老闆與製作人，他根本就是白馬王子了。尤其講到出去吃晚餐或是應酬，他應該是這些人之中最好相處的一個了。」然而從這個角度來看他確實人很好。他就是有種障礙，一種心理障礙讓他沒有辦法實話實說，所以我覺得跟他合作很困難。

我猜這部片最大的回饋就是我可以在巴黎待上八個月，然後心中開始產生對這座城市的熱情。有件事情我很懊悔，或是半懊悔，就是我沒有決定留在那裡。服裝部門的兩個女孩子（米雅馮莎葛莉夫〔Mia fonssagrives〕與薇琪蒂爾〔Vicky Tiel〕）喜歡巴黎到最後決定留在那裡工作。我當時沒有她們那樣的獨立精神與原創力。

EL_ 你可以想像要是你留在那裡會發生什麼事嗎？

WA_ 當時真的欠缺冒險精神來做這件事，真的很可惜。有多少我這個年紀的人都會說，「我一點也不後悔。」（放聲大笑）我心中真的只有無限的懊悔。（臉上帶著微笑）除了這件事情之外，我沒有什麼事情好後悔的。（接著有些哀怨）要是當初可以該有多好。

現在要完成這件事情就很難了，要讓孩子們轉學。她們兩個都說法文，但是要讓她們轉學……而且順宜的朋友都在這裡，她真的有很多朋友。我知道這聽起來很好笑，但是所有我們認識的醫生都在這裡——加上我生命的重要成分——我的剪接室在這裡，爵士樂團也在這裡。但是我也曾經這樣告訴她，「我們何不試著搬到倫敦或是巴黎增廣見聞看看？」假如她說，「太刺激了，我好想試看看，這樣我們可以送小孩去法國唸書。」這樣就糟了。不過她不是那種人——她知道那聽起來很棒，但是她心裡也明白那樣不切實際。「你可以在那裡拍電影，但是我們所有的朋友與生活都在這裡。」

EL_ 我們談談《皇家夜總會》。

WA_《皇家夜總會》對我來說完全不能算是什麼經驗。我飛去英國並待在劇組作客串。我賺了很多錢之外也領了很多每日津貼。每次上戲時都已經是加班時段了，從來沒有在白天拍過戲。那段期間內我寫了很多部份的——《別喝生水》，我的劇作。而且我還玩了馬拉松式的賭牌，從晚上九點一路打到隔天早上八點，一夜接一夜又接一夜再接一夜。賭博的時候時間過得特別快。

EL_ 你們是在哪裡賭博？

WA_ 有時候是在希爾頓飯店的房間裡，那時候《決死突擊隊》（The Dirty Dozen）正在那裡拍電影，所以我的牌友有李馬文（Lee Marvin）、查理士布朗遜（Charlie Bronson）與約翰卡薩維蒂以及特利薩瓦拉斯（TellySavalas），他也是演員之一，不過所有人都聚在那裡打牌；豪沃德柯賽爾（Howard Cosell）還跑進城裡賭博，電影製作人也在賭博，所有人都有，威廉薩羅洋（William Saroyan）也有。

EL_ 那電影中演技的部份呢？

WA_ 那部電影毫無演技可言。

EL_ 你的角色是自己寫的嗎？（他的角色叫做吉米龐德〔Jimmy Bond〕，他是退休詹姆士龐德〔James Bond〕爵士〔大衛尼文飾〕那神經質的姪子。這部電影中還有彼得賽勒、烏蘇拉安德絲〔Ursula Andress〕、奧森威爾斯、黛博拉蔻兒〔Deborah Kerr〕、威廉荷頓〔William Holden〕、查爾斯博耶、約翰休士頓與尚保羅貝蒙多〔Jean-Paul Belmondo〕。這一堆大明星反而模糊電影

的焦點，劇情更讓人摸不著頭緒。事實上，這部電影卻非常有一九六〇年代的氛圍。波特巴克拉克〔Burt Bacharach〕與郝爾大衛〔Hal David〕以主題曲〈愛的眼神〉〔The Look of Love〕獲得奧斯卡獎）

WA_ 我不知道那個角色是誰寫的。（渥爾夫曼可維茲〔Wolf Mankowitz〕、約翰洛爾〔John Law〕以及麥可爾撒耶爾斯〔Michael Sayers〕是三位掛名編劇）我的部份也不是我寫的（話雖如此，他也名列在不具名的編劇名單上）。不過電影中我就是即興加了一些笑話，這裡一點，那裡一點。劇本部份我完全沒有參與，我也不曾看過那部電影，那部電影對我來說一點也不重要。我當初一開始就知道要拍那部電影是很蠢的點子，我不用耗太多力氣就知道一定會是場災難。我當時真的這樣想過，我的老天啊，我居然跟黛博拉蔻兒出現在同一部電影裡，電影裡還有查爾斯博耶與大衛尼文。不過我當時只有見到大衛尼文本人而已。

EL_ 你覺得他人怎麼樣？

WA_ 非常，非常好的人，就跟你在螢幕上看到的一模一樣。我記得有天跟他一起吃午餐，他的生活聽起來太美好了。他說，「我們在倫敦拍一部電影，然後我們只在週間工作，星期五下午五點或六點準時收工。接著我就直接出發去機場，傍晚七點半我就已經泡在南法的游泳池裡了。」他很喜歡那樣。

EL_ 但是你完全沒有看過那部電影。

WA_ 沒有。我光看到自己的演出就不敢想像會有誰可以從頭到尾看完整部電影了。每當我與查理費爾德曼久久見面一次又聊到這個話題時，他都會說，「喔，你一定要看看那些母片，」然後他就會興高采烈地給我看約翰休士頓或是其他人拍的一些片段。（那部電影共有五個導演——韋爾蓋斯特〔Val Guest〕、肯尼斯休斯〔Kenneth Hughes〕、約翰休士頓、喬瑟夫麥可葛拉斯〔Joseph McGrath〕以及羅伯特派瑞許〔Robert Parrish〕，每個人都執導了其中一部份）然後我就想，天啊，拍得有夠爛的。這些傢伙根本不可能把這部電影拍好。

然後查理喬菲就說，正確地說，「你閉嘴去拍那部電影就對了。你才剛試著想要進入電影這一行，這會是一部賣座電影，而且裡面有一堆大明星參與演出，這樣對你進入電影產業會很有幫助。而且這樣你可以在倫敦好好待上一陣子，也可以有機會可以完成你的劇本。你可以開心地打牌、逛博物館以及各種觀光行程，所以你閉嘴就對了，還有……（停頓）」

EL_ 所以就講好了。不過《別喝生水》的初稿真的是在那裡完成的，那

個靈感是怎麼來的？

WA_ 我一直很想要成為喬治考夫曼那樣劇作家，我當時正試著尋找考夫曼式的題材，然後那確實考夫曼風格的構想，他一定也會喜歡的那種。麥克斯戈登（Max Gordon）曾經製作過好幾齣他的作品，而他也很喜歡我的構想並且有製作意願。不過我當時的寫作技巧真的不夠好，所以後來麥克斯戈登看到劇本時就說，「我覺得你沒有把那個構想完全呈現出來。」他精確地說，馬上打了退堂鼓，他說，「這劇本我沒有辦法製作，我覺得這樣很難成功。」

EL_ 他有沒有建議你要怎麼改進？

WA_ 他推薦我去找他的朋友霍德林德賽（Howard Lindsay）——不對、不對，是羅瑟爾古爾社（Russel Crouse）才對。我們碰面後他就給我一些方向——我其實不記得他給我什麼建議了，不過當時聽起來很有道理，所以我也很感激。接著我就改了劇本，結果大家看完劇本之後都跟我說那齣劇好好笑，不過他們沒有馬克斯對百老匯作品那樣的敏銳度。最後我把作品拿給大衛梅瑞克看，結果他說，「喔，我想要製作這個劇本，真的很好笑。」等到我把劇本全部完成後我們就製作推出了，所有麥克斯看到的缺點都出現了，要將那個構想搬上舞台真的需要經歷相當程度的痛苦掙扎。

EL_ 那些缺點是什麼？

WA_ 喔，做不出效果的部份，真的不勝枚舉。我選錯導演（羅伯特辛克萊爾〔Robert Sinclair〕，他也執導過百老匯版本的《傲慢與偏見》〔Pride and Prejudice〕、《女人們》〔The Women〕以及《孔雀夫人》〔Dodsworth〕，不過當時已經近三十年沒有執導過百老匯舞台劇），但是這不能怪他，就算我找麥克尼可斯（Mike Nichols）也沒有用，因為那是劇本裡就缺少的東西。而且我覺得自己，就像大衛梅瑞克說的，我在演藝圈裡什麼都想要沾一點。我當時在費城與波士頓的旅館房間裡寫劇本寫到凌晨兩點，內容東改西改，最後演員拿到一半舊的劇本與一半新的劇本。接下來又換演員又換導演（史丹利普拉格〔Stanley Prager〕），然後我在波士頓時又因為生了重病得躺在床上七、八天。真的是不堪回想的經驗。

不只這樣，有趣的是當時在費城與波士頓也有其他舞台劇正在上演，那些都是極受好評，場場爆滿又備受矚目的劇作，結果一到那兩個城市後也一樣門可羅雀，最後非得關門大吉。我的劇作因為評價不錯的關係，勉強可以繼續演出，然後就一直不停不停地演下去，大概演了兩年。那不算是什麼好作品，不過題材的重心對了，那個構想也是好的構想，只是當時的經驗與技巧都不

夠，沒有辦法妥當地寫出我想要的劇情。

EL_ 你與大衛梅瑞克的關係如何？

WA_ 我確實跟大衛梅瑞克偶而會有些爭執，但我很喜歡他。他很優秀，然後我們之間的爭執，他有時對，也有時錯。當我走投無路時總會丟出一些建議，他會說，「省省吧，那聽起來很糟。」不過他是對的；等到他丟出一些我覺得不怎麼樣的建議時，我們也會起爭執，而我也會證明自己是對的。

不過我很喜歡他。他是一個很優秀的製作人，有非常好的直覺。以前在費城時，我們都會在星期天下午一起去看足球，他會說，「你看，我之所以會進這一行是因為這是可以認識很多美女的行業，要是在律師事務所就一個也沒有。」然後他的態度是，「我就是華爾特寇爾（Walter Kerr，劇場評論家），我要他說什麼他就會說什麼。要是我覺得那一幕或那一齣作品很無聊，他就會覺得那很無聊；要是我覺得什麼東西太棒了，十次有九次他也會跟我有一樣的想法。」

那是一個非常敏銳又正確的評價。那樣的東西真的很顯而易見，即便你替自己找了一百萬個理由並騙自己去否認，但那就是眼前不爭的事實。當我完成一部電影後，我幾乎都可以很清楚地感受到，這真的很無聊。大家看了一定會覺得很無聊。或是說，喔，我拍了一部好電影，觀眾一定會喜歡。

大衛梅瑞克也是這樣的人，我也是因為大衛梅瑞克才認識湯尼羅勃茲的。他在那之後很多年，堅持要湯尼羅伯特茲扮演《再彈一遍，山姆》的角色，因為我們那時候正要找另一個演員，他就說，「我想湯尼羅伯特茲好像有空，要是他真的有空，我覺得應該要用他。」那所謂的「我想」代表（他大笑），「我們就是要用他就對了。」

伍迪與黛安基頓在拍攝《再彈一遍，山姆》期間留影。

EL_ 你有因為《別喝生水》跟湯尼羅伯茲當成朋友嗎？

WA_ 我們那時候就很欣賞彼此，不過那整齣戲的過程中，我只有跟他出去過一次。一直到了後來我、黛安基頓還有他因為合作《再彈一遍，山姆》時在同一個劇組，三個人才變得很好，我們的想法很接近。

伍迪、黛安基頓與湯尼羅伯特茲（此為《安妮霍爾》的場景）自從合作一九六○年代合作百老匯劇作《再彈一遍，山姆》之後就是很好的朋友。

EL_ 你自己怎麼看電影版的《別喝生水》？

WA_ 傑克格里森演的那部嗎？喔，那部糟透了。完全就是將劇作翻拍成電影的最糟教材。我並不是在說《絳帳海棠春》也是這樣被他們毀了，不過當我在電視版本中放進朱莉凱夫納時，真的就比電影版好上一百倍。這我說過了，那真的不是一齣適合拿來翻拍成電影的好劇作，就算好的劇作也一樣。但是（停頓了一下），那真的可以博君一笑就是了。假如你準備好要放棄自己的專業評價時，那的確可以換來一晚的歡笑，即使家長座談會也可以這樣做。

不論電影本身或是在紐約的第一次選角都完全避開猶太人，事實證明那是非常大的錯誤。格里森絕對是一個非常優秀的喜劇演員，我絕對是他的頭號戲迷，但是不應該讓他演那個角色。那個劇本當初就是為了盧雅各比與另一個猶太女演員貝蒂沃爾克（Betty Walker）量身訂做的，貝蒂沃爾克非常有趣。大衛梅瑞克對於這件事情很敏感，所以他就找了保羅福特（Paul Ford）來演，他根本不適合而且當時也沒有空，或是他根本不想演這個角色，我不知道實際

上是怎樣，所以盧雅各比就可以保住這個角色。他找了《我愛露西》（I Love Lucy）節目的那個女演員薇薇安范恩斯（Vivian Vance）來演，但是她根本不適合。結果有天凱梅德佛特（Kay Medford）來了，她不是猶太人，但是她信猶太教，就演了角色，那個角色就馬上活起來了。盧雅各比總是可以演得很生動，因為那齣劇本身就是以猶太風格撰寫的。

當我還在寫這部劇本時，我也曾經幻想過要拍成電影版，我還想過要找吉米史都華來主演。我知道吉米史都華根本不是猶太人，但是我可以為他調整一下劇本。不僅可以增添不同的氣氛，而且我的寫法也會完全不一樣。

話說回來，雖然那不是一出偉大的劇作，不過莫洛斯科劇院（Morosco Theater）的舞台工作人員都告訴我，他們從來沒有聽過觀眾這樣歡聲雷動過，從頭笑到尾，觀眾就這樣不停地放聲大笑著。那些笑聲聽起來比台上的笑話還好笑，不過以笑劇來說，這確實可以製造出歡聲雷動的效果。

我一直很想要扮演那個父親的角色，很多年後我也有機會與偉大的朱莉凱夫納合作扮演那對父母，然後麥克福克斯扮演湯尼羅伯茲的角色；多姆德盧西也有參與演出，他真的好笑到讓我常常擔心自己會笑場。那時候他真的讓我笑個不停，我完全沒有辦法板起面孔。

EL_ 那齣劇講的就是旅行時最怕碰到的噩夢，你不小心惹上麻煩並得到大使館尋求庇護。

WA_ 那個構想絕對可以讓喬治考夫曼與摩斯哈爾特寫出偉大的劇作，但是我當時沒有那個本事。

EL_ 你之前曾經說過你現在就知道如何改進《我心深處》了，那你也知道要如何改進《別喝生水》了嗎？

WA_ 這我沒有辦法說得很仔細，要是當初真的是僥倖成功的作品，我現在就不會再想讓自己僥倖過關，因為現在就一定要做出效果，但卻不一定會那麼有說服力。我可能已經沒有以前那樣精明了，因為那在當時真的是一個非常棒的點子。我當時正在寫劇本時，真的有人因為困在大使館無法脫身，然後我就想，要是我的爸媽被困在匈牙利大使館或是捷克斯洛伐克大使館呢？我的老天，我爸加上我媽還有他們碎唸個不停的抱怨聲，我覺得那樣很好笑。不過那真的不是很好處理的歡笑題材。

EL_ 指的是角色還是架構？

WA_ 架構與劇本都有，那不應該有那麼多像笑料卡通的情節在裡面才對。那應該有點像是快速球那樣，然後你知道，就會比較好一點，比較實際一點，

就會有比較多劇情與角色刻畫。那最後也太不實際了，感覺就像是薄弱的卡通劇情，除了笑料就沒有其他的了，所以我只好不斷增添笑料，想想我早期真的也看過考夫曼跟哈爾特推出這種風格的作品，但是我誤解了那些作品的內涵。他們都有在角色上進行刻畫，也鋪陳出讓觀眾入戲的劇情。假如你看過《浮生若夢》，舉例來說，那就不是那種單純逗人爆笑的舞台劇。那部劇中有一段引人入勝的浪漫愛情，雖然那些笑料情節會讓表演暫時停止，但是不影響整體劇情的流暢。我的舞台劇是不會因為笑料暫停的，那就是一段接一段的滑稽模仿。我可以讓劇院裡歡笑不斷，但是付出的代價卻很可怕。

伍迪與朱莉凱夫納合作演出《別喝生水》。

　　EL_ 雖然你說自己想要創作出像是考夫曼以及哈爾特那樣的舞台劇，但是我記得你曾經說過你有去看《秋月茶室》（Teahouse of the August Moon）想要當作劇情架構的參考？

　　WA_ 是的，那是丹尼賽門很多年前告訴我的東西，他在創作時常常會使用現存的劇情架構。當然，他的題材一定會完全不同。一齣可能在講火星人，另一齣可能在講西部牛仔。他已經看過那樣的架構在舞台上或是其他地方演出，所以他知道在那樣的架構下會碰到什麼樣的問題，也知道自己應該怎麼樣安排劇情的速度以及應該要怎麼處理。所以要是你也採用這種架構，你知道自己的點子很棒而且笑話也很逗趣，那搭上這樣的架構就會成功，因為好的笑話

涯

搭上這個架構一向都會成功。我解釋得很差，不過就是這樣。

EL_ 因此當你完成一部滿成功的舞台劇以及演了兩部很糟卻很賣座的電影後，就開始有人願意出資請你拍電影了。

WA_ 終於。當我與米奇羅斯（Mickey Rose）一起創作《傻瓜入獄記》時，傑克羅林斯並不希望我參與演出也不希望我當導演，因為他覺得那樣可能會產生一種負面的衝擊，像是，「這天才是誰？他以為自己是誰？」而且我也不在乎是不是要自己來導演，我只關心這部電影不要被別人毀了，因此實在沒有人對《傻瓜入獄記》有興趣。

傑瑞路易斯一度有興趣執導這部電影，但是製片公司不想要配合──當初是「聯美影視」（United Artists）公司製作《風流紳士》與《皇家夜總會》的。「帕洛馬影業公司」（Palomar Pictures）當時還很新，所以談判的力道不夠。他們很喜歡那個劇本，不過資金大概要一百萬美金，所以他們就想說，是的，我們喜歡他，我們看過他的表演，我們覺得他很好笑，我們也看過他寫的舞台劇，他也掛名幾部電影的編劇。他開會時看起來是很理智的人，我們總得要試試看吧。所以他們就在我身上試試看了，最後我就拿到資金了。

大衛皮克（David Picker）是聯美影視裡第一個願意嘗試在我身上砸大錢的人，就在我拍完《傻瓜入獄記》之後，他就堅持要用我。他們跟我簽了三部電影的合約，我得負責編劇與導演，我當時交給他們的第一個作品就是另一個版本的《甜蜜與卑微》，他們馬上就卻步了，他們很失望。他們以為我接下來可能還會交給他們類似踢踏舞那樣的劇本，因為合約上載明無論我交出什麼作品他們都要出錢拍就對了。當我看到他們不開心時，我就說，「不用擔心，要是你們不喜歡這個劇本，那我也不會拍。我會再寫另一個劇本給你們。我是說，這沒什麼大不了的。我也不會逼你們出錢拍一部你們不喜歡的電影。」

EL_ 他們應該大吃一驚吧。

WA_ 是的，他們很驚訝，因為他們習慣對方堅持履行合約上所寫的，但是我們很欣賞彼此，而且我們也不是野蠻人，我從來也不可能讓製片公司出資拍一部他們不喜歡的電影。他們對待我的態度非常好，我當然也覺得自己應該要以禮相待。大概過了一個月後，我就交出了《香蕉共和國》的劇本，大衛相當興高采烈，所以就拍了。我跟他們磨合了很久，最後亞瑟克里姆（Arthur Krim）也開始漸漸地重視我。

EL_ 第一部電影是叫《爵士寶貝》嗎？

WA_ 對啊，那段期間馬歇爾布里克曼也跟我一起寫了一個劇本叫《電影

製作人》（The Filmmaker），我覺得那應該會是一部很棒的電影，不過因為某種因素（沉思很久）那個劇本一直過不了傑克羅林斯與查理喬菲那一關；我有把劇本給他們看，他們的反應不是很熱衷，不過當時他們的想法對我來說很重要。

EL_ 你有回頭再試試看嗎？

WA_ 沒有，現在我不想了。這樣的電影對現在的市場來說太成熟了；劇情是關於一個男人愛上一個有嚴重心理問題的女人。

EL_ 你說你一個月後交給他們《香蕉共和國》的劇本，《香蕉共和國》是本來就寫好了嗎？

WA_ 那時候有一本書，書名我忘記了，就是那種圖片很多的書。山姆卡茲曼（Sam Katzman），他是專門製作低俗電影的（《地球大戰飛碟》〔Earth vs. Flying Saucers〕、《日落大道暴動》〔Riot on Sunset Strip〕以及《沖進地獄》〔Hot Rods to Hell〕），他請我跟米奇羅斯為羅伯特摩爾斯（Robert Morse）改寫這個劇本。我們就開始寫，但是那本書實在是太無聊了，最後我們就捨棄那本書並開始用我們慣有的風格寫劇本，就是笑話、笑話、笑話、笑話、瘋狂笑話、瘋狂笑話。那本書的內容好像是在講南美洲的獨裁主義——不過跟《香蕉共和國》的劇情完全無關。《香蕉共和國》一開始沒有劇情，後來我們拿了劇本給羅伯特摩爾斯看，他對於那個劇本興致缺缺。他想說，這是什麼東西？我是要改編那本書，你們給我這是什麼東西？

因此那整個案子就沒了。後來因為聯美影業不想要拍《爵士寶貝》，我就跟米奇說，「我們得要寫點什麼，這些人一定要我寫的劇本。」後來我們就在想，那個關於南美獨裁主義的劇本呢？雖然架構還不完全，但是我們只需要幾個星期就可以完成了。結果大衛很喜歡，我們就過關了。

EL_ 你們還有一段沒有樂器的即興四重奏，當時因為樂器沒有準時送達。（菲爾汀梅利奇〔Fielding Mellish〕拜訪獨裁者的宮殿，窗台上有四名樂手正在假裝演奏不同的弦樂器。當然，他們的演奏完全沒有聲音，但是「笑」果卻很明顯）

WA_ 很多人討論過這個部份。沒錯，不過那又怎樣？那並不是什麼巧妙的手法，看起來也沒有很精彩。我當時根本隨心所欲，想做什麼就做什麼。我從來也不認為導演會說，「對不起，這樣我沒有辦法拍。當我要求要有四重奏時，他們當然要帶著樂器上場。」我那時不是很在意這種事情，只要我可以完成當天的工作都沒有關係。

EL_ 不過當你準備開拍時，才發現他們沒有樂器，你有想過說，等等，要是這些樂師就這樣對著空氣假裝在演奏反而也很好笑嗎？

WA_ 沒錯，我並沒有覺得那樣一定會非常爆笑，但是我有想過，不然我還能怎樣？我不可能在那裡等樂器送到。要是那在電影上看起來還好，那就這樣吧。所以我就要他們假裝演奏樂器，我們就是要繼續拍下去，這樣才有辦法收工。

《香蕉共和國》中當菲爾汀梅利奇拜訪獨裁者的宮殿時，窗台四名樂手本來應該要演奏弦樂器的，但是因為樂器沒有準時送達，便讓他們在沒有樂器的情況下假裝演奏。

EL_ 拍攝時總共改了多少劇情？我知道你跟露易絲拉瑟有很多即興演出，那豪沃德柯賽爾（Howard Cosell）呢？

WA_ 他的部分有很固定的架構，但是他偶爾也會即興演出。

EL_ 我很喜歡那一幕有紐約快餐店一千份外帶的場景。（幾名反叛份子受命去市區一家快餐店取得所有人的午餐。他們先是丟下了一大筆訂單，等到他們回去拿時卻發現一千個三明治外帶包裝就這樣一個接一個排在眼前）

WA_ 那是查理帶來的。他那個週末回去紐約（從波多黎各回家，當時他們在那裡拍片）處理一些事情，然後我說，「我需要那種外帶用的包裝袋」──以前在五十七街跟第七街之間有一家有噴泉的藥房──「我需要那種外帶用的袋子。」（大笑幾聲）然後他就全帶回來了。

EL_ 你回想那部電影時，會不會覺得很有趣？

WA_ 這點我倒是沒有想過。那時候覺得波多黎各很無聊，完全沒有其他事情可以做。食物也不好吃，天氣又熱又濕。電影院還會漏水，我還在房間裡發現一隻死老鼠。我不太喜歡留戀過去。

戰備糧食，《香蕉共和國》中那些反叛份子派遣特使從他們叢林中的躲藏處到村莊裡取得午餐——一千份烤乳酪，三百份鮪魚三明治與兩百份培根三明治（都有塗美乃滋）與生菜沙拉。

EL_ 我們跳過《傻瓜入獄記》了。你當時要開拍時也有想過「我還有好多東西要學」嗎？

WA_ 我從來沒有懷疑過任何事情，因為劇本是我寫的，我很清楚那些笑話應該要怎麼表現。其實那真的很簡單，我知道那些笑話聽起來應該要有怎樣的效果，米奇跟我有把那些笑話生動地表演出來。

其中有位製作人曾經跟我說過，「你說說看（表情很嚴肅），你有沒有試著停下來想過，『我身負百萬美金的重責大任』？」我自己心中的回答是，沒有，想都沒想過。我從來也沒有在心中想過那幾百萬美金，那太抽象了，我從來也沒有想過這件事。而且我從來也沒有質疑過（大笑著）——直到我看到初剪版本後。然後我就很想要吞砒霜。

對我來說，當時最興奮的一件事是要去聖昆丁州立監獄，那是開拍第一天的事情。讓我興奮的原因不是「今天要開拍我的第一部電影了，」而是「今

天要去聖昆丁州立監獄，我可以看到牢房裡那些人，還有廚房跟監獄的紡織工廠。」那些事情在我來說，比拍電影還要有趣。

EL_ 那就是他們告訴你——「假如你被挾持，我們不會去救你的。」

WA_ 那是他們跟我說的，他們說，「我們會盡力把你救出來，但是我們不會釋放任何人，所以你最好跟緊整個團隊。」那些犯人看到我們好像也很開心，那樣子讓他們每天的枯燥生活有些新鮮感，而且他們也很開心自己可以出現在電影裡。我們送他們很多香菸，那也是他們想要的，因為我們不可以付錢給他們。

現在想起來就覺得很可怕了，但是當時我卻完全沒有想過這件事會有多恐怖。我們兩星期後又回去重拍一個鏡頭，我認出其中一個人，然後跟他說，「嘿，嗨，你還在這裡啊？」他就放聲大笑。

EL_ 費雷迪加洛很多年前跟我說過你自己開車去片場，他說你的駕駛技術真的讓人不敢領教。你那時候，我記得，是開著一輛紅色敞篷車，他們當時都已經做好準備工作了，結果你突然駕車呼嘯而過——我想他多少有些渲染這個故事——但是看你開車真的是……

WA_（帶著微笑）絕對比電影精彩。

EL_ 華特席爾（Walter Hill），那部電影是他從影的第一份工作，他提到那部電影時總是相當興高采烈。

WA_ 我記得華特，他當時還很年輕，職位是第二助導，很聰明。好像是第一助導生病了，所以有幾天都是華特代理第一助導的工作，他的表現相當稱職，敏銳又非常專業，準備工作做得很充分。我很喜歡他。

EL_ 你那時候是不是常常用公共電話打給你的心理醫生？

WA_ 是的，有時候。我當時相當依賴心理醫生，所以我常常會打電話進行療程。那樣很方便，但是假如是中午在街上拍外景時，天氣很熱的大晴天，電話亭裡就會相當悶熱，我看起來就像是（大笑著）站在裡面自由聯想一樣，但我還是一樣會照做。

這樣我就可以很盡興地完成工作，大家也都可以盡興，那部電影殺青時大家都覺得很遺憾。結果那部電影還可以。

EL_ 我覺得那比還可以好多了。那真的就是這樣，笑聲不斷的電影。

WA_ 對啊，真的就是這樣。沒有人曾經用紀錄片的形式這樣拍攝喜劇，我們完全不假思索就這樣拍了。我一開始有想要拍成黑白電影，因為他是一部紀錄片形式的電影，當時所有紀錄片都是黑白片。我記得我有告訴傑瑞路易

斯這個想法，然後他說，「要是不是彩色的，很多國家根本沒有意願發行。」接著他建議我拍彩色的，之後可以改成黑白電影，但是在泰國或是那些國家就一定要用彩色版本上映。但是最後我根本不能拍成黑白的，因為製片公司不答應。

EL_ 你那時候常常跟傑瑞路易斯在一起嗎？

WA_ 沒有很常，但是我有時候會跟他在一起聊天。我有次在他的家中待了一整個晚上，他為人真的非常好，那天還是他親自開車送我回比佛利山莊的飯店。當他在康科特希爾頓（Concord）還是羅格辛格（Grossinger）飯店表演時，我跟黛安基頓還一起去猶太山（紐約上城的卡茲奇山〔Catskills〕）找他，當然，他的演出真的非常精彩。我們留在那跟他聊了一下，我覺得他真的才華洋溢，要是有善加利用一定可以有相當了不起的貢獻，因為那些才華就在他身上，取之不竭，用之不盡。

EL_ 當《再彈一遍，山姆》的靈感出現時，你當時正在芝加哥演出，對吧？

WA_ 是的，那是在凱利先生（Mr. Kelly）夜總會。那是我住在阿斯特塔飯店時寫的劇本。

老話一句，那不是一部好的劇作，但是，你也知道，這作品算是實至名歸，當時賣座情況也還可以，不算太糟的舞台劇，只是沒有什麼特別之處，但總比毫無特別之處好。不過那也不算是好的劇作，有點類似輕量級的商業喜劇；裡面有很多笑料，而且是很有趣的經驗。

EL_ 那部作品在製作過程中，有改掉很多劇情嗎？

WA_ 彩排時總是會改掉一些內容。他們依據喬哈迪的建議改寫劇本，他們在我們彩排時一邊改劇本並刪掉一些東西。後來在華盛頓首演，幾乎是一炮而紅，雖然不是非常賣座。然後搬到波士頓上映時又更賣座一些，我記得是這樣。

EL_ 這部劇作也是跟之前一樣熬夜通宵改劇本，然後隔天所有演員都拿到新的台詞嗎？

WA_ 沒有，因為這部作品沒有太多麻煩的地方。

EL_ 好像是大衛梅瑞克建議的──他下令──你要用湯尼羅伯茲。那黛安基頓是誰建議的？

WA_ 她是經過很嚴格的試鏡流程選出來的。當時有很多女演員來試鏡，然後街區劇院附屬學院（Neighborhood Playhouse）的珊迪麥絲納（Sandy Meisbner）告訴我們下一個女演員是她班上最有天分的學生。結果她一上場，

我在台上跟她對戲，她真的非常棒。後來喬伊跟我都覺得她是非常適合演出這個角色的人選，我們就開始進行討論。她跟我差不多高，但是穿上鞋子就比我高了，我們不想要讓這件事情看起來像個笑話或是讓作品失焦。我們後來又找了好幾個女演員來試鏡，但是幾天後我們不得不承認她就是最佳人選。

EL_ 你當下就覺得她很有魅力了嗎？

WA_ 我當下沒有覺得她很有魅力，但是我不能說自己沒有被她吸引住。我們一開始就是很友善地相處。我記得我們離開紐約前正在彩排，當時我隔天晚上已經約好要跟一個女孩子約會。然後當天彩排休時間黛安基頓就跟我一起去吃晚餐。我當時跟她一起吃飯時就覺得非常盡興，我心裡就想，那我明天為什麼還要跟那個女孩子去吃飯呢？我是在做什麼？眼前這女孩子這麼好，這麼美好的女孩子。我隔天還是跟另外一個女孩子去吃晚餐了，但是之後就再也沒有連絡了。

當我們在華盛頓首演時，我跟黛安基頓對於彼此這段感情就開始變得很認真了。我們一起經歷那些起起伏伏，兩人之間從來也沒有明確過，然後就這樣起起伏伏直到要去拍《香蕉共和國》的時候。那正是我們得要下定決心的時候，結果我們決定要在一起。（他臉上帶著微笑）她跟著我一起到波多黎各，然後我們一起在戴爾摩尼哥飯店住了五個月，那時我的閣樓套房正在重新裝修，然後我們就同居了好幾年。

EL_ 你們三個人——你，湯尼以及黛安——從彩排開始就很有默契了嗎？

WA_ 我們的演出都很順利，但是我與黛安基頓之間的默契是與日俱增的。那是下了舞台之後仍在繼續發展的關係。事實上，我們下了舞台之後的默契發展反而轉變成我們拍電影時的默契。她真的很好笑，我常常被她逗得大笑不停，而且她完全知道怎麼樣把球丟回來給我。

EL_ 《曼哈頓神秘謀殺》距離你們兩個上一次合作已經有十年的間隔時間，但是你們兩人之間的默契卻相當顯而易見。你們三個一開始合作那齣舞台劇時會覺得尷尬或是馬上一拍即合呢？

WA_ 從來也沒有尷尬的感覺，一切都很優雅又簡單，不過也沒有什麼特別之處。一直到我跟黛安基頓私下發展出一段感情時，才開始有特別的感覺。

你知道，我跟黛安基頓是分居之後，才開始在大螢幕上合作，當時我們已經分手好一陣子了。我們在一起時完全沒有合作過任何一部電影。等到我們一起合作時，她已經跟另外一個人同居了。

EL_ 她告訴我那段感情就算繼續下去，你也會做出一些事情導致兩人分

手，有些夜裡你會覺得長痛不如短痛，對嗎？

　　WA_ 對啊，頂多也只能再拖一年吧。我們有時候會做一些事情來維持對彼此的新鮮感。黛安基頓有時候會在舞台上直接演出全套的馬龍白蘭度劇情。（大笑著）觀眾完全沒有注意到任何不對勁的地方，他們完全沉浸在舞台演出之中。有次我跟黛安基頓在台上笑場，我們完全沒有辦法繼續演下去，我們實在笑到沒有辦法停止。觀眾也完全分辨不出來那其實不是劇情的一部份。

伍迪與黛安基頓兩人一直到一九七〇年代初期分手後，才開始一起出現在大螢幕上。圖為兩人在《曼哈頓神秘謀殺》片尾的劇照。

　　EL_ 你還記得當時的劇情嗎？

　　WA_ 我當時正在對她高談闊論說，「總有一天等我們回頭看這件事情時，兩人之間這些小問題都會變得那麼微不足道……」然後（開始大笑）有一次我在台上打噴嚏——有個理論說演員不可能會在台上打噴嚏，但是我就是打了（而且還笑個不停）；還有一次是湯尼羅伯特茲忘記要上台，他那時正在台下跟其中一個漂亮女孩子打情罵俏（笑得更大聲了），我當時好像格里森（他做了一個鬼臉）一樣開始說，「天啊——天啊——天啊！」——這從來沒有發生在我身上過——然後那節目的其中一個女孩子就趕緊跳出來讓節目繼續順暢地進行下去。她馬上知道自己接下來要做什麼並一直配合著，直到湯尼終於上台來。

我站在台上時，湯尼就會對我說（咬耳朵），「麥克斯（那是他暱稱伍迪的方式），你看第二排那個傢伙。」我就會看著那個傢伙，你知道（大笑），他頭上帶著一頂裝著螺旋槳的那種帽子，然後我就從頭到尾笑個不停。要不然就是第一或是第二排的位置上會有個美女坐在那裡，我們兩個人就會從頭到尾都盯著她看。

不過在這種節目中，真的還沒輪到我發言時，我確實可以在那裡發呆做白日夢。我會在台上與湯尼還有黛安坐在一起，然後我就會想，嗯，這樣如何，晚上去伊蓮餐廳吃飯如何？我應該帶他們去那裡嗎？還是我們要去哪裡才對？我們昨天晚上去過伊蓮餐廳了，那今天晚上要不要試試中國餐廳？

然後我就會聽到，「艾倫，你覺得呢？」然後（彈一下手指）我就會馬上進入狀況。

那比我之前做過的任何事情都簡單多了——那比一個人在台上面對觀眾講笑話簡單多了。那真的讓人緊張又害怕。這個呢——我之前舉過這個例子了——我正在吃三明治，舞台布幕還沒掀起（模仿自己正在一絲不苟地咬著三明治），接下來，「就定位！」「準備上場！」（慢慢將手上的三明治放下）「開始！」然後我就會沉穩地出現在台上。

在這裡，因為我是跟別人一起演出，不是一個人獨挑大樑——不過就是獨自演出與否的差別竟然那麼大，就像我跟自己的樂團一起演出一樣輕鬆，這齣舞台劇也是，你得樂在其中，那一直是喬哈迪給我們的指示。他總是告訴我們，「不需要為了觀眾演出，你們儘管樂在其中，他們喜歡就會喜歡，不喜歡就是不喜歡。」那是非常棒的忠告。

EL_ 那麼當你們要將那齣舞台劇拍成電影時，你確實也改變了開場的方式，但是對於你們三個人來說那根本就輕而易舉，這樣說沒錯吧？

WA_ 是的，確實相當輕鬆。有趣的是，他們聘請賀伯羅斯來當導演並請我改編劇本，而當我把劇本交給他時，他卻相當失望，非常失望。他說，「感覺就好像你又從頭寫了那齣舞台劇一樣，裡面全都是室內戲。」

他飛來紐約親自登門拜訪，才一坐下就對我說，「這裡是我的筆記，第一頁……」然後他就這樣以每頁五則筆記的方式進行下去。「這樣做，要是你可以把場景改到戶外……」過了一下子他說，「你沒有要記筆記嗎？」我一個字也沒有寫，但我就是仔細聽著他的談話並記得他說的每件事情。他應該至少講了一百則要改的部分吧。三天過後，我寄給他新的劇本，他完全不可置信，他說，「太厲害了，所有我提到的地方都改好了。」因此有很多改編的部份，

那是他應得的。然後等出去拍外景時，對我們來說也很容易，因為我們都演過了。

賀伯說每當他嘗試想要做一些變動時，他就會發現那齣劇作的架構有多麼緊密——事實也是如此。他在變動的過程中總是困難重重，而且沒有辦法輕易改變，因為劇情架構非常緊湊。不過話雖如此，那也不是一齣非常優秀的劇作，充其量就是一齣登得上抬面的商業浪漫喜劇，微不足道卻逗趣。要是當作晚宴中的表演就還不錯，達德利摩爾（Dudley Moore）在英國把這劇作搬上台就很成功。

EL_ 那齣劇到現在還在上演，對嗎？

WA_ 是的，《別喝生水》也是，這真的讓好戲永留傳這句話成為一道未解之謎。同樣的道理也告訴我們，為什麼現在打開電視還可以看到《三個臭皮匠》（Three Stooges）這部電影。這些作品都可以跟莎士比亞的劇作一樣不斷地留傳下去。你知道，劇作就像老人年金一樣，假如你寫了一齣佳評如潮的喜劇，那就會被搬上舞台。我們從來沒有停止收到來自各地詢問，他們都是打算要將《別喝生水》或《再彈一次，薩姆》搬上舞台的人。《自作自受》（Writer's Block）（*由他的兩齣獨幕劇《濱河大道》與《老薩布克》所組成並於二〇〇三年製作*）去年才在義大利成功搬上舞台。

EL_ 你有沒有過要執導電影版本？

WA_ 沒有，我不想要擔任導演也不想要站在舞台上執導，我只想要賣電影而已。

EL_ 賣的是你的版本還是梅瑞克的版本？

WA_ 梅瑞克的，但是我想他們也需要事先取得我的同意。一開始他們想找迪克班傑明與寶拉普來提絲來演，因為迪克是個大明星。然後迪克告訴我他不想要演出這個角色，因為他覺得演出這樣一個窩囊廢有損他的螢幕形象。這我沒有辦法認同，我覺得那根本不會損害形象，因為大家都知道他不是個窩囊廢。後來他很後悔，那是他之後跟我說的。我也覺得那個決定不太好，因為他來演一定會很出色。迪克與寶拉的組合至少會像我與黛安基頓那樣合適，甚至會更好。

EL_ 當那三部電影上映後——《傻瓜入獄記》、《香蕉共和國》與《再彈一次，薩姆》——你的地位已經相當鞏固了。

WA_ 是的，從那時起我覺得自己正在邁向高峰，當時正準備要開拍下一部電影，應該是《性愛寶典》，對吧？

EL_ 是的，你從舊金山前往洛杉磯，準備開拍下一部電影。

WA_ 沒，我當時心中正開始覺得自己又可以去聯美影業找他們了，而且他們一定會馬上變得相當和藹可親。我當時覺得自己不再是那個想要控訴他們的人了，我跟他們之間的關係相當正面。他們很重視我也非常尊重我。

EL_ 那時亞瑟克里姆就已經非常支持你了嗎？

WA_ 他一直是我的影迷，但是我們只有在幾次政治場合上打過照面。他一直以來都在觀察著，雖然沒有花很多時間跟我相處，不過他知道我會是那間公司的一大優勢。那部關於性愛的電影大獲成功，接著又拍了那部俄國電影，《愛與死》，那部電影的賣座情形也讓他很滿意，我就是他們公司的常勝軍。接著我就拍了《安妮霍爾》並贏了幾座奧斯卡獎（一九七七年最佳電影、最佳女主角、最佳導演與最佳電影原聲帶），那時候他真的相當自豪了。後來拍《我心深處》時，他就非常大方。他說，「聽著，你已經替自己爭取道隨心所欲的權利了，不管你想要拍什麼，你就放手去做吧。」

EL_ 當我訪問他時，那是一九八〇年代末期的事情了——當時他已經支持你十五年了——他說，「我是因為查理卓別林進電影這一行，而我一路上都在跟伍迪艾倫約會。」

WA_ 對啊（大笑幾聲），那要看他當時說話的語氣是怎樣……亞瑟後來慢慢變成我的最佳夥伴，我跟他一起合作拍了好多部電影。我之前跟你說過，也曾經公開說過，我職業生涯中最重要的三個角色就是亞瑟克里姆、傑克羅林斯與文森特坎貝。我的職業生涯是這三個人打造出來的。

EL_ 我們談一下《性愛寶典》這部電影。當螢幕背景中的電視正在重播卡爾森的節目時，你聽自己回答這個問題「性是骯髒的嗎？」你回答說，「若是為了性而性，那就是骯髒的。」我記得當你正在製作這部電影時，戴爾漢尼詩（Dale Hennesy）是場景製作——

WA_ 是的，非常優秀的藝術指導。

EL_ ——其中有很多次是你一直不斷想要變更場景，然後你的要求快把他逼瘋了，不過那是我看過最好的瘋狂狀態。他就算絞盡腦汁還是會想辦法達到你的要求，而且總是微笑以對。

WA_ 那時他的處境很為難，因為傑克葛羅斯伯格（共同製作人）必須控管預算，所以傑克對他很嚴苛。傑克很棒，很有獨創精神，沒有錢又要想出一堆東西。戴爾是傑克的人馬，傑克想要用他並且要求要用他。

這部電影中有一個讓我覺得很遺憾的地方。打從一開始的時候，本來計

畫是要用精子那段當作開場並用巨乳那段作為結尾。當我播放那部電影時，而且我試映了好幾次，精子那段絕對是最好笑的一段（其中有很多精子——伍迪也是其中之一——準備做出第二次世界大戰電影中那些偵察部隊或是空降部隊的動作）。

我當時跟寶琳凱爾一起討論那部電影，結果她說，「電影非常好笑。不過你知道，這部電影的問題是看過第一段後就很難繼續看下去了。因為你用最好笑的那段作為開場。」聯美影業的人就說，「我們還是可以調換。」而我呢，最後也違背自己的直覺，決定用弄臣那段作為開場並將精子那段放到結尾，但是不應該是這樣安排的，那部電影本來就是應該以精子那段開場並以巨乳那段作為結尾，我打從那時候開始就為自己這樣懦弱的決定感到懊悔不已。我背叛了自己的繆斯，因此不管遭受怎樣的咒罵我都罪有應得。（稍作停頓，接著聲音開心了一點）不過我當時還很年輕，當時很多人都那樣說服我，而我的自信心也不夠讓自己跟他們說，「很抱歉，但是我還是想要這樣呈現這部電影。」

伍迪在《性愛寶典》中〈射精時到底發生了什麼事情？〉那一段扮演精子的畫面。

EL_ 那個經驗可以算是你背叛自己最嚴重的一次……

WA_（迅速地回答）不是、不是，那還不是最糟糕的一次，不過那也夠讓我在半夜醒來時，就再也睡不下去了。

EL_ 你心中的繆斯從那次之後有開始對你展開報復嗎？（他聽完馬上大笑）你說過你會諷刺自己喜愛的事情。

WA_ 是的，那正是我當時想要做的事情，但卻不是我當時正在做的事情。你可能也會問，「喔，那你為什麼不做呢？」

EL_ 喔，那你為什麼不做呢？

WA_ 我欠缺那種智慧或是性格吧，那時候我沒有辦法從中找到出口。我當時只是個喜劇演員，那時候想要進入電影界就已經很難了，況且我沒有任何知名度，而且對攝影或剪接也一竅不通。我只懂得喜劇，我知道要是自己有辦法進入電影這一行，就可以讓自己的喜劇得到發展。一旦得以發展，我就會因為自己的喜劇獲得注目，我的喜劇一向都很成功，但是我那時候沒有勇氣對他們說，等一下。儘管我當時跟觀眾之間已經培養出一種心照不宣的默契，我還是退出了，我正打算往不同的方向發展。再也不要拍喜劇了。

然後，這個決定可能會導致沒有人想投資一毛錢，讓我拍嚴肅的劇情電影，特別是在《我心深處》之後，根本門可羅雀。因此只好繼續拍喜劇電影，然而我真正想做的是我當時在義大利那個片段中的諷刺橋段。

EL_ 我不想要聽起來過度樂觀，但我覺得你之後那一系列的電影串連得非常好——《傻瓜大鬧科學城》、《愛與死》、《安妮霍爾》、《我心深處》、《曼哈頓》與《星塵往事》。

WA_ 是啊，《傻瓜大鬧科學城》與《愛與死》本身就是很好的電影，我爭論的只是這兩部電影的本質。

EL_ 《我心深處》。

WA_ 當我在拍《我心深處》時，很希望這部電影可以在市場上賣座，這樣我就可以繼續維持在拍攝劇情電影這條路上。不過那部片一點也不賣座，雖然影評這部分似乎很成功。我一直以為那部電影應該不算是評價很好的電影，但是有天我在清理房子裡的雜物時，看現一張廣告上面寫著許多不錯的評語。儘管如此，當時還是沒有引起觀眾的興趣來電影院觀賞，也沒有讓他們口耳相傳要去電影院看這部片。

EL_ 事實上，我身邊有很多人，在二十年後看這部電影時，他們都說，「嘿，這電影拍得很好。」

WA_ 不過你知道，時間的流逝之中也會改變了不少事情，當你心中的防衛開始降低後，就會有很多東西是當初覺得不怎麼有趣，但是之後在電視上看到卻覺得很有趣的。我不知道這部電影是不是真的很好，只是大家沒有理解而已；或是說當初上映時與大家的期待不相符合，然後過了很多年後，某天你坐在家裡，外面下著雨，你打開電視就看到這部不用錢的電影，然後看了之後才

覺得，「這電影還不錯，真的。」

EL_ 觀眾一直都將你本人與那些你所扮演的角色混為一談，打從單口相聲表演到後來出現在電視上，甚至早期電影裡的角色，因此當你突然間做出那麼迥然不同的事情時，那就像是淋浴時突然關掉熱水一樣，瞬間溫差的改變，任何人當下的直覺反應都是馬上跳腳地說，「怎麼會發生這種事。」你的職涯中一直存在著這個問題，就是觀眾會將你本人與螢幕上呈現的所有事情混為一談，因此當你給他們第一次這麼與眾不同的感受時，那完全是他們無法預期的，沒有人知道要怎麼看待這件事情，那完全與他們所知的世界背道而馳。

WA_ 沒錯，我工作時從來也不想便宜行事，因此我總可以接受任何最差的評價。我一直覺得我也可以替自己提出相當充分的理由，但是那樣太虛偽了，想要不忠於自己真的很容易，想要自欺欺人真的很容易，一旦你相信那些最糟的評價都跟自己無關，那你就會覺得更自在一點。我可以針對自己每一部電影的問題，提出充分理由來告訴你為什麼這裡很精彩，那裡也很精彩，但是這樣輕鬆簡單到我很難自欺欺人，也很難合理化所有事情。假如我拍了一部電影，讓大家覺得不怎麼樣，我可以接受。而且當我自己不去閱讀關於自己評價或是尋求他人的意見時，三不五時總會有人鼓勵我或是給我一些忠告，即使我對於這些看法一向敬謝不敏，然而負面的評價往往都很切實。

EL_ 我們來談談《傻瓜大鬧科學城》吧，那一系列在加州拍的電影——《再彈一遍，山姆》、《性愛寶典》與《傻瓜大鬧科學城》——接連這三部電影。

WA_ 《傻瓜大鬧科學城》對我來說是向前邁進了一步，就像之前說過的一樣，因為這部電影跟《傻瓜入獄記》不一樣。這是一部真的有劇情的電影。一開始我還瘋狂地想要拍一部可以中場休息的四小時電影；前兩小時就是我在紐約的生活，我希望這樣就夠好笑了，然後結尾的時候我會摔進一盆液態氫裡面並結凍；接下來會有一段中場休息時間，之後整個紐約的場景都會不一樣——因為時間來到兩百年後的未來，眼前都是白色又陌生的景象。

但是（大笑兩聲）我覺得這麼龐大的劇本真的很難寫，幾乎就是兩部電影了。最後我告訴自己，「嘿，我寫這一齣電影的目的就是為了讓自己摔進一缸凍死人的果汁裡嗎？」

EL_ 你完成了多少？

WA_ 不知道，二十頁，四十頁吧。

EL_ 不過那四小時電影的問題並沒有讓你放棄，那其實就是寫兩部電影劇本來拍成一部電影。你後來是因為懶惰嗎？

WA_ 對啊，那就像是史丹利庫伯力克的電影，《二〇〇一太空漫遊》（2001: A Space Odyssey）或《亂世佳人》（Gone with the Wind），那種要中場休息的電影……《教父》（The Godfather）。那是非常大膽的構想，但是我就是沒有那種堅持到底的精神或是力氣。

EL_ 你最後還是拍成一部兩小時的電影來解決這個問題，其中還包含了你兩百年前在快樂蘿蔔健康食品商店中發生的一些精采橋段。

WA_ 對啊，我那時候想，就直接拍後半段吧，直接拍未來的部分吧，就是那傢伙醒來的時候。我告訴馬歇爾布里克曼提到這個想法而他很喜歡，所以我們就一起合作。我在拍《性愛寶典》時就有這個構想了，等到電影一拍完我就知道接下來想要拍什麼了。那時候我正在演出《滿城風雨》（The Front Page）的樣子。

EL_ 《滿城風雨》是《愛與死》之後的事情。

WA_ 《愛與死》之後，沒錯，不過是在《安妮霍爾》之前。關於《傻瓜人鬧科學城》這部片的細節我沒有記得很清楚，我不太常回想起這部電影。話說回來，那也只是眾多電影中的其中一部，似乎也還可以。

EL_ 當你拍完《傻瓜大鬧科學城》後，你說非常喜歡那段你與黛安基頓之間的對話，你們當時正在躲避警方的追捕，你想要確定她知道那項計畫的名稱，這樣萬一你被警方逮捕後，她也可以繼續協助那個地下組織。你對她說話時的表情非常戲劇化，因為你們身處危險之中，「那叫亞利斯計畫，亞利斯計畫，妳聽清楚沒有？」然後她很認真地回答，「聽到了，邱比特計畫。」

WA_ 你知道，我那時候把以巴斯特基頓的女角色形象在設計她的角色。彼得博格達諾維奇（Peter Bogdanovich）有注意到這點而且他是對的。卓別林的女主角都相當偶像化，而基頓的女主角都是些花瓶，就是他在火車上偶遇的對象，然後她就在火堆裡丟小柴火而他就在四處尋找她。我比較想要多一點基頓化的黛安基頓形象。

EL_ 拍完《性愛寶典》後，你是先想到下一部電影得要有劇情呢？還是先有構想才去設計劇情？

WA_ 我是先有《傻瓜大鬧科學城》的構想，我知道這部電影不會是那種笑話連篇的劇情，其中存在著必須闡明的故事情節，而我們拍片的經費非常少。我花了很多時間在這部電影上，而當時我跟聯美影業之間還在合作的磨合期。他們當時派了一些人到科羅拉多州找我，而我也給他們看了部分的母帶，一如往常，他們還是非常和氣。他們說，「不要管他，他沒問題。」

EL_ 談到基頓與卓別林，《傻瓜大鬧科學城》中你有機會使用一些默劇，可以談談默劇與有台詞喜劇之間的差別嗎？

WA_ 喔，我覺得默劇比有台詞的喜劇容易多了，就像是象棋與西洋棋的差別。你只需要兩個構面。你看著螢幕，然後其中沒有對話，那你只能堵著嘴巴演喜劇，有些人可以表現得相當有技巧，有些人卻不行。卓別林就可以，基頓也可以，當他們需要講話時，他們反而不知所措。他們開口說話時，反而就不那麼厲害了，那變得更困難。

EL_ 這些人都是一開始就演默劇，但卻不能演有台詞的喜劇，而你是以演有台詞的喜劇開始的，然後才表現出自己默劇也演得很好。

WA_ 肢體表演很簡單，我只需要一些肢體表演就可以逗觀眾大笑了，但是要表現得像是卓別林那樣的肢體天才卻不容易。對於這些人來說，那不只是視覺效果的呈現，基頓與卓別林有一種特殊的優雅美感——肢體表演的天才。

EL_ 他們就像在跳芭蕾舞一樣。

WA_ 對啊，他們就像在跳芭蕾舞一樣，他們這一點真的非常優秀。假如今天有什麼默劇電影節而我需要寫一齣劇本，那對我來說只是要用什麼方式默劇詮釋那些笑話而已，我可以呈現這些笑話，我覺得，恰如其分。然而基頓與卓別林則是可以讓這齣默劇變成藝術。

EL_ 你說《傻瓜大鬧科學城》的構想是你在拍攝《性愛寶典》時出現的，那《愛與死》的構想也是在拍攝《傻瓜大鬧科學城》期間出現的嗎？

WA_（停頓思考著）不是。那時候心中出現的構想是一樁神秘謀殺案件，後來又演變成《安妮霍爾》的劇情，然後好幾年後變成《曼哈頓神秘謀殺》這部電影。我一開始是用《安妮霍爾》裡面的角色去寫的，就是安妮與艾維，但故事是關於公寓走廊底端那戶的先生殺了他的太太。

我那時告訴所有人我在創作關於紐約神秘謀殺的故事，但是我還不知道劇情會怎麼發展下去，後來也沒有朝我喜歡的方向發展就是了。我把整部劇本都寫完了，包含記憶拼貼的部分，那最後被用在《安妮霍爾》這部電影裡。湯尼羅伯特茲是她愛上的那位演員，這讓我相當懊惱——而且我不喜歡這樣的劇情發展。不過劇本本身也出了一些問題，我不知道那是什麼，而且我不知道接下來要做什麼才好。

我那時候在公寓閣樓裡思考要怎麼辦才好，然後看到書架上一本關於俄羅斯歷史的書，於是我就想，嘿、怎麼不進行《愛與死》就好了呢？我當時總是說這兩個是我相當感興趣的議題，就像是《戰爭與和平》一樣。然後我很快

就寫好了劇本並拿給傑克羅林斯看，他覺得那個劇情太爆笑了，因此我就決定開拍了。

我大部分場景都設計要在巴黎拍攝，但是聯美影業一心想要省錢，因此他們決定要我在匈牙利拍攝這部電影。我去了南斯拉夫勘景，後來也在匈牙利勘景。在匈牙利拍攝時，我幾乎都快凍死了，那是我沒有辦法形容的冷。我記得我當時想在野外練習豎笛，但是手指頭凍到完全沒有辦法演奏，實在太冷了。每天晚上我都會回到旅館並站在熱水下淋浴二十分鐘，我當時有夠討厭那段布達佩斯的體驗。

EL_ 不過好像巴黎那部分你還滿盡興的，至少當我在那裡時看到的是這樣。

WA_ 巴黎那部分很好，不過很冷，我不得不將一些外景挪進棚內。儘管我百般不願意，但是我沒有選擇。那些工作人員都很棒。

EL_ 這部電影中，你製造了很多鮑伯霍普式的模仿，那段波利斯正在安排與伯爵夫人會晤的場景根本就是《理髮師萬歲》裡面的畫面。

伯爵夫人：今晚午夜在我的寢室？

波利斯：好極了，妳也會在那嗎？

伯爵夫人：當然。

波利斯：那午夜見。

伯爵夫人：（將他的手壓向自己的胸部）午夜。

波利斯：十一點四十五分好了。

伯爵夫人：午夜。

波利斯：當然。

WA_ 對啊，這在這部電影中隨處可見。記得電影剛上映時，我正與馬歇爾布里克曼在城裡吃披薩，然後他說，「走吧，我陪你一起面對影評。」——那時候我還會看影評。我們一起去上城並買了一份《時代雜誌》並讀到文森特坎貝說他有多愛那部電影。事實上，那部電影在全美國都相當受到歡迎，而且我建議聯美影業——他們問我要怎麼打廣告——我建議他們採用大篇幅式的廣告，這樣無接縫的全版廣告就開始出現在全美各地的報紙上，可以讓讀者印象深刻，因為那非常像是一張照片。

波利斯（伍迪飾）與伯爵夫人（歐嘉喬治絲皮考特〔Olga Georges-Picot〕飾演）在《愛與死》中的約會。

EL_ 你從《傻瓜大鬧科學城》這部片開始，將自己的喜劇電影呈現出美麗的樣貌，然而《愛與死》的色彩又特別明豔。

WA_ 對啊，因為我找了很棒的攝影師（基斯蘭克羅奎特）以及，當然，那是一部時代電影，時代電影就可以拍得更明豔一點。加上當時天氣也很好，很棒的巴黎天氣。

EL_ 對啊，除了可以看到自己呼出的空氣之外，真的很棒。

WA_（臉帶微笑）——還有冬天的光線，我當時正開始好奇那些畫面在螢幕上的樣貌。還有《傻瓜大鬧科學城》也是，這讓我越來越喜歡我的工作。

EL_ 那是因為自己越來越有興趣，還是突然領悟自己可以做到這樣的事情？

WA_ 我當時在想，現在我已經建立起一些基礎，而我也不需要一輩子靠搞笑為生。我想要開始拍一些更有趣的電影並把電影拍得更好看，剪接得更精彩一些，而不只是征服喜劇王國，而是可以在電影界更有一些優勢。

EL_《變色龍》、《仲夏夜性喜劇》幾乎是同時拍攝完成的。

WA_ 對，不過我們是先剪接《仲夏夜性喜劇》，因為我們得先推出那部電影。《變色龍》花了比較多時間，因為我們要先研究一下那些背景片段再下訂單。那真的苦不堪言，但是拍攝的過程輕而易舉。

劇本的部分也很吃力，因為你需要在省略個人場景的條件下，維持故事

的通篇興味，那是我之前會刻意著墨的部分。這說來真的很棘手，拍攝白色房間的片段並想辦法拍攝連續鏡頭來呈現出完全有說服力的視覺效果——攝影機自然得要架在那裡，而很多時間都是我從車上走下來並走進建築物裡。

這樣讓我備感壓力。任何不該出現在紀錄片的畫面都不曾動搖過我的意志，我不想要在那個故事中，出現任何不曾出現在新聞或是真實紀錄片中的畫面。

EL_ 你很多年前提到過，你以前學校的校長尤朵菈佛列雀，你說過印象中她是一個很糟糕的人，不過你卻用她的名字來為片中的女主角命名。

WA_ 那是我劃分的方式。假如有人用不好的方式對待我，而他們的立場卻是對的（彈了一下手指，臉上開始出現微笑），那就沒有關係。假如有人很有名氣而他們對待我的方式不太好或是他們並非好相處的人，那也沒有關係。這些事情我都可以分得很清楚。

EL_ 你在創作《變色龍》的劇本時，有沒有遇上什麼困難，還是你非常順利地寫完了？

WA_ 我在寫劇本時其實滿順利的，不過在拍攝過程中學了很多。我沒有辦法採用真正的演員，因為演員不夠真實。假如你從街上抓了一個人來拍電影，他聽起來就會很真實。

EL_ 那在電影中為什麼就不是問題了呢？因為觀眾將紀錄片當作真實人生故事一樣在觀看嗎？

WA_ 對啊，假如我今天找了一個女人來扮演米亞的母親對你說話，不論這位女演員有多棒——就算是葛拉爾汀佩吉或瑪姬史密斯（Maggie Smith）——他們在紀錄片電影中都不夠真實。然而要是我找了我家打掃的阿姨，請她坐下並告訴她，「就是說一些她是很好的雇主，然後她付很多錢給妳，這份工作太棒了，」接著我就引導她，「她是一個很棒的雇主嗎？」

然後他說，「是啊。」

然後我就會說，「喔，她人怎麼樣？她會不會氣勢凌人？」

然後她就會說，「喔，不會，她從來也不會氣勢凌人，她完全讓我自在地工作。」眼前這一切突然間都變得那麼真實……就跟真的一樣。

EL_ 那些未經訓練的聲音才是自然的聲音？

WA_ 對啊，缺乏技巧，缺發戲劇張力。

EL_ 你當時有很多這樣的演員嗎？

WA_ 對啊，我是有一些這樣的演員，但是我從來不用他們。我都用卡車

運送員，他們會把這些人載進來。

EL_ 你在最後一場戲寫了這句台詞，「最後，畢竟，改變他一生的往往不是因為眾人的讚許，而是那個他深愛的女人。」我想很多人都會想，喔，他會這樣寫可能就是因為他有這樣的親身經歷。

WA_ 然而事實並非如此，我拍《變色龍》也並不是因為那跟我的人生有任何關係。當我與一位心理醫生在公開場合談論這部電影時，很多人對我提出不同的問題，而我的解釋就是我對於他們的見解沒有任何立場。我能貢獻的就是這樣的藝術效果，拍出一則好故事。

假如我有自己的心理醫生，舉例來說，同時也是電影中的一個角色，假如故事中這位心理醫生就是個英雄，那很棒。假如這位心理醫生是一位殺人犯，那對故事來說也是好的，這個心理醫生就會變成一個殺人犯。然而我沒有任何教條式的觀點，可以用來編撰任何關於心理醫生、猶太人、女人或是美國人的故事──不管是怎樣的題材，因此那句對白會出現在《變色龍》這個故事的結尾。然而假如柴利克突然發瘋並殺了佛列雀醫生，或是佛列雀醫生突然發瘋逃跑並殺了他，然後這剛好也是這部電影最有張力的結尾方式，那這就會是這部電影的結尾。

EL_ 這我們之前也談過，觀眾確實很容易搞混眼前正在跟我說話的人與大螢幕上那一模一樣的人，因為他的聲音聽起來就跟你一樣。

WA_ 沒錯，他們會搞混。這樣，當然，也許就是他們會來看我的電影的原因，我很幸運他們搞混了。我不知道，不過那是我一輩子都在否認的事情，而他們看著我時都會帶著微笑說，「我知道、我知道，你說的對、你說的對。」但是他們真的不相信而且我也百口莫辨。他們就覺得那是我。

EL_《另一個女人》描述一個女人細數自己人生的故事相當有意思。

WA_ 我知道這部分我之前提到過了，不過這個構想的精采之處在於聽到隔牆的對話，這是相當適合拍成喜劇的題材，這後來也透過音樂劇（此指《大家都說我愛你》）呈現過了。當時這個故事對我而言的隱喻在於一個冷漠女子始終不願意面對過往人生的負面色彩，或是她根本不想聽到任何不好的事情並且刻意迴避所有事情，導致最終再也無法壓抑並開始聽到隔牆傳來的聲音。

這就是我有興趣的戲劇類型；有些古怪、帶些詩意又含隱喻的戲劇。這樣的題材相當不好處理，我也竭盡所能了。我有像是吉娜羅蘭茲這樣優秀的演員，還有伊恩荷姆實在太了不起了。

EL_ 我還記得自己當時在一旁看著這部電影逐步成形是多麼過癮的經驗，

眼看我當時在你那些拍攝場景待上幾小時的歲月，已經過了將近十年了，而讓我驚訝的是，你看起來處之泰然。

WA_ 對啊，從專業的角度來看是這樣，那個時候我已經拍了很多部電影了。就算最冷漠的傢伙（大笑著）也該在專業上精進到某種程度了，所以我可以一到片場就知道自己在技術層面上應該做些什麼處理。當然，這絕對比那些不知所措並做出一些特別愚蠢決定的菜鳥導演要好得多。百分之一是你可以透過學習獲得的，另外百分之九十九就是天生的，這就跟在夜總會表演一樣。

傑克羅林斯曾經說過，「你得要學習技巧並不斷地重複練習。」沒錯，這樣就可以獲得那百分之一的技術。今天有個傢伙正準備第一次登台表演，而另一個傢伙卻已經表演兩年了，這個已經表演兩年的人已經獲得那百分之一的技術，不過這個初登場的傢伙，如果他比另一個傢伙優秀，就算另一個傢伙已經登台二十年、五十年了，那也都無所謂了。

EL_ 那就是金哈克曼參與演出的那部電影。

WA_（心情熱切了起來）對、對。像是金哈克曼或吉娜羅蘭茲或葛拉爾汀佩吉或莫琳斯特普爾頓那樣的人，總是讓我心生畏懼，你絕對不想在他們面前出糗。

EL_ 你對《另一個女人》的成果滿意嗎？你在製作的過程中相當胸有成竹，但是每次我們在談論你的電影時，那都不是你最喜歡的電影。

WA_ 不滿意，我現在絕對可以拍得更好。

EL_ 那你現在會怎麼拍呢？

WA_ 我當時有些作繭自縛——《我心深處》也是——因為我在處理一些冷漠的角色，我就不需要把電影的氣氛炒得很熱絡。因此《另一個女人》中的主角就散發著一種類似的冷漠，而那比我想要的還要更冷漠了些。此外我也犯了一些笨拙的錯誤。

EL_ 像是？

WA_ 她劇中丈夫的角色我沒有處理好，那是劇本的問題。這個角色是由伊恩荷姆來演出，好幾次都是靠他用演技幫我解危，因為他非常敏銳、非常優秀，但是問題出在劇本一開始就沒有把這個角色設計好。我應該讓他的角色更熱情一點，劇情張力也應該提早出現。我當初對於角色與氣氛的選擇上，要是沒有那麼理智就好了。

EL_ 我想到心理醫生那句話，「看進我的內心並喜歡上他眼中所見的事物。」

WA_ 我在那裡面寫了一些不錯的句子，就像我在《情懷九月天》裡也寫了一些不錯的句子一樣。這些都是很有前景的戲劇，不是那種情節戲劇，所以我沒有透過任何電影技術來輔助，我並沒有濫用我的媒介。這些都是可以搬上舞台的戲劇，都是很理智的作品，也都有遠大的目標——不在達成，但是設定遠大的目標。然而我當時的能力不足以掌控全局。

拍了一部喜劇但是功夫卻不到位，結果就像《傻瓜入獄記》一樣有層出不窮的錯誤而這麼基本的作品也可以讓我跌跌撞撞，雖然成果確實可以娛樂大眾。然後你試著在經驗中學習，並在下一次應用到他人也可以效仿的程度，但是僅存的只剩下那些可以娛樂他人的了。

當你有足夠企圖心並想要嘗試像《另一個女人》這樣詩情畫意的戲劇類型，去闡釋一個女人透過隔牆聽到自己的聲音並追隨他人才得以回顧過往人生的劇情，要是沒有拍成功，你僅存的就不會像是《傻瓜入獄記》這樣至少還有娛樂效果的成品，因為這個題材本身不足以引起觀眾的興致。

這三部電影——《我心深處》、《情懷九月天》與《另一個女人》都是非常有前景的電影。因此要是我失敗了，那很明顯就會招來惡名而且一點娛樂效果也沒有。

那種衝動是可敬的，那種嘗試也是可敬的，我已經盡力了。我當時並沒有打算要再花心力拍另一部娛樂大眾的電影，也不想要迎合美國市場拍戲劇電影。我當時是想要拍一部歐洲電影風格的作品，因此針對那些我在搖擺之中所失去的，觀眾得以因此生氣，而我也願意承擔。

EL_ 你認為有哪些電影技巧是你當時可以用上的？

WA_ 其中一個就是製造動作場面。你沒有辦法將西部牛仔電影搬上舞台劇，就像《等待果陀》沒有辦法拍成電影一樣，那本來就是齣舞台劇。《愛情決勝點》中，我就取得了媒介上的優勢。主角是一個網球選手，其中也有殺人情節與一些激情的情節。

EL_ 沒錯。然後這裡你讓主角在走廊上跟著其他人的腳步，那是靜態的，然後他們可以聽到隔牆裡傳來的聲音。

WA_ 對，因此這個構想很好，但是我沒有充分發揮其中的潛力。

EL_ 我們談論不少關於你心中構想的源起，但是還沒有談過你如何從這麼多構想中抉擇。你可以舉例說明你是在怎樣特定的時間點決定要拍成電影的嗎？

WA_ 我心中有三個構想，分別是《貧賤夫妻百事吉》、《愛情魔咒》與（稍

作停頓）《好萊塢結局》，這三個都攤在我的書桌上。然後我就說，「嘿，我想要拍這三部喜劇，讓這些劇本在我桌上消失。」然後我就開始一部接一部拍成電影。當時有人說，「老天，他只會拍一些瑣碎題材的電影，拍一些無足輕重的喜劇。」但我卻不這麼想，我只是想，因為劇本就在我桌上，所以我要拍成電影。那是我當時心中的想法。

等到那些都拍完後，我突然有股衝動想要拍《說愛情，太甜美》，因為那個構想已經在我心中兜好多年了，關於一個比較年長的傢伙，他是真的瘋了，而他心中對這世界有著瘋狂的想法並開始為一個年輕人提供人生的指引。然而最後這個比較年長的傢伙，你知道，他真的有精神問題。我完全依據自己當時的心情來拍電影並希望大眾可以在觀賞中盡興。假如沒有辦法，我下次還是會照自己的想法拍電影並再度抱持相同的希望。我想要是真的沒有人喜歡我的電影，我應該早就失業了，不過我想自己還是夠幸運的。

EL_ 這樣說也許過度簡化，但是其中可以找到這樣的主旨。你在不久前談到《變色龍》時指出，遵從可能導致獨裁的危險性。這裡說的是一個年輕人對另一個人言聽計從，而對方卻是個在頭上包著錫箔紙就以為可以聽到外星人的傢伙。這當中隱含著一種感性，意在表達要是不願意做自己是真的很危險的。

WA_ 這就一種兩敗俱傷的局面，因為做自己也是會惹來一堆麻煩的（大笑），只是你心中感覺會比較好一點。這就像是運動員一樣，為了得獎或什麼而戰。你不想要為別人而戰又打輸。假如你為自己而戰卻輸了，那你就輸了；但是假如你是為別人而戰卻輸了，那你就會覺得糟透了。

拍電影也常常會遇到這種事情。假如你拍電影是為了迎合他人或是滿足觀眾或是影評圈或任何商業理由或藝術目的——假如你是為了某些算計好又讓你不自在的理由去拍電影，結果最後也失敗了，那你真的就會覺得很糟。然而，假如你在拍一些你真的關心並且覺得可以享受的題材卻失敗了，那也不會比《風流紳士》更糟，因為只有你痛恨那部電影而其他人都非常讚賞。但是，如果你自己一點也不盡興，這又有什麼意義？要是我拍了一部自己很喜歡的電影，結果大家卻不喜歡，至少我在過程中得以盡興。然而假如我不喜歡而大家喜歡，你知道，對、這樣的票房可以賺錢，但是我一點也不盡興。

EL_ 誰對你的影響最深遠？

WA_ 當我開始拍電影時我非常崇拜柏格曼——我仍然認為他是我見過最優秀的電影人——然而等你開始回想當時的我，我到底是怎樣的人？我當時在

俱樂部說笑話，百老匯的喜劇作家。我不是知識分子，也不是什麼抑鬱沉思又嚴肅的人，我是會去看球賽並去依蓮餐廳吃飯的人。我也沒有看過攝影機的構造，我也不知道自己當時究竟在做些什麼，而對我最有影響的人是柏格曼。這聽起來相當矛盾又愚蠢，我與這些影響我的人之間的差距——鮑伯霍普與英格瑪柏格曼（開始大笑起來）。因此你心中當然會開始出現奇怪的混合畫面，其中充滿了喬治考夫曼或鮑伯霍普那種俏皮話與某種形式的戲劇藝術，帶著最深沉的瑞典電影性格並透過一名來自夜總會的喜劇演員來處理這樣嚴肅又深奧的主題，你心中就會出現這樣雜亂的畫面（大笑著）。然而不論是好是壞，這些電影顯然都可以娛樂大眾，而且又如此不同——我並不是在墨守舊規。我是，初出茅廬，匯集那些影響我的人之大成，而我的影響卻如此對立。

我總是說自己不夠藝術也不夠商業，對於一般人而言，我的電影看起來可能，講好聽一點，有些藝術風格。不過換作是那些真正懂藝術的人，他們就不這麼認為了。因此我的電影就處在這種不定的中間狀態，這些電影——我不知道該怎麼說。不夠商業也不夠藝術（停頓一下後開始大笑）而某些又意外的好看，甚至可以獲利。

EL_ 你的電影中有沒有任何讓你個人覺得滿意的，而其中也正是你想要處理的個人感覺或是觀點呢？我現在想要引導到這個話題上來。

WA_《我心深處》表達我對生命的感覺，我們生存在一個冷峻又空洞的世界，即使藝術也沒有辦法拯救人心——只有些微的人性溫暖或有幫助。這是我筆下的訓世意味。我部分的電影，假如一一列出，聽起來可能會很悲觀。《罪與愆》，你可以犯罪並逍遙法外，因為這是一個無神的世界。假如我們沒有辦法監督自己，那就沒有人可以監督我們；《開羅紫玫瑰》中，我的感覺是，就像我之前提到過的，你必須要在現實與幻想中抉擇，當然，你終究被迫選擇現實，而現實總是最致命的一擊；《我心深處》中有很多關於人與人之間的無情與冷漠應對，而生命如此令人畏懼，死亡如此令人畏懼而我們卻求助無門。這些加總起來（輕聲笑著）聽起來就很冷酷無情。

EL_ 或現實吧。當你帶著《愛情決勝點》參加坎城影展時，有人問你這部電影是不是太過憤世嫉俗，你回答說「憤世嫉俗」只是「現實」的同義詞。

WA_ 這確實是我心中的想法。（嘆氣）不過這不是大眾娛樂的題材，這並不是很適合用來娛樂大眾。人們也許心中完全認同你的看法，卻不願意細說這件事。

EL_《愛情決勝點》卻是例外，這部電影非常受歡迎。這樣廣受歡迎的情

況有讓你覺得備受鼓舞嗎？

WA_ 這對我在信心上的幫助是這層面的：我一直想要成為（輕聲笑著）一位嚴肅的電影人。每當我拍完一部題材嚴肅的電影時，我從來不曾獲得廣大觀眾的支持。《愛情決勝點》對我來說是在這類型電影的一項突破。這部電影相當嚴肅，沒有笑話，也沒有任何喜劇成分，卻擁有真正的觀眾——像是觀賞《曼哈頓》那樣的觀眾，像是觀賞《安妮霍爾》那樣的觀眾，那樣廣大的觀眾群。對我來說很多了，真的。因此這樣讓我有自信可以繼續拍現在正在拍的這部電影，因為我覺得觀眾也許真的會欣賞這部電影。欣賞這部電影對他們來說不會像是回家作業，這部電影既有娛樂效果又有某些程度上的深度，這是這部電影對我的幫助。

我對於電影的見解是在我人生的舞台上，觀眾早就預先設定好自己的立場了。那些喜歡我的作品的人自然會去看我的電影並忽略我犯下的錯誤，而那些不喜歡的人眼中只看得到我犯下的錯誤，因為我做每件事情（輕聲笑著）時，總會犯下某些程度上的錯誤。那也是《愛情決勝點》這麼讓我驚訝的原因，因為儘管我總是在犯錯，我卻覺得《愛情決勝點》中沒有任何錯誤。《漢娜姊妹》就是一部我覺得毀在自己手裡的電影，但是觀眾還是選擇喜歡我的作品。最有名的是，我覺得自己毀了《曼哈頓》而觀眾也選擇忽略這個部分。

EL_ 你為什麼覺得自己毀了《漢娜姊妹》，除了結局皆大歡喜以外？

WA_ 對啊，那個結局真的讓我懊悔不已。幾乎我自己的每一部電影裡面，即使是那些我自己非常喜歡的作品，像是《開羅紫玫瑰》，其中也有很多部分是我覺得當初不應該那樣處理的。就算我很多年沒有看那些作品了，我一樣會記得，我心裡會想，當初要是這裡的步調快一點，或是在這個時間點上多放一點情緒就好了。然而《愛情決勝點》卻是面面俱到（他的聲音中充滿不可置信）。也許十年後我再來看就不會這樣覺得了，也許我會想，喔，老天，我當初以為這部片拍得很完美，但是看看這裡，看看那裡（開始大笑）。當然我不會完全是因為這個理由而回頭看這部電影。

我今天在踩跑步機時，看了一部老電影，我當時在想，我應該打從六〇年代過後就沒有看過這部電影了，而我記得這部電影中的明星出現在媒體上時——她真的非常美，我根本迫不及待想要見到她本人。然而當我今天在電影中再次看到她時，她卻不像我印象中那麼美了。於是我就想，怎麼了？她當年美貌出眾舉世聞名，但我現在看著她卻覺得，因為美的標準不一樣了嗎？還是我的品味不一樣了？她當時真的有那麼美嗎？（他苦笑著）絕對不要回頭看自

己以前的老電影，實在太嚇人了。

EL_ 你通常會設想多遠以後的事情？

WA_ 大概一、兩年。我們通常都在與人交涉明年夏天或是之後幾年夏天的檔期。部分情況是那些外國人完全無條件出資讓我拍電影，也有部分情況是要求我要在他們的國家拍攝電影，甚至也有很少量——很少量——美國的出資者有興趣，但我總是比較謹慎一點，因為國內的出資者通常會附帶一些藝術上的限制。

最近《時代雜誌》上有一篇文章說，現在拍電影的平均成本是九千六百萬美金。我拍一部電影的成本是一千五百萬美金，我以為這些人應該會蜂擁而至：這傢伙拍一部電影只要一千五百萬美金，有時候一千四就夠了，而且絕對不會超過一千七百萬。加上附屬權利與全球票房絕對可以打平，而且負面的風險相當小。我絕對不可能讓任何人破產，此外我總是可以找到非常棒的演員。然後你想想，那個可以出資九千六百萬美金的人就會說，「讓他幫我們拍半打電影，我確定每一部都可以賺一些錢，這樣我們投資的錢就相對安穩。等到都拍完了，要是每部電影賺兩百萬美金，那我們就賺了一千兩百萬美金。」

我知道那不是兩千五百萬美金，但是會有很多商品，也許他們就會幸運投資到像是《愛情決勝點》或《曼哈頓》這樣的電影，這樣就不只賺兩百萬了，而是一千萬美金。不過我很確定有些事情是我無法看到的，因為事實不是這樣。

有個人想要支持我拍一部電影並寫信告訴我，他了解我對於無條件拍片自由的堅持，他願意出這麼多錢給我，事實上不算多，而他的要求就是要看到五頁的劇情概要。然後我們就回信給他說，我不可能寫五頁的劇情概要，就算是我自己要拍的電影也不會。我甚至也不會替自己寫一頁的劇情概要，我從來也不曾寫過三到四行的文字描述給任何出資讓我拍電影的人來安撫人心：這是彩色電影，而且是現代電影（大笑）——因為他們不想要那種黑白的時代電影，絕對不要那種背景設定在十四世紀或關於沉默的天神的題材。因此我只能給他們模糊的構想，但是我不想要限定自己，因為有時候我在寫作的當下就會被當時的情境激發出不同的想法，而我希望自己保有隨意轉換的空間。

有趣的是，這麼多年來我聽過多少人發牢騷抱怨時代電影，但是每次只要有時代電影上檔——不論是《鐵達尼號》或梅爾吉勃遜的電影或是《亂世佳人》或《教父》——全部都是叫好叫座的電影。

EL_ 你之前提到過自己想要拍一部關於紐奧良爵士樂的電影，還有什麼

涯

其他題材是你想要拍的嗎？

WA_ 我想我已經開始覺得——因為我今年要滿七十一歲了——所以我不可能再拍那種鮑伯霍普式的電影，讓自己隨心所欲去包辦各個層面。我一直想要找人一起合作一部公路電影，可能找基頓或其他喜劇演員，像是霍普—克勞斯貝（Hope-Crosby）式的公路電影，不是（大笑著）《逍遙騎士》（Easy Rider）那種公路電影。

要是哪家製片公司來找我說，他們想要拍一部霍普—克勞斯貝那種類型的電影，我真的可以拍出一片很精彩的作品。很多人在拍攝復古電影時會犯下的致命錯誤就是會太過用力，過度演繹，但我不會。我會依循傳統拍攝這樣的電影。這會是一部很逗趣的電影，但是沒有人會有興趣（大笑著），不會有人想要拍，也不會有人想要看。

EL_ 我知道《愛情決勝點》是你最滿意的一部電影，不過有幾次你曾經提到《開羅紫玫瑰》、《賢伉儷》與《愛情決勝點》是你認為最好的三部作品，現在還是這麼認為嗎？

WA_（很快地回答，雖然他似乎不太想承認有這麼多部）是的，如果我非得要挑三部。（口氣變得更謹慎些）這些評價可能都會因為我再看一次而改變，拍攝《百老匯上空子彈》時有很多有趣的回憶，（停頓下來，皺眉頭）我想想……

EL_ 接下來我想要總結一些問題請教你。很多年前，你為《紐約客》寫了一篇戲謔逗趣的畢業演說詞，標題是〈給畢業生的演說〉（My Speech to the Graduates），然而針對未來的電影人，你有沒有什麼認真的忠告呢？

WA_ 當我受邀對團體進行演說時，他們總會請我提供忠告，而我也從來沒有辦法提供任何忠告，因為不論是進入這一行或是成為導演都不是有任何固定模式可循的。這些人都是要盡己所能與一些手段才有辦法達成；馬丁史柯西斯先在電影學校唸書並也很成功，而蕾妮里芬斯塔爾（Leni Reifenstahl）（大笑著）靠著追求希特勒後也很成功。因此我可以提供的唯一忠告就是，只有做了才算數。不要去讀任何關於自己的報導，不要大肆討論你的工作，埋頭努力工作就對了。然後也不要去想獲得任何好處，也不要去想任何錢財與名利的事情。你越是不要想到自己就會越好。這就像是棒球投手一樣，你越是不去意識到自己的動作，你就可以投得越好。把事情做好就對了，不要浪費時間想其他事情，不要加入任何娛樂圈的小圈子，不要因為他人而分心，這樣一切就會按部就班地在你眼前就定位。

假如你的工作不受歡迎，繼續堅持做你的，然後要不是他們會開竅就是你會失業，而這都是你應得的。假如人們討厭你的作品，就隨他們——他們可能是對的，也可能是錯的。假如人們認為你是天才，你最好迴避這樣的讚美，因為你要捫心自問，如果你是天才，那莎士比亞或莫札特或愛因斯坦算什麼？出現在我身上的讚美總是向下修正的——「喜劇天才。」我認為喜劇天才之於真正的天才，就像是野鹿王國的總統之於美國總統一樣。

隨著自己的年紀漸長後，「傳承」這個字就開始出現。我個人對於傳承一點興趣也沒有，因為我堅信一旦人死了之後，用你的名字當作街名也不會讓你死而復生——這些我都在林布蘭、柏拉圖以及其他那些好人的身上見識過了。他們還是一樣躺在那裡。也許會有一筆小數目的財務傳承給我的孩子，數目不大，但是當我死了以後，就算他們把我所有的電影或負片——除了我留給孩子的財產之外——全部都倒進排水溝裡我也無所謂。偉大的莎士比亞與隨便一位伊莉莎白時代默默無名的英國劇作家，後者的作品根本沒有辦法搬上舞台，就算搬上台了也只會讓觀眾拔腿就跑，但是兩者死後的結果都是一樣的。我不是覺得自己完全沒有才氣，只是我的才氣也沒有好到讓我可以死而復生。所以傳承真的一點也不重要。我曾經說過的一句俏皮話正好可以總結，「比起活在後世子孫的心裡，我寧可活在自己的公寓裡。」

EL_ 對於那些在你死後才看到你的電影並喜歡上你的作品的觀眾呢？

WA_ 這對他們也很好，而且要是我的電影在我死後能夠讓後人喜歡，很好，我樂觀其成，但是我認為我不需要去在意自己死後會發生什麼事情。當人還年輕的時候都會想到光榮與奉承，想到永垂不朽，但是等你抬頭看見你的光榮之路全都上了標題——那就是當他們在討論那些總統的傳承的時候，我總會想，那些總統們為什麼總是這麼擔心關於自己的文獻與記錄，還有他們的臉會不會出現在郵票或硬幣上面？當你被裝進骨灰罈時，誰看得出來你有沒有總統風範？

EL_ 你總是提到工作應該要開心。

WA_ 過程一定要有趣，因為那是你可以從中獲得的唯一樂趣。年輕時會以為獲得名氣與利益可以改變你的人生，然後你發現其實根本不可能。一旦電影推出了，要是有人來告訴我，「嘿，你的電影風評很好，」我會很高興，不過然後呢？假如有人來告訴我電影的風評不好，我會說我真希望電影有好的評價。但是兩者之間的差異實在不大，因為真正的樂趣是在拍攝的過程中——籌劃與執行以及繁忙的工作。完成之後，我就再也不想要再看一遍了。我沒有任

何自己作品的 DVD，我一點也不在意那些作品。我拍完了，那就像是在披薩盒裡翻那些吃剩的披薩，那是昨天晚上的外賣——昨天晚上很有趣，但是我吃過了。

EL_ 這些改變是什麼時候開始的？

WA_ 就在我推出最早期那幾部電影後，我發現自己在過程中相當自得其樂，而等到那些電影上映後，即使廣受好評對我來說也無關緊要。我是說，當然那種感覺遠比強盜拿著繩子出現在我家門口要來得好，但是我星期六晚上還是一樣會坐在家裡想著究竟是要點中國快餐好呢？還是自己煎蛋來吃好？然而讓我驚愕的是健身房裡那個擁有金髮與黝黑美腿的女孩子竟然對於「喜劇當紅炸子雞」一樣不聞不問。我的生活完全沒有因此改變。直到我的電影第一次出現負評時，那是我的電影第一次不受到歡迎，我本來以為自己會信心重創，結果我發現其實也沒有那麼嚴重。附帶一提的是（開始大笑），那個金髮女孩還是一樣對我不理不睬。我不知道那究竟是福是禍。沒有高潮，也沒有低潮，只有專注在工作之中——就像製作一幅美麗的拼貼一樣。療養院裡的繁忙工作可以幫助病友保持專注與冷靜。

EL_ 有沒有你持續仰賴的一小群核心人物？

WA_ 我們在電影這一行裡，總是被周遭各式各樣氾濫的答案與意見所淹沒，但是你一定要堅持自己的信念。儘管身邊出現各式各樣的壓力與忠告，不論是那些財務或電影專家，就算自己最後遇上最大的困難也不要放棄嘗試創作好的作品。你必須仰賴自己的家人或好朋友，這些人跟你有同樣的價值觀——或許就是這樣才會讓我們聚在一起——然後在這個小世界裡，建立起屬於自己的價值、品味與標準，而且誠實面對這個小世界。假如你可以做到這點，不僅不會讓你受到侷限，反而可以幫助你。如果世上每個人都在讚揚同一首歌曲或同一齣舞台劇，你還是要堅持自己的信念，即使有可能與他人為敵也一樣。你會發現其實不會很困難。假如我喜歡某件事情或某個人，我一點也不在乎其他人怎麼想，如果我不在乎，我就不會在乎。當我完成一部電影時，我會很在意某幾個人的看法，我就會很焦慮地反覆思考他們的評價，因為我重視他們的品味，即使與我不一樣。

假如你沒有辦法不去聽聞攸關自己作品與個人的評論，雖然這不會很困難，那我就建議你不要相信那些讚美你的言論。大部分的讚美都不是誠心的，也有一大部分的讚美是謬論——因此只有一小部分是你能得以歡欣鼓舞的。演藝圈中對於他人工作的讚美多半是奉承的，永遠記得一件事：那些在電視上穿

著西裝筆挺讚美你的人，通常在那頓晚宴過後一週就再也不會回你電話了。

EL_ 你認為評論可以幫助或是阻礙你的工作到什麼程度？

WA_ 我希望藝術工作者可以——這會有很大的幫助——但是藝術工作者沒有辦法依照評論調整他們的工作。我可以接受評論內容的真實性，但是我沒有辦法針對下一部電影去做些什麼。我不可能因為有人提出評論就改變我的風格或是主題，就算我想也沒有辦法。這是我天生受限的部分，就像馬歇爾布里克曼絕妙的說法：搞砸了也是因為你就是這個死樣子。作品必須獨立於一切言論之外。假如作品很好，不管正反面的評價如何都一樣是好作品；如果作品不好，就算當下看起來很受歡迎也一樣會淡去。當然了，可以擁有那受歡迎的當下真的很好，不管多麼短暫，因為等到人們發現那作品爛透了的時候，至少你也賺到他們的錢了。

多數人的多數作品，其中也包含我自己，都是不好的作品，因為要創作出好作品真的很難。因此你必須去設想多數的製片、作家、劇作家與畫家其實都不是一流的。我們難得可以遇見所謂真正的天才或甚至是奇才，但那相當罕見。我們都可以存活下來是因為大眾的要求沒有那麼高，而成功的門檻也沒有那麼高，但是我一定是很幸運的人。

當我剛進這一行時，我會蒐集那些對我的負評並集中在剪報冊裡，因為我當時深信當我有朝一日成功時就可以證明這些負評有多諷刺。現在一切都已經撥雲見日後，那些我以為是吹毛求疵的評論似乎也不再如此了，因此我對於自己的作品再也沒有那些妄想。最近我獲頒西班牙阿斯圖里亞斯王子獎（Prince of Asturias Award，旨在獎勵科技、文化、體育與社會等領域有傑出貢獻的個人或團體）。接獲通知的當天晚上，得獎者還有亞瑟米勒與丹尼爾巴倫波因（Daniel Barenboim），當他們通知我獲獎時，我真心覺得那一定是書記上的錯誤，不知道哪個西班牙的可憐蟲竟然犯了這麼糟糕的錯誤。我覺得那個點子可笑到可以拍成一部電影；這打翻油墨的西班牙可憐蟲要向他的主管解釋，為什麼這個來自布魯克林的庸才會獲獎，而這個獎項明明就比較適合頒給那些發明……像是鐳元素或是保鮮盒的人。當然了，我拒絕了這個獎項，但是後來我又接到來自西班牙的電話說我不能拒絕，因為國王與皇后都會出席，拒絕領獎等於是在冒犯他們。因此我還是出席領獎了，現在我有這個亮晶晶的獎牌。

伍迪在《再彈一遍，山姆》與《解構哈利》中飾演作家。

EL_ 好的，最後一個問題，至少是這次訪問的最後一個問題。你對於自己到目前為止的演藝事業評價如何？

WA_ 我客觀的感覺是，我在藝術層面上並沒有任何顯著的成就。我這麼說不是因為我感到後悔，只是描述我心中真實的感覺。我覺得自己對於電影界沒有任何真正的貢獻，比起同儕像是馬丁史柯西斯、法蘭西斯柯波拉（Francis Coppola）或史蒂芬史匹柏，我沒有真正影響到任何人，不管是任何特定的方式都一樣。我是說，我的同儕中有很多人都對年輕一代的導演造成影響，史丹利庫伯力克就是一個非常好的例子。我從來不曾擁有過任何影響力，那也是我覺得狐疑的地方——這種情況下，我在這些年來竟然可以受到這麼多關注。我從來也不曾擁有廣大的觀眾群，也從來不曾拍過任何賣座電影，也不曾拍過任何引起爭論的題材或注意現在流行什麼。我的電影也不曾在國內引起任何社會、政治或知識圈的討論。我的作品都是一些適中的電影，適中的資金預算並賺取極為適中的利潤，而在演藝圈中也沒有激起任何漣漪。年輕輩出的新秀導演也沒有在模仿我的拍片手法，我從來也沒有什麼拍攝技巧或充分的深度來啟發他人。我就是一個來自布魯克林百老匯說笑話的人，而我的運氣一直都很好。

我認為自己有點——不過沒有他那麼天才——像是爵士音樂界的塞隆尼斯孟克一樣，他完全擁有自己的世界。沒有人可以像塞隆尼斯孟克那樣演奏，也沒有人想要那樣，不過就像我說的，他是個天才而我則是有娛樂他人的天賦。（伍迪的藝術哲學就跟塞隆尼斯孟克一樣，他曾經說過，「不要隨著大眾

的想法演奏，應該要隨心所欲的演奏並讓大眾跟上你的腳步。」）而且我並不是那種過度謙遜的人，當自己夠優秀時，我也會欣賞自己。我不是那種悲哀或極度自虐的人，然而我知道自己已經用盡所長了，賺得比我父親還多，而最重要的是目前為止依舊身體健康。

我小時候常常會躲進電影院裡——有時候一星期會看個十二到十四部電影。成年以後，我一直可以用一種相當任性的方式生活。我可以隨心所欲地拍電影，而且目前為止我竟可以生活在這樣的花花世界裡，充滿美麗的女人與聰明的人，以及那些戲劇化的情境、服飾與場景，還可以操弄現實。更不用說那些美妙的音樂與美景了。（大笑著）喔，而且有時候還有機會跟女明星約會。還有什麼比這個更好的了？我已經逃到這樣戲劇的人生之中，處在攝影機的另一邊，而不是觀眾身處的那一邊。（稍作停頓）諷刺的是我拍了逃避現實的電影，但逃避現實的不是觀眾——是我。

二〇〇九年二月

《命運決勝點》於二〇〇七年推出，而由潘妮洛普克魯茲（*Penelope Cruz*）、哈維爾巴登（*Javier Bardem*）、史嘉蕾喬韓森、蕾貝卡霍爾（*Rebecca Hall*）與派翠西婭克拉克森（*Patricia Clarkson*）……等人所主演的《情遇巴塞隆納》（*Vicky Christina Barcelona*）則在二〇〇八年推出。這部電影在世界各地都非常受到歡迎，推出前六個月就獲得九千萬美金的票房並即將追上伍迪最賣座電影《愛情決勝點》的票房紀錄。這部電影在二〇〇九年一月贏得金球獎最佳喜劇或音樂劇電影，而男主角哈維爾巴登也被提名角逐最佳男主角，此外潘妮洛普克魯茲也獲得最佳女配角提名，她更因該片榮獲奧斯卡最佳女配角獎。伍迪於二〇〇八年在洛杉磯歌劇院（*Los Angeles Opera*）將賈科莫普契尼（*Giacomo Puccini*）的作品《強尼史基基》（*Gianni Schicchi*）以嶄新面貌搬上舞台並榮獲好評。當我們見面談論他的工作進度時，他才剛完成《紐約遇到愛》（*Whatever Works*）這部電影，主要角色有賴瑞大衛、伊雯瑞秋伍德（*Evan Rachel Wood*）與派翠西婭克拉克森，而他接下來即將在倫敦開拍下一部電影。

EL_《命運決勝點》對我來說似乎是《愛情決勝點》的另類結局：主角殺人後得以逍遙法外，但是最後卻臣服於良心的譴責。《愛情決勝點》是你目前票房成績最好的電影，但是這部片卻不怎麼受到矚目，你自己怎麼看的呢？

WA_《命運決勝點》這部電影因為某些原因被直接列入證人保護計畫

（Witness Protection Program），（開始大笑）你知道，就我個人的觀點來看，雖然一點也不重要，但這是一部好電影，或許比《情遇巴塞隆納》更出色，只是不太平易近人就是了，因為題材相當沉重。當我們在某次試映後進行團體會談時，我就看得出來這部電影不會賣座，其中一為非常天真的女士問我，「你希望透過這部電影傳達什麼訊息？你希望人們看完這部電影會有什麼感受？」（他大笑著）

我說，我只是認為這個故事很有意思，可以讓人投入在劇情與角色之中。發生在劇中人物的這些事情固然是一場悲劇，你可以從這些角色與劇情中，自己下結論。

哈維韋恩斯坦對這部電影非常有興趣並買下了美國的版權，而且他打算要力推柯林法洛與伊旺麥奎格角逐奧斯卡獎。後來他發現兩個人都沒有空來美國參加任何他規劃的活動，所以他將首映會延到隔年（二〇〇七年）年初，結果這兩個人還是一樣沒有空。他只好讓電影上映，這件事情一直以來都沒有人知道。

這是一部很有意思的電影，我覺得，不會很深奧。劇中每個演員的詮釋都非常出色，故事懸疑緊湊，但卻不是迂迴難懂的故事。至於觀眾為什麼會喜歡《情遇巴塞隆納》卻不喜歡《命運決勝點》？我也一樣摸不著頭緒。

EL_《情遇巴塞隆納》不管在世界各地上映都相當受到觀眾的矚目，這部片有世界級的敏銳度，而參與的演員們也都是相當受到歡迎的演員。

WA_ 是的。這部電影推出後，哈維爾巴登就贏得奧斯卡，潘妮洛普克魯茲非常搶手，史嘉蕾喬韓森也是個巨星——更不用說新秀蕾貝卡霍爾的精采演出了。就風格而言，《情遇巴塞隆納》感覺比較像是法國電影。當我第一次看這部電影時，我心中想到自己在一九五〇年代與一九六〇年代早期所看到的法國電影。

我當初並沒有料到這部電影會這麼有娛樂效果，我完全沒有料到這部電影會有任何娛樂效果。我以為應該會是一部浪漫電影，然後觀眾會融入劇情之中並走到最後悲傷的結局：其中一個女人必須回家接受並對人生妥協，完全無法感受到冒險生活的自適；另一個女人則要繼續追尋她永遠找不到的東西；派翠西婭克拉克森則得要繼續維持那段沒有愛的婚姻；潘妮洛普克魯茲與哈維爾巴登的關係已經破局，不論在一起或分開都沒有用了。因此我眼中的這部片是非常悲傷的，但是每個人走進電影院卻都在哈哈大笑，他們覺得這部電影很逗趣。

EL_ 這部電影中你採用較多的單一鏡頭與特寫，這跟你以往偏好長鏡頭的習慣似乎有所不同，而且這也是你第一次與加維爾阿吉雷撒羅貝（Javier Aquirresarobe）合作。

WA_ 我是因為哈維爾巴登與潘妮洛普克魯茲的英語台詞，才會拍比較多單一鏡頭。（如果他們的英文台詞需要做些調整，這樣就不需要重新搭景了）

加維爾阿吉雷撒羅貝是非常出色的攝影師，他知道我不喜歡陽光（伍迪喜歡陰天，這樣才會有那種柔和微妙的光線），因此不管在巴塞隆納的任何景點，畢竟這個城市陽光普照，他都會想辦法搭起絲網來遮陽。假如當天風很大，負責收音的人就會一直聽到絲網在風中拍打的聲音，但是他會避免在烈日下拍攝就是了。

EL_ 當英格瑪柏格曼在二〇〇七年夏天過世時，你正在奧維多（Oviedo，西班牙北部）拍片，你在《紐約客》雜誌寫的那篇紀念文提到你們多年來都會通電話聊天，那是怎麼開始的？

WA_ 我當時在拍……好像是《曼哈頓》……不、下一部片，《我心深處》，然後麗芙烏曼，我們私底下認識，她告訴我，「英格瑪在紐約，他想要找你吃晚飯。」然後我就想，他為什麼會想要找我吃晚餐？後來英格瑪與他的太太加上麗芙與我，就一起在他的旅館套房見面，那次見面真的非常開心，我們聊了好幾個鐘頭。最讓我驚訝的是他做人真的非常大方。他知道我當時對紅酒非常沉迷，所以他就點了一瓶非常高級的紅酒到房間裡喝，我記得自己當時非常驚訝，但是最讓我驚訝的是他竟然這麼平易近人。他不是那種孤僻的天才、那種只生活在藝術氛圍中或其他人只能坐在他跟前聽他聊那些艱澀難懂的存在主義議題的人，他完全不是那種人。他就像平常人一樣談論電影賺不賺錢，還有那些發行公司有多煩人或是女人有多性感，這些種種的話題。他也邀請我去法羅島（Faro Island），他住在那裡，不過我沒有去找他。（伍迪在《時代雜誌》中寫到，「可惜我沒有讓自己搭上小飛機，拜訪那個接近俄羅斯的小島上並吃一頓優格午餐。」）

EL_ 他對於你的電影有什麼看法？

WA_ 我不記得他說了什麼，不過他要是說了任何正面的評價，我都會抱持懷疑的態度，或當作是應酬上的禮貌。特別面對這些可敬人物在稱讚我的同時，我的感覺都是他們僅出於禮貌。舉例來說，我曾經說過我在依蓮餐廳遇見田納西威廉斯這件趣事，而他口氣非常誠懇地對我說，「你是個藝術家，」然後我就想，這傢伙以為我是誰？他應該是認錯人了。那是我的感覺，我不覺得

自己是那樣子的。

如今，我會說，你知道我對自己的電影是很嚴苛的，就在與英格瑪柏格曼共進晚餐後不久，《我心深處》就推出了（於一九七八年八月）而他與英格麗褒曼（Ingrid Bergman）及麗芙烏曼合作的——《秋日奏鳴曲》（Autumn Sonata）（於一九七八年十月）也跟著推出。雖然我從來不曾，將來也不可能，被列入與他同等級的電影人或製片行列中，但是這兩部電影，在我的觀點中，《我心深處》是比較出色的。縱使當中有些過失，不過總有些出色之處——不過《秋日奏鳴曲》中至少有一段美好的場景，也就是那位母親，英格麗褒曼，坐上鋼琴並示範給她的女兒看要怎麼彈奏才對。不過我知道那部電影讓他很困惑，他事後回想時覺得應該將那部電影拍得更詩情畫意一些，而不是那麼寫實。

EL_ 你有推薦自己任何的作品嗎？

WA_ 我沒有興趣跟柏格曼討論任何我的作品，面對這些有成就的人我是要去學習的，不是去煩他們。舉例來說，我在西班牙與亞瑟米勒共進午餐，就我們兩個人一起相處了大概兩個小時，在一間非常寧靜的小餐廳裡。那是他的建議，我當然不可能擅作主張。而在那兩小時中，他從來沒有試探過任何我的事情：不管是想法，或提及任何與我相關的問題，不論生活或工作或任何事情，而這樣對我來說實在太完美了。我當時想，這樣真的太好了，我可以跟亞瑟米勒一起吃午餐，可以一直對他提問，然後聽著他敘說一段接一段的故事，完全不用浪費任何一分鐘在自吹自擂關於自己的事情。不然我應該要做什麼？滔滔不絕讓他印象深刻嗎？我不行，我根本沒有興趣。

EL_ 你總共見過柏格曼幾次？

WA_ 就那麼一次。

EL_ 那你們多久通一次電話？

WA_ 大概一年一次吧。他對於自己的地位一向非常謙虛，他是個偉大的藝術家，約翰賽門（John Simon）說他是世界上最偉大的電影人。不過他的對話都是，你知道的，「我準備睡覺時都會放一部詹姆士龐德的電影或類似的電影，這樣我就可以放鬆心情準備睡覺，」或是，「我夢到自己走進一個場景中卻不知所措，然後我告訴自己，你可是世界知名的大導演，你當然知道攝影機要架在哪裡，但是在夢裡面我真的不知道要怎麼辦。」

都是一些閒話家常，真的沒有什麼深度——至少在我這端是這樣沒錯。對話間充滿了許多八卦。兩個神經兮兮的人在講話，一個是天才，一個則是戴

著黑框眼鏡向我這樣看起來充滿學識卻內在空洞的人。

EL_ 他看過很多電影，他的知識一定就像是百科全書一樣。他說過的電影你都有看過嗎？

WA_ 很多，但沒有全部，他畢竟是住在一座小島上，他每天下午的活動就是找一部電影來看。一星期七天，我記得我們最後一次對話，他正在看默片。

你知道，我不覺得自己對於電影的常識，可以跟百科全書扯上邊。事實上，我甚至覺得自己的電影知識根本就很匱乏，可能遠低過任何一位一般的電影製片。時至今日，我都還沒完全看完那些所謂的經典佳片。馬丁史柯西斯對於電影就相當博聞，他甚至可以授課。有些電影你會覺得身為喜劇演員的我一定有看過，像是巴斯特基頓的《航海家》（The Navigator）、查理卓別林的《馬戲團》（The Circus）。卓別林那部關於希特勒的電影（此指《大獨裁者》〔The Great Dictator〕），我從來沒有辦法從頭到尾看完：十分鐘也沒有辦法。很多人覺得這些電影太精采了，而且他們滿足地讚嘆著：他在辦公室裡拿著地球儀像氣球一樣上上下下拍打著！我一點都不覺得那好笑，也不覺得那個點子很棒。黑澤明的電影我也看的不多，雖然我看過很驚人的，或是米謝朗基羅安東尼奧尼、萊納華納法斯賓德（Rainer Werner Fassbinder），你隨便說幾個大師級的人物，都會顯得我相當無知，再加上一堆不願意承認有看過的美國電影。天啊，我第一次把《北非諜影》從頭到尾看完時都已經五十多歲了。這麼說好了，要是講到閱讀，那就更糟了。我注意到關於電影的垃圾書籍真的遠勝過其他書籍，這正好符合那種人們願意花九十分鐘看一部電影而不想要慢慢翻閱一本書的市場契機，不過這樣竟也能提供足夠的知識內容，讓那些學究們賴以維生。

EL_ 米謝朗基羅安東尼奧尼與柏格曼在同一天過世（二〇〇七年七月三十日），你對他認識有多深？

WA_ 我跟安東尼奧尼的交情比我跟柏格曼的交情好，因為他是卡爾羅迪帕爾瑪的死黨。他以前常會來紐約，然後我們會一起出去吃飯，他也來我家很多次了。我們一起打過桌球，一起聊天，一起散步。他是非常傑出的導演，而就個人而言，非常和善而且帶有一種嚴肅的貴族氣息。我從來不知道他覺得我的電影如何，我不認為他會欣賞我的電影，但是我印象中，我們沒有談論過這個話題。

EL_ 你們談論過他的電影嗎？

WA_ 我們幾乎都在聊運動，他跟我一樣是個運動迷。導演或影評常常會

看到電影中一些我絲毫不在意的偉大之處，對我來說那也許只是一部爛片，影評可能會說，「看看運鏡的方式有多美，看看這些從上方拍攝的鏡頭，接著突然戲劇性的跳接。」而我就會想，對啦，是很炫沒錯，但故事內容有夠蠢的。他們會欣賞那些技巧，但我不會。電影的故事——或像是《阿瑪珂德》那樣的故事，不是傳統的故事——那樣的內容，才是我在意的。電影有沒有吸引我？有沒有讓我覺得有意思？我有沒有被感動？我有沒有入戲？值不值得我花時間看（開始大笑）？還是說那幾個小時拿來打牌會比較值得？

EL_ 你在那篇紀念柏格曼的文章中，提到他曾經有個想法，就是將攝影機固定架設在一個位置上，然後讓演員們在鏡頭前進進出出，完全不要移動攝影機。他說這話時是認真的嗎？

WA_ 是的。他在默片中看到這樣的手法，那是他們在還不知道可以運鏡之前的拍攝手法。他最後還是沒有這樣嘗試，不過我認為他當初這麼說時是認真的。

EL_ 那你怎麼想？

WA_ 只有電影奇才才有辦法運用這種手法，而且，在電影這一行（帶著微笑），我連帶位的資格都還不夠。

EL_ 你有沒有做過柏格曼那樣的夢境？就是出現在片場，但是完全不知道要如何運鏡？

WA_ 沒有，我從來不會那樣焦慮，因為（開始大笑）我從來也不知道要怎麼操作鏡頭，我不知道攝影機要放在哪裡好，也不知道要怎麼操作。對我來說，通常是這樣的，我們今天要做什麼？我就會看看那幾頁劇本，我從來也不會計畫任何事情，當天就是即興作業。

EL_ 對，我已經看過很多年了，但還是⋯⋯

WA_ 這麼說吧，因為故事是我自己寫的，所以很清楚自己想要看到什麼。如果故事不是我寫的可能就會有很大的不同吧。所有電影情節已經在我心中播過一次了。我執導那齣歌劇時的情形就相當不一樣了，我想要幹嘛就幹嘛，那不是我寫的，我的選擇太多。

EL_《強尼史基基》是你執導的第一齣歌劇，《洛杉磯時報》寫道你這麼說，「我不是這世上最適合執導歌劇的人」以及「我不知道我自己在做什麼。」那你為什麼會接下這份工作呢？

WA_ 我從來也沒有想過要執導歌劇，但是波拉西多多明哥（Placido Domingo，洛杉磯歌劇院執行總監）觀察我的作品很多年了，而且希望可以跟

我合作，再加上我妹妹女婿的父親馬克史特恩（Marc Stern）是歌劇院的執行長。我很喜歡這個人，加上他算是親戚，所以當他拜託我指導時，真的沒有辦法拒絕。（《強尼史基基》是普契尼三聯劇的第三部，一九一八年首演。前面的兩部為《外套》〔Tabarro〕與《修女安潔麗卡》〔Suor Angelica〕，前者一開始就很嚴肅灰暗，而後者更讓人傷心欲絕。史基基本當呈現出一些喜劇效果。伍迪在排演時接受訪問並指出，「比起《托斯卡》〔Tosca〕是很有趣，但是比起《鴨羹》就一點也不好笑了。」不過他的版本非常爆笑。《洛杉磯時報》的評論指出該劇是「天才之作」而且「造成轟動。」劇情圍繞著一家人算計著如何得到家產，卻被他們自以為的盟友史基基蒙騙）

EL_ 普契尼將這齣劇的背景設定在一二九九年的佛羅倫斯，而你將舞台設計成一九四〇年義大利電影的樣貌，你一開始是怎麼想的？

WA_ 沒有，我一開始想，我要把這些角色當作老鼠一樣，這就是我的貢獻了，所以我打電話給山托，然後跟他說，「弄一個很大的房間，牆上要有很多小小的老鼠洞。」（他帶著微笑說）

山托說，「我知道唱歌劇的人是怎麼表演的，要是穿著老鼠劇服真的會影響他們演唱的效果。」所以我就放棄了。

然後我說，「我們可以弄成像是義大利寫實電影，類似一九四〇年代末期羅伯托羅塞里尼（Roberto Rossellini）或是維多里奧狄西嘉的電影那樣。」

山托突然眼睛一亮，他說，「沒錯，這樣會很棒。我們可以設計劇服讓他們看起來就像是那個年代的人一樣，而且我們可以全部弄成黑白的。」（英國男中音湯瑪仕艾倫〔Thomas Allen〕飾演的史基基身穿條紋西裝，梳著油頭，臉上留著薄薄的落腮鬍，腳上穿著雙色皮鞋，肩上披著風衣，看起來就像黑手黨成員一樣）

我說，「沒錯，我可以用布幕來列出演員名單。」（在《外套》、《修女安潔麗卡》與《強尼史基基》之間的換場時間時，燈光就會暗下來，接著布幕在伍台前落下，獻給「福尼古利，福尼古拉，」〔Funiculi，Funicula〕，演員名單上都是一些好笑的捏造義大利名字。觀眾開始因為第一段出其不意的音樂大笑，看到那些名字後又笑得更大聲了，接下來就開始爆笑不斷）

EL_ 你之前有常常聽這齣歌劇嗎？

WA_ 我聽過這齣歌劇，不過在我去洛杉磯前只聽過一、兩次。我覺得這整件事情相對容易得多，因為我有一群非常有才華的演員，而且這個劇本一定會成功，畢竟已經演出上百萬遍了。這是齣獨幕劇，人也不多，也不需要牽大

象進場。我走進歌劇院將所有東西搬上舞台，總共花了四天將一切安置好，在這四天中，每天大概工作兩小時，邊工作邊調整。他們都在排練時直接演唱，所以第一個星期過後，我們就大致底定了。這實在不會很困難，因為這些演出人員都非常優秀。有時候舞台上會出現一些需要調度的地方，我就會讓他們站在自己想要站的位置上。有時候我會攔住他們說，「你們這樣看起來很擠，你們兩個走過去那裡，你們三個過來這裡。」不過要是他們的直覺反應在我眼裡看起來很好時，我就隨他們。

EL_ 這齣歌劇是在電影之間的曇花一現，我知道，而你才剛拍完《紐約遇到愛》。不同於你近年的作品，這部電影不是在其他城市拍攝的，而是一部以紐約為背景的電影，劇情描述一個脾氣乖戾的老人，一段天真又舊式的浪漫愛情。這個構想是什麼時候出現的？

WA_ 在我寫劇本的前幾個月，就在進出兩次廁所之間出現的。我一開始想要寫成舞台劇，不過問題是，其中有好幾段情節是發生在戶外的，就是紐約的幾個地方。後來我就想寫成電影劇本，但是接著又有好幾段劇情是發生在室內的。（他大笑著）所以我決定拍成電影並將一些場景改到戶外，就在紐約的街頭與中國城附近。不過當初是想要寫成舞台劇的，這也可以搬上舞台，但是最後就會像《再彈一遍，山姆》那樣，你就得要移動燈光，讓觀眾覺得是在紐約市裡移動一樣。

EL_ 賴瑞大衛這個人，一直以來就是個脾氣乖戾的老人，而伊雯瑞秋伍德看起來就是那樣天真無邪。派翠西婭克拉克森又回來拍你的電影。（大衛之前協助創作《歡樂單身派對》（Seinfeld）與《人生如戲》（Curb Your Enthusiasm），而且當時除了紐約喜劇圈外，並沒有人認識他，伍迪的兩部電影中都可以找到他的身影，分別是一九八七年的《那個年代》與一九八九年的《伊底帕斯災難》）

WA_ 我真的非常、非常、非常滿意我的卡司，即使是那些扮演配角的人都相當出色。賴瑞的表演太精采了，儘管他總是說，「我不會演戲，我不會演戲，」他天生就是個演員。加上他已經有這麼成熟的電視表演經驗，我自然不會笨到讓他演那些我知道他不可以演的角色。因此我不可能找他演史坦利柯瓦爾斯基（Stanley Kowalski）或《人鼠之間》（Mice and Men）中那個連尼（Lennie）的角色；伊雯瑞秋伍德是個非常傑出的年輕演員，我見到她時告訴她，「我說，妳要飾演一個南方人的角色，」然後她說，「是啊，那我可以演，只是不到必要時，我不想演。」然後我就覺得自己應該要選擇相信她。她一直

到開拍時，才展現出演技，她不是南方人，但是卻可以詮釋得相當完美；派翠西婭克拉克森是個優秀的演員，所以是他們讓這一切實現的。

EL_ 你才剛完成二〇〇九年準備開拍的電影劇本，你這次在下筆之前也像以往一樣經歷幾星期的折磨才讓構想成型嗎？

WA_ 對啊，而且還更糟，尤其因為前一部電影很成功（此指《情遇巴塞隆納》）而我不想要因此受到影響。因為假如你這樣想，啊、天啊，原來大家愛的是這種電影，那我也可以再拍一片類似的。然而我不想要落進這樣的陷阱裡。我花了很多時間與精力才讓一切成形，我得不斷思考，因為我之後還有幾個月看看自己有沒有辦法想出更好的點子。

EL_ 這是劇情片嗎？

WA_ 這是一部喜劇風格的劇情片（此指《命中注定，遇見愛》〔You Will Meet a Tall Dark Stranger〕），像《漢娜姊妹》那樣有趣，但是又像《賢伉儷》那樣嚴肅。我才剛進入選角的階段，目前為止我已經確定喬許布洛林（Josh Brolin）與安東尼霍普金斯（Anthony Hopkins）會參與演出。我覺得可以找到這兩個演員，真的非常幸運，我一直在想會不會哪天睡醒就接到其中一個人辭演的消息。我本來希望可以在舊金山拍這部電影，不過因為太貴的關係，最後決定移到倫敦拍攝（倫敦的拍片成本比較低，部分是因為勞工合約的限制比較寬鬆的關係）。我非得這樣做，因為我的錢不夠。《情遇巴塞隆納》花了一千四百萬美金，那算很少了。我其實可以多拿一些資金，但是我不想要花太多錢，不然那些支持拍片的人就可能要賠錢了。假如《情遇巴塞隆納》當初花了一千八百萬美金或一千七百萬美金，就算票房這麼好，最後也不一定會賺錢。

我現在常接到來自很多國家的電話，他們會對我說，「假如你可以來我們這裡拍片，我們就願意出資拍電影。」打從《情遇巴塞隆納》上映之後，我至少接到三個不同國家的電話。我現在跟一群西班牙人合作拍片，但是不見得要在西班牙拍攝。我可以去倫敦拍片，也可以去巴黎或西班牙，他們沒有提出任何附帶條件限制我要在哪裡拍片。我真的可以繞著地球到處拍電影。你知道，就創意的角度而言，這樣子有時候挺不錯的，而且從財務的角度而言，這樣子有時候就像救命仙丹一樣。」

這樣說好了，我會履行自己答應這間西班牙公司的事情，假使我到時候害這間公司破產好了，亦即我讓這些人變成小佃農了，那我到哪裡都找不到工作，不過我卻突然接到來自斯洛伐尼亞的一通電話，「你願意到這裡拍片嗎？」

涯

（他開始微笑）我就得要顧及生命危險考慮一下。我有沒有辦法吃三個月的豬油拌麥片？不過目前情況還沒有壞到那種地步，所以我還是有一些不錯的地方可以去。我跟一些義大利的片商談過了，還有瑞典……南美洲也有。

EL_ 你還是沒有任何參與自己電影演出的計劃嗎？

WA_ 要是有適合的角色我一定會演，但一定會是個長輩的角色，因為（開始大笑）我現在就是這樣。而且電影中重要的是主角，所以只是露臉實在沒有什麼好在意的。還有，假如參與演出的不是我的電影，而且我扮演的不是主角，那我覺得自己很可能會因此分心，所以最好還是不要演比較好。

我呢，巧的是，從來也沒有人找我演出任何主角角色。就連那種待在劇場後台看門並幫女演員加油的老爹角色也沒有，或是找我演那種亂翻桌上火雞填料的爺爺角色也沒有。沒有人找我演戲，除非我寫個角色給自己演（聳聳肩膀）……誰想要看一個拿著助聽器的人來演主角的電影？觀眾都想要看年輕一點的演員。

EL_ 你剛完成了一齣歌劇，還有什麼想要嘗試看看的戲劇類型嗎？

WA_ 沒有特別的想法。電視圈的人有問過我有沒有拍電視影集的題材，不過我沒有。要是我有，我會很樂意參與。（停頓了一下）有時候我會想，想想而已，就是要不要再上台表演單口相聲，不過感謝老天爺，只是想想就算了。

EL_ 真的只有那麼一下子而已嗎？

WA_ （大笑）差不多像是輕微中風的那樣一下子。

謝辭
Acknowledgemens

伍迪艾倫投入了半生完成我們之間的對話錄，而這段期間更佔去我人生的一大部分。我期待未來更多的對話並感謝他這些年來的付出。日積月累的對話錄因為太順利的關係，最後變成滿滿超過一千頁的文字。我在此感謝凱特沃爾夫（Kate Wolf）與愛莉森喬伊斯（Allison Joyce）的協助讓這本書得以分門別類。

由衷感謝傑瑞亞門特（Jerry Ament）、巴瑞塔格斯提諾（Barry Dagestino）與米高梅公司（MGM）的瑪姬亞當斯（Maggie Adams），還有該公司的多里特拉歌席恩（DorritRagosine）與福斯影業的卡莉潔寧根（Callie Jernigan）；再謝謝派拉蒙影業（Paramount）與夢工廠（DreamWorks）的賴瑞麥亞利斯特（Larry McAllister）與克莉斯汀娜韓妮（Christina Hahni），還有迪士尼／ABC電視的安里蒙茄洛（Ann Limongello），謝謝他們提供這麼多關於伍迪電影中的檔案照片，也要謝謝攝影師約翰克禮福德（John Clifford）、克萊夫谷特（Clive Coote）與凱斯漢恩席爾（Keith Hamshere）。也要謝謝艾爾文堤寧包恩（Irwin J. Tenenbaum）及時的協助。

此外也誠心感謝伍迪的助理們，首先是莎拉艾倫特赫，接著是賽奇雷曼（Sage Lehman）以及現在的梅莉莎湯姆揚諾維奇（Melissa Tomjanovich），不管我什麼時候打電話都願意傾力相助，真的很謝謝她們。當然也要感謝海倫羅賓與茱麗葉泰勒。

而至於克諾夫（Knopf）出版社，謝謝桑妮梅薩（Sonny Metha），還有奇普基德（Chip Kidd）的封面設計，還有艾莉絲韋恩斯坦恩（Iris Weinstein）、

凱瑟琳費里德拉（Kathleen Fridella）、凱爾麥卡爾席（Kyle McCarthy）、凱西蘇克曼（Kathy Zuckerman）、金恩索爾登（Kim Thornton）與喬伊麥加維（Joey McGarvey）。凱西豪瑞岡（Kathy Hourigan）與艾維利費魯克（Avery Flueck）的精彩救援，這我真的心存敬畏又滿懷感激。強納森賽格爾（Jonathan Segal）幫我編輯這本書以及他二十多年來對於自己旗下作家無止盡的付出。這本書完全來自他的想法，我真的很感念他當初提出這個構想。我珍惜這段友情，也一樣佩服他實現主題與構想的本領。

我很幸運有像大衛沃爾夫（David Wolf）這樣的朋友，總是有時間接我的電話並慷慨地與我分享他的想法，還有威爾泰爾（Will Tyrer），總是一直擔心不斷增長的頁數，他們對都我展現了真摯的友誼。

我無法用言語表達我對家人的感激，我的妻子，凱倫蘇爾茲伯格（Karen Sulzberger），還有我們的兒子賽門（Simon）與約翰（John），謝謝你們成為我生命的一部分，而我對這三個人只能衷心表達我的感激。

龐屈蘇爾茲伯格（Punch Sulzberger）在這過去二十五年來總是對我表現出他的熱情與仁慈，他同時也很會講笑話，而這本書也算是我對他的感激。

劇照版權
Photographic Credits

Courtesy of Woody Allen: 285, 314, 339

Annie Hall © 1997 Metro-Goldwyn-Mayer Studios, Inc. All Reserved: 42 (6), 44, 345

Another Woman © 1988 Orion Pictures Corporation. All Rights Reserved: 289 (5)

Anything Else. Courtesy of Dreamworks and Paramount Pictures (©2007 Dreamworks LLC. All Rights Reserved: 186（左上）

Bananas © 1971 Rollins & Joffe Productions All Rights Reserved: 350, 351

Brian Hamill. Courtesy of Metro-Goldwyn-Mayer Studios and MGM Clip+Still Licens-ing. All Rights Reserved: 211

Broadway. Danny Rose © 1984 Orion Pictures Corporation. All Rights Reserved: 184, 238

Celebrity. Courtesy of Miramax Film Corp. © 1998 All Rights Reserved: 217

Clive Coots. Courtesy of Woody Allen: 57(2), 95, 141, 183, 186（右下）, 234 (2), 243

Curse of the Jade Scorpion. Courtesy of Dreamworks and Paramount Pictures (© 2007 Dreamworks LLC. All Rights Reserved): 326

Don`t Drink the Water. Courtesy American Broadcasting Companies, Inc.: 347

Eric Lax: 102

Everyone Says I Love you. Courtesy of Miramax Film Corp. (© 1996. All Rights RESERVED): 171(2), 230

Everything You Always Wanted to Know About Sex*But Were Afraid to Ask © 1972 Metro-Goldwyn-Mayer Studios, Inc. All Rights Reserved: 19, 206 (3), 359

Take the Money and Run. Courtesy American Broadcasting Companies. © American Broadcasting Companies, Ins.:18, 147 315

Zelig © 1983 Metro-Goldwyn-Mayer Pictures, Inc. All Rights Reserved: 87(2)

凱特文化 讀者回函

敬愛的讀者您好：

感謝您購買本書，只要填妥此卡寄回凱特文化出版社，我們將會不定期寄予最新出版品介紹與活動資訊。

您所購買的書名：**對話伍迪艾倫**

姓　　名 ＿＿＿＿＿＿＿＿＿＿＿＿＿＿　性別　男□　　女□

生　　日 ＿＿＿年＿＿＿月＿＿＿日　　年齡 ＿＿＿＿＿＿＿

電　　話 ＿＿＿＿＿＿＿＿＿＿＿＿＿＿＿＿＿＿＿＿＿＿＿＿

地　　址 ＿＿＿＿＿＿＿＿＿＿＿＿＿＿＿＿＿＿＿＿＿＿＿＿

E-mail ＿＿＿＿＿＿＿＿＿＿＿＿＿＿＿＿＿＿＿＿＿＿＿＿

＿＿＿＿ 學歷：1. 高中及高中以下　2.專科與大學　3.研究所以上

＿＿＿＿ 職業：1.學生　　2.軍警公教　3.商　4.服務業　5.資訊業

　　　　　　　6.傳播業　7.自由業　　8.其他

＿＿＿＿ 您從何處獲知本書：1.書店　　　2.報紙廣告　3.電視廣告

　　　　　　　　　　4.雜誌廣告　5.新聞報導　6.親友介紹

　　　　　　　　　　7.公車廣告　8.廣播節目　9.書訊

　　　　　　　　　　10.廣告回函　11.其他

＿＿＿＿ 您從何處購買本書：1.金石堂　2.誠品　3.博客來　4.其他

＿＿＿＿ 閱讀興趣：1.財經企管　2.心理勵志　3.教育學習　4.社會人文

　　　　　　　　5.自然科學　6.文學　　　7.音樂藝術　8.傳記

　　　　　　　　9.養身保健 10.學術評論 11.文化研究　12.小說　13.漫畫

請寫下你對本書的建議：

＿＿＿＿＿＿＿＿＿＿＿＿＿＿＿＿＿＿＿＿＿＿＿＿＿＿＿＿＿＿＿＿

＿＿＿＿＿＿＿＿＿＿＿＿＿＿＿＿＿＿＿＿＿＿＿＿＿＿＿＿＿＿＿＿

＿＿＿＿＿＿＿＿＿＿＿＿＿＿＿＿＿＿＿＿＿＿＿＿＿＿＿＿＿＿＿＿

＿＿＿＿＿＿＿＿＿＿＿＿＿＿＿＿＿＿＿＿＿＿＿＿＿＿＿＿＿＿＿＿

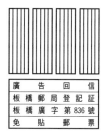

to 新北市 23660 土城區明德路二段 149 號 2 樓

凱特文化創意股份有限公司　收

姓名：

地址：

電話：

凱特文化 文學良品 15

對話伍迪艾倫 Conversations With Woody Allen

作　　者　艾瑞克 雷克斯 Eric Lax

發 行 人　陳韋竹 | 總編輯　嚴玉鳳 | 企畫選書　董秉哲 | 主編　董秉哲

責任編輯　董秉哲 | 封面設計　陳臻 | 版面構成　王柏勻

行銷企畫　胡晏綺、沈嘉悅 | 印刷　通南彩色印刷有限公司 | 法律顧問　志律法律事務所 吳志勇律師

感　　謝　映電影院 JOINT MOVIES

出　　版　凱特文化創意股份有限公司

地　　址　新北市 236 土城區明德路二段 149 號 2 樓 | 電　　話　02‧2263‧3878

傳　　真　02‧2263‧3845| 部 落 格　blog.pixnet.net/katebook

經　　銷　大和書報圖書股份有限公司 | 地　　址　新北市 248 新莊區五工五路 2 號

電　　話　02‧8990‧2588| 傳真　02‧2299‧1658

初版 2015 年 12 月 | ISBN 978-986-91908-8-6 | 定價　新台幣 380 元

版權所有 翻印必究 Printed in Taiwan | 本書如有缺頁、破損、裝訂錯誤，請寄回本公司更換

國家圖書館出版品預行編目資料 | 對話伍迪艾倫／艾瑞克‧雷克斯 著

──初版──新北市 . 凱特文化，2015.12。400 面；17×23 公分（文學良品；15）

ISBN 978-986-91908-8-6（平裝）1. 艾倫（Allen, Woody）2. 電影導演 3. 訪談　987.31　104018945

CONVERSATIONS
WITH

Woody
Allen

艾瑞克 雷克斯
Eric Lax ——作者

Woody Allen

對話
伍迪艾倫

艾瑞克 雷克斯
Eric Lax___作者

HIS FILMS,

THE MOVIES,

AND

MOVIEMAKING.

UPDATED AND

EXPANDED